I CINQUANTANOVE GIORNI

A Gina Centrello e Nancy Miller

A partire da oggi, voglio smettere di cercare di migliorare gli ingranaggi del sistema relativo alla pena capitale [...] Anziché continuare a coltivare l'illusione della corte di aver raggiunto il grado di equità desiderato e di aver soddisfatto pienamente la necessità di regolamentazione, sento l'obbligo morale e intellettuale di ammettere semplicemente che l'esperimento della pena di morte è fallito. [...] Alla domanda fondamentale – ovvero se il sistema riesca a stabilire in modo accurato e coerente quali imputati «meritano» di morire – non è possibile rispondere affermativamente. Non soltanto questa corte ha permesso che venissero accolte circostanze aggravanti vaghe [...] che venissero trascurate circostanze attenuanti di piena rilevanza [...] e che venisse impedito un riesame giuridico cruciale [...] il problema è che dall'inevitabilità dell'errore fattuale, legale e morale nasce un sistema che non è in grado di assicurare che le sentenze di condanna a morte siano eque, coerenti e affidabili come richiesto dalla nostra Costituzione.

Giudice Blackmun, opinione dissenziente nel caso *Callins contro Collins*

Il giudice Blackmun esordisce con un resoconto puntuale e commovente dell'esecuzione di un assassino condannato alla pena capitale mediante iniezione letale. Sceglie come esempio uno dei casi di omicidio meno brutali tra quelli che veniamo regolarmente chiamati a riesaminare, ovvero quello di un uomo colpito a bruciapelo da un proiettile, senza avere la possibilità di prepararsi alla morte o di provvedere ai propri affari, e lasciato a morire dissanguato per terra in un locale pubblico. La morte per iniezione letale del suo assassino descrittaci dal giudice Blackmun, in confronto, appare quasi desiderabile. Soprattutto se confrontata con altri casi giunti alla nostra attenzione, che il giudice Blackmun non ha scelto per trasmetterci il suo messaggio, ovvero che la pena capitale è sempre anticostituzionale. Un esempio per tutti, il caso della bambina di undici anni violentata da quattro uomini e morta soffocata dalle mutandine che le avevano infilato in bocca... Certamente preferibile a siffatta morte quella per iniezione letale! Se i cittadini riterranno che la pena capitale possa servire da deterrente contro queste morti tanto più brutali, o anche soltanto che la giustizia esige che tali crimini così feroci vadano puniti con la morte, non glielo si potrà impedire creando contraddizioni, false e prive di fondamento alcuno nei testi e nella storia, nella giurisprudenza della corte in materia di Ottavo Emendamento.

Giudice Scalia, opinione concordante nel caso *Callins contro Collins*

Forte è la tentazione di fingere che coloro che si trovano nel braccio della morte abbiano tutti un destino completamente diverso e separato dal nostro. [...] Una simile illusione risulta in ultima analisi nociva, giacché non è facile delimitare le conseguenze dell'ingiustizia. [...] Dal modo in cui si sceglie chi dovrà morire si evince la profondità dell'impegno morale di chi ancora può vivere.

Giudice Brennan, opinione dissenziente nel caso *McCleskey contro Kemp*

PARTE PRIMA

IL PROCESSO

1

Entro cinquantanove giorni, se lo Stato della California non fosse tornato sui suoi passi, l'uomo nella cabina di plexiglas sarebbe morto, ucciso da un'iniezione letale.

Teresa Peralta Paget lo osservava, con una guardia a fianco. Il suo nuovo cliente dava loro le spalle. Era robusto, la schiena possente stretta nella camicia blu dell'uniforme carceraria. Osservava dall'alta finestrella la baia di San Francisco e il mare che brillava nel sole del pomeriggio, completamente assorto. Terri non voleva disturbarlo, sapendo che le uniche occasioni in cui poteva guardare il mondo esterno erano quando andavano a trovarlo i suoi avvocati.

Ne aveva avuti diversi, e si erano ritirati tutti dopo le numerose sconfitte. L'ultima a cui toccava lottare perché Rennell Price non venisse giustiziato – in quello che a lei sembrava un disperato rituale di morte voluto dal sistema giudiziario – era lei, Teresa Paget. Quello era il loro primo colloquio. Se non fosse stato per l'atteggiamento sperduto, Terri non avrebbe riconosciuto il suo cliente fra gli altri detenuti chiusi nelle due file di cabine di plexiglas in attesa di parlare con i loro avvocati. A Terri quella scena sembrava una sorta di sfilata di dannati, uomini che prima o poi, nell'arco di alcuni mesi o più probabilmente anni, sarebbero finiti stritolati dalla macchina impersonale e inesorabile della giustizia.

Forse non Rennell Price, tuttavia. Terri era intenzionata a lottare anima e corpo e a lavorare giorno e notte, pur di salvarlo.

Presumibilmente al suo nuovo cliente sembrava solo l'ennesima illusa che sosteneva di poter fermare la macchina quando invece non era in grado neppure di rallentarne gli ingranaggi. Non molto alta, magra, carnagione olivastra e lineamenti marcati: suo marito la trovava molto bella. Lei invece riteneva di avere gli zigomi troppo sporgenti, il mento troppo piccolo, il naso aquilino. I capelli, neri e lisci, erano normali fra le donne di origine sudamericana. Insomma, a suo parere ce n'erano milioni più belle di lei. Nell'aspetto fisico di Terri non c'era molto che lasciasse intuire la tenacia e la determinazione che un detenuto desiderava dal proprio avvocato. Quelle qualità si intravedevano soltanto nella fierezza degli occhi scuri, sempre seri e penetranti, anche quando sorrideva.

Terri era sempre stata seria, fin da piccola, forse per reazione al padre violento e ubriacone, e lo era rimasta anche durante il tragico primo matrimonio con Ricardo Arias, contratto per una sorta di coazione a ripetere in seguito alla gravidanza inaspettata da cui era nata Elena. Ma adesso la vita di Terri era cambiata e, a trentanove anni, quasi a compensare la fortuna toccatale nell'ultima parte della sua vita, aveva scelto un ramo della professione estremamente duro, che pochi suoi colleghi osavano intraprendere: da sette anni difendeva detenuti nel braccio della morte, una specializzazione che prevedeva lo scontro sistematico, più o meno virulento, con giudici, pubblici ministeri, testimoni, rappresentanti delle forze dell'ordine, governatori, parenti delle vittime e con l'intero sistema giudiziario. Oltre che, spesso, persino con i clienti. Era quasi come se, ora che la sua situazione familiare era più serena, Terri andasse a cercare sul lavoro stress e angoscia.

Nel caso specifico, a stressarla particolarmente non era tanto il reato per il quale il suo cliente era stato condannato – orribile in generale, ma soprattutto per Terri – e neppure il suo carattere, visto che nel braccio della morte aveva avuto clienti di tutti i tipi, dal pacioso allo schizofrenico e al pazzo furioso. Il fatto era che Rennell Price apparteneva alla tipologia di condannati più rara e più difficile: da quindici anni, ovvero dal processo conclusosi con la condanna nel 1987 e dai vari appelli presso la corte suprema della California, la corte distrettuale federale, la corte d'appello federale e la corte suprema degli Stati Uniti, Rennell Price si proclamava innocente del reato per il quale lo Stato della California voleva giustiziarlo.

Nessuno aveva mai considerato credibili le sue proteste di

innocenza e i suoi ultimi cinque tentativi di ottenere una nuova udienza erano stati respinti uno dopo l'altro. A quel punto allo Stato non restava che mandare tre psichiatri a visitare il detenuto nei venti giorni precedenti la data dell'esecuzione per accertare che fosse abbastanza sano di mente per morire. Come se il sistema avesse bisogno di verificare che il condannato fosse in grado di capire che l'iniezione letale era letale per davvero...

Terri fece un cenno alla guardia, che bussò sulla parete di plexiglas.

Il nero all'interno ebbe un sussulto e si voltò, quasi stupito. Aveva lo sguardo assolutamente privo di espressione e Terri pensò che per lui il bello di quella visita – la vista sull'oceano – ormai era passato. Con una rassegnazione maturata in quindici anni di infruttuosi incontri con innumerevoli avvocati, l'uomo fece un passo indietro, avvicinandosi alla porta di schiena, e infilò nell'apposita fessura le mani, che teneva vicine dietro la schiena.

La guardia gli mise le manette e le chiuse con un clangore metallico, poi Rennell Price, legato, si allontanò dalla porta.

La guardia aprì la cabina trasparente e fece entrare Terri.

Quando la porta si richiuse, Terri sentì la presenza incombente del detenuto, molto più alto di lei. Rennell fece di nuovo un passo indietro per farsi togliere le manette e Terri ebbe un involontario moto di paura al pensiero di trovarsi rinchiusa a distanza tanto ravvicinata con un gigante che una giuria di dodici persone aveva ritenuto colpevole di violenza ai danni di una creatura ancora più piccola di lei.

Gli porse la mano. « Piacere, sono Terri Paget », disse. « Il suo nuovo avvocato. »

L'espressione del detenuto era a metà fra lo scocciato e l'indifferente. Terri aveva la sensazione che, se gli avesse detto di essere un emissario del pianeta Plutone, Rennell Price avrebbe avuto la medesima reazione. Dopo un istante, però, l'uomo alzò gli occhi e disse, con voce piatta: « Rennell ».

Terri lo guardò negli occhi alla ricerca di una luce di speranza, o perlomeno di fiducia. Ma non ne ravvisò nessuna.

« Perché non ci sediamo un attimo, così ci conosciamo? » gli propose.

Con un'alzata di spalle quasi impercettibile, il condannato si voltò, tirò fuori la seggiola di plastica arancione da sotto il tavolo di laminato e si sedette, senza guardarla. Nel più assoluto silenzio, Terri vide i due detenuti nelle cabine adiacenti che parlavano animatamente con i loro avvocati.

Rennell non era soltanto inespressivo, pensò: aveva un viso strano, assolutamente privo di rughe, come se non manifestasse mai la minima emozione. Terri sapeva che era stato condannato all'età di soli diciotto anni e che quindi doveva averne trentatré: i quindici trascorsi in prigione dovevano essere stati, nella migliore delle ipotesi, solitari e interminabili, eppure nemmeno la novità rappresentata dalla sua visita pareva suscitare in lui un accenno di sorriso, un lampo di curiosità negli occhi scuri.

Terri decise di aspettare che manifestasse qualche emozione e lo osservò, ma la faccia del nero rimase talmente impassibile che le venne addirittura da chiedersi se si rendeva conto che lei era lì. Difficile indovinare il motivo di tanta indifferenza, pensò. Ma sapeva che gli abusi subiti in tenera età possono provocare carenze emotive al limite della dissociazione, come se per difendersi la vittima si distaccasse dal mondo, annullasse la propria sensibilità. Spesso in tribunale queste persone vengono considerate dai giurati indifferenti ai crimini che l'accusa rievoca invece in maniera estremamente vivida. Nel caso di Rennell Price, questo doveva essergli stato fatale.

« D'ora in poi la difenderò io », gli spiegò Terri. « I suoi avvocati dello studio Kenyon & Walker hanno ritenuto meglio affidare il caso a una persona nuova. »

Rennell Price non ebbe reazione alcuna e Terri maledisse i suoi predecessori per non essere andati nemmeno ad accompagnarla a quel primo colloquio; con quell'ultima manifestazione di vigliaccheria e di disinteresse, l'avevano lasciata sola a costruire un rapporto con una persona evidentemente difficile, affidandole il compito di salvarla o di condurla serenamente alla morte. Tutto a un tratto Price la sorprese chiedendole: « Tu lo conosci Payton? »

« Tuo fratello? No », rispose Terri, cercando di sembrare incuriosita al punto giusto. « Come sta? »

« Lo ammazzano. Ci fanno l'iniezione prima a lui che a me. »

Terri ebbe l'impressione che Rennell fosse più spaventato all'idea di perdere il fratello che la sua stessa vita. « Come fai a saperlo? » gli chiese.

Rennell si appoggiò al tavolo sconsolato, senza rispondere. « La direttrice mi ha detto che io non ci posso andare », disse poi affranto.

Colpita da quelle parole, Terri fece finta di non essersi accorta che Rennell non aveva risposto alla sua domanda. « Cos'altro ti ha detto? »

« Che quando tocca a me posso scegliere cinque persone. »

Lo Stato della California concedeva ai condannati di morire davanti a cinque testimoni. A quanto sapeva Terri, per Rennell sarebbe stato difficile trovare cinque persone disposte ad assistere alla sua esecuzione, a parte i parenti della vittima, che erano gli unici a cui forse poteva interessare. La sua morte, con ogni probabilità, sarebbe stata un evento molto privato.

« C'è ancora tempo. Non ti preoccupare. » Terri lo guardò negli occhi. « Ho diverse persone che mi aiutano. Chris, mio marito, che è un avvocato straordinario, e una squadra di detective che rivedranno il tuo caso. Te li farò conoscere. Faremo di tutto per salvarti la vita. »

Erano troppi anni che Rennell si sentiva ripetere le stesse cose, Terri glielo lesse in faccia. E, ogni volta, chi gli aveva fatto quella promessa sapeva di mentire.

Socchiuse le palpebre e disse: « Non l'ho ammazzata io, quella bambina. E non è stato neanche Payton ».

Quella negazione poteva sembrare un ritornello ripetuto meccanicamente, ma suonava sentita. « Come fai a sapere che non è stato Payton? » gli chiese Terri.

« Me l'ha detto lui. »

Ah, be', allora... Che fosse la verità o un modo per sottolineare la credibilità di suo fratello, quella risposta era tanto poco plausibile da risultare patetica. Terri però non sapeva se Rennell se ne rendesse conto o meno. « Chi l'ha ammazzata, allora, secondo te? »

Il nero scrollò appena le spalle, forse per dire che non lo sapeva, oppure che non gliene importava niente.

« Ti ricordi dov'eri tu il giorno in cui quella bambina morì? »

« Non mi ricordo niente. »

Era una risposta credibile quanto l'alibi offerto al processo dai due fratelli Price. E, come quello, poteva non essere vera.

Terri si limitò ad annuire. Non erano molte le domande che poteva fare a Rennell, senza aver letto attentamente tutti i verbali. Peraltro, quella visita aveva principalmente lo scopo di comunicare a Rennell Price che c'era qualcuno che, nonostante tutto, si batteva per lui. « Verrò a trovarti ogni due o tre giorni », gli promise. « Hai bisogno di qualcosa? »

Rennell guardava il tavolo. « Un televisore », rispose dopo un lungo silenzio. « Il mio è rotto da un po'. »

« Che cosa guardavi, prima che ti si rompesse? »

« I supereroi. Specialmente Hawkman. Dal lunedì al venerdì alle sedici. »

Terri si chiese se quella specie di annuncio pubblicitario volesse essere una semplice comunicazione o un'inattesa battuta di spirito. In ogni caso, sapendo che un televisore era un oggetto di dimensioni compatibili con l'ingombro massimo previsto dal regolamento del carcere per gli oggetti personali dei detenuti, Terri decise che la famiglia Paget poteva permettersi di regalargliene uno. Guardare cinquantanove puntate di Hawkman prima di morire non era una pretesa eccessiva, pensò, benché l'idea di una vita scandita dai programmi di Cartoon Network le mettesse una certa angoscia.

« D'accordo, te ne porto uno nuovo », gli disse.

Il suo cliente non rispose. Forse non le credeva, rifletté Terri. Quando si alzò per andarsene, non la guardò nemmeno.

Fu solo quando la guardia si avvicinò che Rennell Price aprì di nuovo bocca e, con voce bassa ma decisa, ripeté: « Non l'ho ammazzata io, quella bambina ».

2

«A giudicare dalle sue reazioni, viene da chiedersi se è un essere umano», raccontò Teresa Paget al marito Chris e al figlio di lui, Carlo. «Poi però mi è venuto in mente che forse è ritardato.»

Chris accennò un sorriso. «O forse è semplicemente asociale. Ovvero, per la procura della California, non abbastanza intelligente da mostrarsi pentito.»

Terri, Chris e Carlo erano seduti sulla terrazza della loro bella casa di Pacific Heights, a San Francisco, davanti a un tavolino su cui erano posati tre bicchieri. Dalla terrazza si vedevano una distesa di ville vittoriane, eduardiane e giorgiane, fino alle case in stile mediterraneo del quartiere di Marina. Nella baia c'erano ancora molte barche a vela che brillavano nel sole ormai basso di quel sabato pomeriggio. Soffiava una brezza tesa, da cui la terrazza dei Paget era in parte riparata. La bella vista rasserenava Terri, dopo il senso di claustrofobia che aveva provato nel parlatorio della prigione, e le ricordava la distanza abissale che separava la sua esistenza da quella di Rennell. Avere vicino Chris e Carlo non faceva che intensificare quella sensazione.

Christopher Paget aveva cinquantacinque anni ed era in splendida forma, con pochi fili grigi fra i capelli ramati e i muscoli ancora tonici. Di famiglia ricca, aveva un'aria altera e distaccata dietro cui si vedeva comunque l'affetto per la sua nuova famiglia: Terri ed Elena, la figlia tredicenne dal primo matrimonio; Kit, il figlio che avevano avuto insieme sette anni prima e Carlo, figlio di Chris, venticinque anni, laureato a Yale e da pochissimo loro collaboratore.

Carlo sembrava ancor più fortunato del padre, se possibile. Dalla madre, una donna bellissima di origini italiane, aveva preso molto e a Terri era capitato più volte di vedere le ragazze voltarsi a guardarlo per strada. Carlo, però, non sembrava neppure accorgersene e questo lo rendeva ancor più affascinante. A differenza di suo padre, che sembrava tutto l'opposto, Carlo era un idealista, un ragazzo tenero e affettuoso. Terri sapeva che era diventato così per merito del padre. Era anche per questo che si era innamorata di Chris. E così, figlia di poveri immigrati dal Sudamerica, adesso viveva in una splendida casa in una splendida città, insieme a due uomini cui pareva non essere mai mancato nulla.

Non era propriamente così, e Terri lo sapeva. Il padre e la madre di Chris erano due gelidi snob che bevevano troppo ed erano morti in un incidente stradale. Carlo era nato da una relazione tempestosa, figlio infelice e poco amato di una donna sola che disprezzava troppo Chris per lasciargli il compito di crescere il bambino finché lui, temendo che il figlio risentisse troppo della situazione, aveva fatto di tutto per portarglielo via. All'epoca, Carlo aveva sette anni. Erano state quelle difficoltà a dare a Chris la capacità di comprendere l'infanzia di Terri, cresciuta in una famiglia in cui il padre picchiava e stuprava quotidianamente la madre senza curarsi di cosa potessero provare – o vedere – le figlie. Ciò che Chris tuttora stentava a capire era come quel vissuto, quelle emozioni tanto forti, l'avessero spinta in seguito a dedicarsi ai condannati a morte. Ma forse per Terri era un modo per esprimere la propria gratitudine per essere riuscita a riscattarsi da quel passato. Chris comunque l'aiutava nel suo lavoro e faceva in modo che lo studio legale cui appartenevano entrambi finanziasse le sue crociate. Era anche per questo che Carlo aveva scelto di entrare in quello studio, mosso da un idealismo che era riuscito a preservare intatto grazie anche all'agiatezza della sua famiglia, come Chris non mancava mai di puntualizzare.

Stavano bevendo tè freddo. Benché fosse l'ora dell'aperitivo, discutevano temi troppo importanti per bere alcolici. « È comunque un reato molto strano », rimarcò Chris.

Carlo lanciò una breve occhiata a Terri e quindi si voltò verso il padre. Terri percepì il suo disagio anche dal tono con cui chiese: « Strano in che senso? »

« Strano che siano coinvolti tutti e due i fratelli. In questo tipo di comportamenti entra in gioco la vergogna: metti un bambino di nove anni in uno stadio stracolmo di pedofili e vedrai che non gli succede niente. In genere chi molesta i minori agisce in solitudine.»

Quell'osservazione, con il tacito riferimento alla storia di Elena, fece capire a Terri quanto le sarebbe stato difficile mantenere il dovuto distacco da Rennell Price. Chris le prese la mano e disse: «Non sei obbligata a occupartene tu, lo sai».

Terri gli strinse le dita. «L'Habeas Corpus Resource Center è sovraccarico e non ci sono abbastanza volontari. O me ne occupo io, o non se ne occupa nessuno.» Si rivolse a Carlo. «Tuo padre ha ragione riguardo ai pedofili. Elena potrebbe confermartelo. Ma Rennell Price continua a dichiararsi innocente. Dobbiamo cominciare di lì. E cercare di sbrigarci.»

Con questo la decisione fu presa, come Terri sapeva fin dall'inizio. Dopo aver scambiato un'occhiata con il padre, Carlo annuì.

«Dunque dobbiamo vedere fatti e circostanze come se non li avesse mai esaminati nessuno. Leggere i verbali della polizia e del processo, controllare reperti e deposizioni. Rintracciare i testimoni, se possibile, verificare che non avessero motivo di mentire, che non si fossero sbagliati. Succede più spesso di quanto si creda.»

«Cerchiamo di contattare gli investigatori che seguirono le indagini?»

«Possiamo provarci. Varrebbe la pena di tentare anche con il pubblico ministero e l'avvocato difensore, per capire come mai fecero certe scelte. Prevedo che l'avvocato difensore non sarà molto contento.»

«Pensi che si sentirà messo in discussione?» chiese Carlo.

«Non solo», rispose Chris. «Dovremo dimostrare la sua incompetenza, per poter sostenere che l'imputato non beneficiò del diritto alla difesa garantito dal Sesto Emendamento. Cosa non facile, peraltro, visto che diverse corti hanno già stabilito che schiacciarsi un pisolino in aula non basta a compromettere l'efficacia della difesa. Penso che siano pochi gli avvocati disposti ad ammettere di essere stati ancor più negligenti di così.»

«Se dimostriamo che Rennell Price è innocente, però, questo non ha importanza.»

Terri si trattenne dal sorridere di fronte all'ingenuità di Carlo, seduto con un maglione bordò sulle spalle e un'espressione fiduciosa sul volto. Anche lei un tempo era stata così.

«Ti introdurrò per gradi nel mondo della giurisprudenza relativa alla pena capitale. Per ora, credimi sulla parola, quando ti dico che lo Stato della California riterrà qualsiasi eventuale prova dell'innocenza di Price insufficiente a revocare la condanna a morte. Se riterranno che quindici anni fa il processo si sia svolto in maniera equa, la condanna a morte è costituzionale, anche se il verdetto dovesse rivelarsi errato.»

«Com'è possibile che l'innocenza non conti nulla?»

«Lo dice la legge, come scoprirai ben presto. Rennell Price fu giudicato colpevole di un gravissimo reato e, a quindici anni di distanza, è ancora vivo. La sua esecuzione è considerata doverosa nei confronti dei genitori della vittima e lo Stato della California farà di tutto per tenere fede alla parola data.»

Nel dire questo, Terri pensò alla solitudine di Rennell e alla necessità da parte sua di mantenere il maggior distacco possibile da una morte orribile, che le faceva venire i brividi e la riempiva di sensi di colpa per i traumi subiti da sua figlia.

«Speriamo che sia veramente ritardato», disse Chris a Carlo. «È la nostra unica possibilità. Mentre tu preparavi l'esame di Stato, la corte suprema con la sentenza *Atkins contro Stato della Virginia* ha vietato l'esecuzione dei ritardati mentali. Il problema sarà dimostrare che anche Rennell Price lo è, sempre che l'impressione di Terri sia giusta. Dico 'problema' perché adesso tutti temono che improvvisamente tutti i detenuti nel braccio della morte cerchino di farsi passare per ritardati e fingano di non sapersi più nemmeno allacciare le scarpe», disse Chris con una punta di ironia.

«Perciò, dobbiamo farci un quadro di chi era Rennell Price a diciott'anni e di come aveva fatto a diventare così, com'erano i suoi genitori, parenti, fratello, amici, ambiente familiare, quartiere... Ci servono cartelle cliniche, pagelle scolastiche, profilo psicologico, tutta la sua storia. Entro cinquantanove giorni.»

Era un compito talmente immane che Carlo, scrollando le spalle con finta disinvoltura, chiese semplicemente: «Okay. Da dove cominciamo?»

Terri si alzò in piedi, inquieta. «Iniziamo con l'andare in studio», propose con eccessiva allegria. «Leggiamo tutto quello che abbiamo e cerchiamo di rintracciare gli investigatori cui furono affidate le indagini.»

A quel punto Carlo parve sinceramente stupito. «E se io stasera avessi un appuntamento?»

Chris scoppiò a ridere. «Dille di raggiungerti a casa più tardi», gli suggerì. «Sperando che non se la prenda e si fermi a dormire.» Poi, di colpo, si fece serio. A Terri parve di cogliere un'ombra di tristezza nei suoi occhi. «Finché non avremo salvato la vita a Rennell Price o finché lo Stato della California non avrà portato a termine l'esecuzione, dovremo dimenticarci tante cose. La nostra vita non sarà più la stessa neanche dopo, peraltro. Vivendo con Terri, ormai l'ho imparato sulla mia pelle.»

3

« Una bambina », disse Charles Monk. « Per me, quando c'erano di mezzo i bambini era sempre terribile. Non ci ho mai fatto l'abitudine. »

Mancavano cinquantasette giorni. Forse per questo le parole di Monk suonavano come un commiato, pensò Terri. Forse quella dell'ispettore era una riflessione malinconica su emozioni che fino a poco tempo prima, quando ancora non era in pensione, non si sarebbe potuto permettere di esprimere. Poi Terri si chiese se non fosse lei a essere malinconica, al pensiero di sua figlia e di quello che aveva passato.

Erano seduti nel dehors di un caffè di North Beach e accanto al loro tavolino passavano turisti, ragazzi che andavano a scuola e adulti diretti al lavoro nel Financial District. Era una mattinata limpida, lievemente fredda. Monk si irrigidì, fece una piccola smorfia e distese le gambe. « Mi fa male un ginocchio », spiegò in tono rassegnato. « Dai tempi del Vietnam. »

« Preferisce che entriamo? »

Monk fece di no con la testa. « No, finché posso... Non voglio fare l'invalido. Già sono in pensione... »

Terri sorrise. Lei e Monk erano stati avversari in diverse occasioni, ma non erano mai stati nemici. Monk era un uomo intelligente e sincero, che si era guadagnato una fama leggendaria nella polizia di San Francisco; aveva acconsentito subito a parlare con lei, forse perché in pensione si annoiava, o forse perché era convinto di aver condotto bene le indagini e non aveva nulla da temere. Anche per Monk l'esecuzione di Rennell Price era un atto dovuto, il giusto castigo – troppo a lungo rimandato – per l'atroce delitto sul quale lui aveva indagato.

« Cominciamo dal principio », disse Terri.

Era un giovedì sera di fine settembre, la stagione del baseball stava per concludersi e i Giants giocavano a Candlestick. Oltre il parabrezza di Monk si vedevano i riflettori dello stadio, che si trovava su un promontorio nella baia di San Francisco, costruito da qualche architetto che non doveva aver tenuto conto del vento che sferzava la faccia e della nebbia che si insinuava nelle ossa di chiunque vi si recasse la sera. Un agente fece cenno a Monk di superare lo sbarramento eretto per deviare il traffico e poco dopo i fari della macchina illuminarono il parcheggio più vicino alla baia.

Monk fermò la macchina e scese. Sentendo le urla dei tifosi nello stadio a mezzo chilometro di distanza, pensò che faceva troppo freddo e umido per giocare, o anche solo per guardare una partita di baseball. E per essere su quel promontorio.

Tirandosi su il colletto della giacca a vento, superò una striscia di sabbia e un gruppo di cespugli e arrivò al muretto di pietre in fondo. Sull'altra riva della baia brillavano le luci di Oakland. A pochi passi da lui, con i piedi nell'acqua, c'era il medico legale, Liz Shelton, con un piumino, stivali di gomma alti fino alla coscia e una torcia in mano. In precario equilibrio nella corrente, osservava una sagoma scura che le onde avevano trascinato sugli scogli. Poco distante era inginocchiato un tecnico della Scientifica.

« Non sapevo che le piacesse pescare », aveva detto Monk.

Liz Shelton alzò la testa. Aveva i capelli biondi raccolti e lo sguardo tetro alla luce della luna. « Sì, pesca a mosca », rispose. Poi spostò il fascio di luce sulla sagoma scura.

Monk vide il viso gonfio di una bambina dalle fattezze orientali. Capì che era una femmina dai lunghi capelli neri che si muovevano nell'acqua.

La osservò attentamente. Le gambe non si vedevano e aveva un maglione di lana che, da bagnato, pareva verde scuro. Sulla testa aveva un fermacapelli argentato.

« Chi l'ha ritrovata? » domandò alla dottoressa Shelton.

« Un gruppo di samoani. Erano lì, seduti sugli scogli a bere birra. »

Monk lo trovò plausibile: i samoani erano gli unici abbastanza ardimentosi – o stupidi – da starsene in un posto simile in una notte così fredda. Con quell'umido, a lui faceva già male il ginocchio.

« Da quanto era in acqua, secondo lei? »

Liz Shelton scrutò il corpo, come se cercasse di immaginare la faccia che poteva avere quella bambina prima di morire. « Due giorni, direi. »

Il tecnico della Scientifica stava cercando segni di eventuali traumi sul cadavere. Non poteva fare altro, almeno per il momento: i cadaveri ritrovati in mare avevano addosso di tutto, dalle alghe agli escrementi, ed era sempre difficile capire da dove provenissero. Per la raccolta di tracce, erano molto meglio i cadaveri avvolti in una coperta e gettati nel Golden Gate Park.

Monk alzò di nuovo la testa. « E da quanto è morta? » chiese a Liz Shelton.

« Non lo so. Anche lì, due giorni. »

« Ha un'idea di come può essere morta? »

« Non ancora. »

Monk osservò di nuovo il cadavere. A voce più bassa chiese: « Pensa che sia quella bambina? »

Liz Shelton ci pensò su. Aveva capito subito a chi si riferiva Monk: il pomeriggio di due giorni prima, in una zona di Bayview molto battuta da fumatori di crack era scomparsa una bambina di nove anni, figlia di due immigrati cambogiani. Era rimasta a scuola dopo la fine delle lezioni per un recupero di inglese, dopodiché si era avviata da sola verso casa, ma non vi era mai arrivata. L'ultima persona ad averla vista era la maestra. Nelle foto apparse su giornali e televisioni la piccola Thuy Sen sembrava una bambina molto seria, con i lineamenti delicati.

« Speriamo di no », rispose la Shelton. « Anche se, in effetti, di qualcuno è figlia anche questa poveretta. »

Monk si voltò a guardare verso Bayview, verso le luci e le ombre del quartiere oltre lo stadio. « Perché dei cambogiani sono andati a stare proprio lì? » si chiese ad alta voce.

« Come dice Humphrey Bogart in *Casablanca*: 'saranno stati disinformati' », rispose Liz stancamente.

Mentre Liz Shelton si occupava di far trasportare il corpo all'obitorio, Monk tornò nel suo ufficio per richiamare in sede gli agenti in borghese che stavano cercando la bambina scomparsa.

Il capo degli investigatori era in un bar di Marina. Nel frastuono generale, fra le urla dei tifosi, spiegò a Monk a che punto erano le indagini.

Non avevano tralasciato nulla: avevano setacciato tutto il quartiere, perquisito l'abitazione della bimba, trasmesso la sua foto alle sedi della polizia nelle altre città, chiamato ospedali, interrogato la maestra e i familiari. « Sai com'è, a Bayview », disse quindi a Monk. « Il novantanove per cento dei bambini scappa volontariamente e i genitori se ne fregano quando si accorgono che gli manca un figlio alle dieci di sera. Però i cambogiani di solito sono diversi. »

Dai negri, intendi? Ma Monk si trattenne dal dirlo. « I genitori hanno idea di dove possa essere? » chiese.

« No, non ne hanno la minima idea. L'ultima volta che l'hanno vista è quando è uscita per andare a scuola con la sorella, che ha dodici anni. Fanno sempre la strada assieme, sia all'andata sia al ritorno. Ma stavolta la sorella non l'ha aspettata, e adesso è disperata. I genitori non le dicono niente, ma dovresti vedere come la guardano. »

Monk si ritrovò a osservare la foto della moglie e delle due figlie sulla scrivania. « Come stanno loro? » chiese. « I genitori, intendo. »

« La mamma è agitatissima, in ansia, non riesce a star ferma un attimo. Il padre è imperscrutabile. Dicono che non avevano problemi con Thuy Sen, che andavano d'accordo, non avevano conflitti, lei era brava, non frequentava cattive compagnie. La maestra conferma. A quanto le risulta, le due sorelle se ne stavano sempre per conto loro. »

« Cosa dice la sorella? »

« Niente di che », rispose il detective. « Solo che facevano sempre la stessa strada, per andare a scuola. Abbiamo bussato a tutte le porte per sapere se qualcuno l'ha vista, ma finora non abbiamo scoperto niente. »

Monk sentì un boato nel bar e dedusse che i Giants dovevano aver compiuto qualche prodezza. « Com'era vestita quel giorno? Lo sai? » domandò.

« Sì. La mamma dice che aveva una gonna scozzese e il suo maglione preferito, verde. »

Quando Monk arrivò da Liz Shelton, il cadavere era steso sul tavolo da autopsie con gli occhi chiusi e braccia e gambe irrigidite, magrissime sotto la luce forte e impietosa.

Monk guardò la dottoressa. « Allora? »

« Non ho trovato lesioni o ferite che facciano pensare a un pestaggio. Non ci sono danni cerebrali. Gli unici lividi sono post mortem. »

« Penetrazione? »

« Né vaginale né anale. Naturalmente faremo un tampone, ma dubito che troveremo qualcosa. »

« Lei cosa pensa? »

Liz Shelton sfiorò una guancia alla morta, tese l'indice e le sollevò leggermente una palpebra. La sclera era punteggiata di rosso vivo.

« Strangolata? » domandò Monk.

Liz Shelton tolse la mano dal viso della bambina e le richiuse la palpebra. « Sembrerebbe, ma non ci sono segni esterni. Potrebbe esserle andato un boccone di traverso. È per questo che si fanno le autopsie. »

Monk annuì. « Chiamo i genitori », disse. « Per il riconoscimento. »

Liz Shelton emise un sospiro angosciato. Era poco che lavorava lì, pensò Monk.

Monk e l'investigatore che lavorava con lui, Rollie Ainsworth, erano nello studio della dottoressa Shelton insieme con il padre e la madre di Thuy Sen, e l'interprete della polizia, una giovane profuga molto minuta.

Sia lei sia i signori Sen erano sfuggiti ai Khmer rossi, scoprì Monk durante la nervosa attesa. La signora, Chou, aveva perso entrambi i genitori nei « campi di morte », mentre il fratello e due sorelle di Meng, il padre, erano stati arrestati dagli uomini di Pol Pot e non erano mai più stati trovati. Di fronte a quella nuova tragedia Chou Sen tremava e il marito, rigido su una sedia, fissava il muro con espressione cupissima.

« Come mai sono andati proprio a Bayview? » chiese Monk all'interprete.

La ragazza, riluttante, si rivolse al signor Sen e formulò una domanda. Un momento dopo, Meng Sen rispose con voce piatta.

« Ci stava già una loro prozia », tradusse l'interprete. « Volevano abitare vicini. »

Quando Liz Shelton fu pronta, Monk condusse i signori Sen verso la vetrata. L'interprete rimase indietro.

Il vetro era coperto da una tenda. Benché lo scopo fosse quello di minimizzare lo shock e gli odori, Monk aveva imparato per esperienza che la sua efficacia era molto limitata.

La dottoressa Shelton tirò la tenda da dentro. La bambina era stesa su una lettiga, coperta da un lenzuolo bianco.

I genitori la guardarono a lungo. Fu la madre a crollare per prima, emettendo un grido soffocato e nascondendosi il volto con le mani. Il padre pareva impassibile, ma dopo un po' chiuse gli occhi, sempre senza parlare, e annuì.

Monk venne a sapere attraverso l'interprete che Thuy Sen non andava mai a giocare in riva al mare, non faceva il bagno e non amava la baia. L'acqua era troppo fredda.

Dopo qualche minuto, Monk li congedò.

Liz Shelton terminò l'autopsia a metà della mattina dopo. Monk, che quella notte non aveva chiuso occhio, la raggiunse nel suo studio.

« È morta soffocata », gli comunicò l'anatomopatologa. « Ma

non per colpa di un boccone andato di traverso. Nella trachea c'erano tracce di sperma.»

Monk non disse niente. Pensò fugacemente che la sorella maggiore di Thuy Sen sarebbe stata perseguitata dal rimorso e dai sensi di colpa per tutta la vita.

«Nella trachea, in gola e in bocca», precisò la dottoressa. «In un'eiaculazione ne vengono emessi dai tre ai cinque milligrammi. Una quantità più che sufficiente per soffocare una bambina di nove anni.»

Monk rifletté un momento. «C'è qualcosa che dimostra che non era consenziente?»

«No. Ma, tenuto conto di quello che avete scoperto su di lei, mi sembra alquanto improbabile che lo fosse. Anche se abitava a Bayview.»

Monk alzò le spalle. «C'è altro?» domandò.

Liz Shelton giunse le mani e vi appoggiò il mento. «Nel fermacapelli c'era un pelo. Potrebbe esservisi infilato mentre era nell'acqua, per quanto ne sappiamo, e l'identificazione dell'etnia a partire dalle formazioni pilifere è tutt'altro che una scienza esatta. Tuttavia, con buona probabilità, appartiene a un individuo di colore.»

Monk restò in silenzio. Non c'era bisogno di fare commenti sullo scalpore e sulle emozioni che avrebbe scatenato una cosa del genere, anche a San Francisco: una bambina di nove anni morta soffocata dopo essere stata costretta a un rapporto orale da un nero. Monk doveva assolutamente trovare l'uomo che aveva eiaculato in bocca a Thuy Sen.

Terri non aveva ancora assaggiato il suo caffè.

«Poi venne fuori che non era stato un uomo soltanto, ma due», disse Monk con enfasi. «E li trovammo entrambi.»

4

Monk osservò la scorza di limone nella tazzina di espresso all'italiana che teneva in mano. «Avrei dovuto ordinarlo doppio», disse. «Così mi avrebbero dato meno scorza e più caffeina.»

Terri bevve il suo, ormai quasi freddo, amaro. «Mi parli di Flora Lewis.»

Erano due giorni che indagavano e non avevano ancora trovato un testimone. Avevano bussato a tutte le porte nelle strade malfamate di Bayview, su per ripide salite assolate dove i neri ciondolavano dall'infanzia fino ai venti, venticinque anni, quando finivano in galera o al camposanto. Chi non ci abitava aveva la sensazione di trovarsi in un Paese straniero: i tassisti si rifiutavano di avventurarcisi, i poliziotti preferivano non intervenire nelle liti domestiche e le case erano costruite su una vecchia discarica piena di rifiuti tossici e pericolosi quanto molti dei suoi abitanti.

Un tempo quello era stato un quartiere di belle speranze: durante la seconda guerra mondiale agli operai bianchi si erano mescolati i lavoratori neri dei cantieri navali, che poi si erano fermati lì sperando in un lavoro e in un clima mite – il migliore tra i numerosi microclimi della zona di San Francisco – in una vita migliore, insomma. Invece i posti di lavoro erano piano piano diminuiti e così gli abitanti bianchi. Ormai il quartiere era abitato prevalentemente da neri, più alcuni immigrati dalle isole di Samoa e Tonga e un po' di asiatici, e i pochi bianchi che erano rimasti erano in realtà prigionieri di una casa di proprietà in un'economia in cui non c'era più posto per loro. Alcuni, come Flora Lewis, vivevano barricati in casa e si sentivano prigionieri.

La signora Lewis abitava due isolati più a sud rispetto alla strada che facevano le sorelle Sen per andare a scuola. Tenendo socchiusa la porta, guardò sospettosa i due neri che avevano appena bussato, Charles Monk e Rollie Ainsworth. Si erano presentati lì senza avvertirla e lei si lasciò convincere a togliere la catena e farli entrare solo dopo che Monk le ebbe mostrato il distintivo.

Poi fece una cosa strana: andò alla finestra, sbirciò fuori aprendo la tendina di pizzo con la mano ma restando da una parte, in modo da non poter essere vista dalla strada. E cominciò a parlare, senza voltarsi.

« Mi trasferirei all'istante, se solo potessi », esordì. « Purtroppo ho soltanto una misera pensione, oltre a questa casa che mi hanno lasciato i miei genitori. »

Monk lanciò un'occhiata al collega e lo vide soppesare la donna e decidere, anche lui, che era meglio tacere e lasciarla parlare. « Abitano proprio lì di fronte », continuò la signora Lewis.

Parlava con voce rauca, continuando a curiosare fuori. « Chi? » chiese Monk.

« I due ragazzi Price. Ragazzi per modo di dire. Macchine che vanno e vengono a tutte le ore con gentaglia, ragazze vestite che non le dico, musica a tutto volume, parolacce... » Si interruppe e, quando riprese a parlare, lo fece con grande amarezza. « Lo sapevo che prima o poi sarebbe successo qualcosa. La nonna è praticamente una reclusa e non c'è nessuno che faccia rigare dritti i due fratelli. »

« Ce li descriva. »

Flora Lewis guardò Monk negli occhi da dietro le lenti degli occhiali con la montatura di metallo. Sembrava incerta, impaurita, aveva una strana smorfia disgustata sulla faccia. « Il maggiore si chiama Payton », disse. « Si muove a scatti, bestemmia in continuazione, si crede di essere chissà chi. Una volta aveva lo sguardo più vivace, era quasi un bel bambino. Ma crescendo diventano cattivi, sa? Ci sarebbe da piangere, se non ci fosse da aver paura. Il minore, invece, mi faceva venire i brividi già quando aveva quattro o cinque anni. Si vedeva che sarebbe diventato un bruto. Più che la stazza, era l'espressione: sempre uguale, qualsiasi cosa succedesse.» Chiuse gli occhi. «Non oso immaginare...»

«Che cosa?»

La signora Lewis scosse la testa. Dopo un po' riaprì gli occhi e sussurrò: «La bambina. Era lì con loro».

«Come fa a sapere che era lei?»

Istintivamente Flora Lewis guardò verso il televisore di fronte al vecchio divano. L'unico mobile nel salottino era un tavolinetto con alcune foto di un uomo e una donna che dovevano essere i suoi genitori. Monk era teso, ma cercò di rimanere calmo, di non spazientirsi.

«Era orientale.» Dopo un attimo di esitazione, la signora Lewis concluse: «La sera, poi, ho visto la foto al telegiornale».

Ainsworth guardò Monk. «Ci dica che cosa vide esattamente.»

Flora Lewis prese fiato, come cercando di ricordare tutto. «Erano seduti sulla veranda con una di quelle radio portatili gigantesche accesa, con il volume al massimo. Payton era agitato, muoveva la testa da una parte e dall'altra. Quello grosso, Rennell, guardava per terra come in trance, immobile. Poi è arrivata la bambina.»

Lo disse con una sorta di fatale certezza. «Ce la può descrivere, per favore?» le chiese Monk.

«Orientale», ripeté semplicemente lei. «Capelli neri, lisci, si vedeva che era una brava bambina anche senza guardarla in faccia, dal modo in cui camminava. A testa bassa, gli occhi sul marciapiede. Non li ha guardati, come se non esistessero.»

«Ma loro l'hanno vista.»

Flora Lewis si morse il labbro. «È stato quello grande e grosso», disse con un'ombra di rabbia. «Rennell. Si è alzato in piedi, con la bocca aperta. Si è messo a gridare. Non vi so dire cosa perché con la musica a tutto volume io non ho capito una parola. La bambina ha avuto un attimo di esitazione. Poi, però, ha continuato dritta per la sua strada. Allora lui è sceso sul marciapiede, con la bocca aperta, sempre a gridare.» Flora Lewis si voltò di nuovo verso la finestra, guardando fuori come per rivedere la scena. « Me lo posso immaginare, cosa diceva. Perché lei si è fermata, è rimasta impietrita. E si è voltata verso di lui. Quello l'ha raggiunta, incombeva su di lei come un gigante. Payton invece continuava a dondolare sulla sedia. La bambina mi dava la schiena, ma vedevo che li guardava, prima uno e poi l'altro. Forse non sapeva quale dei due le faceva più paura. Comunque, Rennell le ha detto qualcos'altro e lei ha fatto di no con la testa. » Flora Lewis concluse, in tono piatto: « Allora lui l'ha presa per un braccio ».

Monk ebbe un brutto presentimento. « E poi? »

« L'ha trascinata verso casa. Lei non voleva, cercava di scappare. Ma non ce l'ha fatta, poverina. Mi ricordo che aveva le spalle curve e si è voltata verso Payton, che era ancora sulla veranda, ma in piedi. Come se a quel punto la cosa interessasse anche a lui. » La donna scosse la testa desolata. « Rennell gli ha detto qualcosa e Payton ha aperto. »

Il racconto si interruppe bruscamente. Dopo un attimo, Ainsworth chiese: « E poi che cosa è successo? »

« Rennell l'ha fatta salire sulla veranda e l'ha spinta in casa. Mi ricordo che sulla soglia è inciampata. Rennell è entrato dopo di lei, e io non l'ho più vista. » Con gli occhi lucidi, continuò: « L'ultima cosa che ho visto è stato Payton che chiudeva la porta ».

Monk e Ainsworth rimasero zitti, tenendo per sé i loro dubbi. « Quei due mi fanno paura », mormorò la donna, imbarazzata. « Quando ho visto la foto della bambina in TV, ho sperato che la trovaste. Ma non ridotta così, poveretta. »

Monk si mise le mani in tasca. « Se quella bambina era Thuy Sen, quando lei vide la foto in televisione era già morta. Quello che poteva fare, lo sta facendo adesso, signora Lewis. »

Meglio sarebbe stato se non avesse aspettato che venissimo noi da lei, aggiunse fra sé. E meglio ancora se ci avesse chiamato subito dopo aver visto « quello grande e grosso » che la trascinava in casa.

« Si ricorda com'era vestita la bambina? » chiese.

La vecchia lo guardò con occhi colmi di gratitudine. « Una

gonna scozzese e una maglia verdone », rispose. « Non me lo dimenticherò finché campo. »

Monk e Ainsworth erano al posto di polizia di Bayview insieme con un agente grande e grosso, in borghese. Larry Minnehan, che esclamò: « Merda ».

Monk alzò le spalle. « Se era veramente Thuy Sen, non ha seguito la strada che faceva di solito. Voi l'avete cercata dove era giusto cercarla. »

« Ma questa donna, Cristo santo! Non poteva chiamarci? Così adesso c'è scappato il morto. »

Monk fece un cenno in direzione di una bacheca alle spalle di Minnehan. « Cosa sai dei fratelli Price? »

« Sono come tutti gli altri, dei disgraziati. » Minnehan si voltò verso la bacheca e indicò un centinaio di foto segnaletiche di giovani appartenenti a varie bande, sotto cui erano scritte a macchina le caratteristiche più salienti: precedenti penali, periodi di detenzione, eventuale data del decesso e nome del loro assassino. Una parete piena di volti dallo sguardo vacuo. Tutti, invariabilmente, neri.

« Payton è questo qui », disse Minnehan a Monk, indicando una foto sulla destra.

Monk si avvicinò e si sforzò di memorizzarlo: magro, bello, con i lineamenti quasi delicati e un'insolita luce ironica negli occhi scuri in mezzo a tante facce spente. « È il genio di famiglia », spiegò Minnehan. « Gestisce una rete di spacciatori. »

« Crack? »

« Ovviamente. Una cosa bisogna riconoscergliela, però: non fa parte di nessuna banda. È un piccolo imprenditore, che se invece di droga commerciasse qualcos'altro sarebbe un esempio dello spirito di iniziativa che ha reso grande l'America. »

Ainsworth guardò la foto. « Non è facile, da queste parti, tirarsi fuori da soli. »

« Payton è uno con le palle », replicò Minnehan. « Qui a Bayview spacciare crack non è uno scherzo. La gente è incazzata, paranoica, violenta, e i drogati ancora di più. Bayview è un inferno anche per i neri.»

La risatina di Monk fu amara. «E come fa Payton a gestire il suo piccolo impero?»

«Con il solito sistema: compra coca in polvere da un trafficante, a chili, e la trasforma in cristalli. Siccome i trafficanti vendono solo grossi quantitativi, Payton deve venderne un sacco, prima di potersi rifornire di nuovo. E così si appoggia a una ventina di ragazzi di cui si fida, amici di amici, ragazzi giovani. Questo gli consente di non aver direttamente a che fare con i tossici peggiori, quelli che sarebbero capaci di farlo fuori per pigliarsi i cristalli che ha in tasca.» Minnehan si toccò la pancia prominente sotto la felpa della squadra del Notre Dame. «Dieci cristalli vanno a uno e cinquanta. Payton in genere vuole i soldi subito, ma se è sotto pressione e uno gli chiede di aspettare pochi giorni, a volte gli fa credito. E poi manda uno a incassare, possibilmente grande e grosso. Rennell sembra nato per fare questo.»

Monk sentì l'inevitabilità del destino dei due ragazzi che abitavano di fronte a Flora Lewis. Era una storia che aveva già sentito tante volte: spacciare crack era il primo sbocco lavorativo per molti ragazzi di quel quartiere. Vendere coca è molto più difficile: i clienti sono più diffidenti, hanno paura che sia tagliata con lo zucchero o il sale. Invece anche un bambino è in grado di prendere la polvere di coca, mischiarla con acqua e bicarbonato e cuocerla sino a farla cristallizzare. I clienti ne provano uno e, appena lo sentono entrare in circolo, l'affare è fatto. E così chi spaccia il crack prima o poi lo prova anche. Lo fumano perché gli piace, lo vendono perché rende bene e lo regalano in cambio di sesso. Finché non ci restano secchi.

«Payton aveva una ragazza?» domandò Monk.

«Un bel ragazzo come lui? Era pieno di donne. Drogate pronte a fare di tutto con chiunque pur di procurarsi una dose, anche con i mostri più mostri. Ce ne sono certe ridotte a uno stadio tale che farebbero un pompino anche a una marmitta.»

«Che bisogno avevano di una bambina cambogiana di nove anni, allora?»

Minnehan alzò le spalle. « È un mondo di depravati con la D maiuscola. Non ci sono regole, non ci sono limiti, non c'è rispetto per la vita di nessuno, specie se con una fica in mezzo alle gambe. Tieni presente che il crack arrapa. Per gente come i fratelli Price, va bene tutto. »

L'accenno a Rennell fece tornare in mente a Monk che non aveva mai visto colui che, secondo Flora Lewis, aveva adescato Thuy Sen. « E Rennell qual è? » chiese.

Minnehan gli indicò una foto. « Questo qui. Un povero derelitto, certamente. »

Monk lo osservò con cura. Era un tipo completamente anonimo, pensò: faccia tonda, inespressiva, occhi ancor più spenti del normale.

« Portiamoli in centrale. Tutti e due », dichiarò.

5

Mentre andavano a prendere Payton e Rennell Price, passarono per la zona più commerciale di Bayview, Third Street, dove c'erano botteghe di roba usata, negozi di liquori, banchi dei pegni, tavole calde e alimentari gestiti da arabi troppo furbi per abitare lì, che si arricchivano grazie alla carenza di supermercati nel quartiere. La disoccupazione era dilagante: quelli che avevano un lavoro regolare facevano i pendolari e l'unica attività economica visibile del quartiere era rappresentata dagli spacciatori di crack agli angoli di Third e Palou Street. La gente ciondolava per strada e sui marciapiedi, oppure stava seduta nella veranda davanti a casa come i fratelli Price, soprattutto nelle sere più calde, a bere birra e a godersi il fresco, anche quando le strade, calato il buio, diventavano pericolosissime. L'altro polo di attrazione erano le chiese: quando la vita terrena è dura, la gente spera in un'esistenza migliore dopo la morte, pensò Monk.

C'erano palazzoni di stile stalinista ovunque, costruiti negli anni '50 e '60, i cartelli stradali erano pieni di fori di proiettile e le strade di criminalità e violenza. Insomma, la vita a Bayview era precaria quanto gli effetti della polverina bianca mescolata al bicarbonato. In mezzo allo squallore generale restavano alcune vecchie case in stile eduardiano e vittoriano e villette a un piano. Nelle giornate di sole come quella dalle strade in salita si godevano scorci molto belli sulla baia. Monk pensò che i portuali che vi si erano trasferiti dalle campagne del Sud dovevano aver scelto quel posto proprio per la vista. Purtroppo i cantieri navali erano entrati in crisi e dell'attività portuale erano rimasti solo pochi magazzini e un gran numero di disoccupati senza nessuna prospettiva. Monk, che aveva due figlie, pensò che anche per le ragazze di Bayview la situazione era drammatica: non avevano la possibilità di trovare né amore né sostegno da parte di uomini del genere. Quei ragazzi avevano ben poco da offrire a una donna, a parte la sottocultura di cui facevano parte anche i fratelli Price, fatta di adrenalina, brutalità e violenza, senza futuro, né amicizia né senso della famiglia, in un quartiere in cui esistevano solo sfruttamento e bambini lasciati a crescere per strada.

Payton aveva ventidue anni, Rennell diciotto. Monk sapeva in che modo passava le giornate il fratello maggiore: incontrava i suoi scagnozzi in posti sempre diversi, portando con sé come protezione il fratello e una pistola in tasca, e reclutava sempre nuovi ragazzi, minorenni che sapevano di non poter finire in carcere e che non si curavano di morire ammazzati. Payton probabilmente li ricattava, dicendo loro che se avessero sgarrato i suoi scagnozzi gli avrebbero bruciato la casa. E di certo non versava soldi in banca, ma li teneva sotto il materasso o in casa di qualche amichetta. Quando gli serviva una macchina, la rubava e, se lo beccavano, diceva che gliel'avevano prestata. La vita a Bayview si svolgeva al ritmo di musica a tutto volume, sesso, auto e armi da fuoco. Spesso gli autisti degli autobus che passavano da Third Street chiamavano la polizia per denunciare una rapina in corso. I tabaccai vendevano pipette di vetro o sigarette sfuse per consentire ai ragazzi di fumarsi il crack appena comprato. A Bayview non c'era futuro. Si viveva – o si moriva – nel presente.

Payton Price fu sfortunato: quando la polizia arrivò da lui, lo trovò in casa.

Era una villetta malconcia in stile vittoriano in Shafter Avenue, che apparteneva alla nonna dei due fratelli. Payton aprì la porta. Era asciutto, muscoloso e più bello di quanto sembrasse nella foto segnaletica. I suoi occhi, che dovevano averne viste di tutti i colori, avevano una strana sfumatura verde, un'espressione decisa a non rivelare nulla e forse anche un'ombra di paura.

Guardò prima Monk, poi Ainsworth e poi di nuovo Monk. « Ce l'avete il mandato? » chiese, ostile e un po' sprezzante.

Ti abbiamo beccato mentre giocavi al piccolo chimico, dunque, pensò Monk. « Volevamo solo parlarti », rispose.

« Di che? »

« Della bambina cambogiana che è stata trovata morta nella baia. »

Payton lanciò una rapida occhiata ad Ainsworth. « Non ne so niente », replicò tranquillo.

« Allora non ti dispiacerà rispondere a due domande, immagino. »

Payton guardò Monk negli occhi. « Purtroppo non ho tempo. Scusate. »

Monk resse il suo sguardo e insistette: « Se non hai tempo tu, magari parliamo con tuo fratello ».

Questa volta fu certo che il lampo che passò negli occhi di Payton Price era di spavento. Dopo un attimo, il ragazzo alzò le spalle e disse: « Facciamo presto, però ».

« Okay. Prima di tutto dicci dove possiamo trovare Rennell. »

Portarono Payton in una stanzetta spoglia della centrale, con una videocamera fissata in un angolo e un registratore sul tavolo. I due poliziotti lo lasciarono pensare per un po' al fratello chiuso nella saletta adiacente. Payton si reggeva la testa con una mano, fingendosi annoiato. Ma era teso, si vedeva. Monk pensò che doveva esserlo sempre, anche se forse non così tanto, e si chiese quando avesse dormito tranquillo tutta la notte per l'ultima volta.

Gli posò davanti una foto di Thuy Sen. « La conosci? »

Payton guardò la foto a lungo, fingendosi concentrato. « Non mi pare », rispose, guardando Monk. « Gli orientali sono tutti uguali. »

Monk accennò un sorrisetto. « Frequenti molte bambine orientali? »

La luce ironica negli occhi di Payton si spense. « Non ho mica detto questo. »

Monk si appoggiò allo schienale e incrociò le mani dietro la nuca. « Te l'ho chiesto perché abbiamo saputo che è stata a casa tua, il giorno in cui è scomparsa », spiegò in tono amichevole.

Payton fece un sorriso incredulo, ma i suoi occhi rimasero seri. « Stronzate. »

Monk lo squadrò. Intervenne Rollie Ainsworth: « Così ci han detto ».

« Chi ve lo ha detto? »

Ainsworth sorrise. « Non te lo posso dire. Sai com'è. »

« Chiunque è stato, ha detto una stronzata. »

« Perché non è mai stata a casa tua o perché c'è stata un altro giorno? » domandò Monk.

Payton si tirò su e incrociò le braccia, guardando Monk dritto negli occhi. « Cazzo me ne faccio di una bambina con gli occhi a mandorla che manco c'ha ancora le sue cose? »

L'allusione sessuale di quella risposta fece rizzare le antenne a Monk: per sua espressa richiesta, Liz Shelton non aveva reso noti i particolari della morte di Thuy Sen. « Secondo il tuo ragionamento, *nessuno* se ne sarebbe fatto niente. Però la bambina è morta. »

« Non a casa mia », rispose Payton arrogante. « Guardi che io c'ho tutta la fica che voglio, quando e come voglio. »

Monk sorrise lentamente. « Sono contento per te », rispose laconico, ma in tono divertito. Poi posò l'indice sulla foto della piccola cambogiana. « Dunque questa bambina non è mai entrata in casa tua. »

Dopo un attimo, Payton rispose con calma convinzione: « Se mai c'è entrata, io non ne so niente ».

Non sei uno stupido, pensò Monk. Ma forse ti credi troppo furbo e ti metti nei casini da solo. « Dov'eri nel pomeriggio di martedì scorso? »

Payton, zitto, guardò il nastro del registratore che girava. Dopo un po' rispose: « Se sapevo che era così importante, magari me lo scrivevo ».

« So che sei molto impegnato », intervenne Ainsworth affabile. « Pensaci pure tutto il tempo che vuoi. »

Payton replicò, impassibile: « Non ho tutto il tempo che voglio ».

« Sì, invece », gli assicurò Monk. « Adesso ti lasciamo riflettere e andiamo a parlare con tuo fratello. »

Monk ebbe l'impressione che questo mettesse Payton in agitazione più di tutte le domande precedenti. « Rennell e io dobbiamo tornare a casa », disse Payton con una certa insistenza.

« Va bene, ne terremo conto », gli rispose Monk, senza dargli il tempo di aggiungere altro.

Seduto con le braccia appoggiate sul tavolo, Rennell Price era talmente grande e grosso che faceva sembrare la saletta per gli interrogatori ancora più piccola. Aveva un faccione rotondo e inespressivo, un po' ottuso, e una fessura fra gli incisivi superiori, che erano giallastri e con una corona in oro. Al contrario di suo fratello, guardò la foto di Thuy Sen con lo sguardo vacuo.

« Te la ricordi? » gli chiese Monk.

Rennell restò zitto, senza neppure accennare a rispondere. Sembrava che non gli importasse fare bella figura con Monk e Ainsworth, che fosse del tutto indifferente a loro o nemmeno si accorgesse della loro presenza. « Sì, forse l'ho vista », disse dopo un po'.

Monk stette attento a non lasciar trasparire la propria sorpresa. « Dove? »

Di nuovo, Rennell ci mise molto tempo, prima di rispondere, ma non sembrava che quei silenzi lo turbassero. « In qualche negozio, forse. »

« Quale? »

Silenzio.

« Non te lo ricordi? »

Il ragazzo scosse lentamente la testa. Non guardava più la foto, ma neanche i due investigatori.

Ainsworth domandò, un po' più incalzante: « È mai stata a casa tua? »

Dopo un lungo silenzio, Rennell Price rispose con un secco: « No ».

Tu sei l'anello debole della catena, decise Monk. Gli sembrava quasi di sentire l'odore della sua paura.

Si protese verso il ragazzo e disse a bassa voce: « Perché qualcuno ha detto che tu l'hai fatta entrare in casa vostra, il giorno in cui è scomparsa ».

Per la prima volta i suoi occhi si animarono e assunsero una luce diffidente, ostile. « No, no. »

« Martedì scorso. »

« No. »

Questa volta la risposta fu rapida, come la domanda successiva di Monk. « Dov'eri martedì scorso, Rennell? »

Il ragazzone scrollò le spalle con aria indifferente. « Di solito dormo tutto il giorno. »

Monk gli credette. « E hai dormito anche martedì scorso? »

« Molto probabile. » Lo disse con un tono che faceva pensare a giornate tutte uguali, a una noia costante. Sembrava talmente lontano dal mondo da risultare inavvicinabile.

Anche Ainsworth dovette avere la medesima impressione perché gli chiese, da uomo a uomo: « Quando l'hai incontrata nel negozio hai pensato che era carina, Rennell? »

Il ragazzo non si mosse e non parlò.

« Si chiamava Thuy Sen », disse Monk in tono pacato. « Cosa sai dirci di lei? »

Rennell Price a quel punto lo guardò negli occhi, cogliendolo di sorpresa, e rispose a voce bassissima: « Non l'ho ammazzata io, quella bambina ».

Come fai a sapere che è stata ammazzata, allora? Ma Monk non disse nulla.

6

Monk aveva cominciato a guardare il traffico e i negozi che stavano aprendo lungo la strada: una bottega di alimentari, un banchetto di frutta e verdura e una rosticceria con dei salami appesi in vetrina. Terry pensò che era un uomo abituato a osservare tutto ciò che aveva intorno.

« Le sarà venuto il dubbio che Flora Lewis avesse visto ciò che aveva voluto vedere, immagino. O che se lo fosse inventato di sana pianta. »

Monk si voltò verso di lei. « Per liberarsi dei due drogati che ascoltavano musica a tutto volume di fronte a casa sua? »

« Per esempio. »

Monk sorrise. « Sì, certo. E infatti tornammo a parlarle. »

Monk e Ainsworth ci tornarono di mattina presto, quando gli spacciatori di Bayview dormivano ancora, dopo aver fatto le ore piccole: non volevano che i fratelli Price li vedessero e poi dessero fuoco alla casa di Flora Lewis con lei dentro.

Cominciarono con domande semplici, controllando tutti i dettagli: l'ora in cui la signora aveva visto Payton e Rennell il giorno della scomparsa di Thuy Sen, dove si trovava esattamente, se aveva gli occhiali, dopo quanto tempo era arrivata la bambina, dopo quanto tempo l'avevano portata in casa. Poi le chiesero come erano vestiti i due fratelli: giacca a vento rossa e blue jeans Payton, felpa nera con cappuccio e forse pantaloni di felpa Rennell. Ogni tanto ripetevano le domande, per verificare che Flora Lewis non si contraddicesse. Alla fine dell'interrogatorio, Ainsworth le mise davanti sei foto segnaletiche.

« Riconosce qualcuno di questi uomini? » le chiese.

« Certamente », rispose lei aspra. E indicò con il dito tremante due fotografie. « Questo è Payton e questo qui Rennell. Quello che portò dentro la piccola. »

« Mi dice di nuovo com'era vestita, per favore? »

« Aveva una gonnellina scozzese e una maglia verdone. »

« Non è possibile che lei abbia saputo dalla televisione che cosa indossava? » domandò Monk, attento a non offenderla.

La donna si tolse un pelucco dal vestito a fiori, irritata. « L'ho vista, le ho detto. Non ricordo niente della descrizione che hanno fatto in TV. Ero troppo sconvolta! »

« Dobbiamo essere sicuri, lei capisce. È molto importante. »

Al pensiero che quell'indagine di polizia potesse portare in tribunale due persone con l'accusa di omicidio la signora Lewis si fece pensierosa. Quando Monk posò la foto di Thuy Sen accanto a quella dei due ragazzi neri, la guardò in silenzio, grave.

« È questa la bambina che vide quel giorno? »

Flora Lewis si morse un labbro. « Senta, non sono sicurissima. Mi pare di sì, ma non ricordo di averla mai vista prima di quel giorno. Né lei né altre bambine orientali. Era sul marciapiede di fronte, non l'ho vista benissimo. »

« Rennell e Payton però li ha riconosciuti. »

« Sì, perché erano proprio di fronte a me. E poi li conosco da una vita. Abitano lì... »

« Ha detto che vengono spesso a trovarli altri ragazzi, però. »

« È vero. »

« E non potrebbero essere stati altri due, invece di Payton e Rennell, ad abbordare la bambina quel giorno? »

Flora Lewis fece una smorfia pensosa, poi scosse la testa con decisione. « No. L'andatura del ragazzo che è andato verso la bambina era quella di Rennell Price. Minacciosa, pesante. Gli piace far paura al prossimo. »

Monk meditò se accennare all'argomento « pregiudizio razziale », ma scelse una domanda più neutra. « Saprebbe riconoscere i ragazzi che frequentano la casa dei due fratelli? »

La donna distolse lo sguardo, riflettendo. « Non li conosco, non so come si chiamano. A parte uno, forse. Uno alto, che gira su una Cadillac malandata, azzurra. È sempre posteggiata lì. »

« L'ha mai visto da vicino? »

« No, solo da dietro la finestra. »

« Lo riconoscerebbe in una fotografia? »

La donna ci pensò un attimo su, poi rispose: « Senza vederla, mi è difficile dirlo ».

« Quel giorno la sua macchina però non c'era? »

« No, quel giorno no. » Flora Lewis si interruppe, poi aggiunse disgustata: « Ho visto soltanto i due fratelli ».

Monk la guardò in faccia e decise di cambiare tattica. « Quando è stata l'ultima volta che ha parlato con Payton e Rennell? »

Con un'alzata di spalle, la donna rispose: « Un sacco di tempo fa ».

« Anni? »

« Sì, diversi anni. Non parlo più con loro, da quando sono diventati così. »

« Successe qualcosa di particolare per cui lei decise di evitarli? » chiese Ainsworth.

Flora Lewis esitò, prima di replicare: « Una volta Payton mi insultò ».

« Come? »

La vecchietta incrociò le braccia. « Stavo tornando a casa con la spesa e mi si ruppe il sacchetto. Mi cadde un melone per terra e si spappolò sul marciapiede. » Assunse un tono indignato. « Payton e Rennell erano sulla veranda, ma non fecero neppure il gesto di aiutarmi. Anzi, Payton scoppiò a ridere e disse che mi stava bene, perché ero una vecchia ficcanaso. »

« Quanti anni aveva, all'epoca? » chiese Monk.

« Tredici, quattordici. »

« Dunque parliamo di otto anni fa, più o meno. Quando è stata l'ultima volta che li ha visti da vicino? »

« Non saprei, ispettore. Quando li vedo, attraverso la strada e tiro dritto. » Abbassò la voce. « Come ha fatto quella povera bambina. »

« Dunque sono anni che non li vede in faccia. Né Rennell né Payton. »

« Può darsi, ma li vedo tutti i pomeriggi davanti a casa, che ciondolano e fanno le loro sporche cose. »

« Che cosa intende, signora Lewis? »

« Spacciano droga, ispettore. E la fanno spacciare anche a dei ragazzini. »

Monk rifletté un momento. « E la nonna cosa fa, mentre i nipoti spacciano? »

« La signora Price? Oh, non la vedo quasi mai, adesso. Ogni tanto sbircia dalla finestra del primo piano, tutto lì. » In tono di misurata compassione, aggiunse: « Una brava donna, timorosa di Dio. Va in chiesa tutte le domeniche, a volte con un fiore all'occhiello. Anni fa, quando ci incontravamo per strada, scambiavamo due parole. Adesso sta sempre chiusa in casa, perché ha paura dei nipoti e della marmaglia che frequentano. Chissà come vive, poveretta. A cominciare da quella musica infernale... »

Monk restò zitto. La signora Lewis pareva meditabonda. « Per colpa di quei due ragazzi siamo costrette a vivere come recluse, sia io sia lei. Eula Price ormai esce soltanto per andare in chiesa e io solo per fare la spesa. Non ci incontriamo e non ci parliamo più. »

« Lei ha amici di colore, signorina Lewis? »

« Non ho più amici, ormai. Se ne sono andati tutti. In un altro quartiere o all'altro mondo. »

« Aveva amici neri, prima? »

« Conoscenti. »

« Li invitava a casa? »

Flora Lewis lo guardò negli occhi. « No. Perché? Mi crede razzista? »

« Non lo so, signorina Lewis. Ma so che lei è una teste importante. Ha o ha mai avuto amici o conoscenti orientali? »

« Sono una persona educata », rispose la Lewis. « Lo sono sempre stata e mi comporto gentilmente con tutti quelli che lo meritano. Ma non posso dire di aver mai avuto amici orientali. »

« Da quanto tempo vive qui, signorina? »

« Ci sono nata e vissuta tutta la vita. Abito qui da ben settantadue anni, se proprio lo vuole sapere. Trentatré con i miei genitori e trentanove da sola. Da quando ho smesso di insegnare e sono andata in pensione, dodici anni fa, ci passo tutte le mie giornate. »

Monk calcolò che Flora Lewis viveva a Bayview da sola dai tempi della Seconda guerra mondiale, quando il quartiere aveva cominciato a cambiare. « Cosa pensa di questo quartiere oggi? »

Flora Lewis, impettita, rispose brusca: « È diventato un incubo. Dal quale non riesco a svegliarmi ». Improvvisamente le tremò la voce e le vennero le lacrime agli occhi. « I miei mi lasciarono la casa perché mi volevano bene, perché fosse una sicurezza, per me. E invece è diventata una prigione. »

Monk sospirò. « Mi dispiace. »

Flora Lewis cercò di ricomporsi. « Lasci stare. Piuttosto, mi dia retta: le ho raccontato la verità. » Indicò con il dito la foto segnaletica di Rennell Price. « Lui è Rennell, quello che ha abbordato la bambina. E l'altro è Payton, che ha chiuso la porta. Chissà cosa le hanno fatto. »

Monk e Ainsworth si fermarono a prendere un caffè in un sordido locale di Third Street. Non c'era nessuno.

Ainsworth assaggiò il caffè e disse: « Allora? »

« Secondo me, è sicura di quello che dice. Mi sa che Thuy Sen è morta in quella casa. »

« Anche secondo me. Ci facciamo dare un mandato? »

Monk scosse la testa. « Prima curiosiamo un po' in giro, tanto fra due o tre giorni troveremo quello che troveremmo adesso. Voglio capire come ha fatto la bambina a finire dalla casa dei Price nella baia, visto che quasi certamente non c'è andata a piedi e che i due fratelli non possiedono automobili. »

Ainsworth si posò il mento su una mano. « Rubarne una per sbarazzarsi di un cadavere non sarebbe una mossa molto intelligente, immagino. »

« Un ragazzo alto, con una Cadillac azzurra? » ripeté Larry Minnehan. « Eddie Fleet, probabilmente. »

Si voltò verso la bacheca, indicò una foto segnaletica e lesse le poche righe scritte vicino. « Siete fortunati, è ancora vivo. »

Monk osservò il ragazzo della foto: capelli rasati quasi a zero, naso piatto, labbra grosse atteggiate in un sorriso sdegnoso. Anche se si vedeva soltanto la faccia, si capiva lo stesso che doveva essere alto e magro. « Che cosa sai di lui? »

« Il classico talento sprecato: pare fosse molto bravo a pallacanestro, prima di rovinarsi con il crack. Aveva il fisico, ma non la testa, dicono. » Minnehan cercò di farsi venire in mente qualcos'altro. « Se non sbaglio, è stato dentro per violenze su una ragazza, porto d'armi illegale, aggressione, spaccio. Ma ha scapolato la condanna grazie a un'irregolarità formale nel sequestro della droga. Insomma, la carriera tipica del delinquente. »

« È amico dei due fratelli Price? »

« È l'autista di Payton, il suo tuttofare, il suo braccio destro. Se gli sequestriamo l'automobile, il povero Payton è costretto ad andare a piedi. E come faremmo tutti quanti a Bayview senza di lui? » Minnehan inclinò la testa da una parte. « Pensate che Eddie sia coinvolto nella storia della bambina? »

« Possibile. » Monk rifletté un momento, poi chiese: « Rennell ha mai avuto una ragazza? »

Mentre tornavano in ufficio, Ainsworth chiese a Monk: « Pensi che Payton stia coprendo suo fratello? Che Rennell sia un pedofilo? »

« Non mi sembra abbastanza sveglio », rispose Monk. « Ma è strano che Minnehan non lo abbia mai visto assieme a una ragazza. A occhio, l'avrei detto padre di due o tre marmocchi a quest'ora. » Imboccò Bryant Street. « Troverei più credibile che Rennell se la fosse fatta da solo. In genere i pedofili sono tipi solitari. »

« E Payton, allora? »

« Neanche lui rispetta molto le donne. Forse a Rennell piacciono le bambine e Payton cerca di accontentarlo. Non sono certo i tipi da farsi degli scrupoli per una come Thuy Sen. »

I risultati degli esami tossicologici erano sulla scrivania di Monk, che li fece leggere a Ainsworth. Quando era morta,

Thuy Sen era « pulita »: non c'era traccia di crack nel suo organismo. Monk se lo aspettava, ma voleva esserne sicuro. A Bayview erano parecchie le ragazzine che facevano pompini in cambio di crack.

Ainsworth posò il referto e chiese: « Cosa facciamo adesso? Chiediamo un mandato o andiamo a cercare Fleet? »

« Continuo a pensare a quella Cadillac », rispose Monk.

« Eddie Fleet », disse Terri. « Il testimone che tutti gli avvocati sognano. Capisco che siate andati a cercarlo. »

Monk la guardò imperturbabile. « Nel nostro lavoro, è normale. I delinquenti conoscono altri delinquenti. Chi si aspettava, Kofi Annan? »

7

Larry Minnehan e Jack Breslin accompagnarono Monk e Ainsworth alla ricerca di Eddie Fleet.

A bordo di un'auto priva di contrassegni entrarono nel complesso di case popolari di Double Rock, un posto talmente malfamato che persino i poliziotti avevano paura ad andarci.

« Ci sono venuto la settimana scorsa a cercare un pregiudicato che era sparito in libertà vigilata », disse Minnehan. « Entro in cucina e quello spunta da dietro il frigorifero con una pistola, pronto a spararmi in mezzo agli occhi. »

« E tu? » chiese Ainsworth.

Minnehan continuò a guardare la strada. « Gli ho spaccato una rotula con un calcio. Per un po', adesso, starà bravo. »

Monk pensò che non sarebbe servito a molto: i ragazzi che abitavano in quei palazzoni si ritrovavano nel tunnel della criminalità prima ancora di rendersi conto che esistevano alternative a quella vita. Peraltro, le loro case sembravano una prigione e i vari condomini, coperti di graffiti, alcuni con finestre sbarrate da assi di legno, erano contrassegnati da numeri tipo F-7:1840-1860, proprio come le celle di una galera. Superarono un parcheggio dove un ragazzino, urinando su una macchina, gridò a Minnehan: « Non mi farai la multa per una pisciata, vero? »

Minnehan sorrise e gli diede una sorta di ironica benedizione dal finestrino. « Quello è Lance. È ritardato, poveraccio », spiegò ai colleghi. « Il proprietario della macchina gli darà una lezione senza bisogno che interveniamo noi. » Breslin guardava la strada, senza parlare.

Poco dopo si fermarono davanti a un vecchio barbone con un berretto degli Yankees, che cuoceva hamburger su una griglia. Breslin tirò giù il finestrino e lo salutò. « Ciao, Globetrotter. »

Il vecchio guardò diffidente i due sconosciuti seduti dietro. « Ciao. Come butta? »

« Così. Stiamo cercando Eddie Fleet. »

« Eddie? È un po' che non lo vedo. Dicono che è andato a lavorare alla Microsoft. Che fa il presidente. »

Scoppiò a ridere, ma gli occhi rimasero seri.

« Se si stufa e torna, digli di passare a trovarci che glielo offriamo noi un posto come si deve. »

Il barbone annuì. Monk capì che la voce che la polizia stava cercando Fleet si sarebbe sparsa rapidamente.

« Che spreco! » disse Breslin non appena furono ripartiti. « Giocava veramente nei Globetrotter, prima di cominciare a farsi di crack. Adesso fuma dal mattino alla sera. » Continuarono a girare per le strade in cerca di uno che li guardasse un tantino troppo a lungo, o che evitasse il loro sguardo e allungasse il passo, segno che aveva qualcosa da nascondere.

Successe due isolati più in là. Seduto dietro, Monk vide fra le spalle dei due colleghi davanti un uomo alto che scendeva da una vecchia Cadillac azzurra ed entrava in un appartamento in una casa di un piano. « Vai », disse Breslin.

Minnehan accelerò di colpo e Monk e Ainsworth si ritrovarono sbalzati contro lo schienale. Con uno stridore di gomme, l'auto si fermò davanti alla casa e Breslin saltò giù e si mise a correre verso il portone in cui era entrato l'uomo. Quando gli altri tre lo raggiunsero, Breslin aveva afferrato la sua preda per la felpa e lo stava tenendo con la faccia contro la porta. « Provati a fare qualche scherzo, Eddie, e mi incazzo veramente. »

Fleet taceva. Breslin, strattonandolo, lo spinse verso il marciapiede dove Minnehan lo perquisì. Tre donne e un bambino che passavano di lì non si voltarono neppure a guardare. Fu solo dal fatto che si erano improvvisamente zittiti che si capì che avevano visto la scena.

Monk osservava Fleet. Era oltre un metro e ottanta di statura, capelli cortissimi, la faccia rotonda con la fossetta sul mento, il naso schiacciato – forse a causa di un pugno – e grandi occhi scuri. Anche Fleet guardò Monk, brevemente, poi riprese subito la sua aria indifferente. Non si erano mai visti prima, ma

Monk capì che Fleet sapeva chi era. In fondo era abbastanza conosciuto, era un personaggio rispettato e temuto, con la fama di essere un uomo onesto che conveniva non far arrabbiare. La voce che Monk aveva fermato Eddie Fleet si sarebbe sparsa molto velocemente per le strade di Bayview.

« Tu tienigli compagnia », disse Minnehan a Breslin, e salì gli scalini. Monk e Ainsworth lo seguirono. Minnehan bussò alla porta dell'appartamento in cui Fleet aveva cercato di entrare un attimo prima.

Dopo un bel po' gli aprì una ragazza in vestaglia. Aveva una ventina di anni, era graziosa e aveva un vistoso occhio nero: probabilmente Eddie Fleet aveva una concezione piuttosto brutale dei preliminari amorosi.

« Le spiace se entriamo? » le chiese Minnehan. La ragazza capì che, nonostante l'intonazione, quella non era una domanda. Il suo era un alloggio popolare e, se avesse avuto il minimo problema con la giustizia, rischiava di essere sfrattata. Per lei, Larry Minnehan aveva più potere del presidente degli Stati Uniti.

Si chiamava Betty Sims ed evidentemente non amava i lavori di casa: nelle tre stanze dell'appartamento, piccolo e pieno di roba, c'erano lenzuoli per terra e sul divano, CD sparsi sul tavolo della cucina e una pila di piatti sporchi nel lavandino. Sui fornelli c'era una padella con del pollo che cuoceva; come l'assurda stampa cinese appesa sopra il divano, a Monk parve un patetico tentativo di imitazione di una normale vita domestica. Nell'occhio sano della ragazza si leggevano paura, tristezza e una profonda rassegnazione. Monk intuì che si vergognava e temeva il loro giudizio.

Minnehan andò a perquisire la camera da letto. Monk salutò Betty con un cenno del capo e lo seguì.

Sul comò erano sparsi cosmetici e bottiglie di birra vuote. Minnehan aprì il primo cassetto e trovò un vasto assortimento di biancheria intima, alcuni pezzi con il cartellino del prezzo ancora attaccato.

« Questa è una ladra di mutande », disse.

Ainsworth guardò la foto nella cornice posata sul comò: vicino a una giostra del Golden Gate Park c'erano un uomo grasso e sorridente e una ragazza minuta. «Demetrius George», disse Ainsworth. «A quanto so, membro di una gang e indagato per omicidio.»

«Sì, risulta anche a me», concordò Minnehan. «Chiediamo a Betty.»

La ragazza si era seduta sul divano, con le spalle un po' curve e le ginocchia strette sotto la vestaglia semiaperta. Minnehan le mostrò la foto. Monk notò che nell'altra mano teneva un involucro di carta stagnola che aveva preso dal piano del comò.

Betty guardò prima la foto e poi il pacchetto di stagnola. «Chi è la fortunata vicino a Demetrius?» domandò Minnehan.

Betty osservò la foto. «Mia cugina Cordelia. Cordelia White.»

«Residente in...?»

Betty gli diede l'indirizzo della cugina. «Dov'è Demetrius?» chiese Minnehan, educatamente.

Betty scosse la testa. «Io non lo so. Provate a chiederlo a Cordelia.»

Minnehan tirò fuori il cellulare e chiese a un collega della centrale di andare a parlare con Cordelia White, poi aprì l'involucro di carta stagnola e mostrò a Betty alcuni cristalli di crack. Monk pensò che dovevano valere una quarantina di dollari. Abbastanza da farle perdere il diritto all'alloggio popolare.

«Di chi sono questi?»

Betty distolse lo sguardo, senza dire niente. Minnehan le osservò il livido sulla faccia e, in tono gentile, le chiese: «È stato Eddie a farti l'occhio nero?»

La ragazza ebbe un attimo di esitazione, poi scosse la testa, con gli occhi bassi. Sempre con garbo, Minnehan le disse: «Stagli più lontana che puoi, Betty. Quelli come lui non cambiano».

Seguì un lungo silenzio. Alla fine Betty chiese, in tono piatto: «Passerò dei guai?»

Minnehan la guardò con aria rassegnata. «Per il crack?» chiese. «No, quello era di Eddie.»

La lasciarono seduta sul divano, che si stringeva nella vestaglia bianca. Appena chiusero la porta, Minnehan sussurrò: « Demetrius e Cordelia. Sembra una tragedia di Shakespeare ».

Monk e Ainsworth misero Eddie Fleet nella stessa saletta in cui avevano interrogato Payton Price.

Guardava il muro con sguardo vacuo. Indossava una felpa grigia troppo pesante per il tempo che faceva, probabilmente per sembrare più grosso di quello che era.

« Minnehan ti ha sequestrato dei cristalli di crack », disse Ainsworth. « Non gli piace che picchi Betty. Non gli piaci in assoluto, anzi. »

La tacita minaccia aleggiò nel silenzio per un po', quindi Monk posò la foto di Thuy Sen sul tavolo. « Hai mai visto questa bambina, Eddie? »

Fleet abbassò gli occhi solo dopo alcuni secondi e fece impercettibilmente di no con la testa.

« Era un no? » chiese scettico Ainsworth.

Fleet scrollò le spalle. « Mai vista. »

« L'ispettore Monk invece sì. L'ha vista galleggiare nella baia, pensa un po'. »

Fleet rimase immobile. « Il brutto dei cadaveri è che stanno fermi », disse Monk in tono affabile. « Non collaborano. Lo dico perché, quando ammazzi uno a casa sua, poi lo lasci lì; ma se lo fai fuori a casa tua, invece, poi devi fare qualcosa. Te ne devi sbarazzare. Per questo la povera bambina è finita in mare in questa stagione. »

Monk si chiese quanto avrebbe resistito Fleet senza respirare. « Il problema è il trasporto », continuò. « Come fai a portare una bambina come Thuy Sen dove lei ormai non è più in grado di andare da sola? Ce la devi portare in macchina. » Monk abbassò la voce. « Ma se non ce l'hai, la macchina? Be', se non ce l'hai, te la fai prestare da qualcuno. »

Monk si fermò lì. Dopo un momento, Fleet alzò lentamente gli occhi e Monk, in tono comprensivo, chiese: « Hai qualcosa da dirmi, Eddie? »

Fleet lo guardò in silenzio. Monk ebbe l'impressione che il

suo sguardo vacuo non fosse più una scena, ma segno di autentica paura.

Prese il portafogli, tirò fuori un biglietto da visita e lo posò sotto la foto di Thuy Sen. « Se ti viene voglia di parlarmi... Nel caso, ti segnalo che io posso fare per te molto più di qualsiasi avvocato. E che ti conviene contattarmi tu, prima che mi contatti qualcun altro. »

Fleet guardò a lungo il biglietto da visita, riluttante, poi lo prese e se lo infilò nella tasca della felpa. Fu un gesto rapido, brusco, come se la mano gli si fosse mossa per volontà propria.

Monk disse: « Arrivederci, allora. L'ispettore Ainsworth adesso manda a chiamare una macchina, così ti riaccompagniamo a casa ».

Monk sapeva benissimo che farsi vedere a Bayview su un'auto della polizia era l'ultima cosa che Fleet avrebbe voluto. Ma il ragazzo sembrava aver perso la favella.

Ainsworth uscì. Monk guardò l'ora e si diede altri cinque minuti assieme a un uomo che non osava più guardarlo in faccia. Poi si alzò in piedi e dichiarò tranquillamente: « Vediamo se la macchina è arrivata ».

Ainsworth li stava aspettando fuori. Accompagnarono insieme Fleet lungo il corridoio male illuminato.

Appena furono davanti all'ascensore, si aprirono le porte e uscirono Minnehan e Breslin con i due fratelli Price.

Per un attimo, Payton ebbe un moto di sorpresa, che mascherò immediatamente. « Ehi, ciao. »

Fleet lo salutò con un cenno del capo e scambiò un'occhiata rapidissima con Payton, che subito si voltò dall'altra parte. Rennell, invece, rimase a guardare Eddie a occhi sgranati.

8

«Un po' come strappare le ali a una mosca», commentò Terri in tono distaccato. Ma aveva i brividi: a quel punto del racconto di Monk, il destino di Rennell Price era praticamente segnato. «Era già sicuro allora che fossero stati i fratelli Price a uccidere Thuy Sen.»

Monk osservava la rosticceria italiana dall'altra parte della strada con aria apparentemente rilassata, ma il suo tono fu gelido. «Vuole sapere se ho deciso che erano colpevoli prima ancora di cominciare a indagare e se ho cercato solo prove che confermassero la mia ipotesi?»

«Più o meno.»

«No, non ho fatto questo. L'unica cosa di cui ero sicuro a quel punto era che avevano paura di Eddie Fleet.»

«Tutti e due o solo Rennell?» chiese Terri tranquilla.

Monk ci pensò su. «Non vedo la differenza», rispose con una scrollata di spalle. «Alla fine venne fuori che tutti e due avevano motivo di temerlo.»

Monk e Ainsworth misero i due fratelli in due stanze separate e li interrogarono a turno.

Furono spietati, ma Payton non aveva altro da dire, mentre Rennell, chiaramente spaventato, continuava a ripetere soltanto che non era stato lui. Ogni volta, però, l'intervallo fra un diniego e l'altro si faceva più lungo.

Nulla di tutto questo era importante. L'importante, in quel momento, stava avvenendo davanti al giudice. Così, quando Monk offrì un passaggio fino a casa ai due ragazzi, il suo tono fu assurdamente cordiale.

Stavano seduti dietro, zitti. A un certo punto Monk, voltando appena la testa, disse: «A proposito. Abbiamo un mandato di perquisizione. Dobbiamo controllare la casa di vostra nonna. Non si risentirà, vero? Perché è il modo migliore per confermare che state dicendo la verità».

Nello specchietto retrovisore vide Rennell che si voltava verso Payton, il quale rimaneva impassibile. Quando si fermarono a un semaforo in Third Street, un gruppo di teppistelli sull'angolo guardò a lungo i due fratelli in macchina con Monk. I tecnici della Scientifica erano già sul posto, quando arrivarono a casa di Eula Price. Ormai tutto il vicinato doveva essere in allarme, pensò Monk.

«Dobbiamo parlare con vostra nonna», informò Payton e Rennell. «Vi lasciamo con dei colleghi.»

Monk si sedette con Eula Price sulla veranda, insieme con Ainsworth.

La donna sembrava spaventata e guardava prima l'uno e poi l'altro. Era molto grassa, aveva le vene varicose e l'aria congestionata, benché non dovesse avere molto più di sessant'anni. Forse era invecchiata precocemente a causa dei nipoti. Aveva un atteggiamento rispettoso nei confronti della polizia e Monk ebbe la sensazione che si aspettasse una visita del genere, prima o poi.

La foto di Thuy Sen, però, la gettò nel panico. «Ha mai visto questa bambina?» le domandò Ainsworth.

«In TV», rispose la donna. Poi aggiunse, sottovoce: «Poveretta».

«Non l'ha mai vista qua a casa sua?»

Eula Price deglutì. «No.»

«Dove dorme, signora Price?» chiese Monk.

La donna si voltò lentamente a guardarlo. «Al piano di sopra.»

«E i ragazzi?»

«Di sotto.»

«Mangiate assieme?»

« Un tempo, sì. Adesso però mangiamo a orari diversi. » Dopo un attimo di esitazione, aggiunse in tono sconsolato: « Mi sono attrezzata per farmi da mangiare in camera ».

Monk ricordò che Flora Lewis aveva detto di vederla sbirciare dalla finestra, a volte. « Quando sono venuti a vivere con lei i suoi nipoti? » domandò.

« Payton aveva undici anni, Rennell sette, ma facevano di tutto per sembrare due ometti », rispose la donna sottovoce.

A Monk quelle parole diedero la sensazione della tragedia. « Come mai vennero a stare da lei? »

« Athalie, mia nuora, aveva accoltellato mio figlio Vernon. » Il suo sguardo si perse nel vuoto. « L'hanno messa in un istituto. È lì da undici anni. »

Monk non sapeva che cosa dire. « Quando si trasferì al piano di sopra? » le chiese dopo un po'.

La donna chiuse gli occhi. « Quattro anni fa. »

« Perché? »

« Ormai erano grandi. »

Monk aspettò un attimo, poi le chiese con dolcezza: « Lei sa come si guadagnano da vivere? »

Eula Price incrociò le braccia. « Fanno dei lavoretti in giro, dicono. »

« Non spacciano crack? »

La vecchia restò zitta, poi si voltò verso di lui con le lacrime agli occhi. « Ci ho perso la salute », disse stancamente. « Prego ogni giorno che il Signore li riporti sulla retta via. Ci ho provato, e adesso prego... »

Lasciò la frase a metà. Monk sentì le voci dei tecnici che, dentro, perquisivano quella che una volta era la sua casa.

Finito il colloquio, Eula Price salì di sopra faticosamente, un gradino alla volta, e Monk andò a cercare il capo della squadra della Scientifica.

« Cosa avete trovato? » gli chiese.

L'uomo, che era basso, magro e puntiglioso, si sistemò gli occhiali sul naso mentre faceva un elenco mentale. « Qualcosina abbiamo trovato», rispose. «Il necessario per cristallizzare il crack, tracce di coca nel lavandino. Profilattici e pornografia», rispose, porgendo a Monk due riviste.

Monk le sfogliò. Sperava in qualcosa di meglio: le foto erano sadomaso, ma non c'era nulla che potesse lasciar intuire inclinazioni alla pedofilia.

«Nient'altro?»

«Abiti che più o meno corrispondono alla descrizione della teste, che però mi sembra un po' generica. Chissà, forse in questa stanza troveremo qualcosa di più.»

Monk osservò il salotto: le pareti verdoline erano macchiate, moquette e divano sporchi e consunti, il caminetto era nero di fuliggine benché all'apparenza inutilizzato da tempo, visto che era pieno di lattine vuote. Le uniche vestigia di quella che doveva essere stata la casa di Eula Price erano un quadro di Gesù, pallido e sereno, e un tavolino basso laccato, graffiato in più punti.

Il tavolino era pieno di impronte, Monk le notò subito. Un tecnico lo stava controllando con un illuminatore. Una sua collega, accucciata lì accanto, aveva posato la propria lampada a raggi ultravioletti e stava tagliando via un riquadro di moquette.

«Lei ha trovato tracce di sperma abbastanza recenti», disse il tecnico a Monk.

«Sperma misto a saliva», precisò Terri. «Ho letto i risultati delle analisi. Senza la prova del DNA, però, dimostrava soltanto che era avvenuto un rapporto orale tra due persone. Nulla che lo legasse a Rennell o a Thuy Sen.» Il tono era meno duro di prima: ancora una volta, Terri pensava alla figlia ed era turbata dall'accostamento fra quei tristi ricordi e la piccola Thuy Sen. In ogni caso, aveva letto tutto il referto.

Monk finì comunque il suo resoconto. «Capelli neri di un individuo orientale. Fibre verdi corrispondenti a quelle del maglione di Thuy Sen. Una sua impronta parziale sul tavolino del salotto. Che la bambina era stata lì ormai era certo. Restava solo da provare che ci fosse anche morta.»

« E quindi tornaste da Eddie Fleet. »

Monk scoppiò in una risatina aspra. « Tornò lui da noi, anche se per via indiretta », disse con tono di disprezzo. « La natura umana... »

9

Monk e Ainsworth erano seduti vicini in una saletta per gli interrogatori. Sul tavolo, fra loro e Eddie Fleet, c'era un registratore.

« Perché mi hai chiamato, allora? » chiese brusco Monk.

Fleet sorrise, con un misto di nervosismo e di arroganza, mostrando i denti incapsulati di oro. Uno status symbol che molto probabilmente nascondeva i segni di una cattiva igiene dentale, pensò Monk. Lo guardò impassibile, e il sorriso di Fleet si spense. « Volevo darle una spiegazione », rispose Fleet dopo un po'. « Una spiegazione *plausibile.* »

Monk non era sicuro se la smorfia con cui Fleet accompagnò quella precisazione fosse dovuta alla difficoltà del termine, ma di certo non riuscì a nascondere del tutto la paura o il secondo fine che lo aveva spinto fin lì.

« Spara. »

Fleet era titubante. Fece un altro sorriso stentato. « Non dico che è andata esattamente così, eh? Volevo solo sapere che cosa ne pensavate voi. »

Monk restò zitto. Fleet abbassò gli occhi sul registratore acceso.

« Non possiamo spegnerlo? » domandò.

Monk premette un pulsante e lo fermò. « Allora? »

Fleet lanciò un'occhiata a Ainsworth e cercò di guardare Monk negli occhi. « Mettiamo che qualcuno mi ha chiesto di prestargli la macchina il giorno che è scomparsa la bambina. »

« Qualcuno? »

Fleet gli lanciò un'occhiata furtiva. « Questo non deve uscire di qui. Non dovete dirlo a nessuno. »

Monk continuò a squadrarlo. « Che cosa? Che forse qualcuno ti ha chiesto una cosa che magari non è mai successa? Senti, se mi hai fatto scomodare per dirmi questo, potevi risparmiarti la fatica.»

Fleet distolse lo sguardo. Dopo un po', disse: «Se le dicessi che è stato Rennell?»

«Ti direi che ti sequestriamo la macchina. Ci hai appena dato un motivo per farlo.»

La vecchia Cadillac di Fleet puzzava di sudore e di fumo, di tabacco e di hashish. Sul cruscotto, dalla parte del passeggero, c'erano impronte di Payton; sulla maniglia della portiera posteriore destra c'erano quelle di Rennell.

Il tappetino grigio nel bagagliaio era molto ruvido e aveva trattenuto fibre di lana verdone; nel frammento prelevato dalla Scientifica furono ritrovate tracce di sperma e di saliva. E anche di urina: come Monk ben sapeva, i cadaveri ne perdono spesso.

Portarono di nuovo in centrale sia Fleet sia i due fratelli Price, separatamente, e li fecero accomodare in tre stanze diverse. Il messaggio di Monk fu semplice: chi parla per primo riceverà il trattamento migliore. Ma Payton rimase muto come una tomba e Rennell continuò a ripetere il suo mantra: «Non sono stato io».

Dopo quattro ore di interrogatorio, Monk tornò da Eddie Fleet deciso a farlo parlare. «Sappiamo che è stata nel bagagliaio della tua macchina, Eddie. Sappiamo che era già morta. Prima o poi qualcuno me lo dirà, com'è andata. E a quel punto non avrai più chance.»

Fleet era curvo sulla seggiola, a braccia incrociate. «Quando l'hai vista tu, era già morta? O hai a che fare anche con la sua morte?» domandò Monk.

Fleet aprì la bocca come per parlare, ma poi ci ripensò.

«Non so cosa pensa il mio collega, ma io non credo che sia stato tu ad ammazzarla», intervenne Rollie Ainsworth in tono sincero. «Davvero. Mi sbaglierò, ma non mi sembri il tipo.»

Poi, in tono più duro, aggiunse: « Che però sei complice, è accertato ».

Nella stanzetta non si respirava. Fleet cominciò a sudare. Monk e Ainsworth lo osservavano, senza dire niente.

Dopo un po' Monk chiese: « Sai cosa significa essere complici in un omicidio? »

Fleet non rispose, ma era evidente che era nervosissimo.

« Non è un'accusa da poco. »

Fleet alzò gli occhi verso Monk, che ribadì: « Concorso in omicidio. Vediamo se riesci a seguirmi: uno può partecipare al reato *prima* che questo venga consumato, ed è la peggiore delle ipotesi perché vuol dire che uno sa che sta per essere uccisa una persona e non fa nulla per impedirlo. Anzi, magari dà pure una mano. Oppure uno può partecipare *alla commissione* del reato. Sai come? »

Fleet quasi non respirava. « Te lo dico io, se non lo sai », continuò Monk in tono tranquillo. « Uno assiste all'omicidio e non fa nulla per impedirlo. Mi segui? »

Fleet rimase zitto. « Io penso di sì, perché sei un ragazzo intelligente. Lo so, che mi segui. E tu fai parte della prima o della seconda categoria di complici. Forse non dici niente proprio per questo. Anch'io ci penserei, prima di parlare, se sapessi di appartenere a una di queste due categorie. »

Fleet aveva la fronte sempre più sudata, ma era troppo orgoglioso per asciugarsela. « Vuoi sentire il resto? » fece Monk.

Fleet diede un impercettibile segno di assenso. « Okay. Il complice che aiuta l'assassino *dopo* che ha commesso il fatto, invece, è reo di favoreggiamento. Parliamo di chi aiuta l'assassino a sbarazzarsi del cadavere, per esempio, o a nascondere le prove. È un reato molto meno grave. » Monk si appoggiò allo schienale e squadrò il ragazzo. « Non so che cosa hai fatto, a quale categoria appartieni. Ma so che sei colpevole di concorso in omicidio. E prima o poi deciderò di quale gravità. »

Fleet non disse una parola. La pelle del viso gli luccicava sotto la luce delle lampade al neon.

« Hai sete? » gli domandò Ainsworth.

Fleet fece di sì con la testa. Ainsworth replicò, gentile: « Vado a prendere della Coca-Cola per tutti ». E lasciò Monk a osservare Fleet.

Monk si chiedeva se il ragazzo avrebbe trovato il coraggio di guardarlo in faccia. A volte sembrava stesse per farlo, ma poi abbassava subito gli occhi.

Ainsworth rientrò dalla porta rimasta aperta con tre lattine di Coca.

Monk ne prese una e ne posò un'altra davanti a Fleet. Ainsworth bevve un sorso dalla propria e si appoggiò al muro. Fleet, marcio di sudore, si limitò a osservare la lattina davanti a sé.

« Forse preferisci che ti lasciamo solo a riflettere », disse Ainsworth. « Sperando che arrivi a una decisione prima di Payton e Rennell. »

Monk si alzò in piedi di colpo e prese la porta, senza lasciare a Fleet il tempo di rispondere.

Nella stanza attigua, Monk e Ainsworth posarono i piedi sulla scrivania e, bevendo la Coca, guardarono Fleet sul monitor.

Era chino sul tavolo, con la testa fra le mani. I due investigatori lo osservavano con una sorta di interesse antropologico. « Un tipo indolente », commentò Ainsworth. « E taciturno. L'opposto di Ralphie Menendez. »

Monk scoppiò a ridere. Quando Monk l'aveva lasciato a meditare dopo avergli fatto il solito discorsetto sulle diverse tipologie di concorso in omicidio, sul monitor Menendez aveva borbottato fra sé « Cazzo, quindici anni! », che era la pena minima prevista per l'omicidio di secondo grado.

« Ralphie ci ha reso la vita facile. Non abbiamo dovuto praticamente chiedergli nulla », disse Monk in tono nostalgico.

« E poi era più simpatico di queste tre mummie. » Ainsworth si voltò verso il collega. « Adesso da chi andiamo? »

« Torniamo da Fleet. » Monk indicò il monitor. « Guardalo. »

Fleet aveva le mani sulla bocca, come se gli venisse da vomitare.

« Sei pronto a darci una mano? » domandò Monk.

Fleet annuì, senza guardarlo in faccia.

« Le prove generali sono finite », dichiarò Monk accendendo il registratore.

Eddie guardò girare il nastro per un po', poi raccolse le idee e cominciò a parlare. Monk dovette ammettere che era bravo: sembrava di veder svolgere sotto i propri occhi la storia che raccontò.

Aveva sentito bussare alla sua porta con forza, come se fosse una cosa urgente.

Era solo. Aveva guardato dallo spioncino e, nonostante fosse buio, aveva visto una sagoma massiccia, che non poteva essere che di Rennell.

Aveva aperto la porta. « Cosa c'è? »

« Ci serve la tua macchina. »

Eddie aveva capito che nella « macchina » era compreso anche lui. Rennell parlava con il suo solito tono piatto, ma Eddie aveva intuito un'ombra di panico in lui: era agitato, muoveva continuamente i piedi; forse aveva fumato crack.

Aveva preso le chiavi dal cassetto in cui teneva anche la droga. E si era infilato la pistola in tasca.

Durante il breve viaggio fino a casa Price, Rennell aveva detto soltanto: « È successo un casino ».

Non si era voluto spiegare ulteriormente. Eddie aveva cercato di immaginare cosa potesse essere accaduto, ma non era niente, rispetto a quello che si era trovato davanti quando Payton, fatto e stravolto, gli aveva aperto la porta di casa.

Stesa per terra c'era una bambina, orientale, con la bava alla bocca. Eddie lì per lì non aveva capito che era morta.

« Cosa cazzo...? » aveva domandato.

Payton aveva fatto un passo indietro e Rennell, alle sue spalle, aveva mormorato: « È soffocata facendo un pompino ».

« A chi? »

Non avendo risposta, Eddie aveva cominciato a tremare. « Sei stato tu, Rennell? Cazzo, è una bambina! »

Payton si era arrabbiato. « Non c'è tempo per 'ste stronzate », aveva esclamato. « Dobbiamo portarla via di qui. »

Fleet l'aveva guardata come se gli avessero chiesto di prendere in mano un topo morto. « No. Scusate tanto, ma io non ce la faccio. »

Payton aveva guardato Rennell con occhi febbrili ma perentori, e lui aveva afferrato Eddie per le braccia, facendogli male. Payton si era avvicinato, con la faccia stravolta.

« Sta' zitto! » gli aveva detto a voce bassa e minacciosa. « Vuoi svegliare la nonna? »

Lo avevano costretto a tirare su la bambina per le braccia.

Aveva le mani fredde, rigide, e le usciva la bava dalla bocca. Eddie aveva avuto paura di vomitare.

Payton l'aveva afferrata per i piedi e Rennell aveva aperto la porta. In silenzio, nervosissimi, l'avevano portata fuori.

La notte era fredda, non passavano macchine.

L'avevano stesa sul marciapiede, Eddie aveva aperto il bagagliaio. Posandocela dentro, aveva sentito odore di urina.

Payton gli aveva detto di scendere verso l'India Basin e di entrare nel Shoreline Park.

Si era seduto davanti. Rennell era dietro. Appena erano entrati nel parco, Payton gli aveva fatto segno di fermarsi.

Si erano guardati in giro. A sinistra c'erano le grosse ciminiere della centrale e un'auto parcheggiata vicino alla riva. Dal parabrezza, Eddie aveva visto un puntino luminoso, rosso: la punta incandescente di uno spinello, passato da una mano all'altra.

« Qui non va bene », aveva detto Payton.

Avevano discusso se andare a Potrero Hill, nella zona dei magazzini. Eddie aveva fatto notare che da quelle parti di notte si accampavano i senzatetto.

Di punto in bianco, a Payton era venuta in mente la fabbrica di sego.

Erano scesi per uno stradino oltre i magazzini. Dal finestrino che teneva aperto per non vomitare, Eddie aveva sentito puzza di grasso bruciato. Non poteva esserci nessuno in giro a quell'ora in un postaccio come quello.

Aveva stretto i denti, cercando di vincere la paura e la nausea.

Dove finiva la strada c'era un cantiere, con mucchi di sabbia e di ghiaia, e a sinistra scorreva un canale di acqua salmastra. Accanto a un pontile di legno mezzo sfondato c'erano i resti di una vecchia chiatta insabbiata, piena di alghe. Dall'altra parte del canale si intravedevano le ombre nere e sinistre delle gru del porto di San Francisco. Il silenzio era assoluto.

« Scendi », gli aveva ordinato Payton.

Ma Eddie, impietrito, non riusciva a muoversi, e Payton era dovuto scendere, aprirgli la portiera e gridargli di tutto.

Gli aveva fatto segno di aprire il bagagliaio. Era più lucido, forse l'effetto del crack stava scemando.

Spaventatissimo, Eddie aveva ubbidito.

Il cadavere della bambina sembrava rattrappito. « Rennell, questo lo fai tu! » aveva detto Payton al fratello.

Eddie aveva percepito un tono di rimprovero nella sua voce. Rennell, senza dire una parola, aveva preso in braccio il cadavere.

Payton gli aveva indicato il canale con un cenno della testa. « Buttala lì. »

Rennell si era incamminato e Eddie aveva pensato che aveva l'andatura dei mostri dei film dell'orrore. Lo aveva seguito fra i cespugli bassi e rinsecchiti fino alla striscia di sabbia sulla riva del canale.

« Buttala in acqua », aveva detto Payton.

Rennell si era diretto verso il pontile e ci era salito, attento a non mettere un piede in fallo, con la bambina in braccio.

Ma le assi scricchiolavano troppo e Rennell era tornato indietro.

« Buttala in acqua », aveva ripetuto suo fratello. « Più in là che puoi. »

Come un automa, Rennell era entrato con i piedi nell'acqua.

La corrente era forte: Rennell barcollava, al punto che dovette tenersi a un pilone per non cadere, con il cadavere sotto l'altro braccio. Piano piano, era arrivato in fondo al pontile e aveva posato dolcemente il corpo nel canale.

La corrente l'aveva subito portato via. Eddie aveva visto i capelli scuri di Thuy Sen roteare nell'acqua nera, prima di scomparire del tutto.

Gli erano venute le lacrime agli occhi. « Andiamo a fumarcene un po' », aveva proposto Payton.

« Era sconvolto », concluse Fleet. « Non credo che l'abbia fatto apposta. Cioè, non so nemmeno se è stato lui. » Sbuffò, sospirando. « Povera bambina. »

Ma che buon cuore! pensò Monk. In tono pacato, domandò: « Ai due fratelli piacciono le bambine? »

Fleet scrollò le spalle. « Erano strafatti. Quando sei in quello stato, fai le cose più strane. »

« Non sai altro? » chiese Ainsworth.

Fleet si voltò dalla sua parte. « Sì, è tutto qui », rispose, ansioso. « Giuro. »

« Quindi ti sottoporresti alla macchina della verità. »

Fleet guardò Monk. « Volete mettermi nella macchina della verità? »

No, non è il caso, pensò Monk. Una prova non risolutiva avrebbe solo complicato le cose. Con un'alzata di spalle, rispose: « Dipende da te, Eddie ».

Fleet ci pensò su un momento, poi rispose: « Okay, se volete faccio la prova ».

L'hai appena superata, pensò Monk.

« Meglio che resti qui », gli disse. « Non ti conviene farti vedere per strada. »

Subito dopo Monk chiamò la Guardia Costiera. « Supponiamo di aver buttato in mare quella bambina ai piedi della fabbrica di sego. È possibile che due giorni dopo sia venuta a galla dalle parti dello stadio di Candlestick? »

« Certo », gli risposero. « La corrente va in quella direzione. »

Monk mise giù il telefono e disse a Ainsworth: « Prima Payton. E poi Rennell ».

10

« Per te le cose non si stanno mettendo bene », disse Monk a Payton. « Per niente bene. »

Payton si stropicciò le mani senza dire nulla e fissò Monk con occhi penetranti. Aveva il viso contratto, immobile come una maschera.

« Siamo qui per sentire la tua versione dei fatti », intervenne Ainsworth. « Sappiamo già che Thuy Sen è morta in casa tua e ci chiediamo, il mio collega e io, se non stai per caso cercando di coprire tuo fratello. »

Payton era nervoso, cercava di controllarsi. A Monk pareva di vedere la tensione nei muscoli delle braccia. « Per me è lo stesso », gli disse. « Fa' come vuoi: puoi rischiare, oppure puoi raccontarci come sono andate veramente le cose. »

Payton, continuando a guardare Monk dritto negli occhi, prese fiato e disse stancamente, ma in tono di sfida: « Non dico un cazzo ».

« Che la bambina è stata a casa tua lo sappiamo », disse Monk mestamente. « Lo sappiamo noi e lo sai tu. »

Rennell cambiò posizione sulla sedia. Era imbronciato, silenzioso e chiuso in se stesso, con l'atteggiamento di un adolescente che si prende una ramanzina.

« Abbiamo trovato le sue impronte digitali. Come mai c'erano le sue impronte a casa tua, Rennell? Me lo spieghi? »

Rennell guardò da una parte e a Monk parve di vedere la sua paura che cresceva, come una cosa viva.

« Volevi farle vedere il tuo bello stereo? » chiese Ainsworth.

Rennell continuava a tacere. Monk suggerì: « A volte, per

esempio quando fumi il crack, magari ti succedono delle cose che non volevi che ti succedessero. È andata così, Rennell?»

Il ragazzo aggrottò la fronte e sorprese Monk rispondendo: «A volte succede».

«È così che è andata con Thuy Sen? Perché fumavi il crack?»

Rennell si irrigidì e, di nuovo, tacque.

«Senti, che sei stato tu a buttare in mare il cadavere lo sappiamo», disse Monk.

Rennell alzò la testa e lo guardò con la bocca semiaperta. «Non è vero...»

«Sei entrato nell'acqua», continuò Monk. «Perché c'era molta corrente e tu eri il più forte. E perché te lo ha ordinato tuo fratello.»

Rennell abbassò lo sguardo. Fissando il piano del tavolo, scosse la testa in silenzio, ostinato.

«Sappiamo che la bambina è stata a casa tua e che sei stato tu a buttarla in mare una volta morta», ripeté Monk in tono severo. «Dicci che cosa è successo nel frattempo.»

Rennell rimase immobile.

Sottovoce, Monk precisò: «Che cosa è successo prima che tu andassi a cercare Eddie Fleet».

Rennell era visibilmente in ansia. Guardò oltre le spalle di Monk come in cerca di aiuto, ma la stanza era vuota.

«Ci siamo solo noi, Rennell. Che cosa hai fatto tu con Thuy Sen, e perché, puoi dircelo soltanto tu. Nemmeno Payton può dircelo.»

Rennell si spostò sulla sedia e, dopo un po', chiese: «Payton che cosa dice?»

«È l'ora che ti comporti da uomo, Rennell. Diccelo tu, quello che è successo.»

Rennell incrociò le braccia e si mise a fissare il muro.

«Non volevi che morisse, vero?»

Il ragazzone continuò a non rispondere, poi, lentamente, scosse la testa. «No.»

Speranzoso, Monk suggerì: «Volevi solo divertirti un po', vero?»

Rennell chiuse gli occhi e, con voce spenta, monocorde, chiese: « Che cosa dice Payton? »

« Che cosa c'entra Payton? » ribatté secco Monk. « È stato Payton a ucciderla? »

« No », rispose Rennell con sorprendente prontezza. « No. »

« No », ribadì Monk. « Sei stato tu. Ma non volevi che morisse. »

« No. »

« Ti credo », disse Monk in tono rassicurante. « Le tenevi la testa e, quando ti sei accorto che stava soffocando, non hai saputo che cosa fare. »

Rennell si sporse in avanti. « Non sono stato io », disse a bassa voce, ma con veemenza. Poi rimase seduto in silenzio, apparentemente sempre più assorto e distaccato, finché Monk e Ainsworth non se ne andarono, lasciandolo solo.

« Non le venne in mente che forse Rennell era un po' ritardato? » chiese Terri, sarcastica.

Bevendo la seconda tazza di caffè, Monk le lanciò un'occhiata divertita e nello stesso tempo amareggiata. « Ritardato quanto, avvocato? Tanto da non ricordarsi che cosa aveva fatto? » Posò la tazza e continuò: « Senza dubbio Payton era considerato il più 'brillante' dei due. Rennell non era una cima e poi era – giustamente – terrorizzato, ma sapeva che cosa aveva fatto e di sicuro sapeva anche che non gli conveniva ammettere di aver ammazzato quella bambina. Non ci vuole grande intelligenza, per commettere un omicidio ».

« Facciamo finta di essere la difesa », disse Lou Mauriani a Monk e Ainsworth. « Raccontatemi tutto quello che avete in mano. »

Monk era contento che il pubblico ministero in quel processo fosse il sostituto procuratore Mauriani: capelli grigi, viso tondo, carattere fondamentalmente affabile, Mauriani aveva due occhi azzurri cui non sfuggiva nulla, così come non sfuggiva nulla al suo notevole senso dell'assurdo, accompagnato da una straordinaria prontezza di riflessi e da grande impegno e serietà professionale. Su ventisette processi per omicidio, Mauriani non ne aveva perso nemmeno uno.

Monk posò la tazza del caffè in un angolo della scrivania ingombra di Mauriani. « Tanto per cominciare, abbiamo Rennell che trascina una ragazzina vestita come Thuy Sen in casa propria, seguito da Payton che chiude la porta... »

« Questo lo dice una vecchietta bianca, che abita dall'altra parte della strada e li detesta entrambi », gli fece notare Mauriani. « Se fossi l'avvocato difensore, penserei che la vicina è razzista e ha visto esattamente quel che voleva vedere. »

« Siamo tornati a parlarle », replicò Monk, per nulla risentito. « È una teste credibile. E le prove raccolte dalla Scientifica confermano la sua dichiarazione. »

« Fibre, capelli e impronte digitali dimostrano che Thuy Sen è stata in quella casa, d'accordo, ma a dire che ci entrò con Payton e Rennell Price è solo Flora Lewis », puntualizzò Mauriani.

Ainsworth annuì. « È vero. Ma abbiamo trovato anche indumenti che più o meno corrispondono a quelli che secondo la Lewis i due fratelli avevano indosso... »

« E che sono uguali a quelli che portano tutti i ragazzi della loro età. Allora, che cosa è successo nella casa tra la bambina e i due ragazzi che ce l'hanno portata, chiunque essi fossero? »

« Un rapporto orale non consensuale », rispose Monk. « Abbiamo trovato sperma e saliva. »

« Sperma di chi? E saliva di chi? Mettiamo che uno dei due, Payton o Rennell, ammetta di essersi fatto fare pompini nel soggiorno da chissà quante ragazze maggiorenni. È un buon sistema per risparmiare sui preservativi, in fondo. »

« Thuy Sen è morta soffocata dallo sperma », ribatté Monk. « Abbiamo il referto di Liz Shelton che lo dimostra. E sappiamo che Thuy Sen era morta, quando uscì da quella casa. »

Mauriani sorrise placido. « Ah, sì, dimenticavo che abbiamo la parola dell'esimio Eddie Fleet. Non vi ringrazierò mai abbastanza per questa opportunità di presentarlo ai dodici membri di una giuria. Dunque, vediamo: spaccio di crack, traffico di armi, maltrattamenti e violenze alle donne. Non mi stupisco che sia tanto disponibile a darci una mano.»

Ainsworth fece un breve sorriso. «Ha accettato testimonianze di soggetti anche peggiori, procuratore. Lo sappiamo perché glieli abbiamo trovati noi.»

«C'è da esserne orgogliosi», replicò Mauriani, di nuovo serio. «Lei conosce il problema, Rollie. Fleet ammette di averli aiutati a sbarazzarsi del cadavere, ma è un infame. L'unico motivo per cui parla è che spera in uno sconto di pena. Nei panni dell'avvocato difensore, io farei di tutto per minare la sua credibilità. Insinuerei addirittura che sia stato lui a farla fuori. In fondo non è stato accertato a chi appartenesse 'l'arma del delitto'.»

«È vero», ammise paziente Monk. «Ma abbiamo fatto ripetere più volte la storia a Eddie, dall'inizio alla fine, e tutto quadra. I due fratelli Price avevano bisogno di una macchina e Fleet aveva una macchina. Sulla moquette abbiamo trovato sperma e saliva e Fleet ha visto che dalla bocca della bambina usciva della bava. Dice che Payton lo ha costretto ad aiutarlo a sbarazzarsi del cadavere e la Scientifica ha accertato che il cadavere è stato nel bagagliaio della sua macchina. Dice che Rennell l'ha buttata in mare vicino alla fabbrica di sego e il cadavere è riemerso nel punto in cui secondo la Guardia Costiera era prevedibile lo portasse la corrente. La logica e i dati di fatto avvalorano la sua versione.»

«E la credibilità intrinseca? Ci sono punti deboli?»

«No. Fleet non ha mai esagerato, non ha mai cercato di dirci più dello stretto necessario. Per esempio, non ci ha mai detto chi è stato a soffocare Thuy Sen. Sostiene che lui non era presente, e che nessuno glielo ha raccontato.»

«Il problema è proprio questo: non ci sono confessioni né testimoni oculari.»

Monk si sforzò di vincere la propria irritazione. «Vuole che torniamo dai due fratelli?»

«No. Abbiamo prove più che sufficienti per portarli davanti al Gran Giurì.» Mauriani assunse un'espressione divertita. «A quel punto, dovranno prendersi due avvocati, uno che difenda gli interessi di Payton e l'altro quelli di Rennell. Lasciamo che siano loro a spiegare quello che ancora non sappiamo. Magari ci racconteranno una nuova versione della storia di Caino e Abele.»

«Così Mauriani lo rinviò a giudizio», disse Terri. «Poi la notizia della morte per asfissia durante una fellatio giunse ai media, che si premurarono di riferirla dettagliatamente a tutti i potenziali giurati al processo.»

«Era inevitabile, avvocato.»

«Ma per Rennell fu certamente una iattura. I due fratelli furono dipinti come due mostri senza cuore e per di più neri, che avevano rapito la figlia di due poveri profughi cambogiani per violentarla.» Terri si appoggiò allo schienale della poltrona e cercò di decifrare l'espressione di Monk. «All'epoca andavo all'università e ricordo che per settimane quotidiani e telegiornali non fecero altro che parlare di Thuy Sen. C'era la sua foto dappertutto. E anche le foto segnaletiche dei due fratelli, con quell'espressione vacua. Studiavo giurisprudenza, volevo diventare avvocato, eppure li odiavo anch'io.»

Omise di aggiungere che tutto questo era successo prima della storia di Elena, oltre a tutto.

«Sì», replicò Monk in tono tagliente. «I due Price non ebbero vita facile, quando la gente venne a sapere che cosa avevano fatto. Ma nemmeno per i genitori di Thuy Sen fu una bella esperienza.»

A Terri non restò che tacere. Per un po' rimasero tutti e due in silenzio, mentre lei cercava di non pensare al trauma subito dalla figlia.

«Così, lei voleva diventare avvocato fin dall'inizio. Da giovane anch'io ci ho pensato», disse dopo un po' Monk, con cautela.

«Ma poi le è passata la voglia, a quanto pare.»

«Sì, ma i motivi per cui mi sarebbe piaciuto iscrivermi a giurisprudenza restano validi. Essendo di colore, ho avuto parecchie occasioni per riflettere sulle ingiustizie di questa vita: sia in

Vietnam, dove ho visto morire tanti neri mandati dai bianchi ad ammazzare gli asiatici, sia dopo, quando sono tornato e ho visto troppi dei miei amici finire male per mancanza di prospettive. E ho pensato che mi sarebbe piaciuto difenderli, aiutarli a ottenere un po' più di giustizia.» Sempre a voce bassa, aggiunse: «Forse lei non lo sa, ma anch'io vengo da Bayview».

«No, non lo sapevo», ammise Terri. «Ma allora cos'è stato a farle cambiare idea?»

Monk, pensieroso, guardava nel vuoto. «Diciamo piuttosto che ho rivalutato il mio ruolo. Un poliziotto può decidere quando vale la pena di approfondire le indagini e quando no, può cercare la verità. A prescindere dal concetto di giustizia che ha, senza il poliziotto non c'è caso giudiziario. Io sono cresciuto in mezzo a gente che lottava per la sopravvivenza nel suo mondo, e a un certo punto mi sono reso conto che potevo contribuire a rendere quel mondo più sicuro e più giusto scegliendo quali casi approfondire e quali lasciar perdere. Mi sono illuso di poter salvare qualcuno di quei giovani, rimettendoli in riga.» Monk si interruppe, si strinse nelle spalle e guardò Terri. «Come tutti i concetti astratti, anche il mio concetto di giustizia nella vita reale è risultato più complesso del previsto. Più andavo avanti, meno sicuro ero di che cosa fosse veramente giusto e cosa sbagliato. E sono finito a fare semplicemente del mio meglio. Come immagino stia facendo lei adesso.»

«Quello che sto facendo io adesso è cercare di impedire allo Stato della California di commettere un altro omicidio», rispose. «E per questo ho bisogno di capire cos'è andato storto nella vita di Rennell Price.» Guardò Monk con interesse. «Quel giorno, con Mauriani, lei immaginava che Rennell venisse condannato a morte?»

Monk fece un sorriso sarcastico e rispose in tono piatto: «No, a San Francisco non me lo aspettavo proprio. Entrarono in gioco altri fattori. Fu colpa di Payton, soprattutto. E un po' anche dell'avvocato difensore».

11

Era il compleanno di Kit.

Christopher Peralta Paget, raggiunta ufficialmente l'età di sette anni, era seduto a capotavola. Della sua fetta di torta al cioccolato restavano nel piatto ormai solo le briciole. Alla sua sinistra erano seduti i genitori, alla sua destra la sorella tredicenne Elena, bruna e minuta come Terri, con due occhioni tondi ed espressivi, e il fratello Carlo, che era il suo eroe. Con aria profondamente soddisfatta, Kit osservò il resto della torta sul piatto con il piedistallo e i visi dei suoi familiari alla luce soffusa delle candele.

« Quanto mi piace compiere gli anni! » annunciò ai genitori. « Grazie di avermi fatto nascere. »

Chris rivolse un breve sorriso a Terri e rispose al figlio: « Non c'è di che. È stato un piacere ».

Kit guardò in faccia padre e madre e nei suoi occhi comparve una luce di infantile divertimento: Terri vide che, senza capire bene perché, aveva intuito che si trattava di una battuta. Elena, invece, alzò gli occhi al cielo scandalizzata.

« Lo so, ci vuole pazienza », le disse Terri con bonaria ironia. Non lo avrebbe ammesso apertamente, ma sapeva fin troppo bene che la disapprovazione di Elena non era dovuta soltanto a pudore adolescenziale. In passato Terri aveva scherzato in modo analogo con il padre di Elena, prima di scoprire le cose innominabili cui costringeva la figlia. Purtroppo, come tutti i presenti tranne Kit sapevano, Elena era destinata a portarsi dietro per sempre qualche traccia di quella traumatica esperienza. Ancora una volta Terri, rabbrividendo, immaginò Thuy Sen insieme con Rennell Price.

Con la grazia che gli era caratteristica, Carlo mise un braccio sulle spalle di Elena come se non fosse successo niente di speciale e le consigliò: « È come il terremoto. Cerca di non pensarci ».

Terri si augurò che Elena ci riuscisse davvero.

Dopo cena i due uomini di casa, Chris e Carlo, si trasferirono in salotto a bere il caffè tra i coloratissimi dipinti moderni alle pareti.

« È stata una bella festa », commentò Carlo. « Kit è proprio buffo. »

« Sì », disse Chris continuando a pensare a Elena. Poi lanciò un'occhiata in direzione delle scale che portavano al piano di sopra. « Tra poco vado su a leggergli un capitolo. È quasi l'ora di metterlo a letto. »

Era il compito serale di Chris, il quale non aveva seguito molto Carlo da piccolo e adesso apprezzava i rituali della paternità più di quanto non avrebbe fatto un uomo più giovane.

« Che cosa gli stai leggendo? » domandò Carlo. « Mi ricordo ancora di quando mi leggevi *James e la pesca gigante.* »

« Non è abbastanza violento per Kit. Al momento il suo libro preferito è *Miti greci per bambini.* Incesti, fratricidi, decapitazioni... Un libro illustrato, con dei testi divertentissimi. »

« Sul serio? »

« Sì, sì. Mi dispiace che tu te lo sia perso. »

In quel momento entrò Terri e in tono di ostentata stanchezza, come se fosse reduce da chissà quale lotta, disse al marito: « Kit è pronto, finalmente! » Poi, rivolta a Carlo, chiese: « Anche tu facevi tante scene quando dovevi lavarti la testa? »

« Sempre », rispose il ragazzo. « Le faccio ancora adesso. »

Terri si sedette accanto a Chris. « Scusa se vi interrompo, ma non ho ancora avuto il tempo di chiedere a Carlo com'è andata con la nonna di Rennell. »

Subito Carlo si incupì. « È lì che aspetta che il Signore se la porti via e basta. Da vent'anni a questa parte non ha avuto molto di cui andare fiera. »

Sorpreso, Chris si voltò verso il figlio e chiese: « È ancora viva? »

« Per modo di dire », rispose Carlo.

Eula Price era diventata obesa e diabetica. Era a letto e Carlo immaginò che avesse le gambe troppo gonfie per poter camminare. La donna anziana e molto magra che gli aveva aperto la porta con una parrucca nera in testa si ritirò nel soggiorno angusto.

Eula Price viveva a Bayview in una casa popolare: tre stanzette in un caseggiato abitato prevalentemente da persone che campavano grazie al sussidio di disoccupazione, spacciatori di crack, famiglie che si formavano e si disintegravano in maniera apparentemente casuale. Nel caso di Eula Price, quel che restava della sua famiglia era rappresentato da tre foto in cornice accanto al letto: due ritratti di Payton e Rennell serissimi, scattati a scuola, e una di una donna esile, con gli occhi neri come il carbone e una strana smorfia sul viso, forse troppo folle o troppo ottusa per rendersi conto che davanti all'obiettivo bisognava sorridere.

« Questa è la loro madre », spiegò Eula Price dopo qualche minuto di convenevoli. « È ancora ricoverata in psichiatria. »

No comment, pensò Carlo. « Dev'essere stato difficile per lei, mandare avanti la casa da sola. »

Eula alzò gli occhi al cielo. « Talmente difficile che non ce l'ho fatta: quell'avvocato me l'ha fatta perdere, insieme a tutto il resto. »

Carlo si sedette vicino al letto. « Come mai scelse proprio lui? »

« Non lo scelsi: venne lui da me. » Senza alzare la testa dal cuscino, Eula si voltò a guardarlo con aria sconsolata. « Quell'anno mi capitarono solo guai, uno dietro l'altro. »

Si presentò alla porta. Era un uomo alto e dall'aria mite, con un cappello a larga tesa marrone in mano. Disse, in tono ossequioso: « Signora Price? »

Eula rispose solo con un cenno del capo: da quando aveva

parlato con quel detective grande e grosso, di colore, aveva paura degli sconosciuti.

« Sono l'avvocato James. Yancey James », si presentò l'uomo. « Ho sentito che i suoi nipoti sono in difficoltà. Forse io potrei aiutarli. »

Eula esitò. Non dormiva da due giorni e stava male, era confusa. Non sapeva che cosa fare, a parte aggrapparsi alla convinzione che i ragazzi fossero innocenti e pregare.

« Posso entrare? Se non disturbo... » disse Yancey James.

Eula annuì lentamente e, per educazione, spalancò la porta e gli fece cenno di accomodarsi. « Gradisce un tè freddo? »

« No, grazie, signora. Non voglio approfittare del suo tempo. »

Eula era troppo disorientata per insistere. Gli indicò il divano. L'avvocato vi si diresse, ma si fermò a osservare il buco rimasto nella moquette dove la polizia aveva prelevato i campioni da analizzare.

Sottovoce, disse: « Tutta la mia comprensione, signora ».

Di nuovo Eula non poté far altro che annuire.

James si sedette a un capo del divano, sotto il quadro con Gesù Cristo. La pancia abbondante, da uomo ricco, gli tirava sotto il gilet del completo marrone. « I suoi ragazzi hanno un avvocato, signora? Un avvocato esperto, intendo. »

Alla donna quelle parole parvero cariche di sollecitudine. Timidamente, disse: « Hanno parlato di un difensore d'ufficio ».

Yancey James annuì tutto serio, come se si fosse aspettato qualcosa del genere, e commentò in tono di commiserazione: « Succede spesso. Chi non può permettersi un difensore come si deve finisce nelle mani degli avvocati d'ufficio, che sono oberati di lavoro e trattano i loro assistiti come se fossero semplici numeri. Non è possibile prendersi a cuore gli interessi di una persona, con un carico di lavoro così. Per un reato minore passi, ma quando le accuse sono della gravità di quelle rivolte ai suoi nipoti, quando è in gioco la vita di due persone... »

Eula vedeva già i nipoti sulla sedia elettrica o nella camera a gas. Fece per dire qualcosa, ma non ci riuscì.

« Ho uno studio in Third Street », continuò James. « Conosco gente che frequenta la sua stessa chiesa. Patricia Yarnell, per esempio: ho salvato suo figlio dalla condanna a morte.» Si sporse leggermente in avanti, guardandola negli occhi per conquistarsi la sua fiducia. «In totale ho difeso sedici persone che rischiavano la pena capitale, con buoni risultati.»

Eula si stropicciava il vestito. «Non so che cosa fare», disse sconsolata.

Annuendo con fare comprensivo, James tacque, rispettoso. Dopo un po' la vecchia chiese: «Sarebbe disposto ad aiutarli tutti e due?»

«Prima dovrei vederli, signora, ma credo che potremmo preparare una difesa congiunta.» Si fermò a riflettere e riprese: «E questo avrebbe il grosso vantaggio di farle risparmiare molti soldi. È inutile pagare due avvocati, quando ne basta uno».

Di nuovo la donna fu assalita da un gran senso di impotenza. Nel silenzio che seguì, l'avvocato tirò fuori dal taschino un fazzoletto bianco e, voltandosi educatamente dall'altra parte, si soffiò il naso. «Mi scusi, signora. Soffro di allergia», spiegò.

Eula fece di sì con la testa, assorta in altri pensieri.

«La vedo perplessa», continuò dopo un po' sottovoce Yancey James. «Se posso fare qualcosa per lei...»

«Se lei difendesse i miei nipoti, avvocato James, Dio gliene renderebbe merito, ma io non potrei pagarla.»

James sorrise. «Non mi riterrei mai degno di una ricompensa dall'Onnipotente.» Studiò la stanza e ciò che conteneva e aggiunse: «Mi rendo conto che si tratta di una spesa grossa per lei. La signora Yarnell, però, mi ha detto che questa casa è sua, che la comprò suo marito molti anni fa, quando lavorava nei cantieri. Nel frattempo deve aver acquistato un certo valore».

Eula si sentì stringere il cuore dalla paura: la casa era l'unica cosa che Joe le aveva lasciato, il suo unico possedimento. «Chissà.»

«Ha un'ipoteca?»

«Sì, ma ho quasi finito di pagare le rate.»

L'avvocato James annuì. «Questo è un bene. Significa che può chiedere un altro mutuo.»

Eula si sentì sospesa tra il bene che ancora voleva ai due nipoti – nonostante fossero diventati due sconosciuti per lei, totalmente diversi dai bambini impauriti che le erano stati affidati qualche anno prima – e il sollievo di poter riavere tutta per sé la casa di cui si erano impadroniti. « Non so se la banca me lo darebbe... »

« Non c'è problema », la rassicurò James. « Ho un notaio che lavora con me. Possiamo prepararle tutte le carte necessarie. »

Eula si sentì sfuggire dalle mani anche le ultime tracce della propria vita. Ma Dio non manda mai disgrazie più grandi di quelle che si è in grado di sopportare.

« Ci penserò, avvocato. »

« Giusto, ma non lasci passare troppo tempo, signora. » Si asciugò educatamente il naso. « In questi casi, ogni giorno che passa potrebbe essere prezioso per i suoi nipoti. »

« Altro che allergia », disse Terri a Carlo. « Scommetto che l'avvocato James si è intascato il secondo mutuo e si è speso tutti i soldi. » Lanciò un'occhiata al marito e aggiunse, grintosa: « Non vedo l'ora di leggere il resoconto stenografico del processo. Una brutta 'allergia' può veramente rovinare la difesa ».

Con un sorriso appena accennato, Chris osservò: « Continuo a pensare alla vicina di casa, la vecchietta bianca. Le identificazioni interrazziali sono le meno affidabili ».

Terri approvò. « Anche Monk e Mauriani lo pensarono. E infatti organizzarono due confronti all'americana, con sei persone ognuno. »

« E Fleet? »

« Oh, pensarono anche a lui. Figuriamoci. »

Flora Lewis osservava da dietro il vetro a specchio, accanto a Monk, Ainsworth, Mauriani e all'avvocato dei due fratelli Price, Yancey James.

Monk notò con soddisfazione che Mauriani aveva preso tutte le precauzioni. Come per il primo, anche per il secondo confronto aveva scelto sei giovanotti di colore, più o meno della stessa stazza. Accanto a Eddie Fleet, Rennell Price guardava dritto davanti a sé.

Flora Lewis puntò un dito ossuto verso il vetro. « È lui », disse decisa. « Il terzo da sinistra, Rennell Price. »

Quasi l'avesse sentita, il ragazzone con la felpa nera spostò il peso del corpo da un piede all'altro, poi riprese a fissare minaccioso nella direzione della donna a lui invisibile dietro lo specchio.

« È sicura? » domandò Monk.

« Assolutamente. »

« È lui che ha visto portare in casa Thuy Sen? »

« Sì. »

« Okay », continuò Monk. « Adesso guardi quello che gli sta accanto, quello con la giacca a vento rossa. Lo ha mai visto prima? »

Mentre la donna lo osservava, Eddie Fleet mosse un angolo della bocca in un sorriso quasi impercettibile, come se il fatto di trovarsi lì gli sembrasse un macabro scherzo.

« Non abbia fretta, signora Lewis. Ci pensi bene. »

La Lewis strizzò gli occhi dietro le lenti. « Forse », disse incerta. « È possibile. Ma in quella casa c'è tanta di quella gente che va e viene a tutte le ore... »

Il tono era perplesso, quasi fosse delusa della propria scarsa memoria. « Di una cosa però sono sicura », aggiunse poi con fermezza. « Rennell Price lo riconoscerei ovunque. E quello là con la felpa nera è Rennell Price, lo stesso che ho visto con Payton e la bambina cambogiana che hanno ammazzato. Sono sempre insieme. »

Impassibile, Rennell Price fissava la parete a specchio. « Grazie », disse educatamente James, asciugandosi di nuovo il naso.

12

« Forse i pubblici ministeri si scelgono gli imputati che preferiscono, ma di certo non gli avvocati difensori », fece notare Lou Mauriani a Terri.

Il sole batteva sulla terrazza della casa dove Mauriani viveva da quando era andato in pensione, una modesta villetta sulle pendici della Sierra. Aveva scelto quel panorama di morbide colline e pinete perché era il massimo della differenza rispetto all'opprimente quartiere di città in cui era cresciuto. L'aria pungente dell'autunno odorava di pino.

« L'avvocato difensore. Al singolare », puntualizzò Terri. « Senz'altro lei si rendeva conto del problema rappresentato dal fatto che i due fratelli erano difesi dallo stesso legale. »

Mauriani bevve un sorso del Cabernet con cui stavano accompagnando il pranzo e la guardò con un'espressione divertita negli occhi azzurri. « E lei, avvocato Paget, senz'altro ha letto i verbali dell'udienza preliminare. »

Secondo Mauriani, il problema più grosso era Yancey James.

Per il resto, il sostituto procuratore prevedeva un'udienza preliminare senza intoppi. L'unico possibile inconveniente era che la difesa chiedesse il rinvio della causa a un altro tribunale: in quell'aula, l'unica persona bendisposta nei confronti dei due fratelli era Eula Price.

Era seduta in un angolo, intimidita dalla ressa di giornalisti assiepati sulle panche di legno o in piedi in fondo all'aula. Dall'altra parte, c'erano Chou Sen e il marito Meng: silenziosi, sembravano il ritratto del dolore e della confusione e la loro presenza bastava a ricordare ai media e alla corte il motivo terribile per cui tutti erano lì. A presiedere l'udienza c'era un ex collega di Mauriani della procura distrettuale, il giudice del tribunale municipale John Francis Warner, il quale certamente non intendeva finire sulle prime pagine dei giornali per aver lasciato a piede libero i due imputati, anche se la nonna fosse riuscita a racimolare abbastanza denaro da pagare la cauzione.

E certamente non c'era pericolo che i fratelli Price fuggissero: in manette, con la tuta arancione delle carceri della contea, Payton e Rennell erano entrati nell'aula del giudice Johnny Waters con le catene alle caviglie. L'unico pericolo, per Mauriani e per i due fratelli, era rappresentato dall'uomo che sedeva in mezzo a loro in completo marrone con tanto di gilet. Yancey James taceva, ma era una vera e propria mina vagante.

Appena James ebbe effettuato la costituzione in giudizio, Mauriani si alzò e con aria studiatamente perplessa chiese: « Sbaglio, o lei rappresenta entrambi gli imputati? Perché, in tal caso, ritengo sia necessario accertarsi che ci sia il consenso degli interessati ».

Warner annuì e si voltò verso James. « Il procuratore distrettuale ha ragione, avvocato James. È possibile che tra Payton e Rennell Price sussista un conflitto di interessi. Se decideranno di testimoniare, potrebbero fornire versioni diverse di fatti cruciali in questa vicenda e uno dei due – o tutti e due – potrebbe sostenere di essere meno colpevole dell'altro. In questo caso, lei rischia di non essere in grado di rappresentare entrambi in maniera adeguata e, anzi, di danneggiare l'uno difendendo l'altro. »

Per non parlare del fatto che la corte d'appello potrebbe revocare le sentenze a causa del conflitto di interessi e a me toccherebbe processarli di nuovo, e con prove ormai vecchie, pensò Mauriani. Ma il giudice Warner stava facendo il possibile per prevenire quel rischio e la stenotipista del tribunale, che aveva tutta l'aria di essere anoressica, trascriveva scrupolosamente ogni sua parola.

James si alzò in piedi torcendosi le mani, teso come i suoi due assistiti. Era ragionevole che fossero tutti tanto preoccupati, visto che già sei clienti di James erano finiti nel braccio della morte. In tono leggermente troppo energico, disse: «Sono certo che i miei assistiti verranno rappresentati come meritano».

Se lo dici tu, pensò Mauriani, sperando che Johnny Warner non si accontentasse di quella risposta troppo disinvolta. Infatti il giudice insistette: «La corte è tenuta ad assicurare a entrambi gli imputati il processo più equo possibile. E ad evitare che l'eventuale condanna di uno o di entrambi venga poi revocata».

James si guardò intorno, vide quanto era affollata l'aula e si rese conto che la sua performance sarebbe stata seguita con più attenzione del solito. Con ancor più faccia tosta di prima, rispose: «Lo so. Ma Payton e Rennell Price *non* sono colpevoli, vostro onore. I loro interessi coincidono perfettamente».

«In questo momento forse sì. Ma a volte gli interessi cambiano», rispose acido Warner.

Mentre ascoltava, Mauriani osservò attentamente i due fratelli. Il maggiore seguiva quello scambio con vivo interesse, ma Rennell aveva l'aria annoiata di uno che è costretto a guardare un film in lingua straniera, e senza sottotitoli. Tranquillissimo, James replicò: «Se dovesse sorgere tale problema, lo risolveremo. Per il momento, desidero ricordare alla Corte l'inopportunità di interferire nella scelta del difensore liberamente compiuta dagli imputati, ancorché di fronte a un potenziale conflitto, come confermato dalla corte suprema della California nelle sentenze *Smith* e *Maxwell*».

Mauriani si stupì che James avesse mai consultato la giurisprudenza e intervenne prontamente dicendo: «Vostro onore, nell'interesse di tutti, questa vicenda andrebbe giudicata una sola volta. Vorrei richiamare l'attenzione dell'avvocato James sulla sentenza della corte suprema *Cyler contro Sullivan*, in cui il giudice Marshall raccomanda che il tribunale competente non solo avverta i coimputati dei potenziali conflitti di interesse, ma si accerti che il patrocinio congiunto sia frutto di una scelta informata da parte degli stessi».

Mentre concludeva, Mauriani si accorse che Payton Price guardava ora lui, ora il giudice e poi anche Yancey James. Warner annunciò: «Avvocato James, devo chiedere ai suoi assistiti di dichiarare se è loro espressa volontà che lei rappresenti anche l'altro».

Apparentemente mortificato, James lanciò un'occhiata ai due fratelli. Johnny Warner ordinò: «Gli imputati si alzino in piedi».

Payton ubbidì con aria di sfida, mentre Rennell lo fece con visibile risentimento, e solo dopo che anche Yancey James lo ebbe invitato ad alzarsi. Si tirò su con fatica, inciampando nei ceppi che aveva alle caviglie.

«Imputato Payton Price», precisò Warner perché tutto venisse messo a verbale. «È consapevole del fatto che i suoi interessi in questo processo potrebbero risultare in conflitto con quelli di suo fratello Rennell Price?»

Payton raddrizzò la schiena. Mauriani notò che era molto bello, soprattutto ora che nel carcere della contea si era forzatamente disintossicato e aveva lo sguardo lucido. Payton diede una breve occhiata a Yancey James e rispose a voce alta e forte: «Sissignore».

Rivolgendosi a Rennell, Warner chiese con lo stesso tono sollecito: «Rennell Price, è consapevole del fatto che i suoi interessi in questo processo potrebbero risultare in conflitto con quelli di suo fratello?»

Rennell si voltò non verso l'avvocato, ma verso Payton e, incrociato il suo sguardo, rispose con voce piatta: «Sissignore».

Ora che i fratelli avevano ribadito la loro volontà di avvalersi del medesimo avvocato, Mauriani sapeva che nessuno avrebbe potuto revocare un'eventuale condanna per vizio di forma. Tuttavia, sembrava che i due fratelli non si rendessero conto dei rischi che correvano a farsi difendere da Yancey James. Mauriani lanciò un'occhiata allarmata al giudice Warner, il quale la raccolse e si rivolse di nuovo a Payton Price.

«Signor Price, lei è consapevole del fatto che, scegliendo di essere patrocinati entrambi dall'avvocato James, rischiate di vedere difesi i vostri interessi meno efficacemente che se vi faceste rappresentare da due avvocati diversi?»

Payton esitò e rispose a bassa voce, con atteggiamento meno sicuro di prima: «Sì, vostro onore».

Il giudice Warner si rivolse a Rennell Price e ripeté la domanda. Con sorpresa di Mauriani, il ragazzone continuò a guardare nel vuoto come se niente fosse.

Nel silenzio generale, il procuratore guardò prima Eula Price e poi il padre e la madre di Thuy Sen. La signora Price aveva l'aria impaurita e i genitori della vittima un'espressione severa, ma nessuno dei tre pareva rendersi conto del significato del piccolo dramma che si stava svolgendo sotto i loro occhi.

« Signor Price? » disse in tono secco il giudice.

Mauriani percepì la tensione di tutti i presenti, che aspettavano la reazione di Rennell con il fiato sospeso. Il fratello maggiore si chinò verso di lui e mormorò qualcosa. Con la stessa aria imbronciata e indifferente di prima, Rennell ripeté: « Sì, vostro onore », e il momento di imbarazzo passò.

Subito il giudice si rivolse di nuovo a Payton. « Consapevole di questo potenziale conflitto, signor Payton Price, lei accetta di essere difeso insieme con suo fratello Rennell dal medesimo avvocato, Yancey James? »

Come prima, l'imputato guardò James e con aria poco convinta rispose: « Okay ». Poi si corresse: « Sì, vostro onore ».

Il giudice Warner ripeté la domanda a Rennell più lentamente e con maggior enfasi. Con le dita pronte sulla sua macchina, la stenotipista aspettava la risposta. *È la tua ultima chance, Rennell. Scaricalo*, implorò in cuor suo Mauriani.

« Sì, vostro onore », ripeté Rennell, con la stessa aria annoiata di prima.

Perplesso, il giudice si rivolse a Mauriani. « Questa corte non può fare altro, procuratore. Non posso interferire con il diritto degli imputati a farsi difendere dall'avvocato di loro scelta. »

Certo che no, pensò Mauriani. *Puoi fare solo quello che hai appena fatto: inchiodarli davanti all'evidenza della loro stessa follia e sperare che, messe a verbale, queste formule sembrino meno ingiuste di quello che sono.*

« Grazie, vostro onore », disse Mauriani.

« Di sicuro non ci fu conflitto all'udienza preliminare », commentò Terri caustica. « Nonostante tutto lo scalpore che precedette il processo, James non chiese neppure il rinvio ad altra sede. E in tal modo segnò il destino di entrambi i suoi clienti. »

Mauriani sorrise, guardando dentro il proprio bicchiere di vino. « Forse San Diego era troppo lontano da casa sua. »

« Troppo lontano dal suo pusher, caso mai », ribatté Terri.

Mauriani scrollò le spalle con un misto di fatalismo e di indifferenza. « Può darsi. Ma i vizi privati dell'avvocato 'liberamente scelto' da Payton e Rennell Price non erano di mia competenza. Quelle sono faccende che riguardano il consiglio disciplinare dell'ordine degli avvocati. »

13

Mauriani si riempì di nuovo il bicchiere. Il vino era di un bel rosso intenso, alla luce del sole. « Un altro problema derivante dal fatto di avere un solo avvocato fu l'impossibilità di mettere un imputato contro l'altro », gli fece notare intanto Terri.

« Vero », ammise Mauriani. « James era una iattura da tutti i punti di vista. »

« Fu per questo che lei chiese la condanna a morte? Per vedere se Payton o Rennell si decidevano a sganciarsi? »

L'espressione di Mauriani, da bonaria che era, si fece seria e poi quasi severa. « Non lo ritengo un motivo sufficiente. Personalmente », rispose secco.

« Allora perché la chiese? »

Mauriani studiò a lungo la bottiglia verde che aveva davanti, prima di rispondere: « Mi risolvetti a chiedere la condanna a morte il giorno in cui i fratelli Price decisero di uccidere di nuovo ».

Appena Mauriani rispose al telefono, Monk disse, senza preamboli: « C'è una persona che vorrei farle conoscere, procuratore ».

« E chi è? »

« Un certo Jamal Harrison. Un informatore di Bayview. Uno a cui hanno già sparato tre volte e che, invece di ringraziare la sua buona stella, si è inacidito. È pieno di rancore, ma anche di informazioni per noi. Diciamo che fa la spia per passione. »

Mauriani rifletté su quelle parole. Gli informatori erano notoriamente interessati e, proprio per questo, poco credibili: la regola generale era che dovevano aiutare la polizia a inchiodare almeno tre colpevoli, prima che le accuse a loro carico venissero dimenticate. E questo tendeva a stimolare parecchio la loro fantasia.

« Non starà cercando di dirmi che ha trovato un informatore sincero », commentò.

Monk rise. « No, non è questo che intendo. Dico solo che le conviene sbrigarsi. Jamal cambia idea ogni quarto d'ora. Per non parlare del fatto che il suo è un hobby pericoloso e c'è il rischio che lo facciano fuori da un momento all'altro. Ma è convinto che i suoi amici Price gli abbiano fatto un torto. »

« E quale sarebbe l'informazione che ha da darci? »

« Be', Jamal era nel carcere della contea a scontare tredici mesi per tentata violenza carnale e Payton e Rennell erano nella cella accanto alla sua », rispose Monk, tornato serio. « Pare che si conoscessero, visto che vengono tutti da Bayview, e che parlando dei ricordi comuni Payton gli abbia nominato Eddie Fleet. »

« Corro », disse Mauriani.

Jamal Harrison aveva un'aria malaticcia ed era così magro che gli si vedevano le costole. Portava una barbetta rada e ispida e si guardava continuamente intorno con fare diffidente.

Assieme a Monk e Ainsworth, Mauriani si accomodò al tavolo della saletta degli interrogatori di fronte all'ex detenuto ed esordì: « Sentiamo che cos'ha da offrirci ».

Jamal lo fissò con gli occhi socchiusi e l'aria di chi non teme l'autorità e rispose solenne: « La motivazione per una possibile condanna a morte ».

Sbatterono i due fratelli nella cella accanto a quella che Jamal divideva con alcuni disgraziati colpevoli di reati simili ai suoi: ladruncoli, piccoli spacciatori, un cretino che si era fatto beccare per ricettazione di cellulari rubati. Sebbene di solito i prigionieri in attesa di processo per omicidio venissero trattati con un certo rispetto, quando i fratelli Price fecero il loro ingresso in carcere furono accolti con fischi e sberleffi dalla fauna in tuta arancione rinchiusa in quell'ala della prigione della contea. « Prendimelo in bocca », gridò un carcerato in vena di spiritosaggini fingendosi molto eccitato. « Hai la fica troppo stretta! »

« Perché, le bambine c'hanno già la fica a quell'età? » fece eco un altro.

« Se la sono scelta piccola apposta per non sfigurare », ribatté la stessa voce di prima. « Ma così piccole non ne esistono! »

Payton continuò a guardare fisso davanti a sé, mentre le guardie li facevano entrare a spintoni nella cella vuota. Stava cominciando a rendersi conto della vita dura che lo aspettava in galera: nemmeno gli assassini avevano pietà per i pedofili, che spesso facevano una brutta fine.

Lo stesso Jamal intendeva non rivolgergli la parola: come fece notare a Charles Monk, lui, se non altro, aveva cercato di scoparsi una donna, non una bambina.

Per giorni Payton non diede segno di aver riconosciuto Jamal.

Se ne stava seduto impassibile nella sua cella, ignorando completamente tutto ciò che gli stava intorno, e quando gli arrivava qualche insulto dalle celle vicine smetteva di muovere persino gli occhi. Ma Jamal sapeva che prima o poi Payton avrebbe cominciato a riflettere sul proprio futuro, o meglio *sulla mancanza di un futuro*, in quei duecento metri di corridoio su cui si affacciavano gabbie puzzolenti e sovraffollate di detenuti arrabbiati, luridi, divisi per razza o per livello di sanità mentale, e avrebbe capito che quello che lo aspettava era un autentico inferno. Il fratello Rennell, invece, grande grosso e ottuso, pareva indifferente a tutto. Di tanto in tanto Payton gli bisbigliava qualcosa, ma a voce così bassa che Jamal non riusciva a sentire. A volte Rennell annuiva.

Fu solo al quarto giorno di prigione che Payton si avvicinò alle sbarre che dividevano lui e il fratello da Jamal e, sottovoce, gli disse: « Io ti conosco, Jamal ».

Anche da dietro le sbarre Payton Price faceva paura: forse era la calma assoluta della voce o il gelo dello sguardo. Dalle parole che disse subito dopo, Jamal capì che voleva qualcosa da lui.

« Quando esci? » gli chiese Payton.

Jamal ebbe un attimo di esitazione. « Tra sette giorni », rispose poi.

Ebbe l'impressione che Payton sorridesse.

A quel punto Payton passò a parlare del più e del meno: conoscenze comuni, chi era morto e chi era in prigione, se ultimamente Jamal aveva incontrato qualcuno che anche lui conosceva, che magari aveva ammazzato qualcuno e l'aveva fatta franca. Jamal notò che Payton stava facendo una sorta di ricostruzione mentale di Bayview, come fosse uno scienziato interessato a qualche tribù dell'Africa o di chissà dove. O come se fosse uno degli psicologi del carcere e volesse capire che cosa aveva nella testa Jamal. Ma la cosa più strana era che parlava pianissimo, per non farsi sentire dai suoi compagni di cella.

« E Rennell sentiva? » chiese Mauriani.

« Non lo so. Ma non sembrava interessato », rispose Jamal.

Tre giorni prima che Jamal uscisse di galera, Payton gli fece un cenno da dietro le sbarre. Jamal si avvicinò e si fermò a circa un metro di distanza. « Vieni più vicino », gli ordinò Payton.

Preoccupato, Jamal ubbidì. Payton avvicinò la faccia alle sbarre in modo da essere a pochi centimetri da quella di Jamal. « Tu lo conosci Eddie Fleet? » chiese.

Qualcosa nel tono di quella domanda fece paura a Jamal, che tuttavia ammise: « Sì, lo conosco ».

Per una volta lo sguardo gelido di Payton parve illuminarsi. « Sai perché siamo finiti in questo posto di merda? »

« Certo. Per via di quella bambina. »

Payton si afferrò alle sbarre e, guardandolo dritto negli occhi, mormorò: « Siamo dentro perché Eddie Fleet ha riempito di balle quel Monk ».

Anche se Payton parlava a voce bassa, a Jamal non sfuggì tutto l'odio che trapelava da quelle parole. « Quali balle? » chiese.

Payton non rispose subito, ma quando lo fece fu a voce ancora più bassa. « Non c'è una prova, senza Fleet. Capisci cosa intendo? »

Jamal annuì senza dire nulla.

« Quindi non voglio più Fleet fra i piedi, Jamal. Conosci qualcuno che potrebbe darmi una mano? »

Jamal nel frattempo aveva ricominciato a ragionare. « In cambio di cosa? »

« Di una percentuale sul mio giro d'affari », rispose calmo Payton. « Diciamo cinquecento alla settimana. Ma solo se io e Rennell usciamo di qui. »

Dietro la facciata inossidabile di Payton, Jamal percepì una profonda disperazione. Lanciò un'occhiata alle proprie spalle, ai compagni di cella che oziavano o cercavano di dormire, e mormorò: « Tutti quei soldi, solo per far fuori uno ».

Payton fece lentamente di sì con la testa. « Sì, esatto. Potresti intascarteli tu. »

Nelle due ore che seguirono Mauriani e i due poliziotti torchiarono Jamal per farsi dire in che posizione era esattamente Payton quando gli aveva fatto quella proposta, chi poteva averli visti, chi altri poteva essere stato contattato da Payton. « Parliamo di Rennell », disse poi. « Come fai a sapere che lui era al corrente? »

Jamal scoppiò a ridere. « Lo so perché, appena gli ho detto che ci stavo a far fuori Fleet, gli si è seduto vicino e gli ha parlato nell'orecchio. È stata la prima volta che ho visto sorridere Rennell Price. »

« E dov'è adesso Jamal? » chiese Terri.

« Sottoterra », rispose Mauriani con un mezzo sorriso. « Monk aveva ragione. Ha resistito soltanto tre mesi, dopo il processo. »

14

Quando Mauriani finì l'ultimo bicchiere di vino, il sole del tardo pomeriggio proiettava lunghe ombre sul tavolo. Mauriani si alzò, stappò una seconda bottiglia e continuò il suo monologo con eloquenza inalterata, pur essendosi bevuto da solo tutta la prima. Terri ricordò quante volte aveva sentito alla televisione il giovane e brillante procuratore che aveva istruito il processo contro i due fratelli accusati di aver ucciso Thuy Sen, quando lei frequentava ancora l'università.

«Così Rennell Price ebbe l'onore di ricevere l'ultima condanna a morte pronunciata nella contea di San Francisco. Dopo di lui, il Texas prese una strada e San Francisco un'altra: loro credono ancora che giustiziare innocenti sia un deterrente efficace, mentre noi siamo diventati troppo schizzinosi per mettere a morte persino un serial killer come Ted Bundy. Il suo cliente è stato particolarmente sfortunato, bisogna dire. Ma anche la fortuna è un talento, come diceva Somerset Maugham. I Price avevano commesso, forse per caso, un crimine veramente raccapricciante, dopodiché ne commissionarono un altro, premeditato, a Jamal Harrison, che a sua volta fece una fine prematura. Quando i genitori di Thuy Sen ci invitarono a chiedere la condanna a morte, non accontentarli sarebbe stato difficile.»

Mauriani si interruppe per bere un altro sorso di vino, lo assaporò e riprese, a voce più bassa: «Vennero a trovarmi in ufficio e mi portarono dei fiori. Per tirarmi dalla loro parte, immagino, o forse per dirmi che erano troppo poveri per offrirmi dei soldi. Fiori per chiedere la morte dei fratelli Price a compenso di quella della loro bambina. Non potei fare a meno di pensare che venivano da un Paese violento e corrotto, dove le esecuzioni erano decise dalle autorità per semplice capriccio e l'unico modo possibile per evitarle era pagare il giudice». All'improvviso cambiò tono, divenne ironico. « Purtroppo per i due fratelli, i genitori di Thuy Sen erano cattolici, non buddisti, e ne avevano viste talmente tante che chiedere la morte dell'assassino della figlia per loro non era una cosa grave. Mi portarono questo mazzo di fiori, probabilmente comprato in un supermercato e non da un vero fioraio: quando me li ritrovai in mano, avrei voluto spiegare loro che la morte dei due fratelli non avrebbe riportato in vita la loro bambina e che, grazie alla lentezza del nostro sistema giudiziario, ci sarebbero voluti anni prima che se ne accorgessero. Ma non dissi nulla, perché probabilmente avrebbero pensato che la mia era soltanto l'indifferenza di un burocrate. »

Si interruppe di colpo e si mise a contemplare il panorama, addolcito da una foschia che attenuava i raggi del sole.

« Allora lei non è favorevole alla pena di morte? » chiese Terri.

Mauriani strizzò gli occhi prima di rispondere e in quell'attimo Terri pensò che era più imponente di come lo ricordasse. « Vuol sapere se ci credo? » replicò Mauriani. « No, non sono della scuola di pensiero secondo cui, visto che all'inferno ci andranno lo stesso, tanto vale mandarceli un po' prima. Però penso che in questa vita alcuni imperativi morali esistano e che uno di questi sia che non si può far soffocare nello sperma una bambina di nove anni impunemente. Facendo il mio mestiere si vengono a scoprire tutti i modi più spaventosi in cui veri colpevoli uccidono veri innocenti. Come per esempio i due che, dopo aver rubato in casa a una vecchietta, l'hanno sequestrata, l'hanno messa nel bagagliaio della macchina, si sono fermati al distributore all'angolo a fare benzina, l'hanno portata nel deserto e l'hanno bruciata viva perché non potesse testimoniare contro di loro. O l'operaio che ha violentato, torturato e mutilato una undicenne per poi stare lì a guardare quanto ci metteva a morire dissanguata. » Mariani fece una pausa e guardò in faccia Terri. « Secondo me, ci sono criminali troppo pericolosi e crimini troppo abominevoli per pensare che basti, come punizione, qualcosa di meno della pena capitale. Ed è quello che pensavo, in particolare, riguardo alla morte di Thuy Sen. Pur avendo il sospetto che giustiziare i fratelli Price ad anni di distanza non potesse bastare a guarire la ferita aperta nel cuore dei suoi genitori.» Fissò Terri con ancora maggiore intensità. «Contrariamente a lei, riflettendo su come era morta la bambina, pensai di far bene a condannare a morte i suoi assassini. Le dirò una cosa che forse a lei sembrerà inaccettabile: in una violenza carnale ai danni di un minore non è il tragico destino dello stupratore a preoccuparmi, ma quello della vittima.»

Per l'ennesima volta Terri rivide con dolorosa chiarezza quel che era successo a Elena e, sottovoce, rispose: «Lei però non sa esattamente come siano andate le cose. Quando rifletteva su come era morta la bambina, in realtà non aveva certezze, ma si basava solo su supposizioni».

«No. L'autopsia di Liz Shelton accertò le modalità della morte di Thuy Sen.»

«Ne accertò le modalità, ma non il responsabile», precisò Terri. «Supponiamo che Payton abbia costretto la bambina a un rapporto orale e Rennell no. Secondo la legge, per chiedere la pena capitale anche per Rennell bisognava dimostrare che era complice del fratello con l'intenzione di uccidere. E questo lei non lo poteva dimostrare allora, così come non lo si può dimostrare adesso.»

Mauriani si strinse pigramente nelle spalle. «In quel caso, perché Rennell non disse niente? E neanche Payton? Decisero di non testimoniare: fu una scelta loro, non mia.»

«Forse fu di Yancey James.»

«In tal caso, si trattò di una scelta tattica fatta dal legale da cui avevano deciso di farsi difendere. Mi dica una cosa: lei avrebbe chiamato a testimoniare Rennell Price?»

In tutta sincerità, Terri non sapeva come rispondere. Disse perciò: «Non si trattava solo di farli testimoniare. Un avvocato competente, di fronte al rischio di una condanna a morte, avrebbe cercato di patteggiare per Rennell».

«E su quali basi? Entrambi si dichiararono innocenti, ma né l'uno né l'altro si peritò di spiegare perché avremmo dovuto credergli o di raccontare come si erano svolti veramente i fatti.» Con esagerata cautela, Mauriani si sedette dall'altra parte del tavolo, di fronte a Terri. «Prendiamo in esame i motivi per cui tacere era controproducente. La legge punisce con la pena capitale l'omicidio causato nel commettere un reato grave. Questo significa che i due fratelli potevano essere condannati a morte per uno o più dei seguenti capi d'imputazione: sequestro di persona, violenza carnale, fellatio e atti osceni con un minore di quattordici anni. Salvo prova contraria, quale per esempio la testimonianza di Rennell o Payton, la giuria poteva decidere di condannarli per uno qualsiasi di essi.» Mauriani si appoggiò allo schienale e osservò Terri con aria cupamente divertita per poi dichiarare, scandendo bene le parole: «È a questo punto che il tragico destino del suo assistito raggiunge il culmine. Sa che cos'è la 'finestra Carlos'?»

«Più o meno, ma non ci ho mai avuto a che fare direttamente.»

Mauriani annuì. «Nel caso *Carlos* del 1983 l'assai creativa corte suprema della California, guidata da Rose Bird e dal suo codazzo di attivisti contrari alla pena di morte, stabilì che per irrogare la pena capitale a un reo di omicidio nel corso di un reato grave doveva essere dimostrata l'intenzione di uccidere. All'epoca della morte di Thuy Sen, la sentenza *Carlos* aveva ancora valore di legge.» In tono ironico, Mauriani si affrettò a precisare: «Inutile dire che mi sarebbe stato difficile dimostrare che l'abuso sessuale era stato commesso con l'intento di uccidere, e quindi richiedere la pena di morte. A quest'ora, anziché cercare di evitare un'esecuzione ormai certa, lei starebbe semplicemente chiedendo la libertà condizionata per Rennell Price».

Si interruppe per bere un altro sorso e riflettere sugli scherzi del destino. Terri ebbe la sensazione che si stesse distraendo e che fosse anche un po' ubriaco: era sempre più rosso. «Purtroppo per Rennell Price, le regole cambiarono», continuò Mauriani. «Gli elettori rimandarono a casa la presidente della corte suprema Bird e quelli che la pensavano come lei: a quanto pareva erano un po' troppo progressisti. E due settimane prima che Thuy Sen venisse assassinata, la nuova maggioranza conservatrice annullò la sentenza *Carlos.* Per Payton e Rennell fu l'ennesima sfortuna: furono i primi a essere processati per un omicidio conseguente alla commissione di un reato dopo l'annullamento della *Carlos* e saranno gli ultimi a morire per mano della città e della contea di San Francisco. Se avesse voluto, Rennell Price avrebbe potuto benissimo spiegare alla giuria perché non meritava di essere condannato a morte. Invece, decise di tacere.»

«E lei decise di chiedere la pena capitale», gli ricordò Terri. «L'avrebbe chiesta anche se Thuy Sen fosse stata la figlia di un tossicodipendente nero?»

Con grande prontezza di riflessi, Mauriani si raddrizzò sulla sedia e, guardandola tranquillamente con i suoi occhi azzurri, rispose conciso: «Eventualmente, avrei agito con impeccabile equità. E comunque stiamo per giustiziare due che se lo meritano veramente. Insomma, io dormo sonni tranquilli». Fece una breve pausa, come per ascoltare l'eco delle proprie parole, quindi riprese a voce più bassa: «Lei deplora il fatto che io, in quanto pubblico ministero, avevo una discrezione quasi assoluta sulla vita e sulla morte degli imputati. Le assicuro che non lo trovavo affatto divertente. Non provavo alcun piacere a spiegare alle famiglie di altre vittime i motivi, per quanto validi, per cui non chiedevo la pena di morte per chi gli aveva ucciso la moglie, il figlio o la sorella, quando invece l'avevo chiesta per l'omicidio di Thuy Sen. Non è bello dover ammettere che non riusciamo a proteggere i nostri giovani, o che praticamente garantiamo che alcuni di loro, crescendo, diventino assassini di altri giovani. Per non parlare del fatto che si può sempre sbagliare e, se si scopre che uno era innocente dopo averlo giustiziato, non c'è modo di rimediare. Ma nel caso dei Price la preoccupazione non era questa, né per me né per la giuria». Bevendo l'ultimo sorso, Mauriani sorrise mestamente. «Anche quando i due fratelli tirarono fuori quell'alibi di ferro.»

15

Cinque giorni prima del processo, Mauriani ricevette una lettera da Yancey James.

La lesse con irritazione crescente, poi prese il telefono e lo chiamò. «Cos'è questa storia dell'aggiornamento dell'elenco dei testimoni?» gli domandò. «Mancano soltanto cinque giorni al processo.»

«È ora che i cavilli cedano il passo agli interessi della giustizia», replicò l'avvocato con l'aria severa. «Tasha Bramwell si è fatta avanti rischiando di essere stigmatizzata da tutti, data la campagna di diffamazione che lei ha condotto contro i miei clienti, presentandoli come colpevoli prima ancora che vengano processati. Adesso sta cercando di dirmi che vuole chiudere le porte alla verità, Louis?»

Mauriani immaginò James stravaccato in poltrona, pieno di sé e, con tutta probabilità, di cocaina. «Mi risparmi le sue prediche», tagliò corto. «Chi diavolo è Tasha Bramwell? E quale 'verità' avrebbe da rivelarci?»

Yancey James reagì con una risatina all'irritazione di Mauriani. «Dia tempo al tempo, Louis. La verità alla fine viene sempre a galla...»

Il fatto che James insistesse a chiamarlo per nome cominciava a infastidire Mauriani. «Lo so benissimo, per la miseria», ribatté. «E verrà a galla subito: o lei ci informa per tempo di quel che ha da dire questa sua donna del mistero, o le assicuro che costei non metterà piede nell'aula del giudice Rotelli.»

Quell'ultimatum – così giustificato che James non poté trovarci nulla da ridire – provocò finalmente un attimo di silenzio dall'altra parte. Quando James replicò, fu in tono più calmo e conciliante. «È un'amica di Payton Price, troppo affezionata per continuare a tacere quello che sa, ovvero che ha trascorso varie ore con lui e suo fratello Rennell il pomeriggio in cui Thuy Sen è scomparsa.»

«Sta scherzando?»

«Niente affatto, Louis. Non scherzo. Provi a escludere questa testimone, se vuole, ma tenga presente che così facendo condanna, forse addirittura a morte, due giovani innocenti.»

Mauriani mise giù il telefono e un attimo dopo chiamò Charles Monk.

Alle otto e mezzo dell'indomani mattina, Monk e Ainsworth si presentarono nell'ufficio di Mauriani. Sul pavimento erano sparsi i vari pezzi di cui si compone la fase istruttoria di un processo: dichiarazioni di testimoni, risultati di analisi della Scientifica, foto segnaletiche, il referto dell'autopsia fatta da Liz Shelton, le foto del cadavere di Thuy Sen. Monk le osservò per un attimo, scosse la testa e disse: «Tasha Bramwell».

«Già», fece Mauriani versandosi la terza tazza di caffè. «Raccontatemi tutto quel che avete scoperto su di lei.»

Tasha Bramwell abitava in una casa popolare di Bayview come Betty Sims, la ragazza di Eddie Fleet, ma l'impressione che fece a Monk fu diversa. Sembrava più un'impiegata che aspira a fare carriera: capelli stirati, gonna impeccabile, camicetta di cotone bianco e un appartamento perfettamente in ordine, come le unghie curatissime, con lo smalto. Era alta e snella, con un viso grazioso. Monk si accorse subito, dallo sguardo diffidente, che la loro presenza la preoccupava.

Li fece accomodare al tavolo della cucina e si sedette di fronte a loro, con un vaso di fiori in mezzo. «Ho passato tutto il pomeriggio con loro», dichiarò. «Proprio qui. Da circa mezzogiorno fin quasi alle otto di sera.»

«C'era anche qualcun altro?» chiese Ainsworth.

«No, solo noi tre.»

«Avete ricevuto visite? C'è qualcuno che può confermare le sue dichiarazioni?»

Tasha fece una smorfia che a Monk parve una caricatura dell'espressione di chi si sforza di ricordare qualcosa, quindi disse: « Non ricordo. Non mi sembrava importante, al momento ».

« Che cos'avete fatto per tutte quelle ore, in tre? » si informò Monk.

« Varie cose. Abbiamo ascoltato della musica, guardato un po' di televisione: soap opera, più che altro. A Rennell piacciono molto. »

« E basta? »

Tasha sbarrò gli occhi, poi si mise a fissare i fiori invece di Monk e a voce bassa, imbarazzata, disse: « Payton e io abbiamo fatto l'amore ».

Monk pensò che, se recitava, le riusciva abbastanza bene. Ma forse era il fatto di mentire, e non il pudore, a farla arrossire. Con grande aplomb, le chiese: « In presenza di Rennell? »

« No. » Il tono della ragazza era diventato più brusco, sulle difensive. « Da soli, in camera mia. »

« Per quanto tempo siete rimasti soli? »

Tasha abbassò gli occhi. « Non lo so. Un'oretta, forse. »

« E durante quell'oretta, dov'è stato Rennell? »

« È rimasto qui in cucina, credo. » Dopo un attimo di esitazione, aggiunse: « Rennell dorme molto. Quando siamo usciti dalla mia camera, mi pare che dormisse sul divano ».

« Lei non ha la certezza che sia rimasto qui tutto il tempo, però. Dico bene? »

Tasha si strinse impercettibilmente nelle spalle, come se la domanda le sembrasse innocua. « No, la certezza direi di no. Ma Rennell non va mai da nessuna parte, senza Payton. »

Incuriosito, Monk fu tentato di chiedere perché, ma in quel momento intervenne Ainsworth. « Ha detto che sono rimasti qui fino alle otto circa. Come fa a ricordarlo? »

« Perché durante la settimana alla sera lavoro al Double Rock Bar e il mio turno comincia alle otto. »

« È il suo unico lavoro? »

« Sì. » Con un cenno del capo, Tasha indicò alcuni libri di testo su uno scaffale. « Di giorno frequento il City College », spiegò con un certo orgoglio. «Sto facendo un corso di economia.»

Monk, osservandola, fu assalito dal senso di tristezza che provava ogni volta che tornava a Bayview. Quel giorno a suscitarglielo fu la constatazione che, nonostante si sforzasse di migliorare, Tasha Bramwell restasse legata a un uomo come Payton Price. «Thuy Sen è scomparsa un martedì», le ricordò. «Lei ha lezione il martedì?»

«In questo semestre sì, ne ho tre. Il semestre scorso, però – e il martedì di cui stiamo parlando era il semestre scorso – ne avevo una sola. Contabilità.»

Monk pensò che o lei aveva una memoria di ferro, o era andata a riguardarsi l'orario delle lezioni. «A che ora, Tasha?»

La ragazza si accarezzò la gonna come per lisciare una sgualcitura immaginaria. «Alle tre.»

«Quindi non era andata a lezione?»

«È stata l'unica volta.» Alzò gli occhi e, guardando in faccia Monk, concluse tutta fiera: «Sono brava e in quella materia avevo la media molto alta. Il professore non valuta in base alla frequenza».

Monk si chiese com'era possibile che quella ragazza ambiziosa saltasse una lezione per guardare soap opera con Payton e il suo fratello mezzo deficiente. Ma, per il momento, non poteva dirle nulla. «Conosce Eddie Fleet?» chiese a bruciapelo.

Tasha strinse le labbra. «Sì, lo conosco.»

«Che cosa pensa di lui?»

«Faceva finta di essere amico di Payton, ma è un gran bugiardo. È uno che pensa solo ai propri interessi», rispose la ragazza con rabbia a stento trattenuta.

«Perché avrebbe mentito sul conto di Payton, secondo lei?» domandò Ainsworth.

«Per gelosia. Mi guardava sempre in un modo... Mi faceva venire i brividi.»

«Le ha mai fatto delle avance?»

Con uno sguardo pieno di rabbia e di sdegno, Tasha replicò: «Se ne guarda bene. Sa che non gli conviene fare uno sgarbo a Payton e sa anche che io glielo andrei a dire subito, se ci provasse. A Eddie piace tenere le donne sottomesse con la paura, ma con me non attacca».

Monk la osservò, quindi le fece una domanda più precisa. «Immagino che lei gli abbia parlato, ultimamente. A Payton, intendo dire. Ci risulta che è andata a trovarlo in carcere.»

Tasha alzò la testa. «Perché? Non dovrei? È il mio ragazzo. Ed è nei guai per una cosa che non ha fatto.»

«Perché non è venuta a dirci subito che il giorno in cui è scomparsa la bambina Payton era con lei?»

Per un attimo Tasha si voltò dall'altra parte, quindi guardò Monk dritto negli occhi. «Non avevo fatto il collegamento. Poi Payton si è ricordato dove eravamo stati quel giorno e mi è tornato in mente tutto.»

«In che senso tutto?»

«Mi sono ricordata che avevo saltato la lezione – perché per me è una cosa insolita – e che la sera dopo al telegiornale ho visto la foto della bambina, mentre lavoravo al Double Rock.» Assunse un tono di sfida. «Payton non avrebbe mai fatto una cosa simile a una bambina. Lo conosco. Avrà anche avuto qualche piccolo guaio con la giustizia, perché vivendo qui si è costretti a crescere prima del tempo, ma non ha mai fatto niente di grave. Sono tutte invenzioni di Eddie Fleet, che voleva togliersi di mezzo un concorrente.»

Monk la osservava in silenzio con un'espressione compassionevole. «Lei ha classe, si vede», le disse in tono pacato. «Ma soprattutto è intelligente e ambiziosa. Potrebbe fare strada, signorina: cerchi di non rovinare tutto.»

Nello sguardo di Tasha passò un lampo di paura. «Rovinare tutto? E come?»

Monk, abbandonata l'aria comprensiva, rispose in tono piatto: «Con una falsa testimonianza. Questa è una faccenda seria: per noi, per la città, per la famiglia di quella bambina. Scopriremo la verità».

Tasha si morse un labbro ma, sia pure con un certo sforzo, continuò a guardare dritto negli occhi Monk. «Io dico la verità, signor detective. Siete voi che non volete ascoltarmi.»

« Mente. È stato Payton a dirle di testimoniare », disse Monk a Mauriani.

« Senza dubbio. Ma, date le circostanze, la sua storia dà ai fratelli una chance di essere assolti, sempre che la giuria sia di mente abbastanza aperta. » Mauriani piegò la testa da una parte, poi aggiunse, sarcastico: « Ma la possibilità che Yancey James non abbia controllato tutti i particolari c'è. Ci conviene approfondire un po' ».

« Lo faremo subito », rispose Monk con un sorriso. « È la cosa migliore. »

Quattro giorni dopo, nell'aula del giudice chiamato a presiedere il processo *Stato della California contro Price*, Angelo J. Rotelli, Mauriani chiese che la testimonianza di Tasha Bramwell venisse dichiarata inammissibile.

Rotelli, che era un suo ex collega, lo guardò con aria severa e chiese: « Per quale motivo? »

« I tempi. La difesa non poteva non conoscere la signorina Bramwell, eppure l'avvocato James l'ha convocata solo cinque giorni prima del processo. A parte i dubbi che ciò suscita sulla sua credibilità, si tratta di una mossa inqualificabile che... »

« Va bene, avvocato, ho capito », lo interruppe Rotelli niente affatto impressionato. « Avvocato James? »

Yancey James si alzò lentamente. « Se c'è stato un increscioso ritardo, vostro onore, la signorina Bramwell è pronta a spiegarne i motivi alla corte e alla giuria. » Assunse un tono solenne: « Il procuratore Mauriani chiede il massimo della pena, la morte. E adesso vuole escludere per un cavillo una prova vitale. I danni che tale prova può provocare all'accusa sono un nonnulla, rispetto a quelli di un'iniezione letale ».

Rotelli annuì energicamente e disse a Mauriani: « Non posso che condividere. Essendo in gioco la vita di due persone, giustizia vuole che la signorina Bramwell venga ascoltata. Richiesta respinta ».

Mauriani decise di stare molto attento a mostrarsi deluso.

Quindici anni più tardi, accompagnò Teresa Peralta alla macchina.

Alla fine anche lei aveva accettato un bicchiere della seconda bottiglia di Cabernet, pensando che in fondo l'anziano magistrato volesse solo un po' di compagnia. Sarebbe stato troppo scortese da parte sua lasciarlo bere da solo.

Mauriani apprezzò quel gesto e ricambiò la cortesia accompagnandola personalmente alla macchina e ripetendole le istruzioni che già le aveva dato per tornare in città. Quando Terri partì, rimase a guardarla dal viale davanti alla casa.

Terri rincasò tardi, verso le dieci e mezzo, e trovò Carlo seduto in cucina ad aspettarla, come lei gli aveva chiesto.

« La signora Price ricorda qualcosa di Tasha? » gli chiese subito.

Carlo, seduto su uno sgabello con una tazza di caffè fumante in mano, rispose: « Qualcosa. Ma ricorda bene soprattutto Yancey James ».

Eula Price ricordava perfettamente l'ultima volta che aveva parlato con l'avvocato da sola.

Erano nel soggiorno di casa sua, la sera prima dell'inizio del processo. James aveva detto, con gran decisione: « Tasha Bramwell potrebbe diventare l'argomento più forte del nostro teorema difensivo. Ma le assicuro, signora Price, che non basterà a salvare i suoi nipoti. La pubblica accusa ha richiesto la pena di morte e il processo si preannuncia estremamente difficile ».

« Che cosa possiamo fare? »

« Nuove indagini. Bisogna raccogliere tutte le prove possibili, da qualsiasi fonte, che dimostrino che questo omicidio raccapricciante è estraneo all'indole naturale dei suoi nipoti. » Si interruppe come colto da un'improvvisa riluttanza, poi riprese con fermezza: « Ci vorranno altri soldi, signora Price. Per pagare ulteriori indagini prima che sia troppo tardi ».

Eula fu colta dal panico. Con il batticuore, chiese: « E i soldi della casa? »

« Sono finiti », rispose James secco. « Ho dovuto pagare gli investigatori. Gli ultimi li ho spesi per controllare la versione di Tasha Bramwell. »

A Eula vennero le lacrime agli occhi. « Avvocato James, io non ho altro. Tutti i soldi che avevo li ho spesi per questa disgrazia. »

James abbassò lo sguardo, contrito. « Non ha risparmi? » chiese.

Eula percepì la disperazione dell'avvocato in quelle parole e rispose, con la voce roca: « Ho solo quello che ho messo da parte per la pensione. I soldi che mi ha lasciato Joe li abbiamo già spesi tutti ».

Scuotendo la testa, James fece il consueto gesto di tirare fuori il fazzoletto bianco e disse con aria afflitta: « Faremo quello che possiamo. Non abbiamo altra scelta ».

16

L'indomani mattina, nella sala riunioni dove stavano rivedendo insieme i verbali del processo, Carlo lesse la parte che riguardava la selezione della giuria e commentò: «Sembra quasi che Mauriani volesse aiutare James. Scelse due afroamericani che praticamente avevano detto chiaro e tondo che secondo loro la polizia ce l'ha con i neri».

Terri si versò una seconda tazza di caffè e rispose: «Era preoccupato per la composizione demografica della giuria. Non voleva rischiare che la sentenza venisse annullata con il pretesto della discriminazione razziale. E molto probabilmente i due neri non si erano dichiarati contrari alla pena di morte».

«È vero. Il giudice respinse tutti quelli che tentennavano al riguardo.»

«Non mi sorprende. Se al suo interno ci sono persone che si fanno degli scrupoli, difficilmente la giuria finisce per pronunciare un verdetto di condanna a morte.»

Carlo aggrottò la fronte. «Ma se tutti i giurati sono favorevoli alla pena di morte, con ogni probabilità sono anche colpevolisti, no?»

«Sì, certo», rispose Terri. «Ma Rotelli e Mauriani applicarono semplicemente la legge. Un anno prima del processo a Rennell, la corte suprema degli Stati Uniti aveva stabilito che le giurie evidentemente favorevoli alla pena di morte non costituivano violazione del diritto dell'imputato a una giuria imparziale, purché comprendessero un campione rappresentativo della società. E questo è un altro dei motivi per cui la questione della pena capitale influenzò il processo a sfavore di Rennell: Mauriani aveva potuto scegliere una giuria che aveva maggiori probabilità di condannarlo.»

« Stai dicendo che Mauriani ne tenne conto, quando decise di chiedere la condanna a morte? » chiese Carlo.

Terri annuì. « In una città aperta e progressista come questa, si possono escludere un sacco di giurati. A posteriori, comunque, Mauriani pensa che qualsiasi gruppo di dodici persone scelte a caso per strada avrebbe condannato a morte Rennell. »

« Per via dell'ottimo lavoro fatto dall'accusa? »

Terri posò la tazza. « In parte. E in parte per via del pessimo lavoro fatto da James. Ma soprattutto, stando a Mauriani, perché la giuria trovò Rennell Price reo di sorridere in maniera offensiva. »

Mauriani notò Rennell per la prima volta durante il disastroso controinterrogatorio della madre di Thuy Sen da parte di Yancey James.

La decisione del procuratore di cominciare con la signora Chou Sen fu facile: dei due genitori, era la più emotiva e l'unica ad avere una padronanza, per quanto limitata, della lingua. Garbatamente, durante l'interrogatorio diretto, Mauriani le aveva fatto raccontare le tragedie che avevano portato la famiglia Sen a emigrare negli Stati Uniti: l'uccisione dei nonni materni di Thuy Sen da parte dei Khmer Rossi; la scomparsa del fratello e delle due sorelle della stessa Chou; la fuga disperata attraverso il Vietnam, quando era incinta di Thuy, insieme con il marito e l'altra figlia, Kim, che all'epoca aveva tre anni; la pericolosa traversata fino in Thailandia, costata tutti i loro risparmi, su una barca carica di esuli; la nascita di Thuy in un campo profughi; il sogno di trovare la sicurezza in America. Poi Mauriani le aveva fatto rievocare il buon carattere e la docilità della vittima, per dare alla giuria un quadro più chiaro della vicenda. Infine, con una serie di domande penose sia per Mauriani che le aveva fatte sia, ancora di più, per Chou Sen che aveva dovuto rispondere, avevano rievocato le due giornate strazianti tra la scomparsa della bambina e il momento in cui i genitori l'avevano rivista all'obitorio, cadavere tumefatto dietro una paratia di vetro, ed erano stati informati del modo in cui era morta.

Mauriani aveva un buon fiuto per i giurati propensi a cambiare idea e ne teneva d'occhio tre in particolare: il commercialista efficiente che con tutta probabilità sarebbe stato eletto portavoce, la cameriera ispanica dallo sguardo espressivo e dai modi pacati e l'infermiera di colore che aveva tutta l'aria di essere una donna con i piedi per terra. Finito l'interrogatorio, Mauriani lanciò loro un'occhiata mentre tornava al tavolo dell'accusa.

Il commercialista, Henry Feldt, osservava attentamente Yancey James che si avvicinava alla teste. Anna Velez guardava il padre della vittima, Meng Sen, seduto con la testa china in angosciato silenzio. Ma Candace Bender, l'infermiera, era concentrata sugli imputati.

Mauriani seguì il suo sguardo. Payton Price non lasciava trapelare grandi emozioni: solo gli occhi leggermente socchiusi e l'atteggiamento rigido sulla sedia tradivano una certa tensione. Rennell, invece, era seduto comodamente, con le braccia conserte, e sembrava addormentato, o del tutto indifferente a Chou Sen e al suo dolore.

Mauriani pensò che Yancey James doveva aver dato ai suoi clienti istruzioni molto approssimative su come presentarsi in aula: consigliare loro di mettersi in giacca e cravatta non poteva bastare a compensare un atteggiamento come quello di Rennell. Il procuratore si voltò a guardare Candace Bender e vide che fissava a labbra strette l'imputato.

Fu subito chiaro che nemmeno il controinterrogatorio di Yancey James avrebbe aiutato i suoi assistiti. Dopo essersi presentato alla teste, l'avvocato difensore le chiese a bruciapelo: « Sua figlia tornò da scuola da sola quel giorno, vero? »

Chou Sen annuì mestamente. « Sì. »

Sembrava che il solo fatto di aver pronunciato quel monosillabo l'avesse lasciata esausta. Mauriani pensò che, se fosse stato nei panni di James, l'avrebbe congedata il più in fretta possibile per passare ad altri testimoni che suscitassero meno compassione e avessero informazioni più utili da dare. Aprendo la fase testimoniale con Chou Sen, Mauriani era riuscito a ispirare pietà e a far rivivere la figura della vittima agli occhi della giuria.

Nemmeno un principe del foro come Clarence Darrow sarebbe riuscito a rimediare al danno apportato in tal modo alla difesa.

Ma James pareva ignaro di tutto questo. La sua unica concessione alla tragedia della povera donna consistette nel limitare la consueta magniloquenza, come se questo potesse bastare a rendere meno offensive le sue domande. « E perché Thuy tornò da sola? » insistette.

Chou Sen si sfregò nervosamente le mani. « Si era fermata dopo la fine delle lezioni per un recupero con l'insegnante. Sua sorella Kim non l'aspettò. »

« Lei le aveva detto di farlo, signora? »

Chou Sen chiuse gli occhi. « No. Credevo che ci arrivasse da sola. »

Mauriani ascoltava esterrefatto, incapace di credere che James avesse deciso di mettere in dubbio la buonafede della famiglia della vittima. « E, pur vedendo tornare Kim da sola e sapendo che quindi anche Thuy non sarebbe stata accompagnata, non l'andò a prendere? »

« No. »

« Perché? »

Chou esitò. « Avevo mangiato del pesce andato a male la sera prima. Avevo mal di stomaco. »

Mauriani sapeva che, in effetti, la signora Sen aveva sofferto di vomito e diarrea così gravi da riuscire a stento ad alzarsi dal letto, ma non ne aveva parlato durante l'interrogatorio. Solo adesso, purtroppo, vide dove voleva andare a parare James.

L'avvocato difensore si asciugò il naso e ripeté in tono scettico: « Mal di stomaco. Mandò Kim a prenderla a scuola? »

« No. Non volevo che facesse di nuovo la strada da sola. »

« Non mandò neppure suo marito? »

Chou lanciò un'occhiata a Meng. « Non era in casa. »

« Così decise di lasciar tornare a casa da sola una bambina di nove anni. »

« Sì. » Il tono era sconsolato. « Da sola. »

« Quanto è lontana la scuola da casa vostra? »

Chou scosse la testa. « Non saprei esattamente. »

« Un chilometro e mezzo, signora Sen. Ha idea di quello che

può succedere in un chilometro e mezzo nel quartiere di Bayview? »

Mosso a pietà per Chou Sen, Mauriani fu tentato di sollevare un'obiezione, ma poi decise di non ostacolare il suo avversario nella sua strategia suicida. « Non capisco », disse la donna.

« Sa che ci sono ragazzine a Bayview che si prostituiscono per procurarsi la cocaina? »

Chou deglutì. « Non lo sapevo. »

« Non lo sapeva? Abita a Bayview da sette anni e vuole farmi credere di non sapere quali pericoli correva sua figlia Thuy Sen? »

« Non lo sapevo », ripeté la signora Chou, ostinata.

James le si avvicinò e a bassa voce, in tono carico di insinuazioni, disse: « Quindi non sapeva nemmeno che a Thuy poteva venire in mente di andare a trovare dei ragazzi, magari per ascoltare un po' di musica insieme ».

Mauriani fu colto da una sorta di timor panico, davanti all'enormità degli errori che James stava commettendo uno dopo l'altro. Il commercialista, Henry Feldt, osservava l'avvocato difensore con aria torva, pieno di indignazione.

« Thuy non era così », disse la madre.

Fu come se la sua resistenza alimentasse l'avventatezza di James, perché questi alzò la testa e, in tono ancora più aggressivo di prima, chiese: « Come faceva, signora Sen, a sapere come si comportava sua figlia quando non era con lei? »

La donna, perplessa, replicò con voce lamentosa: « Thuy Sen era una brava bambina ».

James insistette. « Anche una brava bambina, a volte, può lasciarsi indurre in tentazione. Lei non sapeva chi poteva incontrare, o quali distrazioni poteva trovare sulla propria strada mentre tornava da scuola da sola, vero? »

Chou Sen, muta, chinò la testa. Durante il silenzio pesante che seguì, Mauriani guardò l'infermiera e vide, sorpreso, che l'ira della Bender non era rivolta a Yancey James, ma contro Rennell Price.

L'imputato sorrideva alla nonna che, seduta in prima fila, aveva invece un'espressione più consona alla situazione, e sembrava mortificata dalle domande di Yancey James. Quando Eula Price lo guardò, Rennell sorrise ancora di più.

Dopo il trattamento riservato da Yancey James a Chou Sen, Mauriani interrogò in maniera concisa e puntuale Flora Lewis.

La donna rispose sicura che sì, aveva visto Rennell Price trascinare la bambina spaventata verso casa sua e Payton Price chiudere la porta. Erano anni che viveva di fronte ai due fratelli e li conosceva benissimo. E chiunque avesse un briciolo di cuore non avrebbe mai dimenticato Thuy Sen che incespicava mentre Rennell la trascinava in casa.

Alzatosi per il controinterrogatorio, Yancey James partì subito all'attacco. « Che opinione ha dei neri? » domandò.

Flora Lewis si irrigidì. « Dipende dai casi. »

« Ah, sì? Be', di sicuro questi due giovanotti non li vedeva di buon occhio, perché molto prima della scomparsa di Thuy Sen, lei chiamò la polizia per lamentarsi di loro. »

« Solo perché facevano troppo rumore. Non riuscivo a dormire la notte. »

« Quindi non le piacevano. »

« No, non mi piacevano. » Flora Lewis fece una pausa prima di aggiungere: « Nessuno dei due. E la loro nonna, che pativa molte più angherie di me a causa di quei due, mi faceva una gran pena ».

Mauriani vide che Eula Price abbassava gli occhi. James, però, procedette imperterrito e in tono compiaciuto disse: « Dunque non le dispiace che siano stati accusati di questo reato terribile. Se non per suo interesse personale, per Eula Price ».

Flora Lewis, al banco dei testimoni, si irrigidì. « Non è così, glielo assicuro. »

« No? Ma allora perché, invece di chiamare subito la polizia, aspettò tre giorni e parlò soltanto quando si presentarono a casa sua gli ispettori Monk e Ainsworth? »

« Avevo paura di loro. Di Payton e Rennell, intendo dire. »

James andò verso il banco dei testimoni e si avvicinò talmente alla teste che, volendo, Mauriani avrebbe potuto fare obiezione. « È stato davvero per questo, signora Lewis? O forse, quando la polizia cominciò a farle domande su Thuy Sen, le venne in mente che poteva essere una buona occasione per liberarsi di Rennell e Payton Price una volta per tutte? »

Flora Lewis fece per alzarsi dalla sedia, quasi volesse avvicinarsi ancora di più a James, e con voce tremante di rabbia disse: « Ho visto Rennell Price trascinare in casa quella povera bambina. Ho visto quanto era spaventata. E mi sento in colpa di non aver chiamato subito la polizia. Lei pensa che mi sarei inventata una cosa del genere? Magari! Almeno adesso non rivedrei quella scena ogni volta che chiudo gli occhi! »

Colto alla sprovvista, James taceva. Mauriani guardò i due fratelli. Payton fissava la testimone con un'ostilità palpabile. Rennell, invece, contemplava il soffitto con le gambe tese dinanzi a sé e l'aria annoiata.

« Gesù! » mormorò Carlo ad anni di distanza. Terri pensò che, per Carlo come per lei, l'ostilità e la disapprovazione che avevano circondato Rennell Price quindici anni prima erano ancora chiaramente percepibili.

« Oh, e non finisce qui », disse.

17

Mauriani spiegò a Terri che era stato Eddie Fleet a rendere veramente chiara e palpabile a tutti la realtà dei fatti.

La prima cosa che alla giuria parve di vedere con i propri occhi nell'ascoltare il suo racconto fu Rennell che si materializzava, nel buio, davanti alla sua porta. Eddie Fleet, dal banco dei testimoni, disse a Mauriani a voce bassa, intimidito: « Si presentò e disse soltanto che avevano bisogno della mia macchina, ma capii subito che si trattava di qualcosa di diverso dal solito ».

« Come mai? »

« Perché fuori faceva freddo, però lui era tutto sudato. E non c'entrava il crack, si vedeva: era in preda al panico. »

Gli occhi di Fleet si riempirono di paura al ricordo. Mauriani percepì, nel silenzio dell'aula, l'estrema attenzione con cui la giuria seguiva l'interrogatorio.

« Così saliste in macchina tutti e due? »

« Sì. » Fleet si guardò le mani come per controllare se aveva le unghie pulite e dopo un po' disse: « Andammo a casa loro. Di Payton e Rennell. Rennell continuava a non fornirmi spiegazioni. Si voltava all'indietro come per controllare che non ci seguiva nessuno e ripeteva continuamente: 'È successo un casino'. » Per la prima volta Fleet lanciò un'occhiata in direzione degli imputati, poi aggiunse a bassa voce: « Altro che casino ».

« E poi che cosa successe? »

« Arrivammo e Payton ci venne ad aprire. » Fleet scosse la testa al ricordo. « Era nel panico più totale. Mi fece entrare in casa. »

Quelle ultime parole furono dette in un tono molto solenne che Mauriani lasciò echeggiare nell'aula prima di chiedere: « E che cosa vide? »

« La bambina. » Per un attimo gli mancò la voce. « La bambina che era scomparsa. »

Si interruppe di colpo come se, tacendo, potesse cambiare il corso degli avvenimenti che erano seguiti. Mauriani osservò che, ad arte o forse per caso, Fleet riusciva a tenere l'attenzione del suo pubblico. In tono volutamente pratico, per contrasto, gli domandò: « Dov'era esattamente? »

« Per terra. » L'intonazione era solenne, piena di timore e di rispetto. « Era morta e dalla bocca le usciva della bava che colava sul tappeto. »

Fu in quel momento, intuì Mauriani, che l'attacco di James a Flora Lewis gli si ritorse contro e l'indignazione dei giurati per il modo in cui aveva trattato Chou Sen si trasformò in odio per i suoi assistiti. Forse sarebbe bastata la domanda successiva per convincerli definitivamente della loro colpevolezza.

« Qualcuno disse che cosa era successo? » domandò Mauriani.

Di nuovo Fleet lanciò un'occhiata verso i due imputati e replicò sommessamente: « Sì. Rennell ».

Per qualche momento Fleet decise di prolungare la suspense. Forse non esisteva tragedia tanto terribile da non poter dare almeno a qualcuno un brivido di piacere, pensò Mauriani. « Che cosa disse esattamente? »

Fleet abbassò gli occhi e, a voce ancora più bassa, rispose: « Che era soffocata facendo un pompino ».

Mauriani aveva la sensazione che in ogni processo ci fossero dei momenti di svolta, decisivi. Uno di questi fu quando Fleet pronunciò quelle parole. Alla fine del racconto, quando descrisse Rennell che lasciava cadere nell'acqua il corpo di Thuy Sen, gli parve che nell'aula del tribunale fosse entrata una brezza mortifera.

Prima di tornare a sedersi, il procuratore guardò i due imputati. Payton fissava Fleet con un odio così viscerale e feroce che pareva una corrente elettrica. Rennell invece era seduto con la schiena appoggiata all'indietro e lo sguardo velato, come se la deposizione di Fleet non lo riguardasse. Mauriani vide Candace Bender, dai banchi della giuria, osservare i due fratelli inorridita ed ebbe la certezza che il suo disgusto fosse dovuto non solo a quel che aveva appena ascoltato, ma anche allo spettacolo offerto dai due uomini in quel momento.

Nella prima parte del controinterrogatorio – troppo lunga, a parere di Mauriani – James recitò la litania dei precedenti penali di Eddie Fleet. Alla fine alla giuria non restò alcun dubbio sul fatto che Fleet fosse uno spacciatore, un violento che picchiava le donne, un disadattato e un trafficante di armi. Insomma, un degno compagno di Payton e Rennell Price. Ma non necessariamente un bugiardo.

«La storia che ci ha appena raccontato è stata concordata con il procuratore per ottenere uno sconto di pena, vero?» gli chiese James con malcelato sdegno.

Fleet si limitò ad alzare le spalle. «Non ho bisogno di nessuno sconto di pena, io.»

«Ah, no? La polizia non ha trovato del crack in casa della sua fidanzata? E la sua fidanzata non ha detto che era suo?»

«Sì, ha detto così. Mica vuol dire che è vero.» Si trattava di un reato talmente ridicolo, rispetto alla morte di Thuy Sen, che Fleet pareva quasi divertito dalla domanda di Yancey James. «Per quei due miserabili pezzi di roba, le pare che mi invento una storia del genere?»

James, con le mani sui fianchi, chiese a voce più bassa di prima: «Tipo che ha buttato in mare il cadavere di una bambina di nove anni? Tenga presente che l'unica cosa che sappiamo per certo è che quel cadavere è stato nel bagagliaio della sua macchina, ma per tutto il resto abbiamo solo la sua parola. La giuria deve sapere che cosa le ha promesso il pubblico ministero Mauriani perché raccontasse tutto questo».

Fleet giunse la punta delle dita davanti a sé e rispose, volutamente compassato: «La polizia e il procuratore mi hanno detto soltanto che avrebbero tenuto conto del mio spirito di collaborazione, se venivo qui al processo e dicevo tutta la verità. Non abbiamo fatto nessun patteggiamento».

James si avvicinò. «Però lei non sta dicendo la verità. Sta mentendo sul conto dei miei assistiti per ottenere uno sconto di pena, avendo lei stesso partecipato al reato.»

Di colpo Fleet assunse un'aria di sfida e ribatté: «Ho soltanto aiutato due amici. Non sono stato io a far morire quella bambina. Non so nemmeno com'è morta esattamente. Quando la vidi, era già cadavere».

«Abbiamo solo la sua parola, riguardo a questo. Così come abbiamo solo la sua parola riguardo a Payton e Rennell Price.»

Ritrovata la calma, Fleet osservò James impassibile. «Io non so niente», ribadì. «La Scientifica aveva già perquisito la casa della nonna, quando io ho detto alla polizia quello che era successo. Mica è colpa mia, se siamo qui. Gran parte delle cose che ho raccontato, la polizia le sapeva già.» Tacque e per un attimo osservò l'aula, poi riprese con tono fatalistico: «Lo sapevano già, che la bambina era morta soffocata, lì dove l'ho vista io. Come mi aveva detto Rennell».

Al banco dei testimoni, Charles Monk premette un pulsante del registratore e la sua stessa voce riecheggiò nell'aula. «Non volevi farla morire, vero?»

I giurati, tesi, ascoltavano attentissimi. Ci fu un lungo silenzio e poi, per la prima volta, la giuria sentì la voce di Rennell Price. «No.»

Era una voce spenta e, all'occhio esperto di Lou Mauriani, niente affatto convincente. Monk, nella registrazione, suggeriva: «Volevi solo divertirti un po', vero?»

Osservando uno per uno i giurati, Mauriani vide che Anna Velez chiudeva gli occhi. Con lo stesso tono monocorde e privo di emozioni, la voce registrata di Rennell chiese a Monk: «Che cosa dice Payton?»

«Che cosa c'entra Payton?» ribatteva Monk. «È stato Payton a ucciderla?»

«No», rispondeva pronto Rennell. «No.»

« No », ripeteva sottovoce Monk. « Sei stato tu. Ma non volevi che morisse. »

Henry Feldt, attentissimo, si sporse in avanti. « No », diceva la voce di Rennell.

Feldt rimase immobile, raggelato da quella smentita.

« Ti credo », diceva Monk. « Le tenevi la testa e, quando ti sei accorto che stava soffocando, non hai saputo che cosa fare. »

Dopo un altro silenzio, con improvvisa foga Rennell rispondeva: « Non sono stato io ».

Candace Bender fissava Rennell con un'espressione che rivelava l'incredulità che, secondo Mauriani, a quel punto senza dubbio provavano anche tutti gli altri undici giurati. Ma Rennell Price annuì, sorridendo tra sé nel sentire il suono della propria voce.

18

Il testimone successivo chiamato da Mauriani fu l'informatore, Jamal Harrison.

« Perché non conclusero con lui? » domandò Carlo a Terri. « Se avevano seguito l'ordine in cui erano avvenuti i fatti, sarebbe dovuto essere l'ultimo a testimoniare. »

Terri, che stava rileggendo la trascrizione della deposizione di Liz Shelton, alzò gli occhi. « Harrison era troppo inaffidabile. Mauriani preferì concludere con la Shelton, con la voce autorevole e rassicurante di un esperto. Se Jamal Harrison gli avesse fatto qualche scherzo, l'anatomopatologa gli avrebbe permesso di recuperare la sua credibilità. »

Carlo voltò pagina, scorse velocemente la successiva e commentò: « A giudicare da quello che è scritto qui, Mauriani non aveva di che preoccuparsi ».

Il procuratore fece una pausa prima di passare al clou dell'interrogatorio e chiedere: « Che cosa successe dopo che lei ebbe promesso a Payton di uccidere Eddie Fleet? »

Jamal Harrison lanciò un'occhiata nervosa nella direzione dei due imputati. Payton lo guardò con ira e disprezzo. Rennell finì con calma di scrivere qualcosa su un blocco e alzò la testa, con la penna pronta a prendere nuovi appunti. Voltandosi verso il procuratore, Jamal disse a bassa voce: « Payton non mi disse niente, fece solo di sì con la testa. Poi andò a sedersi vicino a Rennell e gli disse qualcosa nell'orecchio ».

« E che cosa fece Rennell? »

Lo sguardo irrequieto di Jamal Harrison si posò qua e là nell'aula. « Sorrise, ecco cosa fece. Si vede che l'idea di Fleet morto gli piaceva. »

Con grande sorpresa di Mauriani, James non chiese a Rotelli di cancellare quella risposta dal verbale. Il procuratore incalzò sottolineando: « Ma lei non sentì che cosa gli disse Payton ».

Jamal Harrison si spostò sulla sedia, accavallò le gambe prima da una parte e poi dall'altra, come se si sentisse in trappola, e con un sussurro velenoso replicò: « Io so solo quello che vidi. E la prima e unica volta che vidi sorridere Rennell da quando era entrato in galera fu quella ».

Soddisfatto, Mauriani decise di concludere lì. « Non ho altre domande », disse al giudice.

Mentre tornava al tavolo dell'accusa, lanciò un'occhiata furtiva al blocco per appunti di Rennell Price, ma riuscì a distinguere soltanto un groviglio di parole scritte in stampatello e collegate da frecce e, più incomprensibile ancora, il disegno di una figura stilizzata che poteva essere una bambina.

James fissò minacciosamente il testimone e partì all'attacco. « Lei si è inventato tutto per ottenere i favori della polizia. »

Jamal Harrison gli lanciò un'occhiataccia. « La polizia non mi ha fatto nessun favore. »

« Non ancora. Ma lei sta facendo un favore alla polizia, Jamal, dicendo che i fratelli Price sono due assassini. »

Jamal Harrison si appoggiò all'indietro e guardò l'avvocato con un sorrisetto di superiorità e un'espressione soddisfatta negli occhi. « Ne è proprio sicuro, avvocato? Come ho fatto a sapere che Eddie Fleet veniva a testimoniare per l'accusa, secondo lei? »

Stizzito, James ribatté: « Sono io che faccio le domande qui... »

Harrison lo interruppe. « Non me l'ha detto né la polizia né il procuratore. Me lo ha detto Payton. Lui e suo fratello erano in galera e avevano bisogno di far fuori Eddie. »

Mauriani si trattenne dal sorridere. Rennell, imperturbabile, continuava a prendere appunti.

Carlo tornò indietro di varie pagine e puntò il dito sull'ultima domanda di Mauriani a Jamal Harrison. « Spiegami questa », disse a Terri. « Jamal Harrison lascia intendere che il sorriso di Rennell significava che lui aveva accettato di ammazzare Fleet, e James non fa obiezione. Per l'accusa è come la manna dal cielo. Poi Mauriani lo costringe ad ammettere di non aver sentito quel che Payton ha bisbigliato a Rennell. »

« Leggi qua », gli consigliò Terri spingendo verso di lui la trascrizione della testimonianza di Elizabeth Shelton. « Comincia dall'ultima domanda di James nel controinterrogatorio e poi leggi l'interrogatorio successivo di Mauriani. Il fatto che all'epoca non esistesse ancora la tecnica del DNA non aiuta, ma vedrai che si comincia a intravedere la strategia dell'accusa. »

« Dunque lei non sa di chi fosse il liquido seminale rinvenuto nella gola di Thuy Sen », tuonò James.

Mauriani notò che Liz Shelton rimase imperturbabile e, quasi a sottolineare l'istrionismo di James, non perse la sua compostezza e professionalità. Rispose: « No, non lo so. So solo che l'eiaculatore – o gli eiaculatori, perché potrebbero essere stati più di uno – aveva lo stesso gruppo sanguigno dei suoi assistiti, il gruppo 0. »

« Grazie », replicò James tranquillissimo e, con sorpresa di Mauriani, tornò a sedersi. Forse voleva concludere con una nota positiva, vincente, non fosse altro che nel tono soddisfatto.

Mauriani si alzò subito. « Dottoressa Shelton, vorrei che spiegasse meglio la risposta che ha appena dato all'avvocato James. Voleva solo comunicarci a quale gruppo sanguigno appartiene il donatore del liquido seminale o ha accertato il coinvolgimento dei due imputati? »

La Shelton colse immediatamente tutte le implicazioni di quella domanda. « No, no. Circa la metà della popolazione afroamericana appartiene al gruppo 0. Il massimo che posso dire è che non posso escludere che gli imputati siano gli eiaculatori. »

« Quindi lei non sta suggerendo alla giuria di basare la propria decisione sul gruppo sanguigno. »

« No. Nessun perito suggerirebbe mai nulla di simile. »

Mauriani annuì soddisfatto e continuò: « Alla luce di ciò, e in qualità di esperta in entrambi i campi, può riassumere le prove mediche e scientifiche sulle quali ritiene che la giuria dovrebbe basare il verdetto? »

« Certo. » Mentre Liz Shelton si preparava a rivolgersi ai giurati, Mauriani vide che questi erano attentissimi. « In primo luogo, Thuy Sen è stata soffocata da circa cinque cc di sperma che le si è accumulato in gola. In casa degli imputati, oltre a un filo di colore verde compatibile con il maglione indossato dalla vittima e a un'impronta parziale dell'indice sinistro della stessa, abbiamo trovato tracce di sperma e di saliva sulla moquette. Le stesse fibre e altre tracce dello stesso tipo sono state rinvenute nel bagagliaio dell'auto di Fleet. E il corpo di Thuy Sen è riemerso all'incirca nel punto in cui, secondo la Guardia Costiera, sarebbe dovuto riemergere se fosse stato buttato in mare dove dichiarato da Fleet. Con un pelo presumibilmente pubico impigliato nel fermacapelli. »

Nel box della giuria, Henry Feldt annuiva. La dottoressa Shelton concluse: « Non posso dirvi a chi appartenesse il liquido seminale che ha causato la morte della bambina, ma le prove materiali sono compatibili con la testimonianza di Eddie Fleet e di Flora Lewis. Thuy Sen è stata nel soggiorno dei due fratelli. Il suo cadavere è stato nel bagagliaio della macchina di Fleet. E il decesso è avvenuto per asfissia causata da ingestione di sperma, come Rennell Price ha dichiarato a Fleet ».

Era la conclusione ideale per l'accusa, pensò Mauriani.

Mentre la sua ultima teste scendeva dal podio, il procuratore guardò i genitori di Thuy Sen nella speranza di poterli in qualche modo consolare. Ma i due erano seduti vicini, a testa bassa, affranti, e non lo videro neppure.

Mauriani allora guardò Eula Price e vide che aveva le lacrime agli occhi.

L'anziana donna gli faceva una gran pena: anche lei era una vittima, forse ancora più dei coniugi Sen. Doveva aver deciso di sottoporsi allo strazio del processo per dare un'immagine più umana dei nipoti, nonostante il dolore che provava, ed era completamente sola: James non l'aveva degnata di uno sguardo dall'inizio dell'udienza e, a parte l'inopportuno sorriso di Rennell, anche i due ragazzi l'avevano ignorata.

Né diedero segno di notarla in quel momento. Dopo aver sentito la testimonianza di Liz Shelton, Payton sembrava aver finalmente capito la gravità della situazione e il suo sguardo, da rabbioso, si era fatto vacuo. Rennell invece continuava a scribacchiare sul suo blocco.

« Con quelle domande sul gruppo sanguigno, Mauriani cercava di prevenire eventuali brutti scherzi da parte della difesa », commentò Carlo.

Terri annuì e posò il pennarello che le serviva per sottolineare le domande più importanti. « Mauriani non voleva una sentenza basata su un errore pregiudizievole o un verbale discutibile, così da rischiare l'annullamento della sentenza per incompetenza del difensore. Tra le righe si legge chiaramente che avrebbe voluto che James fosse più in gamba, ma a un certo punto si rassegnò a non far minimamente conto su di lui. »

« Non direi », replicò Carlo. « I controinterrogatori di James furono quasi sempre disastrosi. Come quando prese a pesci in faccia la madre di Thuy Sen. »

Terri fece una smorfia ironica. « Fossero stati solo disastrosi! Adesso il nostro compito sarebbe più facile. Purtroppo James era fin troppo sveglio, probabilmente perché si faceva di coca. Lo si intuisce dal suo vizio di soffiarsi continuamente il naso, ma anche dalle spacconate e dalla scarsa lungimiranza. In ogni caso, questa è un'interpretazione nostra: la procura generale la definirebbe la tattica aggressiva di un avvocato che si batte con impegno per salvare la vita ai suoi clienti. L'ha fatto al processo di appello, e la corte suprema della California gli ha dato ragione, sostenendo fra l'altro che le prove erano talmente schiaccianti che, qualunque cosa James avesse detto o fatto, il verdetto sarebbe stato il medesimo. »

« Incredibile. »

Terri gli rivolse il sorriso disincantato di un legale che ha visto anche di peggio e, porgendogli un'altra trascrizione, replicò: « Aspetta di aver dato un'occhiata alla difesa di James, prima di dire così ».

19

L'unica testimone per la difesa era Tasha Bramwell.

Secondo Lou Mauriani, fece una buona impressione. Ben vestita e composta, parlava bene. Il fatto di avere una relazione con lei faceva apparire Payton un uomo molto diverso dal pericoloso spacciatore di crack che la giuria aveva visto fino a quel momento. Parlando sottovoce, ma con estrema chiarezza, la ragazza raccontò alla giuria che i fratelli Price erano con lei il giorno della scomparsa di Thuy Sen.

James riassunse: « Allora è sicura che Payton e Rennell trascorsero con lei, a casa sua, il pomeriggio del 27 settembre ».

« Sissignore », rispose Tasha. Poi, rivolgendosi per la prima volta alla giuria con una certa veemenza, aggiunse: « La sera dopo, al lavoro, vidi la foto della bambina alla TV. Non me la dimenticherò mai, finché vivo, e posso dirvi due cose: Payton non farebbe mai una cosa simile, e non l'ha fatta perché era con me, quel giorno. E anche Rennell ».

Alzandosi per il controinterrogatorio, Mauriani vide che i giurati erano perplessi. Il compito che aveva davanti era delicato: benché Tasha Bramwell non avesse detto nulla per smentire le prove secondo le quali Thuy Sen era stata nel soggiorno dei Price, il suo tono sicuro aveva fatto riflettere i giurati e il suo atteggiamento aveva ispirato comprensione e simpatia. Non era il caso di attaccarla apertamente.

Il procuratore si fermò a una certa distanza dalla teste con aria cordiale, affabile, le mani nelle tasche della giacca, e cominciò: « Il pomeriggio del 27 settembre, lei e i fratelli Price guardaste la televisione ».

« Sì, avvocato. »

« Ricorda quali trasmissioni? »

«Più che altro soap opera. Ricordo *Days of Our Lives* e *General Hospital*: a Rennell piacciono molto.»

Mauriani notò che, al tavolo della difesa, Rennell sorrideva tra sé. «I fratelli Price passavano molto tempo insieme?»

«Sì. Voglio dire, vivevano insieme.»

«Li definirebbe inseparabili?»

Tasha Bramwell rifletté prima di rispondere: «Li definirei molto legati. Se Payton andava da qualche parte, di solito ci andava anche Rennell».

«Quindi, benché il suo ragazzo fosse Payton, anche Rennell passava parecchio tempo in vostra compagnia.»

Tasha Bramwell annuì. «Gli piaceva stare con noi e a Payton non dava fastidio, quindi anche a me andava bene.»

Con quella risposta, Mauriani aveva stabilito un precedente che corroborava la testimonianza di Flora Lewis: dove andava un fratello, andava anche l'altro. Decise di sorvolare sull'ammissione fatta da Tasha che, durante l'ora in cui lei e Payton si erano appartati per fare l'amore, Rennell era rimasto solo: non aveva alcuna importanza ai fini della sua tesi, secondo cui entrambi i fratelli erano colpevoli. Anche James aveva deciso di non approfondire. Mauriani chiese perciò: «Tutti i martedì, lei aveva lezione di contabilità. Giusto?»

«Sissignore. Martedì, giovedì e venerdì. Alle tre.»

«Ma quel martedì, decise di non andare a lezione.»

«Sì.»

«Quante lezioni saltò quel semestre?»

«Solo quella.»

Mauriani approvò con la testa. «È molto assidua.»

«Sì», confermò Tasha. «Cerco di fare del mio meglio.»

«Però ritenne di poter tranquillamente saltare quella lezione.»

«Sissignore.» Tasha Bramwell si soffermò a lisciarsi la gonna, poi guardò Mauriani e disse, tutta fiera di sé: «Ho preso A, in quel semestre».

Mauriani inclinò la testa, incuriosito. «Su quali basi il suo insegnante le diede il voto più alto?»

«In base agli esami, penso.»

« Quanti ne ha dati? »

Per la prima volta Tasha Bramwell diede segno di esitazione, spiazzata dall'interesse di Mauriani, ma poi rispose: « Due. Uno a metà semestre e uno alla fine ».

« Erano compiti da svolgere a casa, o prove che il professor Lee vi fece fare in classe? »

Il nome del professore, buttato lì da Mauriani con apparente indifferenza, fece esitare nuovamente Tasha Bramwell. « In classe. »

« In classe », ripeté Mauriani. « Che voto prese in quello di metà semestre? »

Questa volta la Bramwell lo fissò a occhi sgranati. « A, credo. »

« A meno », precisò bonariamente Mauriani. « Ma va bene lo stesso. » Si voltò, andò verso il tavolo dell'accusa e si fermò. Girando la testa all'indietro, chiese: « Ricorda per caso la data dell'esame? »

Lo sguardo di Tasha Bramwell si fece sospettoso. A voce alta rispose: « No ».

Mauriani tirò fuori da una cartellina un documento, tre fogli fotocopiati e tenuti insieme da un punto metallico nell'angolo in alto a sinistra. Mostrò educatamente il documento a Yancey James e non gli sfuggì l'appannarsi dello sguardo dell'avversario, che divenne vitreo. Payton Price strinse gli occhi a fessura; solo Rennell pareva indifferente a tutto. Mentre chiedeva che venisse messo agli atti il reperto numero 27 per l'accusa, Mauriani vide che Henry Feldt seguiva con gli occhi i vari passaggi di mano del documento.

Il procuratore si voltò nuovamente e andò verso la teste, che si era lasciata scivolare leggermente all'indietro sulla sua sedia e pareva di colpo debole e indifesa. Quando le porse il documento, Tasha Bramwell esitò prima di prenderlo. « Riconosce questi fogli? » le chiese il pubblico ministero.

In silenzio, la ragazza fissò un angolo del documento. « Sì. »

Il suo sorriso era svanito. « È il suo esame di metà semestre? »

« Sì. »

Tasha Bramwell era sbigottita. Sembrava stesse per svenire.

Senza enfasi, Mauriani disse: « Vorrei richiamare la sua attenzione sull'angolo in alto a destra del primo foglio. Può dire alla giuria che cosa c'è scritto? »

« Una data. »

« Le dispiace leggerla ad alta voce? »

Tasha Bramwell emise un lento sospiro. « 27 settembre 1987. »

« 27 settembre », ripeté Mauriani. « Se il professor Lee dice che questa data è giusta e il suo registro lo conferma, lei ha motivi concreti per ritenere che *non* sia la data del giorno in cui fece l'esame di metà semestre? »

Tasha Bramwell aprì appena le labbra e rispose con un filo di voce: « Solo quello che ricordo, nessun altro motivo ».

Mauriani annuì. « E quello che ricorda è sbagliato: lei il 27 settembre stava sostenendo un esame. Quindi non può aver trascorso con Payton e Rennell Price il pomeriggio in cui scomparve Thuy Sen. »

Tasha lanciò un'occhiata a Payton come per chiedergli scusa in silenzio. « No. »

« In tal caso, lei non sa dove siano stati i fratelli Price, né che cosa abbiano fatto. Giusto? »

Tasha chiuse gli occhi per un attimo. « No, non lo so. Ma Payton non farebbe mai una cosa simile. »

Mauriani le prese dalle mani il documento con fare cavalleresco. « Lei vuole bene a Payton, vero? »

« Certo. Lo amo », rispose Tasha con ritrovato vigore.

« Tanto da andarlo a trovare in prigione? »

« Sissignore. Tutte le volte che posso. »

Mauriani la osservò con sguardo severo. « E durante una di queste visite, Tasha, Payton le ha chiesto di raccontare questa storia? »

Tasha incrociò le braccia, con gli occhi bassi, cercando una risposta. Prima che aprisse bocca, però, Mauriani decise che gli conveniva mostrarsi pietoso, piuttosto che costringerla a mentire. Si voltò verso il giudice Rotelli e disse: « Ritiro la domanda, vostro onore. Penso che basti così ».

« Tutta qui la difesa? » mormorò Carlo.

« Sì. » Terri tirò fuori dal sacchetto il suo panino con tonno e maionese. « Una testimone con un alibi che faceva acqua da tutte le parti e che James non si era peritato nemmeno di controllare. Portò via la casa a Eula Price, ma di certo non si può dire che si sia ammazzato di lavoro. Comunque Mauriani gli tese un tranello, quando finse di voler escludere la Bramwell. Sapeva già che l'alibi era una farsa e voleva che la mozione venisse respinta e che James finisse per incastrare i due clienti con le sue stesse mani. »

« Bravo, non c'è che dire. »

« Mauriani? Bravissimo. Ma anche senza scrupoli. » Terri porse a Carlo il sacchetto con scritto *pane di segale e roast beef* e disse: « Mangia il tuo panino, poi leggiti la requisitoria di Mauriani ».

« La morte di Thuy Sen fu il risultato finale di tutto ciò che avete sentito », disse Mauriani alla giuria. « La testimonianza della vicina di casa che vide i due fratelli abbordare la bambina per strada. Le tristi tracce della sua presenza nella casa dei Price: un filo di lana verde e un'impronta digitale trovati nel soggiorno. Sperma e saliva sulla moquette e nell'auto di Fleet. Il cadavere ritrovato nel punto in cui era prevedibile che riemergesse, essendo stato deposto in acqua dove ha dichiarato Fleet. Quanto sarebbero dovuti essere sfortunati quei due, quante infelici coincidenze ci sarebbero volute perché tutte le prove puntassero verso la loro colpevolezza, senza che avessero commesso il fatto? » Mauriani si interruppe brevemente per guardare negli occhi Candace Bender, poi con rabbia a stento trattenuta riprese: « Se tutto questo non vi basta, pensate all'uomo cui Payton chiese di uccidere Eddie Fleet ».

Candace Bender lanciò un'occhiata agli imputati, seduti in silenzio vicino all'avvocato difensore, e Mauriani scelse proprio quel momento per fermarsi e indicare con un cenno Yancey James. « L'avvocato James ha una lunga esperienza in delitti capitali. Se un avvocato così competente avesse avuto qualche prova ragionevole che permettesse di mettere in dubbio la colpevolezza dei suoi clienti, non pensate che a quest'ora ve l'avrebbe presentata? Tutto quel che ha saputo portarci, invece, è stata una giovane sprovveduta che ha deciso di mentire, come se le menzogne di una sola testimone potessero cancellare gli atti esecrabili che hanno portato alla morte di una povera bambina», concluse sarcastico.

Ricordando in tal modo, sia pur indirettamente, che nessuno dei due fratelli aveva testimoniato, Mauriani osservò in silenzio l'aula. Meng Sen, immobile e pallidissimo, era seduto accanto alla moglie, che si copriva la faccia per nascondere le lacrime. Eula Price, invece, piangeva apertamente dall'altra parte dell'aula. Payton aveva un'espressione di sfida e Rennell sembrava una maschera priva di qualsiasi emozione. Mauriani non avrebbe saputo tracciare un quadro migliore della loro indifferenza alle sofferenze di Thuy Sen.

«Gli assassini sono qui, davanti a voi», disse ai giurati. «In nome di una vittima innocente, dichiarateli colpevoli.»

L'arringa di James durò sette minuti. L'avvocato difensore ricordò ai giurati che Mauriani non aveva portato nessun testimone oculare dei fatti, né nessuna prova materiale che dimostrasse che erano stati i suoi assistiti a provocare la morte della vittima. Si era limitato a convocare una vecchietta che li detestava, uno spacciatore che aveva ammesso di essersi sbarazzato del cadavere e un informatore che sperava di ingraziarsi la polizia.

Non accennò neppure a Tasha Bramwell. Meno di due ore dopo aver ascoltato le raccomandazioni del giudice Rotelli, i giurati giunsero alla conclusione che Payton e Rennell Price erano colpevoli dell'omicidio di Thuy Sen. A quel punto non restava loro che decidere se condannarli all'ergastolo o alla pena capitale.

20

Quando Carlo e Terri affrontarono l'ultimo volume del resoconto stenografico del processo, erano le otto passate e stava diventando buio. Dalle vetrate della sala riunioni si vedevano le luci della città e, in lontananza, quelle di Sausalito, e la fila di auto che, come formichine, avanzavano sul ponte che le collegava. Erano al lavoro dall'alba. A Terri bruciavano gli occhi e sulle due fette di pizza che rimanevano nella scatola aperta sul tavolo il formaggio si era ormai rappreso.

« Nel 1987 la fase finale del processo penale, con l'irrogazione della pena, funzionava più o meno come adesso. Il procuratore presenta le cosiddette aggravanti, tipo la spietatezza o la brutalità del reato, che giustificano la condanna a morte. Dopodiché la difesa presenta le 'attenuanti', che possono essere lo stato mentale o il carattere dell'imputato, il fatto di aver avuto una vita difficile, o di aver agito su istigazione di qualcun altro, o magari sotto l'effetto di droghe o alcol. In teoria la giuria decide per la condanna a morte solo se le aggravanti sono maggiori delle attenuanti. Ma la condanna viene imposta dal giudice. »

Terri cominciò a sfogliare il verbale e intanto continuò: « Secondo Mauriani, l'ultimo giorno di udienza Payton e Rennell furono costretti a presentarsi con la tuta da carcerati. Per ricordare ai giurati che erano diversi dal resto del genere umano e perché risultasse loro più facile decidere di condannarli a morte ». Trovò la prima pagina che aveva segnato con una graffetta e porse il verbale a Carlo. « Ma qui troverai il tocco di classe che dimostra quanto sapeva essere spietato Mauriani. »

Seduta al banco dei testimoni, la sorella dodicenne di Thuy Sen, Kim, sembrava ancora più piccola di quanto fosse in realtà. Non arrivava neppure a toccare con i piedi per terra e dondolava le gambe esili, con un paio di calzettoni rossi da scolaretta. In tuta arancione, Payton la guardava attentamente, Rennell senza alcuna espressione. Mauriani notò che Anna Velez si asciugava gli occhi, commossa. Dalla testimonianza della madre, la giuria aveva appreso che, da quando era scomparsa la sorella, Kim non mangiava e non dormiva quasi più. Ma Mauriani voleva che i giurati più obiettivi, come Henry Feldt, vedessero con i loro occhi la bambina.

Sottovoce le chiese: « Quando pensi a Thuy Sen, che cosa ricordi? »

Kim stentò a trovare le parole e, quando parlò, fu con una vocina flebile che la pronuncia perfetta rendeva ancora più commovente. « Che non l'ho aspettata, e invece avrei dovuto. » Deglutì, con gli occhi bassi, e aggiunse: « Mia sorella è morta per colpa mia... »

Con un gesto improvviso si nascose il viso tra le mani, in silenzio. L'unico altro segno da cui si capiva che stava piangendo era il tremito che le scuoteva le spalle.

Chou Sen assisteva, in piedi, con una smorfia di dolore sul viso.

Apparentemente contrito, Mauriani la invitò con un cenno ad andare a prendere l'unica figlia che le restava e accompagnarla fuori dell'aula. Henry Feldt osservò la scena con aria truce.

« Gesù », mormorò Carlo.

« Già. » Terri lasciò a metà l'ultima fetta di pizza. « Kim Sen ha ventisette anni, adesso, e non so dove sia, ma di sicuro è in cura da qualche psicologo. »

« Come reagì James? »

« Comincia a leggere da dove ho messo la seconda graffetta, e ti stupirai », rispose Terri.

James prese il tempo di asciugarsi il naso e disse alla giuria: « Stando al vostro verdetto, avete superato quell'ostacolo legale che si chiama ragionevole dubbio. Ma questo non significa che non ne restino altri: in mancanza di una testimonianza oculare, necessariamente qualche dubbio sussiste». Allargò le braccia con fare teatrale e chiese: «E, nel dubbio, perché condannare a morte questi due giovani? Passeranno il resto della loro vita in prigione, signore e signori, senza più rappresentare un pericolo per nessuno. Non c'è alcun bisogno di accelerare la loro dipartita».

Incredulo, Mauriani guardò Henry Feldt che, corrucciato, aveva smesso di guardare James per osservare i suoi clienti e li fissava con la stessa freddezza che, per l'intera durata del processo, loro avevano mostrato nei confronti di Thuy Sen.

Non appena James ebbe finito di parlare, Mauriani si alzò in piedi. «Vostro onore, chiedo alla corte di voler conferire a porte chiuse con i rappresentanti dell'accusa e della difesa.»

Rotelli capì al volo, come fu evidente dallo sguardo e dalla prontezza con cui rispose: «Benissimo». E subito fece cenno all'assistente di aprire la porta del suo ufficio.

Entrarono. Mauriani e James si sedettero davanti alla scrivania di noce di Angelo Rotelli, mentre la stenografa si sistemava di fianco, in mezzo a tutti gli strumenti di lavoro indispensabili per un giudice: tomi di procedura penale, manuali sull'interpretazione del materiale probatorio, opuscoli rilegati di raccomandazioni per le giurie e, non ultimo, poltrone di cuoio verde degne di un esclusivo club inglese.

Rotelli giunse le mani davanti a sé ed esordì: «Allora, avvocato Mauriani?»

Il procuratore disse: «La difesa ha concluso la sua arringa in – se non erro – undici minuti netti. L'avvocato James non ha convocato testimoni e non ha nemmeno provato a presentare circostanze attenuanti, per esempio relative all'ambiente degradato in cui sono cresciuti i due imputati». Fece una breve pausa e sottolineò: «Né per l'uno né per l'altro dei suoi assistiti. Alla luce di ciò, ritengo opportuno che la corte si informi sulle intenzioni della difesa riguardo alla pena che intende chiedere per

Rennell e Payton Price, individualmente. Nonché sulle indagini che ha svolto riguardo ai loro precedenti».

James alzò la testa e, sulle difensive, esclamò: «Vostro onore, le assicuro che da parte della difesa è stata usata tutta la diligenza necessaria. Il procuratore Mauriani sta cercando di ottenere informazioni coperte dal segreto professionale e di acquisire illecitamente indizi sulla mia strategia. Con grave danno per entrambi i miei assistiti».

Il giudice rivolse a Mauriani un'occhiata interrogativa. Il significato implicito delle parole di James era chiarissimo: quel che aveva scoperto era così grave che avrebbe accelerato irrimediabilmente la corsa dei Price verso il patibolo. Il fatto che ciò servisse anche a coprire la sua inefficienza era, purtroppo, secondario. Mauriani aveva fatto il possibile: aveva sollevato la questione e costretto James a mettere a verbale le proprie scuse. Con un po' di fortuna, quel colloquio con Angelo Rotelli gli avrebbe permesso di mettere a tacere eventuali contestazioni sull'inefficienza della difesa, per lo meno in quella fase.

«Grazie, vostro onore», disse solennemente.

Alzatosi per la presentazione della prova confutativa, Mauriani andò verso la giuria e cominciò, in tono di contenuto disprezzo: «La difesa ha sostenuto che qualche dubbio sussiste. Ma su che cosa? Avete forse dei dubbi su chi ha assassinato Thuy Sen, o sull'atrocità della sua morte, soffocata da un atto di cui non avrebbe dovuto neppure conoscere l'esistenza?»

Henry Feldt annuì. Rivolgendosi a lui, Mauriani riprese: «Resta un solo interrogativo aperto: qual è l'unica pena che può rendere giustizia a Thuy Sen e alla sua famiglia? La pena di morte».

E Mauriani tornò al suo posto, un minuto dopo essersi alzato.

Terri, da sola, rivide le ultime pagine; Carlo era uscito un attimo per bere un caffè con la sua nuova ragazza, una studentessa di medicina, sempre occupatissima come lui.

Lesse che il giudice aveva dato alla giuria istruzioni molto chiare circa la condanna all'ergastolo senza condizionale, ma sapeva per esperienza che pochi giurati la consideravano un'alternativa realistica. In quel processo, poi, la giuria era prevenuta nei confronti dei Price tanto quanto era pronta a commiserare i Sen per la tragica fine della loro figlia.

E infatti, nel giro di meno di un'ora, il portavoce Henry Feldt era uscito dalla camera di consiglio annunciando il verdetto: pena capitale per entrambi gli imputati.

La decisione definitiva spettava a Rotelli.

Il giudice poteva confermare la condanna a morte oppure imporre l'ergastolo senza condizionale. Nell'aula, Mauriani osservò attentamente Rotelli che, trovandosi per la prima volta a dover prendere quel tipo di decisione, si accingeva solennemente a recitare una parte nuova in una vecchia commedia. Era diventato giudice dopo una lunga carriera in procura e numerosi processi per omicidio di grande risonanza: il problema era capire se era pronto a imporre una sentenza di condanna a morte con la stessa disinvoltura con cui un tempo la richiedeva nella veste di pubblico ministero.

Nell'aula regnava il massimo silenzio: i fratelli Price, James, la famiglia Sen e Eula Price si ritrovarono tutti uniti nella trepidazione per quel momento decisivo e fatale. Con deliberata lentezza, Rotelli cominciò a elencare i fattori chiave della vicenda: l'efferatezza del reato, la giovane età e l'innocenza della vittima, la totale assenza di rimorso mostrata dagli imputati e il loro tentativo di sbarazzarsi del testimone principale. Poi si rivolse agli imputati e disse in tono cupo: « La difesa non ha presentato circostanze attenuanti e a questa corte non risulta ve ne siano ».

Per un attimo, parve esitare davanti al proprio dovere, poi pronunciò, prima per Payton Price, che a quel punto era impassibile come il fratello, poi anche per Rennell, la formula solenne che Mauriani aveva finito per considerare letteralmente l'equivalente della condanna a morte.

« Rennell Price, questa corte ha stabilito, e qui e ora dichiara, giudica e decreta, che lei sarà messo a morte secondo la legge di California presso il carcere statale di San Quentin. Lei sarà pertanto affidato allo sceriffo della contea di San Francisco, che la tradurrà presso l'amministrazione di detto carcere, entro dieci giorni a far data da oggi, affinché venga eseguita la sentenza di condanna alla pena capitale per l'omicidio di Thuy Sen... »

Con grande stupore di Mauriani, Rennell Price si alzò in piedi e per la prima e ultima volta la sua voce profonda riecheggiò nell'aula. « Non sono stato io. »

Terri chiuse il verbale e si preparò ad andare a casa e a cercare di dormire. Mancavano cinquantaquattro giorni all'esecuzione.

PARTE SECONDA

LE INDAGINI

1

Era una tipica mattina fredda e nebbiosa a San Francisco, con una pioggerellina sottile che rendeva scivoloso l'asfalto. Carlo guidava, mentre Terri beveva un caffè in una tazza di porcellana, scaldandosi le mani. I vetri della jeep si appannavano continuamente.

Carlo imboccò Pine Street, diretto a Laurel Heights. « Parlami di Laura Finney », disse.

« Fino a poco tempo fa lavorava nello studio Kenyon & Walker. È l'unico avvocato che ha seguito dall'inizio alla fine l'appello di Rennell. » Terri bevve un sorso di caffè. « In teoria, lo studio offre un'assistenza ben diversa da quella di Yancey James: seicento avvocati provenienti dalle migliori università, la *crème de la crème*, risorse incredibili, consulenze che molti troverebbero esagerate, per Rennell. »

« Non sembri convinta. »

« Be' », rispose Terri con un'alzata di spalle. « I documenti sono scritti in maniera impeccabile: margini perfetti, nemmeno un refuso, ma quello che manca completamente è la figura di Rennell come uomo, come caso umano. »

Laura Finney si sistemò un ciuffo di capelli sfuggito allo chignon.

Era snella, aveva la carnagione chiara e occhi serissimi dietro gli occhiali di metallo. Li ricevette in blue jeans, nel salotto della sua villetta a un piano dove una bambina di due o tre anni guardava *Sesame Street*, mentre il fratellino di pochi mesi si rotolava nel box. Vedendo che aveva le occhiaie, Carlo pensò che crescere due bambini piccoli doveva essere un'impresa estenuante.

«Dopo il secondo, ho dovuto rimanere a casa», spiegò loro Laura. «Sono andata in maternità un mese prima che la corte suprema respingesse l'*habeas corpus*. Ero io a occuparmi del caso, ero l'unica che lo seguiva da quando ci era stato assegnato. Ero appena uscita dall'università.» Con un tono che a Carlo parve stupito, aggiunse: «Quattordici anni fa».

«Così tanto?» domandò il ragazzo.

Laura Finney lanciò un'occhiata lievemente divertita a Terri, che era seduta accanto a Carlo sul divano grigio. «La burocrazia è lenta», rispose. «Nonostante le chiacchiere della destra, che accusa gli avvocati di sfruttare tutte le lacune del nostro sistema giuridico per rimandare *ad infinitum* l'esecuzione dei condannati a morte, prolungando le sofferenze dei parenti delle vittime, la colpa non è nostra. È l'iter che è spaventoso, una vera *via crucis.*» Si protese verso Carlo e cominciò a contare sulle dita. «Le prime tre tappe furono l'appello diretto per vizio di forma o errore giudiziario alla corte suprema della California, che ne esamina sì e no venti all'anno. Alcuni riguardano esclusivamente errori documentati dai verbali del processo. Questo vuol dire che il nostro, in cui cercavamo di dimostrare l'incompetenza del difensore, aveva scarsissime chance.»

«E perché? Anche quella era documentata nei verbali del processo.»

«Non esattamente», lo contraddisse Laura. «Certo, dai verbali si deduce che James era un pessimo avvocato, ma i tribunali americani pullulano di pessimi avvocati. Dimostrare che il suo operato costituiva una violazione del Sesto Emendamento, che prevede il diritto a un giusto processo, era tutto un altro paio di maniche. Bisognava dimostrare che non aveva svolto indagini, che era incompetente, che non aveva fatto nulla per evitargli la pena capitale...»

«O che era cocainomane», intervenne Terri.

Quell'interruzione del suo resoconto sarcastico scatenò in Laura un dubbio improvviso. «Perché dice questo?»

«È solo una supposizione. Lei parlò mai con la nonna?»

«No.» Laura si stava mettendo sulla difensiva. «Le parlò un

collega più giovane, se ben ricordo. Avevamo troppo da fare, ci dividevamo i compiti. »

Carlo capì che dietro l'espressione scettica di Terri c'era il sospetto che il collega di Laura fosse un neolaureato inesperto che aveva gestito male il colloquio con una donna anziana di Bayview, appartenente a un'altra razza e di estrazione sociale diversissima dalla sua. Era vero che era stato Carlo, pur molto giovane, a portare Eula Price a parlare del perenne raffreddore di James, ma c'era da dire che lui era straordinariamente sensibile, grazie anche al suo travagliato vissuto.

« Chi era il socio dello studio incaricato del caso? » domandò Terri.

« In che anno? » Laura ritrovò il suo tono sarcastico. « Solo l'appello diretto richiese sette anni e la petizione *habeas corpus* – la prima occasione in cui potemmo presentare elementi aggiuntivi – fu presa in considerazione dopo altri sette. A circa metà di tutto questo, il socio responsabile del caso, Frank Goldmark, morì di infarto a una partita dei Forty Niners. Gli succedette Leslie Keller, che però se ne andò poco dopo per entrare come consulente legale in una dot.com in cambio di opzioni che diventarono carta straccia quando l'azienda fallì. Rennell Price è un serial killer, ma di avvocati! »

Terri non sorrise. « Chi prese in carico la pratica di Price, dopo Keller? » domandò.

Laura lanciò un'occhiata verso la figlia, che guardava i cartoni animati in TV, poi si voltò di nuovo verso di loro e rispose: « Io. Dopo tutti quegli anni era troppo complicato passare le consegne a un'altra persona. Tanto più che lo studio seguiva il caso a titolo gratuito », aggiunse sardonica.

Terri questa volta accennò un sorriso, ma Carlo si accorse che lo faceva solo per educazione. « Non a caso, si dice *pro bono.* » Il bambino nel box si mise a piangere.

Aspettarono in salotto venti minuti che Laura finisse di allattare il figlio più piccolo. « Cosa c'è che non va? » chiese Carlo.

Terri lo guardò sorpresa e rispose a bassa voce: « La solita roba: tanto rigore intellettuale, tanto ironico cinismo, ma gli interessi di Rennell non se li è fatti nessuno. Non so se mi fa più rabbia l'arroganza da super studio legale o l'atteggiamento da bianca privilegiata».

Carlo indicò i giocattoli dei bambini sulla moquette. «E tu la chiami privilegiata?»

Terri fece un sorriso amaro. «Sì. Lei è una madre che può permettersi di restare a casa con i figli, mentre Rennell sta per morire.»

Quando Laura Finney tornò in salotto, senza il bambino, riprese praticamente da dove si era interrotta. «Il problema dell'appello diretto è che nel primo processo non c'erano state palesi irregolarità. Mauriani era stato correttissimo, la giuria era stata selezionata senza pregiudizi razziali, non erano state occultate prove a discolpa, ogni volta che le deposizioni dei testimoni davano adito a un'obiezione che James non faceva, era sempre intervenuto Mauriani...»

«Be', mi sembra il minimo», commentò Terri.

«L'unica cosa che potevamo fare era dimostrare che l'incompetenza di James era tale da costituire una violazione del diritto a un giusto processo. La procura fece notare che anche gli errori peggiori della difesa potevano in realtà costituire precise scelte strategiche. Quali fossero, vorrei tanto saperlo...»

«James cosa le disse?» chiese Carlo.

«Niente», rispose Laura. «Stavano per radiarlo dall'albo, il suo avvocato gli consigliò di non parlarci.» Lanciò un'occhiata a Terri. «Gli parlai solo per telefono. Mi disse che Rennell non avrebbe avuto speranze comunque, che qualsiasi cosa lui avesse fatto l'avrebbero ugualmente condannato a morte. Del resto anche la corte suprema della California, che lesse i verbali del processo, la pensava così.» Accennò un sorriso. «Per ottenere questa risposta, avevamo ritardato di sette anni l'esecuzione. Abile mossa, vi pare?»

La bambina smise di guardare la televisione e annunciò che aveva fame. Laura Finney alzò gli occhi al cielo con aria sconsolata e invitò Terri e Carlo a seguirla in cucina, dove preparò alla figlia un tramezzino con il burro di arachidi. Lo tagliò a quadratini e lo porse alla figlia su un piatto. « Ecco, tesoro. Ah, quanto vorrei che il congedo di paternità fosse un po' più popolare! »

La bambina alzò gli occhi senza capire e si mise in bocca il primo pezzetto di pane. « Non ce l'ho con mio marito, intendiamoci », precisò poi Laura. « Nel nostro studio lavorano trecento avvocati uomini e non uno ha mai preso i sei mesi di congedo di cui avrebbero diritto da contratto. Una mera formalità, per far vedere quanto siamo femministi. »

Dall'amarezza di quella considerazione Carlo intuì che Laura Finney era ormai una disincantata professionista solo moderatamente interessata al destino di un cliente in una posizione davvero difficile.

« È già qualcosa », rispose Terri. « Il mio primo marito era certamente peggio, glielo assicuro. » Laura Finney non poteva nemmeno immaginare quanto fosse vero.

Mentre tornavano in salotto, Terri si rivolse a Carlo. « Dopo l'appello diretto, si passa all'*habeas corpus.* In pratica devi dimostrare che il tuo cliente è detenuto in violazione dei suoi diritti costituzionali. Nel caso specifico, lo studio Kenyon & Walker presentò un'istanza alla corte suprema della California sulla base di elementi probatori sopravvenuti a riprova dell'innocenza di Rennell o comunque del fatto che non aveva commesso un reato punibile con la pena di morte. Spiegando anche perché James non li aveva trovati e/o considerati. » Poi chiese a Laura: « Chi controllò le cartelle cliniche e le pagelle di Rennell? »

L'avvocatessa si risedette in poltrona. « Un collega, non ricordo bene chi. Se ne occupò tantissima gente, c'erano assenteisti, uno ebbe un incidente... »

Terri la guardò. « Una andò in maternità... »

« Infatti. »

Carlo guardò Terri. « E il quoziente di intelligenza di Rennell? » domandò.

« Un genio non è mai stato », replicò Laura Finney. « Ma se volete far passare Rennell per ritardato, sappiate che anche il nostro studio ci aveva pensato. Dopo la sentenza *Atkins*, però. Troppo tardi. La nostra petizione *habeas corpus* era già stata respinta dalla corte suprema della California e dalla corte distrettuale federale e sia la corte d'appello del Nono Circuito sia la corte suprema degli Stati Uniti avevano già negato la revisione. Voi potete provarci, però. »

Lo faremo, pensò Carlo. Ma nel giro di sette settimane non sarà facile. Guardò Terri e pensò che quando rifletteva diventava ancora più bella. « Cercaste di contattare gli insegnanti di Rennell? » domandò.

« Mi pare di sì, ma non mi sembra che se ne fosse ricavato nulla di utile. »

« E i familiari? »

« Quali? La madre uccise il padre, la nonna è vecchia e malata e il fratello, Payton, non apre bocca da quindici anni. Tutto quel che riuscimmo a scoprire fu che la nonna sosteneva che Rennell da piccolo era un angelo. Probabilmente si aggrappa a quel ricordo per disperazione. »

Terri rimase impassibile, ma Carlo si accorse che tratteneva a stento l'irritazione: Laura Finney le dava sui nervi. « E la madre? » chiese.

« Ci provammo », rispose Laura. « Peccato che è pazza furiosa. Borbotta frasi incomprensibili e basta. »

« Cosa le disse, comunque? » insistette Terri.

Laura Finney ricordava soprattutto i suoi occhi, di fuoco.

Aveva incontrato Athalie Price nell'istituto dove era ricoverata, un posto di uno squallore spaventoso. Aveva i capelli scompigliati ed era magra come un chiodo, ma era soprattutto dallo sguardo che si intuiva la sua follia.

« Quello scemo », aveva detto con disprezzo. « Pensava che il bambino fosse scemo perché aveva preso da me. Invece il più scemo di tutti era lui. »

Laura le aveva chiesto se si riferiva al padre di Rennell, al che Athalie era scoppiata in una risata rabbiosa e si era chiusa in un ostinato silenzio.

« Ne dedussi che nessuno era un campione di intelligenza, in quella famiglia », disse Laura a Terri e Carlo.

« E con i genitori di Thuy Sen parlò mai? » le chiese Terri.

« No. » Laura Finney sembrava sorpresa. « A cosa sarebbe servito, a parte fargli rivivere quella tragedia? Anche prima di avere mia figlia, mi sembrava un'inutile tortura costringerli a ricordare la morte della loro bambina. Li avrei tirati in mezzo solo se avessi pensato che poteva essere utile, ma... »

Carlo guardò Terri, ma non gli parve che stesse pensando a Elena. Tuttavia, chissà perché, sembrava che non avesse più nulla da chiedere. « E il DNA? » domandò lui.

« Facemmo tutte le prove possibili, ma il cadavere era rimasto due giorni in mare, prima di venire ricuperato, e le tracce di sperma riscontrate nel tampone orale erano troppo degradate per identificare il responsabile. » Laura sospirò. « A dire il vero, non mi dispiacque, quando me lo dissero. Avevo troppa paura di scoprire la verità. »

Terri la guardò negli occhi. « Che cosa aveva paura di scoprire? » domandò sottovoce. « Che Rennell era colpevole o che era innocente? Perché è quest'ultima, l'unica verità che a me farebbe paura scoprire. »

Carlo, osservandola, si chiese se era proprio vero.

2

Laura Finney guardò Terri in silenzio. « Se devo essere sincera, non ho mai pensato che ci fosse veramente il rischio di scoprire che Rennell era innocente. Eppure ci ho provato, Dio solo sa quanto! »

Terri non rimase sorpresa, se non dal candore della collega. « Che spiegazione dei fatti le diede Rennell? » le chiese.

« 'Non sono stato io.' Me l'avrà ripetuto mille volte, in questi quindici anni. Senza darmi un solo motivo per credergli. »

« Forse non poteva dargliene », replicò Terri tranquilla. « Supponiamo che sia ritardato: non sarebbe mai riuscito a inventarsi una spiegazione plausibile. Oppure supponiamo che non fosse neppure presente al delitto e non sappia che cosa successe. »

« È vero », disse Laura. « Ma che Thuy Sen entrò in casa loro è accertato. Lo dimostrano i reperti trovati dalla Scientifica, la deposizione di Flora Lewis e quella di Fleet. »

« Cominciamo dalla Lewis. Lei le parlò personalmente? »

Laura annuì. « Poco prima che morisse, nella casa in cui era nata, come aveva sempre desiderato, indipendentemente dal degrado in cui versava ormai il quartiere. Ci sembrò molto sicura di quello che aveva visto quel giorno, come lo era sembrata a Charles Monk, del resto. »

« Può darsi », rispose Terri. « Ma, come Monk ben sa, è possibile che una donna bianca come la Lewis – anziana, sola, impaurita – non riesca a distinguere con certezza i neri. Forse *voleva* aver visto Rennell. O forse mentì sapendo di mentire. »

« Ma per chi potrebbe averlo scambiato, secondo lei? »

« Per qualsiasi altro nero », rispose Terri. « Che fosse un uomo di colore è certo. Lei consultò mai un esperto in valutazione dell'affidabilità delle identificazioni interrazziali? »

« No. » Laura Finney alzò la voce. « Quando cominciammo a occuparci di Rennell Price, lo Stato della California stanziava un massimo di dodicimila dollari per questo tipo di casi e il budget della corte federale per le spese relative all'*habeas corpus* era lasciato alla discrezione del giudice. Non so se mi spiego. Non solo per quattordici anni lo studio Kenyon & Walker non fatturò il lavoro dei suoi avvocati, ma si accollò anche i costi dell'*habeas corpus* per Rennell Price, benché le speranze di successo fossero scarsissime. »

Dal punto di vista di Laura Finney il ragionamento era giusto, pensò Terri: anche gli onorari dei Paget, in questo caso, erano molto più bassi del normale. « Capisco il problema », disse in tono conciliante. « Ma abbiamo solo quarantanove giorni e il cammino è tutto in salita. Ho bisogno di capire quante probabilità ci sono che lo Stato decida di non giustiziare Rennell Price. Lei ha mai parlato con Eddie Fleet? »

« Ci ho provato. L'ultima volta sarà stata sette anni fa. » Forse nel rispondere ricordò qualcosa che la spinse a lanciare un'occhiata alla figlia. « Sono arrivata alla porta di Betty Sims e più in là non sono riuscita ad andare. »

Laura Finney ammise a se stessa che Bayview le faceva paura: in quel quartiere aleggiava un senso di pericolo, imprevedibile e per questo ancora più minaccioso. Da buon avvocato, Laura credeva nella legge di causa ed effetto e l'idea di morire senza una ragione – a parte il fatto di essere bianca, donna, e di trovarsi nel posto sbagliato durante un regolamento di conti tra spacciatori – la faceva sentire impotente, nuda, vulnerabile, e la terrorizzava. Bussare alla porta di una sconosciuta in un complesso di case popolari squallido come Double Rock le faceva venire la pelle d'oca.

Dopo aver bussato una seconda volta, si vide aprire la porta da una donna in vestaglia. Doveva avere fra i trenta e i quarant'anni, ma aveva gli occhi grandi e spenti di una vecchia che ha visto troppe brutture nella vita. Aveva accanto una bambina di sette o otto anni, che si aggrappava alla cintura della vestaglia come se fosse un salvagente.

« Cerco Betty Sims », disse. « Sa dove la posso trovare? »

La donna rispose dopo un po', bruscamente: « Sono io ». Laura notò che aveva un labbro gonfio, con una ferita che poteva essersi provocata mordendosi il labbro.

Le strinse la mano. « Piacere, Laura Finney. Sono l'avvocato di Rennell Price. »

Betty la guardò come se venisse da un altro pianeta e rispose debolmente alla stretta di mano. « Rennell è nel braccio della morte », le disse Laura. « Ma lei probabilmente già lo sa. »

Betty ebbe un attimo di esitazione. « Che cosa vuole da me? » chiese con un tono spaventato, che rifletteva la stessa paura di Laura.

« Mi risulta che lei sia amica di Eddie Fleet. Volevo che mi parlasse di lui, o magari che mi mettesse in contatto con lui. »

La reazione di Betty turbò profondamente Laura: si irrigidì e si voltò a guardarsi dietro le spalle. La bambina lanciò un'occhiata supplichevole prima a Betty, poi a Laura. Betty rispose a voce bassissima: « Non abbiamo niente da dire ».

Laura si fece forza e insistette: « Eddie è qui? »

La donna socchiuse le labbra, come per dire qualcosa, ma poi fece un passo indietro e le chiuse la porta in faccia.

Nell'ascoltare quel racconto, Terri rabbrividì e per un momento rivisse la propria infanzia. Domandò: « Lei cosa pensò? »

L'espressione di Laura era una strana miscela di rassegnazione e collera. « Che Eddie Fleet era lì. O, se non c'era lui, c'era qualcun altro che la picchiava. In ogni caso, Eddie Fleet non ebbi mai il piacere di vederlo. » Si rivolse a Carlo, che era seduto vicino a Terri con un bloc notes in mano. « A prescindere dai difetti di Fleet, non trovammo motivi validi per mettere in discussione la linea di Mauriani: Lewis, Fleet, i risultati degli esami e delle analisi. Purtroppo non si poteva fare la prova del DNA. »

Terri, almeno su questo, era d'accordo. « La bambina aggrappata alla vestaglia di Betty Sims », disse. « Lei sa chi fosse? »

« La nipote. O almeno così mi disse una vicina di casa. In realtà, era la figlia di una sua cugina e di un certo Demetrius, condannato all'ergastolo per omicidio. Me lo ricordo, perché è un nome strano. »

Cordelia e Demetrius. Terri ricordò che anche Monk aveva sottolineato la stranezza di quei due nomi da tragedia di Shakespeare. Non era difficile immaginare la serie di eventi che, da quando Monk e Minnehan si erano presentati a casa di Betty Sims, avevano fatto sì che la bambina finisse a vivere con lei e a condividere il suo destino. Provò un moto di tristezza, ma se lo tenne per sé e cambiò argomento. « E la mancata richiesta di trasferimento del processo ad altra sede da parte di James? Come ce la spieghiamo? »

« Riuscimmo a rintracciare alcuni dei membri della giuria e ci dissero quello che immaginavamo: avevano deciso sulla base delle prove, non degli articoli pubblicati sui giornali prima del processo. Più che plausibile, se si leggono i verbali. » Laura si interruppe, riflettendo. « Alla fine, chiedemmo una serie di attenuanti, sulla base del fatto che Rennell non aveva né precedenti penali né fama di pedofilia. E che aveva avuto un'infanzia molto infelice. »

Carlo alzò gli occhi dagli appunti. « A che cosa si riferisce in particolare? »

« Be', quei due ragazzi hanno una storia spaventosa. Erano presenti quando la madre accoltellò il padre, che deve averci messo non poco a morire, fra l'altro. Dai dossier della polizia risulta che lui la picchiava. Successe più volte. Secondo alcuni vicini, il padre picchiava anche i figli, nonostante cercassero di tenersi alla larga da lui. Pensavano che fosse pazzo, o semplicemente molto lunatico. »

« Rennell come ne parlava? » chiese Terri.

« Non ne parlava molto. Però mi disse che a volte prendeva delle cinghiate, da piccolo. Fui costretta a tirarglielo fuori quasi a forza, ma alla fine lo ammise. » Laura aveva un tono irritato. « La gamma di emozioni di cui Rennell è capace si estrinseca nell'arco di una visita. Va dallo spento al chiuso totale, con alcune sfumature intermedie.»

«Quante visite gli fece?»

«Mah, andavo a trovarlo due o tre volte l'anno. Non avevo granché da raccontargli. E lui non aveva granché da raccontare a noi. Non parlava di niente, e meno che mai della sua infanzia.»

Due o tre colloqui l'anno non erano sufficienti per instaurare un rapporto di fiducia con uno come Rennell Price, pensò Terri. «Veniva da una famiglia disastrata. In che modo sfruttaste l'argomento?»

«La teoria era che i traumi subiti e l'abuso di sostanze avevano ridotto sensibilmente le sue capacità di giudizio.» Laura Finney si sistemò gli occhiali sul naso. «Il principale sostenitore di questa teoria fu l'avvocato d'ufficio di Payton. Noi l'applicammo anche a Rennell: visto che non avevamo i soldi per svolgere ulteriori indagini, tanto valeva collaborare.»

Carlo vide la faccia di Terri e capì che anche lei stava pensando la stessa cosa: dopo Yancey James, neppure lo studio Kenyon & Walker aveva fatto nulla per separare la difesa di Rennell da quella del fratello maggiore. «Lei sa se James indagò sul passato di Rennell? O di Payton?»

«Non credo che l'abbia mai fatto. Al giudice Rotelli disse che non aveva chiesto attenuanti per motivi tattici, sostenendo che le informazioni sull'ambiente di provenienza potevano nuocere ai due fratelli, ma la realtà è che non aveva nessuna voglia di lavorare. Nella petizione *habeas corpus* sottolineammo che non risultava avesse svolto indagine alcuna sul conto di Rennell.» Laura fece una smorfia. «Nell'appello diretto, la corte suprema della California, senza concedere nemmeno un'udienza, rispose con un'ordinanza di una pagina, in cui in sostanza spiegava che Rennell aveva ufficialmente accettato di essere difeso dallo stesso avvocato del fratello, consapevole che ciò potesse rappresentare un conflitto di interessi. E anche se James avesse dimostrato che Rennell aveva avuto un'infanzia difficile, il reato di cui erano imputati era troppo orribile, assolutamente ingiustificabile. Come immaginerete, fu questo il motivo principale per cui l'*habeas corpus* fu respinto.»

Terri si rivolse a Carlo e spiegò: «Dal 1996 l'*habeas corpus* è regolamentato da una brutta legge che si chiama *Antiterrorism and Effective Death Penalty Act*, ispirata dall'attentato di Oklahoma City. Il suo scopo è rendere il più difficile possibile rovesciare il rigetto di una petizione *habeas corpus* da parte di una corte di Stato. Il giudice federale che prese in esame il caso di Rennell, Gardner Bond, vede la pena di morte come una misura contro la sovrappopolazione del pianeta».

Al solo sentir nominare il giudice Bond negli occhi di Laura si accese una luce indignata. «Gli chiedemmo un'udienza, ma lui ce la negò», disse a Carlo. «Il Nono Circuito, anch'esso senza darci udienza, confermò la sua decisione e la corte suprema degli Stati Uniti rifiutò il ricorso. Insomma, dal momento in cui sua nonna assoldò Yancey James, per Rennell non ci fu più niente da fare.»

Terri pensò che era vero, ma che anche lo studio Kenyon & Walker aveva la sua parte di responsabilità nella vicenda. «Vi ammiro molto, per aver accettato di occuparvi di questo caso», continuò Laura con un misto di razionalità e di compassione. «Mi auguro che il vostro lavoro serva a qualcosa, anche se per ora non riesco a vedere in che modo. Lo Stato della California vuole giustiziarlo e non so come lo si possa fermare.»

Forse attratta da qualcosa nel tono della voce della madre, la bambina corse in salotto e si andò a sedere vicino a lei, tirandole la manica della felpa. Terri le chiese: «Ma alla fine che idea si è fatta di Rennell?»

Laura pensò un momento, prima di rispondere. «A parte il fatto che ripeteva in continuazione di non essere stato lui, non mi ha mai dato l'impressione di provare la minima emozione verso Thuy Sen o chiunque altro, eccetto forse suo fratello Payton», rispose Laura di malavoglia. «Era come se fosse già morto.»

Terri la ringraziò e andò via con Carlo.

3

Il giorno dopo, Christopher Paget era seduto con la moglie e il figlio. « Com'è andata con lo studio Kenyon & Walker? » domandò.

Era tardo pomeriggio e il sole ormai basso brillava sul mare, sotto un cielo insolitamente limpido. Mentre Terri e Carlo studiavano la pratica di Rennell Price nel prestigioso studio legale, Chris aveva portato Elena e Kit a fare un giro in barca a vela. Adesso erano tutti sul ponte dell'imbarcazione, attraccata nel porticciolo di Marina: Elena era stesa sulla pancia a leggere una rivista di moda, Kit stava costruendo una fortezza di Lego e i tre adulti facevano uno spuntino. Carlo guardò la moglie di suo padre. « Secondo Terri, è andata così bene che probabilmente perderemo », rispose in tono divertito.

Chris si voltò verso Terri con aria interrogativa. « Dovrebbero rappresentare Merrill Lynch e basta », replicò lei. « Affidare a loro l'appello di Rennell è stato come mettere il sigillo sulla sua condanna a morte. »

« In che senso? »

« Chi se ne è occupato conosceva abbastanza la legge da sollevare tutte le eccezioni possibili e immaginabili, ma non ha svolto la minima indagine né sull'assassinio, né sulla problematica famiglia nera di Bayview in cui crebbero i due condannati. » Terri spalmò un po' di formaggio su un cracker. Non mangiava da quella mattina. « Laura Finney almeno in questo ha ragione: hanno reso il nostro compito estremamente arduo. Come del resto volevano gli autori dell'AEDPA. »

Carlo vide che suo padre aveva capito. L'acronimo, pronunciato « edpa », evidentemente gli era ben noto. « Scusate », intervenne allora. « Terri mi ha spiegato qualcosa ieri pomeriggio, ma l'AEDPA non è propriamente uno dei miei cavalli di battaglia. »

« Antiterrorism and Effective Death Penalty Act, il nuovo statuto concernente le petizioni *habeas corpus* », rispose pronto suo padre. « Una legge fatta apposta per impedire a Rennell Price di evitare, o anche solo di rimandare, la propria esecuzione. Ha due scopi principali: rendere praticamente impossibile la contestazione di una condanna a morte decisa da una corte di Stato e far sì che, dopo il rigetto della prima petizione *habeas corpus*, la seconda petizione non abbia quasi nessuna chance di revocare l'esecuzione, nemmeno se nel frattempo fossero emerse nuove prove che dimostrino l'innocenza del condannato. »

« A Rennell resta solo la possibilità di presentare una seconda petizione. Con tutti i vincoli imposti dall'AEDPA », intervenne Terri. Preparandosi un altro cracker con il formaggio, continuò: « L'eccezione sollevata nella prima petizione, ancorché in forma non corretta, non può più essere ripetuta nella seconda. Che lo studio Kenyon & Walker non abbia svolto indagini da questo punto di vista è irrilevante. Potrebbe anche averla scritta un deficiente: non gliene frega niente a nessuno ».

Carlo vide con la coda dell'occhio un gabbiano che si avvicinava da prua, forse per rubare a Terri il suo cracker al formaggio. « Mandalo via, per favore », chiese a Kit. Il bambino, entusiasta, si esibì in un ruggito. Ma fu solo quando fece per alzarsi in piedi che l'uccello si spaventò e volò via.

« Bravissimo », gli disse Carlo. Poi si voltò di nuovo verso Terri. « Dicevi? »

« Se vogliamo appigliarci al fatto che dopo la condanna di Rennell la legge è cambiata – e per esempio non si giustiziano più i ritardati mentali – possiamo farlo solo basandoci su una sentenza della corte suprema, e solamente se tale sentenza prevede l'esplicita estensione della norma ai condannati che hanno già intentato l'*habeas corpus* una volta. Altrimenti è troppo tardi: la condanna viene eseguita anche se adesso, nelle stesse condizioni, non lo sarebbe più. »

« È proprio vero che il tempismo è tutto », disse Chris.

Seguì un silenzio in cui Carlo rifletté su quello che aveva appena imparato. Vide che Terri guardava Elena, sdraiata da sola a prua. Carlo sapeva che si sentiva in colpa perché trascurava la figlia per occuparsi *in extremis* di un detenuto condannato a morte per un reato che, se Elena fosse mai venuta a conoscerne i particolari, avrebbe reso l'assenza della madre ancor più inquietante per la ragazza. Dopo un po' Terri si voltò di nuovo verso di lui. « Le nuove prove – fossero anche di innocenza piena – devono essere talmente 'chiare e convincenti' da rendere evidente che una giuria ragionevole, se ne fosse stata a conoscenza, non avrebbe mai espresso un verdetto di condanna. Niente più 'ragionevole dubbio', ormai. Con l'AEDPA la presunzione di innocenza è diventata presunzione di colpa. »

« Non sapevo che fosse una legge tanto schifosa. »

« Non lo sa nessuno, a parte gli addetti ai lavori. Gli americani sono convinti che il sistema giudiziario sia equo e giusto e tratti con fin troppa benevolenza i condannati. » Terri bevve un sorso di succo di mirtillo. « Potremmo trovare prove schiaccianti dell'innocenza di Rennell e vederlo andare al patibolo comunque, solo perché tali prove erano già state in parte presentate, anche se non nella forma corretta », proseguì. « O perché avrebbero *potuto* essere presentate prima. O perché non sussistono vizi di forma nel processo, indipendentemente dal fatto che il verdetto fosse sbagliato. O magari perché c'è solo il cinquanta per cento di probabilità che il condannato sia innocente. O perché i tre giudici del collegio della corte d'appello che esaminano il caso quella mattina si sono alzati con il piede sbagliato e ci negano la possibilità di presentare una seconda petizione ai sensi dell'AEDPA. » Terri prese un altro cracker. « Nel qual caso, non dobbiamo più preoccuparci di risolvere tutti gli altri problemi. »

Chris e Carlo stettero un momento zitti. « Come sta Elena? » chiese Chris dopo un po'.

« Bene », rispose Terri stancamente. Poi rettificò: « Cioè, non tanto. Ha litigato con le sue amiche. Tredici anni sono un'età difficile per tutti ».

« Volete che la porti al ristorante messicano? » domandò Carlo. « Non ci andiamo da un sacco. Con me parla: in fondo, sono poco più grande di lei. »

Terri sorrise e per un attimo parve rilassarsi. « Grazie, è un pensiero molto gentile », rispose. « Anche se dovresti lavorare. Ma non importa: vai e ci vediamo dopo cena. »

« Chi? Io e te? »

« E Johnny Moore, investigatore. Oltre a Tammy Mattox, antropologa, specializzata in sociologia criminale, e al dottor Anthony Lane, psichiatra. Stiamo lavorando tutti ventiquattr'ore su ventiquattro su Rennell, visto che il tempo è poco. »

Kit lasciò il suo Lego e andò a sedersi in braccio al padre. « Ho freddo », dichiarò.

Chris gli diede un bacio sulla testa, si tolse la giacca a vento e gliela mise sulle spalle. « Fra poco andiamo », gli promise.

Quella scena fece tornare in mente a Carlo i primi ricordi della propria infanzia con il padre. L'unica differenza era che Kit assomigliava moltissimo a Terri. « La pena di morte è una cosa terribile », disse questa. « La mia idea di successo è molto cambiata, da quando mi occupo di casi come questo. Conviene che ti adegui anche tu, perché le speranze di salvare Rennell Price sono molto scarse. Per esperienza, ti posso dire che è bene essere convinti di due cose: primo, che il condannato è nel braccio della morte perché ce lo ha portato la sua vita e ha diritto a raccontare la sua storia, anche se la procura preferirebbe che né i giudici né l'opinione pubblica la conoscessero. Il nostro obiettivo è impedirgli di mettere tutto a tacere. »

« E la seconda? »

« Che un condannato a morte merita ogni giorno di vita in più che riesci a garantirgli. Indipendentemente da com'è e da cos'ha fatto. »

Carlo lanciò un'occhiata a Elena, che stava ancora leggendo, tutta sola. Si chiese se sapeva di che cosa era stato accusato Rennell Price e, se sì, che cosa pensava di loro che lo difendevano. Si chiese anche come avrebbe fatto Terri a seguire il caso e contemporaneamente a occuparsi di sua figlia, oppressa com'era dai sensi di colpa. « Rennell non ci aiuterà più di tanto », disse dopo un po'.

Terri fece di no con la testa. «Né Yancey James né Laura Finney hanno mai provato a stabilire un rapporto con lui. Hanno dato per scontato che fosse ottuso e poco collaborativo, disadattato. Non hanno nemmeno preso in considerazione la possibilità che fosse semplicemente spaventato o confuso, o che non dicesse niente perché non sa niente e non capisce che cosa gli succede intorno.»

«L'unica speranza è dimostrare che è ritardato», osservò Chris. «Sostenere che molto probabilmente è stato manipolato e mandato nel pallone dalla polizia, che non era in grado di difendersi, di rendersi conto del conflitto di interessi di James né di capire lo svolgimento del processo a suo carico. Dobbiamo spiegare che i giurati interpretarono come indifferenza quella che in realtà era pura e semplice incapacità di capire.»

Terri si alzò, guardando Elena. Forse voleva sublimare con le azioni pensieri troppo dolorosi per essere espressi, pensò Carlo. «Non solo», replicò lei. «Un ritardo mentale spiegherebbe la sua vita e ci darebbe il destro di tirare fuori tutti i nuovi elementi di prova che troviamo.» Guardò Carlo e concluse: «Se Rennell sarà ancora vivo fra quarantotto giorni, sarà perché abbiamo lavorato bene. Perciò, porta pure fuori a cena Elena, ma dopo torna a lavorare».

4

Alle otto e mezzo di quella sera il team si riunì intorno a un tavolo un po' in disparte della *steak house* preferita di Terri, Alfred's. Sapeva per esperienza che i suoi collaboratori erano tutti carnivori.

Terri prese posto di fronte a Carlo. Alla sua sinistra era seduto Johnny Moore, ex agente dell'FBI in seguito diventato detective, che aveva una sessantina d'anni e la barba grigia. Alla sua destra c'era Tammy Mattox, l'antropologa, che era dell'Alabama e aveva la faccia paffuta, i fianchi larghi e una risata profonda. Aveva fama di essere precisissima nelle sue indagini, tanto che si diceva conoscesse l'ubicazione di tutti i parchi per caravan degli Stati Uniti, e forse non era un'esagerazione. In macchina, Terri aveva raccontato a Carlo un aneddoto riguardo a Tammy: saputo che i familiari di un condannato a morte si riunivano una volta l'anno sui monti dell'Arkansas, si era presentata con un prosciutto arrosto e pane fatto in casa, senza dire niente. Soltanto tre ore dopo qualcuno le aveva chiesto chi era e, a quel punto, scoprire che si era introdotta abusivamente nella festa non aveva più dato fastidio a nessuno: ormai, Tammy era di famiglia.

« Il problema è che la gente si aspetta che tutti i ritardati abbiano gli occhi da pesce bollito e sbavino », disse Tammy.

Il dottor Anthony Lane annuì. Neuropsichiatra, era specializzato in ritardo mentale e lesioni cerebrali organiche e aveva il compito di valutare la funzionalità mentale di Rennell Price. Era un nero grande e grosso con gli occhiali spessi, dai modi estremamente garbati e dallo sguardo benevolo. « I ritardati sono esseri complessi come tutti gli altri, e altrettanto vari », osservò. « Ammesso e non concesso che Rennell abbia un deficit, dovremo cercare di dare un senso a ciò che ci dice e a ciò che ha fatto, anche quando sembra privo di significato. »

Tammy bevve un sorso di acqua minerale. Non voleva il Cabernet che Terri aveva ordinato: alcuni anni prima lo stress del lavoro l'aveva portata a eccedere nel consumo di alcolici, e da allora era diventata completamente astemia. Disse a Carlo: « I ritardati sviluppano una serie di strategie per cercare di non sembrare tali. È il cosiddetto mascheramento psicologico. Ne hai mai sentito parlare? »

« No. »

« I ritardati hanno bisogno di integrarsi, come tutti », spiegò Tammy. « Per farlo, cercano il consenso e reagiscono come pensano che gli altri si aspettino da loro. Supponendo che sia ritardato, Rennell Price vuole 'far parte del gruppo', ma magari si rende conto di non farcela e così finge. Potrebbe aver fatto così anche con Monk. I due poliziotti lo videro oppositivo e indifferente, mentre forse Rennell stava solo cercando di dare loro le risposte che immaginava volessero da lui, su Thuy Sen e su tutto il resto. Forse per questo fu tanto ambiguo. »

« Ambiguo fino a un certo punto », fece notare Carlo. « Che non l'ha ammazzata lui l'ha sempre detto chiaramente. »

Lane gli posò una mano sul braccio. « Ti farò un esempio classico, Carlo. Una volta un istituto lanciò un programma pilota e dimise una serie di ritardati, invitandoli a cercarsi un lavoro. Quando andavano a colloqui e selezioni, questi cercarono tutti di nascondere il fatto che erano stati ricoverati in istituto, sostenendo piuttosto di essere stati in prigione. Erano convinti di fare una figura migliore. » Carlo sorrise e Lane aggiunse: « Comunque trovo interessante che Rennell si sia sempre proclamato innocente, nonostante tutti i tentativi di Monk ».

« A discolpa di Monk, va detto che spesso i ritardati sanno fare molte cose, per esempio guidare, mantenersi un posto di lavoro e un gruppo di amici, parlare di sport, fare il militare, tenere dei segreti e persino dimostrare una certa competenza in certe cose. Che Charles Monk abbia pensato semplicemente che non fosse un genio è comprensibile. Il problema è un altro: Rennell è in grado di comprendere ed elaborare informazioni, di esercitare il pensiero logico, capire la gravità della propria situazione e rispondere in modo appropriato? »

« Quali possono essere le cause? » domandò Carlo.

Arrivò il cameriere con le ordinazioni: chateaubriand con salsa bernese per Terri e Carlo, costata di manzo per Johnny Moore e entrecôte per Tammy Mattox e Anthony Lane. Lane sollevò il bicchiere. « Questo, tanto per cominciare », rispose. « La madre che in gravidanza assume quantità considerevoli di alcol, crack, o farmaci controindicati. Ma il ritardo mentale può essere anche una questione genetica, ereditaria: a furia di incrociarsi tra di loro, gli ipodotati finiscono per avere un corredo genetico sempre più povero e i geni che determinano una scarsa intelligenza diventano dominanti. A quel punto i fattori aggravanti, come la sindrome fetale da alcol, aumentano: una madre ritardata presumibilmente si rende meno conto dei rischi. »

« A Bayview succede spesso », intervenne Tammy Mattox. « Io raccoglierò pagelle e giudizi scolastici di Rennell, cartelle cliniche e testimonianze di gente che conosceva lui e suo fratello. »

« E io valuterò tutto questo materiale e vedrò Rennell », disse Lane. « Per accertare l'eventuale presenza di lesioni cerebrali, traumi cranici e problemi organici. E naturalmente gli misurerò il quoziente di intelligenza. »

Carlo si appoggiò allo schienale e bevve un sorso di vino pensando che quella serata in un ambiente caldo e accogliente – tappezzeria sul rosso, sedili di pelle, luci soffuse – poteva essere l'ultimo momento di relax prima di settimane e settimane di duro lavoro. « Ho letto l'opinione della corte suprema riguardo *Atkins* », disse a Lane. « Vieta l'esecuzione degli individui portatori di ritardo mentale, ma senza definire che cosa si intenda esattamente per ritardo. »

« Tocca a noi farlo », replicò Lane, tagliando la carne. « I criteri standard sono tre. Primo, un funzionamento intellettuale significativamente inferiore alla media: non c'è un valore assoluto per il QI, ma in genere la soglia sotto la quale si parla di ritardo è settanta. »

« Non è terribilmente basso? » chiese Carlo.

«Sì», rispose ironica Tammy Mattox. «Ma perché semplificare le cose?»

«Secondo, la presenza di limiti significativi nel cosiddetto funzionamento adattivo, in almeno due delle aree indispensabili, quali comunicazione, abilità sociali, abilità accademiche, uso dei servizi sociali, rispetto della legge eccetera eccetera. Nel caso di un ragazzo nero di Bayview, possiamo aspettarci un aggravamento di questo tipo di lacune dovuto ad ambiente familiare caotico o violento, servizi sociali praticamente assenti, condizioni igieniche precarie, povertà, disoccupazione e così via.»

Tammy Mattox concluse poi: «Il terzo criterio è che questi problemi devono essere evidenti già prima che il soggetto compia diciott'anni. Se così non fosse, tutti i detenuti nel braccio della morte comincerebbero a fingersi ritardati, a improvvisarsi protagonisti di *Qualcuno volò sul nido del cuculo*».

Johnny Moore fece una breve risata e disse, rivolto a Carlo: «Di una cosa siamo certi: datemi un gruppo di persone accusate dello stesso reato e vi assicuro che quello che ha più probabilità di beccarsi la pena di morte è il ritardato, non Eddie Fleet. Perché non è abbastanza in gamba per patteggiare e districarsi nel sistema»

«Continuo a pensare al QI di settanta», disse Carlo a Lane.

«Sì, anche il procuratore generale insisterà su questo punto. Lo considererà il tetto massimo e sottolineerà che Rennell non corrisponde a tutti i luoghi comuni sui ritardati, in base ai quali balbettano, sbavano, camminano male, parlano male.» Guardò Moore e la Mattox. «Ci aspetta un compito arduo: non soltanto dobbiamo dimostrare perché Rennell è diventato quello che è – e che è stato tutta la vita – ma anche spiegare come ha affrontato la polizia, il processo e il sistema giudiziario in genere...»

«Parliamo dei test», disse Carlo. «Che tipo di test intendiamo fargli?»

«Dobbiamo misurare le sue prestazioni intellettuali, la sua prontezza di riflessi. Per esempio, se io ti bendassi e ti dessi delle formine di plastica – quadrati, triangoli e cerchi – sono abbastanza sicuro che riusciresti a infilarle nelle apposite fessure. Per un ritardato ti assicuro che non è altrettanto facile.»

Carlo cercò di immaginare il colosso descritto da Laura Finney bendato e intento a infilare formine in apposite fessure, come un bambino all'asilo. Scuotendo la testa, disse: «E se Rennell si rifiuta?»

Lane alzò le spalle. «Se è davvero ritardato, non si rifiuterà. Questo ve lo posso garantire.»

«Per me la cosa più importante sono i limiti nel comportamento adattivo», disse Tammy, cercando l'assenso di Lane. «Uno non può passare la vita fingendo di essere lento a scuola, imbranato con le ragazze e incapace di capire da che parte girarsi.»

«Per questo Tammy ricostruirà la storia sociale di Rennell», aggiunse Terri. «Dalla vita prenatale alla primissima infanzia, dai rapporti con i coetanei al profitto scolastico, passando per salute mentale, abuso di sostanze, comportamenti devianti, problemi con l'autorità... Per lui e per tutti i membri della sua famiglia. Più tutto il resto che riuscirà a trovare: le carte sono più credibili di tante altre cose, anche agli occhi dei giudici più malfidati...»

«Dobbiamo trovare quello che nessuno prima di noi si è neppure premurato di cercare.» Tammy Mattox batté un pugno sul tavolo. «Nessuno di coloro che hanno difeso Rennell Price lo conosceva veramente. Probabilmente a nessuno è mai venuta la curiosità di capire com'è veramente, a parte suo fratello Payton, forse. Ma tra sei settimane noi avremo scoperto tutto. La storia sociale di un individuo è come un romanzo, pieno di personaggi e di avvenimenti. Ma gli aspetti tragici tendono a essere sempre i medesimi: problemi mentali e abuso di sostanze in famiglia, fattori di rischio prenatale, infanzia difficile.» Si interruppe, poi riprese con un accento del Sud ancor più marcato. «Scommetto che scopriremo cose incredibili, talmente sconvolgenti che alcuni giudici preferiscono non sentirle, non saperle. Sono perfettamente in grado di mandare a morire delle persone perché fa parte delle loro mansioni, ma sentire che vita ha fatto questa gente per loro è troppo. Succede continuamente. Continuamente. Ricordo una donna che mi disse che il nostro cliente non era cattivo come gli altri suoi figli, tant'è che non aveva mai dovuto mettergli la mano sulla stufa incandescente per castigarlo. E me lo disse come se fosse la cosa più normale del mondo, come se, essendo madre, non potessi non capirla.»

Carlo abbassò la forchetta. «E questo ci porta al nocciolo della questione», disse Terri a bassa voce.

«Già», concordò Tammy Mattox. «Gli abusi.»

«A volte sono difficili da dimostrare», disse Lane. «Anche perché parlare di certi traumi è doloroso e i panni sporchi si lavano in famiglia, specie se la famiglia è incasinata. Meglio che nessuno sappia niente. La società dimostra tutta la sua inadeguatezza, di fronte ai minori a rischio.»

Terri bevve un sorso di vino. «Rennell Price è nel braccio della morte perché Monk, Mauriani e dodici giurati credettero che avesse preso parte a una violenza sessuale ai danni di una bambina. Ma lui era stato a sua volta vittima di violenza? E si può dimostrare che fosse predisposto alla violenza? Non esistono prove dirette della sua colpevolezza. Non ci sono testimoni, né prove scientifiche che sia avvenuto un contatto fra Rennell e Thuy Sen. Abbiamo una serie di indizi a sfavore, però. Che Rennell, peraltro, nega.»

«Negare è il suo forte», osservò Lane. «Ma se avete ragione voi ed è ritardato o comunque ipodotato, potrebbe non essere in grado di mentire. In questo senso, il fatto che neghi potrebbe risultare più credibile.»

Carlo si sentiva trascinato in un mondo complesso, un po' psicodramma, un po' thriller e romanzo dell'orrore. Si rendeva conto della complessità e dei dilemmi di Terri, che provava di certo emozioni ambivalenti nei confronti di quel caso. «Gli elementi da considerare sono diversi», stava dicendo Terri. «Tanto per cominciare, il rapporto di Rennell con Payton. Il fratello maggiore sarebbe stato in grado di indurlo a fare qualcosa che, da solo, lui non avrebbe mai fatto?»

Lane giocherellava con l'insalata. «A diciott'anni, Rennell doveva avere gli ormoni in subbuglio. Se era davvero ritardato, probabilmente si trovava più a suo agio con delle bambine, piuttosto che con delle ragazze della sua età. Ma per costringere una bambina di nove anni a un rapporto orale ci vuole una bella dose di antisocialità. O di crack. »

Tammy Mattox piegò la testa da una parte e guardò Lane. « Non esiste uno strumento chiamato pletismografo o qualcosa del genere, che misura l'attività del pene in relazione a stimoli visivi, tipo donne nude o bambine in tutù? »

« Sì, esiste. Se lo ritieni utile... »

« No, troppo umiliante », disse Terri ferma. « Vogliamo creare un rapporto con lui, non trasformarlo in una cavia da laboratorio. » Finì il bicchiere. « Vorrei tanto sapere che cosa successe quel pomeriggio di quindici anni fa. »

Carlo fece un sorriso strano, chiedendosi se era proprio vero.

Ma fu solo quando uscirono nella nebbia fitta ad aspettare che il parcheggiatore del ristorante andasse a prendere la loro macchina nel garage che Terri chiese: « Com'è andata la cena con Elena? »

« Bene », rispose Carlo. Poi, sottovoce, aggiunse: « Sono abbastanza sicuro che non sappia niente, Terri. Sui giornali non hanno scritto nulla, in fondo. Nessuno parla del nostro cliente ».

5

La quarta volta che andò a trovare Rennell, a quarantun giorni dall'esecuzione, Terri portò anche Carlo.

Attraversarono il Golden Gate Bridge per raggiungere la contea di Marin. San Francisco, alle loro spalle, sembrava un miraggio che appariva e scompariva tra la nebbia bassa, da cui spuntava soltanto la cima della Transamerica Pyramid. Le alture aride, illuminate dal sole di quella giornata autunnale, al di là del ponte sembravano un altro Paese. Mentre percorrevano la 101, Terri spiegò a Carlo come si svolgeva la vita di Rennell da carcerato.

«Nel braccio della morte di San Quentin ci sono circa seicento detenuti, più che in qualsiasi altro penitenziario degli Stati Uniti», cominciò. «Rennell è nel blocco est, dove sono rinchiusi la maggior parte dei condannati a morte, in cinque file allineate di gabbie. Ogni cella è due metri per due, con una branda, un WC e un lavello di metallo, una mensola, magari un televisore da sentire con le cuffie. In tutto ogni detenuto ha diritto a tenere nella cella oggetti personali per un volume pari a un cubo di cinquanta centimetri di lato. C'è sempre un frastuono infernale: i detenuti si urlano da una gabbia all'altra le mosse degli scacchi, parlano di sport, gridano. Tieni presente che nel blocco est sono rinchiusi anche psicotici, schizofrenici, soggetti che soffrono di disturbo bipolare. E questo peggiora la situazione: quasi tutti gli ospiti del braccio della morte sono indifferenti o rassegnati, ma gli psicopatici gridano...»

«Rennell vede qualcuno?» domandò Carlo.

«Solo le guardie. Le pareti laterali delle gabbie sono di cemento e le sbarre davanti sono strettissime, per impedire ai prigionieri di gettare escrementi ai secondini. I quali, peraltro, possono avvicinarsi alle sbarre e guardare i detenuti in qualsiasi momento, anche mentre dormono o sono seduti sul water. Per il resto, c'è solo rumore. »

« Escono, per mangiare? »

Terri fece di no con la testa. « I pasti vengono preparati nella cucina principale, trasportati nei vari blocchi con il montacarichi e passati ai detenuti attraverso un'apposita fessura nella porta della cella. Servono la colazione calda assieme a un piatto freddo per pranzo, magari un panino, un frutto e un pacchetto di biscotti. La sera, un altro pasto caldo. Dopo un po' le guardie passano a ritirare i vassoi. » Terri guardò l'ora e accelerò. « Per l'amministrazione del carcere, servire i pasti in cella è laborioso e dispendioso, ma lasciare che quel genere di detenuti si mescoli è ancor peggio. Soprattutto tenuto conto che tanti sono malati di mente. »

Carlo non aveva mai pensato a come potesse essere la giornata di Rennell. Immaginò di passare il tempo in una gabbia di due metri per due, in mezzo ad altre gabbie invisibili, di cui sentiva solo il rumore. Immaginò la noia di giornate trascorse ad aspettare che si materializzasse un vassoio con del cibo, sempre uguale. « E per lavarsi come fanno? » domandò.

« Li portano a fare la doccia tre volte la settimana. Le docce sono celle riconvertite e funzionano piuttosto male, a quanto ho capito. L'acqua calda è un optional. » Terri prese gli occhiali scuri dal cruscotto e se li infilò, abbagliata dal sole. « E c'è una puzza terribile. Se si fa ginnastica, non si può non sudare. »

« Ah, fanno ginnastica? »

Terri tirò giù il parasole. « Ci sono ben sei cortili per fare attività fisica, con un canestro e una toilette, circondati da muri di cemento e parzialmente coperti con una tettoia di lamiera, per proteggere i detenuti in caso di pioggia. Sulle passerelle sopra la tettoia ci sono guardie armate, pronte a sedare eventuali rivolte o risse. San Quentin è un posto pericoloso e molti rinunciano all'ora d'aria per paura di lasciarci le penne. Ma anche perché c'è ben poco da fare e in genere i cortili sono affollatissimi... »

« Non si potrebbero tenere segregati i peggiori? »

« Ci provano. » Terri mise la freccia, guardò dietro e cambiò corsia per imboccare l'uscita dall'autostrada. «I prigionieri sono divisi in diverse categorie», continuò. «Quelli della categoria A sono i più disciplinati e possono uscire in cortile fino a cinque ore al giorno. Quelli della categoria B sono gli psicotici, i membri delle bande e i violenti, e stanno quasi sempre chiusi in gabbia. E poi ci sono quelli in isolamento, come Rennell e Payton.» Terri sorrise. «Sono i detenuti più a rischio: pentiti, gente condannata per reati considerati talmente abominevoli anche dagli altri detenuti che c'è il rischio che qualcuno cerchi di farli fuori. Pensa un po'.»

«Rennell e Payton fanno parte di questa categoria?»

«Sì, perché sono dentro per l'omicidio a sfondo sessuale di un minore. Un conto è ammazzare la tua donna perché la becchi a letto con un altro, e un conto è costringere una bambina a una fellatio e farla fuori. Da un certo punto di vista, comunque, i due Price sono fortunati. Mentre i pentiti non possono avere assolutamente nessun contatto con gli altri detenuti, i colpevoli di reati a sfondo sessuale hanno un cortile tutto per loro, dove possono stare anche diverse ore al giorno.» Imboccando la strada a due corsie che portava al penitenziario, Terri aggiunse a voce bassa: «Rennell e Payton si vedono quasi tutti i giorni. Continuano a vivere insieme, come prima di finire in carcere».

San Quentin era su un promontorio isolato. Terri e Carlo sistemarono la macchina nel parcheggio davanti all'ingresso e scesero.

Terri gli aveva spiegato il regolamento. Si erano vestiti di grigio tutti e due per differenziarsi dai detenuti: jeans e abiti blu erano vietati.

Lasciarono tutto in macchina a parte carta, penna, patente, tessera dell'ordine degli avvocati e un sacchetto di plastica trasparente pieno di monetine per prendere qualcosa da mangiare e da bere per Rennell al distributore automatico. Quindi si avviarono verso l'ufficio in cui venivano controllati i legali che andavano a visitare i loro clienti.

«Abbiamo una corsia preferenziale», spiegò Terri a Carlo. «La trafila per gli altri visitatori è molto peggio.»

«In che senso?»

«La nonna di Rennell, per esempio, può chiamare per fissare le visite solo in certi orari, poche ore la settimana. E le linee sono perennemente occupate. Bisogna stare attaccati al telefono per ore, prima di riuscire a parlare con qualcuno. Spesso, non ci si riesce e così la visita salta. Se invece riesci a farti dare un appuntamento, poi vai nella sala visite, che è una serie di gabbie dove entrano un detenuto e un parente per volta. Hanno istituito questo sistema dopo una rissa sanguinosa fra bande rivali.» Terri aprì la porta di una costruzione di legno che sembrava un bungalow. «Le visite sono un problema di cui gli amministratori farebbero volentieri a meno. Non potendo abolirle completamente, le limitano in tutti i modi, rendendo difficilissimo prenotarle per una come Eula Price, per esempio. Certo, gestire un braccio della morte non dev'essere cosa facile.»

Al bancone c'era una guardia in vena di chiacchiere, che aspettò che riempissero i moduli e li accompagnò al controllo. Carlo pensò che forse parlava tanto perché era contenta di lavorare fuori del penitenziario. Si tolse cintura, scarpe e orologio e passò sotto il metal detector. Quindi riprese le proprie cose e uscì. A quel punto lui e Terri erano dentro il penitenziario di San Quentin.

Alla loro destra c'erano alcune villette in stile Tudor dove alloggiava il personale. Davanti, il carcere vero e proprio, con la torretta su cui erano appostate le guardie armate di fucile. Alla loro sinistra, c'era il braccio della morte, con un grosso camino sul tetto.

Terri vide che Carlo lo guardava e spiegò: «È la camera a gas. Ancora funzionante, benché quasi del tutto soppiantata dall'iniezione letale».

«Si può scegliere?»

«Sì.» Terri sembrava tesa. «In realtà sarebbe molto più umano spargli in testa, ma non si può: troppo vicino, troppo personale.»

Superarono un altro controllo, in un altro edificio con un altro metal detector, e si trovarono in un giardino ben curato, al cui centro c'era una targa con incisi i nomi degli agenti carcerari morti in servizio.

«A proposito di risse fra bande rivali: ma non ci sono misure di sicurezza rigidissime?» chiese Carlo.

«Sì, ma armi improprie e coltelli possono sfuggire a chiunque. Non ti scordare che esiste un'economia sommersa, qui dentro: c'è chi fa fermentare la frutta per ricavarne una bevanda alcolica che chiamano 'pruno', e poi circolano droghe di tutti i tipi, dall'erba al crack e all'eroina, magari portate dentro da qualche mela marcia nello staff.» Si fermarono davanti al cancello di ferro che segnava l'ingresso al braccio della morte. «A San Quentin sono rappresentate praticamente tutte le gang: Bloods, Crips, Skinhead, fratellanza ariana, mafia messicana, messicani del nord e del sud. Si formano persino delle alleanze: in questo momento, i messicani del nord e i Bloods sono uniti contro i messicani del sud e gli ariani. Figurati! Evidentemente, pur di proteggere la propria incolumità c'è chi fa qualche deroga ai principi.»

«E i due fratelli Price?»

«Sopravvivono.» Terri stette un attimo in silenzio, poi aggiunse: «Io non ho mai incontrato Payton, ma mi hanno detto che in questi quindici anni si è allenato costantemente e ha un fisico eccezionale. Pare abbia muscoli d'acciaio. Probabilmente lo fa per proteggersi, e per difendere il fratello».

Il cancello si aprì con un ronzio. Una guardia in una cabina di plexiglas ritirò i moduli che avevano compilato e accompagnò Terri e Carlo nel parlatorio, protetto da una grata di ferro.

Era esattamente come Terri l'aveva descritto: due file parallele di gabbie di plexiglas e rete metallica. Una di esse dava su finestre alte da cui si vedeva la baia, l'altra no. Era quest'ultima che comprendeva la cabina numero 4, che la guardia aprì e richiuse a chiave dopo che Terri e Carlo furono entrati.

«Peccato», si rammaricò Terri. «A Rennell piace guardare dalla finestra. Il lato positivo è che così si concentrerà di più.»

Si sedettero su due seggiole di plastica davanti a un tavolino di legno e Carlo si preparò all'incontro con Rennell. Terri aveva sottolineato che stabilire un rapporto con lui era indispensabile, se volevano toccare problemi delicati come l'abuso e la violenza e preparare Rennell al colloquio con Tony Lane. Carlo ricordava che poi, in tono diverso, Terri aveva aggiunto: « Dobbiamo prepararlo anche a morire. E per questo, a maggior ragione, occorre stabilire un rapporto di fiducia ».

Carlo vide entrare nella sala un nero grande e grosso con le mani dietro la schiena, scortato da due guardie con il giubbotto antiproiettile. « Eccolo », annunciò Terri.

Carlo non disse niente e lo guardò mentre si avvicinava.

Terri gli posò la mano sul braccio. « Ricordati che, finché siamo qui dentro, indipendentemente da tutto il resto, non dobbiamo dubitare della sua innocenza. È importante che non manifestiamo mai il minimo dubbio, né a parole né a gesti. Se vogliamo aiutarlo, bisogna che lui si fidi di noi. »

Carlo si chiese come facesse Terri a controllare i propri pensieri a questo livello o anche solo a pensare di poterlo fare. Poi la guardia aprì la gabbia e fece entrare Rennell.

La porta si richiuse e il prigioniero restò lì, con un'espressione assente nei grandi occhi scuri. Protese i polsi legati dietro la schiena verso la fessura nella porta, come era abituato a fare ogni volta, perché la guardia gli togliesse le manette. Poi fece una smorfia.

« Ciao, Rennell », lo salutò Terri. « Mi fa piacere vederti. »

Nei minuti che seguirono Carlo cercò di concentrarsi per capire quanto più possibile dell'uomo che aveva di fronte.

Rennell si sedette con sforzo evidente, come se trovasse arduo anche quel semplice gesto. A Carlo venne in mente suo nonno, Carlo Carelli: dopo l'ictus non aveva più ricuperato l'agio nei movimenti e ogni gesto gli richiedeva una grande fatica, quasi dovesse ricordarsi come si faceva. Nel viso di Rennell, che dimostrava meno anni di quelli che aveva, non c'era traccia di emozione. Guardava solo Terri, come se Carlo non esistesse.

« Ti presento Carlo », disse lei. « È il figlio del mio secondo marito. È avvocato anche lui e ci darà una mano. »

Carlo fece il gesto di stringergli la mano, sorridendo. Rennell impiegò qualche secondo prima di capire e rispondere debolmente alla stretta, lanciandogli un'occhiata fugace.

« Il televisore va bene? » chiese Terri. « Funziona? »

« Sì, sì. Funziona bene », rispose il ragazzo con voce profonda, senza emozione.

« Cosa fa Hawkman di bello? » domandò Terri.

Rennell lanciò a Carlo un'altra occhiata, in cui lui lesse disagio per la sua presenza, forse anche una certa diffidenza. « Bene. Sempre uguale. »

Carlo non stentava a crederlo. « Cos'altro ci racconti? » chiese Terri.

Rennell continuò a ignorare Carlo. « Ho cominciato un album », disse con una certa ostinazione nella voce. « Della mia vita. »

Carlo ravvisò in questo un po' di narcisismo e gli venne in mente un episodio curioso che gli aveva raccontato suo padre una volta: la madre di Lee Harvey Oswald voleva scrivere un libro intitolato *Il posto di una madre nella storia*. Forse, però, dietro al desiderio di Rennell di documentare la propria vita c'era la speranza che importasse a qualcuno.

« Un album come? » chiese Terri.

« Con le figure. Per la nonna. La prossima volta mi porti una macchina fotografica? »

Quella richiesta, infantile e al tempo stesso perentoria, lasciò Carlo ancor più perplesso. Dallo sguardo, non riusciva a capire se quella di Rennell era incapacità di ragionare, di provare emozioni, o forse tutt'e due le cose.

« Tua nonna vorrebbe venire a trovarti, ma non si sente bene », disse Terri in tono affettuoso.

Rennell la guardò incuriosito, per la prima volta da quando era entrato. « È morta? »

Terri scosse la testa. « No. È solo vecchia, triste e preoccupata per te », rispose con dolcezza.

Rennell rise piano. « Preoccupata », disse. « Come sempre. »

Carlo non capì se Rennell volesse dichiarare un dato di fatto o esprimere una sorta di disprezzo, ma Terri annuì comprensiva: « Perché ti vuole bene ». Piegò la testa da una parte e chiese con interesse: « Cos'altro ti ricordi di lei, Rennell, oltre al fatto che era sempre preoccupata? »

« Quando faceva il pollo arrosto. »

E che si vendette la casa per te non te lo ricordi? pensò Carlo. Terri, invece, sorrise. « Anche a Payton piaceva il pollo arrosto? »

« Sì, sì. »

« Come sta, a proposito? »

Rennell alzò le spalle. « Dice che se fai quello che ti dicono va tutto bene. »

« Mi sembra un ottimo consiglio. »

« Sì, sì. » Assunse di nuovo un tono ostinato. « Finché c'è Payton, a me non mi fa niente nessuno. »

Carlo lanciò un'occhiata a Terri: mancavano venticinque giorni alla data fissata per l'esecuzione di Payton Price e i suoi avvocati disperavano di ottenere un rinvio. Nel suo caso dimostrare che fosse ritardato era impossibile.

« Fra un po' gli fanno l'iniezione », continuò Rennell a bassa voce. « Dice che non sa se al cimitero ci va prima lui o la nonna. Che poi non lo vedo più giù in cortile e che devo stare attento, tenere la testa bassa. »

Terri lo guardò. « Payton ti proteggeva anche quando eravate piccoli, vero? »

Rennell accennò una specie di sorriso, il primo. « Sì, sempre. Mi portava a scuola e certe volte anche al negozio. »

« E poi? »

Rennell si incupì. « Quando scoppiava un casino, mi portava a nascondere. »

Terri inclinò la testa da una parte. « Da che cosa vi nascondevate, Rennell? »

Il ragazzo incrociò le braccia.

« Da vostro padre? » domandò Terri.

Rennell si ingobbì. « A volte mi pigliava a cinghiate. »

« Tuo padre o Payton? »

Rennell scosse la testa. « No, lui delle sberle me le ha date, per tenermi in riga, ma poi mi difendeva. »

Carlo vide che Terri stava cercando di dare un senso a quelle parole. Dopo un attimo di riflessione, Terri continuò: « Payton ti ha mai messo nei guai? »

« No. » Di nuovo, in tono ostinato.

Terri sondò con dolcezza: « Nemmeno quando spacciavate il crack? »

Rennell alzò gli occhi e la guardò. « Payton non ha mai fatto niente », dichiarò in tono solenne.

All'improvviso Carlo si sentì a disagio: Terri gli pareva lontanissima, un'estranea. Si chiese che effetto avrebbe fatto Rennell a una persona che, non essendo il suo avvocato, non cercasse di essere comprensiva.

« Volevo solo capire », disse Terri. In silenzio, cercò di guadagnare la sua fiducia con lo sguardo. « Sai, volevo portarti a conoscere un altro mio amico, il dottor Lane. Può darci una mano, spiegando al giudice che tipo di persona sei e che non hai fatto niente di male. »

Rennell la scrutò. « Viene a farmi il DNA? Me l'ha detto uno alla tele. »

« Ne hai parlato con Payton? »

Rennell annuì. « Dice che non lo fanno, che non spendono mica soldi per quelli come noi. »

Carlo pensò che era una considerazione sensata. « Non è questione di soldi », disse Terri. « Il problema è che la prova del DNA a volte non funziona. E se non funziona, cosa gli dico poi al giudice? »

Rennell si appoggiò allo schienale. In tono ancor più diffidente di prima, ripeté: « Non l'ho ammazzata io, quella bambina ».

A Carlo sembrò che lo dicesse più che altro a se stesso e si chiese se fosse una protesta di vera innocenza o solo il disperato tentativo di difendersi di un colpevole.

« Lo so », replicò Terri. « A parte questo, cos'altro posso dire al giudice per convincerlo che abbiamo ragione noi? »

Rennell chiuse gli occhi. Si dondolò in silenzio sulla sedia, come se non avesse niente da dire. « Io sono uno che rispetta gli altri », mormorò alla fine. « Non farei mai una cosa così a una bambina. »

Carlo ebbe la sensazione che fosse un'osservazione già ripetuta molte volte, in passato. Ma Terri lo guardò intensamente. « Chi ti ha insegnato il rispetto per gli altri? »

« La nonna. »

La cui autorevolezza, pensò Carlo, era svanita molto prima della morte di Thuy Sen.

Terri si protese verso Rennell. « Hai sempre cercato di fare quello che ti insegnava tua nonna? »

Rennell chiuse di nuovo gli occhi. « Sì. »

Terri stette ancora un istante zitta, poi chiese: « Anche Payton rispetta il suo prossimo? »

Rennell non rispose. Fu solo dopo un momento che disse: « Payton non ha mai fatto niente di male ».

Sembrava che Rennell avesse deciso di schierarsi con il fratello di fronte a qualsiasi accusa, ma Terri e Carlo, se volevano salvarlo, dovevano cercare di separarli. Terri domandò sottovoce: « Payton ti disse che vi avrebbe aiutato Tasha Bramwell? O Jamal Harrison? »

Finalmente Rennell aprì gli occhi. « Payton non mi ha detto niente », rispose. « Mi protegge. »

6

Bayview nel tardo pomeriggio dava a Terri l'inquietante sensazione del pericolo imminente, come se al calare del buio tutti si preparassero al peggio: le domestiche tornavano di corsa dal lavoro per chiudersi in casa, i ragazzi ciondolavano sui marciapiedi o giocavano a basket per strada, un'auto della polizia con un finestrino rotto percorreva a passo d'uomo Third Street, dove un gruppo di ragazzine si passavano da fumare, probabilmente crack. L'autobus davanti a lei emetteva fumi puzzolenti. In lontananza, suonava la sirena di un allarme cui nessuno sembrava fare caso.

Terri passò davanti alla villetta dove un tempo aveva abitato Flora Lewis, a cui ormai mancavano diverse persiane, ma si fermò più avanti, di fronte alla casa, molto ben tenuta, cui Thuy Sen non era più tornata.

C'era un cancello di ferro battuto che le ricordò quello dell'ingresso del braccio della morte a San Quentin. Sperava che, dopo tutti quegli anni, i Sen non volessero più con tanto accanimento l'esecuzione di Rennell Price. Suonò il campanello.

Dopo un momento sentì avvicinarsi qualcuno, poi il tintinnio di una catena. La porta si aprì di uno spiraglio e una donna minuta con gli occhi a mandorla la squadrò. Sembrava esageratamente spaventata.

« La signora Chou Sen? » chiese Terri.

La donna si irrigidì. Dopo un po' fece un lievissimo cenno di assenso, quasi ammettere la propria identità le sembrasse pericolosissimo. Il suo sguardo era a un tempo intenso e sfuggente.

« Piacere, sono Teresa Paget. Sono l'avvocato difensore di Rennell Price », disse poi, riluttante.

La donna era talmente tesa che solo dal lieve battere di ciglia Terri si rese conto che aveva capito. « Che cosa vuole da me? » chiese con un filo di voce.

Terri abbassò la testa in segno di rispetto. « Speravo di poterle parlare un momento. »

« Di che? »

« Della causa. » Terri stette un attimo zitta. « Rennell Price sarà giustiziato fra quarantun giorni, Payton fra venticinque. »

Chou Sen incrociò le braccia sul petto. « L'abbiamo appena saputo. Erano anni che nessuno ci diceva niente e di colpo vi fate vivi tutti assieme... »

Terri non si sorprese: con il tempo i ricordi svaniscono, il personale cambia e spesso la procura era poco sollecita nei confronti dei parenti delle vittime, al limite dell'indifferenza. « Mi spiace disturbarla a casa, ma presto ne parleranno tutti e io volevo avvertirvi di persona, prima che lo leggiate sul giornale: stiamo cercando di ottenere un rinvio dell'esecuzione di Rennell Price. Ci sarà un'udienza, cui probabilmente vi verrà chiesto di presenziare. »

La maschera di Chou Sen stava cominciando a incrinarsi. « Dopo quindici anni... » mormorò incredula.

« Lo so », replicò Terri. « Mi dispiace. »

« Sapesse quanto dispiace a me », disse Chou Sen seccata. « Sa cosa vuol dire avere una bambina che non diventerà mai grande? Sa cosa vuol dire guardare sua sorella e non poterle chiedere le cose che si vorrebbero sapere più di tutto? »

Terri intuì una collera soffocata, un rancore che probabilmente non si sarebbe mai più placato. Guardinga, chiese: « Come sta sua figlia Kim? »

Chou Sen drizzò la schiena e rispose aspra: « La lasci in pace ». Con le lacrime agli occhi, le chiuse la porta in faccia.

Terri era sola davanti allo spiazzo desolato in cui, secondo Eddie Fleet, Thuy Sen aveva cominciato il suo viaggio verso Candlestick Point.

I mucchi di sabbia non c'erano più, ma i cespugli rinsecchiti e la fabbrica di sego con la sua puzza di carcasse bruciate erano rimasti. Il pontile marcio era ridotto ormai a pochi piloni che spuntavano dall'acqua come denti guasti. Terri immaginò dove doveva essere stata un tempo la vecchia chiatta di cui Fleet aveva parlato. L'acqua scorreva rapida, scura sotto le ombre lunghe delle gru.

Terri camminò sulla riva sabbiosa del canale, cercando di immaginare l'uomo grande, grosso e nero che abbassava il fragile corpicino nella corrente, ma non riusciva a dargli il volto di Rennell. Forse perché la scena che Fleet aveva descritto era piena di ombre scure, raggelante come l'acqua fredda che aveva trascinato via il cadavere della piccola Thuy Sen. Anche i ricordi di Terri erano bui e raggelanti.

Si svegliò nel cuore della notte.

Chris dormiva accanto a lei a torso nudo, sereno dopo aver fatto l'amore. Nonostante fossero passate molte ore dalla sua visita alla casa dei Sen e dal sopralluogo al canale, Terri era ancora inquieta e non riusciva a smettere di pensare a Elena.

Sentì l'impulso di andare da lei, dettato dall'intuito materno o forse dall'assurda convinzione di essere l'unica che amava veramente quella ragazzina traumatizzata, nonostante la generosa disponibilità di Chris.

La porta era socchiusa, la camera buia. Incerta, Terri l'aprì e si fermò sulla soglia ad ascoltare il respiro di sua figlia.

A un certo punto Elena disse: « Perché lo difendi? »

A Terri venne la pelle d'oca. Non riusciva a spiccicare parola. Andò a sedersi sul letto accanto a lei e le prese la mano, ma Elena si ritrasse, si tirò su a sedere di scatto, accese l'abat-jour sul comodino e la squadrò con aria ostile, guardandola battere le palpebre abbagliata dalla luce improvvisa.

« Che cosa sai di lui? » chiese Terri.

« Sono andata in biblioteca e ho letto le carte sulla tua scrivania », disse Elena in tono di sfida.

Terri sentì una stretta alla bocca dello stomaco. « E allora? »

« Ho letto la storia della bambina, quello che le ha fatto. »

Era furibonda. « Come puoi fare una cosa del genere? Come puoi fregartene così? »

Terri ebbe un attimo di incredulità e rimpianse di non poter tornare indietro nel tempo. Aveva la sensazione che, qualsiasi cosa avesse detto, sarebbe stata inadeguata. « Non me ne frego, tutt'altro », rispose. « Ma Rennell Price non ha nessuno, a parte me. »

« Ma smettila! » esclamò Elena. « Non sei mica l'unico avvocato d'America! Chi credi di essere? Che si faccia aiutare da qualcun altro. »

Terri rabbrividì, di fronte a quelle parole. Guardò la figlia cercando di ricordare la bambina ricciuta, con gli occhi vivaci nonostante le violenze subite, il senso di solitudine, la pesantezza dei segreti che si portava dietro, la gravità dei tabù violati da suo padre. Ripensò a come aveva superato il trauma, settimana dopo settimana, grazie alle sedute dalla psicologa. Adesso in quegli occhi si leggeva una confusione terribile, rispecchiata anche dalle modificazioni del suo corpo, non più di bambina e non ancora di donna. Elena non sarebbe diventata bellissima, probabilmente, ma di certo il suo viso non sarebbe passato inosservato.

« Non sono l'unico avvocato d'America, ma penso di saper fare il mio lavoro », rispose Terri, cercando di mantenere la calma.

« Non sai fare altro. »

Quell'accusa, così grave nella sua semplicità, suonò antica, profondamente radicata. Come ho fatto a non accorgermene? si chiese Terri per l'ennesima volta. Il fatto che lei e Ricardo fossero già separati quando lui aveva cominciato a usare violenza a Elena – per vendicarsi di Christopher Paget, probabilmente – non bastava ad assolverla.

I sensi di colpa non l'abbandonavano e doveva affrontarli da sola. Disse con dolcezza: « So che lavoro tanto, Elena. Che il lavoro assorbe molto del mio tempo ».

Quell'ammissione non accompagnata da scuse parve placare per un attimo la collera della ragazzina. « Ma perché proprio lui? » chiese, con veemenza ma anche supplichevolmente.

«Perché credo che lo Stato non abbia il diritto di uccidere nessuno, indipendentemente da quello che ha fatto, o che noi crediamo abbia fatto.» Dopo un attimo di silenzio, in cui cercò gli argomenti che potevano fare maggior presa sulla figlia, aggiunse: «Il rischio di giustiziare un innocente è troppo grande. E spesso a essere condannati a morte sono individui che hanno patito sofferenze inimmaginabili per la maggior parte di noi, che hanno subito prove davvero difficili da superare». *Non per te, spero.*

«Ho letto che cosa le ha fatto», ripeté Elena in tono piatto. «Che cosa l'ha costretta a fare.»

Terri guardò la figlia negli occhi, gli stessi di suo padre. Ricardo l'aveva tradita e adesso Elena si sentiva tradita anche dalla madre. Terri la corresse in tono pacato. «Che cosa *è stato accusato* di averle fatto.»

Elena chiuse gli occhi. «Lo odio», dichiarò con forza. Fu solo quando riprese a parlare che Terri capì che si stava riferendo a suo padre. «Mi ricordo tutto», continuò la ragazzina. «Me lo sogno ancora di notte. Sono contenta che sia morto.»

Anch'io. Terri rabbrividiva al pensiero che fosse così, ma era quello che provava. *Almeno non dobbiamo rivederlo. Almeno non ce lo vedremo arrivare al tuo matrimonio con la sua faccia da bambino, aspettandosi di essere perdonato. Aspettandosi che io e Chris lo tolleriamo per amor tuo.*

«Perdonami, ma io non so che cosa abbia fatto veramente Rennell Price», disse dopo un po'. «È per questo che lo aiuto.» Concluse poi: «A volte non lo capisco nemmeno io, come faccio a lavorare tanto e contemporaneamente a volerti tanto bene».

Elena si voltò dall'altra parte e nascose la faccia nel cuscino. Terri cercò di nuovo di prenderle la mano. La ragazzina non disse nulla, ma dopo un po' gliela strinse, forse spinta dal bisogno, o forse da un dolore troppo profondo per riuscire a esprimerlo.

Terri le si sdraiò vicino e, dopo un po', la sentì addormentarsi e scivolare verso uno dei suoi sogni tormentati. E ripensò agli eventi che li scatenavano.

Elena aveva sette anni, all'epoca. Era sera e Terri aveva appena finito di rimboccarle le coperte. Posò sul comodino il libro che le aveva letto, spense la luce e le diede un bacio. La guancia di Elena era morbida e profumava di pulito. Terri non riusciva a immaginare di poter amare una persona più di quella figlia tanto vulnerabile, cresciuta nel suo grembo.

L'abat-jour a forma di elefante le lasciava in ombra la faccia. La lampadina lampeggiava: era da cambiare. « Ti voglio bene, Elena. »

« Resti con me? » fece la piccola trattenendola. « Ancora un momentino. »

Terri sorrise. Quante volte Elena le aveva chiesto di restare con lei « ancora un momentino »? E quante volte lei le aveva detto di no, che non poteva?

« Okay », disse, e si sdraiò sul letto.

« Vieni sotto con me, mamma, per favore? »

Terri si infilò sotto il piumino, su un fianco. Automaticamente, Elena si rannicchiò contro di lei, schiena contro pancia, nella posizione che chiamavano « come cucchiai in un cassetto ». Era così che Terri si metteva con sua madre, da piccola, durante quell'infanzia di cui ormai non ricordava quasi più nulla, a parte il terrore che le metteva la voce rabbiosa di suo padre le sere in cui Rosa si infilava con lei sotto le coperte, a cercare un abbraccio in cui era difficile dire chi offriva e chi riceveva conforto.

« Ti voglio bene », disse di nuovo Terri.

Elena si strinse ancora di più a lei. « Anch'io ti voglio bene, mamma. »

Terri le accarezzò i capelli finché non sentì il suo respiro diventare profondo e regolare.

Non voleva addormentarsi con lei, però, per paura di avere ancora una volta l'incubo e di gridare nel sonno, spaventandola ancora di più. I genitori hanno il dovere di comunicare forza e competenza, si disse. Almeno finché i figli non sono abbastanza grandi e sicuri da reggere i dubbi che si nascondono dietro la facciata.

Sentì Elena che si agitava nel sonno. E sperò che non facesse di nuovo brutti sogni.

Elena era in una stanza buia.

Sola, al buio perché l'abat-jour si era spenta. Si tirava su a sedere sul letto, irrigidita dalla paura, cercando di abituarsi all'oscurità. Sua madre non c'era, e non poteva aiutarla.

Bussavano alla porta.

Era il cane nero, Elena ne era certa, benché non l'avesse mai visto. Tratteneva il fiato.

Il cane non aveva mai superato la porta, ma quella sera Elena sapeva che l'avrebbe fatto.

Bussavano sempre più forte.

Elena cominciava a tremare, a piangere.

Sapeva già che cosa voleva da lei il cane.

Disperata, andava alla finestra per cercare di scappare, ma non riusciva ad aprirla e comunque la nonna Rosa le aveva detto che Dolores Park di notte era un posto pericoloso.

La porta cominciava a cedere.

Elena voleva gridare, ma non le usciva la voce. Di colpo, le mancava anche l'aria.

Ormai lui era lì, vicinissimo.

La porta cedeva del tutto.

La luce nel corridoio proveniva da tante candele. Zitta, scossa dai brividi, Elena sentiva il respiro affannoso del cane, ma non lo vedeva.

Si rannicchiava, facendosi piccola piccola, poi l'ombra scura arrivava a coprire il suo letto. Era un'ombra più di essere umano che di cane. Per un attimo Elena sperava che fosse la mamma, ma no, subito dopo lo vedeva in faccia.

Era suo padre. In piedi accanto al letto, le sorrideva.

Elena si svegliò urlando.

Alla luce tenue dell'abat-jour, Terri vide la paura negli occhi della figlia di sette anni.

« Tesoro mio », esclamò, abbracciandola.

Le sentiva il cuore battere all'impazzata contro il proprio petto. « Va tutto bene », cercò di rassicurarla. « Sono qua io. »

Aveva il batticuore anche lei. Le braccine tremanti di Elena la stringevano come in una morsa. « È stato solo un brutto sogno », le disse Terri. « Solo un brutto sogno. »

Elena non riusciva a parlare. Terri le accarezzò la testa con dolcezza e la bambina scoppiò a piangere.

Terri le diede un bacino. « Cos'hai sognato, tesoro mio? »

Elena continuò a singhiozzare piano, ansimando. Dopo un po' i singhiozzi rallentarono, come singulti dopo un grosso spavento.

Era fermissima, quasi immobile.

Terri si distaccò dolcemente, tenendole una mano sulla guancia. Elena, terrorizzata, la guardava negli occhi.

« Vuoi raccontarmi il tuo sogno? » insistette Terri. « Così forse ti passa la paura. »

Elena continuava a fissarla, come se avesse paura di distogliere lo sguardo. Aprì la bocca, la richiuse, la riaprì.

« Dimmi, tesoro mio. »

Elena deglutì e rispose con una vocina sottile sottile: « C'era papà ».

« Nel sogno? »

Elena annuì. « L'ho visto. »

Terri non sapeva che cosa dire. « Era un sogno, Elena. Papà è morto, tesoro. Ha avuto un incidente. »

Elena fece lentamente di no con la testa e scoppiò di nuovo in lacrime.

« Cosa è successo? » le chiese Terri.

Elena si aggrappava alla sua camicia da notte con tutte e due le mani. Con voce stridula, rispose: « Ho avuto tanta paura, mamma ».

« Perché? »

Le tremavano le labbra. Con la voce rotta dal pianto, replicò: « Stava per fare male alla bambina ».

A Terri venne la pelle d'oca, ma cercò di mantenere calma la voce. « Come? »

Elena guardò dall'altra parte e, con voce bassa e vergognosa, rispose: « Voleva toglierle le mutandine ».

« Chi? »

Elena sembrava senza fiato. Con un filo di voce rispose: « Papà ».

Terri deglutì. « Che cosa voleva farle? »

« Toccarla. » Fece una smorfia. « Era il loro segreto. »

Terri la guardò. « Perché era un segreto? »

« Papà si sente solo e a volte ha bisogno di una femmina. » Guardò in faccia la mamma e continuò: « Se le mette il pisello in bocca, poi sta meglio. Tu te ne sei andata con Chris e lui è così solo, ormai ».

Terri si sentì accecare dalla rabbia. « Cos'altro ti ha fatto? »

« Solo questo, mamma. » Chiuse gli occhi, forse per non vedere la faccia di sua madre. « Mi lasciava accendere le candele, però. Così era un momento speciale. »

Terri l'abbracciò.

Non avrebbe saputo dire quanto tempo rimasero così, abbracciate. Non le fece altre domande perché, nonostante il dolore, lo shock e la rabbia impotente, sapeva che era meglio non insistere. Solo dopo un po' si rese conto che stava piangendo anche lei, sommessamente, perché Elena non la sentisse.

Una parte di lei forse l'aveva sempre saputo, pensò in preda a una vergogna implacabile. Però aveva preferito non crederci, indossare la stessa corazza di apparente indifferenza che l'aveva protetta quando aveva scoperto, ancor più piccola di Elena, di avere una paura sconfinata e insopportabile di suo padre. La corazza che l'aveva portata, dopo un padre come Ramon Peralta, a scegliersi un uomo capace di violentare la propria figlia.

« Elena Rosa, come mi dispiace che tu non me l'abbia detto prima », sussurrò alla fine.

Ma Elena aveva preferito non dire nulla e adesso, a sei anni di distanza, lo stesso incubo continuava a tormentarla ogni notte.

7

« La mamma è sempre la mamma », disse Tammy Mattox. « E di solito tutto parte da lei. »

Terri, Carlo e Anthony Lane erano intorno al tavolo dello studio dei Paget, davanti a un vassoio di caffè e bagel. « Com'era questa mamma, allora? » chiese Terri.

« Sembrava uscita da una pièce di Tennessee Williams. Ritardata, presumibilmente affetta da disturbo bipolare, alcolista, abituata a prendere botte e a darne ai figlioli. » La Mattox bevve un sorso di caffè. « Dalla madre o da altri, che i ragazzi siano stati maltrattati è certo. »

« E come fai a esserne certa? »

« Ora ci arriviamo. Prima vediamo chi li ha maltrattati. Probabilmente, per cominciare, il padre: irascibile, instabile. Peraltro, se lei l'ha ammazzato a coltellate, un motivo lo avrà pure avuto. » Guardò Lane. « Tra l'altro, Vernon Price era stato ricoverato in un ospedale psichiatrico, a un certo punto, dove gli fu diagnosticata una schizofrenia paranoide. La nonna probabilmente era l'unica sana di mente della famiglia, oltre che l'unica salvezza per quei poveri bambini. »

Rabbrividendo involontariamente Terri pensò a colei che era stata la sua unica salvezza da piccola – sua madre, alla mercè dell'ira e della violenza di un marito alcolizzato – e immaginò tutto l'orrore della situazione di Rennell, che aveva di che temere da entrambi i genitori.

« Rennell era un soggetto a rischio prima ancora di nascere », continuò Tammy. « La madre, come vi ho detto, beveva. Nel primo trimestre di gravidanza fu ricoverata in ospedale per una 'caduta'. In realtà, era in coma etilico. Appena fu in grado di parlare, disse al medico del pronto soccorso che si era buttata dalla terrazza di casa di sua madre nel tentativo di abortire. »

Lane cominciò a prendere appunti. « Fu aiutata a portare a termine la gravidanza? »

« Non risulta che abbia ricevuto alcuna forma di assistenza prenatale. Non la seguirono altri dottori. Dire che Rennell fu un 'bambino non voluto' è un eufemismo. »

Lane annuì. « Anche parlare di sindrome fetale da alcol, presumo. Però potrebbe essere una delle cause del ritardo di Rennell. »

« Possiamo citare la sindrome fetale da alcol nella petizione *habeas corpus*? » domandò Carlo.

Tammy posò i gomiti sul tavolo. « Certo, nell'ambito della ricostruzione della vita di Rennell, possiamo affermare che la sindrome può aver dato conseguenze fino al giorno della morte di Thuy Sen... »

« Fra i suoi vari effetti c'è uno sviluppo cerebrale limitato, che si manifesta con fronte allargata, labbro leporino, palatoschisi », intervenne Lane. « Rennell non ha nessuna di queste caratteristiche, ma presenta altri segni, come problemi motori che lo fanno sembrare goffo come il mostro di Frankenstein... »

« È vero », lo interruppe Carlo. « Ma cosa c'entra questo con Thuy Sen? »

« Niente, di per sé. Sono solo segni di problemi a livello neurologico. Bisogna ricordare che la sindrome fetale da alcol influisce anche sulle funzioni cerebrali, sulla capacità di riflettere prima di agire. Da questo punto di vista, Rennell sarebbe un soggetto che agisce sulla spinta di impulsi ed emozioni e... »

« E quindi è il tipo da costringere una bambina al sesso orale », disse Tammy. « Ma questo lo dice l'accusa, perché io non ho riscontrato alcun comportamento impulsivo né violento. Il quadro che mi sono fatta è di un bambino che metteva paura più per l'aspetto fisico che per il carattere. »

« In che senso? » domandò Terri dopo un attimo.

« Nel senso che era grande e grosso, maldestro e lento nelle sue reazioni, com'è tuttora. I vicini dicono che seguiva il fratello come un'ombra. » Si rivolse di nuovo a Lane. « A quanto ho capito, prima di finire a casa della nonna Payton era l'unica persona sana di mente che Rennell avesse vicino. Ma anche Payton era piccolo e anche lui era circondato da psicopatici. »

« Se fu vittima di abusi, Rennell potrebbe aver sviluppato una paura profonda di tutto ciò che è imprevedibile, specie se legato ad atti di violenza », disse Lane. « Ed essersi aggrappato al fratello come all'unica ancora di salvezza. »

« E questo spiegherebbe perché spacciava crack », rimarcò Tammy. « Tutti lo ricordano come lo scagnozzo di Payton, che faceva tutto quello che gli chiedeva il fratello. Il che rende ancora più criminale la scelta di Yancey James di presentarli come un duo inscindibile, una coppia di delinquenti. »

« A scuola come andava? » domandò Terri.

« Ho parlato con la sua maestra di terza elementare. » Tammy sfogliò un notes alla ricerca degli appunti che aveva preso, che a Terri parevano indecifrabili. « Sharon Brooks. L'ha descritto come un ragazzo non molto sveglio, ma tenero. Dice che era maldestro, faceva fatica a disegnare e a scrivere. E che pativa la scuola in un modo incredibile. » Tammy lanciò un'occhiata a Terri. « Il motivo per cui lo ricorda bene è che non voleva mai tornare a casa, alla fine delle lezioni », concluse.

Terri pensò fugacemente a Thuy Sen che, poco prima di morire, era rimasta a scuola per un ricupero. « La Brooks ti ha detto perché? »

« La sua impressione è che a casa non ci fosse nessuno ad aspettarlo. Tenuto conto delle bestie con cui viveva, mi sembra una cosa buona. In ogni caso, restava in classe più che poteva. Tanto che la Brooks prese l'abitudine di correggere i compiti tenendoselo vicino. » Scosse la testa. « A volte lo accompagnava addirittura fino a casa, ma generalmente a un certo punto Payton lo andava a prendere. »

« Che cosa ti ha detto del rapporto tra i due fratelli? » domandò Lane.

« Che Payton era brusco con lui, come se fosse più un peso che altro. » Tammy consultò i suoi appunti. « Faceva il duro, era ostile e diffidente, ma era evidente che si sentiva responsabile del fratello. »

Terri si domandò quanto questo potesse aver influito sulla

vita dei due ragazzi e sulla morte di Thuy Sen – di cui sapeva troppo poco – e, in seguito, sulla richiesta disperata di Payton a Jamal Harrison di uccidere Eddie Fleet e a Tasha Bramwell di mentire per dare loro un alibi. « La Brooks conosceva i genitori? » chiese.

« No. Erano assenti, due fantasmi. Però mi ha dato questo. » Prese da una cartellina il disegno di un bambino: una testa con una linea storta al posto della bocca e due puntini al posto degli occhi, da cui spuntavano quattro stecchini a rappresentare gambe e braccia. « Glielo regalò Rennell dicendo che era il suo ritratto. E lei lo conservò. »

Terri provò un moto di tristezza indicibile, nel vedere quel dono infantile a una maestra affettuosa. Si voltò verso Carlo e chiese: « Ti ricordi i disegni che ti mandava Kit quando eri all'università? »

Carlo esaminò il disegno. « Certo. In confronto a questo, erano dei capolavori. E Kit aveva cinque o sei anni. »

« Fu sempre così. » Tammy Mattox scorse con il dito i suoi appunti. « In quarta elementare, Rennell venne sottoposto ad alcuni test. I risultati furono spaventosi: ansia eccessiva, scarsa autostima, poca coordinazione, rendimento bassissimo, minima capacità di concentrazione, poco senso di realtà, sviluppo intellettuale sotto la media, pessimo controllo degli impulsi. » Si interruppe, aggrottando le sopracciglia. « Non c'è nemmeno bisogno di dire che decretarono che aveva bisogno di sostegno. Ma non risulta che lo abbia mai avuto. »

« Pessimo controllo degli impulsi », ripeté Lane. « Ma nessuna rissa con i compagni. Mai. »

« Infatti. La Brooks lo ha descritto come 'fondamentalmente passivo'. Di una cosa i suoi conoscenti erano certi: che Rennell non ce la faceva a stare al passo con i coetanei. »

Lane si massaggiò le tempie. « Secondo me, iniziò proprio così », azzardò. « In terza elementare o giù di lì i compagni si resero conto che era diverso e, siccome non poteva far parte del gruppo, cominciarono a emarginarlo. Lui, da parte sua, reagì mettendosi sempre più in disparte. Non riusciva a giocare con gli altri perché non capiva le regole. » Lane guardò Carlo. « Tu avrai imparato a fare giochi da tavolo dai tuoi amichetti, Rennell no. Non capiva le regole, come un bambino troppo piccolo per giocare a scacchi. Così veniva escluso. » Rivolgendosi anche agli altri, concluse: « Il risultato è che Rennell divenne ancor più dipendente dall'unica persona che continuò a relazionarsi con lui: suo fratello ».

« Per Rennell, Payton è una specie di eroe », fece notare Carlo.

Lane si strinse nelle spalle. « Se perdesse la fiducia in suo fratello, che ne sarebbe di lui? »

« È quel che ha detto anche Sharon Brooks », disse Tammy. « Qualunque cosa facesse Payton, Rennell lo seguiva a ruota. Con la differenza che Payton era uno squalo, pronto a reagire alla minima offesa, e Rennell no. La Brooks mi ha detto che faceva di tutto, pur di non venire coinvolto nei conflitti. »

« Per restare fuori dei guai? » domandò Lane.

« Sì. Ma i guai lo andavano a cercare, purtroppo. Aveva nove anni, quando la madre uccise il padre a coltellate: quanto questo lo abbia segnato, quanto abbia visto con i suoi occhi, nessuno lo sa. Ma si sa che sua madre finì in un ospedale psichiatrico e i due fratelli andarono a vivere con la nonna, che fu l'unico adulto di riferimento in tutta la vita. »

« Che influenza ebbe su di loro? »

Tammy Mattox si portò la penna alle labbra. « Un po' di influenza la ebbe: andava in chiesa, aveva saldi principi morali che cercò di instillare ai due ragazzi, era chiaramente affezionata a loro. Ma non era una donna forte, non era capace di controllarli. Non dimentichiamoci che quando andò a vivere da lei, Payton aveva già nove anni e viveva praticamente per strada. E che Rennell lo imitava ciecamente. »

« Ci riusciva? » domandò Carlo.

« Solo in parte », rispose Tammy con un sorriso amaro. « Come spacciatore valeva poco, tant'è che fu arrestato e processato. E tenete presente che a Bayview non è facile farsi beccare. Dopo quell'episodio, Payton pensò che fosse meglio evitare di mandare il fratello a spacciare per strada. Evidentemente si sentiva responsabile nei suoi confronti, perché con il resto della gente era abbastanza spietato.»

Terri si versò un altro caffè. «Che cosa sappiamo del periodo trascorso da Rennell in riformatorio?»

«Niente di che. Non ebbe problemi comportamentali.» Tammy prese dalla cartellina un foglio, che posò davanti a Terri. «L'unica cosa interessante che ho trovato è questa lettera.»

Era scritta in stampatello, con un impegno che Terri trovò commovente:

> Caro giudice,
> le scrivo per il mio problema, che sono stato qui troppo tempo. Non voglio stare qui ancora tanto. Se può scrivere una lettera che dice che la nonna vuole che rennell price torna a casa.
> Rennell Price

Riflettendo sugli strumenti evidentemente limitati di Rennell, Terri si chiese perché mai avesse deciso di scrivere quella lettera. «Il problema è che, essendo stato in grado di scrivere una lettera del genere, ci diranno che non era ritardato», osservò Tammy.

Terri alzò gli occhi dal foglio. «Tu pensi che abbia subito abusi, no?» chiese. «In casa dei genitori?»

«Per il momento non posso affermarlo con certezza.» Tammy prese una foto dalla cartellina. «Io ho cominciato da qui.»

La foto ritraeva due ragazzi neri, uno magro e con lo sguardo vivace, che Terri immaginò fosse Payton. L'altro più piccolo, ma molto più robusto, con un grosso cerotto sulla testa: Rennell. All'età di Kit, più o meno.

«Che cosa gli era successo?» domandò Terri.

«La nonna non se lo ricorda, così sono andata a controllare le cartelle cliniche del San Francisco General Hospital.» Tammy porse a Terri due fotocopie. «Il 23 dicembre 1976 a mezzanotte e trentacinque la mamma lo portò al pronto soccorso in autobus. Aveva sette anni. Disse al dottore che era caduto dal marciapiede.»

Terri osservò la foto. « E quanto era alto questo marciapiede? » chiese sottovoce.

« Infatti », replicò Tammy. « Ma il dottore evidentemente non ritenne fosse il caso di chiedere che cosa ci facesse un bambino su un marciapiede a quell'ora di notte. Notò che la madre puzzava un po' di alcol, ma preferì crederle. Pare che Rennell piangesse e si scusasse con gli infermieri di causare tanto disturbo. Comunicava a fatica, era insonnolito... »

« Commozione cerebrale? »

« O ritardo mentale », replicò Tammy Mattox con un sorriso acido. « Ma il bello deve ancora venire. Il dottore controllò se aveva i lividi che si sarebbe aspettato di trovare in un bambino caduto sull'asfalto. Non ne trovò neppure uno. Ma notò alcune cicatrici di ustioni sulle natiche. »

Terri chiuse brevemente gli occhi. « E cosa disse? »

« Che non erano recenti e quindi non necessitavano di medicazione. » Tammy assunse un tono più piatto. « La madre le giustificò dicendo che Rennell era talmente stupido che si era seduto su una stufetta accesa senza volere. »

Terri si appoggiò allo schienale e sospirò. La luce del mattino che entrava dalle vetrate era arrivata a sfiorare il bordo del tavolo: concentrata com'era sulla storia di Rennell Price, nelle ultime tre ore Terri non si era resa conto del passare del tempo.

« Che cosa ne pensi tu? » chiese a Tammy.

« Non credo alla versione della madre », rispose lei con un'ombra di collera nella voce. « Ieri ho ricevuto la cartella clinica compilata dal medico del carcere quando Rennell è entrato nel braccio della morte. Le ustioni sulle natiche ci sono ancora. Perfettamente simmetriche. »

« E questo che cosa...? »

« Rennell Price fu torturato. » Tammy lo disse a bassa voce, lentamente. « Qualcuno lo fece sedere su una stufa e rimase a guardare mentre urlava di dolore. Convincerlo a non scendere dev'essere stata la parte più divertente. »

8

Dopo altri quattro giorni, in cui Terri andò a trovarlo due volte, Rennell Price ebbe il primo colloquio con il dottor Anthony Lane.

Lane e Terri parlarono con Rennell nell'ambulatorio psichiatrico del carcere di San Quentin, una stanza di tre metri per quattro, senza finestre, con la sedia del detenuto inchiodata al pavimento. Rennell rimase ammanettato e con i ceppi alle caviglie per l'intera durata del colloquio. Fuori della porta era di guardia un agente con il manganello.

Lane era vestito di beige, con una camicia sportiva e scarpe da tennis. Si presentò con una cordiale stretta di mano, parlando molto semplicemente. Terri sapeva che voleva mettere a suo agio Rennell con i modi disinvolti, da nero a nero, ma Rennell lo accolse con diffidenza, come previsto, e parlò pochissimo. « Se è davvero ritardato, incasellerà tutti quelli che incontra in categorie predefinite, nella speranza di capire che cosa vogliono da lui e di rispondere in maniera appropriata », le aveva spiegato Lane, dicendole anche che sarebbe toccato a lei fare da intermediario.

Rennell guardava solo Terri, seduto scompostamente sulla sua sedia. « Tony è un esperto e può fare in modo che il giudice ti capisca meglio », disse a Rennell.

Questi annuì titubante, con aria confusa. « Parliamo un po' con lui », continuò a spiegargli Terri. « E poi, un altro giorno, ti faremo dei test. »

Rennell si incupì. « Li ho già fatti, i test. A scuola. »

Terri annuì, comprensiva. « Che tipo di test? Te lo ricordi? »

« Tutti i tipi. Un casino di domande, che a furia di rispondere mi è venuto il mal di testa. »

Lane rise, cordiale. « Okay. Te ne faremo pochi alla volta, così fra uno e l'altro ti riposi. »

Rennell piegò la testa all'indietro e guardò il muro, come cercando di farsi venire in mente qualcosa. « La maestra Brooks diceva che li avevo fatti bene », riferì, in tono dubbioso.

« La maestra Brooks ti voleva molto bene », disse Terri. « Te ne vuole ancora. »

Rennell la guardò. « Tu ci assomigli un po', alla maestra Brooks », disse. « Certe volte ti sogno. »

Terri, stupita, si sforzò di sorridere. Era confusa di fronte a quella confidenza: era la prima, da che conosceva Rennell, e aveva delle possibili connotazioni sessuali che la mettevano in difficoltà. « Grazie! » replicò. « So che la maestra Brooks ti era simpatica. »

Rennell la fissò, ignorando completamente Lane. « Era bellissima. Diceva che le mancavo, quando era a casa. E a me mi manchi tu, quando sono in cella. »

« A proposito della tua cella, com'è? » intervenne Lane con bonaria curiosità. « Vuoi parlarmene? »

Rennell venne colto alla sprovvista da quella domanda. Sembrava gli dispiacesse dover smettere di guardare Terri o di parlare dei suoi ricordi. Di malavoglia, si rivolse a Lane e gli chiese in tono scostante: « Cosa vuoi sapere? »

Lane rispose, con una scrollata di spalle: « Non so, com'è fatta, per esempio ».

Rennell guardò Terri, che gli sorrise e lo guardò incuriosita. « Per me è come casa mia », le disse. « Ma tengo la luce sempre accesa. » Si rabbuiò. « Finché non si brucia la lampadina. »

La prima parte della risposta a Terri era chiara: chi soffre di un ritardo mentale tende ad accettare meglio i limiti di una cella, che probabilmente invece a Payton dava la claustrofobia. Ma la seconda parte della risposta alludeva a una paura di cui Terri non aveva avuto sentore.

« Come passi la giornata? » domandò Lane.

Rennell si voltò dalla sua parte, pensando a cosa rispondere. « Tutte uguali. Mi annoio. »

Lane annuì. « Sei qui da un sacco di tempo. Ti senti cambiato, da quando sei entrato? »

Era una domanda astratta cui la maggior parte degli americani – nell'era della psicoterapia e dei talk show – non avrebbe avuto difficoltà a rispondere. Rennell, invece, fece una faccia diffidente, ostile, e poi rispose sgarbato: « Sono sempre uguale ».

« Sì, certo », disse Lane. « Ma magari hai imparato qualcosa di nuovo. »

Rennell pensò un momento a cosa dire. « Sì, sulla legge. Il DNA... »

« Ecco, giusto. Vuoi parlarmene? »

Rennell si guardò le mani. « Il DNA dice che sei innocente », rispose dopo un po'. « È una specie di test. »

« Allora vedi che i test possono anche essere utili? Come quelli che vogliamo farti Terri e io. »

Rennell lanciò un'occhiata alla guardia oltre il vetro. « Mi fa paura, è questo il problema. Non so niente io di questi test. Cercherò di mettercela tutta, ma... »

« È così per ognuno di noi. Il massimo che possiamo fare è mettercela tutta. » Lane prese dalla valigetta la pagella di Rennell della terza elementare. « Te la ricordi? C'è il giudizio della maestra Brooks. »

Il giudizio era disastroso, pensò Terri. Rennell sfiorò la pagella con un dito e sgranò gli occhi, forse nel vedere la firma in fondo. « Sharon Brooks », lesse ad alta voce.

Sembrava che il significato di quella pagella per lui fosse tutto lì. « Era una bravissima insegnante », disse Lane. « Capiva che certe volte facevi fatica a leggere. I nostri test servono a capire come mai. »

Rennell si morse un labbro. « Non lo so. Non ho voglia di fare dei test. Non mi va. »

Terri cercò qualche argomento per convincerlo. Era agitata: se Rennell si rifiutava di cooperare, la sua unica possibilità di salvarsi – cioè dimostrare di essere ritardato – sarebbe svanita. « Dai, Rennell », lo incoraggiò. « Guarda che ci sarò anch'io, quando il dottor Lane ti fa quei test. »

Sorpreso, Rennell le guardò la mano, che Terri gli aveva posato sul polso, e poi alzò gli occhi verso di lei. Sembrava un bambino spaventato. « Con i test poi dicono che sono innocente? » domandò.

Con un groppo alla gola, Terri gli strinse la mano. « Lo spero », rispose. E, mentre lo diceva, capì che era vero. Lo sperava non solo per Rennell, ma anche per se stessa.

9

Johnny Moore arrivò nello studio di Terri dieci minuti dopo di lei. « Yancey James è stato radiato dall'ordine degli avvocati sei anni fa », le disse senza preamboli. « Immagino che lo studio Kenyon & Walker non abbia neppure provato a mettersi in contatto con lui. »

Terri gli fece cenno di sedersi. « Non ci posso credere! Ce ne vuole per farsi radiare », osservò. « C'è qualcosa nelle motivazioni che ci può servire? »

« Dodici clienti condannati a morte, uno dietro l'altro. Pare che l'avessero soprannominato 'ascensore per il patibolo'. » Moore fece un sorrisetto cinico. « Praticamente, non li difendeva neanche. »

« Quali erano le sue mancanze principali? »

« Per esempio, non indagava minimamente e giustificava le sue scelte quantomeno discutibili come 'decisioni tattiche' che però – guarda caso – si rivelavano tutte sbagliate. » Moore prese dalla valigetta un notes e gli occhiali da presbite. « Ho dei dati relativi a cinque clienti di James che finirono nel braccio della morte nel 1987, l'anno del processo Price. Nel caso di Curtis Smith, non presentò in aula neppure l'unico elemento a favore dell'imputato. Nel caso di Earl Prentice non mise in discussione le dichiarazioni di un testimone oculare benché ne avesse un altro che dava una versione totalmente diversa dei fatti. Quando difese Stevie Washburn, non fece nessuna indagine e si basò solo sui risultati di quelle condotte dall'avvocato dell'altro imputato... »

« Come con i Price », lo interruppe Terri. « Solo che li difendeva tutti e due lui... »

« Infatti », disse Moore, sarcastico. « Ma se non altro nel caso dei Price dedicò un giorno alla difesa dell'uno e un giorno all'altro. Nel caso di Serge Dieterman, il suo cliente venne condannato a morte nel giro di un solo giorno, perché James non chiamò a testimoniare né l'imputato né tre testimoni disposti a dichiarare che Dieterman aveva partecipato alla programmazione dell'omicidio, ma si era tirato indietro prima che questo venisse consumato, tanto che, quando i suoi complici cominciavano a sparare, lui stava già andando via.»

«Ci sarebbe da ridere, se non fosse in gioco la vita delle persone», commentò Terri.

«Questa però non fa nemmeno ridere. Senti qua», disse Moore. «Calvin Coolman fu accusato di aver ucciso a colpi di arma da fuoco Roy Sylvester a Bayview, nella zona di Double Rock. L'unico che sosteneva di aver assistito all'omicidio era un certo Stace Morgan, con precedenti per violenza carnale e spaccio. Stace non andò subito a denunciare l'assassinio, ma quando tre settimane dopo venne arrestato per spaccio, patteggiò la pena denunciando Sylvester.»

«Mi ricorda tanto Eddie Fleet», intervenne Terri.

«Anche a me l'ha ricordato. Ma James non cercò di inchiodare Stace, nemmeno quando in casa sua venne ritrovata la possibile arma del delitto. E non spiegò alla giuria che Stace e Coolman spacciavano entrambi, erano rivali, e che la vittima lavorava per Coolman.» Moore chiuse il notes. «Mi dirai che qualsiasi essere senziente in circostanze analoghe un paio di dubbi se li sarebbe fatti venire, ma davanti alla commissione che poi decise di radiarlo James si rifiutò di mettere in discussione la propria 'strategia', appellandosi al segreto professionale.»

«Capisco. James avrebbe dovuto farsi venire qualche dubbio anche su Fleet. A proposito, sei riuscito a rintracciarlo?»

«Macché. So che ha picchiato e maltrattato una serie di donne da qui a Oakland, ma resta impunito. Evidentemente, non è uno stupido.»

«Continua a cercarlo. E prova anche a contattare Betty Sims. C'è qualcosa nella storia che Laura Finney mi ha raccontato sul breve colloquio che hanno avuto che mi fa pensare che sia importante.» Terri prese la penna. «Dei cinque casi che mi hai esposto, quanti finirono con una condanna a morte?»

«Quattro. Tutti, tranne Calvin Coolman.»

«E quante sentenze furono poi revocate per palese incompetenza del difensore?»

«Una: quella di Coolman. Negli altri quattro casi, la corte d'appello trovò che la prestazione professionale di James non avesse nulla di anticostituzionale.»

«C'era da aspettarselo.» Terri prese un appunto. «Carlo: leggere verbali appello Coolman.» Poi disse: «Eula Price voleva un bravo avvocato e invece si ritrovò con un incompetente. Allora, perché James è stato radiato, alla fine?»

«Non per incompetenza. Tu conosci bene l'ambiente: non ti radiano perché mandi a morte i tuoi clienti. Se li derubi, però...»

«Vuoi dire che James è stato radiato perché fregava soldi ai clienti?»

«Esatto. Cominciò nel 1986. Si è giustificato ammettendo di avere un problema di dipendenza dalla cocaina. Si sniffava tutti i soldi che aveva.» Il sorriso di Moore era amaro. «Avevi ragione: James era un imbroglione che fregò prima di tutto Eula Price spillandole quattrini per farsi delle gran piste e poi anche il nipote, lasciando che la giuria lo condannasse a morte.»

«Purtroppo ci avevo visto giusto, quindi», commentò Terri.

«Conosci il problema», disse Terri.

Erano le undici passate ed era sdraiata, nuda, sul letto mentre Chris le massaggiava la schiena, come ogni sera da quando erano sposati. «Sì», rispose lui. «O James collabora, oppure chiamarlo a testimoniare può essere addirittura controproducente.»

«Non mi basta che collabori: ho bisogno che faccia un pubblico mea culpa e ammetta che Rennell fu condannato perché lui sbagliò su tutta la linea. Ammesso e non concesso che riusciamo a ottenere un'udienza da Gardner Bond, sarebbe assurdo convocare James senza sapere che cosa dirà davanti al giudice. Per poter presentare nuove prove ai sensi dell'AEDPA, prima devo dimostrare che la difesa di James non soddisfaceva gli standard richiesti dalla Costituzione... »

« Nel qual caso James non potrà appellarsi al segreto professionale. »

« Infatti. » Terri voltò la testa sul cuscino. « Mi massaggi anche il collo, per favore? Ho un mal di testa che parte dalla nuca e mi arriva fin dietro gli occhi. »

Chris ubbidì. « Grazie », mormorò Terri. « Forse però non ci si appellerà di nuovo, dopo Calvin Coolman. Il rischio, nel nostro caso, è che dichiari che Rennell gli confessò di averla uccisa lui, o che uno o entrambi i fratelli gli spiegarono come avvenne l'omicidio. Sarebbe deleterio, perché implicherebbe non soltanto la colpevolezza di Rennell, ma anche la sua capacità di mentire in maniera coerente, e smentirebbe la nostra tesi del ritardo mentale. »

Sentì che Chris rideva. « Lo credo, che hai mal di testa. C'è qualche amico di James con cui possiamo riuscire a parlare? »

« Per ora non ne abbiamo trovati. Johnny mi ha detto che i suoi amici di quei tempi sembrano essersi volatilizzati. Erano tutti dei disgraziati, comunque. Aveva una moglie, però, e le ex mogli di solito... »

« Cerca di contattarla. Dobbiamo tentare di inquadrare il soggetto, prima di metterlo alle strette. Per quanto ne sappiamo, adesso invece che di coca si fa di crack. »

« Non saprei. Secondo Johnny, lavora in una biblioteca giuridica. »

« Strano che ne abbia trovata una. » Chris continuò il massaggio. « Come va? Meglio? »

« Sì. Anche se gli occhi mi fanno ancora male. »

« Ti porto un panno bagnato, così te lo metti sulla fronte prima di andare a dormire. O preferisci che ti coccoli un po'? »

Terri sorrise. « Io devo partecipare o posso rimanere passiva? »

« Dipende. Quali altri problemi vuoi che ti risolva? »

« Il DNA. » Terri chiuse gli occhi, cominciando a rilassarsi. « Effettuare una nuova prova sul campione di sperma potrebbe non servire a niente, ma i campioni biologici sono più di uno. Per esempio, c'è il pelo trovato nel fermacapelli di Thuy Sen.»

«Certo. Ma, anche se venisse fuori che non è di Rennell, non servirebbe a scagionarlo. Se poi dovesse risultare suo...»

Terri aveva le tempie che pulsavano ancora: nonostante le cure di Chris, il mal di testa non voleva andarsene. «Almeno lo sapremmo anche noi», replicò. «Magari la procura lo sa già.»

10

Appena la vide, Rennell sorrise.

Terri entrò nella cabina di plexiglas della sala visite contemporaneamente a lui, che era accompagnato da due guardie. Sulle prime appena accennato, il sorriso del detenuto si allargò. Le guardie li chiusero dentro, poi lui posò sul tavolo un oggetto con un'espressione che a Terri parve di supplica.

« Volevo farti vedere questo », le disse.

Terri non capiva che cosa fosse quell'aggeggio fatto di graffette metalliche, filo interdentale, un manico di spazzolino da denti, un pezzo di metallo e due cannucce di plastica da cui usciva del filo di rame, e optò per un commento poco compromettente: « Sembra molto complicato ».

Rennell ammirò la propria creazione come se fosse un talismano dotato di chissà quali poteri. « È vero », rispose tutto fiero. « Ci ho messo un casino, a farlo. Sono portato per la meccanica, credo. Però non hai ancora capito cos'è, vero? »

Terri continuò a esaminare l'oggetto misterioso e, sorridendo, fece di no con la testa.

« Serve per scaldare l'acqua. » Rennell sfiorò con le grosse dita i due fili di rame. « Infili questi nella presa e la parte con il metallo nell'acqua. E si scalda. »

Terri sorrise. « Straordinario. »

Rennell cambiò di nuovo espressione e scrutò Terri con un misto di orgoglio e insicurezza. « Sono bravo, eh? »

« Sì », rispose lei. « Bravissimo. »

Rennell smise di sorridere. « E quei test che diceva il dottore? Quando li facciamo? »

La sua preoccupazione per quella prova era palpabile e Terri la condivideva ma, ancora una volta, non voleva che Rennell se ne accorgesse. « Presto », replicò. « Chissà cosa dice il dottor Lane, quando vede questo. »

Parlarono per un'oretta. Rennell ogni tanto si distraeva, quasi nascondesse dentro di sé abissi di paura che, per incapacità e per autodifesa, non voleva sondare. Terri sapeva che reprimere quel genere di paure poteva rendere ottusi e indifferenti. Era come se, pur di non perdere un precario equilibrio, Rennell preferisse estraniarsi da tutto e da tutti.

« Da ragazzo fumavi crack? » azzardò Terri. « Per sentirti meglio? »

Rennell abbassò le palpebre. « Tanto tempo fa », rispose in tono distante. « Con Payton. »

Terri si trattenne dal fargli domande su Thuy Sen. « Quando fumavi crack bevevi anche, Rennell? »

Lui si incupì, come se si vergognasse troppo per guardarla in faccia. Terri, sgomenta, pensò che se Rennell faceva già così fatica a parlare di questo argomento, sondarlo sul rapporto con i genitori sarebbe stato difficilissimo. Ma Rennell la sorprese dicendo: « Ho cominciato a bere birra prima ancora di sapere che esisteva il crack ».

C'era un tremito, nella sua voce sommessa. Anche Terri parlò sottovoce, quando gli chiese: « Quanti anni avevi? »

Rennell aspettò un momento prima di rispondere. Gli tremava una palpebra. « Mio papà », rispose poi. « Ha cominciato mio papà. »

E si zittì. Non voleva, o forse non poteva, spiegarsi meglio.

Chiacchierando tranquillamente e bevendo una birra, Carlo Paget e suo padre guardavano i Giants impegnati nell'ultimo incontro della stagione al Pacific Bell Park. Carlo socchiuse gli occhi al sole. « Non dovrebbe esserci una partita, in una giornata così », decretò. « Il tempo è troppo bello. »

Chris sorrise. Seguiva il baseball con il figlio da quasi vent'anni e avevano in comune molti ricordi di partite dei

Giants giocate con pioggia, freddo e nebbia allo stadio di Candlestick. Ogni tanto, a beneficio di Kit o per puro piacere personale, ricordavano la volta in cui la nebbia era talmente fitta che si vedevano soltanto le palle sfrecciare, ma non chi le aveva lanciate, o quella in cui Carlo, a otto anni, aveva raccolto la palla che Tony Pina aveva pensato bene di lanciare a lui anziché ai tifosi che gliela chiedevano a gran voce, o l'acquisto di Barry Bonds che secondo Carlo quindicenne doveva cambiare il destino dei San Francisco Giants, oppure la sera in cui Bonds aveva fatto un home run all'undicesimo inning e tutti avevano tirato un sospiro di sollievo.

Carlo, all'epoca, aveva quindici anni. Adesso ne aveva venticinque e Chris aveva comprato i biglietti per la partita ed era andato a prenderlo in studio, nella speranza di riuscire a distrarlo un po' dalla crescente ansia per la sorte di Rennell Price. Ma la partita andò avanti senza eventi di rilievo fino all'ottavo inning, a parte un paio di doppi giochi difensivi e un'azione potenzialmente vincente ma pasticciata da parte dei Giants, che portò Carlo a fare alcune considerazioni sconsolate sull'imbecillità umana. Poi il ragazzo guardò il proprio bicchiere vuoto e cominciò a riferire al padre l'infruttuoso colloquio che Terri aveva avuto con Rennell quella mattina: tutte le sue domande si erano scontrate con un muro di silenzio.

« Forse Rennell non è in grado di rispondere a certe domande perché gli mancano le abilità linguistiche o psicologiche », osservò Chris. « Non ci resta che sperare che si tratti delle seconde, e che abbiano rilevanza a livello legale. »

« Pensi che potrebbe non essere così? »

« La sentenza *Atkins* fa ben sperare », rispose Chris a voce molto bassa. Si appoggiò allo schienale e osservò il campo inondato dal sole e i tifosi sugli spalti. « Ultimamente, quando guardo Kit mi chiedo che cosa proverei verso uno che gli facesse ciò che Rennell Price è stato accusato di aver fatto a Thuy Sen. E come diventerebbe Kit se patisse ciò che patì Rennell nell'infanzia. E mi sento male, in tutti e due i casi. Non oso pensare che cosa deve provare Terri, benché non ne parli mai. »

Carlo si massaggiò la radice del naso, un gesto che Chris gli aveva visto fare sin da bambino. « Quando hai maturato la convinzione che la pena di morte sia una cosa sbagliata? »

Chris guardò la parte sinistra del campo, il gigantesco guantone che si ergeva sopra le gradinate e le palme che si stagliavano contro il cielo di un blu elettrico. « A otto o nove anni », rispose dopo un po' « sentii parlare della sedia elettrica ed ebbi la sensazione viscerale che fosse una cosa sbagliata. Ma a ventun anni, quando Sirhan Sirhan uccise Bob Kennedy, provai l'impulso di ammazzarlo con le mie stesse mani per punirlo di aver ucciso con lui le nostre speranze in un futuro migliore. » Si voltò verso Carlo e sorrise. « E quando ho sposato Terri mi sono trovato a dover prendere una posizione ancora più decisa. In ultima analisi, l'elemento più importante per me è la paura di giustiziare un innocente. E sono certo che è già successo. »

« Pensi che si riuscirà mai a provarlo? »

« Sì. A cominciare dal Texas, a meno che non venga insabbiato tutto per non turbare la coscienza dei cittadini. Spero solo che cambi qualcosa. » Assunse un tono ironico. « Molti pensano che a gente come loro, bianchi, istruiti e privilegiati, non capiterà mai. E quindi se ne fregano. Pensano che, se uno si ritrova condannato a morte, qualcosa deve pur aver fatto e che la pena capitale serva semplicemente a togliere di mezzo qualche mela marcia. »

Carlo annuì. « E le mele marce sono persone che loro non hanno neppure mai visto. »

« Infatti. Quando si parla di pena di morte, gli americani dimostrano ben poca empatia. » Chris assunse un'espressione seria. « Una condanna a morte coinvolge un gran numero di persone. Nel caso di Rennell e Payton Price, loro stessi, ma anche la loro nonna, e poi il padre, la madre e la sorella di Thuy Sen. E Yancey James. Forse anche Eddie Fleet, e le persone che hanno avuto a che fare con lui dopo la sua testimonianza contro i due fratelli. Diventa una condanna anche per chi non ha ammazzato nessuno. »

Nel dirlo, Chris si ritrovò di fronte alla propria paura che Carlo dedicasse la sua vita a quel problema, come stava già facendo Terri. Era un pensiero egoista, lo riconosceva, ma soltanto fino a un certo punto: non voleva che il figlio prendesse una strada così difficile né che sviluppasse le difese necessarie per percorrerla senza soffrire troppo. Non voleva che la pena di morte mietesse un'altra vittima: suo figlio.

Carlo di punto in bianco gli sorrise. Chris conosceva bene quel sorriso, che era lo stesso da quando Carlo aveva sette anni. Si voltò verso il campo. « Ti conviene stare attento, papà. Tocca a Bonds e chissà che non succeda qualcosa di memorabile. »

11

Il penitenziario di San Quentin permetteva di sottoporre i detenuti ai test psicologici il lunedì, il martedì e il mercoledì dalle otto e trenta alle quattordici e il giovedì e il venerdì dalle undici alle quattordici. Benché alcuni test richiedessero tutte le cinque ore e mezzo, non era consentito portare cibo nell'ambulatorio psichiatrico, né per i detenuti né per i visitatori. A Terri dispiaceva costringere Rennell a stare cinque ore senza mangiare, sapendo che lei stessa diventava irritabile quando andava in ipoglicemia, ma aveva assolutamente bisogno che Rennell fallisse quel test.

Il ritardo mentale è associato a disturbi dell'attenzione, le aveva detto Lane, fra cui la difficoltà di concentrarsi per periodi prolungati e di capire qual è il più importante fra diversi stimoli contrastanti. Altre aree da valutare erano la capacità di Rennell di assimilare e ricordare dati, le funzioni visive e percettive, per esempio la capacità di vedere e riprodurre un triangolo. E poi c'erano lettura, scrittura e aritmetica. Nelle prime tre ore e mezzo Rennell si comportò come Terri si aspettava: si distraeva facilmente, aveva memoria scarsa e solo a breve termine, traduceva malamente le forme dall'occhio alla mano, con triangoli che diventavano cubi e quadrati che si trasformavano in rettangoli, e in generale il suo livello era rimasto lo stesso che aveva osservato Sharon Brooks in terza elementare. Eppure Rennell si impegnava in maniera commovente. Incominciò il test di intelligenza a mezzogiorno passato. Immobile, con la matita a mezz'aria, guardava il foglio impaurito e vergognoso.

Ma ci mise tutto se stesso.

A un certo punto, guardò Terri con la coda dell'occhio, come temesse il suo giudizio, o forse per implorarla di porre fine a quella tortura. Stancamente, disse: « Mi fate rompere la testa oggi ».

Terri si impose di sorridere, ma di non rispondere. « Stai andando molto bene », disse Tony Lane. « Ancora un pochino e abbiamo finito. »

Rennell chiuse gli occhi e trasse un respiro profondo. Fuori, le guardie si diedero il cambio. Quella appena arrivata aveva l'aria scocciata, come se gli desse fastidio assistere a quel patetico tentativo da parte di un assassino di fregare la giustizia.

Rennell riprese a fare il test, battendo la matita sul foglio.

Poco dopo l'una e mezzo, Lane posò davanti a Rennell una scatola di legno che sembrava un gioco che Elena e Kit avevano fatto all'asilo, in cui bisognava infilare alcune formine nei buchi corrispondenti. Rennell guardò la scatola con un misto di diffidenza e imbarazzo.

« L'ho già visto, questo. A scuola. »

Lane sorrise. « Sì, è molto simile. Ma questo è per adulti. »

Rennell abbassò le spalle. « Come mai? »

« Prima di cominciare, ti metto la benda sugli occhi. »

Rennell, per la prima volta, rispose con ostilità: « E perché? »

« Fa parte delle regole. È un gioco di memoria. »

Rennell scosse la testa, gli occhi fissi sulla scatola di legno. « Al processo non ero mica bendato. »

Terri lo guardò, temendo che Rennell si rifiutasse di proseguire, per stanchezza o per timore di fare brutta figura. « Sì, ma al processo non ti hanno fatto fare dei test », gli spiegò Lane. « Noi vogliamo spiegare al giudice come sei fatto, che tipo sei, come ragioni. È importante. »

« Questo gioco non c'entra niente con il fatto che sono innocente. » Il tono era implacabile. « Non voglio che mi bendate. Non voglio e basta. »

Terri era stanca, affamata e meno pronta del solito. « È l'ultimo », intervenne con un'ombra di supplica nella voce. « Ed è davvero importante, se vogliamo salvarti la vita. »

Rennell scosse di nuovo la testa. « Non sono stato io, io non ho fatto niente. Dovete solo dire al giudice che non sono stato io ad ammazzare quella bambina.»

«Per favore, Rennell, fidati di me. Non te lo chiederei, se non fosse per il tuo bene...»

Rennell la guardò intensamente, combattuto tra il desiderio di compiacerla e le proprie resistenze. Terri a sua volta lo guardò negli occhi e lo supplicò. «Ti prego. Vedrai che ci mettiamo pochissimo.»

Lo sentiva lontano e indifferente come la prima volta che gli aveva parlato. «Magari prima facciamo una piccola pausa. Cerca di rilassarti», propose.

Rennell incrociò le braccia e guardò in silenzio la scatola sul tavolo. Terri lasciò passare due minuti, controllando la lancetta dei secondi del grande orologio a muro, quindi fece un cenno a Lane che esordì, incoraggiante: «Bene. Guarda attentamente le formine e cerca di ricordarti dove vanno messe. Così poi cominciamo».

Rennell restò fermo e zitto e Terri non capì se stesse cercando di assimilare le istruzioni di Lane o se si fosse estraniato completamente.

«Adesso ti bendo, Rennell», gli disse Terri. «Okay?»

Rennell non rispose e Lane le porse un fazzoletto nero. Terri si mise dietro di lui e gli posò una mano sulla spalla, poi lo bendò con dolcezza.

«Bene, caro Rennell», disse Lane in tono allegro e cordiale. «Comincia pure con il pezzo che preferisci.»

Rennell raccolse lentamente quello più vicino a lui, a forma di stella.

«Bene», continuò Lane.

Rennell aveva la mano che tremava. «Non ci riesco», disse.

«Stai andando benissimo.»

Rennell era esitante, agitato, impaurito.

«Va tutto bene», intervenne Terri. «Vedrai.»

Rennell chiuse di scatto la bocca e incrociò le braccia sul petto, come se avesse freddo.

«Rennell...»

Terri vide una lacrima scivolare da sotto il fazzoletto nero, si alzò e glielo tolse. Rennell si chinò in avanti e posò la testa sulle ginocchia, rannicchiandosi ed emettendo un gemito.

Terri lo abbracciò da dietro e gli posò una guancia sulla testa, mentre Lane lo osservava con gli occhi socchiusi singhiozzare davanti a lui.

« Non ti preoccupare, Rennell », sussurrò Terri, cercando di calmarlo, ma Rennell continuava a tremare incontrollabilmente.

Terri uscì dal carcere sgomenta. La sua unica speranza era che la reazione di Rennell Price fosse dovuta a qualcosa di più della stanchezza e della fame.

« Non so dirtene la causa », aveva detto Lane. « Forse non la scopriremo mai. Ma, secondo me, non era solo ipoglicemia. Sembrava spaventato, più che affaticato. »

« Forse aveva paura di fare brutta figura? » domandò Terri. « O di quello che avrei potuto fargli io? »

Per un attimo Terri ripensò alla propria infanzia, ai propri incubi, alla paura del buio che aveva assillato prima lei e poi sua figlia Elena, alle oscure motivazioni di quella paura. Doveva andare avanti, però, ormai non poteva più tornare indietro. E così andò da Macy's, il grande magazzino dove lavorava la ex moglie di Yancey James, Diana.

Faceva la commessa nel reparto profumeria ed era una bella donna, benché per i gusti di Terri facesse un uso esagerato dei prodotti che vendeva: le ciglia finte le facevano sembrare gli occhi troppo grandi per il viso lungo e magro. Ma, appena Terri cominciò a spiegarsi, dietro la maschera di trucco comparve un guizzo divertito. « Oh, Signore! Un altro dei poveri disgraziati che Yancey mandò nel braccio della morte? Quelli che bussavano alla sua porta facevano tutti la stessa fine. »

« Il mio cliente la farà fra ventinove giorni », replicò Terri. « Volevo parlarle un momento. »

Diana alzò gli occhi al cielo, con un misto di esasperazione e di rassegnazione. « Non soffro di nostalgia, le dirò. Il mio ex marito non mi ha lasciato buoni ricordi. » Guardò l'ora. « Ho la pausa pranzo fra venti minuti. Potremmo uscire a prendere una boccata d'aria, avvocato. »

Terri si sedette con Diana James su una panchina di Union Square. I piccioni becchettavano impettiti le briciole sull'asfalto e Diana li guardava con un sorrisetto divertito. « Prima di cadere tanto in basso, anche Yancey era così », disse. « Un galletto, uno che viveva alla giornata senza preoccuparsi del futuro. A parte il fatto che galli e piccioni non raccontano balle e Yancey sì. »

Terri sorrise. « Nessun rimpianto, dunque? »

« Nessuno », replicò Diana, scrutando Terri incuriosita. « Immagino che lei abbia bisogno di parlare con il mio ex marito e voglia che io interceda per lei, che le faccia da intermediario. »

« Sì », rispose Terri. « Ho proprio bisogno di questo. »

Diana accennò un sorriso. « Lei è l'avvocato di Rennell Price, dico bene? Ne ha avuti parecchi, poveretto. E, se ben ricordo, sono venuti tutti a fare le pulci a Yancey. Il quale non ha gradito, come può immaginare. Li ha definiti 'aggressivi' e 'supponenti'. Aveva paura di perdere tutto, come stava perdendo me, e quindi si pompava per andare avanti. » Con improvvisa amarezza, spiegò: « Sniffava. Quando io lo lasciai, ormai non faceva altro. Era completamente andato ».

Terri la guardò con sincera curiosità. « Avete dei figli? »

« Per fortuna, no. » Diana abbassò le palpebre. « Dico 'per fortuna', ma in realtà mi dispiace non averne, adesso che non ho più l'età per farne. Purtroppo Yancey è l'unico figlio che ho. »

« Lo vede ancora, dunque? »

« Cerco di dargli una mano. » Diana sospirò. Con voce stanca e compassionevole, aggiunse: « Yancey ha una strada lunga e faticosa davanti a sé. Secondo i suoi terapeuti, la prima cosa da fare è chiedere scusa alle persone cui si è fatto del male. E lui manco si ricorda più quante sono, ma le assicuro che sono tantissime. Sarà un vero calvario, poveraccio». In tono più pungente, continuò: «Se non sbaglio, il suo cliente è quello che soffocò una bambina facendosi fare un pompino. Una morte ben peggiore rispetto all'iniezione letale. Ma forse il pentimento sincero prevede che si chieda scusa anche agli esseri più abbietti».

Terri temette che Diana non volesse aiutarla. «Ci sono cose del mio cliente che nessuno si è mai premurato di accertare. E che stiamo tuttora cercando di chiarire», replicò.

«Abbiamo tutti dei segreti che ci hanno segnato, nel bene e nel male, avvocato. Purtroppo nessun reality show è interessato ai miei.»

Terri la guardò un istante, poi chiese in tono pacato: «Pensa che Yancey sarebbe disposto a parlarmi di Rennell Price?»

La donna chiuse gli occhi. «Se lei gli permetterà di battersi il petto per tutto il tempo che riterrà necessario, penso di sì.» In tono più dolce, quasi volesse scusarsi lei stessa, disse: «Lo avverto prima, okay? Ho promesso di proteggerlo, in fondo».

12

Entrando nell'ambulatorio psichiatrico con Anthony Lane, Terri osservò Rennell con apprensione, nel timore di aver perso la sua fiducia, ma appena gli porse il fascio di fumetti di Hawkman che gli aveva portato, il viso di Rennell si illuminò di un tale sorriso di gratitudine che Terri, istintivamente, gli prese le mani, legate dalle manette, e disse: « Che bel sorriso che hai! » E lo pensava veramente.

Negli occhi del detenuto comparve un'ombra di piacere, mascherato dalla timidezza. « La nonna me lo diceva sempre. Mi diceva che avevo un buon carattere. »

« Anch'io lo penso, Rennell. Mi domando da chi hai preso. »

« Da Payton. » Fu una risposta quasi automatica, ma subito dopo Rennell si ricordò delle circostanze in cui si trovavano lui e il fratello e il suo sorriso svanì. A voce più bassa aggiunse: « Stanno per fargli l'iniezione ».

« Non pensiamo a questo, adesso », gli suggerì gentilmente Lane. « Vedendoti sorridere, mi è venuto da pensare a quando Payton era piccolo e tu dovevi essere appena nato. Com'erano le cose a quei tempi? »

Rennell si osservò le mani legate. « È passato un sacco di tempo. Non mi ricordo quasi niente, solo Payton. Era lui che mi stava dietro. »

« E come? »

Rennell strizzò gli occhi e serrò le labbra, concentratissimo o forse – come sospettava Terri – spaventato. « Be', quando avevo paura. »

Lane lanciò un'occhiata a Terri e, in tono cordiale e comprensivo, disse: « Io, da piccolo, avevo paura del buio. A te che cosa faceva paura? »

Rennell parve chiudersi in se stesso. « La scuola. Quando mi incasinavo, non capivo un cazzo. Insomma, come dicevate voi.»

L'intenzione di eludere la domanda era così chiara che Lane spalancò gli occhi, sia pur continuando a sorridere. «E a casa non avevi mai paura?»

Rennell aprì uno dei giornalini a fumetti con il pollice e si mise a guardare le figure. «Certe volte. Sì.»

«E che cosa facevi, quando avevi paura?»

Rennell continuava a fissare le pagine a colori. Lane aspettò qualche secondo prima di insistere. «Rennell?»

Il detenuto, grande e grosso, chiuse gli occhi e Terri capì che non stava pensando al fumetto. «A volte Payton mi portava nel bosco.»

«Raccontami del bosco.»

«Ci nascondevamo laggiù.» Rennell parlava più lentamente, come se le cose gli tornassero in mente piano piano. «Era nel parco, c'erano degli alberi, dei cespugli, dei bei nascondigli. Ci mettevamo lì e ci stavamo un sacco.»

«A fare cosa?»

«Niente, a nasconderci. Certe volte Payton mi parlava, mi raccontava.»

Lane sorrise di nuovo. «Che cosa?»

«Quello che volevamo fare da grandi. Tipo che avremmo avuto una casa enorme, con tanti cani da guardia. Diceva che saremmo stati sempre insieme.»

«E a te faceva piacere, immagino.»

«Sì.» Terri percepì un misto di affetto, paura e malinconia nelle parole di Rennell. «Da ragazzi, mi sembrava bellissimo.»

«Certo. Capisco che vi piacesse nascondervi», azzardò Lane. «Piace a tutti, specie quando il papà è arrabbiato.»

Nel silenzio che seguì, Terri e Lane osservarono Rennell e gli videro comparire sul volto un torpore privo di espressione. Dopo un po', ammise: «Sì, mio papà si arrabbiava. Certe volte».

«Me ne racconti una? Cosa faceva, quando era arrabbiato?»

Rennell mosse le spalle in un gesto di noncuranza, o forse per un riflesso involontario. «Era sempre arrabbiato.»

«E da cosa si capiva?»

« Dagli occhi. Gli venivano gli occhi più grossi. »

« E cosa faceva, quando gli venivano gli occhi così? »

Rennell si nascose il viso tra le mani e si sfregò gli occhi con i pollici. « Delle cose bruttissime. A me. »

Terri rizzò le orecchie, tesa. Lane, invece, mantenne lo stesso tono di affettuosa curiosità e chiese: « Quali cose? »

« Mah, così. » Rennell continuava a sfregarsi gli occhi. Quando riprese a parlare, aveva la voce rotta. « Mi faceva male. »

« Mi dispiace », replicò Lane.

Rennell tremava tutto, come se stesse rivivendo i momenti peggiori della sua paura. Sottovoce, Lane gli chiese: « Come faceva a farti male, Rennell? »

Ma Rennell scosse la testa e non disse più una sola parola.

Lane lo osservò e, guardando Terri, aggrottò brevemente la fronte. Dopo un po' domandò: « E tu che cosa facevi per farlo smettere? »

Lentamente Rennell abbassò le mani dal viso e rispose: « Cercavo Payton. E lui mi portava nel bosco ».

Terri notò che Lane si era messo a osservare le mani di Rennell. « Parlami della tua mamma », disse lo psicologo.

Rennell, con gli occhi sempre chiusi, rispose: « Non mi voleva ».

« Come fai a saperlo? »

Rennell prese fiato e, con voce addolorata, rispose: « Lo diceva sempre ».

« Perché? »

Il silenzio che seguì fu accompagnato da un'alzata di spalle. « Perché facevo il cretino, penso. Facevo scemenze. Senza volere. »

Terri intuì che stava per scoraggiarsi e, per distrarlo, domandò: « Quando eri piccolo, che cosa volevi fare da grande? »

Rennell continuò a tenere gli occhi chiusi. « Il pilota. O il supereroe. Come Hawkman. Per volare sopra tutto il resto, dove non ti può fare male nessuno. »

Quell'ultima frase commosse Terri, che esitò prima di chiedere: « Quali sono i ricordi più belli che hai di quando eri piccolo? »

« Non so. Forse andare al negozio con Payton. » Rennell abbassò la voce e si corresse: « O quando si sedeva vicino a me a mensa, a scuola. Certe volte non mi si sedeva vicino nessuno ».

Terri vide che Lane continuava a osservare le mani di Rennell. « Non ti piaceva stare solo, immagino », commentò lo psicologo. « Quali altre cose non ti piacevano? »

Rennell chinò leggermente la testa in avanti. « La pioggia. »

« Non ti piaceva la pioggia? Come mai? »

« Perché quando piove non si può uscire. »

« E perché volevi uscire? »

Rennell deglutì prima di rispondere: « Mio papà. Quando pioveva era come di notte ».

« E la notte non ti piaceva, immagino. »

Rennell scosse la testa.

« Perché non ti piaceva? »

« Mi faceva paura. Non volevo mai andare a dormire. »

« Perché? »

Rennell si sfiorò una guancia con la mano. « Perché poi mi svegliavo che mi veniva da piangere. »

« Ed è per questo che ti faceva paura? Perché ti veniva da piangere? »

In silenzio, Rennell posò la fronte sulla catena delle manette.

« Rennell? »

« Perché sentivo mio padre e poi mia mamma che urlava. » Strinse ancora di più gli occhi. « Mi scoppiava la testa, un male da morire. Almeno così restavo sveglio. »

« Perché la mamma urlava? Cosa le faceva tuo padre? »

Rennell scosse la testa con ostinazione. Lane gli prese delicatamente le mani da sotto la faccia e gliele posò sul tavolo, seguendo con il dito una cicatrice sul polso sinistro che fino a quel momento Terri non aveva notato. Sempre a voce molto bassa, domandò: « Questa quando te la sei fatta, Rennell? »

Ma lui scosse di nuovo la testa e non disse nulla.

« Okay », mormorò Lane. « Senti, adesso facciamo una piccola pausa. Poi, se hai voglia, mi aiuti a fare una cosa. »

Rennell aprì lentamente gli occhi.

« Okay », ripeté Lane, stringendogli la mano. « Ascoltami. »

Terri aspettò, con la pelle d'oca e un senso di vuoto alla bocca dello stomaco. Dopo un po' Lane disse: « Senti, Rennell, vorrei che cercassi di ricordare una cosa. Una cosa difficile, ma che per noi è molto importante ».

Rennell chiuse di nuovo gli occhi. « Tua madre accoltellò tuo padre quando tu avevi nove anni », disse Lane. « Terri e io abbiamo bisogno di sapere se hai visto qualcosa, e che cosa. »

Rennell alzò la testa, ma continuò a tenere gli occhi chiusi. « Un sacco di sangue », rispose dopo un po'. E, con le poche parole sconnesse che seguirono, tracciò un quadro che spezzò il cuore a Terri.

Vernon Price era per terra, gli occhi sbarrati, pieni di terrore e di odio, la maglietta bianca intrisa del sangue che gli usciva a fiotti dal petto. Rennell non osava parlare né muoversi.

« Lo vedi questo? È il mio sangue », gridò Vernon Price al bambino. « Vieni qui, stupido fifone. »

Spaventato, Rennell fece qualche passo verso il padre che, in preda a un impeto d'ira, lo afferrò per i polsi e lo costrinse ad avvicinare la faccia alla sua. Puzzava di sangue e di whisky e rantolava.

« È stata lei. Hai capito, figlio di puttana? » Vernon Price posò il palmo della mano sulla ferita aperta, pulsante, poi lo passò lentamente sulla faccia e sugli occhi del figlio, imbrattandolo di sangue. « Tieni. Questo è l'unico sangue mio che avrai mai », disse.

E dalla bocca gli uscì un fiotto rosso.

Rennell non volle dire altro.

Quando ebbero finito, Terri si fermò con Anthony Lane nel parcheggio e disse: « È troppo per lui, non regge. E a noi mancano un sacco di dati, ne sono sicura ».

Lane annuì. « Mi piacerebbe poter parlare con Payton, prima che gli tappino la bocca per sempre. »

« Ho fatto domanda, ma i suoi avvocati mi hanno risposto picche. »

Lane rifletté, poi disse rassegnato: « So che può sembrare inutile, ma bisogna che Tammy faccia un altro tentativo con la madre ».

13

«Abbiamo provato con il liquido seminale», disse il dottor David Levy a Terri. «Non c'è niente da fare: è troppo deteriorato per ricavarne il DNA.»

Terri non sapeva se essere contenta o no di quella notizia. Con il telefono in mano, si mise a camminare avanti e indietro nell'ufficio. Fuori della finestra Alcatraz cominciava a confondersi, nel crepuscolo, con l'acqua scura della baia. «E le formazioni pilifere?» chiese.

«Quelle di etnia asiatica rinvenute sulla moquette di casa Price sono risultate appartenenti, come prevedibile, a Thuy Sen.» Il medico assunse un tono sarcastico e continuò: «Per quanto riguarda il pelo trovato nel fermaglio della bambina, invece, siamo nella classica situazione della buona notizia mescolata alla cattiva. Quale vuoi sapere per prima?»

«La buona», rispose Terri pronta. «Ho bisogno di incoraggiamento.»

«Non è di Rennell. Il DNA non corrisponde.»

Terri emise un sospiro di sollievo. «E la cattiva?»

«Il DNA è così simile a quello di Rennell che dev'essere per forza di un parente stretto. E direi che possiamo escludere la nonna.»

«Payton», disse Terri con un filo di voce.

«Temo proprio di sì», convenne Levy. «E, se è vero che questo non ci aiuta, se non altro non incastra definitivamente Rennell.»

Terri lo ringraziò e chiuse la telefonata senza sollevare l'altro interrogativo a cui David Levy non avrebbe potuto dare risposta, e cioè: che cosa sapeva Yancey James sul conto di Payton e, peggio ancora, su Rennell?

Erano le diciannove passate quando Tammy Mattox si presentò nella sala riunioni di Terri. Sul tavolo erano sparse quelle che Tammy chiamava « le ossa del dinosauro », ovvero tutte le carte necessarie per ricostruire il passato di Rennell. La specialista di sociologia criminale aveva l'aria stanca; si lasciò cadere pesantemente su una sedia e chinò la testa.

Più a se stessa che a Terri, disse: « Che giornata! »

« Sei stata dalla madre di Rennell? »

Tammy annuì. « Sì, dalla mia nuova amica Athalie Price. È ancora in manicomio. E, anche se non fosse schizofrenica, è piena di difese. » Emise un sospiro. « Da una così, non si sa mai che cosa aspettarsi. Odia Rennell e lo vuole morto? Sa qualcosa che nessun altro sa? Naturalmente, non glielo puoi chiedere direttamente, devi girarci intorno. E ti assicuro che, pur avendo un quoziente di intelligenza piuttosto basso, Athalie Price è un osso duro. »

Terri capì che Tammy aveva voglia di parlare e, mettendosi comoda, le chiese: « Che tipo è? »

« Quando? Cambia umore da un momento all'altro. » Guardò Terri e lentamente sorrise. « Anche tu hai avuto una giornata pesante, immagino, quindi ti risparmierò i deliri e ti racconterò solo le cose che ha detto nei momenti di lucidità. So che non hai la pazienza infinita che ho io, modestamente. »

Dopo un'ora, Athalie Price rivolse a Tammy un inaspettato e sorprendente sorriso e domandò: « È ancora qui? »

Tammy sorrise a sua volta. « Certo. Non devo andare da nessuna parte. E non ho nient'altro da fare. »

Il sorriso di Athalie si spense. « Come me. Niente da fare, nessun posto dove andare, dopo che ho conosciuto Vernon e ho avuto Payton. »

« Vernon è stato il suo primo uomo? »

Athalie la guardò lievemente incredula e chiese: « Vuole sapere se è stato lui a sverginarmi? »

« Se vuole metterla così... »

« No, non è stato Vernon. È stato mio nonno », rispose

Athalie tranquillamente, in tono pragmatico. «Mi dava un quarto di dollaro per una sveltina in piedi. Vernon invece mi dava delle gran botte. E mi ha messo incinta di Payton.»

Tammy si versò ancora un po' di caffè e disse a Terri: «A quanto ho capito, Vernon Price era violento fisicamente e sessualmente, tanto che a un certo punto Athalie non riuscì più a distinguere tra quando la picchiava e quando la violentava. Ed era anche lunatico».

«Perché non lo lasciò? Te l'ha spiegato?»

«Pensi che una donna in quello stato sia in grado di dare una spiegazione?» domandò a sua volta Tammy. «A volte l'arma più temibile di un violentatore è la sorpresa, la totale imprevedibilità: non sai mai quando colpirà. E siccome la speranza è sempre l'ultima a morire, a volte basta poco perché una donna decida di rimanere con uno così. Athalie sa di avere risorse limitate, di essere non soltanto disturbata, ma anche un po' ritardata.» Il tono di Tammy si incupì. «Vernon invece, pazzo e violento, era abbastanza intelligente da manovrarla e tormentarla a suo piacimento.»

«E Payton e Rennell?»

«Meno. Anche se, stando a sua madre, con Rennell cominciò molto presto», rispose Tammy posando la tazza davanti a sé.

«Rennell?» ripeté Athalie con lo stesso sorriso sardonico. «Vernon non ebbe nemmeno il buon gusto di aspettare che nascesse.»

«In che senso, scusi?»

Athalie si toccò la testa. «Invece di farmi degli occhi neri, mi pigliava a calci nella pancia.»

«Quando era incinta?»

«Sì. Non lo voleva. Il bambino.» Quelle parole furono dette con una sfumatura di soddisfazione che a Tammy risultò incomprensibile. «Però è nato lo stesso. Lo abbiamo fatto e lui è nato.»

« E poi? »

Athalie parve non aver neppure sentito la domanda. Appoggiò la testa all'indietro, sulla poltrona logora, lo sguardo perso nel vuoto: era una squilibrata rinchiusa in un ospedale psichiatrico, in una stanza spoglia dalle pareti verdoline, ma all'improvviso sembrava a chilometri e chilometri di distanza.

« Un po' c'era e un po' no », disse Tammy. « Sembrava in trance, poi di colpo si riscuoteva, vedeva che io ero ancora lì e ricominciava a parlare come se niente fosse. Ma faceva discorsi fumosi, un misto di delirio e di lucidità. »

Terri prese un appunto: « Trauma prenatale. Lesioni cerebrali organiche? » Poi disse: « Certo che il feto è vulnerabile quanto la madre: la parete uterina non basta a ripararlo da certi traumi, così come non lo protegge dall'alcol ».

« Sì, ma è inutile pensare di portare Athalie Price a testimoniare in aula. Al massimo posso riferire io le cose che mi ha detto, ammesso che il giudice voglia tenerne conto. »

« Che cosa ti ha detto di Rennell? »

« Tieni presente che parla in maniera sconnessa. » Tammy aprì il bloc notes. « Appena sono uscita dall'ospedale, mi sono scritta tutto. Lo ha definito 'triste', 'lento', 'goffo', 'preso di mira'. Ha detto che 'non sapeva nemmeno allacciarsi le scarpe' e 'si prendeva sempre tutte le colpe'. Mettendo insieme il tutto, viene fuori un quadro piuttosto chiaro. Ma mi ci sono volute sette ore e mezzo. »

« E sugli abusi non ti ha detto niente? »

Tammy posò il blocco. « L'impressione che ho avuto è che non abbia nessun senso di colpa per aver ammazzato il marito, ma che di certe cose si vergogni. »

Quando sollevò l'argomento degli abusi subiti da Rennell, Athalie Price si chiuse a riccio e si mise a guardare nel vuoto: era difficile capire se e quanto ricordava.

« A quei tempi lasciavamo i bambini più liberi, un po' allo

sbaraglio», disse Tammy a mo' di incoraggiamento. «Ricorda quella volta che Rennell cadde dal marciapiede e lo dovette portare al pronto soccorso?»

Athalie si strinse nelle spalle, ma Tammy non capì se per indifferenza o per rimuovere un ricordo sgradevole. Sottovoce, le chiese: «Era caduto davvero o lo aveva picchiato suo padre, Athalie?»

La donna non rispose. Tammy continuò: «Noi non vorremmo che ai nostri figli succeda quello che abbiamo patito noi da piccoli, invece a volte succede lo stesso. Non crede, signora?»

Athalie non disse nulla e si voltò dall'altra parte.

«Quelle bruciature che Rennell ha sul sedere... Fu colpa di Vernon?» domandò Tammy.

Athalie rimase assolutamente immobile. Osservandola di profilo, per un attimo a Tammy parve che avesse le lacrime agli occhi.

«Appena nato, piangeva sempre, non dormiva di notte», mormorò poi la donna. «Vernon si incazzava e gliele dava. Anche nella culla.»

«E lei che cosa faceva?»

«Gli mettevo un po' di birra nel biberon. Così almeno dormiva.»

«Capisci? Per proteggerlo gli metteva la Budweiser nel biberon!» esclamò Tammy. «Non molto salutare, temo.»

Terri prese un appunto. «Nient'altro?»

«No», rispose Tammy con un sorriso ironico. «Ho provato a insistere, e lei è venuta fuori con un fatto sconcertante. Che peraltro spiega la differenza che c'è fra i due fratelli.»

Tammy si arrovellava per trovare il modo di farsi riferire altri episodi di violenza da Athalie Price, ma questa era sprofondata nel silenzio della follia, un silenzio così profondo che sembrava assorbirla completamente. Immobile, teneva la faccia rivolta verso il muro. Tammy le domandò gentilmente: « Aveva paura che da grande Rennell potesse diventare come suo padre? »

Sulle prime Athalie non diede segno di aver sentito. Poi, con grande stupore di Tammy, scosse lentamente la testa.

« Perché era molto diverso da lui? » domandò.

« No, perché Vernon non era suo padre. » Athalie Price si voltò a guardare l'antropologa con una luce rabbiosa negli occhi. « Mi sono presa la mia rivincita. Il padre di Rennell era un ragazzo che abitava nella nostra strada. Un po' tardone, ma molto dolce. Proprio come Rennell. »

Terri provò un brivido carico di premonizioni nell'ascoltare quelle parole.

Questo è l'unico sangue mio che avrai mai.

« Non mi ha voluto dire come si chiamava. Ma, se vogliamo crederle, Rennell era figlio di un altro. Presumibilmente ritardato egli stesso. »

« Dobbiamo cercare di trovarlo. » Terri si massaggiò le tempie. « Secondo lei, Vernon non lo sapeva, ma di certo qualcosa sospettava. E il povero Rennell fece da capro espiatorio. »

« Come continua a fare tuttora », replicò Tammy.

14

L'indomani mattina presto, nella stessa sala riunioni, si incontrarono Anthony Lane, Tammy Mattox, Johnny Moore, Carlo Paget e Teresa Peralta Paget, che quella notte aveva dormito tre ore soltanto.

«Allora, è ritardato o no?» chiese a bruciapelo Terri a Lane.

Lane posò i gomiti sul tavolo e rispose: «Lo Stato dirà di no. Io devo studiarlo ancora un po', ma tenderei a dire di sì. Il problema più grosso è il quoziente di intelligenza».

«Che è di...»

«Settantadue, secondo i test che gli abbiamo fatto. Settanta è il limite al di sotto del quale si parla di ritardo mentale. Con una deviazione standard di più o meno cinque punti, il QI di Rennell cade in un range da sessantasette a settantasette...»

«Ma settantadue è bassissimo!» intervenne Carlo.

«Per te», ribatté Lane. «Stiamo parlando di un condannato a morte. Tieni presente che fra i detenuti nel braccio della morte il QI medio è sugli ottanta.»

Carlo scosse la testa, incredulo. «Mi stai dicendo che lo Stato della California intende giustiziare Rennell Price perché ha due punti di troppo?»

«Non necessariamente. Non dimenticare che il QI è solo uno dei tre indicatori da prendere in considerazione. Il secondo è l'età di insorgenza, ed è chiaro che Rennell ha avuto problemi fin dalla più tenera infanzia. Il terzo è il funzionamento adattivo, e Rennell ha difficoltà in tutte le aree. È per questo che Payton gli stava dietro: da solo Rennell non riusciva a cavarsela.»

«Lesioni cerebrali organiche?» domandò Tammy. «La madre ha abusato di alcol per tutta la gravidanza e gli metteva la birra nel biberon.»

Lane si voltò verso l'antropologa. Carlo aveva notato che, in quella riunione, il tono e i modi del neuropsichiatra erano più decisi e autorevoli, come si conviene a uno specialista dalla cui opinione può dipendere la vita di una persona. «Cominciamo con la sindrome alcolica fetale, che è una delle cause più diffuse di ritardo mentale. Può interferire con due abilità in particolare: il funzionamento intellettivo, in cui Rennell ha gravi problemi, e il controllo degli impulsi.» Lane si interruppe per aggiustarsi gli occhiali sul naso. «Le difficoltà nel controllo degli impulsi aumentano le probabilità che Rennell abbia costretto una bambina di nove anni a un rapporto orale: un soggetto che non riesce a controllare i propri impulsi può passare dall'ideazione all'esecuzione nel giro di pochi secondi.»

Carlo pensò a Flora Lewis che aveva dichiarato sotto giuramento che era stato Rennell, e non Payton, a trascinare in casa Thuy Sen. «A voi Rennell sembra impulsivo?»

«Non particolarmente», rispose Lane. «Lo definirei piuttosto un depresso, tenuto conto dei mal di testa, dei disturbi del sonno, delle fobie riguardo alla pioggia e al buio, del senso di inadeguatezza. Per non parlare della cicatrice sul polso, che trovo a dir poco preoccupante. Ho la sensazione che non abbia mai conosciuto il benessere.»

«Però...» intervenne Johnny Moore. «Sotto l'effetto del crack, anche i più indolenti possono diventare impulsivi.» Lanciò un'occhiata a Tammy e chiese: «Continuiamo a non avere prove che abbia mai fatto sesso, vero?»

«Sì, nemmeno una sega», rispose Tammy.

«Bene», disse Lane rivolto a Terri. «Resta il problema, tuttavia, che Rennell all'apparenza è normalissimo, a parte forse qualche problema di coordinazione motoria...»

«Che potrebbe essere dovuto alla sindrome fetale da alcol.»

«Sì, ma il giudice probabilmente vedrà in lui solo l'ennesimo bruto omicida. La procura presenterà suo padre come un mezzo genio – visto che era psicopatico, ma tutt'altro che stupido – e sua madre come una persona normale. In fondo, Athalie ha un QI intorno a settantotto, almeno stando ai dati dell'ospedale.»

«Allora non mi resta che trovare il presunto vero padre di

Rennell, il misterioso 'tardone molto dolce', e fargli le analisi del sangue per accertare la paternità», commentò sarcastica Tammy.

Lane sorrise. «Sì, effettivamente sarebbe utile.»

Ci fu un attimo di silenzio, in cui tutti bevvero il caffè pensosi, poi Moore disse a Terri: «Un altro problema è il pelo pubico di Payton».

«Caso mai sarà un problema di Payton», replicò Terri. «Per il momento, non ci sono prove materiali di un rapporto sessuale fra Rennell e Thuy Sen.»

Moore si accarezzò la barba brizzolata. «Ma se io fossi il procuratore generale, la mia versione sarebbe questa: Payton disse a Rennell di portare in casa Thuy Sen e poi di tenerle la testa mentre lui si faceva fare un pompino. Ammesso che Rennell non avesse nessun interesse di tipo sessuale nei confronti di una bambina di nove anni, suo fratello l'aveva eccome. Lo sperma è suo. Ma Rennell resta comunque colpevole di omicidio conseguente ad altro reato...»

«Senza però i requisiti per essere giustiziato», obiettò Carlo. «Il fatto che Rennell abbia agito sotto l'influenza e il controllo di Payton non rientra fra le attenuanti incompatibili con la sentenza capitale? È ritardato, Cristo santo! Payton lo ha comandato a bacchetta per tutta la vita!»

«Questo sì che è un argomento plausibile», disse Terri, osservando uno per uno i componenti della sua squadra. «Non so cosa darei per sapere come andarono veramente le cose, però. Qualsiasi sia la verità, vorrei saperla.»

Moore aggrottò la fronte. «Non ne sarei così sicuro, Terri. Se c'è un caso in cui forse è preferibile non sapere, è questo...»

In quel momento squillò il telefono.

Terri si alzò, infastidita, ma subito dopo prevalse in lei la curiosità.

«Ho detto a Julie di filtrare tutte le telefonate, a parte quelle del presidente degli Stati Uniti e di Babbo Natale.»

«Magari è il vero padre di Rennell che ci telefona da Yale, dove è preside del dipartimento di fisica», suggerì speranzoso Moore.

Con un mezzo sorriso, Terri andò in fondo alla sala a rispondere al telefono. « Teresa Paget. »

Carlo le vide cambiare faccia: Terri diventò di colpo attentissima e quasi trattenne il fiato. « Quando? » Un attimo dopo disse semplicemente: « Vengo subito ».

Mentre tutti la guardavano incuriositi, posò lentamente il telefono e lasciò passare un momento prima di dire: « Non indovinereste mai... Era l'avvocato di Payton. Pare che mi voglia vedere prima di morire ».

15

Payton Price sorprese Terri fin dal momento in cui entrò nella stanza dove l'aspettava insieme con il suo avvocato.

La prima sorpresa fu l'aspetto. Era abituata a pensare a lui come allo spacciatore ventiduenne della foto segnaletica, con un bel viso liscio e lo sguardo freddo, indifferente e volutamente minaccioso. Ma da allora erano passati quindici anni e l'uomo che le sedeva di fronte aveva i capelli cortissimi e precocemente brizzolati e il viso segnato dalle rughe. Aveva lo sguardo vivace, intelligente, il viso spigoloso, ma le labbra carnose atteggiate a un mezzo sorriso, forse per la stranezza e l'ironia di quell'incontro. L'altra cosa che colpì Terri fu la sua immobilità. Rispetto al suo avvocato, Paul Rubin – un difensore d'ufficio sulla trentina, magro, occhialuto, fremente di energia repressa – Payton emanava un'aura di calma, pronto ad affrontare gli ultimi dieci giorni della sua vita con il fatalismo di chi è ormai al di là di ogni speranza.

«Così lei è l'avvocato di Rennell», disse Payton a Terri. «Mio fratello non fa altro che parlare di lei.»

Era chiaro sia dal tono della voce sia dall'espressione del viso che era molto incuriosito, un po' come se stesse incontrando la prima ragazza del fratello minore. «Ci vediamo spesso», replicò Terri.

«Me lo ha detto. Lei è la prima persona che gli interessa e che sembra interessata a lui.» Fece un breve sorriso, rivelando alcune capsule d'oro ai denti. «Dice che è molto bella. È dentro da un sacco, certo, e comunque con le donne non ha mai avuto fortuna.»

Quell'ultimo commento, pronunciato con troppa amarezza per risultare offensivo, a Terri parve sinistro nel suo implicito riferimento a Thuy Sen e le confermò la sgradevole sensazione

– quasi una certezza – che Payton fosse l'autore di un delitto abominevole in cui, forse, aveva trascinato anche Rennell. L'avvocato Rubin, seduto accanto al suo cliente, osservava attentamente ora Payton ora Terri. Era chiaro che avrebbe preferito che quel colloquio non avvenisse.

Terri decise di cominciare da lontano. « Quindici anni... » disse. « Come li avete trascorsi, lei e suo fratello? »

« Giorno per giorno. Cinquecento flessioni e cinquecento addominali al giorno, senza mai sgarrare. » Di nuovo, Payton fece un mezzo sorriso breve, amaro. « Avere uno scopo aiuta. E uno dei miei scopi era evitare di farci inchiappettare, sia io sia mio fratello. La vita qui poteva essere molto dura, per lui. »

Quell'osservazione, sia pure sarcastica, su come si era fatto carico del fratello a Terri parve segno di una consapevolezza che non si aspettava da lui. « Vi sentirete soli », gli fece notare.

Payton alzò le spalle e mosse leggermente il capo. « Impari a organizzare il tempo, cerchi di prendere il poco di buono che c'è in prigione. Ho letto un po' di storia, soprattutto dell'Africa. Scrivo poesie. » Dal tono traspariva l'orgoglio dell'autodidatta. « Mi tengo aggiornato su quello che succede nel mondo, per esempio in Medio Oriente. Non penso che i bianchi di Washington riusciranno mai a risolvere i problemi che ci sono laggiù. Voglio dire, Osama bin Laden l'abbiamo creato noi, e anche Saddam. Solo che quando 'sta gente comincia a fare quel cazzo che vuole, invece di comportarsi come vogliamo noi, ci tocca farli fuori. A quest'ora avremmo dovuto imparare la lezione. »

La forza e la concisione di quel giudizio suscitarono una risatina sorpresa da parte di Terri, ma subito sul divertimento prevalse la tristezza: in quindici anni nel braccio della morte, Payton Price era diventato un uomo più saggio di quanto sarebbe mai potuto diventare vendendo crack a Bayview, ammesso e non concesso che, a piede libero, fosse riuscito a sopravvivere altrettanto a lungo. Il risultato finale sarebbe stato comunque lo stesso: una morte prematura.

Il detenuto parve leggerle nel pensiero, perché disse in tono neutro: « Be', non è venuta fin qui per sentire il mio parere in fatto di geopolitica, ma perché spera di evitare a Rennell di seguirmi in paradiso».

Terri annuì. «Mi sembra che uno dei due sia più che sufficiente.»

Per la prima volta Payton distolse gli occhi e chinò la testa. «Rennell dice che lei gli ha chiesto di quando eravamo piccoli. Pensa che serva a qualcosa?»

«Dovrebbe.» Data la presenza di Paul Rubin, Terri decise di evitare fino all'ultimo di parlare di Thuy Sen e continuò: «Rennell non è una cima, questo lo sappiamo, ma abbiamo bisogno di saperne di più sull'ambiente in cui è cresciuto, familiare e non».

Payton alzò gli occhi dal tavolo e chiese, fingendosi stupito: «Mi sta dicendo che mia madre non le ha detto niente?»

Terri tacque.

Payton abbassò di nuovo lo sguardo e, a voce più sommessa, disse: «Non abbiamo avuto un'infanzia felice. Questo glielo posso assicurare».

«Me ne vuole parlare?»

Payton accolse con un sorriso appena accennato, di stanca rassegnazione, quella domanda che sicuramente lo metteva in difficoltà. «Essendo figli di Vernon Price, abbiamo imparato presto a non avere aspettative troppo alte. Ma a Rennell andò peggio che a me. Per questo lei è qui, no?»

«Già.»

«Dire che mio fratello non è una cima è troppo poco. Imparò a camminare tardi, era in ritardo in tutto. Mio padre lo trattava come un cane da prendere a calci perché non capisce altro.» Payton alzò la testa e guardò Terri senza sorridere. Con voce atona continuò: «Avrà avuto due o tre anni e mio padre gli dava da bere la birra finché non gli ciondolava la testa, poi lo faceva girare sulla veranda finché non cadeva e si metteva a piangere. E lui rideva come un pazzo».

In quell'ultima frase Terri percepì tutto l'orrore che Payton doveva aver provato da bambino, a sei o sette anni, preso in mezzo tra un padre malato di mente e un fratellino privo di risorse. «So che lei lo aiutava a nascondersi», disse.

Un altro sorriso fuggevole, poi: « Glielo ha raccontato Rennell? »

« Sì. Mi ha detto che andavate 'nel bosco'. »

« Gli piaceva un sacco nascondersi. Ma era inutile, lui era troppo stupido. Quando la mamma era ubriaca, a volte le prendevo i soldi di nascosto per andare a comprare qualcosa da mangiare. Ma con Rennell era impossibile, e così lo legavo a una gamba del letto, perché non cercasse di seguirmi e non finisse sotto una macchina. » Payton intrecciò le dita delle mani. « Capivo perché mio padre lo prendeva a schiaffi. Non si riusciva a fare niente, con lui. Non arrivava nemmeno a capire che gli conveniva stare lontano da nostro padre. Le prendeva, le prendeva in continuazione. Sembrava che non riuscisse a fare altro nella vita. »

Terri, ascoltandolo, provò un fremito di compassione: per il fratello maggiore, combattuto tra affetto, rabbia e disprezzo, e ancora di più per il povero Rennell, il capro espiatorio della famiglia. Era logico che fosse cresciuto nella convinzione di meritare i peggiori maltrattamenti e che provasse una gratitudine che sfiorava il patetico per ogni gesto gentile di Payton. « Vostra madre lo difendeva? » chiese.

Payton si guardò le mani. « Lo prendeva a schiaffi anche lei. Era troppo imbranato, le faceva fare una vita d'inferno. Oltre a tutto, mio padre se la prendeva con lei perché gli aveva dato un figlio stupido. » La voce di Payton si indurì. « Quando le cose si mettevano male, si capiva da come si guardavano. Rennell, però, non si accorgeva mai di niente. Dovevo sempre stargli dietro io. »

Terri chiese con dolcezza: « Perché lo faceva, Payton? »

L'uomo replicò con un sorriso stiracchiato: « È mai stata svegliata di notte dalle urla di un bambino piccolo che piange perché suo padre lo ha spogliato e lo ha seduto sulla stufetta accesa? Le assicuro che, se le capita una volta, preferisce non sentirlo mai più ».

Paul Rubin chiuse gli occhi, in preda allo stesso raccapriccio che provava Terri, la quale chiese sottovoce: « È per questo che Rennell non voleva più dormire? »

Payton fece di sì con la testa. «Aveva paura di addormentarsi. Non aveva scampo: i vicini avevano paura di nostro padre, i loro figli non volevano giocare con Rennell e l'unico posto dove ci sentivamo al sicuro era per strada. Però, anche lì bisognava cavarsela, procurarsi da mangiare, tenersi fuori dei guai. Pensavo io a tutto, per lui e per me.»

«Spacciando?»

Payton scosse la testa. «Rennell non era buono manco a quello. Se c'era da menare le mani, finiva sempre per prenderle. L'unica volta che gli diedi un po' di roba da spacciare, finì in riformatorio. E quando uscì era molto cambiato. Un'altra persona.»

«In che senso?»

Payton si appoggiò allo schienale con lo sguardo nel vuoto, assorto nei ricordi. «A casa della nonna avevamo ognuno la sua camera, ma dopo che uscì dal riformatorio Rennell voleva dormire con me. Solo che non ci riusciva e camminava avanti e indietro per tutta la notte. Se gli dicevo di mettersi a letto, si sdraiava vestito, sulla schiena, con il coltello in mano. La prima sera mi disse: 'In galera non si dorme a pancia in giù'.»

Terri ebbe un terribile presentimento. Chiese: «E poi?»

«Quando era talmente stanco che non ce la faceva più, si addormentava, ma aveva il sonno agitato. Lo sentivo rigirarsi nel letto, urlare: 'Basta! Basta!', tutto sudato. Con le mani si teneva la cintura dei jeans.» Payton guardò Terri e mormorò: «Non c'era bisogno che me lo dicesse: lo capii da solo, che cosa gli era successo».

«Non le ha mai raccontato niente di quell'episodio?»

«No, e io non gli ho mai chiesto niente. Però lo mandai a dormire da solo in camera sua. Aveva troppi incubi.»

A Terri venne in mente sua figlia Elena. Rubin si tolse gli occhiali e distrattamente cominciò a pulirli. «Sempre diversi o ne aveva uno ricorrente?» chiese Terri.

«Non so.» Payton adesso pareva stanco. «A volte sognava mamma e papà.»

«E che cosa sognava esattamente?»

Payton chinò le spalle e perse un po' della sua distaccata

compostezza. « Mio padre la legava nuda alla maniglia di una porta e ci costringeva a guardare mentre la frustava con la cinghia dei pantaloni. E poi la scopava finché lei non ce la faceva nemmeno più a piangere e gridare. Anche Rennell piangeva, vedendola così. E ha continuato a piangerci su fino a diciott'anni. » Payton scrollò le spalle. « Forse ci piange su ancora adesso, per quel che ne so io. Non dormiamo più insieme. »

Terri si appoggiò all'indietro e lasciò passare un momento di silenzio. Payton alzò la testa e la guardò. « Non ha altre domande, avvocato? Questo film dell'orrore le è bastato? »

« No », replicò lei sottovoce. « Ho letto i rapporti della polizia sulla morte di vostro padre. Dicono solo che vostra madre lo uccise a coltellate, non che cosa successe prima. »

Payton socchiuse leggermente gli occhi e, dopo un po', disse: « Perché io non l'ho mai raccontato. Vuole davvero saperlo? »

« Sì. »

« Nostro padre costrinse la mamma a succhiare il pisello a Rennell. »

Sconvolta, Terri rabbrividì: con una sola frase, Payton aveva confermato il peggiore degli scenari che Terri aveva immaginato, gettando una luce nuova e raccapricciante sulle possibili motivazioni psicologiche della violenza ai danni di Thuy Sen e sull'ostinazione con cui Rennell continuava a negare tutto.

« Tenuto conto di quello che le faceva di solito, succhiare il pisello a un bambino potrà sembrare un motivo ridicolo per ucciderlo », commentò Payton in tono disinvolto. « Ma evidentemente persino nostra madre aveva dei limiti. »

Terri lo guardò con una guancia appoggiata su una mano e un gran senso di vuoto e di amarezza dentro. Anche Rubin pareva piegato sulla sua sedia.

Con un filo di voce Terri chiese: « Che cosa successe con Thuy Sen? »

Rianimatosi, Rubin afferrò Payton per un polso e disse a Terri con foga: « Non è tenuto a rispondere a questa domanda ».

Payton guardò il suo difensore e disse: «Lei non sa niente. Visto che devo morire, tanto vale che a qualcuno lo dica».

Rubin scosse la testa. «Quello che dice all'avvocato Paget non è coperto dal segreto professionale. Lei rischia di ammettere di aver commesso un reato punibile con la pena capitale.»

«Lo so», rispose calmo Payton. «Ho capito. È il reato per cui morirò comunque. Tanto non mi possono giustiziare due volte.»

Senza aspettare la risposta dell'avvocato, Payton si voltò verso Terri: «Andò come dicono che è andata: la bambina soffocò facendo un pompino. L'unica cosa su cui si sbagliano è Rennell». Fece una pausa e un sorriso ironico, con una sfumatura di malinconia. «Rennell ha paura del buio e riusciva a dormire solo di pomeriggio. Quel povero scemo dormiva, quando la bambina morì.»

16

Tesa, Terri fissava Payton Price seduto di fronte a lei. « Mi faccia capire bene », gli disse con calma. « Mi sta dicendo che Rennell non c'entra niente con la morte di Thuy Sen? »

Payton sorrise. « Ha problemi di udito? »

« Ma allora Flora Lewis non può averlo visto. »

Nello sguardo di Payton c'era ancora una traccia del sorriso sardonico di poco prima. « Lo dico sempre, io: i bianchi vedono tutti le stesse cose. Ma quel poliziotto nero, Monk, lui sì che si doveva chiedere come mai Eddie Fleet sapeva tante cose. Così tante che sembrava che fosse stato presente anche lui. »

Terri si appoggiò all'indietro e concluse: « Già. Perché *era* presente anche lui ».

Fatti di crack, Payton e Eddie sono seduti sulla veranda della casa della nonna. Payton batte mentalmente il tempo di una canzone hip hop e, quando arriva la ragazzina, non la nota. Non vede quasi nulla, in realtà. Eddie invece la osserva interessato. « Chissà se ha voglia di divertirsi un po'. »

Finalmente Payton sposta lo sguardo sulla bambina esile, con gli occhi a mandorla, che sta passando davanti alla casa a testa bassa. L'idea è talmente assurda che Payton non risponde neppure e, continuando a dondolare la testa a tempo di musica, chiude gli occhi.

Sente che Eddie borbotta: « Tanto, a chi vuoi che lo dica? »

Evidentemente il crack lo ha arrapato. Prima che Payton metta a fuoco la situazione, Eddie la chiama. Un attimo dopo, Payton lo sente scendere dalla veranda per andarle incontro.

Paul Rubin osservava il suo cliente con gli occhi socchiusi.
« L'uomo che la Lewis vide era Eddie Fleet », disse Terri.

Payton distolse lo sguardo. « Eddie aveva una felpa larga, con il cappuccio, come quelle che portava di solito Rennell. E così quella vecchia rimbambita pensò che era Rennell quello che adescava la bambina », disse pacato, ma con amarezza. « Ha creduto di vedere quel povero scemo di mio fratello, come tutte le altre volte che ci spiava dalla finestra, perché ha visto un nero grande e grosso che, come tutti i neri, secondo lei era capace delle cose peggiori. »

Terri sentì montare la rabbia dentro di sé. « Solo che non era Rennell. »

La sua foga intimidì Payton, che replicò a voce bassa: « Infatti ».

Eddie costringe la bambina a inginocchiarsi.

Ha gli occhi chiusi, come una bambola di porcellana, ma piagnucola spaventata e trema.

« Su, forza », dice Eddie a Payton, tutto eccitato. « Comincia tu, che io sto a guardare. »

Payton è ancora fatto, ma dopo un po' si sbottona i pantaloni e si avvicina ai due. Quando Eddie spinge giù la testa della bambina, però, Payton la sente piangere e, rabbrividendo, si tira indietro.

Gli sembra di essere in un incubo. La TV è ancora accesa. Si riabbottona i pantaloni e si mette a guardare le immagini colorate che scorrono sullo schermo, come se quel che sta succedendo alle sue spalle non esistesse.

« Sì, così, così », ansima Eddie. Un attimo dopo Payton lo sente mugolare. Poi sente un altro suono, come un colpo di tosse. Alla TV c'è un inseguimento tra una pattuglia della polizia e una macchina di rapinatori e dopo un po' l'ululato delle sirene copre i gemiti di Eddie.

Terri era nauseata, sudava freddo.

Payton parlava con voce atona: « Poi sento Eddie che dice 'cazzo'. Non godeva più ». Abbassò le spalle e continuò, vergognoso. « Il corpo lo abbiamo buttato in mare come ha raccontato Eddie in tribunale. Solo che eravamo solo noi due. O noi tre, se vogliamo contare anche la bambina morta. »

Sono al buio, con la puzza di sego che proviene dalla fabbrica, e Fleet prende in braccio il cadavere. Le ombre delle gru sull'altra riva sembrano insetti giganteschi in un film dell'orrore.

Anche Payton scende sulla riva, con il vento freddo che gli soffia sulla faccia. « Buttala tu », dice a Eddie. « Visto che te la sei fatta tu. »

Senza discutere, Eddie va verso la riva ed entra nell'acqua. La corrente è forte e lui barcolla come King Kong. Payton spera che caschi e che la corrente se lo porti via, lui e la bambina morta. Sa che Eddie non sa nuotare.

Invece Eddie ritrova l'equilibrio e posa il cadavere nell'acqua. Payton sa solo che si ricorderà per sempre quella scena, il corpo che ondeggia e scompare, con i capelli fluttuanti.

Proprio come Eddie ha raccontato al processo.

Poi Eddie lo lascia davanti a casa.

Payton entra nel soggiorno della nonna e quasi si aspetta di trovarci ancora la bambina stesa per terra, con la testa girata da una parte e la bocca aperta. Invece c'è solo Rennell sdraiato sul divano, talmente infagottato nei suoi vestiti extra large che sembra più un mucchio di stracci che un essere umano. Ma, come sempre, fa la faccia contenta nel rivedere Payton.

« Ehi, fratello. Novità? » dice con quel suo modo di parlare lento, cercando di fare il duro.

« Macché », risponde Payton riaccendendo il televisore come se fosse tutto uguale a prima. Ma si accorge che gli tremano le mani.

«Rennell non ha capito un cazzo», disse Payton. Poi si interruppe e solo dopo un po', con voce carica di disgusto per se stesso, riprese: «E non ha mai pensato che mi interessassero le bambine. Non so com'è potuto succedere: è stata l'unica volta in vita mia».

«Lo credo, da allora è stato chiuso in galera», replicò Terri sarcastica. «Anche a Eddie 'interessavano' le bambine?»

Payton continuò a tenere gli occhi bassi. «Per quel che ne so io, fu l'unica volta anche per lui. Ma non è una cosa che uno va a dire in giro.»

«E Rennell?»

«Rennell?» Sulle labbra di Payton ricomparve un lieve sorriso, rivolto al tavolo. «Non credo che si sia mai fatto una donna in vita sua, né giovane né vecchia. A parte mia madre, la sera che poi pugnalò mio padre.»

Terri si appoggiò allo schienale della sedia. «Lasciamo perdere vostra madre e vostro padre. Lei ha aiutato Eddie Fleet a far condannare suo fratello al posto suo.»

Payton alzò lo sguardo verso di lei, ma rimase impassibile. «Successe un gran casino. Non sapevo che la vecchietta bianca ci aveva visto dalla finestra e che aveva preso Eddie per Rennell. L'intenzione, mia e di Eddie, era stare zitti e basta.»

Lo stesso giorno in cui l'ha visto uscire dalla sala degli interrogatori con Monk e l'altro poliziotto, Payton incontra Eddie al Double Rock Inn.

C'è poca gente, solo qualche sfigato che ciondola al bar. Payton e Eddie sono seduti in un angolo buio a bere whisky e parlano così piano che nessuno li può sentire. Payton guarda dritto in faccia Eddie e gli ordina: «Tu non sai niente, capito? Se quei due sbirri cominciano a starci addosso, siamo nei guai tutti e due. Finire in tribunale per aver ammazzato una bambina è l'ultima cosa che vogliamo. Ti avverto: se parli di nuovo con Monk, sei un uomo morto».

Fleet ha l'aria nervosa. «Rennell sa niente?»

«No, niente», ribatte secco Payton. «Sono mica così stupido da raccontargli una cosa così! Deve rimanere fra me e te. Non dobbiamo dire un cazzo a nessuno.»

«Invece stupido lo sono stato, eccome. Tant'è che Eddie me l'ha messo in quel posto», disse Payton a Terri. Scuotendo la testa con rabbia, spiegò: «Mi ha fregato alla grande: se lo accusavo, finivo nei guai anch'io e Rennell non poteva né dire né fare un cazzo per darmi una mano. Eddie questo l'ha capito subito».

Stringendo la penna tra le dita, Terri osservava il fratello del suo cliente. «Così decise di arrangiarsi da solo, ed ebbe la bella pensata di chiedere a Jamal Harrison di togliere di mezzo Eddie Fleet.»

Payton alzò le spalle. «Nel carcere della contea non c'era di meglio. Se chiedevo a quelli della cella accanto era uguale.»

«Che cosa sapeva Rennell di Jamal?»

«Un cazzo, come al solito. Quando Jamal mi ha visto parlare nell'orecchio a Rennell, gli stavo solo dicendo di stare tranquillo, che era tutto a posto.» Payton abbassò la voce e aggiunse in tono ironico: «Rennell ha sorriso perché credeva a tutto quello che gli dicevo».

Sgomenta, Terri si sfregò le tempie. «Idem per l'alibi di Tasha Bramwell?»

«Con la memoria che ha Rennell, poteva anche essere vero. Io ho l'impressione che per lui i giorni siano tutti uguali e che finisca per confonderseli tutti.»

Terri si rese conto che l'innocenza di Rennell era forse ancora più totale di quanto lei avesse immaginato fino a quel momento. «Ha mai raccontato a nessun altro le cose che sta dicendo a me?»

«Solo a Eddie.» Payton, immalinconito, fece una breve pausa e poi domandò: «Sa che fine ha fatto? Tasha, voglio dire».

Terri rimase sorpresa nel sentire che gli traspariva dalla voce un certo rimpianto, uno sconforto che non era dovuto solo alla prospettiva della propria morte imminente. «No, non ne so nulla», rispose.

Payton chiuse gli occhi. « È sparita una settimana dopo che sono stato condannato, e non si è mai più fatta vedere. Non posso darle torto, veramente, se penso alle stronzate che le ho fatto. E certe manco le sa... Vorrei tanto capire, però... »

Non finì la frase. Terri, in tono freddo, riportò il discorso su Fleet. « Pensa che Eddie l'abbia detto a qualcuno? »

Dopo un momento, Payton si strinse nelle spalle e replicò: « E perché? »

« Lei perché lo farebbe? » Terri si alzò in piedi e, poggiando i palmi delle mani sul tavolo, guardò Payton dall'alto in basso. « In fondo lei era il fratello più intelligente. Così lasciò che il giudice e la giuria condannassero a morte Rennell per un reato sessuale che *lei* aveva commesso insieme con il principale testimone dell'accusa. Dopodiché è stato quindici anni a guardarlo aspettare di morire senza dire nulla. Tutto per pararsi il culo. »

Payton la guardò negli occhi senza tradire nessuna emozione. « Forse è così, avvocato, ma mi dica una cosa: se io ero dentro, come campava Rennell fuori, per strada? » E con un altro dei suoi sorrisi amari concluse: « Almeno qui potevo tenerlo d'occhio, dargli una mano ».

Terri prese fiato. « Ma adesso si è pentito. Finalmente. »

Payton la osservò a lungo, con distacco. « Lei è una brava persona, signora Teresa. E sa che Rennell qui non ci può più stare. Si ricorda che cosa gli hanno fatto in riformatorio, vero? » Abbassò ancora il tono. « Per una volta, non me lo posso portar dietro, dove vado adesso. Magari da qui in poi se ne occupa lei, di Rennell. »

Terri si risedette e rispose: « Grazie per la fiducia. Peccato che ormai sia tardi: ha aspettato un po' troppo per essere ancora credibile ».

Payton cominciò a capire e a poco a poco assunse un'espressione preoccupata. « Perché ormai non ho più niente da perdere? »

« Peggio », replicò Terri. « Perché ormai ha solo da guadagnare, e mi riferisco al tempo. Ma c'è anche un altro problema, ed è che hanno intenzione di giustiziare prima lei di suo fratello. »

17

Quella sera alle undici, mentre Elena e Kit dormivano al piano di sopra, i tre adulti di casa Paget – Terri, Carlo e Chris – tennero una riunione con Anthony Lane e Tammy Mattox intorno al tavolo della cucina. La conversazione si svolgeva sottovoce, ma era intensa. Mancava solo Johnny Moore, che stava cercando la ex fidanzata di Eddie Fleet, Betty Sims. Nonostante il suo atteggiamento distaccato, Terri era terribilmente sollevata di essere venuta a sapere che Rennell era innocente, sia per se stessa sia per Elena. Avrebbe voluto dire alla figlia quello che aveva scoperto, ma preferiva evitarlo per una serie di considerazioni, fra cui la convinzione che fosse sbagliato coinvolgerla e la consapevolezza che comunque, anche se fosse stato colpevole, lei lo avrebbe difeso lo stesso. Eppure di tutta la famiglia Elena era quella per cui sarebbe stato più importante saperlo.

« 'Non sono stato io' », disse a mezza voce Tammy.

« È possibile che sia la verità », le fece notare Lane. « Secondo me, Rennell ha una capacità di mentire limitata. E nemmeno Monk è riuscito a farlo confessare. »

« Certo che no, dirà il procuratore distrettuale. Anche un cretino capisce che non gli conviene confessare. »

« Sì, ma noi potremmo sostenere che Rennell è asessuato, o quasi. Probabilmente per via del ritardo mentale. »

« C'è un problema », fece presente Terri. « Mi riferisco all'episodio riferito da Payton a proposito del padre che costringe la madre alla fellatio con Rennell. È una sorta di prefigurazione di quello che accadde con Thuy Sen. Il perito della procura potrebbe sostenere che nell'ambiente familiare dei Price la pedofilia era considerata normale. In fondo è quel che sembra sia successo a Payton. Il perito inoltre potrebbe sostenere che un ritardato tende a vergognarsi meno se fa sesso con un minore piuttosto che con un adulto.»

Tammy approvò con la testa. «Non sottovalutiamo il ruolo della nonna. In fondo Rennell sostiene che fu lei a insegnargli a rispettare gli altri.»

«È vero, ma affinché questo risulti convincente bisognerebbe capire anche con chi Rennell si identificava di più. Potrebbe essere stata Eula, d'accordo, ma anche Payton, che abusò di Thuy Sen e poi mentì alla polizia, o Athalie. Rennell si identifica con lei in quanto vittima, o con il padre aguzzino? E, data l'infanzia che ha vissuto, ha appreso la differenza tra sesso e violenza?» Terri si interruppe brevemente, guardò Lane e ipotizzò a bassa voce: «A meno che l'atto sessuale cui il padre lo costrinse a partecipare non lo abbia spinto a identificarsi con una figura totalmente indifesa come Thuy Sen».

«È possibile», convenne con lei Lane. «Da piccolo Rennell probabilmente associava il sesso con la prevaricazione e l'aggressività. Ma non mi pare che questo lo abbia fatto diventare un pedofilo.»

Toccandosi la radice del naso, Carlo chiese a Lane: «E quali conseguenze potrebbe aver avuto sulla sua personalità la violenza subita nel carcere minorile?»

«Certamente non positive.» Dal tono di Lane traspariva una certa malinconia. «Immagino che sia per questo che tentò di tagliarsi le vene. Secondo me era stanco di soffrire, di non dormire la notte, di vivere nel terrore del buio e della violenza che lo perseguitava da quando il padre lo mise a sedere nudo su una stufa accesa.»

Carlo sbuffò. «Roba da pazzi.»

Tammy si guardò intorno nella bella cucina moderna dei Paget e disse in tono ironico: «L'altra faccia dell'America».

«Ancora una cosa», intervenne pacato Chris. «Forse non ci sono prove del fatto che Rennell sia un pedofilo, ma è risaputo che certi abusi difficilmente si denunciano, soprattutto in un ambiente degradato come quello di Bayview. E che i pedofili tendono ad agire da soli.»

«Nel caso di Thuy Sen non fu così. Quindi tutto quel che

hai appena detto su Rennell vale anche per Eddie Fleet», obiettò Terri.

Tammy annuì. «Sappiamo che Fleet picchiava Betty Sims, mentre siamo abbastanza sicuri che Rennell non sia un violento. Se chiedete a me qual è il più 'maniaco' dei tre, vi rispondo Eddie.»

«Che Payton ha abusato di Thuy Sen lo sappiamo», ribatté Chris. «Il problema è capire chi lo ha aiutato. Non è difficile immaginare che Rennell avrebbe tenuto ferma la testa di quella bambina, se lui glielo avesse chiesto.»

«D'accordo, ma le considerazioni da fare a questo punto sono due», fece notare Lane. «Da una parte questa argomentazione va a favore dell'ipotesi che Rennell sia complice di violenza carnale, dall'altra è un'attenuante. Se Yancey James avesse dimostrato che era dipendente dal fratello – o addirittura succube – Rennell non sarebbe stato condannato a morte.»

Chris annuì e si voltò verso Terri per chiederle: «Quando hai appuntamento con James?»

«Domani pomeriggio. Speriamo solo che sia disposto a darci una mano.»

Chris si rivolse di nuovo a Lane. «Quali conseguenze potrebbe aver avuto su Rennell il fatto di vedere la madre accoltellare il padre? E il commento sadico di quest'ultimo prima di morire, quando gli ha detto 'questo è l'unico sangue mio che avrai'?»

«Terribile», commentò Lane scuotendo la testa perplesso. «Purtroppo però non so darti una risposta. Rennell aveva solo sette anni quando andò a vivere con la nonna e questo significa che Eula Price ebbe un po' di tempo per influire positivamente su di lui.»

«E riguardo al ritardo mentale? Il perito della procura non potrebbe dichiarare che il ritardo può aver ridotto la comprensione empatica di Rennell nei confronti di Thuy Sen?»

«Sì, certo. Anche se io non sono d'accordo. Capacità cognitive e intelligenza emotiva sono due cose diverse: anche se ritardato, Rennell può aver imparato ad amare dalla nonna e, per quanto in modo anomalo, da Payton. Quindi è possibile che abbia più o meno lo stesso grado di sensibilità che abbiamo noi. In fondo da un'infanzia disastrosa può venir fuori una persona per bene... »

« E questo il procuratore lo ripeterà fino alla nausea », obiettò Chris. « Dirà che Rennell aveva delle alternative e che l'ambiente in cui si cresce ha un'importanza relativa. »

« Siamo noi a non avere alternativa », commentò Terri con voce monocorde. « Se Rennell è colpevole, abbiamo due argomenti: è ritardato, e pertanto *non può* essere giustiziato, oppure era succube di Payton, e pertanto *non deve* essere giustiziato. Valutiamo invece l'ipotesi che sia innocente. »

« E cominciamo dal perché è stato condannato e sulla base di quali congetture », suggerì Tammy. « In primo luogo, siccome i due fratelli abitavano lì, la Lewis diede per scontato di aver visto Rennell. »

« In secondo luogo, sono neri. E pertanto colpevoli », intervenne Terri sarcastica. « Erano già noti nel quartiere come spacciatori di crack, e quindi le accuse della Lewis risultarono più credibili che non se avesse puntato il dito, per esempio, su Carlo. » Terri si interruppe e guardò gli altri. « Mancava però un elemento indispensabile: non c'è assolutamente nessuna prova materiale che colleghi Rennell alla morte di Thuy Sen. »

Carlo si affrettò ad aggiungere: « Tutti i fattori che contribuirono a confermare la colpevolezza dei due fratelli, peraltro, sono iniziativa di Payton: il coinvolgimento di Jamal Harrison e lo stupido alibi di Tasha Bramwell. Perciò, senza le testimonianze di Flora Lewis e Eddie Fleet, contro Rennell non c'è assolutamente nulla. Adesso Payton dà un significato totalmente nuovo a queste testimonianze ».

Chris scosse la testa e disse a Carlo: « *Adesso*, l'hai detto anche tu. Purtroppo la confessione di Payton arriva troppo tardi ».

« Per la procura, non solo Payton è reo confesso di omicidio, ma mentì a Monk. Quindi si può inferire che menta anche adesso per salvare Rennell, e per fregare il teste che li ha fatti condannare tutti e due. Se questo non vi sembra un motivo sufficiente, Payton sa anche che io cercherò di far rimandare la sua esecuzione per tutto il tempo necessario per tirar fuori di prigione suo fratello. Finché c'è vita c'è speranza.»

«Quindi il procuratore penserà che Payton ti manovra sapendo che tu a tua volta cercherai di manovrare il sistema in modo da salvare Rennell», concluse Tammy.

Carlo si voltò verso Terri. «Ma è assurdo! Dopo la confessione di Payton, nessuna giuria dichiarerebbe Rennell colpevole oltre ogni ragionevole dubbio.»

«Peccato che noi non abbiamo né una giuria né la presunzione di innocenza», gli ricordò Terri. «Abbiamo l'AEDPA, che ci impone di dare per scontato che la giuria quindici anni fa avesse ragione, a prescindere da quel che fece o non fece Yancey James. Tocca a noi dimostrare l'innocenza di Rennell, la confessione di Payton non basta.»

«Ma tu gli credi?» insistette Carlo.

Terri rifletté un istante. «Sì, gli credo. La sua versione dei fatti mi sembra plausibile.»

Tammy, con i gomiti sul tavolo, si sporse in avanti. «Dobbiamo riuscire a sommare innocenza e ritardo mentale. Rennell fu condannato perché non ricordava di aver dormito tutto il pomeriggio, perché non aveva capito che cosa stava succedendo con Eddie Fleet, non si rendeva conto che James lo stava fregando e non era in grado di impedire a Payton di scavarsi e scavargli la fossa con le sue stesse mani.»

«Se veramente fu Payton a istigarlo a delinquere, potrebbe costituire un'attenuante», intervenne Carlo.

«Certo», replicò stancamente Tammy. «Però c'è una contraddizione tra 'è stato mio fratello Payton e io non c'entro' e 'c'entro ma me lo ha fatto fare mio fratello Payton'. E il procuratore ne approfitterà...»

«Su questo non possiamo fare niente», disse Terri. «Il problema è dimostrare che è stato Payton e Rennell non c'entra. Non possiamo far ritrattare la Lewis, perché è morta. Non possiamo fare la prova del DNA sul liquido seminale, perché è troppo deteriorato. E ricordiamoci che il pelo pubico è di Payton, non di Fleet.» Terri si appoggiò all'indietro. «L'unica possibilità è trovare Fleet e incastrarlo. Johnny sta cercando qualcosa che dimostri che fu lui a uccidere Thuy Sen: altri episodi di pedofilia, contraddizioni nelle testimonianze... Qualcosa che vada oltre ciò che vale anche per Payton, ma al contrario, ovvero che dimostri che incriminare Rennell gli ha permesso di non finire nel braccio della morte. »

Carlo si alzò, irrequieto. « Laura Finney ha raccontato che Betty Sims e sua nipote sembravano avere il terrore di Fleet. »

« Johnny le sta cercando », disse Terri. « Per il bene di Rennell, speriamo che la Finney abbia visto giusto, e che la Sims non avesse paura solo per sé. Benché mi dispiacerebbe molto per sua nipote. »

Carlo taceva, come tutti gli altri, e nel silenzio Terri rifletté di nuovo su quanto era forte il suo bisogno che Rennell Price fosse innocente. Questo, indubbiamente, la indeboliva.

Chris le domandò sommessamente: « Quando pensi di raccontare a Rennell cosa ti ha detto suo fratello? »

Terri ebbe l'impressione che, dietro quella domanda, se ne celasse un'altra: « Perché non lo racconti a Elena? » « Domani mattina », rispose.

18

Sola in cucina, Terri bevve il terzo bicchiere di bordeaux osservando l'etichetta filigranata. La bottiglia era ormai mezza vuota, e troppo costosa per berla come stava facendo lei, per dimenticare.

Chris era andato a dormire. Anche Kit dormiva e Terri sperava che pure Elena fosse immersa in un sonno profondo e senza sogni. Sapeva bene, però, che sia per lei sia per la figlia dimenticare era possibile solo momentaneamente e che i ricordi erano sempre pronti a riaffiorare in superficie. Quella sera si sentiva tormentata dal proprio passato, riemerso dopo la confessione di Payton e la sua straziante rievocazione dell'infanzia di Rennell, l'uomo che lei si era impegnata a salvare.

Riscaldata dal vino, Terri chiuse lentamente gli occhi e ricordò.

Aveva quattordici anni e non poteva più nascondersi sotto le coperte o nell'armadio. Le grida della madre l'avevano spinta a uscire dalla sua camera.

Scese le scale in punta di piedi, titubante, timorosa di quello che avrebbe trovato al piano di sotto ma decisa, questa volta, a fermarlo.

La prima cosa che vide fu il volto di sua madre.

Nella luce soffusa dell'unica lampada accesa, era bellissimo e stravolto, disperato. Le si stavano gonfiando le labbra.

Il padre di Terri, Ramon, entrava nel fascio di luce.

Aveva una mano alzata. La mamma indietreggiava fino alla parete, con gli occhi lucidi di lacrime, ma Terri sapeva che non avrebbe pianto, perché sua madre era orgogliosa e subiva senza versare una lacrima. Non riusciva a non gridare, però, quando lui la picchiava e le grida che le sfuggivano le sgorgavano dal profondo.

« Troia », disse sottovoce Ramon.

Rosa scosse la testa in silenzio, indifesa, con le spalle che sfioravano la parete.

« Ho visto come lo guardavi », accusò Ramon con voce sibilante, implacabile. Terri immaginava l'alito che puzzava di whisky in faccia alla madre. Ramon le si avvicinò ancora di più.

Terri osservava, impietrita.

Restava lì, tremante, a vergognarsi della propria vigliaccheria. Nessuno dei due l'aveva ancora vista, poteva tirarsi indietro.

L'ombra della mano del padre attraversava la luce.

Terri trasaliva. Sentiva il rumore dello schiaffo sulla guancia di Rosa, il breve grido trattenuto, il respiro ansimante del padre. Terri capiva, visceralmente, che le grida della madre eccitavano ancora di più il padre. A Rosa sanguinava un labbro.

« No! » esclamò Terri.

Si ritrovò con gli occhi pieni di lacrime. Non era neppure sicura di essere stata lei a gridare, ma lentamente suo padre si voltò.

Quando la vide, sul viso gli comparve un'espressione di stupore e di rabbia, ma Terri non osava distogliere lo sguardo.

« Ti piace, vero? » gli disse. « Ti fa sentire forte. Ma noi ti odiamo... »

« No, Teresa! »

Sua madre fece un passo avanti. « Sono affari nostri... »

« Anch'io vivo in questa casa. » Istintivamente, Teresa si intromise tra i due genitori e disse al padre: « Non provare mai più a picchiarla, altrimenti ti odieremo per sempre ».

Ramon si incupì ancora di più. « Taci, stronzetta. Sei come lei. »

Terri si puntò un dito sul petto e ribatté: « Io sono io. E ti dico queste cose ».

Il padre sollevò la mano, pronto a schiaffeggiarla.

« No! » Rosa afferrò la figlia per le spalle e l'allontanò da lui. Il padre si protese e la afferrò per un braccio.

Terri sentì un dolore lancinante alla spalla, quando il padre le torse il braccio dietro la schiena, spingendola a faccia in giù sul divano, ma si impose di non emettere suono.

« Che cosa vuoi che faccia adesso? Sentiamo... » sussurrò il padre.

Terri non sapeva se la domanda fosse rivolta a Rosa o a lei, ma intuì che la madre gli aveva messo le braccia al collo.

« Lasciala andare, Ramon », la sentì dire dolcemente. « Hai ragione. Non dovevo guardarlo così. »

Terri girò la testa, ma riuscì a vedere solo la madre che guardava Ramon e gli mormorava: « Dai, che adesso mi faccio perdonare. Mandala via, ti prego ».

Angosciata, Terri capì che il padre si stava voltando verso Rosa e cercò lo sguardo della madre. Aveva la faccia rassegnata, le labbra socchiuse, lo sguardo deciso di chi accetta il proprio destino. Ramon Peralta diede un ultimo strattone al braccio della figlia e la lasciò andare.

« Vai, vai a dormire, Teresa », le disse la madre.

Terri si alzò in piedi e si voltò verso di lei con le gambe che le tremavano. Rosa non accennò ad aiutarla, stretta al marito, con un braccio intorno alla vita.

« Vai », ripeté sottovoce Rosa. « Per piacere. »

Terri si voltò e si avviò verso le scale, intuendo che, per qualche strano meccanismo, suo padre aveva accettato di prendere Rosa al posto suo. Le faceva male il braccio e aveva il viso rosso per la vergogna, una vergogna che neppure lei sapeva spiegarsi.

Arrivata in cima alla scala buia, si fermò. Non sapeva perché, ma non osava tornare in camera sua e rimase lì ferma, come per sorvegliare e proteggere la madre, anche se da lontano.

Dal salotto le giunse un grido soffocato.

Terri non riuscì a resistere e, al secondo grido, tornò in punta di piedi al piano di sotto.

In fondo alle scale si fermò.

E vide due figure di profilo, alla luce gialla della lampada, sua madre e suo padre.

Il padre aveva indosso solo la camicia. La madre era stesa sul divano, a faccia in giù, nella stessa posizione in cui si trovava

Terri poco prima, con il vestito sollevato fino alla vita. Le mutande erano per terra, strappate. Ramon la penetrava ripetutamente da dietro e, ogni volta, lei emetteva un grido.

Terri la fissava, incapace di distogliere lo sguardo. Il viso della madre, in piena luce, era impassibile, una maschera di indifferenza. Muoveva solo le labbra per emettere quelle grida.

Tutto a un tratto, vide la figlia in fondo alla scala.

Con gli occhi sgranati, la guardò con un dolore e un'angoscia che Terri non le aveva mai visto. Smise di gridare e, implorandola silenziosamente, formò con le labbra la parola: « Vattene ».

Ramon, nel silenzio, spinse più forte.

« Vattene », ripeté la madre senza emettere suono e subito dopo, continuando a guardare la figlia, produsse uno dei gridolini di piacere che suo marito desiderava.

Terri si voltò e risalì lentamente le scale, stando attenta a non fare rumore, gli occhi pieni di lacrime...

Quella sera, venticinque anni più tardi, quando Terri riaprì gli occhi vide la sua bella cucina moderna: era riuscita a riscattarsi da quel passato e adesso si sentiva in dovere di fare tutto il possibile per Rennell Price, i cui traumi le erano molto più comprensibili di quanto potessero mai essere per Chris o Carlo.

Era sfuggita al proprio passato, alla propria difficile infanzia, e nello stesso tempo ne era ancora prigioniera. Perché il passato aveva allungato i suoi artigli e aveva ghermito anche Elena.

Esausta, dopo una notte insonne, Terri finì di raccontare a Rennell la confessione del fratello. « Dice che l'altro era Eddie. E che gli unici a saperlo sono loro due », concluse.

Rennell non disse nulla. Terri lo scrutava in cerca di una reazione al tradimento di Payton: temeva di leggergli in viso il dolore che gli aveva inflitto con quel racconto e nello stesso tempo sperava di vedervi qualche segno inequivocabile della sua innocenza.

Dopo un po' Rennell deglutì. « Adesso lo ammazzano di sicuro. »

« Cosa vuoi dire, Rennell? »

Rennell sbatté gli occhi e con la voce rotta spiegò: « Payton sta cercando di difendermi e così loro lo ammazzano ».

Forse la gravità del torto fattogli da Payton era tale da risultargli inconcepibile. « Non muore per te », gli disse Terri. « Muore perché è colpevole, perché ha causato la morte di Thuy Sen. E non vuole che tu muoia per una cosa che ha fatto lui. »

Rennell le prese una mano e sussurrò: « Salvalo, ti prego ».

Terri chiuse gli occhi. Avrebbe voluto chiedergli: « Ma tu sei innocente? » Quando li riaprì, Rennell aveva il viso rigato di lacrime. « Non posso », gli disse. « Ormai l'unico che si può salvare sei tu. »

19

Terri e Yancey James si sedettero su una panchina nel parco davanti al City Hall, la cui cupola dorata luccicava al sole di un bel pomeriggio autunnale. Tra le aiuole ben curate si aggiravano alcuni senzatetto. Qualcuno spingeva un carrello della spesa sul quale trasportava tutti i suoi averi. James li osservava con un'espressione che a Terri parve piena di empatia, quasi si riconoscesse nella loro situazione.

« Ci vuole pochissimo a cadere in basso e moltissimo poi a tirarsi su », commentò l'ex avvocato. « La gente non si rende conto di quanto poco diversi da noi siano i barboni. »

Il modo di fare e l'aspetto di Yancey James avevano sorpreso Terri che, dalle descrizioni di Eula Price e Lou Mauriani, se l'era immaginato corpulento, pomposo e con un gran vocione e invece si era trovata davanti un uomo abbacchiato, che parlava con voce sommessa e sembrava dimagrito troppo in fretta. Aveva pieghe di pelle flaccida sotto il mento, il viso scarno e gli occhi spenti.

Terri era sulle spine: temeva che Yancey James fosse al corrente di qualcosa che potesse smentire la confessione di Payton o dimostrare la colpevolezza di Rennell o che, sapendo che lei aveva intenzione di dimostrare che era stato inefficiente al processo, si rifiutasse di parlarle. Perciò esordì dicendo: « Io all'epoca non assistetti al processo Price. Ho bisogno che lei mi racconti tutto quello che sa, nel bene e nel male. E mi piacerebbe sapere anche che idea si era fatto della vicenda ».

James reagì con un lieve sorriso. « Non occorre che sia tanto diplomatica, avvocato Paget. Quelli della procura mi hanno già fatto velatamente capire che lei ha intenzione di dare la colpa di tutto a me e vorrebbero che io dicessi che invece sono stato bravissimo. » Il tono era stanco. « Mi trattano tutti con i guanti, come se avessero paura che io possa andare fuori di testa, se mi dicono qualcosa di spiacevole, vero o falso che sia. O che scoppi in lacrime.»

Terri sorrise. «Allora salterò i preamboli. Se mi vuol raccontare tutti gli errori che fece in quel processo, gliene sarò grata. Lei è l'unico che può aiutare Rennell Price.»

James scosse mestamente la testa. «In passato non l'ho aiutato affatto, temo. Purtroppo non ricordo più molto: quindici anni sono tanti, anche per chi non abusa di Jack Daniel e cocaina.» Si mise di nuovo a osservare il parco e, con lo sguardo fisso in lontananza, continuò: «Ha idea dell'effetto che fa ritrovarsi di colpo sobri, e radiati dall'ordine? È come svegliarsi nella propria macchina, nel garage di casa propria, con il parabrezza sfondato e il cofano ammaccato e non riuscire a capacitarsi di come sia successo o di come mai si è ancora vivi, perché non ci si ricorda neppure di essere tornati a casa».

«Mi racconti quel poco che ricorda.»

James strizzò gli occhi e, dopo un po', disse: «Ricordo la nonna. Quando le dissi che i suoi nipoti erano nei guai e che doveva darmi degli altri soldi per ulteriori indagini, le lessi negli occhi una paura che mi provocò un attimo di rimorso. Anzi, forse due».

Terri lo osservò di profilo: sembrava che James guardasse il parco più che altro per non guardare lei. «E le fece, le ulteriori indagini?» gli domandò.

«Io? Figuriamoci! Incaricai un altro cocainomane, un sedicente investigatore che si chiamava Rufus Cross e che mi fatturava il doppio di quello che gli davo. E non faceva niente.» Dopo un attimo di silenzio, aggiunse in tono di ironica rassegnazione: «Se vuole controllare nel mio archivio, faccia pure».

Cosa vuoi che ci trovi nel tuo archivio? pensò Terri. «Che cosa ricorda di Rennell?»

«Non molto. Non parlava, mi guardava come se non mi vedesse nemmeno. Era accusato di aver fatto morire una bambina di nove anni durante un pompino, ma se ne fregava altamente: non riuscivo a capire come facesse.»

L'idea che Rennell a diciotto anni fosse già inesorabilmente avviato verso un destino che non era in grado di capire intristì Terri. « Non prese in considerazione l'ipotesi che soffrisse di qualche forma di ritardo mentale? »

« Ritardo mentale? » James ripeté quelle due parole con aria perplessa e vagamente mortificata. « Si comportava come uno che è colpevole e ripete la versione inventata dal fratello maggiore sperando che nel frattempo questi gli trovi una via d'uscita. Forse, se gli avessi parlato a tu per tu... »

Pacatamente, Terri disse: « Quando parla di via d'uscita, intende per esempio commissionare l'omicidio di Eddie Fleet a un informatore? »

« Già. Non si può dire che nessuno dei due fratelli abbia fatto una bella figura. »

« E cosa mi dice di Eddie Fleet? Studiò mai a fondo la sua posizione? »

James pareva intento a osservare un barbone in mezzo al parco che piegava con cura una coperta tutta strappata e la metteva nel sacco di plastica in cui conservava tutti i suoi averi. « Ricordo che cercai di capire che accordi aveva preso con la polizia », rispose in tono vago. « Non scoprii nulla più di quello che dissero i poliziotti, e cioè che Fleet aveva promesso di testimoniare e Mauriani di tenerne conto prima di accusarlo di favoreggiamento. »

« E della versione dei fatti data da Fleet, ovvero che avrebbe aiutato Rennell a sbarazzarsi del cadavere, che cosa pensò? Non le venne qualche dubbio? »

« No », rispose James laconico.

Terri notò un leggero cambiamento nel suo modo di fare. Sia pur con riluttanza, insistette: « Perché no? »

James si incupì. « Questo lo ricordo benissimo e credo che non lo dimenticherò mai. Non c'è quantità di droga o di whisky che possa far dimenticare una cosa del genere. »

Anche visto da dietro il vetro del parlatorio della prigione della contea, Payton Price un po' di paura gliela faceva: aveva uno sguardo implacabile, assassino. « Dicono che hai assoldato un killer », ripeté Yancey James. « Jamal Harrison. »

Payton arricciò il naso con disprezzo. « Se sono dentro è per colpa sua. In fondo ho fatto un favore anche a lei. » Tacque un attimo, poi aggiunse: « Jamal è una spia, come Fleet. Quindi è anche un bugiardo ».

« Può darsi, ma il fatto che tu gli abbia chiesto di farlo fuori dà credibilità a Eddie Fleet. » James si sporse in avanti e, parlando sottovoce vicino al vetro, disse: « Guarda che rischiate la pena di morte, mio caro ».

Payton lo guardò negli occhi. « Allora sarà meglio che mi faccia venire in mente dove eravamo quel giorno ».

James era stanco, svogliato: l'effetto della cocaina stava svanendo. « Che cosa stai cercando di dirmi, Payton? »

Payton non muoveva mai le palpebre e, anche attraverso il vetro, James trovava inquietante la fissità del suo sguardo. « Quello che si vuol sentir dire, avvocato », rispose.

« E cioè? »

Payton inclinò la testa con l'aria di cercare le parole adatte. « Che quel giorno ero con la mia ragazza. E quindi non possiamo essere stati noi. »

Lo disse in tono monocorde, senza fare il minimo sforzo per risultare convincente. Allarmato, James esclamò: « Payton, non voglio false testimonianze. Non conviene né a me né a te ».

Payton si avvicinò fino quasi a sfiorare il vetro con la fronte. « Non mi racconti balle », sibilò. « Mi guardi bene in faccia e stia a sentire: eravamo con la mia fidanzata, Tasha. Se lei non la chiama a testimoniare, a noi ci condannano a morte, ma lei, caro avvocato, finisce nella baia come quella bambina. » Payton lo squadrò per bene e, di nuovo sottovoce, concluse: « Un ciccione come lei, con la corrente che c'è, arriva dritto fino a Oakland ».

Altrettanto sottovoce, James rispose: « Ho capito ».

« Gesù! » esclamò Carlo.

« Lo so. » Dalle finestre del Waterfront Restaurant, Terri guardava il mare grigio, con le creste bianche, sotto il Bay Bridge. « James era convinto che Payton mentisse e che Rennell continuasse a ripetere 'non sono stato io' solo perché non aveva un alibi. Il fatto che Rennell non arrivasse neppure a inventarsene uno e che non si ricordasse nulla gli sembrava un'ulteriore conferma della sua colpevolezza. Così, oltre a tutto, James riusciva a sentirsi meno in colpa per i soldi che aveva spillato alla nonna e speso in cocaina invece di aiutare i suoi nipoti. »

« Patetico », commentò Carlo. « Per noi è un bene, però. »

Terri annuì. « Rennell non ebbe mai una difesa adeguata, in nessuna fase del processo. James non gli parlò neppure una volta a tu per tu. E questo per un motivo che quadra alla perfezione con il ritardo mentale: Rennell era completamente dipendente da Payton. » Terri si interruppe per infilzare un pezzo di sashimi. « Allora vediamo che cosa prevede l'AEDPA. »

Carlo rispose prontamente: « Prima di tutto, dobbiamo dimostrare l'anticostituzionalità del processo. In questo caso, c'è l'inefficacia della difesa, anche in virtù del conflitto di interessi tra i due fratelli, rappresentati dallo stesso legale. Morale: un avvocato migliore avrebbe potuto far assolvere Rennell ».

Terri finì di mangiare. « La procura sosterrà che l'operato di James non ha rilevanza alcuna. Quindi, ai sensi dell'AEDPA, il processo a Rennell fu giusto e costituzionale. Il fatto che, se Payton avesse detto in aula quel che ha detto a me, molto probabilmente la giuria non avrebbe condannato Rennell, è irrilevante. »

Carlo scosse la testa meravigliato. « E allora che facciamo? »

« Andiamo a cercare Eddie Fleet », rispose Terri combattiva. « Se riusciamo a sputtanarlo adesso, a maggior ragione qualcuno ci sarebbe potuto riuscire nel 1987. »

20

Tornando da un colloquio con uno dei membri della giuria che aveva giudicato Rennell, Anna Velez, Terri si sedette con Carlo e Chris nell'ufficio di quest'ultimo e riferì: « Le ho raccontato quello che mi ha detto Payton e le ho chiesto se avrebbe potuto farle cambiare idea quindici anni fa, ma mi ha soltanto promesso di leggere la deposizione di Payton e richiamarmi ».

« È già qualcosa », commentò Chris. « Se la Velez si convincesse a darci una mano, potremmo allegare la sua testimonianza alla domanda di grazia. »

« Quando si riunisce la commissione? » chiese Carlo.

« Tra sei giorni, a meno che non riusciamo a far rimandare l'esecuzione », rispose Terri. « Dovremo preparare una domanda supplementare, e ho bisogno di una mano per scriverla. »

« Volentieri. Ma non dovremmo scoprire qualcosa di più su Eddie? »

« Sarebbe utile », approvò Chris. « Ma la cosa più importante è la testimonianza di Payton. » Lanciò un'occhiata a Terri e chiese: « Qual è l'ultimo giorno utile per andare in tribunale? »

« Dopodomani. Se impieghiamo più di due giorni a trovare Eddie, Payton morirà. »

« Grazia significa clemenza », disse Carlo. « Non abbiamo prove sufficienti ai sensi dell'AEDPA, è vero, ma se al governatore venissero dei dubbi... »

« Questo governatore non ha nessun dubbio », tagliò corto Chris. « La clemenza politicamente non paga, le esecuzioni invece sì. E Darrow farà quel che a lui conviene dicendo che si tratta di rendere 'giustizia' alla famiglia di Thuy Sen. »

Era vero, pensò Terri: i genitori di Thuy Sen avevano potere di vita o di morte su Rennell Price. « Nel bene o nel male, dobbiamo cercare di contattare di nuovo i genitori di Thuy Sen», disse.

Chou Sen guardò Terri da dietro le sbarre dell'inferriata che proteggeva la porta di casa. Era esile e fremeva leggermente, come se stesse per prendere il volo.

Terri concluse il suo discorso dicendo: «Payton Price sarà giustiziato. Ma, adesso che sappiamo che suo fratello Rennell è ritardato e conosciamo l'infanzia che ha avuto, deve morire anche lui?»

Chou Sen si irrigidì. «La mia bambina non è morta di malattia», replicò a voce bassa, ma chiaramente. «Non è morta per un regime come quello dei Khmer Rossi, che hanno ammazzato tanti nostri familiari. È morta per gli impulsi bestiali di due uomini. Uno di questi è Rennell Price. Mia figlia è morta da quindici anni, lui è ancora vivo. Respira e mangia e non soffre come noi che abbiamo perso la nostra bambina.» Sbatté gli occhi, cercando di trattenere le lacrime e di controllarsi. «Non si vergogna neppure, a differenza della mia figlia più grande. È ora di finirla.»

Per un attimo Terri fu tentata di raccontarle della confessione di Payton, ma sapeva che sarebbe stato come andarlo a raccontare direttamente alla procura generale.

«Pensa veramente che se Rennell morirà, voi starete meglio, signora Sen?»

Chou Sen chiuse brevemente gli occhi. «Se qualcuno facesse la stessa cosa a una sua figlia, mi dice come si sentirebbe lei?»

Terri tacque e, nel silenzio, Chou Sen alzò la testa e le disse: «La prego, non torni più qui. Lei porta la morte in questa casa».

E le chiuse la porta in faccia.

Al ritorno, in macchina, Terri controllò i messaggi sulla segreteria telefonica del cellulare.

Il quinto era di Johnny Moore, che cominciava in tono colloquiale. « Se ti chiami Eddie Fleet e sei un truffatore con precedenti penali, non trovi molte banche disposte a farti credito. Come fai, allora? Semplice: cambi nome. E diventi Howard Flood. »

Terri, al volante, trasalì, poi si sforzò di concentrarsi sul semaforo di Third Avenue. La voce di Moore, all'auricolare, continuava allegramente: « Quello stronzo è ancora qui a Oakland e continua a fare il mascalzone. Vuoi che ti dia il suo numero di telefono, o preferisci lasciarlo perdere? »

« Ma smettila! » esclamò Terri ad alta voce. Poi scoppiò a ridere per il tono trionfante con cui si concludeva il messaggio, o forse semplicemente per il sollievo. « Nel caso, ti lascio il suo numero: 510-555-6777 », continuava la voce di Moore. « Chissà se tutti questi sette gli porteranno fortuna. »

Terri accostò davanti a un ristorante etnico, tirò fuori dalla valigetta un bloc notes e scrisse il numero. Per qualche minuto rimase a osservare i passanti: alcuni uomini che tornavano a casa dal lavoro, un gruppetto di ragazze che si passavano uno spinello. Alla fine prese il cellulare e compose il numero.

Con il telefono premuto sull'orecchio, rimase in ascolto concentratissima, come se con uno sforzo di volontà potesse costringere Eddie Fleet a rispondere alla sua chiamata.

« Sì? » disse una voce maschile.

Terri trasalì e disse: « Eddie Fleet? »

Ci fu un lungo silenzio. « Eddie Fleet? È morto. Chi lo cerca? »

« Teresa Paget. Sono uno degli avvocati di Rennell Price. » Lasciò passare un momento prima di aggiungere in tono piatto: « Rennell sta per essere giustiziato ».

« Ah, sì? Be', io sono Howard Flood. » Dalla voce trasparì un certo divertimento. « Rennell chi, ha detto? »

« Rennell Price », rispose Terri. « E lei un tempo era Eddie Fleet. »

L'uomo esitò. « Che cosa vuole da me? »

« Parlare con l'uomo che lei era un tempo. » Poi cambiò tono e, più seria, quasi supplichevole, spiegò: « Stiamo preparando una domanda di grazia per cercare di convincere il governatore che Rennell non merita di morire insieme con Payton. Speravo che lei potesse darci una mano».

«Ah, sì?» La voce, da disinvolta, si fece tagliente. «E perché mai? Quel coglione ha ucciso una bambina.»

«Può darsi. Ma noi riteniamo che Rennell sia ritardato e ormai le persone con problemi di quel genere non vengono più giustiziate.»

La voce ridacchiò. «Ritardato? Figuriamoci! Rennell Price aveva una testa come Alfred Einstein.»

Continua a farlo parlare, pensò Terri. «Mi racconti quello che sa su di lui.»

«Tipo quando ha inventato la bomba atomica e tutto il resto?»

«Certo. A meno che non preferisca raccontarlo davanti a un giudice.»

Fleet tacque e Terri immaginò che stesse facendo i suoi calcoli: era un uomo intelligente e senza dubbio si stava chiedendo se gli conveniva parlarle o rifiutarsi, e come fare eventualmente a non parlarle senza finire nei guai.

«È con Eddie Fleet che vuole parlare, giusto?»

«Sì.»

Fleet rise di nuovo, questa volta più piano. «Potrebbe venirle a costare qualcosa, ma forse posso organizzarle una seduta spiritica», disse poi.

21

Eddie Fleet diede appuntamento a Terri al Double Rock Inn.

Secondo Payton, era in quel locale che si erano visti l'ultima volta prima che Eddie lo tradisse e Terri trovava che, se era vero, il fatto che Fleet le avesse suggerito quel posto era inquietante, quasi un'ostentazione della propria indifferenza ai demoni del passato. Terri spinse la porta basculante e si ritrovò in un locale poco illuminato che non doveva essere cambiato molto da quindici anni a quella parte: tavoli di formica, un lungo bancone, insegne al neon di tre diverse marche di birra, un odore di fumo troppo fresco rispetto all'entrata in vigore del divieto di fumare nel locali pubblici.

C'erano due uomini appoggiati al bancone. Uno si voltò e squadrò Terri dalla testa ai piedi come faceva probabilmente con tutte le donne sconosciute che entravano nel bar, o con chiunque non fosse di colore. Poi Terri notò un uomo seduto da solo a un tavolo in un angolo, che la osservava con aria più divertita e con un interesse di natura più apertamente sessuale. Il suo sorriso, mentre si avvicinava, le parve implicitamente aggressivo.

« Eddie Fleet? » chiese.

Alcuni denti d'oro luccicarono nella penombra. Gli occhi, dall'insolito taglio leggermente a mandorla, avevano una luce maliziosa, come se gli facesse piacere che una bella donna come Terri avesse bisogno di lui. « Howard Flood », la corresse. « Sono il rappresentante del signor Edward Fleet. Il signor Fleet fa una vita, come dire, ritirata. »

Terri gli si sedette di fronte. Sembrava alto, più o meno come Rennell, ma meno corpulento, aveva il viso più scarno e lo sguardo molto più acuto e calcolatore. Del resto Fleet doveva aver superato una miriade di insidie e di difficoltà per raggiungere il risultato – notevole – di essere ancora vivo e a piede libero. Terri aveva il sospetto che a spingerlo a incontrarla fosse stato più che altro un collaudato istinto di sopravvivenza.

Le indicò con un cenno la birra che aveva davanti. « Vuole qualcosa da bere? Tanto per socializzare un po'. »

« Una Budweiser, grazie. »

Fleet si alzò in piedi e Terri ebbe la conferma del fatto che era della stessa statura di Rennell. Aveva una T-shirt nera aderente che metteva in evidenza i muscoli e i tatuaggi su tutte e due le braccia. Si muoveva con un'andatura un po' ondeggiante, che voleva essere disinvolta, e Terri subito lo immaginò, con una felpa molto larga addosso, andare incontro a Thuy Sen. Le parve di vedere l'uomo che Flora Lewis aveva preso per Rennell Price, confondendo la sua andatura tracotante con quella di un ragazzo goffo e poco coordinato. Istintivamente, immaginò la scena della morte di Thuy Sen descrittale da Payton.

Rimase impassibile. Fleet tornò con un bicchiere sbeccato e le versò la birra con fare eccessivamente cerimonioso. Alzando il proprio, fece poi un sarcastico brindisi: « A Rennell Price e alla vita eterna che Nostro Signore Gesù Cristo ci ha promesso ».

Terri rimase a fissarlo. « Non mi interessa la vita eterna, Eddie. Ed è proprio per questo che sono qui. »

Fleet fece una risatina e bevve un sorso guardandola con occhi vivaci da sopra il bicchiere, quindi lo posò lentamente e disse: « Che cosa vuole da me? Purché sia qualcosa che io sia disposto a darle, naturalmente ».

« Vorrei che mi dicesse tutto quello che sa di Rennell. Che tipo era, per esempio. »

Fleet sorrise. « Era uno che si notava, questo sì. Vuole sapere la prima cosa che mi viene in mente di lui, se penso a quando eravamo piccoli? »

« Certo. »

« Quel coglione non era manco capace a giocare a nascondino. » Rise al ricordo. « Avrebbe dovuto sentirlo cercare di contare fino a venti. Se Payton non l'avesse aiutato, sarebbe ancora lì che ci prova, con gli occhi chiusi, e non arriva più in là di dodici.» Sulle labbra di Fleet comparve un sorriso maligno. «Su una cosa lei ha ragione: Rennell è stupido come una capra.»

Stupido quanto basta per farsi incastrare, pensò Terri. Fleet aveva dei modi che le facevano pensare alla teoria darwiniana della sopravvivenza del più forte: fin dall'infanzia doveva essersi abituato a scoprire e a sfruttare le debolezze altrui. «L'ha mai detto alla polizia?» gli chiese.

Fleet fece un mezzo sorriso. «Non mi hanno mai chiesto niente. Avranno pensato che per scoparsi una bambina non ci vuole la laurea.»

«No», convenne Terri. «Basta averne voglia. Secondo lei Rennell era interessato alle donne?»

Fleet ammiccò. «Caso mai alle bambine, forse. Con le donne non sapeva da che parte cominciare. Sa com'è, le donne hanno più esigenze, sono più difficili da gestire.»

O da picchiare? fu tentata di chiedere Terri. Ma non lo fece e, pacatamente, domandò invece: «Pensa davvero che Rennell avesse un interesse di natura sessuale per le bambine?»

Fleet si strinse nelle spalle. «Per *quella* ce l'ha avuto, no?»

«Non lo so. Ha motivo di credere che sia stato Rennell a uccidere Thuy Sen? Me ne parli, per cortesia.»

Fleet la guardò con distacco e rispose, gelido: «Quando l'ho vista per terra, le colava lo sperma dalla bocca. Non sapevo di chi era, ma non mi è parso il momento di fare domande».

«Lo ha mai scoperto, in seguito?»

Guardando nel vuoto, Fleet bevve un altro sorso di birra. «Vuole che le descriva la scena? Quando sono arrivato io, la bambina era già morta. Non potevo fare più niente per salvarla. Payton stava male perché gli stava finendo l'effetto del crack e sudava come un maiale. Secondo lei io mi mettevo a fargli il terzo grado?»

Terri bevve un sorso di birra. «E Rennell com'era?»

Fleet, con gli occhi bassi, rispose: «Sembrava su un altro pianeta. Come se gli alieni gli avessero portato via il cervello».

«Ed era così anche quando venne a bussare alla sua porta?»

«Sì.» Dopo un attimo di apparente riflessione, Fleet aggiunse in fretta: « Forse un po' più nervoso. Alla polizia l'ho raccontato ».

Terri inclinò la testa da una parte. « So che Payton non si fidava molto di Rennell, per lo meno per spacciare. »

Da dietro la sua maschera di impassibilità, Fleet la osservò chiedendosi che cosa si nascondesse sotto quella domanda inaspettata. « Era troppo stupido. Si faceva beccare subito. »

« Allora perché le mandò lui, invece di venire a cercarla di persona? »

« Forse era troppo sconvolto. O magari non si fidava a lasciarlo da solo con la bambina. »

« Non vorrà dirmi che a Rennell piacevano le bambine *morte*! »

Fleet fece spallucce. « Forse era preoccupato. Aveva paura a lasciarlo solo, che magari facesse casino, lo andasse a dire a sua nonna. Quella avrebbe di sicuro avvertito la polizia. »

Avrebbe potuto telefonarti, no? pensò Terri. Fleet però non era un cretino: dire che Rennell era andato a bussare alla sua porta lo faceva sembrare più colpevole, più complice del fratello in un delitto abominevole. « Lei perché parlò con la polizia? » gli chiese Terri.

Fleet sgranò gli occhi in una parodia di estremo stupore. « Ma che domande mi fa? I poliziotti ci stavano addosso. Mettiamo pure che Payton resistesse e non dicesse niente, ma uno come Rennell, Monk se lo lavorava come voleva. E se Rennell confessava io finivo dritto in galera perché li avevo aiutati a buttare in mare il cadavere. » In tono più tagliente aggiunse: « Non potevo far altro. Tant'è che adesso io sono qui con lei e loro due sono nel braccio della morte ».

Terri lo studiava: la storia di Fleet, pur essendo abbastanza plausibile, poteva benissimo essere una sorta di specchio deformante della verità. Se Payton avesse confessato, scegliendo di salvare Rennell, nel braccio della morte probabilmente sarebbe finito Fleet. Il quale aveva pertanto deciso di incastrare il fratello ritardato, sfidando Payton a scegliere tra stare zitto e smentire lui compromettendo ulteriormente la propria posizione.

« Allora, che cosa le offrì Monk? » domandò.

« Quello che ho detto al processo a quell'imbecille del loro avvocato: mi promise di tener conto del fatto che avevo collaborato, se quello che dicevo era vero. Nient'altro. »

« Lei aveva qualcosa contro Payton o Rennell? »

Il sorriso di Eddie fu breve e raggelante. « No, finché non cercarono di farmi ammazzare. »

« Secondo lei, l'idea fu di Rennell? »

« Rennell non ha mai avuto un'idea in vita sua. No, la bella pensata di farmi ammazzare dev'essere stata di Payton, ci giurerei. »

In quel momento Terri ebbe la sensazione di essere presa in mezzo, insieme con Rennell, in una lotta all'ultimo sangue tra Payton e Fleet. Ma non riusciva a capire se fosse Fleet che mentiva per allontanare da sé tutti i sospetti o Payton che cercava di vendicarsi prima di morire. Per il momento, l'unica cosa che poteva fare era cercare di sfruttare l'animosità di Fleet nei confronti di Payton per indurlo ad aiutare Rennell in extremis.

« Lei conosceva bene entrambi. Dovendo tirare a indovinare, secondo lei chi fu dei due a uccidere Thuy Sen? »

Fleet rifletté a lungo su quella domanda e, forse, anche sull'opportunità di rispondere. Tutto a un tratto parve illuminarsi, come se gli fosse venuto un dubbio cruciale, e strizzando gli occhi chiese: « E il DNA? » Il tono era sommesso, ma diffidente. « Non si può fare il test sullo sperma per capire di chi era? »

Era tuo, pensò Terri. Per un attimo – perché non poteva permettersi di rifletterci più a lungo – valutò i pro e i contro di tenerlo nel dubbio. Ma i vantaggi sarebbero stati di breve durata e il rischio di spingerlo a tacere, o addirittura a scappare, troppo alto. « È deteriorato », rispose. « Thuy Sen è rimasta nell'acqua troppo a lungo. »

Negli occhi di Fleet si riaccese una luce speranzosa. Subito dopo, rispose in tono piatto: « Allora direi che è stato Payton. Rennell aveva il cervello troppo pigro per mandare segnali fino all'uccello. Non sarebbe arrivato nemmeno a capire che con una bambina di nove anni è meglio farsi fare un pompino che cercare di scoparsela ».

Invece tu ci sei arrivato, pensò Terri. « Dice? »

« Sì. » Fleet accennò un sorriso. « Rennell era troppo stupido. Non ci sarebbe riuscito nemmeno se quella ci stava. Quando sono così piccole bisogna insegnargli tutto. »

Terri rabbrividì. Fleet aveva abbassato la maschera, si era tradito. Terri sapeva fin troppo bene, purtroppo, che c'erano uomini capaci di desiderare tanto una donna quanto sua figlia.

Sottovoce disse: « Credo che lei mi possa aiutare, Eddie ».

Fleet le osservava la bocca. « E come? »

« Vorrei che lei sottoscrivesse una dichiarazione dove dice che Rennell era poco intelligente e dipendeva completamente da Payton. E magari anche che non le risulta che Rennell abbia mai avuto rapporti sessuali con donne di qualsiasi età. »

Ancora una volta Fleet parve soppesare le alternative a disposizione e, alla fine, disse: « Vedremo. In effetti, se a quel cretino gli fanno l'iniezione letale, io non ci guadagno niente. Tanto vale che paghi solo Payton ».

Già, pensò Terri. Perché, dei due, Payton è quello che sa come sono andate le cose. A te basta che muoia lui. « Posso preparare la dichiarazione e portargliela da firmare? »

« Me la porta a casa? » Sorridendo, Fleet le posò delicatamente la mano su un polso. « Così me la legge a tu per tu. Mi fa una specie di presentazione orale. »

22

L'indomani mattina, a quattro giorni dalla data prevista per l'esecuzione di Payton Price, Terri presentò insieme con Paul Rubin, l'avvocato di Payton, un'istanza di rinvio dell'esecuzione davanti allo stesso giudice distrettuale che aveva respinto la petizione *habeas corpus* di Rennell.

Aveva lavorato fino alle tre del mattino con Carlo e Chris per mettere insieme tutta la documentazione relativa alla confessione di Payton e al colloquio avuto con Eddie Fleet. Il rischio insito nel presentare quell'istanza era chiaro: rivelare le accuse mosse da Payton a Fleet voleva dire, se Fleet ne fosse stato informato, precludersi la possibilità di farlo cadere in trappola. Ma il tempo stringeva. Così, alle dieci del mattino, con i nervi tesi per tutto il caffè che aveva bevuto, Terri si ritrovò nell'ufficio del giudice Gardner W. Bond che, impeccabile e serioso come il gessato che portava, fissava con aria severa sia coloro che per l'occasione erano raccolti intorno al suo tavolo – Terri e Rubin per il ricorrente e Laurence Pell della procura generale della California – sia l'impassibile stenografa del tribunale convocata per stendere il verbale della seduta.

Con gli occhiali dalla montatura d'oro, i baffi brizzolati e ben curati e una postura eretta che lo faceva sembrare imponente anche da seduto, Gardner Bond si presentava in maniera molto autorevole. Era facile immaginare che, secondo lui, per mettere ordine nel mondo ci volessero uomini che applicassero la legge con rigore senza lasciarsi prendere da sentimentalismi e irrazionalità. Terri sapeva che la visione della giustizia del giudice Bond era soggettiva come quella di chiunque altro, compresa la sua stessa, ma anche che si era forgiata sotto l'influsso della Federalist Society, un'associazione di stampo conservatore che considerava la pena di morte garanzia di mantenimento dell'ordine e della legalità. La certezza che Payton Price stesse per morire, tuttavia, pareva rendere il giudice Bond meno perentorio del solito. Naturalmente, pensò Terri con un certo astio, questo era dovuto anche al fatto che il giudice sapeva di poter contare sulla collaborazione del burocrate della morte Larry Pell.

Pell era un afroamericano, ex giocatore di football, dallo sguardo attento e dall'espressione cordiale ma un po' diffidente. Aveva una straordinaria capacità di presentare le condanne a morte in un legalese asettico che finiva per far sembrare l'iniezione letale l'equivalente della soluzione di una disputa tra condomini. A parte il doveroso rispetto professionale per la sua coerenza nel difendere la pena di morte, Pell ispirava a Terri non tanto antipatia, quanto perplessità: le risultava impossibile capire come un nero potesse dedicare la sua carriera a rendere ancora più arroganti e sicuri di sé personaggi come Gardner Bond. Del resto, la vita era piena di misteri analoghi, non ultimo, a parere di Terri, quello rappresentato dalle voci diffuse e assai convincenti secondo cui Gardner Bond, paladino dell'ordine morale della destra conservatrice, era omosessuale.

Pell esordì con calma. « Vostro onore, Payton Price, non potendo sperare di ottenere la sospensione dell'esecuzione per meriti propri, approfitta del fratello Rennell per cercare di salvarsi sostenendo l'inverosimile, ossia di averlo tenuto nel braccio della morte tutti questi anni 'per il suo bene'. L'unico elemento di coerenza che ravviso in questo è che farebbe qualsiasi cosa, pur di salvare la pelle. »

Gardner Bond, con la punta delle dita unite davanti a sé, si rivolse a Terri: « Che cosa c'è di così impellente, avvocato Paget, da costringere la corte a rimandare l'esecuzione di Payton Price? »

« Payton Price morirà comunque, vostro onore », rispose Terri in tono neutrale. « O tra quattro giorni, o quando verrà presa la decisione sulla seconda petizione *habeas corpus* del fratello. » Lanciò una rapida occhiata a Rubin e continuò: « Come le potrà confermare l'avvocato Rubin, Payton Price non desidera che vengano fatti altri tentativi di evitare la sua esecuzione... »

« Come se la confessione da lui resa non li avesse già vanificati », intervenne Bond.

« Appunto. » Terri inclinò la testa in direzione di Pell. « Anche dal punto di vista dello Stato della California, che cosa è più importante? Giustiziare Payton Price il più presto possibile, o assicurarsi di non giustiziare un innocente? L'argomentazione del procuratore Pell assomiglia pericolosamente a una richiesta di seppellire Payton Price per seppellire con lui eventuali errori giudiziari. »

« 'Il più presto possibile'? » ripeté Pell incredulo. « Sono passati quindici anni! Quindici anni in cui Payton Price non si è mai deciso a parlare... Gli interessi della giustizia sono importanti per lo Stato della California, ma anche quelli della famiglia della vittima, che da quindici anni aspetta sia fatta giustizia. Se l'avvocato Paget desidera che Payton Price renda una deposizione prima di morire, non ci opporremo, ma riteniamo che ciò sia più che sufficiente e che non occorra la sua presenza fisica. »

Terri pensò che l'argomento di Pell era di un cinismo fuori del comune e replicò: « Non sono d'accordo: una deposizione potrebbe non bastare. È importante che la corte possa giudicare Payton in base a come si comporterà e possa vedere con quanta convinzione testimonierà, quanto saranno persuasive le sue risposte. E questo è possibile soltanto con una testimonianza dal vivo ».

Bond avvicinò le mani giunte alle labbra assumendo una posa meditativa che a Terri parve artefatta ed eccessiva. « Sarebbe disposto ad accettare una deposizione videoregistrata, procuratore Pell? »

« No », rispose Pell secco. « Una trascrizione è più che sufficiente. La registrazione video non farebbe che alimentare la campagna mediatica che troppo spesso circonda i casi come questo, nel disperato tentativo di influire sulla vicenda giudiziaria dall'esterno. »

La stanchezza fece perdere la pazienza a Terri. « Voglio una testimonianza dal vivo per la corte, non per i media. Se vi è un disperato tentativo, in questa vicenda, è quello della procura generale, che vuole giustiziare entrambi i fratelli Price in modo da impedirci di scoprire se Rennell è innocente. Non vogliamo che i cittadini perdano fiducia nel sistema giudiziario, vero?»

«Commento inopportuno», intervenne pronto Pell.

«Inopportuno quanto la vostra fretta indecente di giustiziare l'unico testimone a favore del mio assistito.» Bond alzò una mano a mo' di avvertimento e Terri fece una pausa, per riprendere poi più lentamente e più pacatamente. «Vostro onore, Payton Price sei giorni fa ha confessato e noi abbiamo appena intrapreso nuove indagini per chiarire, tra l'altro, il ruolo avuto nella morte della piccola Thuy Sen da Eddie Fleet, il potenziale secondo assassino, sulla cui dubbia testimonianza si basò la condanna. Questa corte dovrebbe ascoltare Payton Price, Eddie Fleet e tutti gli eventuali altri testimoni, prima di decidere se Rennell Price è colpevole o innocente.»

«Questo non è un processo», obiettò Pell. «Ben cinque corti hanno già giudicato colpevole Rennell Price: quella di prima istanza, la corte suprema della California, questa corte, la corte d'appello federale e la corte suprema degli Stati Uniti. Rennell Price ha già avuto quindici anni fa il giusto processo cui aveva diritto.»

La stenografa batteva veloce.

«Ha diritto a un *novum iudicium*, se nuove prove fanno pensare che il verdetto possa essere errato», ribatté Terri. «Nel frattempo, questa corte può autorizzare Payton Price a sottoporsi alla macchina della verità...»

«I risultati del poligrafo non sono ammissibili come prove e lei lo sa benissimo», le fece notare il giudice.

L'espressione di Bond era così impenetrabile che l'ansia di Terri aumentò ancora di più. «È vero, vostro onore, ma potrebbero essere indicativi della veridicità del teste e pertanto dell'opportunità di tenerlo in vita finché non sarà stata presa la decisione sull'*habeas corpus* del fratello.»

Bond, dubbioso, inarcò un sopracciglio nella direzione di Pell, invitandolo a replicare. Con la serenità di chi è sicuro di vincere, Pell disse: « Qualsiasi sociopatico è in grado di passare il test della macchina della verità. Proprio per questo il poligrafo non è ammesso come prova in tribunale. Payton Price non deve essere autorizzato a usare questo inaffidabile strumento come 'ancora di salvezza' ».

« Ma sta per morire comunque! Lo vuol capire sì o no, Larry? » sbottò Paul Rubin, furioso. « Ha paura che aboliscano la pena di morte prima che lei riesca a farlo giustiziare? »

« Ora basta! » intervenne Bond. « La prossima volta che desidera intervenire, avvocato Rubin, si ricordi di chiedere la parola. E si fermi un attimo a riflettere su quello che sta per dire, e a chi. Questa è un'aula di tribunale, non un mercato del pesce. »

Già, pensò Terri. Il decoro va mantenuto a qualsiasi costo, anche davanti alla morte. Ma la sparata di Rubin non aveva certo migliorato la sua posizione. Ritentò: « Vostro onore, lo Stato della California insiste per giustiziare Rennell Price. Non è più importante, a questo punto, stabilire la sua colpevolezza o la sua innocenza, piuttosto che cercare di rendere 'asettica' la procedura eliminando mezzi sconvenienti quali il poligrafo o la videoregistrazione, per non parlare della deposizione dal vivo di un testimone a sua discolpa? Mi sembra che le priorità siano poco chiare ».

Bond si appoggiò allo schienale della poltrona e osservò i due avvocati con aria ostile. Rivolto a Terri, disse: « Compito di questa corte è trovare un equilibrio tra gli interessi delle parti in causa, compresi quelli dei familiari della vittima, che sono rappresentati dal procuratore Pell e trarrebbero solo detrimento dall'inutile pubblicità e dall'ingiustificato ritardo nell'esecuzione da lei richiesto, avvocato. Peraltro lei dà prematuramente per scontato che la prossima petizione *habeas corpus* del suo assistito risulti sufficientemente circostanziata, ai sensi dell'AEDPA, da venire ascoltata e accolta. Il procuratore Pell non sta affatto cercando di sopprimere la testimonianza di Payton Price. Per ordine di questa corte, il teste Payton Price verrà ascoltato dopodomani ». Poi si rivolse a Pell: « E tra quattro giorni, per ordine della corte suprema della California, la sentenza sarà eseguita ».

«Grazie, vostro onore», rispose Pell con eccessiva solerzia. Terri non riuscì a mostrarsi altrettanto deferente.

Conclusa la seduta, Terri, Rubin e Pell uscirono insieme dall'ufficio del giudice e in silenzio si avviarono nel lungo corridoio piastrellato. Per un po' si sentirono soltanto il ticchettio dei tacchi di Terri e il suono più sordo prodotto dalle suole delle scarpe dei due uomini. Poi Terri chiese a Pell: «Mi dica una cosa: ha mai assistito di persona a un'esecuzione?»

Il procuratore la guardò in tralice, incuriosito. «Perché me lo chiede?»

«Mi sembra importante, tutto qui», replicò Terri. «È un po' come se un allenatore non partecipasse ai festeggiamenti dopo che la sua squadra ha vinto la partita.»

Pell accennò un sorriso, ma era sulla difensiva. «Non ho bisogno di vedere per credere. Lei ha mai visto morire un suo assistito?»

«No.»

«E non è un po' come se un chirurgo abbandonasse il suo paziente perché l'intervento è fallito?»

«No», disse Terri. «Io sono un avvocato che cerca di fermare la procedura che lei hai scelto di non vedere. Immagino che per quelli che la pensano come lei sia più facile 'credere', se la morte resta invisibile. Faccia una prova, per una volta.»

23

Dopo poco meno di un'ora Terri e Charles Monk erano in una sala per interrogatori senza finestre alla Divisione Rapine e Omicidi della polizia. « Non resistevo in pensione », le disse tranquillo l'ispettore. « Sono tornato a lavorare part time. Mi occupo di indagini speciali. I colleghi che quando sono andato in pensione mi avevano regalato un set di mazze da golf vogliono i soldi indietro. »

Terri fece un breve sorriso. « Ha avuto tempo di scavare nel passato? »

« Il passato di chi? »

« Di Eddie Fleet. Quello che ha ucciso Thuy Sen mentre Rennell Price schiacciava un pisolino. »

Monk era uno che reagiva alle sorprese con una totale impassibilità, ma Terri capì dallo sguardo che stava riflettendo velocissimo. « Se Rennell dormiva e Fleet continua a sostenere di non essere stato presente, l'unico testimone che le resta, avvocato, è Payton. »

« Ci pensi », lo esortò Terri. « Non c'erano testimoni oculari dell'omicidio. Flora Lewis scambiò Fleet per Rennell e Fleet fu in grado di mentire. »

« Certo che deve esserci stata una serie notevole di coincidenze sfortunate, avvocato... A Fleet io non ho mai parlato della Lewis. Eppure le loro versioni dei fatti coincidevano. »

Terri, in preda alla disperazione, ribatté: « Adesso però un testimone c'è – Payton – ed è uno degli uomini che uccisero la bambina. Non può ignorare quel che dice ».

Monk la osservò e si ammorbidì leggermente. « Io no, ma la procura generale sì. Payton Price non è il primo e non sarà l'ultimo a rendere una confessione nel braccio della morte. Mi spieghi tutto esattamente. »

Guardandolo fisso negli occhi, Terri espose la propria teoria il più concisamente possibile e concluse così: «Rennell non si rese conto di niente. Continua a non aver capito nulla neanche adesso, mentre io sono convinta che Fleet sappia tutto. Se lei indagasse un po', probabilmente scoprirebbe che è un pedofilo che costringe le bambine a rapporti orali e continuerà a costringerle finché qualcuno non glielo impedirà. Chissà, potrebbe essersi vantato con qualcuno di essere riuscito a incastrare Rennell...»

«Investigatori ne avete. Perché chiede proprio a me di indagare?»

Terri esitò per un attimo, quindi optò per la sincerità. «Perché siamo disperati. E ci restano solo dieci giorni per cercare di salvare Rennell. E perché a lei la cosa dovrebbe interessare almeno quanto a me.» Abbassò la voce e aggiunse: «Se non di più. Comunque vadano le cose, alla fine io avrò fatto del mio meglio per salvare un innocente, mentre l'esecuzione di Rennell e la prossima bambina violentata da Fleet potrebbero diventare il lato oscuro della sua brillante carriera».

Monk scosse la testa. «Io mi sono limitato a seguire gli indizi che mi si presentavano. Non sono il pubblico ministero, né il giudice, né l'avvocato difensore di Rennell, né la giuria che lo ha condannato.»

«Tutti costoro si sono basati sul risultato del suo lavoro, ispettore», replicò Terri. «Fleet le ha raccontato la sua versione dei fatti e con questa si è salvato, ma adesso che Payton ne ha riferito una ben diversa, come fa lei a essere sicuro che Fleet non l'abbia imbrogliata?»

Per la prima volta Monk distolse gli occhi e parve pensieroso. Terri continuò: «Rennell è ritardato, non aveva un alibi perché non era in grado di crearselo. Fleet lo sapeva e ne ha approfittato».

«Pensi che, combinazione, ci troviamo nella stessa identica stanza in cui Fleet accusò i due fratelli», mormorò Monk, con un sorriso quasi impercettibile, meditabondo. «Che cosa vuole esattamente che io faccia?»

«Che usi tutti i suoi contatti, tutti i suoi informatori, per scoprire il possibile su Eddie Fleet, alias Howard Flood. E che, se viene a sapere qualcosa che non le torna, lo riferisca a Larry Pell. Al più presto. »

Monk allungò le gambe davanti a sé e trasalì. Terri si ricordò che soffriva di dolori cronici al ginocchio. « Prima devo parlarne con Pell: adesso il caso è suo, non mio. Ma vedrò che cosa posso fare per lei. »

« Grazie, Charles », gli disse semplicemente Terri.

« L'ultima volta che lo vedo », disse Rennell a Terri. « In cortile mi ha detto che adesso ci mettono in isolamento... »

Si interruppe e deglutì a fatica. Aveva il viso rigato di lacrime, ma era così sconsolato che non sembrava nemmeno accorgersene. Quando riprese a parlare, fu quasi in un sussurro. « Dice che non devo più uscire dalla cella. Finché tu non mi tiri fuori. »

Affranta, Terri gli prese la mano. A Rennell tremavano le labbra quando mormorò: « Dice che non posso andare con lui ».

Terri aveva il cuore stretto. « In cielo? »

Con gli occhi chiusi, Rennell scosse lentamente la testa. « Nella stanza della morte. »

Terri si sforzò di rispondere come se si trattasse di normali considerazioni. « Gli altri detenuti non sono autorizzati ad assistere. È il regolamento. »

Rennell si asciugò gli occhi con il dorso della mano chiusa a pugno. « Non può venire nemmeno la nonna. Sta troppo male, dice Payton. »

Era vero. Ma Terri sapeva anche che Payton non aveva voluto che Eula Price assistesse all'esecuzione. Preferiva che non lo vedesse morire, forse si vergognava.

Frugando nella tasca della camicia di jeans, Rennell tirò fuori un foglio di carta piegato e lo aprì con cura sul tavolo davanti a Terri. « Gli ho fatto questo disegno. »

Con il cuore stretto, Terri vide due figure stilizzate, una più alta e una più bassa, disegnate con un pennarello arancione. La più alta era leggermente chinata, come se volesse prendere per mano la più bassa.

« È bellissimo. »

« Daglielo tu », disse sottovoce Rennell. « Nella stanza della morte. È per lui. »

Terri non ebbe il coraggio di dirgli che c'era una spessa parete di vetro a separare il condannato da coloro che andavano a vederlo morire. « Non penso di poterci andare, Rennell. »

Rennell alzò la testa e la guardò con occhi imploranti. « È mio fratello. Mi ha sempre protetto. Non voglio che muore da solo. »

A poco a poco Terri capì che cosa le stava chiedendo Rennell e sentì che la gola le si seccava per l'emozione. « Che cosa dice Payton? »

« Di fare come vuoi tu. Allora ci vai? »

Terri si rese conto che Rennell non era in grado di capire l'enormità della richiesta che le stava facendo. Pensava semplicemente che, avendo consolato lui, potesse consolare anche Payton. La Terri che lui immaginava era una donna che la notte dormiva sonni tranquilli.

« Sì, ci andrò », gli promise.

Christopher Paget osservò il disegno che la moglie gli aveva posato sulla scrivania.

« Gesù », mormorò scuotendo lentamente la testa. « Esprime tutta la tragicità del suo destino meglio di quanto potrei fare io in centinaia di pagine di argomentazioni legali. Mi dispiace tanto, tesoro. »

Terri si sforzò di sorridere. « Lo so. Pensavo di poter salvare Rennell e di conservare la mia innocenza. Ma l'unico veramente innocente è lui. »

Chris posò brevemente lo sguardo sulla pila di fogli accanto al disegno di Rennell. « Nel giro di mezz'ora finisco e vado a Sacramento a presentare la richiesta di sospensione della sentenza all'ufficio del governatore. Checché ne dica Bond, lo Stato non dovrebbe giustiziare l'unico testimone di Rennell prima che noi abbiamo presentato le nostre argomentazioni. »

« Sarà il caso di dire una preghiera? »

« Io posso soltanto dire una preghiera da agnostico », rispose Chris. « La cattolica sei tu, sebbene non praticante. Potresti tirare fuori il rosario: chissà che Dio non bisbigli qualcosa all'orecchio del governatore. E che lui non lo ascolti, invece di dare retta a coloro che gli fanno i sondaggi qui sulla terra. »

Terri, stanca, rimase seduta. « Non voglio che Payton muoia, Chris. Non me la sento di assistere, proprio adesso che il pensiero di Rennell mi ossessiona giorno e notte. »

C'era anche un po' di senso di solitudine nella compassione che si leggeva nello sguardo di Chris quando le rispose: « Lo so ».

Terri andò nel proprio ufficio e cercò nella rubrica del cellulare il numero di Eddie Fleet. Premette un tasto e sentì il segnale di libero.

« Sì? » rispose secco Fleet.

Terri esitò. « Sono Terri Paget. Ho una dichiarazione da sottoporle. »

« Molto gentile, Terri Paget », rispose lui con rabbia malcelata nella voce mielosa. « L'unico problema è che mi ha già chiamato il procuratore generale. Lei sta cercando di farmi finire al posto di Rennell, se ho ben capito. »

« Non è così... »

« Mi prende per scemo? » La voce ora era bassa, piena di veleno. « Venga pure a trovarmi, venga. Ma si dovrà mettere in ginocchio e prendermelo in bocca finché ne avrò voglia. Vediamo se regge al trattamento che ho in mente per lei. » Fleet fece una risatina aspra. « Perché, in fondo, da che cosa è nata tutta questa storia? L'unica differenza è che lei non ha la bocca così piccola. »

Ci fu un attimo di terrore – dettato, come Terri capì subito, dall'istinto materno – in cui ebbe paura non per sé, ma per Elena. Poi cadde la linea.

24

Per Terri i due giorni che seguirono furono un turbinio di attività, di frenetici tentativi di salvare il proprio cliente mantenendo in vita il fratello.

Rennell e Payton erano in isolamento, come tutti i detenuti nel braccio della morte, in previsione dell'imminente esecuzione: non potevano ricevere visite, nemmeno del medico, salvo emergenze, e non avevano più diritto all'ora d'aria. Nel blocco est del carcere regnava un silenzio più profondo del solito, una cappa opprimente di angoscia che si abbatteva sul penitenziario all'annuncio di ogni nuova esecuzione. Persino i detenuti più indisciplinati, i pazzi, tacevano.

L'unica variazione rispetto alla routine fu la deposizione di Payton. Ammanettato, fu fatto sedere davanti a un tavolo di legno nella sala riunioni adiacente all'ambulatorio psichiatrico e rispose prima alle domande di Terri e poi a quelle di Larry Pell con una precisione e una calma sorprendenti. Sembrava quasi che volesse compiere l'ultimo atto significativo della sua vita, l'unico nel quale la sua volontà contava ancora, impegnandovi tutte le risorse che aveva acquisito, tutto ciò che aveva imparato da quando era stato condannato. In tono convinto e convincente dichiarò agli avvocati e alla stenografa del tribunale che era stato Eddie Fleet a uccidere Thuy Sen. Per Terri quella storia già di per sé raccapricciante era resa ancora più tragica dalla consapevolezza che, a meno che il governatore concedesse un rinvio, nessun altro l'avrebbe potuta ascoltare.

Quel rammarico si accentuò ulteriormente nel vedere la dignità con cui Payton rispose al controinterrogatorio di Pell. « No, non ho mentito », rispose scandendo bene le parole. « Non voglio morire dicendo bugie. Non voglio che Rennell muoia per causa mia. » Si interruppe, sopraffatto dall'emozione, poi riprese a voce più bassa, guardando in faccia Larry Pell quasi volesse sfidarlo ad ascoltare sino in fondo. « State per ammazzare mio fratello che non ha fatto niente a quella povera bambina. L'unica colpa che ha quel disgraziato è stata volermi bene. E guardate che cosa ci ha guadagnato. L'unica cosa che posso fare per lui ormai è dire la verità. »

Gli si riempirono gli occhi di lacrime, ma continuò a guardare in faccia Pell finché questi non dichiarò che non aveva altre domande da fargli.

A quel punto Payton si rivolse solo a Terri e, con un sorriso stanco, mormorò: « Arrivederci, allora ». E le guardie lo portarono via.

Prima di telefonare alla famiglia di Thuy Sen, Terri tenne la conferenza stampa.

In una sala riunioni di un albergo gremita di giornalisti, distribuì copie della deposizione di Payton, trascritta durante la notte da una squadra di stenografi, poi prese la parola davanti alle telecamere. Benché lo trovasse surreale, ormai aveva imparato a immaginare il pubblico dietro l'obiettivo nero di una minicamera.

« La confessione di Payton Price scagiona suo fratello Rennell dall'accusa di aver ucciso Thuy Sen », esordì. « E attribuisce la responsabilità di questo orribile gesto al suo vero autore, Eddie Fleet, la cui falsa testimonianza ha fatto sì che Rennell Price rischi di essere giustiziato tra undici giorni. Per questo abbiamo chiesto al governatore Darrow di sospendere l'esecuzione di Payton Price fino a che non sarà stato ascoltato in aula, se ci verrà concessa l'udienza cui Rennell ha diritto... »

Terri sapeva che quella notizia sarebbe finita in prima pagina sui quotidiani e in apertura di tutti i telegiornali e che, di conseguenza, avrebbe messo sotto pressione il governatore e, una volta presentata la seconda petizione *habeas corpus* a nome di Rennell, anche Gardner Bond. Con il rischio di inimicarselo per sempre.

Quanto ai familiari di Thuy Sen, ogni dubbio sulle loro possibili reazioni si dissolse non appena Terri parlò con il padre. « Rennell è innocente », disse semplicemente. « Non è giusto che muoia per quel che Eddie Fleet fece a vostra figlia. Vi chiediamo soltanto di appoggiare la nostra richiesta di sospensione al governatore, affinché venga punito il vero colpevole. »

« Payton Price deve morire », la interruppe freddo Meng Sen. « Il procuratore generale mi ha detto che avete già la sua testimonianza. »

« Morirà comunque... »

« Domani. » Il padre pronunciò quella parola con disprezzo e fece una pausa prima di ripetere sottovoce: « Domani. E io andrò a vederlo morire ».

E buttò giù il telefono.

La mattina del giorno fissato per l'esecuzione di Payton, Terri cominciò a scrivere la petizione *habeas corpus* di Rennell, mentre Chris, chiuso nel suo studio, aspettava una telefonata del governatore Craig Darrow.

Poco prima delle undici Carlo socchiuse la porta di Terri e disse in tono di grande urgenza: « C'è Darrow al telefono. Papà gli sta parlando ».

Terri e Carlo si precipitarono nella stanza di Chris. Il governatore, al vivavoce, stava parlando con voce cauta da diplomatico. « Capisco le sue preoccupazioni, Chris, ma il mio dovere è assicurarmi che le leggi vengano applicate, anche quelle che riguardano la pena di morte... »

« Noi non stiamo chiedendo la commutazione della pena, Craig, ma soltanto un differimento. »

Terri e Carlo erano in piedi accanto a Chris, seduto in poltrona. In tono di lieve rimprovero il governatore disse: « Quindici anni mi sembrano più che sufficienti. Il procuratore generale mi ha fatto presente che la famiglia della vittima desidera che si proceda all'esecuzione. Considerato che Price ha ammesso di essere colpevole di un reato orribile e che voi ne avete raccolto la testimonianza, mi sembra che non si possa che dar loro ragione. »

Terri, in preda all'ansia, staccò gli occhi dal telefono per guardare il marito nella speranza che rispondesse quel che avrebbe risposto lei. « È stato avvocato anche lei », disse Chris a Darrow. « Sa benissimo che differenza c'è tra dare lettura di una testimonianza scritta e sentirla dalla viva voce di un testimone. »

« Lo so », replicò Darrow con comprensione contenuta. « Ma questo non basta a spingermi a intervenire. Ci sono altri interessi in gioco... »

« Possiamo parlarne un attimo? » bisbigliò Terri.

Chris alzò gli occhi. « Può restare un momento in linea, Craig? » chiese Chris. « Devo conferire con la collega. »

Premette un tasto per mettere in attesa la telefonata. « Che cosa c'è? »

« Maledizione », esclamò Terri. « Non solo è l'unico vero testimone che abbiamo, è anche l'unico testimone ancora in vita. Flora Lewis non fu ascoltata in aula e adesso è morta. »

« Anche Payton è morto », rispose pacato Chris. « Darrow su questo è irremovibile. »

Carlo guardò prima il padre, poi Terri.

« Hai raccolto fondi per la campagna di questo stronzo », disse Terri. « Almeno un po' puoi insistere. »

Negli occhi azzurri di Chris passò un lampo di collera. « Per favore, Terri. Se devo insistere, lo farò per Rennell. Se il secondo *habeas corpus* viene respinto, ci resta solo Darrow. Non intendo di sprecare le mie cartucce per Payton Price. »

Terri lo fissava furibonda. Con una calma che non annunciava niente di buono, Chris disse: « Il governatore aspetta. Che cosa vuoi che gli dica? »

In silenzio, Terri si voltò per andarsene.

Sentì che Chris riprendeva la conversazione e diceva al governatore: « Capiamo. Grazie per la disponibilità. Speriamo che si ricorderà di tutto questo – in particolare per quanto riguarda Eddie Fleet – se dovessimo presentare una domanda di grazia a nome di Rennell Price... »

Terri guardò l'orologio. Mancavano tredici ore all'iniezione letale per Payton Price.

25

Quella sera i Paget cenarono più tardi del solito, verso le sette e mezzo. La conversazione languiva, malgrado Carlo, che come spesso succedeva si era fermato a mangiare da loro, cercasse di coinvolgere soprattutto Elena e Kit. Anche lui, però, era di umore cupo. L'unico che pareva indifferente era Kit; Elena, appresi i programmi della madre per quella sera, si era chiusa in un silenzio che Terri non sapeva come interpretare. Terri mangiò poco e declinò l'offerta di Chris di aprire una bottiglia di Brunello di Montalcino, uno dei loro vini preferiti da quando erano stati in luna di miele in Toscana. La luce delle candele si rifletteva tremolante sulle sfaccettature delle gocce di cristallo del lampadario. A metà della cena Terri pensò che, secondo il protocollo immutabile di San Quentin, a quell'ora a Payton Price veniva offerto l'ultimo pasto. Posò la forchetta.

« Stasera leggo io a Kit », disse al marito. « È tanto che non lo faccio. »

In effetti quel rituale, che di solito toccava a Chris, l'aiutò a rilassarsi per un po'. Il libro che Kit stava leggendo in quel periodo era uno della serie di Lemony Snicket e Terri riuscì a dare la giusta intonazione alle battute, perché fu più volte gratificata dalle risate di Kit, che sorrideva in un modo che, pur essendo tutto suo, le ricordava molto Chris. Quando ebbe finito, gli diede un bacio in fronte e disse una preghiera con il bambino come faceva un tempo sua madre con lei, poi andò in fondo al corridoio, verso la camera di Elena.

Bussò con cautela, come tutte le madri che chiedono il permesso di entrare nel mondo pieno di capricci di una tredicenne. Elena le chiese con un'espressione distaccata: « Ci vai davvero? »

Terri annuì e si sedette sull'orlo del letto. « Non posso fare diversamente. Me lo ha chiesto Rennell. »

« Eh, già, tu faresti qualunque cosa per Rennell », replicò Elena. « E dell'effetto che questo fa a noi te ne freghi altamente. »

Terri cercò di non perdere la calma. « So che disapprovi il lavoro che faccio. Ma ti assicuro che la cosa più importante che esista per me sei tu. »

La ragazzina, con il pigiama di Winnie Pooh – non più bambina e non ancora donna – alzò le spalle con indifferenza. « Non *capisco* il lavoro che fai », disse in tono di accusa. « E la cosa più importante per te è il lavoro, lo so. Rennell Price merita la pena di morte, eppure quando morirà tu ci starai malissimo. »

Pur sapendo che dietro quell'affermazione spietata c'era ben altro, quella sera Terri non se la sentiva di scavare nella psiche della figlia. « È vero », rispose dopo un po'. « Ma mai quanto per quel che è successo a te. »

Si rese conto che doveva avere un'aria veramente sconsolata, perché Elena la osservò e cambiò espressione. « Ma allora perché dedichi più tempo a lui che a me? » chiese.

Quell'accusa fu un colpo al cuore per Terri. Le diede un bacio in fronte, come a Kit, e le disse: « Mi dispiace per stasera. Mi dispiace per tutto quanto ».

Elena la guardò, con gli occhi lucidi, poi si voltò dall'altra parte.

Chris era in cucina e ascoltava Carlo, che gli parlava della sua nuova fidanzata. Domandò a Terri: « Kit ti ha fatto leggere tutta la serie? »

« No, sono stata anche da Elena. »

Chris le rivolse una delle lunghe occhiate pensose tipiche di quando cercava di sondare gli umori della moglie. « Ti accompagno, Terri. Carlo si è offerto di fare da baby-sitter. »

« No », rispose lei secca, e subito vide un'ombra di preoccupazione sul viso di Carlo, residuo della paura dei conflitti che aveva sviluppato da piccolo. Allora, più pacatamente, aggiunse:

« Grazie, ma è una cosa che devo affrontare da sola. Non è il caso che mi teniate la mano ».

Andò in camera a cambiarsi. Rifletté su quale fosse la tenuta più adatta per un'esecuzione e alla fine decise per un tailleur grigio, anziché nero.

Quando tornò al piano di sotto, Carlo se n'era andato e Chris beveva un bicchiere di brandy. La guardò con aria decisamente preoccupata.

« Non sto cercando di punirti per via del governatore, te l'assicuro », gli disse.

« Non l'ho mai pensato. »

Gli si avvicinò e posò la mano sulla poltrona su cui era seduto. « Non so che effetto mi farà, ma ho la sensazione che sia meglio se vado da sola. »

Chris si alzò e l'abbracciò, incerto. Terri andò nel garage a prendere la macchina. Mentre faceva retromarcia per uscire pensò che, anche senza la pioggia e l'aria fredda, le sarebbe sembrata comunque una brutta serata. Anche la veglia davanti ai cancelli di San Quentin, con poca gente e senza candele, le parve particolarmente desolante. Per un attimo, nella notte fredda, ebbe l'impressione di sentire la presenza di Eddie Fleet.

Alle ventitré e trenta, trentun minuti prima dell'ora fissata per l'esecuzione, Terri fu fatta entrare nella sala dei visitatori.

Una guardia le indicò il lato riservato a parenti e amici del condannato. Non c'era nessun altro con lei. Un gruppetto di giornalisti e la direttrice del carcere la separavano dai familiari di Thuy Sen, seduti vicini dalla parte opposta. In silenzio, guardavano fisso la camera della morte oltre la vetrata.

La camera era più o meno come Terri immaginava: un vano ottagonale di circa due metri e mezzo di diametro, con un lettino imbottito e, accanto, un apparecchio per il monitoraggio cardiaco e uno per infusioni endovenose. A parte le cinghie, il lettino era assurdamente simile a quelli dei reparti di terapia intensiva negli ospedali, dove si cercava di preservare, anziché distruggere, la vita. La grande porta ovale in fondo alla camera, da cui sarebbe entrato Payton Price, monopolizzava l'attenzione di tutti gli spettatori.

Nel fare quelle riflessioni, Terri fu colpita soprattutto dalla stranezza della situazione: la piattaforma rialzata per i testimoni, le cinque finestre della camera con le veneziane tirate su per permettere ai presenti di assistere alla morte, voluta dallo Stato, di un loro simile. «Vedrai che sarà docile», le aveva detto un collega avvocato. «Difficilmente le 'vittime dello Stato' si ribellano, gridano o scalciano, o hanno un atteggiamento di sfida. Dopo dieci o vent'anni nel braccio della morte, tendono a essere piuttosto rassegnati.»

Terri prese fiato.

Nel disperato tentativo di distrarsi un po', si mise a osservare di nascosto la famiglia di Thuy Sen. L'unica che conosceva di persona era Chou Sen. Il marito, Meng, era un uomo basso ma ben piantato, con i capelli nerissimi e il viso segnato dall'età e dal dolore. La moglie sedeva, impassibile, tra lui e quella che Terri considerava la seconda vittima, Kim Sen.

Una ragazza esile, con i capelli neri lunghi fino alle spalle e un'aria da intellettuale accentuata dagli occhiali con la montatura dorata. Pur essendo seduti vicini, i Sen non si parlavano e non si toccavano. A Terri parvero sperduti, una famiglia più piccola di quel che sarebbe dovuta essere. Quando Kim Sen trasalì, Terri si voltò di nuovo a guardare la camera dell'esecuzione.

La porta si era aperta e stava entrando Payton Price, in manette, con una camicia di jeans e un paio di pantaloni nuovi, previsti dall'amministrazione carceraria per l'occasione.

Alzò la testa con tutta la dignità che riuscì a trovare e osservò una per una le facce oltre il vetro, soffermandosi in particolare su quelle delle tre persone che aveva fatto tanto soffrire, quasi volesse vedere se erano cambiate in quei quindici anni. Quando incrociò lo sguardo di Terri, fece un piccolo cenno del capo, prendendo nota del fatto che aveva mantenuto la parola data a Rennell ed era venuta, in rappresentanza della famiglia e degli amici che non aveva più. Terri si sforzò di sorridere e tirò fuori dalla tasca della giacca il disegno di Rennell, sollevandolo in modo che lo vedesse bene.

Payton lo guardò e poi scosse lentamente la testa, accennando un sorriso che non nascose il dolore negli occhi lucidi.

Poi abbassò la testa e si raccolse. Le guardie lo accompagnarono al centro della camera. Terri udì il tintinnio delle catene, amplificato dall'impianto audio che permetteva agli spettatori di sentire quel che avveniva oltre il vetro.

Payton sembrava immerso nei suoi pensieri. Quando alzò la testa per guardare i Sen, Kim sollevò una foto in bianco e nero della bambina con gli occhi a mandorla e il viso serio che, una sera, aveva lasciato tornare a casa da scuola da sola.

Payton chiuse gli occhi. Quando li riaprì e parlò, si rivolse a Kim. « Mi dispiace. Non perché sto per morire, ma per quel che ho fatto a voi. Se guardarmi morire in qualche modo vi può essere di aiuto, forse c'è qualcosa di buono in tutto questo. Ma non c'è nessun motivo per ammazzare anche Rennell. » Gli tremò la voce. « Rennell è innocente. È stato Eddie Fleet a soffocare la bambina. Lo so, perché c'ero anch'io. » Spostò lo sguardo dalla sorella alla madre di Thuy Sen, poi al padre e concluse sottovoce: « Ammazzare mio fratello è aggiungere omicidio a omicidio. E da questo non può venire nulla di buono ».

Meng Sen si irrigidì e assunse una posa rabbiosa, ostile. Kim alzò ancora la foto della sorella, nascondendosi dietro di essa.

Payton, con lo sguardo vitreo, si voltò verso Terri. « Dica a mio fratello che non ho sofferto. » La voce era roca, quasi un sussurro. « Gli dica che mi dispiace andarmene e che gli chiedo perdono per averlo fatto finire qui dentro. »

Poi si voltò verso una delle guardie e indicò il lettino con un cenno della testa.

In silenzio, ce lo accompagnarono. Payton si sedette, si sdraiò su un fianco e quindi sulla schiena. Le guardie lo legarono. Payton non si guardò intorno.

Lentamente, la direttrice del carcere fece un cenno del capo.

Un tecnico della prigione entrò nella camera, si avvicinò a Payton con la stessa espressione impenetrabile della direttrice e inserì due cannule sugli aghi che il condannato aveva già nell'avambraccio sinistro. Terri si fece forza per non distogliere lo sguardo.

« Si proceda all'esecuzione », ordinò la direttrice.

Terri sapeva che attraverso le due cannule di plastica sarebbero stati infusi cinquanta cc di cloruro di potassio. Quando il medico si avvicinò, Payton chiuse gli occhi.

Passarono alcuni minuti. Né Payton né nessuno dei presenti emisero alcun suono. Ti prego, pensò Terri. Fai che finisca presto.

Tutto a un tratto Payton spalancò la bocca ed emise un sospiro profondo, un suono gutturale, seguito da un ultimo ansimo. Il corpo fu scosso da un sussulto, come se avesse preso una scossa elettrica, seguito da una serie di fremiti. Terri si accorse di aver accartocciato il disegno di Rennell che aveva ancora in mano.

Poi i fremiti cessarono. Terri si voltò e vide Kim Sen, con il viso bagnato di lacrime, che continuava a tenere alta la foto di Thuy Sen come se Payton potesse ancora vederla.

PARTE TERZA

LA CORTE D'APPELLO DEL NONO CIRCUITO

1

Il giorno dopo l'esecuzione di Payton Price, Caroline Clark Masters, primo giudice della corte suprema degli Stati Uniti, e il suo mentore Blair Montgomery, giudice della corte di appello del Nono Circuito, decisero di uscire dall'Old Angler's Inn nei pressi di Washington, dove avevano pranzato, e proseguire la conversazione passeggiando sul lungofiume.

Era una fresca giornata di inizio novembre, ideale per una camminata lungo il sentiero che si snodava fra gli alberi dalle foglie rosse e gialle, con il rumore dell'acqua in sottofondo, e Caroline era contenta di poter passare un pomeriggio lontano dalle intense discussioni della corte che, sia pure con qualche difficoltà, presiedeva. Camminava a passo lento, non tanto per contrastare il proprio desiderio di fuga, quanto per non mettere in difficoltà Blair Montgomery che, pur avendo ancora lo sguardo acuto e intelligente, le sembrava molto più anziano e fragile dell'ultima volta che si erano visti.

Caroline aveva cinquantatré anni, ma era una maniaca del fitness e la sua statura, la sua agilità e la sua postura eretta non passavano inosservate. Era una donna affascinante, dal lungo naso aquilino, la fronte alta, gli occhi scuri e i capelli ancora corvini. Aveva l'aspetto e i modi da aristocratica del New England qual era, con un tocco di esotismo nel modo di gesticolare, nell'incarnato olivastro e nel sorriso ironico che aveva ereditato dalla madre, una bellissima ebrea francese che aveva perso entrambi i genitori nell'Olocausto.

Blair Montgomery, che le camminava a fianco, era più basso di lei e sembrava una caricatura canuta e mingherlina di se stesso più giovane. A un osservatore esterno non avrebbe certamente fatto l'impressione che faceva ai giuristi più conservatori, che lo ritenevano un estremista, un pericoloso libertario sostenitore dei diritti civili, del diritto all'aborto e della separazione fra Stato e Chiesa, nonché contrarissimo alla pena di morte. Costoro interpretavano la sua amicizia con la nuova presidente della corte suprema come l'ennesima dimostrazione che la nomina della Masters da parte del presidente degli Stati Uniti Kerry Kilcannon rappresentava una vittoria del laicismo contro le forze della fede e del rigorismo. Purtroppo, con grande rammarico di Caroline, era un'opinione condivisa anche da diversi membri della corte suprema e corroborata da una certa ostilità nei confronti del Nono Circuito, la corte intermedia di cui anche lei aveva fatto parte in passato, che si occupava dei processi di appello provenienti dalle corti distrettuali federali di nove Stati occidentali, il principale dei quali era la California. Il Nono Circuito comprendeva ventotto giudici, una miscela altamente infiammabile di conservatori, moderati e liberal i quali, abbinati mediante sorteggio in collegi di tre giudici ciascuno, emettevano sentenze che talvolta i più conservatori consideravano pericolosamente irrispettose dei precedenti di legge e del più normale buonsenso.

«Compito della corte suprema degli Stati Uniti è interpretare la legge e spiegare al Nono Circuito che cosa la legge *non* è», aveva detto una volta il predecessore di Caroline, Roger Bannon. Fortunatamente per Caroline, quella battuta era molto più conosciuta di quella che aveva fatto lei a Blair Montgomery riferendosi all'accesa seduta del Senato in cui era stata votata la sua nomina all'ascetico silenzio della corte suprema: «È stato come passare da un circo a un monastero, ma dove non tutti i monaci sono stinchi di santo».

«Come ti trovi? Le cose vanno meglio sul lavoro ultimamente?» chiese Blair, passeggiando.

Caroline si fermò per lasciargli il tempo di riprendere fiato e si infilò le mani in tasca, guardando il fiume. «Meglio, almeno superficialmente», rispose. «In questi mesi non abbiamo avuto casi troppo controversi. A parte quelli che venivano dal tuo circuito, naturalmente.» Si voltò a guardarlo negli occhi. «So che ieri avete giustiziato un detenuto».

«Sì, un certo Price. Ma la nostra corte non poteva farci

niente, ormai: il condannato aveva detto ai suoi avvocati di evitare di accanirsi per salvargli la vita. Questo Price ci ha lasciato un'eredità piuttosto problematica, però, ovvero una confessione dell'ultim'ora in cui attesta l'innocenza di suo fratello, anche lui condannato a morte sulla base di prove quanto meno ambigue.»

«Risparmiami le ambiguità», disse con aria ironica Caroline. «Quando c'è di mezzo la pena di morte, anche le situazioni più chiare si trasformano in un vero ginepraio, perlomeno alla corte suprema.»

Montgomery riprese a camminare, guardando il sentiero davanti a sé. «Un ginepraio?» chiese in tono amareggiato. «Un macello, piuttosto. In quasi venticinque anni di presidenza della corte suprema, Roger Bannon non votò una sola volta per rovesciare una sentenza di morte. E dimostrò un'inquietante mancanza di curiosità verso l'eventuale innocenza dei condannati.»

Caroline sorrise. «Oh, una certa curiosità l'aveva, ma puramente astratta», disse. «In pratica, non credeva che l'innocenza o la colpevolezza dei condannati fosse affar suo, o del Nono Circuito.»

Montgomery le lanciò un'occhiata penetrante. «Dopo dieci o venti anni di costante rigetto di qualsiasi istanza di sospensione della pena di morte, ho deciso che Bannon aveva un'idea molto diversa della giustizia da quella che ho io. Non c'erano avvocati difensori incompetenti, chiare discriminazioni razziali, pregiudizi sfacciati da parte della giuria o dei giurati, giovane età o ritardo mentale dell'imputato che tenessero. Bannon fece il possibile per erigere una montagna di barriere legali, spesso arbitrarie, fra i giudici federali e quella che secondo me è una questione fondamentale, ovvero capire se mandiamo a morte degli esseri umani solo perché loro sono sfortunati e noi siamo irrimediabilmente imperfetti.»

Caroline sapeva che dietro quelle parole c'erano le lotte e le frustrazioni di una vita passata a battersi contro la pena di morte, nella convinzione che fosse viziata dall'inevitabile fallibilità dell'uomo. Per Blair Montgomery, nemmeno la morte meritata di un Ted Bundy o di un Timothy McVeigh avrebbe mai potuto compensare l'esecuzione di un innocente.

«Con tutto il rispetto per le tue opinioni personali, la pena capitale fa parte della legge di questo Paese e io ho promesso al Congresso di mantenerla», gli disse. «L'unica cosa che posso fare è cercare di renderla più giusta.»

«Impossibile», replicò con assoluta convinzione Montgomery. «Il tuo problema va ben oltre l'AEDPA. Riguarda il giudice Anthony Fini e il suo desiderio di controllare la corte.»

«Non usare questo tono di condiscendenza, Blair. So benissimo che Fini e io abbiamo principi morali diversi e che lui si ritiene l'erede di Bannon. Ma io ho messo insieme la maggioranza che ha vietato l'esecuzione dei ritardati...»

«E in quell'occasione Fini ha scritto l'opinione dissenziente più polemica che io abbia mai letto da anni a questa parte.» Nel tono di Montgomery c'erano al tempo stesso ammirazione e inquietudine. «Non ti è ancora capitato un caso di condanna a morte che si scontri con le restrizioni previste dall'AEDPA. Senz'altro Fini non vede l'ora che ne capiti uno. Conoscendo il suo modo di ragionare, penso che lo userà per lasciare la propria impronta nella giurisprudenza relativa alla pena di morte e assumere la posizione di leader all'interno della corte.»

«E come?»

«Battendosi perché venga inequivocabilmente stabilito che, ai sensi dell'AEDPA, non importa più se il condannato è colpevole o innocente, purché il processo da cui è scaturita la condanna sia 'equo'.» Montgomery si fermò di scatto, come se quel discorso lo innervosisse. «Cercherà di far passare il principio per cui determinare la colpevolezza è compito dei tribunali di Stato e la corte suprema ha solo il dovere di accertarsi che la condanna a morte da questi irrogata sia stata equa e che venga quindi debitamente eseguita. Non ti illudere, Caroline: a differenza di te e me, i giudici delle corti statali vengono eletti. In alcuni Stati i conservatori sono riusciti a sconfiggere i giudici delle corti supreme di Stato che avevano annullato 'troppe' condanne a morte, indipendentemente dai motivi. E così adesso le corti supreme di Stato non le annullano più. Prendi la California...»

« La California è il classico esempio in cui i giudici seguono i propri principi anziché la legge », obiettò Caroline. « Fino alla metà degli anni '80, Rose Bird e compagnia abolirono condanna su condanna con decreti dalle basi talvolta così inconsistenti che i sostenitori della pena di morte non ebbero difficoltà a batterli alle elezioni. La loro non fu soltanto stupidità, fu anche disonestà intellettuale... »

« Forse. Ma i giudici dell'attuale corte suprema californiana hanno troppa paura di annullare le condanne a morte, anche nei casi in cui le ragioni per farlo ci sarebbero. Con il risultato che il Nono Circuito deve rivedere con estrema cura tutte le loro sentenze... »

« È un circolo vizioso », lo interruppe Caroline. « Il Nono Circuito annullava sistematicamente le sentenze della corte suprema della California e la corte di Bannon annullava quelle del Nono Circuito. È su questo che si è fatto le ossa in materia di pena capitale Tony Fini: sulla tua corte. »

Ripresero a camminare. Montgomery, benché apparentemente attento a dove metteva i piedi, in realtà aveva lo sguardo distante e turbato. « Ti sei persa la peggiore », disse dopo un po' a Caroline. « Un'esecuzione che avvenne nel periodo della tua nomina alla corte suprema. È stata la mia esperienza più dura, a conferma di quanto sia pericolosa per il Paese la pena di morte. »

Continuando a camminare a fianco a Caroline lungo il sentiero che costeggiava il fiume, spiegò: « La vittima era una donna, trovata pugnalata in casa propria. Vi erano buoni motivi per credere che a ucciderla fosse stato l'ex marito, ma a beccarsi la pena di morte fu un suo amico. La procura distrettuale li processò tutti e due, separatamente, sulla base di due teorie diverse. La prima era che l'ex marito della donna avesse chiesto al condannato di dargli una mano a farla fuori. Risultato: l'ex marito fu condannato all'ergastolo. La seconda teoria della procura, che si basava sulle testimonianze di informatori di dubbia reputazione, era che il marito non c'entrava niente e che a uccidere la donna era stato il condannato, di sua iniziativa, per nascondere il fatto che l'aveva violentata. Risultato: l'amico dell'ex marito fu condannato a morte ». Montgomery parlava in tono sommesso, ma con rabbia. « È ovvio che queste teorie non potevano essere vere entrambe e la contraddizione è palese, tanto che a favore del condannato a morte si schierarono ben sette procuratori. Ma la corte suprema della California ritenne valide entrambe le sentenze e confermò la condanna. »

« Con quali motivazioni? »

« Nessuna motivazione. » Montgomery scosse la testa, incredulo. « Una paginetta striminzita di insulse formalità. » Continuò poi: « Ma il bello deve ancora venire. Un giudice distrettuale federale annullò la condanna a morte sulla base della manifesta incompetenza dell'avvocato difensore, che non aveva contestato neppure le prove più discutibili, non garantendo all'imputato il diritto alla difesa sancitogli dalla Costituzione. Tuttavia, tre dei miei colleghi conservatori annullarono la decisione e quindi i nuovi avvocati del condannato chiesero la revisione processuale da parte del Nono Circuito in seduta plenaria ».

« Che, immagino, venne accordato. »

« Non proprio. Come tu ben sai, per la revisione è necessario che uno di noi ne faccia richiesta all'assemblea. » Montgomery parlava in tono affranto. « Ma per un errore amministrativo, nessuno – neppure io – presentò la domanda entro i tempi stabiliti. Io chiesi a tre colleghi conservatori un rinvio della scadenza, che mi fu negato. Fu scandaloso, tanto che poi il nostro primo giudice ordinò ugualmente il rinvio. Una settimana prima della data fissata per l'esecuzione, sette giudici contro quattro degli undici convocati votarono l'annullamento della condanna. La procura generale della California si rivolse allora a Bannon. » Montgomery fece una pausa, affannato. « La corte suprema degli Stati Uniti decretò che l'unica motivazione per cui si poteva accogliere un riesame non era l'equità o meno del processo, ma la competenza della corte a... »

« Per via della deroga ai termini di presentazione della domanda? »

Montgomery si fermò ed evitò lo sguardo di Caroline, fissando l'erba ai suoi piedi con le spalle curve. Sembrava vecchissimo. « Non avrei mai immaginato che si potesse mandare a morte una persona per un errore procedurale commesso non già dall'avvocato difensore, ma dalla nostra stessa corte. E non mi dimenticherò mai le parole dell'opinione di maggioranza preparata da Fini.» Alzò la testa e la guardò. «Posso recitarti a memoria le ultime due frasi. 'Un errore commesso dal personale amministrativo della corte non costituisce motivo per venir meno al principio della definitività della sentenza. Il ritardo o la negligenza di un giudice nell'espressione del proprio parere non può e non deve andare contro gli interessi di trentaquattro milioni di californiani a nome dei quali vengono irrogate le condanne'. Quel giudice ero io, Caroline. E il condannato fu giustiziato otto giorni dopo.»

In quel momento Caroline capì il fardello che Montgomery si portava dietro e il motivo della sua veemenza. «Il nostro è uno strano mondo», continuò l'anziano giudice. «La clemenza non esiste più e i giudici delle corti supreme di Stato sono indifferenti o vigliacchi. Il Nono Circuito è diventato un comodo bersaglio per Tony Fini e quelli come lui, che hanno dalla loro una legge che salvaguarda le condanne ingiuste e manda a morte un sacco di innocenti. Tu questo mondo lo presiedi, Caroline. Tony Fini dispone di quattro voti su nove per interpretare l'AEDPA come gli pare e piace. Gli basta trovare il caso giusto e un voto in più e la corte suprema degli Stati Uniti chiuderà gli occhi sul problema della pena di morte per un'altra generazione, se non per sempre.»

Caroline lo guardò dritto in faccia. «Posso dirti solo questo», disse dopo un po'. «Non intendo presiedere una corte che manda a morte gli innocenti.»

Montgomery fece una risatina amara. «Lo stai già facendo», replicò. «Il problema è solo *quanti* innocenti, e *quali.*»

2

Due giorni dopo la morte di Payton, Terri e Carlo prepararono per conto di Rennell la petizione *habeas corpus* per la corte suprema della California, chiedendo la sospensione dell'esecuzione per via del ritardo mentale e un nuovo processo di appello contro il verdetto di colpevolezza.

Terri, seduta al tavolo nella sala riunioni, rilesse la stesura finale. «La respingeranno, naturalmente. Ma l'AEDPA ci impone di tentare tutte le vie offerte dalla corte di Stato, prima di rivolgerci a quella federale.»

«E perché?» domandò Carlo.

«Nel caso di Rennell, è una mera formalità. Ma Pell non ci lascerà saltare un solo passaggio e le corti federali non considereranno la nostra petizione se non sarà prima stata respinta dalla corte suprema della California.»

«Anche se la data dell'esecuzione è così vicina?»

Terri rispose con un'alzata di spalle. «Forse proprio per quello.» Riprese a leggere.

Carlo trovava strano l'atteggiamento laconico e distaccato che Terri aveva da quando era tornata dopo aver assistito all'esecuzione di Payton. Ne parlava malvolentieri, evitava di rispondere persino alle domande dirette su quello che aveva visto o provato quella notte. Sembrava voler dedicare tutte le proprie energie a evitare che Rennell facesse la stessa fine.

Dopo queste riflessioni, Carlo chiese: «Come stava Rennell stamattina? Meglio?»

Terri rimase in silenzio, forse finendo di leggere una frase della petizione, o forse perché non aveva sentito. Dopo un po', alzò gli occhi dal foglio. «Non parla quasi. È completamente assente. Dopo la morte di Payton, ha dato in escandescenze e ha spaccato tutto: è stato il primo comportamento violento da quando è in carcere. L'hanno sedato, ma adesso è in una specie di coma. Non mangia più, non si lava più, sta a letto tutto il giorno. » Dopo un attimo di silenzio, aggiunse: « Da quando è nato, Payton è sempre stato con lui, prima a Bayview e poi in prigione. Rennell non riesce a concepire una vita senza di lui. È depresso, secondo me soffre in un modo inimmaginabile ».

« Forse avrebbe bisogno di parlare con uno psicologo. »

« Teoricamente, il penitenziario prevede il supporto psicologico. Ma c'è il rischio che lo psichiatra del penitenziario poi ci metta i bastoni fra le ruote negando il ritardo mentale. E Pell potrebbe dichiararlo mentalmente in grado di essere giustiziato. Va detto che in alcuni casi ai detenuti vengono addirittura somministrati psicofarmaci proprio perché siano perfettamente consapevoli di ciò a cui vanno incontro. »

Di fronte a questo commento, pronunciato con tono fatalista e senza la rabbia che si sarebbe aspettato, Carlo pensò che forse anche Terri era depressa, un po' per la stanchezza e un po' per ciò cui aveva assistito. Dopo un momento, le domandò: « E tu come stai, Terri? »

Lei si sforzò di sorridere. « Non sono molto allegra, devo ammettere. Ma in confronto a Rennell, sto benissimo. » Si fece di nuovo seria. « Anche se riuscissi a mettermi d'accordo con Pell, non credo che Rennell parlerebbe con lo psicologo del carcere. La morte di Payton è un trauma troppo grosso per poterlo superare o anche solo verbalizzare. Dal suo punto di vista, lo capisco. Ma mi fa anche paura. Dopo la morte fisica, non c'è niente di peggio della morte dell'anima. »

E si rimise a lavorare.

Carlo uscì a prendere qualche panino. Quando tornò, Terri era in un angolo, al telefono, con la faccia sconvolta, pallidissima.

« Vengo subito », disse. E chiuse la comunicazione.

Incrociò le braccia, come se avesse freddo. « Rennell ha cercato di impiccarsi. »

« Come? » chiese Carlo, rendendosi conto della stupidità di quella domanda nel momento stesso in cui la faceva.

Terri non si scompose. « Con un lenzuolo », rispose. « Non ha altro. »

Quando lo accompagnarono da lei, Rennell si sedette pesantemente sulla seggiola e rimase a fissare il tavolo, per vergogna, indifferenza o assoluta dissociazione. Sul collo aveva un livido rossastro.

« Cosa volevi fare, Rennell? »

Il ragazzone non rispose, né alzò la testa. Terri pensò che la sua domanda doveva essergli sembrata inutile e immeritevole di una risposta: aveva subito una perdita estremamente dolorosa e, a meno che lei non riuscisse a impedirlo, avrebbe ricevuto l'iniezione letale dopo quattordici giorni.

Gli prese la mano, cercando di comunicargli senza parole la compassione che provava per lui.

Rennell continuò a non guardarla, ma Terri sentì che le stringeva leggermente la mano. « Payton non c'è più. Non lo rivedrò mai più. »

« È in cielo, Rennell. Ti vuole ancora bene, continua a prendersi cura di te. E io anche. »

Rennell si sforzava di non piangere. « Per questo è morto. »

Terri capì di colpo ciò che fino a quel momento le era sfuggito: a rendere insopportabile la morte di Payton non era soltanto l'assenza, ma anche il senso di colpa. Rennell non avrebbe mai compreso appieno la profondità del tradimento di Payton.

« Payton vuole che tu viva », gli disse. « Mi ha chiesto di aiutarti, di occuparmi anch'io di te. »

Rennell la guardò per la prima volta da quando era entrata, incredulo. Terri lo immaginò bambino, in piedi davanti alla cattedra della sua maestra di terza elementare, suo unico sostegno a parte il fratello maggiore.

« Ti prego, Rennell, non riprovarci mai più. Te lo chiedo per piacere. »

Pronunciando quelle parole, Terri sentì il peso delle proprie responsabilità, che ormai andavano ben oltre quelle dell'avvocato. « Ti verrò a trovare tutti i giorni », gli promise. « Finché non uscirai da qui. »

Rennell scoppiò in singhiozzi e strinse la mano del suo avvocato, l'unica persona rimasta a prendersi cura di lui e a difenderlo.

3

Leggendo la replica della corte suprema della California alla petizione di Rennell, Terri provò un sentimento che tutti gli avvocati che si occupano di condanne a morte prima o poi si trovano a provare. Pur avendo cercato di prepararsi a una delusione, la fredda realtà della conferma della sentenza di morte, nero su bianco, le fece venire la pelle d'oca.

« Una sola frase: 'la richiesta è respinta sul merito'. La vita di una persona e tutto ciò che a essa è legato gettate via con un semplice documento », osservò Carlo, dietro di lei.

Poche parole, una spiegazione concisa che non chiariva le riflessioni dei giudici né la fondatezza della loro decisione. Soltanto la prontezza con cui era stata scritta registrava il fatto che mancavano pochissimi giorni all'esecuzione di Rennell.

Chris lanciò il foglio da una parte, con gesto sprezzante. « Per fortuna siamo riusciti a presentare la domanda di grazia. »

Terri guardò fuori della finestra. La giornata era nebbiosa, pioveva e i vetri erano tutti bagnati. « Okay », disse. « Ci hanno dato quello che ci serviva per appellarci alla corte federale. Oggi stesso. Dobbiamo solo inserire i dati sull'atto che abbiamo già predisposto. »

« Non dovrebbe volerci molto », replicò Carlo.

Due ore dopo, restava soltanto da fotocopiare la petizione *habeas corpus* corretta e la domanda, indirizzata alla corte d'appello del Nono Circuito, di autorizzazione all'invio della stessa al giudice Gardner Bond della corte distrettuale degli Stati Uniti. Con essa, Terri richiedeva la sospensione dell'esecuzione.

Notò che Carlo era stranamente silenzioso e immaginò che fosse perché pensava che a separare Rennell dall'iniezione letale, ormai, c'era solo quel provvedimento. Alla fine, il ragazzo le disse: « Non posso credere che siamo già a questo punto. Se il collegio del Nono Circuito che ha già respinto la prima petizione dovesse negarci l'autorizzazione, non ci sarà più niente da fare. Niente più ricorsi alla corte suprema degli Stati Uniti, niente più petizioni né niente ».

« Già. Perché l'AEDPA ce lo vieta », replicò Terri. « È una legge molto efficace, da questo punto di vista: se i tre giudici dicono di nuovo di no, nessuno potrà più riesaminare il caso. La loro è letteralmente l'ultima parola. »

« Quali possibilità abbiamo che dicano di sì? »

« Uno dei tre giudici è sicuramente contro di noi. Si chiama Viet Nhu, è giovane, brillante, ultraconservatore e probabile candidato alla corte suprema sostenuto dai repubblicani. Fra l'altro, ha lavorato anche con Fini. » Terri bevve un sorso di caffè. « Il quale gli procurò un posto chiave nella sezione penale del dipartimento di giustizia quando aveva poco meno di trent'anni. Insomma, che posizione abbia nei confronti della pena di morte non è un mistero. »

« E gli altri due? »

« Non so. Sanders è un moderato. Se pensa che abbiamo argomenti sufficienti per chiedere la revisione processuale, potrebbe avere qualche scrupolo a mandare a morte Rennell senza prima sottoporre il suo caso al giudice Bond. Specie per quanto riguarda il ritardo mentale, di cui la petizione precedente non parlava. » Terri si interruppe e si massaggiò le tempie. « Dipende tutto dal terzo membro del collegio. »

« Che è...? »

« Morto. » In quel momento entrò nella stanza la segretaria con una pila di petizioni in mano. Terri prese la penna. « Olinger ha avuto un infarto tre giorni dopo aver respinto la petizione *habeas corpus* di Rennell. Peccato. Per lui, naturalmente, ma anche per noi, perché era moderato e questa volta forse saremmo riusciti a convincerlo. »

« Quindi non sappiamo chi sarà il terzo membro del collegio. »

« No. E non lo sapremo fino al giorno in cui si riuniranno

per deliberare.» Terri firmò velocemente l'originale da presentare alla corte pensando che quell'incartamento era l'ultima possibilità per Rennell di avere salva la vita. «Che tu ci creda o no, a decidere se Rennell vivrà o morirà venerdì prossimo sarà un computer. Perché sarà il computer a sorteggiare il terzo membro del collegio.»

Carlo scosse la testa in silenzio.

4

La mattina dell'udienza che avrebbe deciso della vita e della morte di Rennell Price dopo tre giorni, Terri, Carlo e Chris si riunirono davanti al telefono della sala riunioni dello studio. Dall'altra parte del tavolo erano seduti Laurence Pell e la sua collega, Janice Terrell, una bionda fredda e spigolosa di poco più di trent'anni che Terri scherzosamente aveva soprannominato la « controfigura della morte ».

Fissavano tutti e cinque il telefono in attesa che il collegio dei tre giudici della corte di appello del Nono Circuito, a loro volta riuniti a Pasadena, si presentassero in teleconferenza. Non c'era tempo per un'udienza formale, ma la prospettiva di dialogare con voci senza volto dava a Terri l'impressione di essere di fronte a tre maghi di Oz nascosti dietro a un sipario. Forse per i tre giudici era meno stressante decidere senza avere davanti né l'imputato in procinto di morire né i suoi avvocati. Ancora non si sapeva chi avrebbe sostituito il giudice Olinger.

« Buongiorno », disse la voce di un uomo anziano al vivavoce. « Le parti sono tutte presenti? »

Terri lanciò un'occhiata a Chris e Carlo. L'uomo che aveva appena parlato era chiaramente più anziano di Nhu e Sanders. Larry Pell guardò il telefono con aria diffidente.

« Sì », rispose.

« Sono il giudice Blair Montgomery », si presentò l'uomo. « Sono con me i colleghi Harry Sanders e Viet Nhu. Il mio nome è stato estratto per sostituire l'ex presidente del collegio, il giudice Olinger. »

Pell guardò Janice Terrell, preoccupato. « Abbiamo letto gli atti e la sentenza della corte suprema della California », continuò Montgomery. « Il primo tema che desideriamo affrontare è quello del ritardo mentale. Alla luce della recente sentenza

Atkins emessa dalla corte suprema degli Stati Uniti, che vieta l'esecuzione dei ritardati, perché Rennell Price dovrebbe morire venerdì prossimo?»

«Infatti noi riteniamo che non debba morire», precisò Terri rapida. «Ove dimostrato, il ritardo mentale preclude l'esecuzione. Esso non viene definito con precisione dalla legge né dalla corte suprema della California.»

Pell cominciò a prendere furiosamente appunti. «Quest'ultima ha ritenuto che, con un quoziente di intelligenza di settantadue – e una deviazione standard di cinque punti in più o in meno – Rennell Price debba essere giustiziato. A noi pare che, usando come soglia un punteggio arbitrario – settanta – quasi si trattasse di decidere l'ammissione o no a una scuola, essa non abbia tenuto conto della manifesta incapacità del condannato di apprendere e gestirsi autonomamente.»

Pell scosse la testa. «Il quoziente di intelligenza di Price è superiore a settanta. Ai sensi dell'AEDPA, si deve presumere la correttezza delle sentenze emesse dalla corte di Stato e la confutazione da parte della petizione *habeas corpus* deve basarsi su prove chiare e convincenti.» Pell si protese verso il telefono come se volesse parlare con Nhu e Sanders ignorando Montgomery. «Evidentemente la corte di Stato non le ha ritenute tali. E l'AEDPA non consente a questa corte di rivedere tale punto.»

«Infatti.» A parlare era stato un uomo con l'accento orientale e una voce sibilante: il giudice Nhu. «Ma la *Atkins* si applica a Price, tanto per cominciare? La sua applicabilità a una petizione *habeas corpus* come quella in oggetto, ovvero il suo valore retroattivo, esiste solo ove la corte suprema lo affermi esplicitamente, ma non è questo il caso. Perché dunque questa corte dovrebbe permettere a Price di farvi riferimento, procuratore?»

Pell sembrava sorpreso quanto Terri, benché molto più piacevolmente di lei. «Perché nella *Penry* la corte suprema ha stabilito che, qualora avesse successivamente vietato l'esecuzione dei ritardati, come poi ha fatto nell'*Atkins*, l'effetto sarebbe stato retroattivo...»

«Giusto», commentò Montgomery in tono ingannevolmente benevolo. «Forse, procuratore, potrebbe spiegare al giudice Nhu e a me perché la corte suprema non tiene conto di quanto affermato nella *Penry*, e quindi perché dovremmo permettere l'esecuzione di Price senza neppure valutare nuovamente le sue capacità intellettive.»

Pell ebbe un attimo di esitazione, quasi fosse indeciso fra la chance di vincere offertagli da Nhu e il rischio di mettersi contro Montgomery con argomentazioni che non avrebbe neppure osato sfiorare, se non fosse stato incoraggiato a farlo da Nhu. Terri vide che Chris e Carlo tenevano gli occhi fissi su di lui con aria ansiosa.

«La corte suprema non può aver commesso un simile errore», azzardò quindi. «Io credo che il giudice Nhu abbia ragione e che sia significativo il fatto che l'*Atkins* non faccia il minimo cenno a un eventuale valore retroattivo...»

«Mi sentirei più tranquillo se la *Penry* fosse stata perlomeno citata», osservò sarcastico Montgomery. «Anche nella stringata motivazione della corte suprema della California. Ma passiamo al punto successivo, ovvero alla possibilità che dal nuovo materiale probatorio emerga che Rennell Price è colpevole solo di essere un po' ottuso.»

«Sì, parliamo di questo», intervenne secco Nhu. «Nel rispetto dell'AEDPA, avvocato Paget, mi raccomando. Prima di tutto, ci spieghi se la protesta di innocenza di Price si basa su fatti che non erano a disposizione dei suoi precedenti legali, ovvero su fatti che essi non avrebbero potuto comunque trovare, anche svolgendo il loro compito con la dovuta diligenza.»

«È semplice», rispose Terri. «Se Payton Price ha deciso di rimanere zitto per quindici anni la colpa non è né dell'avvocato James né dello studio Kenyon & Walker...»

«Precisamente», la interruppe Nhu con il tono del professore felice di cogliere in fallo uno studente arrogante. «Se ammette che Yancey James non aveva a disposizione la confessione fatta da Payton Price poco prima di morire, come può sostenere che Rennell Price venne condannato per la sua incompetenza?»

«Ci stiamo avvicinando pericolosamente al cuore del problema», intervenne Montgomery con velato sarcasmo. «Ovvero se lo Stato della California stia per condannare un innocente. Ma forse il procuratore può evitarci un esercizio tanto doloroso, per esempio dicendoci se l'avvocato James, pur non potendo estorcere una confessione al fratello maggiore, avrebbe potuto comunque sostenere la protesta di innocenza di Rennell Price indagando su Fleet, sulla cui testimonianza si basò la condanna.»

Terri vide che Carlo sorrideva, guardando il tavolo. Ma, sebbene l'estrazione del nome di Blair Montgomery fosse stata un colpo di fortuna, le dinamiche che si erano instaurate, con Montgomery e Nhu che battibeccavano fra loro usando gli avvocati come pretesti, erano preoccupanti. E a rendere ancora più imprevedibile l'esito di quella discussione c'era il silenzio di Sanders.

«I requisiti dell'AEDPA non sono cavilli formali, ma la precisa volontà del Congresso degli Stati Uniti», rispose Pell. «Se Yancey James non aveva a disposizione la confessione di Payton Price, la sua difesa non può essere considerata inadeguata e quindi l'istanza di Rennell Price non soddisfa i requisiti dell'AEDPA. Peraltro, il fatto che Rennell Price ora lamenti che il suo avvocato non indagò sulla credibilità del teste Fleet non costituisce nuova prova, che in ogni caso ormai sarebbe troppo tardiva per poter essere presentata. Non essendo dunque soddisfatti i requisiti dell'AEDPA, la protesta di innocenza di Rennell Price non può essere presa in considerazione.»

«Approfondiamo un po' l'argomento», propose Montgomery. «Ammesso che i requisiti cui fa cenno il procuratore siano stati soddisfatti, avvocato Paget, perché la confessione di Payton Price dovrebbe consentire al suo cliente di venire prosciolto o quantomeno di avere un nuovo processo?»

«E mentre risponde alla domanda del collega, ci spieghi anche per quale motivo tale confessione dovrebbe costituire prova 'chiara e convincente' dell'innocenza del suo assistito», aggiunse Nhu.

Terri sapeva che dalla sua risposta dipendeva la possibilità di Rennell di non essere giustiziato. «Non ci sono prove dirette della colpevolezza di Rennell Price», cominciò. «In realtà Payton Price, l'unico ad aver ammesso di essere stato testimone dell'omicidio, dichiara che il mio assistito dormiva, quando fu commesso il fatto.» Si interruppe e rallentò, per dare maggiore enfasi alle proprie parole. «Il testimone chiave contro Rennell Price fu Eddie Fleet, che ammise di aver collaborato all'occultamento del cadavere. Sappiamo che costui non venne processato, in cambio della sua testimonianza contro il mio assistito. Noi riteniamo – e nulla contraddice questa nostra opinione – che Fleet sia stato in grado di fornire dettagli convincenti del fatto perché lo aveva commesso egli stesso. Stando alla *Carriger contro Stewart,* Rennell Price non è tenuto a provare in maniera incontrovertibile la propria innocenza, ma semplicemente a presentare prove della stessa sufficienti a minare la certezza dell'esito...»

«In altre parole, la presunta incompetenza dell'avvocato James esitò probabilmente nella condanna di un innocente. I nuovi elementi probatori presentati dall'avvocato Paget supportano questa eventualità, procuratore?»

«Le accuse rivolte *in extremis* da un reo confesso a un teste di cui già aveva commissionato l'omicidio? Non credo proprio. Questo è un tentativo disperato di vendetta. Visto che Payton Price non riuscì a vendicarsi da solo, ha cercato di farlo attraverso di noi. Ma questo è esattamente il genere di abuso che l'AEDPA vuole evitare.» Pell si appoggiò allo schienale, posò i palmi sul tavolo e parlò con rinnovata sicurezza. «Quindici anni fa venne celebrato un processo equo, al termine del quale dodici giurati condannarono a morte Rennell Price. Da allora quella condanna è stata confermata per ben tre volte, in appello diretto, nella prima petizione *habeas corpus* e adesso in questa seconda petizione. È ora di chiudere definitivamente questo caso, una volta per tutte, oggi stesso.»

«Perché tanta fretta?» domandò Blair Montgomery. «La *Carriger* si basava su un criterio stabilito dalla corte suprema degli Stati Uniti, ovvero sulla possibilità che alla luce dei nuovi elementi probatori sopravvenuti una giuria potesse ritenere il condannato colpevole oltre ogni ragionevole dubbio. In base alle nuove prove presentate dall'avvocato Paget, se lei fosse un giurato, procuratore, condannerebbe in tutta coscienza Rennell Price? »

Quella domanda così diretta colse Pell alla sprovvista. Il procuratore lanciò un'occhiata a Janice Terrell, che si morse un labbro. « La corte suprema della California ha giudicato insufficienti queste 'nuove prove' », rispose.

« So che cosa dice l'AEDPA e che cosa ha detto la corte suprema della California, procuratore. Ho letto anche le motivazioni della sentenza, talmente brevi che mi sono bastati pochi secondi », rispose Montgomery. « La mia domanda era un'altra. »

Pell manifestò il proprio senso di impotenza alzando le spalle. « Non posso mettermi nei panni di un giurato », rispose. « La mia risposta è corretta ai sensi dell'AEDPA: la decisione della corte suprema della California di non ritenere probante la confessione di Payton Price va considerata non già erronea, ma insindacabile... »

« Allora anche la sua succinta opinione è insindacabile », intervenne Terri. « Chiediamoci perché questa corte dovrebbe riconoscere l'insindacabilità alla corte suprema della California. Sui fatti? Non ne ha esposti. Sulle motivazioni del rigetto? Non ce ne sono. Solo per ribadire l'importanza della pena di morte, allora? » Abbassò la voce. « La corte suprema della California ribalta meno del dieci per cento delle sentenze di condanna a morte. Del restante novanta per cento, quasi i due terzi vengono ribaltati dalle corti federali, compreso il Nono Circuito. Questo significa che la corte suprema della California si vede ribaltare la percentuale più alta di sentenze capitali di tutto il Paese. »

Terri guardò Pell. « Lo Stato della California si nasconde dietro l'AEDPA, la presunzione di correttezza delle sentenze pregresse e il divieto di riesaminare i fatti. »

L'atteggiamento di Pell era sempre pacato, ma il procuratore stringeva la penna con più forza. Terri si rivolse al telefono. « Quindici anni fa un'anziana donna, che nel frattempo è deceduta, vide due ragazzi neri dall'altra parte della strada e decise che uno di essi era Rennell Price. Senza spiegazioni, senza udienze, la corte suprema della California ha rifiutato, con una sola frase, una prova importante e significativa dell'errore di costei. Non mi sembra che su queste basi la sua opinione debba essere ritenuta 'insindacabile'. »

Per la prima volta, dall'altra parte del filo ci fu silenzio. Dopo un po', fu di nuovo Montgomery a parlare. « Procuratore Pell, se questa corte dovesse concludere che la difesa fornita dall'avvocato James non influenzò l'esito del processo, secondo lei ai sensi dell'AEDPA non si potrebbe più esprimere un giudizio in punto di innocenza o colpevolezza di Rennell Price? »

Pell ebbe un attimo di esitazione. « Esatto », rispose poi senza il minimo tono di scusa. « L'AEDPA non prevede il diritto a un nuovo giudizio per un condannato, ove il processo già celebrato sia stato equo. Come lo fu nel caso di Rennell Price. »

« E non esistono eccezioni? »

« Soltanto qualora le prove fossero talmente chiare e inequivocabili da rendere evidente senza ombra di dubbio l'innocenza del condannato », rispose Pell dubbioso. « Ma non è questo il caso. »

« Grazie », disse sarcastico Montgomery. « È stato molto chiaro. »

« Già », intervenne Nhu, in tono di approvazione. « Vorrei chiedere al procuratore di rispondere brevemente all'affermazione, a mio avviso contraddittoria, di Rennell Price quando sostiene che, ammesso che sia complice dell'omicidio di Thuy Sen, gli abusi subiti nell'infanzia lo resero tanto dipendente dal fratello maggiore da impedire che gli venga comminata la pena di morte. »

« Non è un elemento nuovo », rispose Pell. « Le prove presentate dall'avvocato Paget erano già a disposizione del suo legale nel 1987. Se ammettiamo che costui non le presentò in fase dibattimentale, dobbiamo però considerare che lo studio Kenyon & Walker ne presentò alcune e avrebbe potuto presentarne altre. Insomma, c'è un limite a tutto, e questo l'AEDPA lo dice chiaramente. »

« D'accordo », intervenne brusco Montgomery. « Ci baseremo sugli atti per questa e per le altre argomentazioni sollevate da Price. Prima di concludere, qualcuno desidera aggiungere qualcosa?»

Per quanto ne sapeva Terri, il giudice Sanders poteva aver dormito tutto il tempo. Nonostante ciò, rivolse a lui il suo ultimo intervento. «Una cosa soltanto. Se il vostro collegio deciderà di negarci l'autorizzazione a ricorrere, Rennell Price venerdì morirà. Sarà giustiziato, nonostante le prove che dimostrano il suo ritardo mentale. Sarà giustiziato, nonostante le prove che dimostrano la sua innocenza. Sarà giustiziato, perché nessuno degli organi giudiziari preposti ha voluto prendere in considerazione questi nuovi elementi.» Prese fiato e concluse: «E questo, secondo me, assomiglia in maniera inquietante a un'esecuzione sommaria, che sacrifica la giustizia in nome della definitività della sentenza, sopprimendo la vita di un uomo benché scopo della giustizia sia invece proteggerla».

«Procuratore Pell?» domandò Montgomery.

Pell diede un'occhiata ai propri appunti. «Secondo la corte suprema degli Stati Uniti, nelle parole del giudice Fini, la sospensione della condanna a morte a seguito della seconda petizione *habeas corpus* dev'essere un 'fatto eccezionale' confortato da 'prove sostanziali'. La corte suprema della California non ha ritenuto tali quelle presentate da Rennell Price.» Si protese in avanti. «L'AEDPA ha lo scopo di evitare un carico eccessivo di ricorsi alle corti federali. Quello di Rennell Price è uno dei tanti. L'omicidio per cui è stato condannato è avvenuto quindici anni fa, un tempo già troppo lungo per fare giustizia. Nell'interesse della vittima e dei suoi familiari.»

«Dichiaro chiusa la discussione», disse Montgomery. «Delibereremo nel corso della prossima ora e vi comunicheremo la nostra decisione telefonicamente.»

La comunicazione si chiuse.

Nella sala scese un silenzio imbarazzato. «Abbiamo un'ora di pausa», disse Terri.

Gli altri cominciarono ad alzarsi, a disagio. «Come stanno i ragazzi?» chiese Pell a Terri e Chris e aggiunse, sorridendo brevemente a Carlo: «Quelli che non si sono ancora rovinati».

Terri pensò a Elena, che la detestava per quello che stava facendo. « Bene », rispose. « E i suoi? »

« Bene, grazie. Julie ha sette anni e fa danza classica con tanta serietà che resta male se sorrido ai suoi saggi. E vi assicuro che non ridere a quei saggi è veramente difficile. » Si voltò verso Carlo, cordiale. « Allora, le piace fare l'avvocato? »

« Dipende », rispose Carlo. Guardò l'ora e poi il telefono in mezzo al tavolo. « Diciamo che non è un lavoro molto allegro. »

Janice Terrell inarcò le sopracciglia, come se trovasse fuori luogo quell'osservazione. Terri invece ringraziò in cuor suo il ragazzo per aver messo fine a quei convenevoli.

Il telefono squillò.

Terri premette il pulsante del vivavoce. « Teresa Paget. »

« Sono il giudice Montgomery. Entrambe le parti sono presenti? »

« Sì », rispose Terri tesissima.

« Bene. » Dopo un attimo di silenzio, Montgomery parlò in tono grave. « Siamo giunti a una decisione. »

Terri chiuse gli occhi. « Con due voti contro uno, quello del giudice Nhu, il collegio ha deliberato la sospensione dell'esecuzione di Rennell Price e l'autorizzazione a presentare una petizione *habeas corpus* su tutte le argomentazioni proposte al giudice distrettuale degli Stati Uniti Gardner Bond. »

Carlo si coprì gli occhi con le mani, ma Terri evitò di manifestare qualsiasi emozione. Anche Pell rimase impassibile, e prese un appunto sul suo notes.

« Seguirà l'ordinanza scritta », concluse Montgomery. « Grazie a tutti. »

E chiuse la comunicazione.

« Il Nono Circuito ha colpito ancora », sussurrò Janice Terrell in tono disgustato.

Pell raccolse le proprie carte e fece un sorriso fatalista. « Congratulazioni », disse. « Ci vediamo in tribunale, come si suol dire. »

Fu solo la mattina dopo, due giorni prima della data fissata per l'esecuzione, che Terri riuscì ad andare da Rennell.

Lo guardò negli occhi, incoraggiante. « L'esecuzione è stata sospesa », gli annunciò. « Almeno per un po' di tempo. I giudici hanno sentito quello che ha detto Payton. Tuo fratello ti ha salvato, Rennell, proprio come ti aveva promesso. »

Rennell strabuzzò gli occhi, cercando di capire una cosa evidentemente troppo difficile per lui. Titubante, chiese: « Allora posso uscire? »

Terri si sentì mancare. Fece di no con la testa. « Non ancora. Ma devi aver cura di te, come ti ha raccomandato Payton. » Gli prese la mano e abbassò la voce. « L'importante è che venerdì non ti succederà niente. Per ora, sei al sicuro. »

Rennell assunse un'espressione meno depressa e Terri sperò che ritrovasse un po' di voglia di vivere. « Che cosa mi fanno adesso? »

« Per ora, ti tengono qui. » Terri si sforzò di usare un tono sicuro e tranquillo. « Domani mattina devo parlare con un altro giudice. Cercherò di fargli capire che tipo di persona sei. »

5

Gardner Bond era seduto a capotavola, nella sala riunioni, insolitamente in maniche di camicia, con l'aria di chi si appresta a svolgere un compito sgradito. Terri e Carlo erano seduti da una parte del tavolo, Larry Pell e Janice Terrell dall'altra. « Il Nono Circuito vi ha concesso l'autorizzazione a presentarla, ma sarà questa corte a decidere se accettare o respingere la petizione », disse a Terri. « Avete richiesto una prima fase di esibizione delle prove e un'udienza in cui convocare testimoni. Mi spieghi che cosa intendete esibire. »

« Intendiamo ricostruire la vita di Rennell Price e le circostanze che hanno portato alla sua condanna », disse Terri indicando Pell. « A livello documentale, abbiamo richiesto alla procura gli atti relativi a Eddie Fleet... »

« Va bene, va bene », la interruppe Bond brusco. « E quali testimoni intendete convocare? »

« Quelli che ebbero un ruolo nella condanna. » Terri contò sulle dita della mano. « Charles Monk, il procuratore Mauriani, la dottoressa Liz Shelton e, soprattutto, il teste Eddie Fleet. »

Bond si rivolse a Pell. « Procuratore? »

« Possiamo rivedere atti e documentazione che riguarda Fleet. Ma non vi è automaticamente diritto a far deporre né lui né altri, e non ravvisiamo la necessità di convocare Monk, Mauriani e Shelton. Quanto a Fleet, peraltro, non abbiamo il potere di contattarlo... »

« Non è vero! Lei gli ha comunicato le accuse di Payton Price, impedendomi in tal modo di parlare con lui. Questa è una scorrettezza, ritengo, che va a tutto svantaggio del mio assistito. »

« La prego! » esclamò Pell. « Payton Price ha mosso delle accuse a Fleet ed era mio dovere, in nome e per conto dello Stato della California, chiederne conferma a quest'ultimo. Fleet ha negato ogni addebito. È suo diritto non parlare con l'avvocato Paget, d'altronde», disse Pell, rivolgendosi a Bond. Poi, voltandosi di nuovo verso Terri, aggiunse: «Lei ha la trascrizione della deposizione originaria. Penso che basti».

«A che cosa dovrebbe bastare?» disse Terri rivolta a Bond. «Fleet è l'unico testimone chiave contro Rennell Price ancora in vita. Noi riteniamo che in realtà sia lui il reo dell'omicidio e pertanto che sussista il rischio di fuga. Non è possibile deliberare sulla nostra petizione in maniera circostanziata, senza la sua testimonianza.»

Bond rifletté su questo commento e probabilmente anche sul rischio di fare la figura di quello che cercava di proteggere l'assassino di Thuy Sen. «Autorizzo la deposizione di Fleet», rispose brusco. «Quanto al resto, respingo l'esibizione di altre prove per mancanza di tempo. Il nostro compito non è celebrare un secondo processo, ma giungere in tempi brevi a una decisione sull'opportunità o meno di *concedere* un secondo processo.»

«Sono pienamente d'accordo», replicò Pell. «Per giudicare se Price era colpevole o innocente, Mauriani poteva solo basarsi sulle deposizioni rese dall'ispettore Monk e dalla dottoressa Shelton. E lo stesso vale per l'avvocato James. Può bastare un affidavit.» Pell lesse velocemente un appunto passatogli da Janice Terrell. «Resta Fleet. Se la corte ha già richiesto una sua deposizione scritta, non è necessario ascoltarlo di persona...»

«Nessun testimone?» bisbigliò Carlo nell'orecchio di Terri. «Ma allora è una farsa!»

«Vostro onore, la procura sta cercando di ridurre questo dibattimento a uno scontro fra avvocati su fatti avvenuti quindici anni fa, evitando di ascoltare testimoni in grado di fornire nuove prove...»

«L'unica prova nuova è la deposizione di Payton Price», intervenne Bond. «Che la corte ha già ammesso. Riguardo all'uomo che in tale deposizione Price indica come il colpevole dell'omicidio, mi riservo di esprimermi dopo aver letto il documento.»

Terri provò un terribile senso di delusione. «Noi continueremo a cercare prove delle tendenze pedofile e degli atti di violenza di Fleet, che avvalorerebbero la tesi per cui fu lui, e non Rennell Price, a causare la morte di Thuy Sen...»

«È in grado di produrre testimoni che confermino la sua tesi?»

«In questo momento, ancora non...»

«Dunque la sua è una supposizione, dico bene?» Bond si guardò i gemelli ai polsi e domandò: «Cos'ha in mano di veramente concreto, avvocato Paget?»

«La testimonianza di tre dei giurati che condannarono a morte il mio assistito, i quali affermano che non avrebbero espresso il medesimo verdetto, se Payton Price avesse testimoniato contro Eddie Fleet...»

«Su che basi?» la interruppe Pell con autentico sconcerto. «Non possiamo replicare il processo o valutare le condizioni mentali di giurati che a quindici anni di distanza si lasciano impietosire dalla morte imminente del condannato al punto di dimenticare perché l'hanno condannato.»

«La testimonianza dei giurati è, o perlomeno dovrebbe essere, inammissibile, avvocato Paget, e lei lo sa bene.»

Terri mantenne a fatica la calma. «Vostro onore, la questione è se, sulla base delle prove attualmente a nostra disposizione, i giurati avrebbero comunque votato per la condanna...» cominciò in tono rispettoso.

«Valutazione che sarà fatta da questa corte», la interruppe Bond. «Noi le abbiamo detto quali prove potrà esibire in punto di colpevolezza o innocenza del suo assistito. Adesso lei ci dica come intende dimostrare il suo presunto ritardo mentale.»

Carlo guardava il tavolo per non manifestare la propria irritazione. Janice Terrell, seduta di fronte, li osservava con una luce divertita negli occhi celesti. Terri parlò come se Bond non si fosse appena espresso a suo sfavore. «Abbiamo almeno due testimoni chiave, vostro onore. Il primo è la dottoressa Tammy Mattox, specializzata in sociologia criminale, che ricostruirà la vita del mio assistito.»

« Pensa davvero sia necessario, avvocato? C'è già moltissima documentazione. »

« Infatti », concordò Pell. « Ammetteremo tutta la documentazione relativa a Rennell Price, dalle pagelle ai giudizi di insegnanti, medici ed esperti che lo seguirono mentre era in riformatorio. Siamo disponibili ad ammettere anche un affidavit della maestra elementare e della dottoressa Mattox. » Dal suo tono, sembrava che le stesse facendo un favore. « Benché in realtà la dottoressa Mattox riferirà cose di cui non ha conoscenza diretta. »

Bond annuì. « Mi sembra giusto. »

« A me, invece, non sembra sufficiente », ribatté Terri. « La dottoressa Mattox ha parlato con la madre di Rennell Price, che soffre di schizofrenia paranoide, e con la nonna, inferma e... »

« A che proposito, mi scusi? » chiese Bond incredulo. « Che cosa possono dirci una ricoverata in un istituto psichiatrico e una donna anziana e inferma che neppure testimoniarono al processo? »

« Possono darci informazioni utili circa l'infanzia e l'adolescenza di Price », rispose Terri. « E circa le sue capacità mentali... »

« Dobbiamo fidarci di una psicopatica? » ribatté Bond. « Spero che lei abbia testimonianze più illuminanti, avvocato. »

« Le assicuro che incontrare la madre di Rennell Price è stato illuminante, per me », replicò Terri con fermezza. « Non ultimo perché mi ha rivelato l'identità del vero padre di Rennell. »

Bond la guardò stupito. « Ovvero? »

« Il padre biologico del mio assistito è un uomo di Bayview che la Price ha definito 'tardone'. Non vuole dirmi nome e cognome, purtroppo. E quindi non sono riuscita a identificarlo. »

« Avvocato Paget, non voglio neppure prendere in considerazione l'ipotesi di convocare una donna insana di mente perché dichiari di aver avuto una relazione con un uomo di cui non vuole darci le generalità. Un affidavit è il massimo che le concedo. »

Terri si sporse in avanti e cercò di non lasciar trasparire

quanto era furiosa. « Rennell Price crebbe a Bayview, in un ambiente caotico e brutale, con un padre psicotico e violento e una madre molto disturbata. A testimoniare sulla sua vita non possono essere persone del genere che frequentiamo noi, ma del genere che noi preferiamo tenere a distanza. O li convochiamo a deporre, o lasciamo che la dottoressa Mattox ci riferisca che cosa dichiarano. Il procuratore vorrebbe ridurre questo caso a una pila di carte, un insieme di testi cui applicare i criteri presuntivi dell'AEDPA e l'opinione della corte suprema della California. In questo modo, la morte del mio assistito resta un'astrazione e noi non rischiamo di contaminarci entrando nella sua vita. A nostro avviso, invece, le prove più pregnanti del ritardo di Rennell Price non vanno cercate nei punteggi dei test, ma nel modo in cui è vissuto. Che può essere riassunto in maniera efficace da un esperto specializzato ne... »

« La dottoressa Mattox è psichiatra o psicologa? »

« È antropologa, per la verità. E dunque in grado di interpretare l'impatto dell'ambiente familiare di Rennell Price su... »

« Non le sue condizioni mentali, però. »

« Anche », ribatté Terri. « E comunque abbiamo il dottor Anthony Lane, neuropsichiatra, che ha visitato Rennell in più di un'occasione e che vorremmo convocare a testimoniare. »

« E non potrebbe essere sufficiente questa deposizione? » disse Bond, rivolgendosi a Pell. « Lei cosa dice, procuratore? »

« Condivido le sue riserve a proposito della dottoressa Mattox e penso che un affidavit del dottor Lane potrebbe essere sufficiente. La corte ha ragione, quando sottolinea che questo non è un secondo processo. » Pell tacque e per un momento stette ad ascoltare che cosa gli bisbigliava all'orecchio Janice Terrell, quindi aggiunse: « Chiediamo in ogni caso l'autorizzazione a procedere con una perizia psichiatrica di parte, in maniera tale che l'affidavit di Lane non sia l'unica prova presentata a questa corte. In particolare, vorremmo sottoporre Price a un altro esame di valutazione del quoziente intellettivo ».

« Che non sarebbe accurato, a causa del cosiddetto 'effetto apprendimento' », fece notare Terri. « Anche un ritardato migliora con l'esperienza. »

Pell si protese in avanti e sorrise ironico, prima di rivolgersi a Bond. « Immagino che sia per questo che ha sottoposto Price a tutti i test possibili e immaginabili, avvocato Paget. Così, quando i nostri test dimostreranno che non sussiste il ritardo mentale, lei potrà invocare l''effetto apprendimento'. »

Sebbene Terri non potesse ammetterlo, era proprio così. « Da quando essere scrupolosi è una colpa? » obiettò. « È risaputo che gli operatori psicosanitari delle carceri sono spesso approssimativi, e prevenuti. »

Pell sapeva che era la verità. « Saremo altrettanto scrupolosi », disse.

« Autorizzo un nuovo esame del QI di Price », dichiarò Bond.

« Posso presenziare ai test? » chiese rapida Terri.

« Perché mai? » intervenne Pell. « Noi non eravamo presenti quando lei ha fatto i suoi. » Rivolgendosi a Bond, aggiunse: « Se l'avvocato Paget preferisce, possiamo filmare la seduta e mettere la videocassetta a disposizione della corte e della controparte ».

Terri dovette ammettere che Pell era più bravo di quanto immaginasse: in un filmato, Rennell sarebbe apparso abbastanza normale, sebbene un po' lento. Un tantino ottuso, tutto lì.

« Accordato », disse Bond. « Nient'altro, avvocato Paget? »

« Sì. Vorrei che la corte ci autorizzasse a chiamare a deporre il dottor Lane e a controinterrogare il perito che il procuratore vorrà incaricare dei test. »

« Bene. » Bond assunse un tono secco. « Il giudice Montgomery ha espresso parere favorevole a un'udienza, e del suo parere dobbiamo tenere conto. »

Quel commento gratuito, da cui traspariva l'evidente disistima per Blair Montgomery, turbò ulteriormente Terri. « In questo caso, chiediamo di sentire anche lo stesso Rennell Price », disse Pell. « Per valutare se soffra o meno di un ritardo mentale, la corte ha bisogno di vederlo. »

Terri, sbigottita, replicò: « Rennell Price *soffre* di ritardo mentale: questo è evidentissimo ».

Bond replicò, con velato divertimento: « Va considerato anche il Quinto Emendamento, procuratore. La corte non può costringere Price ad autoaccusarsi, che sia ritardato o no». Voltandosi verso Terri, aggiunse: «Lascerò a lei la decisione se far testimoniare il suo assistito, avvocato Paget. Per confermare la propria innocenza o per manifestare il proprio ritardo mentale».

Il tono del giudice, allusivo e vagamente accusatorio, fece sentire Terri intrappolata dalla strategia di Pell, che l'aveva messa di fronte a una scelta dolorosa: convocare Rennell o lasciare a Bond l'impressione che la sua petizione fosse solo un espediente per rimandare il più possibile l'esecuzione. «Grazie, vostro onore. Comunicheremo alla corte la nostra decisione.»

«D'accordo.» Bond guardò prima Terri e poi Pell. «Rennell Price fu condannato quindici anni fa. È passato già fin troppo tempo. Vi chiedo pertanto di completare la fase istruttoria entro cinque giorni. L'udienza si terrà fra sette. C'è altro?»

Terri prese in considerazione l'ipotesi di protestare, ma poi decise di non mettere ulteriormente alla prova la pazienza di Bond. «Solo una cosa, vostro onore. Vorrei conoscere i criteri con i quali la corte determinerà se Rennell Price soffre di ritardo mentale e, di conseguenza, se vivrà o morirà. La corte suprema ha vietato l'esecuzione dei ritardati mentali *dopo* il rigetto della prima istanza *habeas corpus* di Price da parte delle corti federali. Il fatto che abbiamo potuto invocare tale divieto solo nella seconda petizione dovrebbe essere tenuto in considerazione...»

«Mi scusi, non capisco.»

Terri guardò negli occhi Larry Pell. «Il giudice Nhu del Nono Circuito ha accennato a una presunta non retroattività della *Atkins*. Se così fosse, Rennell Price non potrebbe evitare l'esecuzione dimostrando un ritardo mentale. Il procuratore sembrava d'accordo.» Terri abbassò la voce. «Giustiziare Rennell Price solo perché la *Atkins* è di tre giorni posteriore al rigetto della prima petizione da parte della corte suprema è degno di un incubo kafkiano. La *Atkins* è venuta dopo. Sul punto del ritardo mentale, Rennell Price ha diritto a ricominciare da zero.»

«Procuratore?» chiese Bond.

Pell si voltò verso Janice Terrell e prese tempo. « Dobbiamo rifletterci ».

« In tal caso, chiedo alla corte di decretare l'applicabilità della *Atkins* e di chiederci di dimostrare il ritardo soltanto con uno standard probatorio attenuato », intervenne pronta Terri. Poi guardando Bond dritto in faccia, dichiarò con enfasi: « Negare a Rennell Price i benefici della *Atkins* sarebbe negargli giustizia. Mi affido alla decisione della corte ».

« E la corte deciderà », replicò brusco Bond. « Dopo l'udienza. Delibererò sull'applicabilità della *Atkins* e sull'*habeas corpus* assieme. »

Terri si sentì di nuovo in trappola, costretta sia da Bond sia da Pell a dimostrare il ritardo mentale di Rennell chiamandolo a testimoniare. Ma non poteva fare più di così e, con un brutto presentimento, dichiarò: « Grazie, vostro onore ».

La prima udienza con il giudice Bond era finita.

6

Eddie Fleet fissava Terri con lo sguardo acceso, scoprendo i denti d'oro.

Terri cercava di restare calma. Erano le nove e mezzo e il sole che entrava dalle finestre della sala riunioni dello studio sfiorava il tavolo di ciliegio. Accanto a Fleet era seduto Brian Hall, un avvocato d'ufficio con i capelli grigi, i modi bruschi e lo sguardo cinico. A capotavola, a destra di Terri, c'era lo stenografo mandato dal tribunale per la trascrizione del colloquio, un uomo anziano con le maniche rimboccate. Alla sinistra di Terri era seduto Carlo, che aveva vicino Laurence Pell e Janice Terrell.

Terri fece un cenno di assenso allo stenografo.

L'uomo alzò la mano destra, invitando Fleet a fare lo stesso. Fleet smise di sorridere.

« Giura solennemente di dire la verità, tutta la verità e nient'altro che la verità? »

« Sì, okay. »

« Vuole declinare le sue generalità, per favore? » chiese Terri.

« Eddie Fleet. »

« Occupazione? »

Fleet accennò un altro sorriso. « Manovale. »

Terri decise di passare subito al punto. Con lo stesso tono professionale che aveva usato fino a quel momento, chiese: « Conosce Betty Sims? »

Fleet si fece improvvisamente serio. Non si mosse, ma parve irrigidirsi. « La conoscevo », disse.

« Che rapporti aveva con lei? »

Fleet guardò il proprio avvocato. « Era la mia donna. »

« Quando l'ha vista l'ultima volta? »

« Un sacco di tempo fa. Non me lo ricordo », rispose Fleet con un'alzata di spalle.

« L'aiuto io a ricordare », disse Terri. « Betty Sims aveva una figlia? »

Fleet assunse un'espressione diffidente. « Sì. »

« Come si chiamava? »

« Non me lo ricordo. »

« Lacy, forse? »

Fleet ebbe un attimo di esitazione: forse stava cercando di capire quanto Terri sapesse di quel che era successo. « Sì, mi pare. Anche lei non la vedo da un sacco. »

« Quanto? »

Hall posò la mano sul braccio di Fleet, per fermarlo prima che rispondesse. « Che rilevanza ha tutto questo? » chiese.

Terri continuò a guardare Fleet. « Mi consenta di proseguire, avvocato. A meno che, naturalmente, lei non ritenga che il solo fatto di conoscere Lacy Sims sia in qualche modo incriminante per il suo assistito. »

« No di certo », replicò Hall. « Ma irrilevante, sì. »

« Questo lo vedremo. Signor Fleet, l'ultima volta che la incontrò, quanti anni aveva Lacy Sims? »

Larry Pell e Janice Terrell si sporsero per vedere meglio. Hall ritirò lentamente la mano. Con tono ostentatamente annoiato, Fleet rispose: « Dodici, mi pare ».

« Grazie », rispose amabile Terri. « Costrinse mai Lacy Sims a un rapporto orale, signor Fleet? »

Fleet mosse nervosamente le spalle e fulminò Terri con lo sguardo. « Che cosa ha detto? » intervenne Hall.

« Ho posto al signor Fleet una domanda », rispose pacata Terri. « Vuole che gliela ripeta o la ricorda? »

Fleet continuava a guardarla con sguardo di fuoco. Terri pensò che si stesse chiedendo con chi aveva parlato, se con Betty o con Lacy. Senza guardarlo, Terri chiese allo stenografo: « Può rileggere la domanda, per favore? »

L'uomo alzò il nastro per leggere e disse: « Costrinse mai Lacy Sims a un rapporto orale, signor Fleet? »

Larry Pell posò la penna. Fleet gli rivolse una breve occhiata, prima di decidersi e ribattere: « Perché avrei dovuto? »

« Sta dicendo che, se Betty e Lacy hanno detto che lei costrinse la bambina a un rapporto orale, hanno mentito? »

Quello di Terri era un bluff, ma Fleet cominciò a voltarsi verso Hall, invece di rispondere. Poi si fermò e Terri interpretò quell'esitazione come paura. « Sarebbe la parola di due persone contro la sua », insistette. « Vuole farsi spiegare dal suo avvocato a che cosa si va incontro per falsa testimonianza? »

« Si astenga dal fare commenti », l'ammonì Hall. Poi prese Fleet per un braccio e si allontanò con lui dal tavolo. Terri vide che gli parlava e poi aspettava una risposta.

« Mettiamo a verbale che il teste sta conferendo con il suo legale rappresentante », disse allo stenografo.

Fleet si voltò di scatto verso di lei. « Quella troia ce l'ha con me. »

« Quale 'troia'? » chiese Terri. « Lacy o sua madre? »

Fleet per un attimo parve in trappola e Terri si sentì improvvisamente in colpa per aver messo a rischio una donna e sua figlia. « Betty », rispose Fleet. « Chi altro pensava? »

« Perché? Perché lei la picchiava? »

Fleet aspettò un momento, prima di rispondere. « Le avrò dato una sberla ogni tanto per farla star zitta. Niente di che. »

« Sul viso? »

Fleet si appoggiò allo schienale e Terri vide che stava pensando a cosa rispondere. Evidentemente, decise che gli conveniva approfondire il discorso sui maltrattamenti alla sua compagna, piuttosto che altri argomenti. « Anche. Una o due volte le ho fatto un occhio nero. »

« Grazie della risposta sincera. Costrinse mai Lacy Sims a un rapporto orale? »

« Ha già formulato la domanda e avuto una risposta », intervenne Hall.

« Per la verità, non ho avuto nessuna risposta. Forse speravate che me ne fossi scordata. » Sempre in tono pacato, Terri insistette: « La ripeto: costrinse mai Lacy Sims, figlia di Betty Sims, a un rapporto orale? »

Hall posò la mano sul braccio di Fleet. « È irrilevante », disse.

Terri lo guardò negli occhi. « È irrilevante che il suo assistito sia pedofilo? Non credo proprio. E comunque può rispondere di sì o di no, ma non può rifiutarsi di rispondere. »

Hall, nervoso, parve riflettere di fronte a quel dilemma e, conoscendo poco il suo cliente, disse brusco: « Desidero parlarne con il signor Fleet. In separata sede ».

Fleet sembrava impietrito e guardava Terri con odio profondo. « Venga con me », gli disse Hall.

Fleet si alzò lentamente senza smettere di guardare Terri, la quale provava per lui un sentimento di autentico disgusto e di collera violenta. In qualche modo per lei era come il suo ex marito Ricardo Arias e voleva impedirgli a tutti i costi di fare del male ad altre bambine innocenti. Esternamente, però, mantenne un atteggiamento impassibile, professionale.

Hall accompagnò Fleet fuori. Terri li guardò dal vetro: la bocca di Hall si muoveva velocemente, l'espressione dell'avvocato era sempre più adirata. Fleet, che era molto più alto, lo ascoltava con la testa china. Nella sala riunioni nessuno diceva niente.

A un certo punto Hall si zittì e Fleet, imbronciato, lo guardò e annuì. Dopo pochi minuti i due rientrarono e tornarono a sedersi ignorando gli sguardi degli altri.

« Il mio assistito obietta a questa irrilevante intromissione nella sua vita privata. Egli invoca pertanto il Quinto Emendamento e si avvale della facoltà di non rispondere. »

« Il Quinto Emendamento non dà al teste il diritto di non rispondere alle domande che non gradisce », fece notare con calma Terri. Poi, rivolgendosi a Fleet, disse: « Le ho chiesto se costrinse mai Lacy Sims a un rapporto orale. Intende avvalersi della facoltà di non rispondere perché la risposta potrebbe essere incriminante per lei? »

Fleet incrociò le braccia. « Mi appello al Quinto Emendamento », rispose.

Terri assunse un'espressione incuriosita. « Ha mai costretto una minorenne a un rapporto orale? »

Larry Pell si spostò sulla sedia nervoso, consapevole della

trappola che Terri stava tendendo a Eddie Fleet e, di conseguenza, anche a lui. Fleet scoprì i denti con un'espressione maligna.

«Mi appello al Quinto Emendamento», ripeté.

«Costrinse mai a un rapporto orale una minorenne di origine asiatica?»

Fleet alzò la voce. «Mi appello al Quinto Emendamento.»

Con gli occhi sempre fissi su Fleet, Terri estrasse una fotografia da una busta che aveva davanti e la spinse lentamente verso lo stenografo. «Chiedo che questa foto venga messa agli atti come reperto numero uno.»

L'uomo guardò brevemente la fotografia, scrisse qualcosa sul margine e la restituì a Terri che, in silenzio, la passò a Carlo. Il ragazzo si voltò verso Janice Terrell e gliela porse, guardandola negli occhi finché lei non abbassò lo sguardo sulla foto. «Grazie», le disse poi educatamente. «La faccia girare, per favore.»

Pell prese la foto dalla collega e, dopo averla guardata brevemente, la restituì a Carlo.

Carlo la posò davanti a Fleet. «È per lei, credo.»

Fleet osservò impietrito la foto dell'autopsia di Thuy Sen. Distaccata, Terri chiese: «Costrinse mai questa bambina a un rapporto orale?»

Con un gesto un po' goffo, Hall si intromise fra Terri e Eddie Fleet. «D'ora in avanti il mio assistito si avvarrà della facoltà di non rispondere a qualsivoglia domanda.» E aggiunse indignato: «La sua strategia è chiara: lei vuole incolpare il mio assistito del reato ed esporlo al rischio di commettere falsa testimonianza, anche su questioni irrilevanti ai fini del...»

«Non si tratta di questioni irrilevanti», lo interruppe Terri. «Stiamo parlando dell'omicidio di una bambina, del quale quindici anni fa il mio assistito fu ritenuto colpevole sulla base della testimonianza del signor Fleet. Voglio essere chiara, avvocato: starò qui tutto il tempo necessario per leggere tutte le risposte che il signor Fleet diede alle domande del procuratore Mauriani riguardo all'omicidio di Thuy Sen e chiedergli se sono veritiere. Dovrà invocare il Quinto Emendamento circa sessantasette volte, se non erro. È questo che intende fare il suo assistito?»

Hall incrociò le braccia. «Se seguirà il mio consiglio, sì.»

Terri si voltò verso Pell. «Ha qualche suggerimento, procuratore?»

«No.»

«Allora propongo di garantire al signor Fleet l'immunità sia per l'omicidio di Thuy Sen sia per la falsa testimonianza, purché risponda alle domande che gli verranno rivolte in questa sede.» Il tono di Terri era carico di sdegno. «Sarebbe un provvedimento efficace, in quanto consentirebbe al signor Fleet di continuare a non essere perseguito per l'omicidio della bambina, a Rennell Price di non venire giustiziato per un crimine che non ha commesso e a *lei* di scoprire finalmente la verità. Che è il motivo, se ben ricordo, per cui dice di aver informato il signor Fleet della confessione di Payton Price.»

Pell rimase imperscrutabile e formulò con attenzione la sua replica in modo da non cadere nella trappola di Terri. «L'immunità va concessa sulla base di fattori estremamente complessi che vanno decisi a livello di procura generale. In questa sede, io non ho la facoltà di garantire nulla al signor Fleet.»

«Peccato», commentò Terri. «Ma aspetteremo tutto il tempo necessario. La prego di darmi risposta prima della prossima udienza con il giudice Bond.»

Eddie Fleet la guardava con odio.

«Le consiglio di chiedere una pausa», gli disse Terri. «Quella che l'aspetta è una deposizione piuttosto lunga.»

«La faccia di Pell era tutta un programma», raccontò Carlo a suo padre quella sera. «Ma Fleet mi ha fatto paura. È evidente che odia Terri quanto lei odia lui.»

Chris si appoggiò allo schienale con espressione preoccupata. Sparsi davanti a lui c'erano gli atti relativi alla domanda di grazia di Rennell Price. «Terri ha avuto quel che voleva», rispose dopo un po'. «È molto probabile che la procura generale conceda l'immunità...»

«Io non ci conto», disse Terri, comparendo improvvisamente sulla porta. Carlo si chiese quanto avesse sentito di quel che si erano appena detti lui e il padre. «È una questione delicata e 'complessa': se cominciano a garantire l'immunità agli informatori anche per le petizioni *habeas corpus*, dove andremo a finire? Quante richieste si ritroverebbero, una volta creato il precedente?» Si rivolse a Chris e chiese: «Cosa faccio, secondo te? Chiamo Rennell a testimoniare o no?»

Chris si passò una mano sulla nuca. «Dipende da cosa fa Pell con Fleet. E Bond...»

In quell'istante squillò il telefono. Chris rispose, stette ad ascoltare un momento e poi premette il pulsante del vivavoce. Era Tammy Mattox. «Quando devi vedere Rennell?» chiese senza preamboli.

«Domani», rispose Terri. «Perché?»

«È morta sua nonna. Secondo me non ha retto all'esecuzione di Payton: è stata la goccia che ha fatto traboccare il vaso.» Con voce più sommessa, aggiunse: «Adesso a Rennell resta solo la mamma, chiusa in un istituto. Mi dispiace, Terri, ma penso che dovresti dirglielo tu».

7

L'espressione di Rennell cambiò impercettibilmente. Il suo sguardo si fece più distante e Terri ebbe la sensazione che si fosse chiuso in se stesso per difendersi dal dolore e dal senso di perdita. Si chiese se, dopo la morte di Payton, fosse ancora in grado di provare qualcosa, e che cosa.

« Stava sempre in camera sua », borbottò. « È morta in camera sua? »

Eula Price aveva perso la casa quattordici anni prima per la sciagurata combinazione tra l'omicidio della piccola Thuy Sen e il vizio della cocaina di Yancey James. Tuttavia il mondo, nella scarsa immaginazione di Rennell, era rimasto uguale a come lui lo aveva lasciato. « Sì », rispose Terri.

Lui abbassò la testa. « Si nascondeva. Aveva paura. »

Se Eula Price avesse avuto meno paura e avesse reagito di più, forse Thuy Sen non sarebbe morta, pensò Terri. Ma quella era una delle tante sciagurate combinazioni che avevano segnato il destino di Rennell, nato in una famiglia disastrata, in un quartiere degradato e con un patrimonio genetico inadeguato. « Era molto stanca », continuò Terri. « Era vecchia. »

Rennell non alzò la testa. « Si è buttata giù da quando è venuto a prenderci il poliziotto nero. Al processo, io le sorridevo, ma lei scuoteva la testa. Pensava che eravamo cattivi, era arrabbiata con noi e non ci sorrideva più. »

Terri fu travolta da un senso di indicibile tristezza al pensiero di come Rennell aveva interpretato l'atteggiamento della nonna, la quale sicuramente si era resa conto che il fatto che Rennell sorridesse durante il processo sarebbe stato frainteso e aveva cercato a modo suo di dissuaderlo. « Era preoccupata per te », gli disse Terri. « Tutto qui. »

Rennell rimase zitto. Terri si appoggiò allo schienale e

guardò gli altri detenuti a colloquio con i loro avvocati nel parlatorio. Per un attimo, le parve che le cabine fossero dei confessionali, in cui i detenuti cercavano l'assoluzione da sacerdoti in giacca e cravatta.

« Com'è mancata? » domandò Rennell.

« Nel sonno. È volata in cielo senza soffrire. »

Rennell la guardò. « Come Payton? »

Terri si sentì morire. Payton ha sofferto, pensò. Non era la sua ora, gli è stato tolto il respiro prima del tempo. « Sì, come Payton », rispose.

« Non potevo parlargli dell'udienza o di una sua eventuale testimonianza », disse Terri. « Ma dobbiamo decidere se farlo deporre o no. »

Chris, Carlo, Anthony Lane e Tammy Mattox erano seduti intorno al tavolo apparecchiato con piatti di carta e tramezzini. Avevano tutti l'aria stanca.

« Il rischio è altissimo », replicò Chris. « Ma potrebbe valerne la pena. »

« Dici? »

« Se Bond riterrà che non abbiamo prove sufficienti per dimostrare il ritardo mentale o l'innocenza, non potremo più fare niente. » Chris bevve un sorso di Coca-Cola Light. « Un modo per modificare gli equilibri è presentare a Bond – e ai media – un uomo ritardato e quindi chiedere alla corte se davvero vuole confermare la sua condanna a morte. »

Lane scosse la testa. « Rennell non si rende conto di essere ritardato. Non è in grado di capire che gli conviene comportarsi in un certo modo e Bond strumentalizzerà la sua deposizione. C'è troppa gente convinta che i ritardati stiano perennemente con la bocca aperta e lo sguardo perso nel vuoto. E comunque Bond può pensare che quella di Rennell sia una posa, una messinscena organizzata da noi per salvarlo dall'iniezione letale. Se anche riuscissimo a spiegare a Rennell come comportarsi con Larry Pell per dimostrare la propria innocenza, rischiamo di farlo sembrare abbastanza intelligente da commettere un omicidio... »

« Se non interviene all'udienza, Rennell resterà un oggetto astratto di discussione fra legali e periti », obiettò Carlo. Poi, in tono più arrabbiato, aggiunse: « Come si fa a decidere della vita o della morte di una persona in sua assenza? »

« Il problema è che all'apparenza Rennell è normalissimo », fece notare Lane. « Ricordo due avvocati molto sensibili che fecero mettere al loro assistito giacca, cravatta e un paio di occhiali e gli diedero un tomo di diritto da leggere in aula, affinché si sentisse al loro livello anche se era ritardato. Per la cronaca, alla fine fu giustiziato. »

« Ci stiamo dimenticando Rennell », disse Tammy. « Siamo talmente preoccupati dalla figura che potrebbe fare all'udienza che non pensiamo alle conseguenze: Rennell ci sentirebbe spiegare a Bond che infanzia infernale ha avuto, che suo fratello Payton l'ha fregato e che ha passato quindici anni in galera perché è troppo scemo per difendersi. Tutto questo davanti a lui... »

« L'alternativa è l'iniezione letale », intervenne Chris. « Che mi sembra molto peggiore. Se anche feriamo i suoi sentimenti, l'importante è che viva. Se ne esce vivo, in seguito possiamo aiutarlo. Una volta morto, non potremo più fare niente. »

« Ha già tentato il suicidio », disse Tammy. « La mia impressione è che Terri sia la persona che gli dà la spinta per andare avanti. Vuoi rovinare tutto, Chris? »

« No, lungi da me », rispose Chris pacato. « Ma penso sia meglio provare a farci dare una mano da Rennell adesso e dopo dargli una mano noi, piuttosto che contare sulla compassione di Bond per un presunto ritardato che non ha mai visto in faccia e che gli viene descritto da avvocati di cui non si fida. »

Lane era scocciato. « Al tuo ragionamento manca qualcosa », disse. « E cioè il fatto che adesso Rennell sa che una corte può mandarlo a morire. Lo sa perché è successo a Payton. Immagini che paura avrà, quando Bond comincerà a fargli delle domande? Soprattutto dopo che io avrò detto pubblicamente che è ritardato. Tu non lo conosci, Chris. È assurdo che, per 'salvarlo', lo distruggiamo emotivamente. »

« Non deve per forza assistere alla tua deposizione. Può venire a testimoniare e basta. »

« Se non lo distruggo emotivamente io, lo farà Pell durante il controinterrogatorio », ribatté Lane.

« E come? » domandò Chris. « Facendolo sembrare ritardato? Se la corte non ci dà ragione, Rennell è spacciato. Trovo assurdo discutere della qualità della sua vita, come se fossimo in un ospedale per malati terminali. »

Nel silenzio che seguì, Terri si sentì lacerata fra la preoccupazione di Lane circa la fragilità emotiva di Rennell e la logica apparentemente spietata del marito, che lei sapeva basarsi su una compassione più profonda, che forse solo Carlo poteva capire. « C'è molto da fare », disse. « Io vado al funerale e poi da Rennell. Decidiamo quando torno. »

Il funerale di Eula Price era stato bellissimo, la chiesa era piena di gente, la cassa coperta di fiori. Quando il coro aveva intonato *Amazing Grace*, Terri aveva sentito che finalmente Eula era in pace, fra gli angeli.

Fu questo che disse a Rennell. In realtà non era vero niente a parte i fiori, dono della famiglia Paget. Ma quando nominò gli angeli, a Rennell vennero le lacrime agli occhi.

« Era una brava donna e ti voleva molto bene », continuò Terri.

Rennell chiuse gli occhi. In silenzio, Terri osservò l'album che le aveva portato da vedere, fatto con tutte le cartoline che gli aveva mandato sua nonna in carcere. Rennell le aveva attaccate con lo scotch a dei fogli da disegno e, sulla copertina, aveva scritto DNA.

« Che cos'è? » gli domandò Terri.

Rennell impiegò un momento per capire a che cosa si riferiva. « È un libro che dice che sono innocente. Mia nonna lo sapeva, che non ho fatto niente. Volevo che lo facevi vedere a quei signori. »

« Quali signori? »

« Quelli dei test. Sono stufo di test. »

Terri lo guardò con dolcezza. « Sai a che cosa servono quei test? »

Rennell giunse le mani. « Non sono mica scemo! » esclamò rabbioso. « Se non andavo bene a scuola è perché non ce ne avevo voglia. Payton l'ha sempre detto, che ero uno sbandato. »

Era la prima volta che Terri gli sentiva dire una cosa simile. Per un attimo si stupì, poi rifletté che per Rennell era consolante ritenersi uno sbandato come tanti altri, piuttosto che ritardato. « Perché dici questo? »

« Perché non voglio più vedere quelli della procura. » Era arrabbiatissimo. « Non voglio più nessuno a farmi fesso, manco te. Mi avete rotto i coglioni. »

Terri ebbe un'illuminazione e pensò all'episodio che probabilmente aveva reso Rennell del tutto incapace di fare del male ai più deboli, e quindi anche a Thuy Sen. « Quando eri al riformatorio, ti hanno fatto delle cose terribili, che ti hanno messo tanta paura che poi non riuscivi a dormire di notte. Mi dici che cosa ti hanno fatto? »

Rennell chiuse di nuovo gli occhi. Stringeva talmente le mani che aveva le nocche bianche. « Niente. Non mi hanno fatto niente. »

« Puoi dirmelo, Rennell », lo incoraggiò Terri. « Payton mi ha raccontato tutto. »

Rennell spalancò gli occhi. « Non voglio più test. Non voglio più nessuno. Mi avete rotto i coglioni. »

Terri gli posò una mano sul braccio, cercando di calmarlo. « Vedrò cosa posso fare, Rennell. »

8

La mattina dell'udienza, davanti al Federal Building si erano raccolti due gruppi di manifestanti. Vicino alla porta di vetro c'era un assembramento di persone che protestavano contro la pena di morte – fra i quali un celebre attore e un premio Pulitzer per la poesia – e un altro, meno numeroso ma più agguerrito, aveva un cartello che invocava GIUSTIZIA PER LE VITTIME. Da quest'ultimo si staccò una donna con i capelli grigi e la faccia stravolta dall'ira, che si parò di fronte a Terri.

« L'ho vista in televisione », esordì in tono di accusa. « Come fa ad avere una mente così perversa e malata? »

Chris prese Terri sottobraccio, con l'aria di volerla proteggere a costo di dare una spallata alla donna e farla passare oltre, ma Terri si fermò e, calmissima, disse: « Se ho una mente perversa e malata io, ce l'hanno anche Nelson Mandela, Martin Luther King, il papa e tutte le democrazie occidentali tranne gli Stati Uniti. »

« Che se li tengano le democrazie occidentali, i nostri assassini! » gridò un uomo. « È colpa sua e di quelli come lei, se animali come il suo cliente sono liberi di violentare i nostri bambini. »

« Andiamo », disse Carlo. E questa volta Terri non oppose resistenza.

Il giudice Bond, in toga nera impeccabilmente stirata, parlò dal suo scranno a voce alta, perché lo sentissero tutti i giornalisti che gremivano l'aula. A Terri venne in mente il grande inquisitore del *Don Carlo* di Verdi.

« Nella prima fase del dibattimento discuteremo se Rennell Price soffra di un ritardo mentale e pertanto non vada giustiziato, ai sensi della *Atkins*. Stabiliremo inoltre se ha diritto al riconoscimento di attenuanti di cui non usufruì al processo e che, ai sensi dell'AEDPA, avrebbero impedito l'applicazione della condanna a morte. Le parti possono convocare un unico testimone.»

Facendo un cenno verso Terri, il giudice aggiunse: «A meno che l'avvocato Paget non abbia deciso di convocare anche il diretto interessato».

«Per il momento convochiamo solo il nostro esperto», replicò Terri.

E si alzò in piedi, preparandosi a dare al dottor Anthony Lane la responsabilità di dimostrare la complessa personalità di Rennell Price.

Lane era seduto al banco dei testimoni in doppiopetto, con un'aria molto più professorale rispetto a quella del suo primo incontro con Rennell Price. Terri, di fronte a lui, era sconcertata al pensiero dell'abisso che separava la brutalità della vita vissuta da Rennell e il resoconto inevitabilmente sterile fatto da un perito in un'aula di tribunale distante anni luce dallo squallore di Bayview.

Lane aveva l'arduo compito di colmare quell'abisso, spiegando i fatti nel modo più semplice possibile. «Rennell Price è stato sfortunato fin dalla nascita. Anzi, per la precisione, fin dal concepimento. La madre Athalie beveva in gravidanza, al punto che in un'occasione, durante il primo trimestre, perse i sensi per l'ubriachezza. Il padre, psicotico e sadico, a due anni gli faceva bere birra per divertirsi a vederlo cadere dalle scale. La madre gli metteva la birra nel biberon per non farlo piangere, perché quando il bambino piangeva, il padre lo picchiava. A sette anni, Athalie Price lo portò al pronto soccorso con un trauma cranico chiaramente riportato in casa...»

«Se tutto questo è vero, è tragico, ma sono tanti i bambini che riportano un trauma cranico, per le botte o per incidenti vari», intervenne Bond. «Non per questo dobbiamo considerarli meno responsabili delle loro azioni da adulti.»

«Non ne sarei così sicuro», rispose Lane in tono rispettoso. «E comunque non molti riportano addirittura danni cerebrali di tipo organico, causati dalla sindrome fetale da alcol e aggravati da ripetute botte in testa. Dai test che ho somministrato e dai colloqui avuti con lui, ritengo invece che Rennell Price appartenga a questa categoria.»

«I problemi di tipo organico cui lei fa riferimento sarebbero la causa del ritardo mentale di Price?» chiese Bond.

«No», rispose sicuro Lane. «Ci sono anche i maltrattamenti subiti in famiglia. Di certo, Price non sarebbe diventato una cima neanche se fosse cresciuto in un ambiente più sano, invece che in una famiglia di Bayview composta da un padre psicotico e una madre alcolista, ritardata e schizofrenica...»

«Ritiene dunque che anche Payton, alla cui confessione viene data tanta importanza, fosse ritardato?» domandò pungente Bond.

«No, vostro onore. Ma ritengo che i due ragazzi fossero figli di due uomini diversi. Secondo Athalie Price, il padre di Rennell era un ragazzo del quartiere, 'un po' tardone', ma 'molto dolce'. Può darsi che non sia vero, naturalmente, ma è mio parere che la donna sia troppo malata per inventarsi una cosa del genere. Sembra peraltro che anche Vernon Price sapesse che Rennell non era figlio suo, motivo per cui lo trattava particolarmente male.» Come ricordando che il pubblico era quasi interamente composto da giornalisti, Lane alzò la voce e assunse un tono vagamente ironico. «A differenza di Payton, Rennell da Vernon Price non prese l'intelligenza, ma solo botte. E porta ancora con sé gli effetti della sua psicosi.»

Terri notò che Pell guardava Lane con l'attenzione che si riserva agli avversari pericolosi. Nell'aula non si sentiva volare una mosca.

«Quali effetti?» domandò.

Lane giunse le mani e guardò verso il pubblico. «Rennell soffre di disturbi del sonno: ha incubi ricorrenti, si sveglia spesso la notte, ha paura del buio. È altamente probabile che questi disturbi risalgano all'infanzia, quando veniva svegliato dai litigi fra i genitori e sentiva il padre che picchiava o violentava la madre la notte, visto che dormivano in camere vicine. Senza dubbio peggiorarono dopo che Vernon Price lo fece sedere, nudo, sulla stufa. Rennell aveva quattro anni.»

Uno degli assistenti di Bond, che ascoltava dal banco dei giurati, cominciò a giocherellare nervosamente con la cravatta. Lo stesso Bond strizzò gli occhi, come se la luce nell'aula fosse diventata di colpo troppo intensa. Terri si accorse che era nervoso, ma non capì se provava compassione o semplice fastidio. «Quali altri eventi potrebbero aver causato i disturbi del sonno di cui Price ha sofferto tutta la vita?» chiese a Lane.

Il perito si voltò verso il giudice e cercò di usare un tono sicuro di sé. «Stando alle dichiarazioni di Price, il padre violentava la moglie davanti ai figli, a volte penetrandola o sodomizzandola con un manico di scopa. Per fortuna, non li faceva prendere parte alla violenza. Ma un giorno l'uomo, ubriaco, costrinse la moglie a praticare una fellatio al figlio minore e dopo piombò in un sonno profondo.» Lane cercò di non modificare il tono di voce, perché le sue parole facessero più effetto. «Athalie allora andò in cucina, prese un coltello e glielo piantò nel petto.»

Bond fece una piccola smorfia e Terri pensò che probabilmente stava pensando che era da quell'episodio che Rennell aveva imparato la pedofilia. «A suo giudizio, quanta influenza ebbe su Rennell Price l'atto sessuale con la madre?»

Lane si concentrò. «Ritengo che assistere all'assassinio del padre ed essere costretto ad avere un rapporto sessuale con la madre gli abbiano provocato un grave stress post traumatico, non dissimile da quello dei militari che assistono ad atti di grande violenza in combattimento. Solo che Rennell aveva sette anni, non venti, e aveva subito una violenza sessuale. Nella sua testa, un rapporto orale con un bambino e una morte tragica erano indissolubilmente legati.» Lane scosse la testa. «Se lasciamo un istante da parte tabù sessuali e scrupoli di coscienza, vostro onore, a mio parere per Rennell Price costringere una bambina di nove anni a un rapporto orale avrebbe voluto dire infliggersi un trauma assolutamente insopportabile. E questo ancor prima della seconda violenza sessuale che subì.»

Lane aveva introdotto abilmente il tema dell'innocenza di Rennell, come programmato con Terri, e al tempo stesso aveva continuato a suscitare compassione nei suoi confronti. Bond sembrava titubante: da una parte era irritato per quell'excursus, dall'altra era interessato al racconto di Lane.

« Vogliamo tornare al problema del ritardo mentale, per favore? » disse. « Dovrebbe essere quello, il tema della sua deposizione. »

« Ci sto arrivando », promise Lane. « Ma non è solo il ritardo mentale a fare di Rennell Price una figura così tragica. Sono anche gli annessi e connessi. Rennell Price era geneticamente predisposto al ritardo mentale, alla dipendenza da sostanze e ai problemi cognitivi. Non fu voluto, fu gravemente trascurato, soffrì di malattie e di abusi. Sin dalla più tenera infanzia, si rilevò inadeguato mentalmente, socialmente ed emotivamente. Aveva problemi di apprendimento, ritardo mentale, deficit organici e traumi. Crebbe in estrema povertà, senza controllo da parte degli adulti, senza guida né modelli di riferimento. Non trovò sostegno né in famiglia, né a scuola, né nella comunità in cui viveva e crebbe privo dei fondamenti indispensabili per uno sviluppo sano. » Si interruppe e assunse un'aria di profonda convinzione. « Rennell Price è il soggetto più deprivato e abusato che io abbia mai conosciuto, vostro onore. »

Bond lo guardò con le mani giunte. « Capisco. Ma ho a che fare continuamente con petizioni *habeas corpus* di individui dall'infanzia disastrata. »

Lane guardò il giudice. « Certamente », disse a bassa voce. « Le assicuro che quella di Rennell Price lo è in maniera particolare. »

Bond assunse un'espressione imperscrutabile. « Va bene, facciamo dieci minuti di intervallo », disse. « Poi lei ci spiegherà *perché* dovremmo considerare quest'uomo ritardato. Che è, invero, lo scopo della sua testimonianza, poiché non sta a lei entrare nel merito dell'innocenza o della colpevolezza del ricorrente. »

I presenti cominciarono a parlare e ad alzarsi. Terri si voltò verso il marito e bisbigliò: «Pensi ancora che Rennell sarebbe dovuto venire?»

Chris osservò Gardner Bond che scendeva dallo scranno. «Chiedimelo di nuovo più tardi», rispose.

9

«Settanta punti non sono il tetto oltre cui non vi è ritardo mentale», disse Anthony Lane al giudice. «E settantadue non sono un quoziente di intelligenza adeguato...»

Bond alzò una mano. «Esiste un punteggio limite, secondo lei?»

«Secondo me, bisogna considerare se il ritardo è evidente fin dall'infanzia e in quale misura influisce sulla capacità di affrontare la vita quotidiana.» Lane era calmo e composto. «Nel caso di Rennell Price, sappiamo che ha avuto grosse difficoltà dovute a una nefasta combinazione di fattori genetici e ambientali e di abusi. Non credo che si possa prescindere da tutto questo e valutare solo il punteggio.»

Avvicinandosi al banco dei testimoni, Terri chiese: «La sentenza *Atkins* sottolinea le difficoltà di chi ha un ritardo mentale a rapportarsi con il sistema giudiziario. Vuole dirci in che modo, a suo parere, il ritardo mentale ha portato Rennell Price nel braccio della morte?»

Lane si appoggiò allo schienale e si mise le mani in grembo, assumendo un tono professorale. «Attraverso una serie di malintesi e incomprensioni, a cominciare dal primo interrogatorio per concludere con la reazione che ebbe di fronte alla condanna a morte. L'ispettore Monk vide in lui uno spacciatore di crack duro e incapace di rimorso, quando in realtà aveva davanti un ragazzo scarsamente intelligente e spaventato, che stentava a far fronte alle richieste della polizia...»

«Rennell Price ammise di aver visto Thuy Sen in un negozio del quartiere, dico bene?» si intromise Bond.

«È possibile», rispose Lane con un'alzata di spalle. «Ma forse lo disse soltanto per dire qualcosa. Mi stupisco che non abbia addirittura confessato di averla uccisa: i ritardati mentali tendono spesso a rendere false confessioni per ingraziarsi la polizia, o anche solo per far concludere un interrogatorio troppo pressante. Invece, benché Monk glielo avesse chiesto molte volte, Rennell Price continuò a ripetere di non essere stato lui. Però non riuscì a convincerlo.»

«Forse perché non sapeva dire dove fosse al momento dell'omicidio», disse Bond.

Sebbene il commento del giudice fosse mirato a contraddirlo, Lane annuì, affabile. «Precisamente. Monk immaginò un pedofilo senza un alibi, quando invece Price non aveva abbastanza memoria o consapevolezza del tempo e dello spazio per dire dove si trovasse il giorno in cui era morta Thuy Sen. Payton sostiene che stesse dormendo. Ma, in un certo senso, Rennell dormiva tutto il giorno, tutti i giorni. Per lui ogni giorno è uguale a un altro, un momento indeterminato in una stanza buia.»

Quella descrizione così cupa fece riflettere Bond per un momento. Terri ne approfittò per chiedere: «Ci parli di Jamal Harrison, dottore, visto che la storia che raccontò fu cruciale ai fini della richiesta della condanna a morte».

«Successe più o meno la stessa cosa. Harrison ritenne che Rennell Price avesse sorriso perché Payton gli aveva appena detto che Harrison avrebbe tolto di mezzo Eddie Fleet. Ma Payton afferma che il fratello sorrise perché lui gli aveva appena detto che sarebbe andato tutto bene.» Il suo tono si addolcì. «E, come sempre, questi gli credette. Motivo per cui ci troviamo qui, ora.»

«Il ritardo mentale di Rennell Price influì anche sui suoi rapporti con l'avvocato James?» chiese Terri.

«Sì», rispose grave Lane. «All'udienza preliminare, il giudice Warner chiese ai due fratelli se accettavano di farsi rappresentare entrambi dallo stesso avvocato, indipendentemente dal conflitto di interessi. Quando toccò a Rennell rispondere, Warner lo sentì dire sì. In realtà dietro quel sì c'era l'abitudine di un adolescente ritardato di fare tutto quello che gli diceva il fratello. Per Rennell il discorso del giudice era arabo. James diede per scontato che anche Rennell fosse colpevole, dopo la tacita confessione di Payton, e pensò che, se questi continuava a ripetere di non essere stato lui, fosse perché mancava di immaginazione. Una mancanza di immaginazione cui Payton compensò chiedendo a Tasha Bramwell di rendere falsa testimonianza.» Lane fece un sorrisetto ironico. «L'unica cosa vera che la teste dichiarò era che Rennell aveva dormito gran parte del pomeriggio, il giorno in cui fu uccisa Thuy Sen. Rennell, che aveva grossi problemi di memoria, non se lo ricordava. Ma la giuria pensò di trovarsi davanti a un pessimo avvocato che offriva un alibi patetico a due degenerati.»

Terri ebbe l'impressione che quel resoconto così misurato del destino di Rennell stesse facendo riflettere tutti. Nell'aula regnava un silenzio di tomba. «Che relazione c'è, secondo lei, fra il ritardo mentale di Rennell Price e la questione se egli sia o no innocente e ingiustamente condannato?»

«C'è una relazione stretta. Se fosse stato di intelligenza media, sapendosi innocente, Rennell Price avrebbe capito che Eddie Fleet lo stava incastrando e ne avrebbe parlato con il suo avvocato. Forse avrebbe addirittura preso le distanze dal fratello.» Appoggiando la schiena, Lane parve immaginare il processo dei due fratelli. «Rennell Price invece non fece niente. Rispetto a Eddie Fleet, era davvero innocente.»

«Forse invece si sapeva colpevole», obiettò Bond.

Era uno spunto che Lane aveva sperato che il giudice gli desse. «A mio avviso, il ritardo mentale lo fece soltanto *apparire* colpevole. In aggiunta alle già accennate profonde ragioni psicologiche per cui non era il tipo da molestare una bambina, va ricordato che non c'è nulla nella vita di Rennell Price che supporti in alcun modo presunte tendenze alla pedofilia.»

Larry Pell si alzò in piedi e lo interruppe: «Vostro onore, abbiamo tollerato già fin troppe digressioni da parte del teste. Stabilire se Rennell Price è innocente o colpevole è compito della corte e non di uno psichiatra senza alcuna informazione diretta su ciò che accadde il giorno della morte di Thuy Sen. Chiedo pertanto che il dottor Lane si astenga da ulteriori speculazioni».

Bond, evidentemente d'accordo, si voltò verso Terri.

«Il procuratore fa troppe obiezioni», ribatté lei. «Ci chiede di astenerci anche dal convocare Eddie Fleet e la dottoressa Mattox, in merito alla storia personale del ricorrente.» Si voltò verso Pell e domandò: «Conferma la sua obiezione?»

«Sì.»

«Va bene», disse Terri a Bond. «Vorrei che il dottor Lane ci spiegasse i motivi per cui l'accusa di aver ucciso Thuy Sen è in contraddizione con il resto della vita di Rennell Price.»

Bond non poté fare a meno di annuire, in trappola di fronte ai media. «Proceda.»

Terri chiese a Lane: «Quali fattori nel passato di Rennell Price sono incompatibili con il tipo di reato per cui è stato condannato a morte?»

«Più che la presenza di fattori a sfavore, va notata la mancanza di fattori a favore dell'ipotesi che sia un assassino.» Lane fece mente locale sull'elenco che aveva messo a punto insieme con Terri. «Al contrario di Eddie Fleet, i cui precedenti di violenza sono noti, non risulta che Rennell Price abbia mai fatto del male a nessuno. Né fuori del carcere né dentro. Al contrario di Eddie Fleet, non è mai stato accusato di reati sessuali...»

«Nei confronti di minori?»

«In generale», rispose fermo Lane. «Non risulta che abbia mai avuto rapporti sessuali *tout court*, consensuali o violenti, con nessuno. Da questo punto di vista, sembra assolutamente innocente.»

Pell incrociò le braccia, frustrato. Lane continuò: «A mio avviso, lo scopo di questo dibattimento è stabilire se, al processo di quindici anni fa, sia stata capita la complessità di Price». Rivolgendosi a Pell, concluse pacato: «Il nostro dovere è capirla ora, per stabilire se davvero il condannato merita di essere giustiziato. Lei ha ragione, procuratore, quando dice che non ero presente all'assassinio di Thuy Sen. Ma, sulla base della mia analisi, credo che neanche Rennell fosse presente. O che, se era materialmente presente, non lo era però nel senso più profondo, ovvero non era presente a se stesso. Giustiziarlo equivarrebbe a commettere un altro omicidio».

«Grazie», disse Terri, soddisfatta.

10

All'udienza del giorno dopo, il padre, la madre e la sorella di Thuy Sen erano seduti in prima fila – con ogni probabilità su richiesta di Larry Pell – accanto a Ellen Sutter, una donna che aveva perso un figlio di quattro anni ucciso da un pedofilo e che era lì in rappresentanza dell'associazione per i diritti delle vittime. Le occhiate che Bond lanciava loro preoccupavano Terri, la quale cercò di concentrarsi su Pell.

Il procuratore, tenendosi a rispettosa distanza, chiese a Lane: « Quante volte è stato chiamato a certificare in tribunale le condizioni mentali di detenuti in attesa di esecuzione, dottore? »

Lane guardò il soffitto strizzando gli occhi, come se stesse facendo un rapido calcolo. « Oltre trenta, direi. »

« In quanti casi era perito della procura? »

« Nessuno. »

« C'è un motivo? »

Lane gli lanciò un'occhiata neutrale, né ostile né accondiscendente. « Troppi procuratori considerano le condizioni mentali del condannato un mero impedimento all'esecuzione. Io la vedo in maniera diversa. »

« E cioè? »

« Cerco di essere il più obiettivo possibile. »

Terri vide Meng Sen incrociare le braccia in segno di disapprovazione. Seduta fra il marito e la figlia, Chou Sen prese la mano di Kim, che aveva lo sguardo vacuo ed era pallida come un cencio. « Trova obiettivo schierarsi sempre dalla parte della difesa? »

« Non è questo il punto, procuratore. Mi ritengo obiettivo perché mi rifiuto di testimoniare a favore di coloro per i quali a mio avviso il ritardo non sussiste. »

« Quante volte è successo, dottore? »

« Una decina almeno. »

Pell si interruppe, facendo a sua volta un rapido calcolo mentale. « In altre parole in circa tre quarti dei casi in cui è stato chiamato in qualità di consulente ha ritenuto che il detenuto fosse in condizioni tali da non poter essere giustiziato. »

Lane si strinse una mano nell'altra. « Più o meno », rispose. « Occorre tener presente che nel braccio della morte finiscono in genere individui molto più disturbati della media della popolazione. E che gli avvocati che mi conoscono sanno che è meglio non rivolgersi a me per le petizioni basate su fatti inconsistenti. »

« L'inconsistenza dei fatti è soggettiva », ribatté Pell. « Lei ha un'opinione personale riguardo alla pena di morte? »

Bond lanciò un'occhiata a Terri, aspettandosi che obiettasse, ma lei non si mosse, né cambiò espressione. « Sì », replicò Lane. « Sono contrario. »

« Sempre e comunque? »

« Sì. »

« Anche quando si tratta di serial killer? »

« Sì. »

Pell aspettò un istante, poi chiese: « E pedofili? »

« Sì », rispose Lane, protendendosi in avanti. « Credo che nessuno di noi sia in grado di capire perché certa gente commette reati socialmente considerati deprecabili, e tantomeno di giudicarli. Ammesso e non concesso che siamo in grado di verificare che li abbiano veramente commessi. Pertanto trovo che sarebbe meglio rinunciare alla pena di morte, visto che oltre a tutto esiste l'alternativa dell'ergastolo senza possibilità di condizionale in un carcere di massima sicurezza. Ma si tratta di una mia opinione personale. Credo che il senso del suo discorso fosse valutare se le mie opinioni personali influenzino il mio parere professionale. » Si interruppe un istante, poi riprese: « La risposta è no. La legge prevede la pena di morte per determinati reati e io ho il dovere di rispettarla, in questo dibattimento come in tutti gli altri. Quando ieri ho prestato giuramento, ho messo da parte le mie opinioni personali ».

« Bella risposta », commentò Carlo. Secondo Terri, però,

Larry Pell aveva ottenuto il proprio scopo, che era rendere meno credibile il ritratto che il perito aveva tracciato di Rennell Price. E il silenzio di Bond la preoccupava.

« D'accordo », riprese Pell di colpo. « Lei asserisce che Rennell Price ha un quoziente intellettivo pari a settantadue, ove generalmente si parla di ritardo mentale sotto il settanta. Il QI di Rennell Price potrebbe arrivare anche a settantasette? »

« Sì, ma anche a sessantasette », rispose Lane. « È consuetudine calcolare il QI con un'approssimazione di cinque punti in più o in meno. » Lane guardò il giudice. « Come ho già avuto modo di dire, l'intelligenza è un parametro sociale, non un semplice numero. Occorre considerare le capacità adattative, il funzionamento nel quotidiano. »

« A che livello devono essere queste capacità adattative perché un individuo arrivi a costringere un minore a un rapporto orale? »

Lane rispose, equanime come sempre: « I reati sessuali non richiedono particolari abilità. Un ritardato può praticare la pedofilia agli stessi livelli di Eddie Fleet. Non capisco la domanda ».

Pell incrociò le braccia. « Provo a formulargliela in maniera diversa, dottore. Lei dice che l'intelligenza si misura in un contesto sociale. È possibile che le capacità adattative di Rennell Price siano il risultato di una famiglia problematica, di una scuola inadeguata, di abusi, di comportamenti devianti e di altre barriere sociali? »

« Tutti questi fattori contribuiscono. »

« Ma tutti questi fattori influenzano anche altre migliaia di criminali cresciuti in ambienti disagiati ma con un quoziente intellettivo superiore a settanta. Giusto? »

Lane ebbe un attimo di esitazione. « Sì. Però... »

« Non conviene perciò metterli da parte? » lo interruppe Pell. « Almeno per quanto riguarda la valutazione del ritardo mentale e della responsabilità morale. Torniamo al QI di Rennell Price. La sorprenderebbe sapere che ai test del nostro perito ha ottenuto un punteggio di settantotto? »

« No, affatto », replicò tranquillo Lane. « Questo risultato mi ispira tre considerazioni. La prima è che Rennell Price è stato collaborativo con voi quanto lo è stato con noi. La seconda è che non finge di essere più indietro di quello che è. E, terzo, che come chiunque altro con un minimo di capacità di apprendimento, è migliorato con la pratica.» Lane assunse un tono ironico.

Pell non si scompose. «Lei crede che Rennell Price abbia sofferto di sindrome fetale da alcol. Non è molto difficile da diagnosticare?»

«A volte.»

«Ed è difficile anche valutarne gli impatti sull'intelligenza, vero?»

«Con esattezza, sì...»

«Dunque si torna sempre al tanto discusso punteggio.» Pell sorrise. «Ma affrontiamo il problema del ruolo avuto da Rennell Price nell'assassinio di cui fu ritenuto colpevole al processo.»

Terri si alzò in piedi. «Obiezione!» esclamò. «La controparte sta chiedendo al dottor Lane di dare per scontata la verità di fatti quantomeno dubbi e riferiti quindici anni fa da un teste animato da secondi fini, ovvero Eddie Fleet. Il quale adesso si rifiuta di ripeterli.»

Pell ribatté: «Fatti che la giuria ritenne credibili, che la corte suprema della California confermò in tre occasioni diverse e che quindi l'AEDPA ci impone di presumere corretti. Non possiamo fingere che non siano veri, vostro onore. E, anche se potessimo, avrei comunque il diritto di chiedere a un perito di esprimere un parere professionale alla luce di fatti presunti».

Bond intrecciò le dita delle mani. «Il procuratore ha ragione», disse a Terri. «Il teste può esprimere un parere dando per scontato che i fatti asseriti da Fleet al processo siano veri.»

Terri pensò a come ribattere. «Spero che la procura voglia concedere un'immunità limitata a Fleet e consentire alla corte di ascoltare la sua testimonianza. In maniera da non dover 'dare per scontata' la sua versione dei fatti.»

«Ne parleremo a tempo debito», rispose Bond. «Proceda pure, procuratore.»

Pell si rivolse a Lane. « Lei è a conoscenza del contenuto della deposizione resa da Fleet al processo? »

« Sì, certo. »

« La prego di dare per scontato che tale deposizione corrisponda a verità », disse Pell rivolto ad Anthony Lane, mettendosi le mani sui fianchi, scettico. « Asserirebbe ancora che le azioni deliberate di Rennell Price, dal coinvolgimento di Fleet all'occultamento del cadavere nel canale, rivelino una 'mancanza di capacità adattative'? »

« Mi è difficile risponderle », disse Lane dopo averci pensato su un attimo. « Anche dando per scontato che le abbia veramente compiute, potrebbe essersi limitato a seguire le istruzioni di Payton... »

« Secondo Fleet agivano su un piano di parità », lo interruppe Pell.

« Se mai, sarebbe stata l'unica volta che questo accadde », replicò Lane, appoggiando le mani sui braccioli. « Ed è solo uno dei molti motivi per cui trovo difficile crederci. »

« Non è lei a stabilire le regole qui », lo riprese tagliente Pell. « Supponendo che i fatti siano questi – come decise la giuria al processo – non sono incompatibili con l'ipotesi di un ritardo mentale? »

Lane dovette riflettere un momento, prima di rispondere. « Presi fuori contesto, forse. Ma non dobbiamo dimenticare che il contesto esiste e ci dice che Rennell non è mai stato in grado di agire con tanta autonomia. »

« Approfondiamo questo punto », insistette Pell. « Al processo Rennell Price ascoltò Tasha Bramwell mentire per discolpare lui e il fratello e non batté ciglio. Secondo lei, questo è un altro segno di ritardo mentale. Non potrebbe essere invece il comportamento di un uomo conscio della propria colpevolezza e del fatto che la Bramwell era la sua ultima speranza? »

« Se non fosse ritardato, sì. »

Pell scosse la testa con gesto teatrale, a dimostrare la propria incredulità. « Supponendo la veridicità della versione fornita da Fleet, insistere con gli investigatori di non aver costretto la vittima a un rapporto orale è da ritardati? O è il comportamento razionale del reo consapevole del fatto che, confessando, rischia la condanna?»

Terri vide Kim Sen che fissava il perito.

«Anche supponendo la veridicità della versione di Fleet, è impossibile dirlo.»

«Davvero? Se non erro, lei prima ha detto che la signora Price era troppo malata per essersi inventata la storia del padre biologico di Rennell Price.»

Lane ebbe un attimo di esitazione. «Sì, l'ho detto. E lo confermo.»

«Conferma anche che i ritardati tendono a rendere false confessioni?»

«Sì.»

«E tuttavia lei dice che l'insistenza con cui il ricorrente reitera la propria innocenza è prova della stessa. Non potrebbe invece provare la sua capacità di mentire?»

Bond scrutò Lane. «A furia di ipotesi e supposizioni, ci stiamo allontanando dalla realtà», disse il neuropsichiatra. «La mia diagnosi è che il ritardo mentale non soltanto renda Rennell Price incapace di vivere una vita normale, ma gli abbia anche impedito di comprendere appieno il procedimento a suo carico. Lei non tiene conto delle sue reali condizioni.»

«Dunque secondo lei Price presenta una 'mancanza di capacità adattative', ma non ha mai avuto comportamenti violenti in carcere.»

«Esatto.»

Pell sorrise. «Quanti detenuti hanno una simile condotta esemplare? Ciò non prova piuttosto l'esistenza di elevate capacità adattative?»

«No. Ma contrasta con la presunta asocialità che lei attribuisce a Rennell Price.» Dietro la fermezza della voce, si intuiva una certa irritazione per l'ostinazione con cui Pell faceva finta di non capire. «A parte le ore d'aria in cortile, per Rennell Price il carcere è stato il primo ambiente protetto in cui è vissuto. Io e lei impazziremmo, procuratore, ma per Rennell stare in isolamento in una cella di piccole dimensioni è stata un'opportunità per dormire sonni tranquilli. Ha sempre considerato il carcere come una sorta di rifugio... »

Terri approvò convinta: « Verissimo ».

Ma suo marito guardava Gardner Bond. « Per questo devi convocare Rennell », le disse.

11

Il perito dell'accusa, lo psicologo Davis Kuhl, era un uomo sui quarant'anni, snello, occhi e capelli scuri, naso prominente e modi diretti. « La mia conclusione è che non vi siano abbastanza elementi per affermare in maniera risolutiva l'esistenza di un ritardo mentale », disse a Larry Pell dal banco dei testimoni.

Terri osservava, con la penna posata sul blocco. « Che metodi ha utilizzato per giungere a questa conclusione, dottore? » chiese Pell.

Kuhl giunse le mani. « Ho fatto dei test, naturalmente. Ma mi sono basato anche su quella che viene definita analisi comportamentale forense: ho ricostruito cioè il comportamento del ricorrente nella sua vita normale e nell'esecuzione del reato, fase per fase. »

Dà per scontato che è colpevole, scrisse Terri. *La sua opinione si basa sulla deposizione di Fleet...*

« Una vecchia barzelletta recita: 'Come si fa a sapere se l'imputato mente?' 'Si vede dal fatto che muove le labbra...' » Il perito cominciò a fregare i polpastrelli gli uni con gli altri. « Naturalmente non solo la condivido, ma è vero che le azioni a volte dicono più delle parole. Nel caso specifico, più delle parole pronunciate da Payton Price quando ormai non aveva più nulla da perdere. »

« E Fleet, allora? » disse Carlo a Terri, sottovoce. « Lui, anzi, aveva tutto da guadagnare. »

« Kuhl è molto selettivo », rispose lei sarcastica.

Pell domandò, soddisfatto: « Vorrei che ci parlasse della sua valutazione di Rennell Price e delle conclusioni cui è giunto in riferimento alla sindrome fetale da alcol e ai danni cerebrali organici ».

Kuhl scosse la testa. « La sindrome fetale da alcol tende a

compromettere il controllo degli impulsi, ma io non ho riscontrato segni di impulsività nel ricorrente. Peraltro, neppure la controparte vi ha fatto cenno.» Kuhl guardò il tavolo della difesa, come a sottolineare la propria imparzialità. «Sia la sindrome fetale da alcol sia i danni cerebrali organici sono temi ricorrenti nelle petizioni *habeas corpus*. Un ambiente degradato e violento, come quello in cui crebbe Rennell Price, tende a dare una parvenza di credibilità a questa ipotesi. Tuttavia, i segni della sindrome fetale da alcol sono prima di tutto fisici – malformazioni del palato, disposizione anomala degli occhi – e nel soggetto in questione sono assenti. Risonanza magnetica e TAC non hanno evidenziato alcun trauma cerebrale.»

Il tono neutrale e professorale di Kuhl era efficace, pensò Terri, tenuto conto che il suo ruolo era confermare il diritto dello Stato di giustiziare il condannato. Gardner Bond impugnò la penna stilografica e prese un appunto, con aria di approvazione.

Anche Pell sembrava soddisfatto. «A quanto ho capito, lei ha calcolato un quoziente intellettivo ben superiore alla soglia al di sotto della quale si parla normalmente di ritardo mentale.»

«Settantotto, per la precisione.» Con un cenno del capo in direzione di Terri, Kuhl aggiunse: «Che il punteggio sia settantadue o settantotto, il risultato cambia di poco: non si può parlare di ritardo. Anzi, il fatto che in entrambi i test il soggetto sia risultato sopra la soglia di settanta, direi che lo esclude». Guardando Bond, Kuhl fece una faccia confusa. «Il dottor Lane attribuisce il miglioramento nel punteggio a una capacità di apprendimento del soggetto. Se consideriamo inoltre che – come ha giustamente sottolineato egli stesso – il QI è influenzato anche dal livello di istruzione, e che quella di Rennell Price è stata lacunosa, possiamo addirittura inferire che Rennell Price abbia un livello di intelligenza ancora più elevato.»

«Può spiegarci gli eventuali legami fra il presunto ritardo mentale del signor Price e i ripetuti atti di violenza che subì nell'infanzia prima e in riformatorio poi?»

«A mio parere, non ve ne sono. E desidero peraltro sottolineare che di essi si parla quasi esclusivamente nella confessione di Payton Price, la cui credibilità è comunque relativa... »

« E le ustioni sui glutei? » disse Chris disgustato.

« Comunque sia, diamo per scontato che ciò che Payton Price afferma nella sua confessione sia vero », continuò Kuhl. « Gli abusi possono influenzare la psicologia del soggetto e forse anche la sua sanità mentale. Ma non ho riscontrato in Rennell Price nulla che faccia pensare a un'influenza sul quoziente intellettivo. La sanità mentale del ricorrente, d'altra parte, non è in discussione, visto che dimostra di saper distinguere fra il bene e il male. » Kuhl addolcì il tono, quasi si rammaricasse di dover dire una triste verità. « Se subì abusi nell'infanzia, di certo proviamo pena per lui, ma non per questo possiamo diagnosticargli un ritardo mentale. »

Bond annuì in segno di approvazione. Ringalluzzito, Kuhl aggiunse: « C'è un'altra cosa che volevo dire, in qualità di psicologo specializzato in ritardo mentale. Accetto che la corte suprema nella *Atkins* abbia stabilito che ritardo mentale e pena di morte non sono un connubio felice. Ma generalizzare è sempre sbagliato. Per esperienza ho imparato che la maggior parte dei ritardati prova troppa empatia per poter anche solo contemplare l'idea di commettere un crimine efferato contro un'altra persona, ma ci sono anche ritardati che mancano totalmente di empatia e non sono in grado di prevedere le conseguenze dei loro atti. Vi inviterei quindi alla prudenza, prima di dare giudizi categorici sui ritardati o ritenerli meno responsabili di voi o di me ».

Terri pensò che non era quello il punto e che il rischio di condannare un innocente incapace di districarsi nel complesso sistema giudiziario restava comunque. Prese alcuni appunti con rabbia e guardò Kuhl. Dietro la sua aria collaborativa, si nascondevano il cinismo e la freddezza del mercenario che ha trovato la sua nicchia. Come per smentirla, Kuhl disse: « Se posso esprimere la mia opinione, chiedere a un perito di testimoniare che un uomo è ritardato per evitargli la condanna a morte è deleterio per tutti, psicologi e legali. Trasforma i medici in giudici, ci fa diventare Dio. Ci induce a inserire le persone in caselle preordinate – ritardati, non ritardati – che ne determinano le sorti. Insomma, è un esercizio pericoloso».

Terri si alzò in piedi. «Vostro onore, chiedo che quest'ultimo intervento del dottor Kuhl non sia messo a verbale», disse al giudice Bond. «Il teste ci ha messo a parte di sue convinzioni personali riguardo alla competenza della corte suprema nella sentenza *Atkins*, invitandoci a non tenerne conto. Con un'arroganza colossale, mascherata da una patina di umiltà, il dottor Kuhl ha superato ogni limite, pur di mandare a morte una persona che non è 'come voi o come me'. Desidero ricordargli che scopo della *Atkins* è, fra l'altro, impedirci di giustiziare gli innocenti. E che, lungi da essere Dio, il dottor Kuhl non è nemmeno un giudice.» Si interruppe e concluse in tono aspro: «I giudici, dopo tutto, si impegnano ad applicare la legge».

Bond fece una smorfia irritata. Certamente condivideva le perplessità di Kuhl circa la *Atkins*, ma non voleva apparire davanti ai media come un giudice che consentiva a un perito di parte di mettere in dubbio l'operato della corte suprema e la giurisprudenza da cui dipendeva se Rennell Price dovesse morire o no. «Questa corte è perfettamente in grado di stabilire i limiti di una consulenza tecnica e di dare il giusto peso a eventuali commenti gratuiti.» Poi, rivolgendosi a Kuhl, aggiunse spassionato: «Le ricordo, tuttavia, che le sue critiche alla *Atkins* rischiano di creare confusione dove invece occorre fare chiarezza, ovvero stabilire se Rennell Price sia o no ritardato. La prego di limitarsi a questo».

Terri si risedette con il dubbio di aver sbagliato a intervenire. «Non avevi scelta», le disse Chris sottovoce, per rassicurarla. «Kuhl si stava allargando troppo. Perlomeno, gli hai spezzato il ritmo.»

«Bene», riprese Pell con i modi imperturbabili di chi è abbastanza saldo e sicuro di sé da non lasciarsi distrarre da nulla. «Ritorniamo al signor Price. Lei ha registrato il colloquio che ha avuto con il ricorrente nel carcere di San Quentin, vero?»

Kuhl lanciò un'occhiata a Terri. «Sì.»

«Vuole farci vedere una parte del filmato e spiegarcene il significato?»

Kuhl scese dal banco dei testimoni e si avvicinò a un televisore. Lo accese e sullo schermo apparve un conto alla rovescia e quindi Rennell Price.

A un occhio non esperto, il suo viso tondo poteva apparire normale, pensò Terri, salvo che per l'inespressività. Forse solo lei riusciva a leggere la paura nei suoi occhi, i suoi sforzi per non fare la figura dello scemo.

La voce di Kuhl, fuori campo, era calma e incoraggiante. « Adesso devi mandare a memoria tre parole, okay? »

Dopo un attimo di esitazione, Rennell rispondeva: « Okay ».

« Mela, tavolo, denaro », disse Kuhl sillabando con lentezza esagerata le tre parole. « Ci sei? Mela, tavolo, denaro. »

« Okay. »

In un angolo dello schermo apparve un timer, che segnava 5:00. « Bene », diceva la voce di Kuhl. « Adesso facciamo questo rompicapo, okay? »

Lo sguardo fisso di Rennell poteva essere interpretato come scarsa voglia di collaborare, ma Terri era sicura che fosse riluttanza a fare brutte figure. Rennell abbassava lentamente gli occhi e, con l'espressività di un automa – o l'indifferenza di un alunno svogliato – cominciava a spostare i pezzi del rompicapo che la telecamera non inquadrava. Non ispirava né compassione né simpatia.

Nell'aula immersa nel silenzio, tutti seguivano il conto alla rovescia. « È un rompicapo molto semplice », spiegò Kuhl a Bond. « Bisogna inserire le sagome di dieci animali negli spazi corrispondenti. Come vedremo, Price lo completò in meno di due minuti... »

« Sì, ma Kit ci mette meno di un minuto », mormorò Carlo. « Kuhl lo fa sembrare Speedy Gonzales. » Dopo un attimo, aggiunse: « La cosa grottesca è che, meglio fa il test, più chance ha di morire ».

« Qual è l'animale più in basso? » chiedeva Kuhl a Rennell.

Dopo un istante, Rennell rispondeva: « Una zebra ».

E quello più in alto? »

« Un leone. » La voce di Rennell era sdegnosa, o forse orgogliosa. « Non sono mica scemo. »

Il timer continuava il suo conto alla rovescia. « Conosci gli animali », diceva Kuhl. « Sei mai andato allo zoo? »

Rennell, sempre inespressivo, faceva di no con la testa.

« Come fai a conoscere la zebra, allora? »

Rennell alzava le spalle. « Dai libri. »

« O dalla tele », disse Terri a Carlo. « Gli unici libri che Rennell ha mai letto sono i fumetti di Hawkman. » Il conto alla rovescia stava per finire e Rennell faceva di tutto per negare le proprie difficoltà.

« Come mai andavi male a scuola? » chiedeva Kuhl.

Rennell alzava le spalle. « Me ne fregavo. Non facevo un cazzo, ecco perché. »

Il timer segnava 0:00.

« Ti ricordi le tre parole che ti ho detto prima? »

« Sì », rispose Rennell, concentrandosi. « Mela », disse lentamente. « Tavolo. » Alzò gli occhi al cielo, sforzandosi di ricordare. « Denaro. »

L'immagine sparì dallo schermo e Kuhl si rivolse al giudice. « Quando vuole, Rennell Price ha memoria. Non è uno particolarmente brillante, su questo siamo tutti d'accordo, ma credo che il suo scarso rendimento scolastico sia in parte dovuto a quanto ha lui stesso ammesso, ovvero alla poca volontà. »

« Ha altri elementi a supporto di questo suo parere? » domandò Pell.

« I colloqui con le guardie carcerarie. » Kuhl tornò al banco dei testimoni. « In base alle loro osservazioni, Rennell Price è in grado di contare i soldi, di scrivere e indirizzare lettere a sua nonna e di rispondere in maniera coerente. Una delle guardie mi ha riferito che Rennell legge anche *Sports Illustrated*. »

Probabilmente guarda solo le figure, pensò Terri. Ma non poteva fare niente: Kuhl era riuscito a presentare alla corte un Rennell Price a lei totalmente sconosciuto.

« Ci sono altri fattori a conferma di un'assenza di ritardo mentale? » insistette Pell.

« Il reato per cui è stato condannato », rispose Kuhl, massaggiandosi i polpastrelli. « Avete già riesaminato i fatti assieme al dottor Lane. Nel complesso, essi suggeriscono un corso di azione razionale, consapevole e finalizzato al raggiungimento di un obiettivo... »

Peccato che non sia vero niente, pensò Terri.

« E fanno pensare a una piena consapevolezza della necessità di occultare il cadavere e delle conseguenze di un'eventuale cattura. »

La famiglia Sen osservava e ascoltava con aria afflitta e supplichevole. « Payton e Rennell Price sapevano che cosa avevano fatto », concluse Kuhl. « Per questo coinvolsero Eddie Fleet e per questo Rennell Price gettò il corpo della vittima in quel canale e negò sempre la propria colpevolezza. Non sono gli atti di un ritardato. »

« Grazie », disse Pell brusco. « Non ho altre domande. »

12

In base alla sua esperienza, Terri divideva i periti in tre categorie: professionisti, che si formavano un'opinione in maniera scrupolosa; ideologici, che testimoniavano in base alle proprie convinzioni riguardo alla pena capitale; e venduti, che per soldi erano pronti a dichiarare qualsiasi cosa. Il dottor David Kuhl rappresentava una curiosa via di mezzo: era abbastanza impegnato da poter essere definito ideologico, ma anche abbastanza flessibile da poter rientrare tra i venduti. La sfida, per Terri, stava nel riuscire a mettere bene in evidenza queste sue tendenze, in maniera che nemmeno Bond potesse ignorarle.

Alzandosi per cominciare il controinterrogatorio, chiese senza preamboli: « Lei ha uno studio privato, dottor Kuhl? »

Kuhl simulò un vivo interesse per la domanda. « Se vuol sapere se visito pazienti privatamente, la risposta è no. »

« In altre parole, tutte le persone che visita sono imputati in attesa di giudizio o detenuti già condannati. »

« Sì. »

Terri si appoggiò con una mano al tavolo della difesa. « Ha mai testimoniato in *favore* di un imputato o di un detenuto? »

« No. »

« Quanti dei cinquecento detenuti che si trovano nel braccio della morte del carcere di San Quentin ha conosciuto, o durante il processo o per una petizione *habeas corpus*? »

Kuhl unì la punta delle dita. « Tra cinquanta e sessanta, direi. »

« In quale contesto? »

« Prevalentemente per accertare se erano infermi di mente o se presentavano un ritardo mentale. »

« E, secondo lei, quanti di coloro che ha visitato per accertarne l'eventuale infermità mentale ne soffrivano veramente? »

« Nessuno. »

« A quante diagnosi di ritardo mentale è pervenuto? »

« Nessuna. »

Senza cambiare posizione, Terri sorrise. « Quindi dichiarare ritardato Rennell Price sarebbe stata una sgradevole novità per lei. »

Al tavolo dell'accusa, Larry Pell si agitò, probabilmente preparandosi a sollevare un'obiezione. Kuhl gli lanciò un'occhiata e rispose: « Non la metterei in questi termini, avvocato Paget. Nel caso di Rennell Price non potevo, in quanto psicologo forense, giungere a una diagnosi di ritardo mentale ».

« In quanto 'psicologo forense', le capita di avere a che fare con soggetti potenzialmente ritardati al di fuori del sistema giudiziario? »

« No. »

Terri piegò la testa da una parte. « Qual è il valore del QI considerato medio? »

Kuhl cominciò a sfregare tra loro la punta delle dita. « Di solito, cento. »

« Lei sa che, tra i detenuti nel braccio della morte a San Quentin, il QI medio è di circa ottantacinque? »

Kuhl. « L'ho letto, ma non ho modo di confermarlo. »

« Davvero? Quindi se le chiedessi se il QI medio nel braccio della morte è diverso da quello della popolazione generale, lei non avrebbe un'opinione precisa al riguardo? »

Kuhl appoggiò il mento sulla punta delle dita giunte. « È possibile che sia diverso. »

« Ma lei non ha mai conosciuto nessun condannato a morte affetto da ritardo mentale. »

« Nei casi in cui mi è stato chiesto di fare questo tipo di valutazione, no. »

« Quanti casi le sono stati sottoposti? »

« Una ventina circa. »

Terri fece un sorriso. « Evidentemente la procura la interpella solo per i soggetti più dotati. » Qualcuno tra il pubblico rise. Prima che Bond, visibilmente irritato, avesse il tempo di battere il martelletto, Terri chiese: «A parte come perito in tribunale, che esperienza ha nel campo del ritardo mentale?»

«Ho studiato a fondo l'argomento.»

«Ha mai fatto ricerca o pubblicato qualcosa al riguardo?»

«No.»

Terri si mise le mani sui fianchi. «Per riassumere, dottor Kuhl, tutta la sua esperienza professionale nel campo del ritardo mentale consiste nell'aver stabilito che una ventina circa di condannati a morte *non* erano ritardati.»

Kuhl cambiò posizione. «Non prima di averli sottoposti a tutti gli accertamenti necessari per formulare una diagnosi circostanziata.»

«Per 'formulare una diagnosi circostanziata' e decidere che Rennell Price non è ritardato, quanto tempo ha passato con lui?»

«Circa due ore.»

«'Ore', ha detto? Non 'giorni'?»

«Ho detto ore.» Dalla voce di Kuhl trasparirono le prime tracce di esasperazione. «In un caso come questo non si hanno giorni a disposizione. A parte il fatto che se gli avessimo fatto test per giorni, avreste protestato perché lo stressavamo troppo.»

Terri ignorò quel commento e ripeté: «Due ore. Quante ore le ci sono volute in tutto per preparare la perizia?»

Kuhl, agitato, sfregò più velocemente la punta delle dita. «Circa nove.»

«Di cui due trascorse con Price. Come ha impiegato le altre sette?»

«Ho letto, più che altro: la testimonianza di Eddie Fleet al processo e la confessione di Payton Price. Inoltre ho esaminato i punteggi riportati da Rennell Price nei vari test.»

Terri lo guardava incuriosita. «Ha intervistato qualcuno che conoscesse personalmente Rennell?»

Kuhl abbassò le mani. «La guardia carceraria che ho nominato prima.»

«Quella che ha riferito di aver visto Rennell Price 'leggere' *Sports Illustrated*?»

«Sì.»

«Secondo la documentazione relativa alla carriera scolastica di Price, a che livello di capacità di lettura era?»

«Se non ricordo male, in seconda media era più o meno al livello della terza elementare...»

«E infatti i docenti consigliarono una serie di provvedimenti, tra cui un insegnante di sostegno che aiutasse il ragazzo a leggere meglio...» intervenne Terri.

«Sì.»

«Tali provvedimenti furono presi?»

Il tono di Terri era sempre lo stesso, ma Kuhl cominciò a osservarla con diffidenza e a lanciare frequenti occhiate nella direzione di Larry Pell. «Non mi risulta.»

«Alla luce dei test cui lo sottopose, ha motivo di credere che Rennell Price sia in grado di leggere e di capire il contenuto di *Sports Illustrated*?»

Kuhl aggrottò la fronte. «Credo che sia in grado di capirne il senso generale, sì.»

In tono pacato Terri domandò: «Ha chiesto alla guardia se la rivista era per il verso giusto?»

«Obiezione», esclamò Pell. «Sia il tono sia il tenore della domanda sono inopportuni.»

Senza lasciare a Bond il tempo di formulare il rimprovero che gli si leggeva chiaro in faccia, Terri disse, ossequiosa: «Ritiro la domanda, vostro onore, e cercherò di chiarire altrimenti ciò che mi preme». Si voltò nuovamente verso Kuhl e chiese: «Lei sa dove Rennell Price avesse preso quella rivista?»

«No.»

«Secondo lui, era stata la guardia a dargliela. Da quando Rennell Price si trova nel braccio della morte, risulta che abbia mai richiesto libri alla biblioteca del carcere?»

«Non lo so.»

«Glielo dico io, dottor Kuhl: no, mai. Allora perché lei ha citato l'episodio di *Sports Illustrated* a riprova del fatto che Rennell Price non è ritardato?»

Kuhl scosse la testa. «Era una considerazione secondaria.»

«Incauta, caso mai», precisò Terri. «Quindi lei non sta suggerendo a questa corte che la lettura di un numero di *Sports Illustrated* da parte di Rennell Price possa influire sull'opportunità di confermare o no la sua condanna a morte? »

« Assolutamente no. »

« Bene. » Adesso il tono di Terri era gelido. « Lei ha affermato anche che a dimostrare gli abusi subiti da Rennell Price è 'quasi esclusivamente' la deposizione rilasciata dal fratello Payton. Ricorda che questi afferma che Vernon Price mise Rennell a sedere, nudo, su una stufa accesa? »

« Sì. »

« Sa se il racconto che ne fa Payton sia accurato? »

« No. »

« Allora non è al corrente del fatto che, alla visita medica cui fu sottoposto all'arrivo nel carcere di San Quentin, Rennell Price risultò avere cicatrici di ustioni simmetriche sulle natiche? »

« No, non ne sono al corrente. »

Terri incrociò le braccia. « Il procuratore Pell le ha chiesto di stabilire se Rennell Price ha subito abusi o in che misura era dipendente dal fratello Payton? »

« No. »

« Dunque rimarcare che non c'erano le prove di abusi a parte la deposizione di Payton è stata una sua iniziativa? »

Kuhl incrociò le braccia. « Quello che ho detto, avvocato Paget, è che non credo che gli abusi siano correlati al ritardo mentale. »

« Davvero? Lei ritiene che gli abusi, anche gravissimi, non rendano i soggetti ritardati più predisposti al panico e alla confusione? »

« Non è su questo che mi è stato chiesto di pronunciarmi. »

« Le è stato chiesto di valutare se gli abusi subiti potessero aver contribuito all'insorgenza dei disturbi del sonno descritti da Payton Price nella sua deposizione? »

« No. »

« Allora non ha nessuna spiegazione da darci riguardo ai ritmi veglia-sonno di Rennell Price e alla possibilità che stesse dormendo quando Thuy Sen morì? »

«No.»

«No», ripeté Terri. «Stamattina lei ci ha proposto un'interpretazione critica della sentenza *Atkins.* Una delle motivazioni addotte dalla corte suprema per vietare che vengano condannati a morte i soggetti affetti da ritardo mentale è che hanno più difficoltà a capire come funziona il sistema giudiziario. Lei ha cercato di stabilire se Rennell Price, che rischia di venire giustiziato benché potenzialmente ritardato, era in grado di capire che la difesa congiunta creava un conflitto di interessi?»

«No, avvocato Paget. La procura non mi ha incaricato di occuparmi di questo aspetto della vicenda.»

Tornando al tavolo della difesa, Terri diede un'occhiata a un foglio. «Avendo conosciuto Rennell Price, lei ritiene – e le sto chiedendo un parere professionale – che possa aver capito quando il giudice Warner gli chiese: 'È consapevole del fatto che i suoi interessi in questo processo potrebbero risultare in conflitto con quelli di suo fratello?'»

Kuhl scosse la testa. «Mi occorrono altri elementi per poter rispondere, avvocato Paget. Per esempio, avrei bisogno di sapere se l'avvocato gli aveva precedentemente spiegato le alternative che aveva, e in che modo.»

«Non gli aveva spiegato nulla», ribatté pronta Terri. «Alla luce di questo, ritiene che Rennell Price fosse in grado di comprendere il monito del giudice?»

«Mi chiede una cosa che esula dalla mia competenza.»

«Come molte altre, del resto. Eppure lei ci ha presentato la buona condotta del mio assistito come una prova delle sue capacità adattive. Mi dica, che genere di capacità occorrono, esattamente, per adattarsi alla vita carceraria?»

«Sapersi conformare alle regole, tanto per cominciare.»

«Quali regole, dottor Kuhl? 'Guai a te se provi a uscire dalla cella'...?»

«Ora basta», intervenne Bond. «Se ha una domanda da rivolgere al teste, usi un tono più rispettoso.»

È una parola... avrebbe voluto dire Terri. Ma Kuhl era scosso e le conveniva non lasciargli il tempo di riprendersi, per cui disse subito: « Va bene. Le persone ritardate sono in grado di fare la doccia? »

« Sì. »

« E di mangiare quel che viene passato loro attraverso l'apposito sportello nella porta della cella? »

« Sì. »

« Sono in grado di andare nel bagno da soli? »

« Sì. »

« Di andare dove e quando viene detto loro di andare? »

« Sì. »

« Straordinario », commentò Terri sarcastica. « Non le sembra che la vita di un detenuto in isolamento presenti molte meno difficoltà o imprevisti a un ritardato rispetto al mondo esterno? »

Kulh la osservava con aria cocciuta. « Presenta meno variabili... »

Di nuovo, nel silenzio dell'aula, qualcuno rise. Subito Bond batté il martelletto. Terri riprese, pacata: « Lei ci ha mostrato un video in cui Rennell attribuisce il proprio scarso rendimento scolastico al fatto che non studiava a sufficienza. Questa autovalutazione ha influito sulla sua diagnosi, dottor Kuhl? »

Lo psicologo forense aggrottò nuovamente la fronte. « Mi sono basato innanzi tutto sui test e sulle capacità adattive del soggetto. Volevo soltanto dire che Rennell Price ha una sua opinione riguardo ai motivi del suo scarso profitto scolastico... »

« È poco furbo, non trova? Se questa corte non deciderà che è ritardato, lui verrà giustiziato; eppure sostiene di essere intelligente, ma svogliato. »

« Secondo me lo ha detto per orgoglio, avvocato Paget. Rennell non si considera ritardato e non vuole essere considerato tale. »

Terri sorrise, poco convinta. « Non è forse vero, dottor Kuhl, che i ritardati spesso si rifiutano di ammettere i propri limiti? »

« Può succedere. »

Terri aspettò un attimo prima di chiedere: « Come fa a saperlo? »

Kuhl aveva l'aria perplessa. « Non capisco... »

« Voglio dire, lei ha mai conosciuto una persona ritardata? »

Bond capì subito dove lei voleva andare a parare: Terri se ne accorse dalla rapida occhiata che il giudice lanciò al perito. Kuhl invece ripeté, ignaro: « Continuo a non capire ».

« Procediamo per gradi, allora. Lei non ha mai trovato nessun ritardato nel braccio della morte, giusto? »

Kuhl si strinse nelle spalle. « Non ho detto questo... »

« Lei ha detto, dottore, che nessuno dei detenuti che ha visitato per accertare se presentavano un ritardo mentale è risultato, secondo lei, effettivamente ritardato. È così? »

« Sì. »

« E non ha mai incontrato nessun soggetto ritardato nella sua attività privata perché non esercita attività privata, giusto? »

Kuhl esitò. « Sì. »

« Da quanto tempo fa lo psicologo? »

« Diciassette anni. »

« E in tutto questo tempo non ha mai incontrato una sola persona ritardata? »

« Ne ho incontrate numerose nella vita... »

« Per la strada, ma non nel braccio della morte? » Terri assunse un tono di finto stupore. « E come ha fatto a capire che erano ritardate? »

« Era chiaro... » Kuhl cominciò la frase, ma la lasciò a metà. « Voglio dire, sia dall'aspetto sia dal modo in cui si comportavano era possibile intuire un deficit intellettivo... »

« Però lei non li sottopose ad alcun test. »

« No, naturalmente. »

« Dai suoi 'studi approfonditi' sul ritardo mentale ha stabilito se un deficit intellettivo è sempre riscontrabile dall'aspetto fisico? »

« No, naturalmente. Per questo abbiamo un protocollo di test. »

« E con il suo protocollo di test lei non ha mai individuato nessun soggetto ritardato. »

« Domanda già fatta e risposta già data », gridò Pell.

« Il procuratore ha ragione », disse Bond a Terri con aria irritata. « Proceda. »

Kuhl guardò il giudice. « Con il suo permesso, vorrei fare una piccola precisazione, vostro onore. Durante i miei studi di medicina, ho avuto occasione di incontrare varie persone, spesso ricoverate in istituti di igiene mentale, cui era stato diagnosticato un deficit intellettivo. »

« Non da lei, però. Giusto? » intervenne Terri.

Il perito si voltò con un'espressione che Terri immaginò volesse essere di paziente sopportazione. « No, non da me, avvocato. Ma ho avuto comunque modo di osservarle. »

« Avevano tutte gli occhi da pesce bollito? » Alzando una mano, Terri si affrettò a dire: « Chiedo scusa, vostro onore. Procedo ».

« La prego. »

« Stamattina, dottor Kuhl, lei ha detto che non c'erano prove del fatto che Rennell Price avesse sofferto di sindrome fetale alcolica o di lesioni cerebrali organiche. È possibile avere l'una o l'altra di tali patologie e nello stesso tempo avere un aspetto 'normale'? »

« È possibile, sì. »

« Ed è possibile che tali patologie non vengano evidenziate da una TAC? »

« Sì. »

« E che i punteggi riportati da Rennell Price nei test a cui lei lo ha sottoposto siano risultati migliori del previsto a causa del cosiddetto 'effetto apprendimento'? »

« Sì, anche questo è vero. » Nella voce di Kuhl si sentiva una certa esasperazione. « Ed è proprio per questo che tengo a sottolineare l'importanza dell'analisi comportamentale. »

« Procediamo per gradi. Lei ammette che il comportamento di Rennell Price nel braccio della morte non contrasta con la diagnosi di ritardo mentale? »

« Di per sé no, ma... »

« Dalle sue nove ore di studio del caso, non è emerso nulla da cui si possa dedurre che lo scarso rendimento scolastico fosse conseguenza della svogliatezza, più che del ritardo mentale, giusto?»

«No, non è emerso nulla, a parte l'ammissione del soggetto stesso.»

«'Nulla, a parte l'ammissione del soggetto stesso'», ripeté Terri sottovoce. «A questo proposito, dovremmo considerare le azioni che il soggetto compì deliberatamente nel commettere il reato. Azioni che, tuttavia, se la confessione di Payton Price è veritiera, egli non compì mai. Dico bene?»

«Se la confessione è veritiera, Rennell Price è innocente, a prescindere dal fatto che sia ritardato o no. Ma non è stato questo il parere della giuria», ribatté il testimone.

«È vero. Nell'affidarle la perizia, dottor Kuhl, il procuratore Pell le ha dato anche indicazioni riguardo al peso da dare alla testimonianza di Eddie Fleet?»

«Mi è stato detto di considerarla veritiera.»

Benché stesse interrogando il teste, Terri guardò Bond. «In altre parole la sua 'analisi comportamentale' si basa fondamentalmente sulla testimonianza di Fleet.»

«In parte sì.»

«Non la incuriosisce sapere se costui diceva la verità?»

«Certo. Ma cercare di indovinare se i fatti accertati in sede di processo sono più o meno 'veri' esula dall'incarico che mi è stato affidato e, in generale, dalle competenze di qualsiasi perito.»

«Capisco. Implicitamente le è stato consigliato anche di considerare falsa la testimonianza di Payton Price?»

«In un certo senso, sì.»

«Non le piacerebbe poter incontrare Payton Price e ascoltare da lui la sua versione dei fatti?»

Kuhl la guardò spazientito e rassegnato nello stesso tempo. «Payton Price è morto.»

Terri lanciò un'altra occhiata a Bond. «Oh, lo so. Resta solo Eddie Fleet, ormai. Lei è al corrente del fatto che, dopo che il procuratore Pell le ha affidato la perizia e le ha detto di considerare valida la sua testimonianza, il signor Fleet si è appellato al Quinto Emendamento?»

« Sì. »

« Questo ha cambiato il peso da lei attribuito nelle sue valutazioni all'affermazione di Eddie Fleet secondo cui Rennell Price non sarebbe ritardato? »

Kuhl guardò brevemente Larry Pell. « Le istruzioni che ho ricevuto restano le stesse. »

« Ciò non la turba, dottor Kuhl? Nemmeno un po'? In fondo, se la corte accetta i risultati della sua perizia, Rennell Price rischia di morire. »

« Obiezione », disse Pell con voce monocorde, ma piena di disprezzo. « Discutibile. »

« Discutibile? » esclamò Terri. « Le chiedo scusa, dottor Kuhl, e formulo altrimenti la mia domanda. A questo punto, sapendo che Fleet si è appellato al Quinto Emendamento, non preferirebbe vederlo e ascoltarlo prima di pronunciarsi definitivamente? »

Dall'espressione di Pell Kuhl capì, benché troppo tardi, che Terri lo aveva messo con le spalle al muro. Rispose, sulla difensiva: « Non spetta a me decidere ».

« No », replicò Terri guardando Gardner Bond. « Tocca al procuratore Pell. »

13

Quando Terri ebbe finito il controinterrogatorio di Davis Kuhl, Larry Pell si alzò immediatamente in piedi e disse al giudice Bond: « Riguardo alle funzioni cognitive di Rennell Price, abbiamo ascoltato tutti i testimoni ». Lanciò un'occhiata a Terri e aggiunse in tono pignolo: « Tranne uno: il diretto interessato, il signor Price. Ma ora quel che mi preme chiarire è perché lo Stato non ha sentito la necessità di chiedere al dottor Kuhl di pronunciarsi sulla 'nuova' questione sollevata dall'avvocato Paget, ovvero se la presunta dipendenza di Rennell Price dal fratello Payton costituisca un'attenuante ai fini della pena capitale inflittagli per il ruolo avuto nell'omicidio di Thuy Sen ».

Bond annuì e disse, secco: « Prego ».

Pell posò una mano sul tavolo dell'accusa, l'altra sul fianco e, con aria di estrema sicurezza, riprese: « Lasciamo momentaneamente da parte il fatto che questa argomentazione contraddice la presunta innocenza del signor Price. E anche che la testimonianza del dottor Lane è l'ennesimo esempio di verbosa prosa melodrammatica volta a giustificare gli assassini con la scusa di un'infanzia infelice ». La voce di Pell si fece più tagliente. « Tralasciamo per il momento il fatto che non necessariamente tutte le vittime di abusi delinquono in età adulta, che le prove delle violenze subite da Price nell'infanzia sono emerse *in extremis* e che nessuna delle presunte atrocità descritteci dal dottor Lane è più orripilante del delitto commesso. Affidiamoci semplicemente alla legge: dal momento che i 'nuovi' elementi probatori riguardano circostanze già dibattute, essi sono inammissibili ai sensi dell'AEDPA. Con tutto il rispetto, ritengo che questa corte non debba e non possa prenderle in considerazione... »

« Secondo l'avvocato Paget, si tratta invece di elementi probatori effettivamente 'nuovi' », puntualizzò il giudice. « Payton Price ha deciso autonomamente quando parlare. »

« E Rennell Price? Perché non ha mai detto niente? » ribatté Pell. « In questi quindici anni nulla e nessuno gli ha mai impedito di denunciare le violenze subite. »

« È ritardato », sussurrò Carlo, indignato.

« Dov'era sua nonna? » continuò Pell. « Dov'erano i suoi avvocati, il prestigioso studio Kenyon & Walker? Erano qui, davanti a questa corte. » Pell raddrizzò la testa e intrecciò le dita. « Affinché in seconda istanza vengano accolti nuovi elementi probatori, devono essere soddisfatte due condizioni: che tali elementi non siano stati presentati in sede di processo per incompetenza dell'avvocato difensore e in appello perché irreperibili. Questo caso non soddisfa né l'una né l'altra condizione. Pertanto, ritengo non si possa invocare attenuante alcuna. »

Bond, serio e meditabondo, dopo un po' disse: « Lei mi ha prevenuto. Questa corte non intende riconoscere circostanze attenuanti ».

A Terri si chiuse lo stomaco. Sotto il tavolo, Chris le sfiorò la mano con le dita. Bond intanto diceva a Pell: « Tuttavia, la questione più pertinente sollevata dall'avvocato Paget è se la procura, o questa corte, possano obbligare Eddie Fleet a testimoniare concedendogli l'immunità dall'azione penale, ovvero impedendo allo Stato di usare tale testimonianza contro di lui con riferimento all'assassinio di Thuy Sen ».

Nel sentir pronunciare il nome della figlia, Meng Sen, seduto in prima fila, si sporse in avanti. Con fare spassionato, Pell dichiarò: « Vostro onore, la procura non ritiene che chiamare Eddie Fleet a testimoniare nuovamente, visto che lo ha già fatto al processo, sia negli interessi della giustizia. È vero che, nella sua recente deposizione, egli si è rifiutato di ripetere quanto dichiarato sotto giuramento in fase di processo... »

« E che è scappato come un ladro », mormorò Carlo. « O come un pedofilo... »

Pell, continuando a guardare il giudice, fece un ampio gesto del braccio nella direzione di Terri e continuò: « Ma non c'è da meravigliarsi. La difesa ha detto chiaramente che le sue argomentazioni riguardo all'innocenza di Rennell Price si basano sull'ipotesi – peraltro smentita dalla testimone oculare Flora Lewis – che il secondo omicida fosse Eddie Fleet e non Rennell Price. E sull'insinuazione, non suffragata da alcun dato di fatto, che Fleet sia pedofilo». Con sdegno, Pell aggiunse: «Che scorrettezza! Non vi è onere della prova per la diffamazione né vi è prescrizione per il reato di cui Fleet è accusato, l'omicidio. Non c'è da meravigliarsi, ripeto, se costui ha deciso che gli conviene non lasciarsi coinvolgere nelle tattiche disperate di un avvocato deciso a ogni costo a convincere questa corte a salvare il suo assistito. Quindici anni fa una giuria stabilì qual era la verità. Questa corte non può metterla in discussione».

Il giudice spostò lo sguardo su Terri.

«Immagino che lei abbia un parere diverso, avvocato Paget.»

Terri si alzò e rimase un attimo in silenzio per placare la propria indignazione prima di rispondere.

«Io ho una *verità* diversa, vostro onore. Quindici anni fa la giuria che condannò il mio assistito non ebbe modo di ascoltare le accuse di Payton Price nei confronti di Eddie Fleet, a differenza del procuratore Pell oggi. Quella giuria, a differenza del procuratore, non ebbe modo di vedere Fleet appellarsi al Quinto Emendamento di fronte alla domanda se avesse mai costretto un minore a un rapporto orale. Il procuratore ha fatto di tutto per impedire a questa corte di vedere e ascoltare Payton Price e Eddie Fleet. Il primo ormai è morto, come il procuratore ha richiesto con tanta insistenza. Fleet però è ancora vivo. Quindici anni fa lo Stato della California, rappresentato da Lou Mauriani, gli offrì l'immunità in cambio della sua testimonianza. Adesso, rappresentato dal procuratore Pell, lo protegge permettendogli di non comparire davanti a questa corte. Lo Stato della California ha di fatto incoraggiato Fleet ad accusare Rennell Price per sfuggire alla condanna egli stesso.» La voce di Terri era piena di disprezzo. «Questa corte non può permettergli di sfuggire alla giustizia due volte. Quella di Thuy Sen fu una morte tragica. Giustiziare Rennell Price ora che la sua colpevolezza è in dubbio equivale a insabbiare la verità. Chiedo che questa corte ordini alla procura generale di concedere l'immunità a Eddie Fleet e quindi costringerlo a testimoniare.»

Pell si alzò in piedi. «Posso fare un commento, vostro onore?»

«Purché sia breve.»

«Abbiamo rivisto i verbali del processo. A Eddie Fleet non fu offerta immunità. Gli venne soltanto assicurato che si sarebbe tenuto conto di una sua eventuale collaborazione. Il processo fu ben condotto. Non ci fu immunità all'epoca e non c'è distorsione della verità adesso.»

«Se il procuratore fosse davvero così sicuro della 'verità', non avrebbe nulla in contrario a concedere l'immunità a Eddie Fleet», disse Terri.

Bond replicò: «Quel che il procuratore sta dicendo è che non furono presi accordi precisi e a Fleet fu semplicemente offerto di tener conto della sua buona volontà. Per prudenza, questa corte non interferirà nelle scelte operate in buona fede dalla procura, e pertanto non ordinerà a Fleet di comparire». Il tono di Bond era pacato, ma nascondeva un'altra insidia. «La corte terrà comunque conto di tutte le informazioni, comprese quelle tratte dalle circostanze della prima testimonianza di Fleet, come pure di un'eventuale testimonianza dello stesso Price. Domani mattina ascolteremo i nuovi elementi probatori relativi alla presunta innocenza del ricorrente. La decisione di farlo testimoniare dipende da lei, avvocato Paget.» Il giudice lasciò passare un attimo di silenzio quindi concluse con fermezza: «Spetta a lei decidere se chiamarlo a deporre o esibire le prove in sua assenza».

Era mezzanotte e Terri era seduta in cucina con Chris. La grinta che aveva mostrato con Davis Kuhl era svanita, come se il controinterrogatorio fosse accaduto in un'altra vita, o a un'altra persona.

«Non posso farlo venire a testimoniare», disse. «Pell lo distruggerebbe e alla prima sciocchezza tipo 'ero una testa di cazzo', Bond ne approfitterebbe per spedirlo nelle mani del boia.» Tacque e studiò l'espressione del marito. «Sul ritardo mentale, mi pare di aver screditato a sufficienza Kuhl. Per quanto riguarda l'innocenza, alla luce delle nuove prove nessuna giuria esprimerebbe più un verdetto di condanna...»

«Il punto non è questo, Terri, e lo sai benissimo.» Sul viso asciutto e segnato di Chris si leggeva una malinconica certezza. «L'unico modo per impedire al giudice di respingere il ricorso è far vedere chiaramente a tutti quanti com'è davvero Rennell Price. Bond ti ci ha praticamente costretto, non ordinando la comparsa di Eddie Fleet.»

Terri ripensò alla reazione di Rennell quel pomeriggio, quando gli aveva raccontato l'udienza. Era come se per lui l'aula del giudice Bond fosse un posto sconosciuto e terrificante. «Ci sono già stato, in tribunale. E non ci voglio tornare mai più», aveva mormorato, con un tremito nella voce che era più eloquente di mille parole.

«Anche se Bond respinge il ricorso, ci sono buone probabilità che il collegio del Nono Circuito ammetta la revisione processuale», commentò Terri.

«Può darsi. Ma vediamo un po' che cosa può succedere dopo. Se con Bond va bene e il Nono Circuito approva, anche se Pell ricorre alla corte suprema degli Stati Uniti, possiamo ancora farcela. Se non altro sia noi sia il Nono Circuito avremo dalla nostra l'opinione di un giudice distrettuale molto conservatore. Ma se il collegio di Montgomery ribalta la decisione di Bond e Pell si rivolge alla corte suprema, le dinamiche cambiano in maniera radicale...»

«Lo so», rispose Terri stancamente. «La corte suprema penserà che un collegio ribelle di un circuito ribelle, guidato da un giudice liberal, si fa beffe dell'interpretazione della legge di un conservatore ortodosso come Gardner Bond.»

«Pensa a Fini», disse Chris senza enfasi. «È meglio che questo caso non finisca nelle sue mani.»

Esausta, Terri cercò di immaginare il rapporto che si sarebbe instaurato tra un nero ritardato come Rennell Price e il brillante giudice della corte suprema degli Stati Uniti e si augurò che Fini non venisse mai neppure a sapere dell'esistenza di Rennell. « È prematuro pensarci », disse dopo un po'. « Posso solo cercare di dare il massimo e procedere giorno per giorno. »

14

«Che cosa ha deciso riguardo a Rennell Price?» domandò Gardner Bond a Terri.

In piedi al tavolo della difesa, Terri esitò, non per un attacco di incertezza dell'ultimo momento, ma perché la decisione che aveva preso era carica di conseguenze. «Abbiamo deciso di non chiamarlo a testimoniare, per tutti i motivi citati nella *Atkins*, ovvero che i ritardati si confondono facilmente. Il mio assistito non capirebbe le domande e comunque non sa che cosa successe il giorno in cui Thuy Sen morì...»

«Un momento», la interruppe Bond. «Il signor Price è libero di dirci tutte queste cose, se lo desidera. Ma lei non può non chiamarlo a testimoniare e poi parlare a nome suo.»

«Non era questo che intendevo fare», rispose semplicemente Terri.

«Bene.» Bond le indicò il podio di fronte al proprio scranno. «Per quanto riguarda la presunta innocenza di Price, lei ha chiesto il proscioglimento con conseguente scarcerazione o, in subordine, un nuovo processo. Abbiamo già esaminato la deposizione di Payton Price e le dichiarazioni dei periti convocati. Siamo pronti ad ascoltare le sue argomentazioni, quindi quelle del procuratore Pell, e poi a deliberare.»

Terri andò al podio di legno lucido e vi si appoggiò con entrambe le mani. Bond aveva ridotto la questione del destino di Rennell a una mezz'ora di dibattito su una vicenda raccapricciante avvenuta quindici anni prima, in cui tutti i personaggi coinvolti erano ormai morti o latitanti e persino gli avvocati erano cambiati.

Terri esordì: «Nel momento in cui Payton Price ha deciso di esporci la sua versione dei fatti, è emerso con estrema chiarezza che lo Stato della California non dovrebbe essere autorizzato a giustiziare suo fratello... »

« Lei dà per scontata la credibilità di Payton Price... » intervenne Bond. « Perché dovremmo prestargli fede? »

« Normalmente le confessioni *in extremis* andrebbero prese con le pinze », ammise Terri. « Ma quella di Payton Price è troppo logica per essere sottovalutata. Tanto per cominciare, è compatibile con le prove pertinenti. La Scientifica non ha trovato prove della partecipazione del mio assistito al reato... »

« E le impronte digitali, avvocato Paget? Nell'auto di Fleet furono trovate impronte di Rennell Price. »

« Sì, ma non nel bagagliaio, dove Fleet nascose il cadavere di Thuy Sen. Payton Price ha confermato quel che il buonsenso suggerisce, ovvero che, dal momento che Fleet gli faceva da autista, entrambi i fratelli viaggiavano spesso sulla sua Cadillac. Le impronte di Rennell Price nella macchina di Fleet non dimostrano nulla. »

« Payton Price poteva inventarsi quello che voleva: non aveva nulla da perdere. »

Terri rispose a bassa voce: « Può darsi. Ma quindici anni fa Eddie Fleet, quando testimoniò contro il mio assistito, aveva tutto da guadagnare: la libertà e la vita, a fronte di un reato in cui per sua stessa ammissione era stato coinvolto. E, oggi che ha tutto da perdere, si rifiuta di ripetere la testimonianza che mandò il mio assistito nel braccio della morte. L'unico testimone oculare all'omicidio, Payton Price, nella sua recente confessione ci ha detto nero su bianco che a uccidere Thuy Sen durante un atto di pedofilia fu Eddie Fleet. E che lo Stato, prima scendendo a patti con lui e ora proteggendolo, si fa suo complice in un secondo omicidio... »

« Lei esagera », protestò Bond. « E Flora Lewis? »

« Aveva settantadue anni e vide due uomini da oltre trenta metri di distanza, troppo lontano perché riuscisse a distinguere le facce. Perciò 'vide' ciò che si aspettava di vedere, cioè Payton Price in compagnia di Rennell, anziché quel che riferisce Payton Price nella sua confessione, ovvero un uomo con una felpa molto larga della stessa statura di Rennell: Eddie Fleet... »

Bond alzò una mano per fermarla e sfogliò alcune carte che aveva davanti. «Secondo il rapporto della polizia, nel confronto all'americana in cui fu riconosciuto Rennell Price c'era anche Eddie Fleet. Ma la Lewis indicò ugualmente Rennell.»

Terri annuì. «Abbiamo allegato alla petizione alcune foto di Rennell Price e Eddie Fleet da ragazzi, da cui risulta che avevano connotati molto simili. Abbiamo presentato inoltre la dichiarazione della dottoressa Libby Holt, esperta di identificazioni interrazziali, e abbiamo proposto di chiamarla a testimoniare per dare modo alla corte di ascoltarla e al procuratore Pell di controinterrogarla. Nella sua relazione, la dottoressa Holt sottolinea due aspetti: che le identificazioni dei testimoni oculari spesso sono influenzate da emotività e bisogno di certezze, e che le identificazioni interrazziali, soprattutto quelle di neri da parte di bianchi, sono particolarmente inaffidabili...»

«Anche nei confronti all'americana?»

«È naturale che Flora Lewis abbia 'identificato' Rennell. Lo conosceva.» Terri fece una pausa per cercare di tenere a freno la propria esasperazione. «Da trenta metri, è poco probabile che abbia potuto vederlo in faccia. Il confronto all'americana ha dimostrato soltanto che Flora Lewis era in grado di riconoscere il suo vicino di casa, Rennell Price, da una distanza di tre metri. La condanna a morte di Rennell è il frutto di una tragica combinazione tra le menzogne di Fleet, il silenzio interessato di Payton, l'errore di una vecchia signora e l'incompetenza di un avvocato ignaro e indifferente, che nemmeno si accorse che il mio assistito soffriva di ritardo mentale...»

«Ammesso che di ritardo mentale si tratti», obiettò Bond. «Non possiamo darlo per scontato, per determinare se le prove di innocenza da lei presentate sono convincenti.»

«Di molte cose però abbiamo certezza», gli ricordò Terri. «Yancey James era convinto della colpevolezza di Rennell perché Payton tacitamente ammetteva la propria, come ha specificato nella sua dichiarazione e come certamente ripeterebbe davanti a questa corte se fosse convocato. Non predispose difesa alcuna per Rennell, si rifiutò di credere alle sue proteste di innocenza, non indagò su Eddie Fleet e non prese mai neppure in considerazione la possibilità che il colpevole fosse lui, anziché Rennell... »

« Perché avrebbe dovuto? » chiese secco Bond. « Payton Price insistette affinché James presentasse la falsa testimonianza di Tasha Bramwell. Come ha sottolineato lei stessa, Payton Price ha presentato la propria versione alternativa dei fatti, ammettendo la propria colpevolezza e denunciando Fleet, solo tre settimane fa. Se James non puntò il dito su Fleet, non fu necessariamente per incompetenza. »

Terri riordinò le idee e rispose: « Non sappiamo che cosa avrebbe fatto un collega più competente, al suo posto. Però, di fatto, Rennell Price non fu difeso: James non diede ascolto alle sue proteste di innocenza e tanto meno provò a corroborarle. Questa corte non può approvare una condanna alla pena capitale inflitta a un uomo in difesa del quale non fu detto né fatto nulla... »

« Anche se l'imputato rinunciò a ricusare l'avvocato per conflitto di interessi? »

« Rennell Price è ritardato, vostro onore. Non era in grado di capire la domanda che gli fu rivolta dal giudice Warner. »

« Questo è quanto sostiene il perito di parte. Purtroppo la corte non ha avuto la possibilità di sentire il suo cliente né su questo né su altri punti. »

Terri prese fiato. « Con tutto il rispetto, vostro onore, Yancey James ha ammesso di non aver fatto nulla per far assolvere Rennell Price. Noi abbiamo illustrato il suo deficit intellettivo. Abbiamo evidenziato inoltre i punti deboli nelle prove di colpevolezza presentate dallo Stato della California e abbiamo portato nuovi e importanti elementi probatori a sostegno della sua innocenza. » Terri fece un'altra pausa per cercare di controllare la propria ansia e impazienza, prima di citare precedenti che Bond potesse apprezzare. « In *Rios contro Rocha*, il Nono Circuito sostenne che la debolezza delle argomentazioni dell'accusa è fondamentale per stabilire se le manchevolezze dell'avvocato difensore hanno portato a una ingiusta condanna. E il Nono Circuito aveva già ravvisato incostituzionalità nell'operato di James nella causa Coolman. »

«Ma aveva respinto analoghi ricorsi contro l'avvocato in altre quattro cause. Visto che su queste basi non do per scontata la sua competenza, non mi chieda di dare per scontata la sua incompetenza sulla base della causa Coolman.» Bond si interruppe e posò lo sguardo sui fogli sparsi sul tavolo davanti a sé. «Le leggerò l'unico elemento che, ai sensi dell'AEDPA, sono tenuto a dare per scontato: 'L'accertamento dei fatti cui pervengono le corti statali è da considerarsi corretto e il ricorrente ha l'onere di controvertere la presunzione di correttezza fornendo prove chiare e convincenti'. Dieci giorni fa, la corte suprema della California ha decretato che gli elementi probatori a sostegno del ritardo mentale e dell'innocenza del ricorrente non giustificavano l'annullamento della sua condanna a morte. Perché questa corte non dovrebbe attenersi all'opinione della corte di Stato come previsto dall'AEDPA?»

«Perché è un'opinione troppo laconica», replicò pronta Terri. «Perché non contiene fatti, ma solo conclusioni. Perché non esplicita le basi su cui tali conclusioni sono state raggiunte. Perché, in breve, la corte della California dice che Rennell Price deve morire senza neppure degnarsi di spiegare il perché...»

«Benissimo», disse freddo Bond. «La sua posizione ci è chiara. La parola al procuratore.»

15

Larry Pell scelse l'atteggiamento calmo ma un po' altezzoso del legale che si trova di fronte a una pretesa ridicola ed esordì così: « Questa è l'ultima presa in giro di Payton Price, un tentativo *in extremis* di vendicarsi su Eddie Fleet. Non ci sono prove a sostegno della sua incredibile versione dei fatti, che è in contraddizione con la testimonianza di Flora Lewis, non è supportata dai riscontri della Scientifica ed è inammissibile ai sensi dell'AEDPA». In tono di grande sicurezza, aggiunse: « A questo punto il mio intervento è quasi superfluo. Mi limiterò perciò a reiterare la mia posizione rispondendo alle stesse domande che la corte ha rivolto alla controparte. In primo luogo, dal momento che Yancey James non ebbe il discutibile vantaggio di ascoltare la versione dei fatti fornita ora da Payton Price, il fatto che non l'abbia presentata non può essere imputato a incompetenza». Pell puntò il dito sul podio per sottolineare le proprie parole. « Su queste basi, la petizione deve essere respinta, perché nel processo non ci fu nessuno dei vizi costituzionali – in questo caso, l'insufficiente assistenza da parte del difensore – che sono necessari ai sensi dell'AEDPA affinché questa corte prenda anche solo in considerazione la dubbia 'confessione' di Payton Price. »

Bond ascoltava tranquillamente, senza dar segno di voler interrompere. « In secondo luogo, e in maniera assai evidente, la confessione di Payton Price non costituisce 'prova chiara e convincente' di innocenza come invece richiesto dall'AEDPA», riprese Pell. « In terzo luogo, la corte suprema della California ha già esaminato il caso in tre occasioni. L'AEDPA non prevede che questa corte investa più tempo del necessario per rigettare questa petizione. »

Sulle labbra di Bond affiorò l'ombra di un sorriso.

« Quanto al ritardo mentale, è questione completamente separata da quella dell'innocenza », riprese Pell. « Ha però lo stesso inconveniente: le prove addotte non bastano a dimostrare l'inadeguatezza della decisione della corte suprema della California. Che pertanto andrebbe confermata anche riguardo a questo punto. »

Pell indietreggiò leggermente, con le mani appoggiate al podio. « L'AEDPA è stato ideato per dare una risposta definitiva a coloro che, come la famiglia di Thuy Sen, trovano interminabile questa procedura. » Il procuratore si voltò brevemente verso i Sen, che seguivano tesi dai loro posti in prima fila. « A quindici anni dalla morte, la loro figlia merita giustizia. Questo è lo scopo dell'AEDPA. Mi auguro che questa corte intenda rispettarlo. »

Con la scioltezza di un atleta, Pell tornò al suo posto e si sedette. Terri si alzò prontamente. « Posso replicare, vostro onore? »

Nel momento stesso in cui lo diceva, si rese conto che la tensione della sua voce aveva fatto voltare di scatto Bond, che aveva l'aria spazientita. Ma era in gioco la vita di un uomo e, dopo una brevissima esitazione, il giudice disse in tono poco incoraggiante: « Se ritiene di poter chiarire meglio ciò che è già stato detto ».

« Rennell Price è ritardato », ribadì Terri. « Tutta la sua vita lo dimostra e ci spiega anche il perché. Il ritardo mentale non è separato dalla questione dell'innocenza: spiega come ha fatto un uomo, che in base alle prove oggi a nostra disposizione verrebbe giudicato innocente, a trovarsi invece a un passo dall'esecuzione. Spiega perché Rennell Price seguiva il fratello come un'ombra, perché non si seppe difendere durante il processo, perché la giuria lo ritenne complice spietato di ogni atto compiuto da Payton Price prima e dopo l'omicidio e perché fu condannato per un reato in cui Eddie Fleet, già allora, sembrava molto più coinvolto di lui. » Terri si lasciò prendere dalla collera e alzò la voce. « Rennell Price è vittima di un sistema giudiziario pieno di cavilli e procedure astruse, che non si cura più né di lui né di ciò che ha fatto *o non fatto.* »

Dietro il silenzio di Bond, che la fissava, Terri percepiva quello più profondo dell'intera aula. Continuò dicendo: «La presa in giro, in questa vicenda, non viene da Payton Price, ma dallo Stato della California, che prima ha insistito perché Payton Price venisse giustiziato e adesso insiste a dire che un morto non è degno di fede, invitando questa corte a ignorare lo scomodo fatto che il mio assistito potrebbe essere innocente. Non c'è bisogno che vi preoccupiate di stabilire se Rennell Price è innocente, dice, dovete 'presumere' che abbia già pensato a stabilirlo la suprema corte della California. Perciò cerchiamo di chiarire che cosa chiede esattamente il procuratore Pell a questa corte». Terri si voltò verso Pell. «È escluso, nella maniera più assoluta, che oggi una giuria condannerebbe Rennell Price, meno che mai a morte. Eddie Fleet si rifiuta di ripetere la sua versione dei fatti. Payton Price la confuta. Lo Stato non vuole chiamare Fleet a testimoniare. Non ci sono prove che la corroborino...»

«Perché Flora Lewis è morta», la interruppe Bond. «È proprio per questo che il verdetto pronunciato da una giuria un anno dopo il reato non dovrebbe essere rimesso costantemente in discussione finché i ricordi svaniscono e i testimoni scompaiono. A un certo punto, abbiamo il diritto di presumere che il verdetto sia corretto, in assenza di validi motivi per dubitarne.»

«Precisamente», disse Terri. «Mi domando se la stessa Flora Lewis sarebbe ancora così sicura, adesso. E di una cosa sono certa: in base alla sola testimonianza di Flora Lewis, Rennell Price non verrebbe condannato. Ma allo Stato della California oggi non resta che questa testimonianza.»

Terri si sforzò di concludere in maniera calma, ma appassionata. «Se questa corte condannerà Rennell Price a morire, andrà ben al di là di quel che il Congresso intendeva quando approvò l'AEDPA o di quanto permetta la nostra Costituzione. È come se alla vigilia dell'esecuzione di un uomo concetti quali verità, innocenza e giustizia non contassero più nulla. Ho concluso. Grazie, vostro onore.»

Tornando al tavolo della difesa, Terri si sentì addosso lo sguardo glaciale del padre di Thuy Sen.

« Sei stata brava », le disse Chris sottovoce e in quelle parole Terri sentì il giudizio e la comprensione sia dell'uomo che l'amava sia dell'avvocato convinto che la causa fosse persa.

Dal suo scranno Gardner Bond guardò le parti, i giornalisti e, per ultimi, i Sen, e annunciò: « La corte è pronta a deliberare ».

Abbassò gli occhi e cominciò a leggere. Terri ebbe un brutto presentimento: evidentemente Bond aveva scritto la sua opinione già la sera prima. « Per quanto riguarda la questione del ritardo mentale, non si tratta di stabilire se Rennell Price sia di intelligenza inferiore alla media », cominciò. « Caso mai, ammesso e non concesso che la sentenza *Atkins* si applichi alla sua petizione, si tratta di stabilire se Price, ai sensi dell'AEDPA, abbia dimostrato che il rigetto del suo primo ricorso da parte della corte suprema della California 'sia stato contrario a, o abbia costituito un'applicazione irragionevole di, leggi federali'. È chiaro che ciò non è stato dimostrato. »

Impassibile, Carlo aveva cominciato a prendere appunti. A Terri sembrava che la voce cantilenante di Bond arrivasse da molto lontano.

Il giudice continuò: « Per quanto riguarda l'innocenza, non vi sono prove di anticostituzionalità nel processo. E, anche qualora questa corte trovasse che la condotta dell'avvocato Yancey James abbia privato Rennell Price del diritto alla difesa sancito dalla Costituzione, la confessione resa da Payton Price non giustifica l'annullamento del verdetto reso dalla giuria ».

Bond tacque un attimo, poi si rivolse a Terri in tono di lieve rimprovero. « Non spetta a questa corte, a quindici anni di distanza, valutare se Rennell Price sia colpevole al di là di ogni ragionevole dubbio. Era compito della giuria del processo e questa corte non può interferire con quanto deciso da essa e dalla corte di Stato della California, salvo prove convincenti dell'iniquità del loro verdetto. Prove che non esistono. Pertanto la corte stabilisce che: il ricorso di Rennell Price è respinto; la presente decisione è inappellabile; il rinvio dell'esecuzione è annullato. Lo Stato della California può procedere all'esecuzione della condanna. »

« Bastardo », mormorò Carlo.

Bond batté il martelletto. « In piedi », ordinò l'assistente e Bond uscì dall'aula dove, cessato l'obbligo di fare silenzio, si levò un brusio mesto e sommesso.

Terri prese la valigetta e disse a Carlo: « Risparmia le energie per il Nono Circuito. Mancano tre giorni all'esecuzione, e abbiamo un sacco di lavoro da fare ».

Quella sera, dopo aver cenato in fretta con Elena, Terri tornò allo studio per finire di preparare gli atti necessari per il Nono Circuito. Lavorò concentrata, in silenzio. Dopo circa un'ora sentì squillare il telefono. « Teresa Paget », rispose.

« Ho visto il telegiornale », disse una voce profonda. « Il giudice te l'ha messo nel culo, a quanto pare. Ti piace, eh? »

Terri si alzò di scatto, spaventata. La voce continuò sommessa: « O ti piace di più prenderlo in bocca? Ti accontenterò. O magari hai una figlia e ti piace stare a guardare ».

Ridendo piano, Eddie Fleet riagganciò.

Terri si accorse che stava tremando. Si sforzò di controllarsi e premette un tasto per vedere il numero da cui era stata fatta la chiamata, ma sul display comparve soltanto la dicitura NUMERO PRIVATO.

Spaventata e furiosa, aspettò di essersi calmata un attimo e poi telefonò al marito.

« Vengo a prenderti », disse Chris.

« Non è il caso... »

« Non si discute, Terri: lavoreremo insieme, a casa. Fallo per me. »

E per Elena, pensò Terri. Non protestò.

Mentre aspettava Chris, cercò Charles Monk a casa.

Stava cenando, ma l'ascoltò sino in fondo e con notevole pazienza.

« Potrebbe essere stato lui, ma anche qualche mitomane che ha fatto finta di essere lui. Tutti i telegiornali hanno riferito che lei lo ha accusato. Un cinico potrebbe pensare che si sia inventata tutto per interesse, o per mettere la polizia alle calcagna di Fleet. »

Scoraggiata, Terri si rese conto che era vero, però insistette: « Era lui ».

Monk, pacato, le fece notare che se si trattava davvero di Fleet, non si sarebbe lasciato beccare tanto facilmente. « E comunque lei non può provare niente. Se vuole, però, possiamo mandare qualcuno a strapazzarlo un po'. »

Terri soppesò i pro e i contro di quell'offerta. « Potete sorvegliare casa nostra? » chiese poi, sentendosi immediatamente sciocca.

« Per una telefonata? Non ventiquattr'ore su ventiquattro e sette giorni su sette. » Monk tacque, come ad ammettere che Terri aveva ragione a essere preoccupata e che anche lui aveva i suoi timori. « Fleet non è uno scemo. E un nero dovrebbe essere veramente scemo per prendere di mira una casa di Pacific Heights e minacciare una famiglia di bianchi benestanti. Fleet è un vigliacco, è uno che se la prende con altri neri che stanno peggio di lui. »

La parte più razionale di Terri capiva che Monk aveva ragione. Ma l'ispettore non sapeva di Elena e nemmeno dei suoi sensi di colpa e delle sue paure. « Voglio solo che mia figlia non corra rischi », disse.

« Come può Fleet sapere che lei ha una figlia? Comunque, la mia offerta è sempre valida: se vuole, andiamo a cercarlo. Almeno la smetterà di telefonare. »

Devo farlo cadere in trappola, pensò Terri, lacerata tra le sue priorità di avvocato e quelle di madre, incerta su cosa fosse meglio fare per Elena, e anche per Rennell.

« Ci penserò », disse. Poi ringraziò Monk e posò il telefono.

16

Alle due del mattino, chiusi nella biblioteca accanto alla camera da letto di Elena, Terri, Carlo e Chris stesero il ricorso di Rennell Price alla corte d'appello del Nono Circuito, in cui chiedevano un rinvio dell'esecuzione e il permesso di appellarsi contro la decisione del giudice Bond. Sparse davanti a loro sul tavolo c'erano annotazioni su tutti i potenziali punti controversi.

« Dobbiamo dimostrare che c'è stata una 'sostanziale violazione di un diritto costituzionale' », disse Chris. « Se dipendesse da me, mi concentrerei esclusivamente sull'innocenza e sul ritardo mentale. Riportare gli altri aspetti marginali che abbiamo incluso nella petizione a Bond creerebbe solo confusione, distogliendo l'attenzione dai due punti principali. »

Ancora turbata dalla telefonata minatoria, Terri si sfregò le tempie. « Secondo me dobbiamo usare tutto. Abbiamo Montgomery, quindi almeno un giudice comprensivo c'è. Rinunciare anche soltanto a uno degli argomenti a favore di Rennell può significare buttar via una chance di salvargli la vita. »

« È troppo facile fare un minestrone mettendoci dentro di tutto, frattaglie comprese », ribatté Chris un po' acido. « Faremmo la figura dei disperati, perderemmo credibilità. » Con un cenno della mano indicò tutti i fogli sul tavolo. « In che cosa crediamo veramente, di tutto questo? »

« In tutto », rispose Terri. « Non ho preferenze tra i motivi per cui Rennell Price debba continuare a vivere. Non dobbiamo lasciarci scoraggiare dal sollevare tutti gli argomenti possibili per via di una legge ridicola. Non ti sembra che ci sia un problema di anticostituzionalità, se una legge come l'AEDPA può essere usata per giustificare l'esecuzione di un uomo per un reato che non ha commesso? »

« Mi stai chiedendo come vorrei che andasse il mondo? O

che cosa dice secondo me la legge?» Chris lanciò un'occhiata a Carlo. «Se diamo l'impressione di aver fatto ricorso al Nono Circuito per rovesciare l'interpretazione dell'AEDPA, la corte suprema degli Stati Uniti non potrà non intervenire.»

«Sì, ma Rennell sarà ancora vivo», replicò fredda Terri. «E questo non mi dispiacerebbe affatto.» Fece una pausa e riprese con enfasi, ma più calma. «Tu non hai mai visto Rennell di persona, per te è solo un'astrazione, ma io non voglio andare da lui domani senza aver fatto tutto il possibile per impedire allo Stato di giustiziarlo.»

Sottovoce, Chris disse: «Il problema è proprio questo, Terri: qui non si tratta di quello che vuoi e che provi tu...»

Colpita, Terri rimase senza parole per un attimo, mentre Carlo diceva al padre: «Non è giusto! Anch'io ho conosciuto Rennell. Il fatto di tenere a lui priva forse di valore la mia opinione sulla sua vicenda?»

«No, purché non ti impedisca di continuare a fare l'avvocato con obiettività.»

«Da avvocato, papà, penso che ci siano argomenti di costituzionalità più che accettabili per dire che l'AEDPA non va applicato per rendere irrilevante l'innocenza di un condannato. Sarò sentimentale, ma su questo la penso come Terri.»

Chris osservò il figlio in silenzio e Terri, malgrado l'ora tarda e le molte emozioni di quella serata, gli intravide negli occhi una lieve ombra di divertimento, misto a un certo orgoglio. «Allora siamo due contro uno a favore delle frattaglie», disse dopo un po'. E, voltandosi verso la moglie, aggiunse: «Per quanto riguarda Fleet, Terri, ci rivolgeremo a un'agenzia privata. Non possiamo correre rischi: siamo già fin troppo stressati».

«Abbiamo perso», disse Terri a Rennell. «Il giudice non mi ha creduto.»

Rennell fissava il tavolo davanti a sé e muoveva le labbra senza emettere suono, come di fronte a qualcosa di troppo enorme e spaventoso per poterne parlare.

Terri gli prese la mano. «C'è ancora una speranza, Rennell.

Ci sono ancora tre giudici che sono più importanti di quello di ieri. Se loro pensano che la sua decisione sia sbagliata, possono cambiarla.»

Rennell non diede segno di aver sentito. «Presto verranno a prendermi», mormorò. «Come a Payton. C'è l'isolamento e poi mi ammazzano.»

Terri ebbe un brivido e un breve flashback della morte di Payton. Non sapeva neppure se fosse giusto, o se fosse invece un'inutile crudeltà, esortare Rennell a non perdersi d'animo, instillargli il desiderio di continuare a vivere nonostante il fratello e la nonna non ci fossero più. Avrebbe voluto dirgli che c'erano ancora delle possibilità, che, se fossero riusciti a far passare la tesi dell'innocenza, sarebbe potuto uscire dal carcere.

E una volta fuori? si chiese poi. E si rispose: ti aiuterò a rifarti una vita, una vita migliore di quella che hai avuto finora.

«Qualsiasi cosa succeda, io ti starò vicino», promise.

Per fortuna il suo ufficio le piaceva, pensò Callista Hill per l'ennesima volta guardando stancamente il soffitto altissimo e l'elegante lampadario di ottone. Fare l'assistente di Caroline Masters, presidente della corte suprema degli Stati Uniti, significava lavorare quattordici ore al giorno dal lunedì al sabato e spesso anche mezza giornata la domenica. Il cestino della biancheria da lavare a casa di Callista era di nuovo quasi pieno, erano tre settimane che non cenava come si deve e la sua vita sentimentale era l'equivalente di una landa desolata, da quando aveva cominciato a lavorare per Caroline. Ciononostante, non avrebbe rinunciato a quel posto per tutto l'oro del mondo.

Callista sapeva di distinguersi dagli altri tre assistenti al servizio del primo giudice, e non solo per il fatto che era afroamericana e aveva un fisico e un look da fotomodella. Aveva una mente pronta e una grande facilità di parola e, soprattutto, un senso dell'umorismo un po' caustico molto simile a quello della stessa Caroline Masters. Quando erano a tu per tu, pur essendo sempre molto seria e professionale, Caroline ogni tanto si lasciava scappare un commento riguardo alle bizzarrie dei colleghi. Callista era figlia di una professoressa di inglese divorziata che insegnava in una scuola nei quartieri popolari di Philadelphia e che l'aveva abituata a contare sulla propria intelligenza, incoraggiandola a pensare e ad agire autonomamente, ed era stata ricompensata: Callista era una figlia affettuosa e attenta. A volte Callista pensava a Caroline Masters come a una versione wasp di sua madre Janie, ma paradossalmente meno libera di esprimere le proprie opinioni talvolta un po' provocatorie. « La pena di morte è come i film di guerra, o dell'orrore », diceva sempre Janie Hill. « Il nero è sempre il primo a morire. »

Senza aspettarsi novità, Callista bevve un sorso della sua terza tazza di caffè e prese dal vassoio della posta in arrivo l'elenco delle condanne a morte.

Era la parte del suo lavoro che le piaceva meno. Una volta alla settimana il funzionario addetto alle sentenze capitali distribuiva ai giudici l'elenco aggiornato delle condanne a morte in programma in tutti gli Stati Uniti. Fra i vari incarichi di Caroline Masters c'era infatti la supervisione della più controversa tra le corti d'appello federali, quella del Nono Circuito, e Callista aveva il compito di tenere un elenco di casi che sarebbero potuti finire sulla sua scrivania accompagnati da una richiesta urgente di rinvio. Callista vide che il nome in cima all'elenco di quella settimana era Rennell Price. Lo stato di avanzamento della procedura che lo riguardava era tale da far pensare che la settimana successiva il suo nome non ci sarebbe più stato.

Callista rabbrividì, prese il telefono e chiamò la segretaria di Caroline Masters.

« Okay, raccontami tutto », le disse Caroline.

Erano sedute nell'ufficio del presidente della corte suprema, che aveva anch'esso il soffitto altissimo e bei lampadari e foto storiche della corte alle pareti. In tono neutro, Callista cominciò: « È un caso limite. Il giudice della corte distrettuale ha respinto l'istanza e gli avvocati di Price si sono rivolti al Nono Circuito per ottenere l'appellabilità. Il caso può arrivare fino qui solo se a Price viene riconosciuta l'appellabilità e poi perde in appello».

«Su quali basi chiedono l'appellabilità?»

«Adducono tutte le motivazioni possibili e immaginabili, alcune anche piuttosto capziose. Quella che ha attirato la mia attenzione è che, ai sensi dell'AEDPA, ci sarebbero le condizioni per proscioglimento e scarcerazione.»

Caroline Masters inarcò le sopracciglia. «Come dire che abbiamo ancora la facoltà di notare che è stato ingiustamente condannato un innocente? Alcuni dei miei colleghi andranno in fibrillazione. Immagino che gli avvocati del condannato, oltre a dire che il loro assistito non ha commesso il fatto, sostengano anche che la condanna è stata irrogata al termine di un processo anticostituzionale.»

«Già. Incompetenza del difensore, come al solito.»

Caroline Masters si alzò, si stirò inarcando la schiena, indolenzita dopo tante ore passate seduta alla scrivania, e puntualizzò: «Spesso si tratta di ricorsi fondati. Sono abbastanza sicura che dietro almeno la metà delle condanne a morte c'è un avvocato incompetente. È la causa più frequente per cui le persone finiscono nel braccio della morte. Colpevoli o innocenti che siano». Si interruppe di colpo, forse temendo di essersi esposta troppo. «Chi fa parte del collegio?»

«Montgomery, Nhu e Sanders.»

Caroline Masters fece un sorriso ambiguo. «Sarà un'avventura.»

«Che cosa vuole che faccia?»

«Per il momento nulla. Se l'appellabilità non viene concessa, sarebbe uno spreco di tempo.»

«E se viene concessa?»

«In tal caso le possibilità sono due. Se Price perde l'appello, mi ritrovo sul tavolo una richiesta di rinvio nel giro di ventiquattr'ore. Se invece vince, lo Stato della California cercherà di convincerci che il Nono Circuito ha interpretato la legge in maniera talmente distorta da rendere necessario il nostro intervento.» Caroline tornò a sedersi, seria in viso. «In un caso o nell'altro, sarà un'aspra lotta. Se Price perde, avrò subito bisogno di un memorandum sui pro e i contro di una pronuncia di accoglimento, sia del rinvio sia della revisione. Nel caso io decida a favore del rinvio, dovrò convincere anche altri quattro giudici a votare come me.»

A Callista non sfuggì il tono di cupa determinazione di Caroline. «Pensa che sarà davvero così difficile? Non dovrebbe essere più difficile negare il rinvio?»

Caroline Masters scosse la testa. «Il rinvio di un'esecuzione può suscitare dibattiti particolarmente accesi. Mentre bastano quattro voti per decidere il riesame di un caso, per concedere un rinvio ce ne vogliono cinque. Esiste la possibilità, assai realistica, che la corte suprema degli Stati Uniti accolga il ricorso di un uomo già morto.»

«Ma se quattro di voi ritengono importante la cosa, gli altri dovrebbero evitare di opporsi anche solo per correttezza.»

Il sorriso di Caroline fu amaro. «In teoria, sì. Lewis Powell sarebbe intervenuto certamente a favore del rinvio, quantomeno per evitare un'esecuzione prematura. Ma Powell non c'è più, e Fini è intransigente e deciso a impedire situazioni che permettano a una minoranza di noi di rimandare tutte le esecuzioni. Purtroppo non è l'unico a pensarla così. E, quando si parla di pena di morte, la correttezza va a farsi benedire.»

Quella sera Terri rimase fino a tardi nella biblioteca di casa Paget a scrivere su piccole schede rettangolari i punti salienti da cui dipendeva la vita di Rennell Price. Quando arrivò a dover sintetizzare la questione dell'innocenza – e quindi dell'inopportunità di giustiziare Rennell, data l'innegabile possibilità che a uccidere Thuy Sen non fosse stato lui, ma Eddie Fleet – non riusciva a trovare le parole e dovette ricominciare daccapo più volte.

Guardando l'ultima delle numerose schede cancellate e riscritte che erano sparse sulla scrivania, si sentì osservata e, voltandosi, vide Elena sulla soglia.

La figlia, che lei credeva già a letto, la guardava come se fosse un'estranea, con un freddo distacco che colpì Terri come una coltellata.

« Pensavo fossi già a letto », le disse.

« E perché? Non sei nemmeno venuta a darmi la buonanotte », ribatté imbronciata la ragazzina.

« Era tardi, Elena. Non volevo svegliarti. »

Elena non rispose e, avvicinandosi alla scrivania, prese una delle schede scarabocchiate di Terri e la osservò strizzando gli occhi.

« Sto lavorando », spiegò Terri. « Se domani non vinciamo, morirà un uomo. »

« No », la contraddisse Elena. « Morirà un lurido maniaco. »

Terri sospirò. « Tu non lo conosci. »

« Ho conosciuto mio padre », replicò Elena. « Magari avresti difeso pure lui, se non fossi stata mia madre. Vero che lo avresti difeso? »

Terri era troppo addolorata per rispondere. Senza parlare, scosse la testa in silenzio non tanto per negare, quanto nel vano tentativo di scacciare le emozioni che provava. Sentì che Elena diceva: « Non hai nemmeno il coraggio di guardarmi in faccia » e si rese conto che stava fissando le sue schede con gli occhi annebbiati di lacrime.

Dopo un po' alzò la testa e disse sottovoce: « Quello che ti ha fatto tuo padre è per me incomprensibile e ingiustificabile. Invece quello che è successo all'uomo che sto difendendo mi è abbastanza chiaro. E non credo sia giusto che gli venga fatta l'iniezione letale ».

Elena incrociò le braccia. « Questo lo pensi sempre e comunque, di tutti quanti. È la tua vita. »

Terri avrebbe voluto risponderle che era troppo complicato spiegare che cosa fosse la sua vita, o quella di Rennell Price. Ma non poteva parlarle della propria infanzia, della straziante contraddizione tra il desiderio di vedere morto il proprio padre e il senso di impotenza di una bambina di fronte alla violenza di chi non ha mai conosciuto altro che violenze.

Sottovoce, disse: « Elena, penso che nessuno possa mai avere abbastanza certezze da decidere di mettere a morte una persona. Non credo che la nostra società sia abbastanza saggia, o abbastanza equa, per arrogarsi un simile diritto. Il rischio di giustiziare un innocente è troppo alto. Quest'uomo potrebbe essere innocente. Io sono convinta che lo sia e che a uccidere Thuy Sen sia stato un altro. Se penso questo, non credi che sia giusto che io faccia il possibile per salvarlo? »

Elena sbatté gli occhi. « Forse ti sbagli, mamma, ed è stato veramente lui. E, se esce, lo farà di nuovo. »

Terri pensò a Eddie Fleet. Istintivamente si alzò per abbracciare la figlia, che però si ritrasse. « Non mi toccare! » gridò, e scappò via.

17

Sei ore dopo, la mattina in cui dovevano chiedere alla corte del Nono Circuito l'autorizzazione a presentare il ricorso a nome di Rennell, Chris e Terri si sedettero a fare colazione con Carlo al tavolo sulla terrazza, al sole. Erano stanchi e piuttosto avviliti: se, quel pomeriggio, il Nono Circuito avesse respinto la domanda, la battaglia legale di Rennell si sarebbe conclusa. E le divergenze di opinioni tra di loro restavano.

Bevendo il suo caffè, Chris guardò Terri, seduta di fronte a lui. « Abbiamo deciso di usare tutte le argomentazioni possibili, lo so, ma l'ordine in cui le presentiamo ha la sua importanza. Se non vinciamo sui punti più precisi e meno controversi, rischiamo di prolungare la vita di Rennell senza riuscire a salvarlo. »

Terri stava spalmando meticolosamente la marmellata di fragole su una fetta di pane tostato, facendo attenzione a coprire tutti gli angoli. « Che cosa suggerisci? »

« La sentenza *Atkins* è recente e nessuno – né i tribunali né le leggi della California – ha ancora fissato i criteri per definire che cosa si intende per ritardo mentale. Il nostro argomento migliore è questo, ritengo: Rennell Price è nato disgraziato. »

« Ma con il ritardo mentale al massimo può ottenere di passare tutta la vita in prigione », fece notare Carlo. « Perché esca, bisogna che lo riconoscano innocente. »

« È vero. Ma spiegando per bene com'è Rennell dovremmo riuscire ad ammorbidire un po' la corte, anche se non a convincerla che è ritardato. Poi, dopo averlo presentato come uno che non era in grado di difendersi, introduciamo il tema dell'innocenza e cominciamo a battere sul fatto che nemmeno il suo avvocato fu in grado di difenderlo. È lo scenario ideale per poi sostenere che Rennell è stato incastrato da Eddie Fleet. » Chris guardò di nuovo Terri e continuò a voce più bassa: «Non ti conviene puntare tutto sull'innocenza. È un invito a nozze per la corte suprema. Anzi, quando ne parli, ricorda al collegio che non occorre necessariamente sollevare la questione dell'innocenza: basta rientrare nell'AEDPA e dichiarare incostituzionale la difesa di Yancey James. Blair Montgomery deve convincere Sanders a votare come lui, e Sanders è un uomo prudente».

Terri rifletté, poi disse rivolta a Carlo: «Capire le intenzioni dei giudici è una scienza tutta particolare, un po' come leggere il futuro nelle viscere di una capra. Ma penso che questa volta Chris abbia ragione: dobbiamo andare il più possibile incontro a Sanders».

Carlo lanciò un'occhiata al padre, che continuava a guardare Terri con una certa apprensione. Alla fine Chris disse: «Se solo è possibile, preferirei non dover andare alla corte suprema degli Stati Uniti. A meno che oggi perdiamo, naturalmente».

All'una in punto Terri, Chris e Carlo erano davanti a Larry Pell e Janice Terrell, seduti intorno a un tavolo dello State Office Building di San Francisco. In mezzo c'era un altoparlante. Il giudice Sanders, che la prima volta era stato sempre zitto, in questo colloquio fu protagonista fin dall'inizio.

«Cominciamo dalla *Atkins*», disse a Terri. «Mi illustri la vostra argomentazione sul ritardo mentale.»

Terri lanciò un'occhiata a Chris e rispose: «Rennell Price è ritardato. E né la corte suprema della California né il giudice Bond hanno spiegato perché secondo loro non lo è, o quali sono i criteri in base ai quali si considera un individuo ritardato. Lo Stato non può giustiziare quest'uomo in assenza di...»

«Va bene», la interruppe bruscamente Sanders. «Procuratore Pell?»

Pell raccolse le idee e disse: «L'avvocato Paget ha proposto i suoi criteri. Ma nessuna delle due corti ha ritenuto che Price li soddisfacesse...»

«Su quali basi?» intervenne secco Montgomery. «Non pretenderà che ci dedichiamo alla divinazione! Le due corti precedenti ci devono – a noi, ma soprattutto al signor Price – qualche chiarificazione sul ragionamento seguito per confermare l'esecuzione.»

Chris, nascondendosi la bocca con le dita, sorrise. Con insolita franchezza Pell replicò: «Quel che la corte suprema della California doveva al signor Price era un'attenta considerazione della sua istanza, seguita da un'opportuna decisione. L'AEDPA stabilisce che le corti federali debbano rispettare tale decisione, in assenza di errori evidenti, e il giudice Bond si è conformato al disposto di legge. Codesta corte dovrebbe seguire il suo esempio...»

«E l'innocenza?» intervenne Sanders. «L'istanza afferma che Price, a prescindere dalla competenza del suo avvocato difensore, alla luce della confessione del fratello, ha diritto a un nuovo processo o addirittura al proscioglimento. La legge prevede questo?»

«Assolutamente no», rispose Pell con foga. «Ai sensi dell'AEDPA a codesta corte non compete condurre un nuovo processo, ma stabilire se quello originario è stato equo. Come io ritengo sia stato.»

«Che cosa ne pensa, avvocato Paget?»

Terri lesse negli occhi di Chris l'avvertimento a essere prudente. «Stiamo cercando di decidere se un processo celebrato quindici anni fa è stato equo abbastanza da giustificare un esito che ora sappiamo essere errato? E, stabilito che lo è stato, vogliamo mandare a morte un uomo che ora sappiamo essere innocente? O il dovere di questa corte, di fronte a nuove e convincenti prove della sua innocenza, è chiedersi se sia ancora il caso di giustiziarlo?»

«E l'AEDPA?» la interruppe bruscamente Sanders. «La legge prevede un requisito indispensabile per prendere in considerazione nuovi elementi probatori, ovvero che il processo originario abbia violato il diritto costituzionale alla difesa dell'imputato.»

«Mi consenta di sottoporle un'ipotesi», replicò Terri. «Supponiamo che codesta corte sia assolutamente certa che le nuove prove dimostrano l'innocenza di Rennell Price e che il procuratore Pell chieda di prenderle in considerazione soltanto qualora sia stata l'incompetenza dell'avvocato James a impedire che emergessero già nel processo. Ritengo non si possa, né si debba, sostenere che l'AEDPA obbliga a giustiziare un innocente... »

« Non è così, infatti », obiettò Sanders. « L'innocenza del suo assistito è tutt'altro che certa. »

« È questione di gradazioni. Le prove dell'innocenza di Rennell Price sono almeno altrettanto convincenti di quelle della sua colpevolezza. » Terri fece una pausa per dare maggior enfasi alla sua ultima considerazione. « Ma anche le prove dell'incompetenza di James – a cominciare dal fatto che lui stesso l'ammette – sono convincenti. Non è indispensabile pertanto affrontare la spinosa questione dell'innocenza in questa sede. »

L'uditorio invisibile di Terri rimase in silenzio per un attimo, poi Sanders osservò, in tono più meditabondo: « È effettivamente una questione spinosa. La vostra petizione ne solleva più di una, per la verità. Vi prego di lasciarci qualche minuto per consultarci ».

Chris rispose all'occhiata speranzosa di Terri con un'espressione corrucciata che lei interpretò come meditabonda, ma anche preoccupata. Larry Pell, dall'altra parte del tavolo, restò impassibile. Janice Terrell era perplessa.

« Bene. » Questa volta la voce invisibile apparteneva al giudice Montgomery. « Desideriamo innanzitutto chiarire che nessuno di noi ha espresso un giudizio prematuro sul merito della questione. Siamo tuttavia giunti alla conclusione unanime che questo appello solleva interrogativi tali da giustificare un riesame da parte di giuristi responsabili quali tutti noi ci pregiamo di essere. Rinviamo pertanto l'esecuzione di Rennell Price e lo autorizziamo a ricorrere in appello. Su tutti i punti elencati nell'istanza. » Il tono di Montgomery si fece perentorio. « Il ricorso dovrà essere presentato entro domani, la replica entro i due giorni lavorativi successivi. Ascolteremo le argomentazioni orali due giorni dopo. Seguirà un ordine scritto. »

Sollevata, Terri guardò Chris, che però non pareva affatto entusiasta. Capì subito perché: sospettava che Viet Nhu, grande conoscitore dei meccanismi della giustizia, stesse semplicemente lasciando ai colleghi più liberal spago sufficiente per impiccarsi con le loro stesse mani. E per portare con sé alla rovina Rennell Price, se non subito, più tardi, nell'ambiente assai meno permissivo della corte suprema degli Stati Uniti. Ma quello era un problema che avrebbero affrontato a suo tempo.

« Grazie », disse Terri ai giudici del collegio.

Tornando a casa, Terri trovò Elena ad aspettarla nel salotto con le braccia conserte e un'espressione ostile.

« C'è uno sconosciuto in camera mia », disse con una durezza che Terri non sapeva bene come interpretare.

Sorpresa, guardò la figlia e poi, rendendosi conto che il suo tono voleva essere sarcastico, capì a chi si riferiva.

« È un operaio dell'agenzia cui ci siamo rivolti », le disse.

« Lo so. Sta montando una telecamera in modo che, premendo un bottone, io possa vedere chi suona alla porta. Muoio dalla voglia di mostrare ai miei amici l'ultimo regalo che mi ha fatto mia madre. Voglio proprio vedere cosa diranno... »

Terri la osservò e le disse: « Siediti ».

Elena rimase a fissarla, cocciuta, ma poi qualcosa nell'espressione della madre la convinse a sedersi, pur di malavoglia, su una delle morbide poltrone del salotto.

« Alcune sere fa ho ricevuto una telefonata anonima », cominciò Terri. « Credo che fosse una persona che ha a che fare con il caso Price. Mi ha fatto delle minacce... »

« Tipo? »

« Niente di specifico. » Terri abbassò la voce. « Però mi ha chiesto se avevo dei figli. Probabilmente ha detto così per dire, ma io e Chris abbiamo deciso di farti installare un videocitofono in camera. »

Elena chinò le spalle; forse era un'illusione ottica dovuta al fatto di vederla seduta su una poltrona così grossa, ma Terri ebbe tutto a un tratto l'impressione che la figlia fosse più piccola e vulnerabile che mai. « Chi è quello che ti ha telefonato? » chiese la ragazzina.

Terri esitò, combattuta, ma alla fine decise di dirle la verità. « Quello che secondo me ha ammazzato Thuy Sen. »

Elena sbiancò. Poi l'indignazione prevalse sulla paura e la fece alzare di scatto. « E tu hai paura che faccia la stessa cosa anche a me? Non posso più stare tranquilla da nessuna parte, nemmeno in camera mia, e tutto a causa del tuo lavoro! » Le si riempirono gli occhi di lacrime. « Se mi ammazza, saresti pure capace di difenderlo! »

Terri si alzò.

« Non mi toccare! » gridò Elena. « Lasciami in pace, voglio stare da sola. »

Si voltò e scappò via di corsa.

18

La domenica pomeriggio, mentre la corte d'appello del Nono Circuito ascoltava le parti sul caso Rennell Price, Carlo Paget nel suo piccolo ufficio preparava la bozza della petizione da presentare alla corte suprema degli Stati Uniti qualora i giudici Montgomery, Nhu e Sanders avessero confermato la condanna a morte di Rennell. La seduta del Nono Circuito era cominciata all'una; ogni quarto d'ora circa Carlo guardava l'orologio digitale sulla scrivania e immaginava suo padre e Larry Pell impegnati a presentare le loro argomentazioni.

« Perché ci va papà? » aveva chiesto a Terri, sinceramente stupito.

« Stare a guardare sarà una sofferenza per me, ma lui conosce meglio la legge ed è il miglior avvocato che esista in queste cose. Inoltre, chi meglio di un affermato professionista bianco, che non ha fama di essere fanaticamente contrario alla pena di morte, per difendere un nero ritardato? »

Lo disse senza rancore e Carlo rifletté sulla complessità del rapporto sia professionale sia sentimentale tra suo padre, che a prima vista era l'incarnazione del classico wasp, e Terri, più giovane, di origine ispanica, che si era conquistata a caro prezzo tutto ciò che aveva e, nonostante conducesse ormai una vita da privilegiata, continuava ad avere una sensibilità molto particolare. Immaginò l'effetto che doveva farle vedere il destino di Rennell affidato nelle mani di altri, immaginò l'ansia che doveva causarle il fatto di non poter parlare e si augurò, per il bene di tutti, che suo padre facesse un buon lavoro.

Alle due e cinque Carlo guardò nuovamente l'orologio e si rese conto che la discussione doveva ormai essersi conclusa.

Si sforzò di continuare a scrivere, senza lasciarsi distrarre da quel pensiero. Stava rivedendo l'introduzione, quando Terri entrò di corsa e gli chiese, ansiosa: « A che punto sei? »

Carlo capì che era andata male e la petizione serviva veramente. Rispose: « Ho quasi finito. Dov'è papà? »

« È andato a casa da Elena e Kit. Se hai bisogno, ti aiuto io. »

Carlo si appoggiò allo schienale. « Com'è andata? »

« Se vuoi sapere chi ha vinto, non lo so ancora: ce lo diranno stasera alle sette. La corte ha promesso di comunicare la decisione via fax entro quell'ora. » Prese una parte della petizione preparata da Carlo e si accinse a leggerla. « Nel frattempo, possiamo ingannare il tempo lavorando un po'... »

Poco dopo le cinque del pomeriggio, mentre Terri e Carlo rivedevano la bozza della petizione alla corte suprema, arrivò Chris.

« Come stanno i ragazzi? » domandò Terri.

Chris si allentò la cravatta e rispose stancamente: « Kit sta bene. Elena un po' meno, ma non mi ha voluto dire che cos'ha. Secondo me, disapprova il modo in cui passiamo la domenica. Forse dovresti andare a casa e lasciare che finiamo Carlo e io ».

Terri si sentì presa in trappola tra i doveri di madre e le responsabilità professionali nei confronti di un uomo che sua figlia detestava, sia per il reato di cui era stato accusato sia per il modo in cui assorbiva la vita di Terri. « Non posso andare via prima delle sette », rispose. « E solo se avremo vinto. »

Chris scosse la testa e le disse con dolcezza: « Non fare la martire. Lascia che ti dia il cambio per un po' ».

Terri si accorse che anche Chris aveva l'aria stanca e ripensò a come l'aveva visto la sera prima, talmente in ansia da non riuscire a dormire, completamente diverso dall'avvocato concentrato e sicuro di sé che aveva sempre avuto accanto in aula. « Mi piace questa stanza », rispose. « Porta fuori a cena tuo figlio. Tornate per le sette, così poi decidiamo che cosa fare. »

Spazioso e bene illuminato, il ristorante di North Beach si stava riempiendo di famiglie abituate a cenare lì la domenica sera presto e a scherzare con i camerieri, sempre gli stessi. Chris osservò il martini che Manfred, cui era toccato il loro tavolo quella sera, gli aveva portato senza neppure bisogno di ordinarlo.

Bevve un sorso e posò il bicchiere. « Sono cotto », confessò a Carlo. « Questo lavoro mi stanca più di una volta. Dev'essere l'età. »

Era un'ammissione rara, pensò il ragazzo, soprattutto per un uomo che gli pareva essere invecchiato pochissimo da quando, diciotto anni prima, era andato a vivere con lui. Poi gli venne in mente che a opprimere suo padre doveva essere soprattutto la consapevolezza del fatto che una risposta negativa da parte del Nono Circuito, quella volta, avrebbe significato non solo la morte di un uomo, ma anche un grande dolore per sua moglie.

« Terri ha detto che sei stato bravissimo », gli disse.

Chris, senza sorridere, replicò: « Ho fatto il possibile. Forse ho anche esagerato un po'. Se perdiamo, Rennell Price morirà. Ma se vinciamo perché il Nono Circuito si è lasciato convincere dall'argomentazione sbagliata, è probabile che la corte suprema decida di farlo morire lo stesso. Avendo rimarcato la possibilità dell'innocenza, il rischio c'è. Sembra molto semplice: anche se il processo è stato equo, se prima dell'esecuzione sopraggiungono nuove prove di innocenza, il condannato dovrebbe essere prosciolto e scarcerato. Ma, per la legge, potrebbe non bastare ».

Carlo bevve il primo sorso di birra. « Spiegami meglio », disse.

Si ritrovarono tutti – gli avvocati, i giornalisti, i tre giudici del collegio e i familiari di Thuy Sen – nell'aula solenne della corte d'appello del Nono Circuito, uno sfarzoso pastiche di colonne corinzie, cupidi e decorazioni floreali di stucco e vetrate colorate da cui filtrava una luce dorata. A Terri quella sede opulenta, tipica della fine dell'Ottocento, pareva poco adatta per decidere il destino di Rennell Price, nato e vissuto in un ambiente tragicamente squallido e disagiato.

I tre uomini che avrebbero stabilito se doveva vivere o morire dominavano l'aula dall'alto, seduti dietro un tavolo di mogano lucido. Al centro c'era il presidente del collegio, il giudice Montgomery, un ometto basso con i capelli bianchi, un'espressione attenta e occhi azzurri molto vivaci, ora gelidi ora divertiti. Alla sua destra c'era il giudice Sanders, cui la pinguedine dava un aspetto amorfo quasi quanto la sua filosofia giudiziaria improntata alla massima prudenza. Il giudice Nhu era il contrario esatto di Sanders: era un uomo minuto, con i capelli brizzolati e l'aria da folletto.

Seduti al tavolo dell'accusa, Larry Pell e Janice Terrell avevano fatto una faccia sorpresa nel vedere Chris, e non Terri, avviarsi verso il podio a parlare per Rennell Price. Con un gessato blu confezionatogli su misura da un sarto di Savile Row, Chris era di un'eleganza e una disinvoltura innate.

« La procura generale vi chiede di dichiarare che il fatto che una persona sia colpevole o innocente non ha più alcuna importanza », disse Chris ai tre giudici. « Se accettate la tesi della procura sulla negligenza di Yancey James o sul conflitto di interessi dovuto alla difesa congiunta dei due fratelli Price, non dovrete porvi il problema se state per giustiziare un innocente. » Nel tono di Chris c'era una sfumatura di sdegno. « Sarà una condanna a morte per motivi tecnici, uno scherzo crudele. E questo è sbagliato. Mandare a morte un innocente è immorale, ancorché una serie di cavilli legali ci permetta di farlo. »

Nhu lo interruppe in tono secco: « Belle parole, ma lo scopo dell'AEDPA è dare definitività a procedure come questa, che alla famiglia di Thuy Sen devono sembrare veramente interminabili ».

Chris esitò un attimo poi, convinto che con Viet Nhu non ci fosse niente da fare, formulò la sua risposta nel modo più diretto possibile, come avrebbe fatto Terri, nella speranza di convincere Sanders. « Se l'AEDPA rende irrilevante l'innocenza, viola almeno due diritti della Carta delle libertà: il principio del 'giusto processo', che non consente di giustiziare un uomo per un reato che non ha commesso, e il divieto di imporre 'pene insolite e crudeli', che si applica più che mai all'esecuzione di Rennell Price per l'atto di perversione inflitto da Eddie Fleet a Thuy Sen. »

Quelle ultime parole così schiette parvero cogliere alla sprovvista il giudice Sanders, che domandò: « Una questione del genere non è di competenza del governatore? Ove sussista prova dell'innocenza di un condannato, è prevista la concessione della grazia ».

Chris si sforzò di rispondere rispettosamente e di non alzare la voce. « Sorvolerò sulle questioni politiche che privano del suo senso l'istituto della grazia. Il punto è che la possibilità teorica del ricorso alla grazia non esenta né questa né nessun'altra corte dai suoi doveri. La Costituzione non ci autorizza a giocare a scaricabarile di fronte alla pena capitale. »

« L'argomentazione dell'avvocato Paget è priva di qualsivoglia aggancio con la legge », replicò Pell in tono di contenuto disprezzo. « Permettere a una corte federale di riparare invocando l'*habeas corpus* significherebbe giungere a un *novum iudicium* non già perché il primo processo costituisca violazione di un diritto sancito dalla Costituzione, ma semplicemente in virtù dell'eventualità che, alla luce di nuove prove, una seconda giuria ritenga l'imputato non colpevole. Tuttavia, non è dimostrato che essa arriverebbe a una decisione più affidabile in punto di innocenza o colpevolezza, perché il passare del tempo riduce l'attendibilità della sentenza. » Lanciando una breve occhiata a Montgomery, Pell ribadì la propria posizione: « Per citare il giudice Fini, 'se nel processo non vi sono stati errori, non si pone la questione della costituzionalità e, di conseguenza, questa corte non è chiamata a deliberare in punto di innocenza o colpevolezza' ».

« Sì, sappiamo come la pensa il giudice Fini », replicò con freddezza Montgomery. « Ma sono certo che lei sa anche come la pensa il giudice Blackmun: 'L'esecuzione di un individuo in grado di dimostrare la propria innocenza è pericolosamente vicina all'assassinio'.»

«Non è questo il caso, però», ribatté pronto Pell. «La confessione di Payton Price è lungi dal dimostrare l'innocenza del fratello. In *Burton contro Dormire*, la corte d'appello dell'Ottavo Circuito si è pronunciata in analoga situazione alla luce della sentenza *Herrera*. Le citerò un passaggio dell'opinione, da cui risulta chiaramente che l'AEDPA non prevede la rivendicazione a posteriori dell'innocenza: 'Benché dalla lettura dei verbali sorga l'inquietante sospetto che in un'aula del Missouri sia stato condannato a morte l'uomo sbagliato, le proteste di innocenza di Burton si sono scontrate con una serie di barriere e ostacoli eretti dalle corti e dal Congresso. Esse non consentono l'adozione di provvedimenti giudiziari in suo favore, malgrado elementi probatori che suggeriscono una possibile innocenza. Auspichiamo che il governatore voglia tenerli in adeguata considerazione'.»

Montgomery lo raggelò rispondendo: «Cerchiamo di riportare su un piano un po' più realistico questo dibattito troppo teorico. Da quando, nel 1978, è stata reintrodotta la pena capitale, qual è stata l'ultima volta che il governatore della California ha commutato una sentenza di morte?»

«Non è questo che chiedevo...»

«Sono io che lo chiedo a lei, procuratore Pell. Mi faccia la cortesia di rispondere.»

Pell allargò le braccia. «Non sono al corrente di alcuna commutazione.»

«Perché non ce ne sono state.» Montgomery si sporse in avanti. «Motivo per cui *questa* corte in passato ci ha consentito di prendere in considerazione prove di innocenza, al fine di evitare errori giudiziari. Non le sembra che sia questo il caso, giacché ci chiedete di ordinare l'esecuzione di un uomo che per vostra stessa ammissione verrebbe probabilmente scagionato ove sottoposto a un nuovo processo?»

«No», rispose Pell sottovoce. «Mi sembra che, accogliendo la nostra richiesta, si eviterebbe di entrare in conflitto con la corte suprema degli Stati Uniti, che ha creato un precedente vincolante consigliando di ricorrere all'istituto della grazia. Non chiediamo a questa corte di esprimere un giudizio anticipato, ma semplicemente di rigettare la petizione di Price e invitare i suoi avvocati a rivolgersi al governatore della California.»

Intervenne il giudice Sanders: «La prego di replicare all'argomentazione del ricorrente secondo cui, in assenza di una sede appropriata in cui avanzare la rivendicazione di innocenza, la pena capitale costituisce una violazione del dettato costituzionale».

«È assurdo», ribatté conciso Pell. «La Costituzione non garantisce il diritto di dimostrare la propria innocenza 'a vita'...»

«L'elenco di elementi a discolpa presentato dagli avvocati di Price non dovrebbe, se non altro, instillarci qualche dubbio?» chiese Sanders interrompendolo.

«Al contrario, vostro onore: il numero stesso degli elementi a discolpa è dimostrazione del corretto funzionamento del sistema.»

Guardando brevemente il giudice Nhu, Pell si strinse nelle spalle con aria impotente e disse, rivolgendosi a Montgomery: «Con tutto il rispetto, non sussiste prova alcuna del fatto che qui, nello Stato della California, sia mai stato giustiziato un innocente...»

«Qualcuno si è mai premurato di accertarlo?» domandò Montgomery. «Non avremo per caso letteralmente 'sotterrato' i nostri errori?»

Pell si irrigidì, cocciuto. «Ci occorrono tutte le risorse che abbiamo a disposizione, vostro onore, per difenderci da petizioni come questa. Ed è un compito che svolgiamo con tutta l'onestà possibile.» Assunse un tono ammonitore e continuò: «La corte suprema ci impone di applicare la legge, non di riformularla a nostro piacimento. E la legge è chiara: la sentenza di Rennell Price va confermata».

Pensoso, Chris finì il suo drink. «Uno dei motivi per cui si presentano argomentazioni nuove è fare in modo che la corte preferisca non pronunciarsi. Presa alla lettera, l'AEDPA non consente la scarcerazione sulla base dell'innocenza: se è possibile, ci conviene vincere senza mettere in discussione l'AEDPA. Preferirei non vincere in virtù di un'argomentazione che alla corte suprema possa sembrare l'ennesimo esempio dell'estremismo del Nono Circuito. »

In quel momento squillò il cellulare di Carlo, che lo tirò fuori dalla tasca della giacca e vide lampeggiare sul display il numero di Terri. « Forse l'opinione è arrivata prima del previsto », disse affrettandosi a rispondere. « Novità? »

« No, ancora niente. » La voce di Terri era tesa, ma stanca. « Ha chiamato l'assistente di Montgomery dicendo che hanno fissato una nuova scadenza: le dieci, se tutto va bene. »

« Ti ha detto come mai ci stanno mettendo così tanto? » chiese Carlo.

« No, ma prendetevela comoda. Ci vediamo a casa. Ho dato al tribunale il numero del nostro fax. »

Carlo premette il tasto di fine chiamata.

« Che cosa succede? » domandò Chris.

« Possiamo mangiare con calma », rispose il ragazzo. « E magari berci anche un cognac. A quanto pare sei riuscito a paralizzare la corte. »

19

Poco dopo le nove di sera, quando Chris ebbe finito di leggere a Kit qualche capitolo dell'ultimo Lemony Snicket ed Elena, temporaneamente rasserenata, ebbe dato a Carlo il bacio della buonanotte prima di ritirarsi in camera sua, Terri incrociò Chris in cucina e gli disse: « Le ho promesso che sabato le dedico il pomeriggio e faremo quello che vuole lei ».

« E cioè? »

« Andremo a pranzo da Neiman Marcus – le piacciono moltissimo i *popovers* – poi a farci la manicure e al cinema, a vedere l'ultimo film horror, non so quale storia sanguinosa che piace tanto ai teenager. Incredibile, eh? »

Immaginando la moglie che si sottoponeva stoicamente a quel frivolo programma adolescenziale, Chris scoppiò a ridere, contento che Terri riuscisse, in un modo o nell'altro, a placare un po' il proprio senso di colpa e a fare la pace, o perlomeno a stabilire una temporanea tregua, con la figlia e a dimenticare per un pomeriggio le minacce di Eddie Fleet. « Grazie a Dio, a Carlo è sempre piaciuto il baseball. »

« Oh, dimenticavo », riprese Terri imperturbabile. « Ci serve la tua decapottabile. Ci piace abbassare il tettuccio e andare in giro ascoltando musica. La sua musica, naturalmente. Così Elena riesce a stare con me senza dovermi per forza parlare... »

« Mi sembra giusto », intervenne Carlo, entrato in quel momento. « Anch'io ho sempre pensato che papà fosse un'ottima compagnia, purché stesse zitto. »

Terri sapeva che per Carlo questo era meno vero che per Elena e, come spesso le capitava, invidiò a Chris il rapporto sereno e affettuoso che aveva con il figlio, così diverso da quello che aveva lei con Elena, improntato a una tensione costante. Terri era preoccupata per la figlia, per i suoi silenzi, gli improvvisi sbalzi di umore, il rifiuto nei confronti suoi e del suo lavoro. Le sembrava piena di astio, di una rabbia di cui non sapeva o non voleva discutere, soprattutto dopo l'installazione della telecamera nella sua stanza, che aveva preso come l'ennesimo affronto della madre. Calma ma determinata, disse a Chris e Carlo: «Non posso permettermi di deluderla: qualunque cosa succeda, dovrete sostituirmi voi. A meno che non si tratti di un'esecuzione».

Chris la osservò e disse: «Anche se si tratta di un'esecuzione, Terri».

«No, no, in quel caso no», rispose lei avviandosi verso le scale per andare da Elena.

Chris guardò l'orologio della cucina e vide che erano quasi le nove e mezzo. «Chissà come mai ci mettono così tanto», osservò.

«Sarà per l'innocenza», ipotizzò Chris. «O per un'altra argomentazione, chissà. Alla fine, dopo aver ascoltato me e Pell, persino Viet Nhu sembrava un po' perplesso.»

Chris si fece coraggio e disse con grande pacatezza: «Resta, onorevoli membri del collegio, un ultimo interrogativo: la legge prevede che Rennell Price, a differenza di altri imputati accusati di reati capitali, possa essere giustiziato per volontà dello Stato della California?»

Il giudice Nhu osservò Chris con un sorriso sibillino e commentò: «Sta cercando di dirci che i trent'anni passati a perfezionare la legge californiana sulla pena capitale non sono serviti a nulla?»

«Peggio, vostro onore: sto dicendo che hanno portato alla situazione grottesca per cui è possibile confermare la condanna a morte di Rennell Price, molto più assurda e ingiustificata di quelle che la corte suprema degli Stati Uniti ha definito 'insolite e crudeli come il destino di chi viene colpito dal fulmine'.»

«Ma la corte suprema non ha indicato i criteri in base ai quali la pena di morte può essere inflitta in modo equo?»

«Ha indicato alcuni criteri di massima», ribatté Chris dando un'occhiata ai propri appunti. «Fondamentalmente, che la categoria degli omicidi punibili con la morte deve essere sufficientemente ristretta da garantire che una percentuale consistente dei colpevoli venga effettivamente condannata a morte. Dai dati in nostro possesso, risulta che solo il dieci per cento degli imputati punibili con la pena di morte in California viene effettivamente condannato. È proprio vero che Rennell Price è stato colpito dal fulmine.»

Nhu piegò la testa da una parte. «E questa percentuale deplorevolmente bassa secondo lei è dovuta alla normativa del nostro Stato.»

«Come pure agli elettori del nostro Stato», aggiunse Chris tornando a consultare gli appunti. «Attualmente la California ha la legge sulla pena di morte meno restrittiva di tutto il Paese. Circa il novanta per cento di coloro che vengono processati per omicidio di primo grado sono punibili con la pena di morte, ma solo uno su dieci riceve effettivamente tale pena. E da chi è composto questo dieci per cento di sfortunati? Per il trentaquattro per cento da neri, per il diciannove per cento da ispanici. E il coefficiente di intelligenza medio dei detenuti nel braccio della morte delle carceri californiane è ottantacinque...»

Intervenne Viet Nhu con un leggero sorriso sulle labbra. «In altre parole, l'unico modo per rendere compatibile con le vigenti leggi la normativa dello Stato della California in materia di pena capitale sarebbe restringerne l'applicazione a minoranze di intelligenza inferiore agli standard. E questo, ovviamente, rischierebbe di creare altri problemi di natura costituzionale.»

Perplesso, Chris non poté far altro che annuire. «Lei ha sintetizzato il mio pensiero, vostro onore. Il fulmine che ha colpito Rennell Price non è stato, tutto sommato, troppo casuale. Rennell Price è stato colpito per via di alcune sue caratteristiche che lo rendevano particolarmente vulnerabile. Per questo, chiedo a codesta corte di pronunciarsi contro questo statuto.»

«Che cosa ha da rispondere all'argomentazione dell'avvocato Paget secondo cui l'unica costante della normativa californiana sulla pena capitale è che colpisce le fasce deboli?» domandò Nhu a Pell. Fece una pausa e poi aggiunse in tono pignolo: «Per esempio, gli afroamericani. O perlomeno quelli come il signor Price».

Pell rimase momentaneamente interdetto, dopo quell'allusione non molto velata al gruppo etnico cui apparteneva egli stesso, poi disse: «Sinteticamente, rispondo che codesta corte non dovrebbe prendere neppure in considerazione un assunto del genere. Trattandosi di una seconda petizione *habeas corpus*, essa dovrebbe limitarsi a contestare...»

«Lasci perdere l'AEDPA, procuratore. Vorrei una risposta concreta.»

Pell scosse la testa. «L'argomentazione dell'avvocato Paget è completamente innovativa...»

Viet Nhu lo interruppe ancora una volta: «Innovativa, sì. Di certo io non conoscevo queste statistiche. Alla luce di esse, però, non le sembra che il caso Price non rientri più nell'AEDPA?»

Con sforzo evidente, Pell replicò: «Anche lasciando da parte l'AEDPA, nella sentenza *Teague contro Lane* la corte suprema ha stabilito che una decisione contenente un nuovo principio costituzionale non si applica a chi presenta una petizione *habeas corpus*, come Rennell Price, salvo espressa menzione del contrario. Il principio cui ha fatto cenno l'avvocato Paget, ovvero che la normativa californiana sulla pena di morte sarebbe anticostituzionale, è del tutto inesistente».

«Perciò lei si rifiuta di soddisfare la mia curiosità. Per motivi procedurali.»

«Per motivi di principio», replicò Pell. «Se l'avvocato Paget vuole fare invalidare la normativa sulla pena capitale, dovrà farlo su un altro caso. Il tempo di Rennell Price è scaduto.»

Il giudice Nhu osservò Pell con un sorriso niente affatto divertito e disse: «Chissà».

«Dove voleva arrivare Nhu?» chiese Carlo a suo padre.

Chris guardò l'ora: erano le ventidue e quindici. «Non lo so», rispose. «E non voglio vincere per quell'argomentazione, perché finiremmo dritti davanti alla corte suprema degli Stati Uniti. E non voglio mettere in discussione l'intera normativa californiana sulla pena di morte. »

« Forse Nhu la pensa diversamente. In fondo è un giudice molto rigoroso... »

« Venite su », chiamò Terri, in cima alle scale. « Sta arrivando il fax. »

20

A una lentezza snervante, il fax che si trovava nella biblioteca dei Paget stampò la prima pagina dell'opinione della corte d'appello del Nono Circuito. Terri la prese immediatamente, mentre Chris e Carlo leggevano da dietro le sue spalle.

« L'ha scritta Sanders », osservò.

Carlo ebbe un moto di ansia e nello stesso tempo di speranza. « Sempre meglio di Nhu. »

« Il primo punto è il ritardo mentale », annunciò Terri. Poi scosse la testa, incredula.

Chris le prese di mano il foglio e cominciò a leggere ad alta voce: « Né gli organi legislativi né le corti della California hanno specificato i criteri in base ai quali si determina il ritardo mentale. In tale assenza di indicazioni da parte della suprema corte della California, questa corte non ritiene di dover considerare insindacabile la decisione di detta corte suprema in merito a... »

« Bene », mormorò Carlo.

Chris continuò a leggere. « Né riteniamo che, trattandosi di materia giuridica nuova, il giudice Bond abbia ragione nell'affermare che Price non ha dimostrato il proprio ritardo mentale. Applicando l'opportuno criterio, ovvero quello dello standard probatorio attenuato, egli lo ha effettivamente dimostrato... »

Terri si sedette, si nascose il viso tra le mani e disse a Carlo: « Se la conclusione è a nostro favore, se non altro Rennell resterà in vita ».

Dal fax uscì un altro foglio. « Ora si passa all'innocenza », disse Chris.

Terri lo ascoltò leggere: « A titolo preliminare, ci asteniamo dall'avanzare ipotesi su ciò che un difensore competente avrebbe potuto fare nell'interesse di Rennell Price, essendo incresciosamente chiaro che l'avvocato James, in realtà, non fece nulla... »

« Finora rientriamo nell'AEDPA», osservò sottovoce Carlo.

« Né risulta agli atti una rinuncia consapevole da parte di Rennell Price a farsi difendere dall'avvocato James a causa del conflitto di interessi con il fratello, o una dimostrazione del fatto che l'imputato fosse in grado di comprendere una domanda così complessa, cui rispose infatti ripetendo meccanicamente una formula... »

A quelle parole, Terri si alzò in piedi. Chris continuò a leggere.

« Non è attribuibile alla negligenza del difensore se Payton Price abbia tardato così tanto a parlare. » Chris prese il foglio successivo e posò una mano sulla spalla di Terri dicendole: « Vedrai che hanno tenuto conto delle prove di innocenza ».

Terri, muta, fissava il foglio che Chris aveva in mano.

« Leggi », lo esortò Carlo.

Chris ricominciò: « Il criterio stabilito in precedenza da questa corte è la probabilità che una giuria in buona fede trovasse il richiedente colpevole oltre ogni ragionevole dubbio anche alla luce di nuovi elementi sopravvenuti. Ciò significa che non è necessario addurre prove assolute di innocenza, ma basta semplicemente che ci siano prove di innocenza sufficienti a impedire alla corte di ritenere attendibile il risultato del processo... »

Carlo, emozionatissimo, mormorò: « Secondo me, abbiamo vinto ». Poi fu colto dal timore superstizioso di aver parlato troppo presto.

Chris continuò a leggere integralmente: « Ai sensi dell'AEDPA, Rennell Price soddisfa i requisiti necessari affinché questa corte prenda in considerazione le sue proteste di innocenza. Tuttavia, anche se i suoi requisiti non fossero risultati idonei, la Costituzione gli darebbe diritto di dimostrare la propria innocenza rispetto al reato punibile con la pena capitale... »

Chris tacque di colpo e continuò a leggere in silenzio. Carlo intuì da come strizzava gli occhi che aveva un brutto presentimento.

« Vai avanti », gli disse Terri.

Chris esitò, poi ricominciò a leggere. « Ovvero dimostrare la propria innocenza ai sensi della legge, e non oltre ogni ragionevole dubbio. »

« Sì! » esclamò Carlo.

Chris mise un braccio sulle spalle a Terri e l'avvicinò a sé. « Le accuse mosse da Payton Price a Eddie Fleet non sono state a tutt'oggi smentite dallo stesso Fleet, il quale si è rifiutato di ripetere quanto dichiarato in passato e non è stato obbligato a testimoniare dallo Stato in cambio della concessione dell'immunità. L'unica prova di un coinvolgimento di Rennell Price nell'omicidio di Thuy Sen è costituita pertanto dalla testimonianza della defunta Flora Lewis. Alla luce della confessione di Payton Price, tale testimonianza non è di per sé sufficiente a giustificare la conclusione che Rennell Price sia colpevole. Lo Stato della California peraltro, ammettendo che, con la documentazione attualmente agli atti, non procederebbe contro il ricorrente, riconosce implicitamente la verità di quanto sopra affermato. »

Carlo lanciò un gridolino di gioia. Suo padre continuò a leggere: « Lo Stato della California ha pertanto un mese di tempo per decidere se sottoporre a nuovo processo Rennell Price per l'omicidio di Thuy Sen o scarcerarlo ».

Chris tacque di colpo.

Anche Terri era senza parole.

« Hai vinto », le disse Chris gentilmente. A Carlo, tuttavia, non sfuggì che i timori di suo padre si erano realizzati: l'accoglimento della rivendicazione di innocenza avrebbe potuto indurre la corte suprema degli Stati Uniti a riesaminare il caso.

Terri si sforzò di sorridere e lo corresse: « *Abbiamo* vinto. E per il momento questo mi basta ».

Terri si sedette di fronte a Laurence Pell a un tavolo dello Hayes Street Grill. Il locale era luminoso e molto affollato. Prendendo una forchettata della sua insalata mista, Pell disse con un sorriso quasi impercettibile: « Immagino che lei voglia la sua scarcerazione ».

Terri cercò di riordinare i propri pensieri. « Potete permettervi di non sottoporlo a un altro processo, Larry. Non crede? Non mi dirà che pensa veramente che sia un pedofilo. »

« Sa bene che il punto non è questo », rispose Pell pacato, grattandosi il mento con un dito. « Il problema non è Rennell Price, e nemmeno Eddie Fleet. Il problema è che il Nono Circuito ha trattato i giudici della corte suprema della California come se i ritardati fossero loro e ha accolto la vostra rivendicazione di innocenza. »

Terri ebbe un moto di scoraggiamento. « È un normale ribaltamento di sentenza. Non va contro l'AEDPA. »

Pell ribatté: « Se non porto questo caso alla corte suprema, mi si ritorcerà contro in mille altre occasioni ».

Sottovoce Terri gli ricordò: « Qualche tempo fa lei mi ha chiesto se avevo mai assistito a un'esecuzione. Adesso posso risponderle di sì, mentre lei continua a non averne mai vista una. Perciò vorrei chiederle: se la sentirebbe di assistere all'esecuzione di Rennell Price, sapendo che avrebbe potuto risparmiarlo? Quell'uomo ha già sofferto fin troppo: non lo sacrifichi al sistema. Lo lasci andare ».

Pell, seduto di fronte a lei, la osservò a lungo prima di rispondere: « Lei non demorde mai, vero? Ne parlerò in procura. Non dobbiamo decidere oggi ».

Sembrava che fosse passata una vita, pensò Terri, dalla prima volta che aveva parlato con Rennell in quella stanzetta dalle pareti di plexiglas.

« Vuoi dire che non mi ammazzano come a Payton? » le chiese emozionato.

Terri scelse con cura le parole. « Abbiamo vinto, per il momento. La corte ha bloccato l'esecuzione. »

Rennell cercò di capire. « Vuol dire che me ne posso andare? Che posso tornare a casa della nonna? »

Quella casa non c'è più, pensò Terri. E nemmeno la nonna. « C'è ancora una corte a cui lo Stato della California può rivolgersi », spiegò. « Spero che non succeda e, in ogni caso, ci vorranno mesi. Comunque, se la corte suprema degli Stati Uniti ci darà ragione, tu sarai libero.»

«Libero», ripeté Rennell sottovoce. «Libero.»

«Sì.»

Il sorriso di Rennell era un misto di incredulità e di paura. «E poi che cosa faccio?» domandò. «Sono qui da un sacco, non so più come si fa, da liberi. E poi, senza mio fratello...»

«Ti capisco. Ma adesso ci sono io.»

Rennell distolse lo sguardo e, per un attimo, Terri lo immaginò bambino, timido e impaurito. «Posso venire a stare da te...»

Terri sapeva di colleghi che avevano ospitato i loro assistiti nella transizione dal carcere alla vita libera, ma lei aveva Elena. Temporeggiò. «Vedremo. Magari ci dai una mano al lavoro. Tieni in ordine lo studio, come fai nella tua cella.»

«E ci posso anche dormire, nello studio?»

Terri esitò. «Posti per dormire ce ne sono tanti.» Si trattenne dallo scendere nei particolari, perché era probabile che persino un centro di accoglienza per ritardati rifiutasse un uomo che, per quanto ingiustamente, era stato in prigione per l'omicidio di una bambina. «Non per sempre, ma ci sono tanti posti dove ti possono aiutare a reintegrarti nella società. Anche chiese. C'è gente che si preoccupa per te. Conosco un prete a San Francisco che potrebbe prenderti nella sua chiesa.»

Le cose che non poteva dirgli – che Elena non lo avrebbe mai accettato in casa loro – aleggiavano in sottofondo. Terri gli prese la mano e promise: «Io ti starò vicino, Rennell. Farò in modo che non ti manchi niente».

Il sabato Terri uscì con Elena e, il lunedì successivo, lo Stato della California presentò alla corte suprema degli Stati Uniti una richiesta di revisione del caso di Rennell Price.

PARTE QUARTA

LA CORTE SUPREMA DEGLI STATI UNITI

1

Nel tardo pomeriggio del lunedì, Chris, Terri e Carlo erano seduti intorno al tavolo nella sala riunioni. « Niente di sorprendente », commentò Chris, e cominciò a leggere il ricorso presentato dal procuratore generale della California alla corte suprema degli Stati Uniti. « 'La decisione si basa su considerazioni che vanno oltre le specificità del caso Price ed è un chiaro tentativo da parte di due giudici del Nono Circuito di usurpare i poteri del Congresso, della corte suprema della California e della corte distrettuale degli Stati Uniti. Essa è in conflitto con le decisioni degli altri circuiti. I due giudici si arrogano il diritto di decidere al posto di codesta corte i limiti delle petizioni *habeas corpus*, andando ben oltre il caso in oggetto.' »

Carlo commentò: « Minando l'efficacia della guerra al terrorismo, promuovendo lo studio del darwinismo nelle scuole e aprendo la strada ai matrimoni gay ».

Terri non sorrise. « Pell ha ragione ad allargare il campo oltre il caso Price. La corte suprema degli Stati Uniti riesamina soltanto casi che influenzano la giurisprudenza nel suo complesso e quindi lui deve convincere almeno quattro membri che anche il nostro rientra in questa categoria. »

Carlo rifletté un momento. « La cosa strana è che sembra che Rennell c'entri poco o niente. Come se non stessimo neppure più parlando di lui. »

« Sì », concordò Terri a bassa voce. « Ormai si parla della sabbia che noi gettiamo negli ingranaggi della pena di morte. » A Chris, disse: « E dell'innocenza Pell cosa dice? »

Chris sfogliò il fascicolo e disse: « Il succo è questo: 'Sulla base della confessione dell'ultim'ora di un detenuto nel braccio della morte – evento fin troppo frequente – il giudice Montgomery e il giudice Sanders hanno vanificato il tentativo del Congresso di assicurare che, dopo un accurato esame dei diritti costituzionali del detenuto, la condanna a morte venga eseguita. Il risultato è una mutazione legale, un invito a presentare un numero infinito di petizioni *habeas corpus* fondate su 'nuove prove' frammentarie e raffazzonate, messe insieme da detenuti disperati e avvocati creativi, che le corti saranno costrette a esaminare una per una. Qualora l'opinione del Nono Circuito venisse confermata, i quindici anni di detenzione di Rennell Price sarebbero solo l'inizio e questa delibera segnerebbe il principio della fine della pena di morte'. » Chris alzò gli occhi e commentò sarcastico: « E questa sì che sarebbe una vergogna ».

Terri scosse lentamente la testa. « Non posso dire che non mi avevi avvertito. »

« Non ci pensare », rispose Chris a bassa voce. « Rennell era a quarantotto ore dall'esecuzione. Dovevamo aggrapparci a tutto. »

Carlo guardò prima il padre e poi Terri. « Siamo riusciti a non farlo morire. Adesso dobbiamo convincere la corte suprema degli Stati Uniti a non accettare il suo caso. Insomma, ne prendono in considerazione in media l'uno per cento, no? »

« Non vuol dire », replicò Terri. « Pell ha presentato il caso come se fosse il preludio di un'Apocalisse, sottolineando la necessità che la corte suprema intervenga per salvare l'AEDPA, tiri le orecchie al Nono Circuito e metta alla gogna Blair Montgomery. » Voltandosi verso Chris, domandò: « Quante volte lo nomina? »

Chris fece un mezzo sorriso. « Ho perso il conto. »

Carlo si alzò stirandosi. « Potremmo ricorrere anche noi per i punti su cui abbiamo perso? Così forse la corte si renderà conto che è un casino e deciderà di lasciar perdere. »

« Non mi sembra una buona idea », rispose Terri pacata. « A noi conviene che il caso passi per una faccenda di ordinaria amministrazione e che Pell faccia la figura dell'allarmista. Sarà già abbastanza difficile difendere la decisione del collegio in merito all'innocenza. »

« Terri ha ragione », disse Chris. « Per quel che so dell'attuale corte suprema, Pell ha già tre voti: Fini, Kelly e Ware. Rothbard, Huddleston e il primo giudice probabilmente sono dalla nostra parte. Dobbiamo giocarci il centro più cauto, formato da Raymond, Millar e, specialmente, Glynn... »

« Perché la corte suprema esamini il caso, a Pell basta un solo altro voto », intervenne Terri. « Se ne riesce a racimolare due, la corte può annullare con rito sommario la decisione del Nono Circuito, senza neppure concederci un'udienza. È indispensabile che Glynn, Raymond e Millar si convincano che questo caso riguarda esclusivamente Rennell Price e non merita l'attenzione della corte. »

« Ovvero che gli ingranaggi della pena di morte continueranno a girare come prima. Senza Rennell, però. »

Charles Monk ridacchiò, nel vedere il numero del chiamante.

« Congratulazioni, avvocato. Ho letto che è riuscita a salvare un povero innocente da noi ingiustamente perseguitato. Sarà contenta, immagino. »

« Sono sempre ottimista », rispose Terri amabilmente. « È rimasto tanto male? »

« Sopravvivrò. Mi dispiace solo per la famiglia di quella bambina. La loro tragedia sembra non finire mai. »

« Pensa che giustiziare Rennell metterebbe fine al loro dolore? »

« Per certi familiari delle vittime funziona, ma non lo si può sapere, prima dell'esecuzione. O, come in questo caso, dell'*ultima* esecuzione. » Monk assunse un tono più dolce. « Ma non credo che lei mi abbia chiamato per farmi pesare la sua vittoria o per discutere con me dell'utilità della pena di morte. Mi dica: di che cosa ha bisogno? »

« Di Eddie Fleet », rispose Terri. « E di Betty Sims. Mi chiedevo se l'aveva rintracciata. »

Monk scoppiò di nuovo a ridere. « Dunque teme di non avere il grado di innocenza richiesto da certi giudici. Pell mi ha detto che è deciso ad arrivare fino alla corte suprema degli Stati Uniti. »

« Già. La presa di posizione di quei due giudici è veramente scandalosa», rispose Terri ironica. «Pell ritiene che qualche probabilità che Rennell sia colpevole esiste, e questo gli basta. Basta anche a lei, ispettore?»

«A me? Stavo giusto guardando le foto di un omicidio commesso nel quartiere di Mission. Una donna e il figlio ammazzati a coltellate. Dal marito, probabilmente. Devono aver fatto una morte ben più atroce di quella per iniezione letale, a giudicare da queste foto. L'unica differenza è che perlomeno non se l'aspettavano.» Dopo un attimo, riprese: «Riguardo a Betty Sims, a Bayview non c'è. In questi giorni ho poco tempo e la mia sensazione è che non sia neppure più a San Francisco, ma indagherò. Glielo prometto».

«La ringrazio», replicò Terri, lasciando trapelare più sollievo di quanto intendesse. «Vedo che lei si fa più scrupoli di Pell.»

«Riguardo a Fleet, senz'altro», disse Monk. «Sa come siamo noi poliziotti: se uno si appella al Quinto Emendamento un motivo deve pur esserci.»

E con quel commento, che Terri interpretò come una stoccata a Larry Pell, Monk chiuse la comunicazione.

«Betty Sims?» domandò Johnny Moore a Terri. «Non sono ancora riuscito a trovarla. E non ho nulla di concreto sull'interesse di Fleet per le bambine.»

«Ti assicuro che è pedofilo», disse Terri irritata.

«Sto seguendo tutte le piste possibili», replicò paziente Moore. «Ma di certe cose la gente parla molto malvolentieri. E, in genere, troppo tardi.»

Terri si alzò in piedi. «È importante, Johnny, altrimenti sarà troppo tardi anche per Rennell.» Si interruppe e abbassò la voce. «O per Elena.»

Seguì un lungo silenzio. «Certo, capisco», replicò Moore, misurato. «Hai bisogno di altro?»

«Sì. Di Tasha Bramwell.»

Moore ebbe un attimo di esitazione. «Sicura di volere che ti trovi anche lei?»

Sorpresa, Terri si rese conto di non essersi mai posta la domanda. « Perché no? Mi sembra uno dei pezzi che ci mancano. »

« Se sapesse che Rennell è innocente, non pensi che l'avrebbe detto? Invece mentì. Noi abbiamo sempre dato per scontato che lo fece per Payton, ma se invece fosse a conoscenza di qualcosa che noi preferiamo non sapere? »

« È sempre meglio sapere che non sapere », fu la risposta di Terri.

2

Una mattina di dicembre in cui una tempesta di neve molto bagnata aveva bloccato mezza Washington, Callista Hill arrivò alla corte suprema poco dopo le sette. Erano ormai tre mesi che lavorava lì e non faceva più caso alla solennità di quell'ambiente. All'inizio, tuttavia, il palazzo a quattro piani, tutto marmi e imponenti scale fiancheggiate da statue e busti dei giudici che vi avevano lavorato in passato la metteva in soggezione. Dietro l'elegante facciata neoclassica c'erano una mensa, una palestra, una biblioteca, una falegnameria, un posto di polizia, barbiere, sartoria, tipografia e, naturalmente, gli uffici e le aule per i giudici. In tutta la giornata lavorativa, che durava in media quattordici ore, né Callista né gli altri – giudici compresi – uscivano mai dal palazzo.

Il ritmo delle loro giornate era sempre lo stesso. L'anno giudiziario era diviso in due periodi di attività, che iniziavano uno a ottobre e l'altro ad aprile ed erano costituiti da sette sessioni di due settimane ciascuna, nei quali la corte si riuniva a dibattere i casi che si degnava di prendere in esame. Nelle settimane di discussione, i giudici si incontravano due volte: il mercoledì, dopo aver ascoltato le argomentazioni orali, per deliberare e votare i casi discussi il lunedì precedente, e il venerdì per risolvere i casi presentati il martedì e il mercoledì. Ma anche al di fuori delle sessioni il lavoro era intenso: i giudici e i loro assistenti redigevano e perfezionavano le opinioni che, nel bene e nel male, definivano la legge per i circa trecento milioni di americani che vivevano fuori di quel palazzo.

Callista passava gran parte delle sue giornate alle prese con uno tsunami di carte: metteva in evidenza per il primo giudice le domande urgenti (spesso si trattava di richieste di sospensione dell'esecuzione), scriveva memorandum in preparazione alle sedute di discussione, redigeva opinioni di maggioranza, opinioni dissenzienti od opinioni concordanti, oppure commenti sulle opinioni di maggioranza, dissenzienti e concordanti, scritte dagli altri giudici. Ciascuno dei membri della corte aveva la sua filosofia, il suo stile, il suo modo di relazionarsi con i collaboratori. Caroline Masters voleva che i suoi quattro assistenti fossero pronti a mettere in discussione i suoi pareri e a sostenere i propri e questo voleva dire che la vita lavorativa di Callista, già di per sé stimolante, era ancor più impegnativa di quella degli assistenti degli altri giudici. C'era un aspetto del lavoro della corte, però, talmente gravoso che vi si dovevano dedicare gli assistenti di tutti e nove i giudici, ed era la marea di istanze di *certiorari* relative a cause di diritto civile e penale. Ne arrivavano circa centocinquanta alla settimana, da parte di persone che, dopo essere state sconfitte in tribunale, chiedevano alla corte suprema degli Stati Uniti di riesaminare il loro caso.

Ogni settimana, un inserviente ne consegnava un carrello pieno all'ufficio di Callista, che aveva il compito di dividerle fra i vari giudici a rotazione, dopodiché l'assistente del giudice assegnatario redigeva e quindi faceva circolare una raccomandazione ad accettare o rifiutare di riesaminare un determinato ricorso. Teoricamente, queste raccomandazioni si fondavano su una serie di criteri comuni: venivano esaminati i casi che avevano una rilevanza a livello nazionale, quelli in cui era stata seguita una procedura sostanzialmente difforme dalla norma o era stata pronunciata una sentenza in conflitto con quella di una corte suprema statale, di un altro circuito federale o, soprattutto, della corte suprema degli Stati Uniti. In tal modo ne venivano eliminati moltissimi. La vita media di un ricorso, diceva scherzando Callista, era più o meno pari a quella di uno spermatozoo. Ma le raccomandazioni, nei casi più difficili, erano inevitabilmente influenzate dalla visione della giustizia del giudice che le emetteva e dei suoi assistenti. Per questo Callista aveva anche un altro compito, ovvero quello di esaminare con cura le raccomandazioni provenienti dagli altri giudici.

Con il tempo aveva capito le motivazioni ideologiche per cui Caroline Masters aveva affidato proprio a lei quella delicata incombenza. Al pari della severa Miriam Rothbard e del venerabile Walter Huddleston, Caroline era di idee moderate, se non liberal; all'estremo opposto c'erano Anthony Fini, che aveva raccolto l'eredità di Roger Bannon, il collerico ex procuratore generale Bryson Kelly e John Ware, nero, misantropo e ultraconservatore, la cui nomina era stata molto controversa. L'ago della bilancia era rappresentato dai giudici di centro: Thomas Raymond, Dennis Millar e soprattutto McGeorge Glynn, che apprezzava particolarmente il potere che la propria posizione «neutrale» gli conferiva nei casi in cui la corte si trovava divisa in due schieramenti contrapposti. Queste complesse dinamiche – in cui il primo giudice e Fini, tenendosi reciprocamente d'occhio con apparente cordialità, si contendevano i voti del centro – avevano un notevole impatto non soltanto sui pochi casi che la corte decideva di prendere in esame, ma anche sui molti che sceglieva di scartare. E rendevano tutt'altro che facile il compito di Callista, specie quando si trattava di assegnare casi in cui era in gioco la vita di un essere umano, tenuto conto delle posizioni estremamente emotive dei giudici in materia di pena capitale.

Poco prima delle dieci, Callista si girò di malavoglia verso il carrello carico di incartamenti e per mezz'ora divise meccanicamente i ricorsi in nove pile, una per ciascun giudice, finché le cadde l'occhio sul titolo di uno di essi e ricordò di aver letto, circa un mese e mezzo prima, il fascicolo relativo a un condannato a morte che si chiamava Rennell Price. Con suo grande sollievo, il Nono Circuito aveva accolto la petizione *habeas corpus* di Price, il che significava che lei non doveva più scrivere la raccomandazione di cui, se Price avesse perso, Caroline Masters avrebbe avuto bisogno per trovare quattro colleghi d'accordo con lei sulla necessità di sospendere l'esecuzione. Adesso però, in cima alla pila destinata a uno dei quattro ausiliari del primo giudice, c'era il *certiorari* con cui lo Stato della California contestava la decisione presa dal Nono Circuito.

Anche quella pila andava divisa fra gli assistenti a rotazione: su ognuno dei ricorsi, infatti, Callista scriveva le proprie iniziali o quelle di un collega. Quello di Rennell Price sarebbe toccato a Brian Eng che, unico fra gli ausiliari di Caroline Masters, era a favore della pena di morte.

Callista si versò un caffè e meditò su quella complicazione. Aveva conservato il fascicolo su Price, con tanto di atti originali, sentenze e leggi relative alla vicenda, nonché la bozza della raccomandazione che aveva cominciato a scrivere per Caroline. Avrebbe potuto tranquillamente passare il fascicolo a Brian, che però avrebbe impiegato il doppio del tempo a scrivere il memorandum, rispetto a lei che già conosceva il caso; se lo avesse scritto lei, avrebbero risparmiato parecchie ore di lavoro tutti quanti. Inoltre Callista riteneva di essere maggiormente in sintonia con il primo giudice sulla spinosa questione della pena di morte.

E così scrisse le proprie iniziali sul margine del ricorso.

Alle sette di sera Callista, dopo aver mangiato velocemente un cheeseburger alla mensa, andò in biblioteca.

La grande sala dagli alti soffitti in marmo colorato, illuminata da tre enormi lampadari di ottone, le ispirava la stessa soggezione dell'aula in cui deliberava la corte. Scelse un tavolo vuoto e, nel silenzio profondo, si mise al lavoro sul caso Rennell Price.

Il memorandum che stava per scrivere, una volta approvato da Caroline Masters, sarebbe stato trasmesso agli altri giudici, che ne avrebbero parlato con i loro assistenti e con i colleghi. I memorandum sui casi di condanna capitale venivano letti con particolare attenzione, proprio per le forti disparità di vedute fra i vari membri della corte, e suscitavano aspre discussioni. Ma la corte suprema degli Stati Uniti non riesaminava sentenze allo scopo di regolare conti tra i giudici, né per correggere errori giudiziari: il compito di Callista era verificare se il caso sollevava questioni irrisolte di diritto costituzionale con ripercussioni che andassero al di là del mero destino di Rennell Price.

Sia chi aveva scritto il ricorso per conto dello Stato della California sia gli autori della replica di Price ne erano perfettamente consapevoli e Callista se ne accorse subito. A seconda dei punti di vista, l'opinione dei due giudici del Nono Circuito poteva essere vista come un gravissimo affronto all'AEDPA o una normalissima analisi di fatti relativi a una vicenda molto specifica. A complicare ulteriormente la faccenda, e di conseguenza a rendere ancor più difficile il compito di Callista, c'era la veemenza dell'opinione dissenziente del giudice Nhu, il quale praticamente aveva scritto una lettera aperta ai giudici Fini, Kelly e Ware, di cui Callista non poteva non tener conto.

Ma l'assistente di Caroline Masters non era un'ingenua e gli avvocati di Rennell Price nemmeno: le avevano dato parecchio materiale su cui lavorare. E Callista non intendeva tirarsi indietro.

Quando sulla East Coast erano le dieci di sera e Callista stava tornando a casa, a San Francisco, con tre fusi orari di differenza, la famiglia Paget era seduta a tavola.

Parlavano del più e del meno: Elena e Kit avevano raccontato che cosa avevano fatto quel giorno e adesso Terri, Chris e Carlo discutevano delle elezioni presidenziali. A un certo punto Elena chiese a bruciapelo alla madre: « Che fine ha fatto quell'uomo, quello che grazie a te non sarà giustiziato? »

Il tono, per quanto disinvolto, era di disapprovazione. « È sempre nel braccio della morte », rispose alla figlia con calma. « Stiamo aspettando di sapere se il caso passerà alla corte suprema. A noi conviene di no. »

Elena assunse un'espressione di sfida. « Perché? »

« Perché, se non si va alla corte suprema, è probabile che esca di prigione. »

Elena incrociò le braccia. « E tutto grazie a te. Così, quando lo liberano, può ricominciare a maltrattare gli altri come gli pare. »

Terri era riluttante a rispondere.

« O a farsi maltrattare dagli altri », ricordò Carlo a Elena.

Terri apprezzò il fatto che Carlo intervenisse per appianare il conflitto tra lei e la figlia, facendo pesare la propria credibilità anche davanti a Kit, che guardava ora il fratello ora la sorella.

« Rennell Price è ritardato, passivo, praticamente indifeso », spiegò Carlo a Elena. « Ha sempre fatto solo quello che gli diceva suo fratello, che adesso è stato giustiziato. Vive chiuso nel braccio della morte da quindici anni. Se prima se la cavava a malapena, adesso ha perso anche le poche capacità che aveva. E l'unico posto che conosce è Bayview, un ghetto pieno di drogati. Noi siamo convinti che sia innocente, ma ormai è un uomo segnato. Avrà la polizia sempre addosso, e probabilmente anche gentaglia dell'ambiente della droga; se tornerà a Bayview, nel giro di un anno farà sicuramente una brutta fine. »

La pacatezza del tono di Carlo e il fatto che la stava trattando come un'adulta impedirono a Elena di sbottare. « E dove vorreste che andasse a vivere, allora? » chiese. Poi, con un lampo di paura negli occhi, esclamò: « Non qui, spero ».

« No », la rassicurò Terri. « Certamente non qui. Però, probabilmente, lo prenderemo a lavorare allo studio. »

Elena scosse la testa incredula, con le lacrime agli occhi. « Sappiate che allora io non ci metterò più piede », dichiarò. Si alzò da tavola gettando il tovagliolo, e se ne andò di corsa.

Carlo si voltò verso Kit, che aveva osservato la scena preoccupato. « Vieni, andiamo a giocare a nasconderci. » Lo sollevò di peso e lo portò di sopra.

Terri rimase sola con Chris. « Non so come fare a tirarmi fuori da questo ginepraio », disse dopo un po'. « Anche perché Elena ha tutte le ragioni, da un certo punto di vista. Solo che non tiene conto del fatto che Rennell è innocuo e la persona di cui occorre aver paura è Eddie Fleet, che se ne va in giro come se niente fosse. Insomma, Elena se la prende con me, ma in realtà è Larry Pell che lascia i pedofili a piede libero. »

« Vuoi che le parli io? » si offrì Chris.

Terri scosse la testa. « Per il momento mi pare meglio di no. Non voglio che le sembri di avere tutta la famiglia contro. »

Chris le prese una mano, senza dire niente, e lei mormorò: « Sono mesi che mi sbatto per salvarlo, per farlo uscire. Adesso ci siamo vicinissimi: basta che la corte suprema rifiuti l'istanza di Pell. A quel punto, dovremo fare i conti con la realtà, tutti quanti. Compresa Elena ».

3

Per Adam Wendt fare l'assistente di Anthony Fini era qualcosa di più di una questione ideologica: trovava esaltante lavorare fianco a fianco con il giudice, specie quando questi lo faceva sentire partecipe del processo che, secondo i realisti e i coraggiosi, aveva lo scopo di fare della legge lo strumento di chiarezza e ordine che era giusto che fosse.

« Entra pure », lo invitò Fini, indicandogli una sedia.

Era pieno di brio come al solito, la faccia grassottella e simpatica rischiarata dallo sguardo vivace. Anche nei momenti di maggiore pesantezza, Tony Fini sembrava trovare comunque gradevole il proprio lavoro. E, a differenza di quello di molti suoi colleghi, il suo studio non era una specie di cella monacale, ma un tributo ai suoi numerosi interessi: c'erano un trofeo di golf vinto a Bar Harbour, dove aveva la sua seconda casa, un modellino della sua barca a vela, un autografo di Babe Ruth, il campione degli Yankees, e una foto del giudice a fianco all'ex presidente della corte suprema Roger Bannon, con la dedica « A un caro amico e tutore della legge ». Fini aveva desiderato moltissimo succedere a Bannon alla presidenza della corte suprema e Adam sapeva che, se non fosse stato per il presidente democratico Kerry Kilcannon, che aveva appoggiato la nomina di Caroline Masters, adesso al posto dell'odiosa Callista Hill ci sarebbe stato lui. Ma Tony Fini non sembrava turbato dalla mancata promozione e una volta gli aveva chiesto: « Qual è la norma più importante del diritto costituzionale? »

Adam, colto alla sprovvista, non era stato capace di rispondere. « Non saprei. »

Fini aveva sorriso. « Quella sottoscritta da cinque giudici della corte suprema. » Adam aveva capito da quella battuta come Fini vedeva la corte suprema: Caroline Masters sarà anche stata primo giudice, ma a comandare in realtà era chi controllava la maggioranza.

« Allora, mi sembra di capire che dalla massa di istanze di *certiorari* è saltata fuori un'anomalia », disse Fini ironico.

Adam annuì. « Un'altra bella iniziativa del Nono Circuito, che ha ribaltato una condanna a morte di quindici anni fa per abuso di minore e omicidio », replicò. « E che, oltre a tutto, ammette la rivendicazione di innocenza del condannato alla seconda petizione *habeas corpus.* »

Fini piegò la testa di lato. « Da chi era formato il collegio? »

« La decisione è stata presa con due voti contro uno. Sanders ha scritto l'opinione, Montgomery si è dichiarato d'accordo sulla sentenza, ma non sulle sue motivazioni. »

Fini inarcò le sopracciglia: seguiva sempre con grande attenzione l'operato del Nono Circuito, da cui proveniva Caroline Masters, specie quando c'era di mezzo Blair Montgomery. « Chi era il terzo giudice? »

« Viet Nhu. »

« Montgomery contro Nhu. Due scorpioni in una bottiglia », commentò Fini con un sorriso, ma Adam percepì il tono benevolo con cui aveva nominato Viet Nhu, che era stato suo assistente il primo anno alla corte. Fini nutriva la speranza che, se alla Casa Bianca fosse tornato un repubblicano, il giudice Nhu entrasse nella corte suprema.

« Ho copia dell'opinione », disse Adam porgendogli un plico di carte. « E anche di quella in dissenso di Nhu. »

Fini inforcò gli occhiali e lesse. « A prima vista, sembrerebbe che i nostri avventurosi amici di San Francisco stiano apportando interessanti variazioni all'AEDPA. Chi ha scritto il memorandum? » chiese poi.

Adam si aggiustò il cravattino. « Un'assistente del primo giudice, che minimizza e lo fa sembrare un caso di ordinaria amministrazione, una perdita di tempo. »

« E tu non sei d'accordo. »

« Io credo che sottovaluti il ricorso dello Stato della California. Come minimo, c'è un chiaro conflitto sulla questione dell'innocenza fra il Nono e l'Ottavo Circuito nella sentenza *Burton contro Dormire*. Mi sembra degno di nota.»

«Sono pienamente d'accordo.»

Adam provò un fremito di eccitazione. Fini dava spesso prova di un forte spirito combattivo, ma solo di rado esso si manifestava in un chiaro intento di dare battaglia. E poi era inebriante poter dare la propria impronta, per quanto indirettamente, a una nuova pietra miliare del diritto.

«Che cosa vuole che faccia?» chiese Adam.

«Preparami una risposta circostanziata punto per punto al memorandum e, se ci sono elementi sufficienti, una controproposta per arrivare a una pronuncia di accoglimento del ricorso.» Gli restituì i fogli che aveva appena finito di leggere. «Parti dalle motivazioni del dissenso di Nhu.»

«Comincio subito», promise Adam.

Caroline Masters alzò gli occhi dal lavoro, senza sorridere. Generalmente era molto educata, ma tendeva a spazientirsi quando veniva interrotta e, quel giorno, era già successo più volte. «Cosa c'è?» domandò, brusca.

Callista non si scompose, ma decise di non sedersi. «Ho ricevuto un Fini-gramma, temo.»

Caroline sospirò al pensiero delle pompose e-mail del collega Fini e si appoggiò allo schienale. «Riguardo quale pericolosa insidia al sistema giuridico americano?»

«Il caso Price, l'ultimo ribaltamento di una sentenza capitale da parte del Nono Circuito. Le ho scritto un memorandum qualche giorno fa, al riguardo.»

«Sì, mi ricordo.» Caroline aggrottò la fronte guardando verso il mobile su cui teneva gli unici due oggetti personali dell'ufficio: una foto della figlia Brett e una di se stessa insieme con il presidente Kilcannon nel roseto della Casa Bianca, il giorno della nomina alla corte suprema. «La questione dell'innocenza, effettivamente, è spinosa», ammise. «Preferirei che la corte non riesaminasse il caso, ora come ora. Nella sua e-mail Fini è semplicemente polemico o propone un piano di azione ben preciso?»

«Allega una controproposta al mio memorandum.» Callista evitò di specificare che a scriverla era stato un reazionario figlio di papà laureatosi in una delle facoltà più conservatrici d'America, la Virginia Law School, maschilista, razzista e per di più perennemente con il papillon. «Vuole inserire il caso *Price* fra quelli da discutere.»

Caroline sorrise, ma Callista intuì che era molto perplessa. Prima di ogni seduta plenaria, la presidente faceva circolare un elenco dei casi di cui proponeva la discussione. La stragrande maggioranza dei ricorsi non arrivava mai a entrare in quella lista, ma gli altri giudici potevano aggiungere casi all'elenco. Quando lo faceva Fini, in genere seguivano vivaci polemiche, perché era un uomo determinato e teneva moltissimo alle proprie idee. La sua belligeranza poi si acuiva quando si trattava di pena di morte, di cui Fini era convinto fautore. Rennell Price, chiunque egli fosse, a quel punto non era più una persona, ma una potenziale pietra miliare nella storia del diritto degli Stati Uniti.

Dopo un attimo, Caroline Masters si riscosse dai propri pensieri. «Prepara un altro memorandum», disse a Callista. «Affrontando punto per punto le argomentazioni di Fini e i motivi per cui è meglio non riesaminare il caso. Sono convinta che né la legge né questa corte ne trarrebbero alcun beneficio.»

«Perché?»

Il primo giudice guardò l'assistente e decise di confidarle le proprie riflessioni. «La pena di morte è una distorsione del diritto, introduce indebite considerazioni politiche nella decisione sulla vita o sulla morte di un essere umano, crea attrito fra i giudici. Alla fine dei conti, essa solleva talmente tante questioni fondamentali che il giudice perde di vista l'essere umano. Preferirei che non succedesse anche ai miei colleghi.»

O a me, Callista pensò che stesse dicendo fra sé il primo giudice. Caroline Masters era senza dubbio consapevole delle inimicizie sotterranee fra i giudici e della voce che circolava secondo cui, dopo l'ultima ratifica di un'esecuzione nel Mississippi,

Fini aveva definito il giudice Huddleston, che vi si era opposto insieme con la presidente, un « mediocre incapace di decidere », mentre costui aveva commentato che Fini « era l'unico giudice a memoria d'uomo che avrebbe ubbidito anche al comandante di Auschwitz ». Caroline Masters non voleva certamente che, per un altro detenuto in attesa nel braccio della morte, si riaccendessero simili contrasti all'interno della corte da lei presieduta.

« Vuole che faccia circolare il mio memorandum? » domandò Callista.

« Prima voglio leggerlo », rispose Caroline. « Con tutto il rispetto, penso sia meglio che segua questo caso personalmente. »

4

Due settimane dopo, il venerdì, i nove giudici della corte suprema degli Stati Uniti si presentarono puntuali nella sala riunioni del presidente.

Per Caroline Masters quella sala, con rivestimenti in legno, moquette rossa, ritratti a olio dei giudici Marshall e Jay in toga scarlatta, librerie piene di tomi in cui erano raccolte le sentenze della corte, era una via di mezzo fra il salotto di un club esclusivo e un museo. In quella stessa stanza era stata votata all'unanimità l'abrogazione della segregazione razziale e, vent'anni dopo, si erano tenute le infervorate discussioni sulla legalizzazione dell'aborto. Quelle due sentenze, così diverse per concezione e conseguenze, erano ben presenti nella mente di Caroline: se fosse riuscita a creare il necessario consenso – compito non facile – la sua corte non avrebbe esacerbato l'aspro divario culturale e sociale dell'America contemporanea che rendeva le nomine dei giudici nelle corti federali critiche quanto lo era stata la sua.

Certamente gli antichi rituali delle riunioni della corte suprema erano stati elaborati allo scopo di preservare il decoro. Cominciavano con una stretta di mano fra i giudici, che poi sedevano intorno a un lungo tavolo con il centro rivestito di cuoio verde scuro, sotto un lampadario di cristallo. I posti erano prestabiliti: Caroline a capotavola, su una poltrona di pelle con la targa di ottone che recava la scritta PRIMO GIUDICE e, di fronte a lei, il membro più anziano della corte, Walter Huddleston. In ordine di anzianità venivano poi Anthony Fini, McGeorge Glynn e Thomas Raymond, che sedevano alla destra di Caroline, e i quattro entrati più recentemente – John Ware, Bryson Kelly, Miriam Rothbard e Dennis Millar – alla sua sinistra. L'ultimo arrivato, Millar, era il più vicino alla porta, in quanto spettava a lui recapitare messaggi o chiedere documentazione aggiuntiva all'usciere seduto fuori. Almeno a livello formale, pensò Caroline, tutti sapevano da che parte stare.

Ma il modo molto meno neutrale con cui si sceglievano le parti a un altro livello era motivo di preoccupazione per Caroline. Nei casi più controversi, lei, Huddleston e Rothbard in genere battagliavano con Fini, Kelly e Ware, per aggiudicarsi i voti dei centristi, ovvero Glynn, Raymond e Millar. Così quel giorno, quando Fini le sorrise stringendole la mano, Caroline pensò al commento dell'ex giudice Byrnes a proposito di quella stretta di mano, che gli ricordava le raccomandazioni dell'arbitro prima di un incontro di boxe: « Stringetevi la mano, andate all'angolo e battetevi ».

Tuttavia nel dibattito sui primi casi all'ordine del giorno i toni furono sufficientemente pacati da far ben sperare Caroline. Arrivati al caso Price, il primo giudice esordì con finta disinvoltura: « Questo è il caso che hai segnalato tu, Tony ».

L'atmosfera si fece improvvisamente più tesa e Huddleston guardò il suo avversario, Anthony Fini, con aria interrogativa: era raro che un memorandum venisse contestato e la dotta precisione della risposta di Caroline era sullo stesso piano del tono tagliente di Fini, che invitava in modo chiaro alla controversia. Se Fini aveva quasi certamente dalla sua Kelly e Ware, affinché la corte suprema accettasse di esaminare il ricorso dello Stato della California, bastava il voto di un solo centrista.

« Per cominciare, vorrei sottolineare che questo caso ha per oggetto un crimine orribile... »

« Sono tutti orribili », borbottò Huddleston, seccato.

Fini si interruppe, a segnalare che non aveva gradito l'interferenza, poi proseguì ignorando il commento del collega: « ... e una sentenza a mio avviso sbagliata e totalmente in conflitto con quanto disposto dall'AEDPA, piena di considerazioni assolutamente pretestuose da parte dei suoi firmatari, il giudice Sanders e il giudice Montgomery ».

Che ti sta tanto antipatico, pensò Caroline.

« Uno dei problemi più gravi è che la sentenza si conclude affermando che il divieto della *Atkins* di giustiziare i ritardati si applica retroattivamente a petizioni *habeas corpus* come quella di Price, che il Nono Circuito non è tenuto ad attenersi alla decisione della corte suprema della California, che una confessione di scarsa credibilità resa in carcere stabilisce l'innocenza ai sensi dell'AEDPA e che, a prescindere dallo statuto, Price ha diritto di poter dimostrare la propria innocenza alla seconda petizione *habeas corpus*», disse Fini. «Insomma, Sanders e Montgomery si sono appigliati a tutto pur di ottenere l'annullamento della pena. Lasciar correre una simile stortura significa aprire la strada a molte altre simili storture, specie da parte di giuristi creativi come questi.»

«Creativi è dir poco», precisò Kelly. «Io li definirei sovversivi.»

Caroline scelse di non intervenire neanche questa volta, ma quella seconda inopportuna interruzione l'aveva irritata. «Vuoi dire altro, Tony?» domandò a Fini.

«No», rispose questi brusco. «Eccetto che voto a favore del riesame.»

Mancano tre voti, pensò Caroline. «Ritengo di dover rispondere, in quanto primo giudice e in quanto firmataria del memorandum. Sappiamo tutti che c'è sempre stato attrito fra questa corte e il circuito di cui ho fatto parte anch'io prima della mia nomina e vorrei esortarvi a non essere animosi.» Dal tono apparentemente pacato di Caroline traspariva una certa acidità. «Dopo tutto, nessuno di noi crede che lo scopo della nostra corte sia dare lezioni di morale a Blair Montgomery.»

Huddleston, seduto di fronte a lei, approvò con un sorriso: finché i rapporti fra la corte suprema e il Nono Circuito erano improntati alla sfiducia, le sue speranze di salvaguardare le ultime barriere legali contro l'esecuzione di innocenti erano destinate a rimanere vane e per questo era convinto che fosse meglio mettere le carte in tavola fin dall'inizio. Anche Fini sorrise, ma amaramente, sapendo che i centristi non volevano apparire intemperanti.

«Come fa notare l'opinione del Nono Circuito, la corte suprema della California non entra nel merito dei fatti che, come lo Stato della California riconosce, non basterebbero più a sostenere una condanna», continuò Caroline. «Fatti sui quali si basa anche la diagnosi di ritardo mentale. Se la nostra corte negasse a Price la possibilità di provare, ai sensi della *Atkins*, di essere effettivamente ritardato, farebbe esattamente quello di cui spesso si accusa il Nono Circuito, ovvero arrampicarsi sugli specchi pur di conseguire il risultato.» Si interruppe un istante, poi riprese: «Con la differenza che noi lo faremmo per mandare a morte un uomo, anziché per salvargli la vita. È per questo che mi chiedo perché dovremmo accogliere il riesame».

I giudici erano immobili e riflettevano serissimi sulle parole di Caroline, che aveva descritto il voto a favore del riesame come un atto meschino e indegno. «E questo mi porta ad affrontare quella che è la preoccupazione principale di Tony, ovvero l'innocenza del condannato», proseguì tranquilla Caroline. «Voglio sottolineare due punti. Il primo è che il collegio ritiene le prove dell'innocenza di Price soddisfacenti ai sensi dell'AEDPA e in subordine dichiara incostituzionale la difesa di cui il condannato godette al processo, dati la chiara incompetenza del suo legale rappresentante e il palese conflitto di interessi, giacché costui riteneva che il fratello fosse colpevole. L'incostituzionalità della difesa è una motivazione tutt'altro che rivoluzionaria.»

Lanciò un'occhiata a McGeorge Glynn e andò al cuore del problema.

«Per quanto concerne il diritto di Price di dimostrare la propria innocenza, anche nel caso il processo sia stato equo e regolare, vorrei porre una domanda. Vogliamo davvero affermare che non esiste circostanza alcuna, a dispetto della qualità delle prove, per cui un innocente che presenta una seconda petizione *habeas corpus* può evitare l'esecuzione?» Si interruppe e guardò Glynn, che pareva turbato. «Mandare a morte un innocente è l'incubo di ogni giudice. Nulla, nel caso Price, giustifica che corriamo questo rischio.»

Caroline si fermò di colpo e lasciò che i suoi colleghi riflettessero su quanto aveva detto. Dopo un momento, guardò Huddleston. «Walter?»

Huddleston si protese. «Applicare la legge con durezza e rigidità equivale a promuovere l'ingiustizia», disse in tono piatto. «Negare a un innocente la possibilità di dimostrarsi tale ha del grottesco. Io voto contro.»

Caroline si rivolse agli altri, in ordine di anzianità. «Bryson?»

Kelly parlò con il suo tipico tono spiccio. «Questo caso non riguarda solo un uomo, ma anche il rispetto dovuto alla corte suprema della California e la necessità di mandare un messaggio chiaro al Nono Circuito, in maniera da evitare che questo continui a ribaltare sentenza dopo sentenza. Voto a favore.»

Fino a quel momento non c'erano state sorprese, pensò Caroline. Rivolgendosi al giudice Glynn, ebbe il primo momento di dubbio. «E tu, McGeorge?»

Sapendo che quel voto poteva essere decisivo, Fini si voltò verso Glynn con un'espressione autoritaria, più che di supplica. Glynn posò i gomiti sul tavolo e giunse le mani. «Questa opinione mi preoccupa non poco», esordì dopo un lungo silenzio. «Se dovessimo decidere adesso del destino di Rennell Price, sinceramente non so come voterei. È il tipico caso in cui, comunque si voti, il risultato è negativo comunque.» Prese fiato. «A volte, di fronte a un simile dilemma è meglio astenersi. Abbiamo questo privilegio. Non del tutto convinto, voto contro il riesame.»

Caroline tirò un sospiro di sollievo, ma solo temporaneo: se Fini avesse avuto il voto di Raymond, che era il prossimo a doversi esprimere, sommato a quello – già certo – di Ware, avrebbe avuto i quattro necessari per imporre alla corte l'esame della petizione. «Thomas», disse a bassa voce.

Raymond guardò McGeorge Glynn, forse per ispirarsi all'innata prudenza che questi riusciva a far passare per saggezza. «Come McGeorge, sono alquanto indeciso», cominciò, amabile. «E penso che, se decideremo di esaminare il caso, non sarò l'unico incerto tra di noi.» Rivolgendosi a Fini, disse: «Condivido le tue preoccupazioni, Tony. Ma, se la decisione del Nono Circuito è discutibile, temo che la nostra lo sarebbe ancor di più. E diventerebbe legge per tutti. Se abbiamo un dovere nei confronti del Paese, è di non rendere ancora più confusa la giurisprudenza sulla pena di morte».

Sorpresa da quella conclusione, molto simile alla propria, Caroline vide che Fini cercava di non lasciar trasparire l'irritazione e fissava Millar, il più giovane dei nove giudici, e che rimase impassibile sia quando il settimo giudice, John Ware, votò a favore con grande decisione, sia quando Miriam Rothbard espresse il parere negativo che Caroline si aspettava. A quel punto a Fini mancava un solo voto.

Voltandosi verso Dennis Millar, Caroline disse, calmissima: «Tocca a te, Dennis».

Il giudice osservò le carte che aveva davanti, con le labbra strette. Tesa, Caroline si preparò alle circonvoluzioni amletiche del collega, spesso imprevedibile. «Come ha fatto giustamente notare Tony, c'è un conflitto fra due circuiti e l'opinione del collegio solleva gravi interrogativi riguardo a una serie di aspetti dell'AEDPA», cominciò Millar. «Ma la cosa che più mi preoccupa è che le decisioni sui casi di pena di morte, specialmente da parte del Nono Circuito, sembrano instaurare un circolo vizioso...»

Ragione di più per respingere la petizione, pensò Caroline. Ma qualcosa nelle parole di Millar le fece sospettare che avesse ricevuto un'imbeccata da Fini. «Temo per la nostra collegialità», continuò Millar in tono riluttante. «Forse, come suggeriscono Tony e Bryson, è venuto il momento di mettere un freno alla valanga di casi che arrivano qui alla corte suprema.» Dopo un attimo di esitazione, concluse sottovoce: «Al fine di raggiungere – spero collegialmente – questo scopo, voto per l'accoglimento del riesame».

Fini ce l'aveva fatta, pensò Caroline. Vide Walter Huddleston fare una faccia disgustata e capì che Fini, dando una dimostrazione rivelatrice di quel che intendeva per «collegialità», aveva convinto Millar a non dare il quinto voto necessario per sospendere l'esecuzione di un uomo cui quattro giudici, guidati da Huddleston, volevano invece consentire di dimostrare la propria innocenza. Si sarebbe potuto dire che un uomo stava per morire per insufficiente « collegialità » all'interno della corte suprema.

Ignorando lo sguardo trionfante di Fini, Caroline disse pacata: « Il ricorso dello Stato della California è ammesso all'esame della corte ». E si apprestò a passare al caso successivo.

Chris e Carlo aspettavano Terri in una brasserie francese. Era in ritardo e quando finalmente arrivò, aveva l'aria stravolta. « La corte suprema ha deciso di accogliere il ricorso di Pell. »

« Merda », esclamò Carlo a bassa voce.

Chris prese la mano di Terri, dispiaciuto. « Non va bene », disse a Carlo. « Significa che come minimo quattro giudici su nove sono propensi a mandare a morte Rennell. »

« No, è molto peggio », precisò Terri. « La corte suprema ribalta la sentenza dei tribunali di grado inferiore in ottanta casi su cento. Nel caso del Nono Circuito, è successo ventisette volte di fila. »

Carlo posò la birra, come se improvvisamente avesse perso tutto il suo sapore.

Mentre andava in studio in macchina, in California Street, Terri sentì squillare il cellulare.

Sul display lesse « numero privato ». Rispose.

« Ho saputo che hai perso di nuovo », disse una voce conosciuta. « Ti conviene che quell'imbecille muoia, piuttosto che affrontare le conseguenze. »

Terri rispose, tesa, ma sforzandosi di controllare la propria voce: « Quali conseguenze? »

« Lo scoprirai da sola, se non la pianti di rompere i coglioni andando a cercare Betty Sims. »

« Perché? Che cosa mi succederà, se la troverò? O lei o sua figlia? »

Dopo un attimo di silenzio, la voce rispose: « E se io trovo tua figlia? Le potrei insegnare due o tre cosette e poi mandarti le fotografie. Primi piani di lei che mi guarda con gli occhi belli aperti, come la bocca».

E la telefonata si chiuse.

Terri accostò e, tremante, chiamò Charles Monk.

Lo trovò ancora in ufficio. Questa volta non la prese in giro, forse perché capì subito che era sotto shock. Le disse che la polizia poteva fare ben poco, che forse chi l'aveva chiamata aveva solo tirato a indovinare e nemmeno sapeva che lei aveva una figlia. Se però aveva menzionato Betty Sims, allora sì, Terri poteva sporgere denuncia.

Terri andò subito alla polizia. Ma a quel punto Eddie Fleet si era già volatilizzato, le disse Monk il giorno dopo.

5

La corte suprema degli Stati Uniti avrebbe preso in esame il caso Price nella sessione di aprile.

Da dicembre, quando la corte aveva accettato di discuterlo, i Paget stavano elaborando una strategia per l'udienza. Dimostrando il ritardo mentale, l'esecuzione sarebbe stata sospesa *ad infinitum*, ma Rennell sarebbe comunque rimasto in carcere a vita; puntare sull'innocenza, d'altra parte, avrebbe potuto portare al ribaltamento della sentenza del Nono Circuito e all'esecuzione. L'unica strada possibile era dimostrare che le nuove prove erano sufficienti a presumere l'innocenza del condannato ai sensi dell'AEDPA e – altrettanto importante – che la conseguente scarcerazione era legale.

Il verdetto della corte di ultima istanza sarebbe stato emesso a giugno. « Se non altro, gli abbiamo regalato sei mesi di vita », disse Carlo. Ma non era una consolazione per nessuno, ora che sia i Paget sia Rennell avevano avuto un assaggio di libertà.

Andavano da lui tutti i giorni: Terri, Carlo o Anthony Lane. Lo scopo era tenergli su il morale e, con l'aiuto di Lane, prepararlo a quello che speravano fosse il suo futuro fuori del carcere, dove aveva trascorso quasi tutta la vita, senza il fratello che era stato suo protettore e traditore. Mentre i Paget si preparavano all'udienza davanti alla corte suprema, Rennell sembrava rinfrancarsi un po'. Non sapeva – né loro osavano dirgli – quanto fossero precarie le sue speranze.

Ma la vita andava avanti e Rennell leggeva i libri da bambini che un tempo erano stati di Elena e Kit. Elena compì quattordici anni e all'inizio di marzo la ragazza di Carlo si trasferì da lui. I Paget lavoravano anche ad altri casi. Fleet non si era più fatto sentire.

Ma il suo spettro – e quello della sentenza della corte suprema – incombeva costantemente sulla vita dei Paget. Elena e Kit non andavano da nessuna parte se non accompagnati. Si fecero avanti sedicenti esperti di ricorsi alla corte suprema che cercarono di bypassare i Paget per acquisire notorietà e uno di questi, evidentemente non ben consapevole dei limiti di Rennell, arrivò a scrivergli in carcere offrendogli assistenza. Chris e Terri diedero ai media spunti per articoli che si concentrassero più sull'innocenza di Rennell che sulle pecche dell'AEDPA. Ma c'era un problema al di fuori del loro controllo, ovvero il rischio che l'avvocato di Stato, cioè il rappresentante del governo federale davanti alla corte suprema, dall'alto del suo prestigio e in virtù del suo compito di difendere leggi federali come l'AEDPA, decidesse di intervenire riaffermando il sostegno del presidente all'AEDPA stessa e alla pena di morte.

Era una prospettiva che riempiva i Paget di sgomento. « L'avvocato di Stato potrebbe rompere gli equilibri, essere il vero ago della bilancia », disse Chris a Carlo.

Non restava che attendere.

Alla fine di marzo, quando i San Francisco Giants aprirono la stagione giocando contro i Los Angeles Dodgers, i Baltimore Orioles ospitarono la squadra del cuore di Fini, gli Yankees. Avendo due biglietti omaggio nella tribuna d'onore allo stadio di Camden Yards, Fini invitò Adam Wendt alla partita.

Era un pomeriggio di sole e, benché ci fosse vento e facesse piuttosto freddo, Fini era intenzionato a non lasciarsi rovinare quell'evento, che per lui era un rito primaverile sacro quanto la Pasqua. Fra un inning e l'altro, chiudeva gli occhi sorridendo verso il sole, assaporando il profumo degli hot dog e della birra. Adam non aveva mai visto uomo più soddisfatto di lui.

« Quando andavo a scuola, il giorno dell'apertura dello Yankee Stadium marinavo », disse Fini. « Era l'unico peccato che non mi dispiaceva confessare. Ero convinto che un Dio degno di essere adorato mi avrebbe sicuramente capito. »

Adam sorrise. Fino al sesto inning l'atmosfera primaverile e la geometria del baseball assorbirono completamente il giudice.

Poi, però, senza perdere di vista il lanciatore degli Yankees che faceva riscaldamento, disse: «Hai letto gli atti del caso *Price*, Adam?»

L'assistente appallottolò la carta dell'hot dog e la gettò sotto il sedile. «Sì», rispose. «Gli avvocati di Price si destreggiano piuttosto bene su un campo minato. Darei loro un A meno, contro il B più che darei alla procura della California.»

Fini annuì soddisfatto e Adam si gonfiò d'orgoglio al pensiero che il giudice si fidasse così tanto di lui. Senza distogliere lo sguardo dal campo, Fini chiese: «Allora, chi vince?»

«Non saprei. Ma Glynn e Raymond potrebbero dar ragione a Price. L'istanza è formulata in un modo tale da fornire loro più di una scappatoia.»

Fini fece una smorfia. «Fai circolare una memoria in cui proponi il coinvolgimento dell'avvocatura di Stato.»

Adam esitò. «Con questa amministrazione?» chiese un po' titubante. «Il presidente che ha nominato l'avvocato di Stato è lo stesso che ha nominato il nostro primo giudice.»

Negli occhi di Fini apparve un guizzo. «È vero. Ma anche questo presidente, quando era senatore, ha votato in favore dell'AEDPA. E le elezioni sono alle porte. Le possibilità sono due: o l'avvocato di Stato non interviene o, se interviene, lo fa in difesa dell'AEDPA. Con prevedibili effetti sui miei colleghi più indecisi.»

Adam rifletté su quella considerazione. Fini era un uomo eccezionale non solo per l'intelligenza, ma anche per il senso pratico e la profonda conoscenza del mondo al di fuori della corte suprema. Peraltro, Adam era convinto che per essere un bravo giudice, specie a quel livello, occorresse essere anche un bravo stratega.

Fini osservava il lanciatore. «Cosa pensi di Clemens?» domandò.

Adam guardava il suo capo, non Roger Clemens. «È in gamba, mi pare.»

«È finito», ribatté Fini con un sorriso. «Un manager deve saper fiutare il sangue prima dei pescecani.»

Quando le guardie fecero entrare Rennell Price nel parlatorio, Christopher Paget ebbe una reazione inaspettata: la prima cosa che gli venne in mente fu che quel ragazzone con la faccia liscia che ormai da mesi aveva tanta parte anche nella sua vita era abbastanza giovane da poter essere suo figlio.

« Piacere, Chris », disse sorridendo e facendo per stringergli la mano. « Il marito di Terri. Il papà di Carlo. Mi hanno parlato tanto di te. »

Rennell gli strinse la mano, ma rimase inespressivo. Sembrava studiarlo alla ricerca di indizi: benché Chris si occupasse delle sue vicende giudiziarie, Rennell non conosceva Chris. E Chris non aveva mai visto Rennell. Era stata una sua scelta: essendo un tipo molto razionale, temeva che stabilire un rapporto personale con Rennell, come aveva fatto Terri, potesse influenzare negativamente il suo giudizio al momento cruciale, magari davanti alla corte suprema, dove invece era meglio mantenere la massima freddezza. Ma, a un certo punto, aveva sentito il bisogno di vedere almeno che faccia aveva.

Non sapeva come cominciare. « Volevo conoscerti », disse dopo un po'.

Rennell continuava a studiarlo. Forse si era affezionato talmente a Terri che conoscere suo marito non gli faceva per niente piacere, pensò Chris.

« Ci sediamo? » suggerì.

Rennell si abbassò lentamente sulla sedia. Nel vedere com'era goffo e lento nei movimenti, Chris capì perché sua moglie facesse tanta fatica ad accettare l'idea che venisse giustiziato.

« Come stai? » gli chiese un po' imbarazzato.

Appena la ebbe pronunciata, si rese conto dell'inutilità di quella domanda. Ma Rennell rispose: « Come al solito. Spero di andare via presto ».

Il pensiero che quell'uomo tanto vulnerabile fosse in balia di forze a lui incomprensibili e di sconosciuti per i quali era poco più reale di quanto loro fossero per lui riempì Chris di rabbia e di pietà. Ma non c'era modo di spiegargli questo tipo di cose. « Ieri ho portato Carlo alla partita », gli disse invece. « Ti abbiamo pensato. »

Rennell annuì e Chris non seppe che interpretazione dare a quel gesto.

« Sei mai stato allo stadio, Rennell? »

Il nero si fregò le mani e rispose sottovoce: « Mio padre non mi ci portava ».

Già, preferiva farti sedere nudo sulla stufa, pensò Chris, sentendosi sempre più in imbarazzo.

« È bello? » domandò Rennell.

« Sì, molto », rispose Chris. « E ci sono un sacco di cose buone da mangiare. »

Rennell parve riflettere su quelle parole. « Qui ci danno sempre le stesse cose da mangiare. La nonna certe volte mi portava ai barbecue. » Dopo un attimo di esitazione, specificò: « Prima di questo casino ».

Chris piegò la testa da una parte. « Veniva anche Payton? »

« Certe volte. » Rennell sembrava immerso nei ricordi. « Certe invece andavamo solo io e lei. Erano occasioni speciali, diceva. »

Chris si ritrovò a chiedersi quanto Eula Price avesse intuito o saputo della prima infanzia di Rennell. Forse sin troppo per i gusti di lei, ma troppo poco per i bisogni di lui. E comunque, che cosa avrebbe potuto fare? I traumi erano ormai profondi e le risorse limitate. A Bayview non c'erano psicologi come Anthony Lane.

« Quando esco mi ci porti anche a me alla partita? » chiese Rennell. « Con Terri e Carlo? »

Chris annuì. « Molto volentieri. »

Rennell sembrava contento. « Quando esco, secondo te? »

Chris ebbe un attimo di esitazione, poi rispose: « A giugno, forse. Massimo luglio ». E pensò: non so se vivo o morto.

« Luglio », meditò Rennell. « È estate. Si gioca ancora a baseball, d'estate? »

« Sì, certo. » Chris si sforzò di sorridere. « Se si qualificano, i Giants giocheranno fino a ottobre. »

Rennell aggrottò la fronte. « Dove vado ad abitare, quando esco? »

« Non lo so. Ci penseremo. »

Rennell si morse il labbro. « Speravo di stare da voi. »

Chris non sapeva come rispondere. « Terri e Carlo ti vogliono molto bene », disse alla fine.

Con sua sorpresa, vide che a Rennell erano venute le lacrime agli occhi. Poi Rennell si alzò e lo abbracciò, posandogli la testa sulla spalla.

Chris pensò a Carlo e a Kit e ripeté a bassa voce: « Ti vogliono molto bene ».

6

Il presidente Kerry Francis Kilcannon era reduce da una giornata pesante e non aveva nessuna voglia di occuparsi di lotte intestine. « Perché è un problema che mi riguarda? » chiese al capo del suo staff.

I due amici, diversissimi fisicamente e per carattere, erano seduti nello Studio Ovale. Kerry, quarantaquattrenne, era di origini irlandesi ed era magro, con la faccia rotonda, i capelli rossi e gli occhi cangianti, a volte di un grigio azzurro, distanti, quasi assenti, a volte verdi, profondi e vivaci. Clayton Slade era invece il primo nero a ricoprire l'incarico di capo dello staff alla Casa Bianca e tutto in lui sembrava manifestare un senso di solidità, dal fisico robusto agli occhi scuri, dalla semplicità dell'eloquio alla tenacia con cui cercava di proteggere l'amico dalla propria impulsività. Una volta Kerry gli aveva detto, affettuoso e divertito, che fra tutti e due avrebbero fatto un bravo presidente degli Stati Uniti. E aveva aggiunto: « Ma non ti credere di potercela fare senza di me ».

Clayton sorrise di fronte all'irritazione del presidente. « Perché mi ha chiamato il tuo avvocato di Stato, di nascosto dal tuo ministro della Giustizia... »

« Che se la sbrighino fra loro », sbottò Kerry. « Io faccio il presidente, non il mediatore. E meno che mai il giudice. »

« Infatti », rispose imperturbabile Clayton. « Tant'è che vieni eletto. Ti ricordo che l'anno prossimo dovrai chiedere agli americani di votarti di nuovo, possibilmente con un margine un po' più alto rispetto alla volta scorsa. Tenuto conto che ti sei già inimicato gli antiabortisti e la lobby delle armi, penso che ti convenga dare il tuo consenso ad almeno uno dei valori più sentiti dalla popolazione. »

« La pena di morte? » domandò Kerry, senza esprimere i propri pensieri più profondi.

Quando aveva perso il fratello maggiore, il senatore James Kilcannon, ucciso durante un comizio della campagna elettorale per le presidenziali, Kerry non aveva chiesto la pena di morte per l'assassino, per motivi di coscienza. La morte del fratello, che lo aveva poi spinto a decidere di candidarsi a sua volta alla Casa Bianca, lo turbava ancora moltissimo. « Gli americani ci credono », replicò Clayton calmo. « E, durante la scorsa campagna elettorale, anche tu hai detto di crederci. » Bevve un sorso di Coca-Cola Light e aggiunse: « Se non l'avessi fatto, peraltro, a quest'ora non saresti presidente ».

« Lo so, lo so », disse Kerry con un sospiro rassegnato. « Spiegami qual è il problema. »

« L'AEDPA. Che tu hai votato, se ben ricordi. »

« Non sono riuscito a evitarlo. Ma ci ho provato. »

« In ogni caso, la corte suprema degli Stati Uniti sta per esaminare il caso di un condannato a morte a nome Rennell Price. Avrai letto l'articolo di Bob Herbert sul *Times.* »

Kerry posò un gomito sul bracciolo della poltrona e si appoggiò il mento sulla mano. « Sì, ora ricordo. Sono emerse nuove prove da cui sembrerebbe che lui sia innocente e che il colpevole sia un altro », disse.

« O almeno questo sostengono i suoi avvocati. Ma non è questo il nocciolo del nostro problema. » Clayton finì la Coca-Cola. « Il Nono Circuito ha scritto un'opinione che delegittima l'AEDPA. Il ministro della Giustizia e il responsabile della sezione penale del ministero vogliono che l'avvocato di Stato intervenga per limitare i diritti di chi, come Price, presenta petizioni *habeas corpus* per dimostrare la propria innocenza. E l'avvocato di Stato si rifiuta. »

Clayton vide che Kerry rifletteva: l'avvocato di Stato, Avram Gold, era stato il suo legale e Kerry era in debito con lui per numerosi motivi. « Che cosa vuole fare? » domandò a Clayton.

« Avram Gold è un libertario sostenitore dei diritti civili », gli ricordò il capo dello staff. « È contrario alla pena di morte e anche all'AEDPA. Vuole stare zitto e non intervenire. »

« E che male c'è? In fondo Price potrebbe essere innocente per davvero. »

« Nessuno verrà a prendersela con te, ma se Avram non interviene, alle prossime elezioni nessuno ti voterà più », disse Clayton. « Tre americani su quattro sono a favore della pena di morte. Quelli che sono contrari voteranno per te comunque, non avendo nessun altro da eleggere, ma se Caroline Masters e la corte che presiede oseranno toccare la pena di morte, i repubblicani ti metteranno in croce. »

Kerry sorrise enigmatico. « È questo che il ministro della Giustizia vuole che diciamo? »

Clayton cercò di calmarsi, nonostante cominciasse a sentirsi esasperato, poi con un candore che il presidente accettava solo da lui disse a bassa voce: « Non essere polemico, Kerry. So quali dilemmi ti sei trovato ad affrontare dopo la morte di tuo fratello, ma la differenza fra la tua presidenza e quella di certi repubblicani è troppo grande perché tu rischi di mandare all'aria tutto. A parte il fatto che perdere ti dispiacerebbe moltissimo ».

« Concordo con quello che dici », rispose Kerry, altrettanto tranquillo. « E infatti alla fine ho votato per l'AEDPA. »

La sua ambivalenza era inequivocabile. « Immagino che tu voglia parlare con Avram », disse Clayton.

« Sia con lui sia con il ministro. Dopo pranzo, domani. »

« Non dovevi restare con Lara e il bambino, a quell'ora? »

« Sì. E ci resterò. Chi ha la peggio fra i due dovrà cambiargli il pannolino. »

James Joseph Kilcannon aveva sette mesi. Portava il nome dello zio assassinato, ma aveva gli stessi occhi di suo padre e i capelli corvini della madre.

Clayton, che passava nel corridoio, li vide seduti su un tappeto nello Studio Ovale. Formavano un tenero quadretto, che molti fotografi avevano già immortalato: la giovane First Lady che aveva ereditato la bellezza dalla madre sudamericana e, con talento e determinazione, era diventata una celebre giornalista televisiva, il bambino che scopriva il mondo a quattro zampe e il presidente che osservava adorante il primogenito. Kerry, che aveva avuto un'infanzia molto infelice, vedeva Jamie come un miracolo e avrebbe sacrificato tutto – a parte Lara – pur di renderlo felice. Il piccolo, ignaro, trovava il padre molto buffo.

In quel momento rideva per qualche scherzo fattogli dal padre, che evidentemente gli sembrava molto divertente. « Se mai ricorderà qualcosa della sua prima infanzia, sarà il dubbio che suo padre fosse un imbecille », disse Lara al marito.

« Non è l'unico a trovarmi demente », disse Kerry, guardando Clayton.

Il nero sorrise alla First Lady. « Scusate l'interruzione, ma il mondo ha bisogno di Kerry. »

« Il suo mondo siamo noi », disse Lara. « Tutto il resto è una farsa. »

« Lo sospettavo. »

Il presidente tese la mano per aiutare Lara a rialzarsi in piedi. « Falli pure entrare », disse a Clayton.

Clayton fece accomodare il ministro della Giustizia, J. Theron Pinkerton, ex collega canuto di Kerry al senato, e l'avvocato dello Stato, Avram Gold, ex docente di Harvard con i baffi e gli occhiali che sembrava bruciare calorie semplicemente stando in piedi. Mentre si scusavano con Lara e lei cominciava a raccogliere i giocattoli di Jamie, il presidente disse: « Non vuoi restare, Lara? Troverai interessante la nostra discussione, vedrai ».

Clayton capì che Kerry voleva che Lara fosse presente per placare l'antagonismo fra il ministro e Avram Gold. Pinkerton si offese e lo dimostrò andando a sedersi il più lontano possibile dall'avvocato di Stato, senza degnarlo di uno sguardo. « Prima di iniziare, desidero sottolineare che il ministro della Giustizia sei tu », disse Kerry a Pinkerton. Poi, rivolgendosi a entrambi, continuò: « Il motivo per cui siete qui è l'articolo di Herbert sul *Times* e il fatto che, quando la corte suprema discuterà il caso Price, potrebbero scatenarsi delle polemiche. Non intendo prendere parte ad altri incontri come questo, né su questo né su altri argomenti ».

Pinkerton annuì, confortato. Avram Gold aveva l'aria contrita: irritare Kerry Kilcannon non era consigliabile ai deboli di cuore. Il presidente si rivolse a Pinkerton: « Prego, comincia tu ».

« Ci sono molte buone ragioni per intervenire a favore dello Stato della California », esordì il ministro. « Tanto per cominciare, la maggior parte dei colleghi del nostro partito ha votato l'AEDPA. Prima, i repubblicani ci perseguitavano con storie di pluriomicidi e pedofili che presentavano un ricorso dopo l'altro, facendosi beffe dei familiari delle vittime... »

« Me lo ricordo. Ci accusavano di essere di manica esageratamente larga. »

Incoraggiato, Pinkerton si protese in avanti e proseguì: « Dal punto di vista legale, l'AEDPA ha piena legittimità: stabilisce un compromesso fra il diritto del condannato di dimostrare la propria innocenza e quello della società di veder garantita la definitività delle condanne. È questo il succo delle argomentazioni dello Stato della California nel suo ricorso alla corte suprema. E questo ci porta al nocciolo del problema, ovvero Caroline Masters ».

Guardando la First Lady, Clayton notò la sua espressione contrariata. « Provo profonda ammirazione per un presidente che nomina un giudice che, come la Masters e i suoi colleghi del Nono Circuito, vota a favore dell'interruzione di gravidanza a fini terapeutici. Ma ricordiamoci che la Masters è stata eletta per un singolo voto. E non sappiamo quanti voti costerà ai democratici alle prossime elezioni la sua nomina... »

« Come facciamo a sapere che invece non ne prenderemo di più proprio per questo? » obiettò pacato Kerry. « La gente è disposta a sopportare un presidente di cui non condivide le opinioni, ma non tollera di farsi governare da uno che non ha le idee chiare. »

« Molte persone sono convinte che lei abbia le idee fin troppo chiare, signor presidente », disse riluttante Pinkerton. « La considerano un liberal della East Coast. E non condividono le sue posizioni. Probabilmente i repubblicani candideranno Frank Fasano, che è un uomo spietato. Una sentenza della corte suprema che delegittima la pena di morte darà a Fasano un'altra arma per vincere le elezioni del novembre prossimo. Caroline Masters è in debito nei confronti della Casa Bianca, visto che se è primo giudice lo deve esclusivamente a lei.» Lanciando un'occhiata ad Avram Gold, concluse: «Non si può chiamare la Masters e dirle che cosa fare, ma se Avram intervenisse, come io suggerisco, il primo giudice riceverà un segnale che non potrà ignorare. E che ci darà una copertura per le prossime elezioni».

Kerry prese in braccio Jamie e cercò di fargli guardare Avram Gold. «Perché gli americani non dovrebbero rieleggermi?» gli chiese. «Mio figlio vorrebbe proprio saperlo.»

Gold sorrise. «Sarò idealista, ma credo in un'America che non giustizia gli innocenti e rielegge un presidente come lei.»

«Vorrei capire le motivazioni. Sai che sono un politico molto pragmatico.»

«Anche il giudice Fini lo è. Pare che dietro la richiesta di un intervento dell'avvocatura di Stato ci sia lui.» Premendo i palmi delle mani uno contro l'altro, Gold guardò il presidente con fermezza. «So che le elezioni sono alle porte, ma c'è qualcosa di profondamente sbagliato in questa vicenda.»

«Concordo», lo interruppe Pinkerton. «Costringere una bambina di nove anni a un rapporto orale e soffocarla. Il fratello di Price ha ammesso la propria colpevolezza e ci sono le prove che anche lui era coinvolto. Signor presidente, Fini l'ha messa in condizione di dover...»

«Di dover fare cosa?» lo interruppe Kerry. «Ieri sera ho riletto l'articolo di Herbert. Ho votato l'AEDPA, è vero. Ma devo dire che la prospettiva di giustiziare un uomo sulla base della testimonianza di uno che si è appellato al Quinto Emendamento per non rispondere alle domande su un suo eventuale coinvolgimento mi lascia molto perplesso.»

Gold annuì con vigore. «Non stiamo chiedendo al Congresso di abrogare l'AEDPA, o addirittura la pena di morte. Non capisco perché questa amministrazione dovrebbe, su invito di Fini, fare di tutto perché quest'uomo riceva l'iniezione letale. Non mi sembra che, se la corte presieduta da Caroline Masters permetterà a un probabile innocente di scampare all'esecuzione, ciò metta a repentaglio la nostra democrazia, checché ne dica un manipolo di destrorsi. »

Clayton pensò che appellarsi all'orgoglio di Kilcannon era stata un'abile mossa, da parte di Gold. Quando si voltò verso Kerry per raccomandargli cautela, vide che scambiava un'occhiata con la First Lady e sorrideva.

Solo il ministro sembrava inconsapevole di ciò che era appena successo. « Restiamone al di fuori », disse il presidente. « Fidiamoci del primo giudice. » Dandogli un bacio sulla testa, disse al figlio: « Dopo tutto, Jamie, non mi sto dichiarando pubblicamente contrario all'esecuzione di ritardati, per giunta innocenti ».

La First Lady sorrise fra sé e Clayton Slade capì che l'argomento era chiuso.

7

Il preludio all'esame del ricorso presentato da Rennell Price fu, per i membri della corte suprema, un balletto di mosse e contromosse indirette.

Due settimane prima, bevendo whisky di puro malto nel suo studio, il giudice Fini chiese al suo assistente Adam Wendt: «Che propensioni ha Glynn, che tu sappia?»

«Non so nulla.»

Fini rifletté. «Non voglio certamente fargli pressioni, McGeorge è un uomo molto riservato e lo rispetto, per questo. Ma, se ti capitasse di sentire qualcosa dai suoi assistenti...»

Callista Hill non se ne rese conto, ma quando Adam Wendt la vide entrare nella sala mensa spostò lo sguardo da Elizabeth Burke, l'assistente di Glynn sui casi di pena di morte, con la quale stava parlando, e cambiò rapidamente discorso. Fino a quel punto, era riuscito a farsi dire soltanto che Glynn era indeciso.

Fu questo il motivo per cui Fini chiese a Adam di scrivere agli altri tre giudici della corte che avevano votato a favore del riesame, spiegando i motivi per cui l'opinione del Nono Circuito andava a suo parere ribaltata. Neanche di questo Callista era a conoscenza. Però Bill Faber, uno degli ausiliari del giudice Millar, trovò l'e-mail abbastanza sconcertante da inoltrarla con discrezione alla sua amica Callista, che la sottopose all'attenzione di Caroline Masters.

Il primo giudice lesse il memorandum con aria pensosa. «Prepara una risposta», le disse quindi. «Ho la sensazione che questo sia solo il primo di una lunga serie.»

Infatti arrivò un altro Fini-gramma, questa volta indirizzato a tutti i nove giudici, in cui si proponeva di respingere con rito sommario la decisione del Nono Circuito. L'autore del memorandum, Adam Wendt, si stupì della celerità con cui ricevette la risposta di Caroline Masters. « È come se se lo aspettasse », commentò con Fini.

E questi si limitò a ridacchiare.

L'ultimo punto all'ordine del giorno, il venerdì, era la proposta avanzata da Fini di annullamento con rito sommario dell'opinione del Nono Circuito. Se nessuno dei suoi tre alleati nel frattempo aveva cambiato idea, per vincere gli sarebbe bastato che Glynn o Raymond votassero per lui.

« A un esame attento, traspare chiaramente che l'opinione del Nono Circuito non soddisfa i requisiti dell'AEDPA, che impone di presentare 'prove chiare e convincenti' », disse Fini. « Quanto all'innocenza del condannato, non soltanto gli elementi probatori sopravvenuti sono insufficienti a dimostrarla, ma neppure sussistono le basi su cui richiedere il proscioglimento. Perché perdere tempo a discuterne? Quando si esce dal seminato come hanno fatto in questa occasione i giudici Montgomery e Sanders, l'unica risposta adeguata è la revoca della sentenza con rito sommario. »

« Qualche tempo fa cinque di noi hanno votato contro l'esame del ricorso presentato dallo Stato della California », replicò Caroline. « A sentire te, Tony, quel giorno dovevamo essere tutti addormentati, per non esserci accorti di una violazione tanto palese. Possibile che gli atti presentati dai legali di Price siano tanto inconsistenti? Non credo proprio. » In tono sardonico, aggiunse: « Credo anzi che i cinque giudici che si sono espressi contro l'accoglimento potrebbero votare adesso per la conferma con rito sommario dell'opinione di Sanders e Montgomery. Ma sarebbe insolito quanto un annullamento sommario, giacché nei rari casi in cui vi ricorriamo, è tipicamente unanime. Quando la corte ha accolto il riesame, lo ha fatto perché veniva sottolineata la necessità di discutere gli interrogativi nuovi che il caso sollevava. Penso pertanto che così dovremmo procedere: discutendone ».

Toccava a Huddleston replicare, essendo il più anziano. « A

proposito, mi pare di capire che l'avvocato di Stato ha declinato l'invito a esprimersi», disse al primo giudice.

«Esatto», rispose Caroline. «Ho qui la lettera di Gold.» Diede alcune fotocopie a Glynn, che ne tenne una e passò le altre a Raymond. «In riferimento all'AEDPA, Gold ritiene che l'opinione del collegio non mini lo statuto, ma prenda in esame aspetti peculiari del caso Price e suggerisca anzi che un'interpretazione eccessivamente restrittiva della legge potrebbe causare problemi costituzionali che la nostra corte farebbe bene a evitare.»

Huddleston lanciò a Fini un'occhiata di velato disprezzo. «Non sembra molto d'accordo con te, Tony», disse. «E suggerisce che dovremmo come minimo sentire Price, prima di sancirne l'esecuzione. Io voto contro.»

«McGeorge?» chiese Caroline a Glynn.

Glynn scosse la testa. «Anch'io voto contro», rispose lui a bassa voce. «Trovo il caso alquanto spinoso e ritengo che ne dobbiamo discutere.»

«Thomas?»

«Sono d'accordo sul discuterne insieme.»

Fini aveva perso, pensò Caroline, perché anche Miriam Rothbard avrebbe votato contro di lui. A turbarla fu tuttavia il voto dell'ultimo giudice, Millar, che si schierò con Fini: il suo antagonista aveva raggiunto il proprio obiettivo secondario, ovvero rinsaldare i quattro voti contro Price e identificare il collega – Raymond o Glynn – cui attingere il voto che gli occorreva per vincere.

«La revoca con rito sommario è respinta», decretò Caroline.

Quel pomeriggio il primo giudice andò nello studio di Walter Huddleston, che era alla corte suprema degli Stati Uniti da quasi trent'anni.

«Hai bisogno di conforto spirituale?» le chiese il collega dai capelli bianchi, con le mani giunte sulla pancia prominente.

«Sì, per il caso Price. Tony si sta lavorando McGeorge e io non sono d'accordo sulla direzione che vuol far prendere alla corte, e di conseguenza alla giustizia del nostro Paese. Ma sono qui da poco tempo e non so bene cosa – e quanto – io possa fare. »

« Fini conta proprio su questo, e sul fatto che la tua nomina è avvenuta con una strettissima maggioranza. Ma cerca anche di intimidire gli altri con la sua determinazione. Tu sei più diplomatica e più paziente, doti che Tony non ha. Per me Anthony Fini è una versione più spiritosa di Mussolini, meno spigoloso ma altrettanto disumano. Con i suoi modi affettuosi, però, maschera molto bene il profondo disinteresse per il prossimo. Tu e io lo conosciamo, ma qualcuno ci casca. McGeorge, per esempio, che è un uomo schivo e, da quando è rimasto vedovo, anche molto solo. Sul caso Price, dobbiamo tener conto dell'animo romantico di McGeorge. Privilegiato fin dalla nascita, ha fatto una carriera straordinaria e senza grossi intoppi e si è convinto che il mondo – sistema giudiziario compreso – è più giusto di quanto non sia in realtà. Se però pensa che un caso contenga un problema reale per il sistema, prende posizione. » Con le mani dietro la nuca, Huddleston concluse: « Questo potresti fare: cercare di rendergli il caso il più reale possibile. Nei modi più decorosi possibili ».

« Cioè? Che cosa mi suggerisci? »

Huddleston alzò gli occhi al cielo. « C'è uno spettacolo dell'American Ballet Theatre al Kennedy Center. Prima della morte di Frances, andavamo spesso a vederlo, noi quattro. » Sorrise a Caroline. « Devo prima parlarne con Bonita, ma penso che non si rifiuterà di sacrificare i nostri due biglietti per la causa del signor Price. E della nostra corte, naturalmente. »

8

La mattina in cui doveva presentare il caso Price davanti alla corte suprema, Chris prese un taxi insieme con Carlo e Terri per percorrere Pennsylvania Avenue fino alla sede della corte.

Chris era taciturno e ripassava mentalmente le regole da non dimenticare durante la sua argomentazione: essere pronto a ricevere mille domande e rispondere lucidamente a ciascuna, passando subito alla successiva; non aspettarsi di riuscire ad affrontare i vari punti nell'ordine in cui se li era preparati; ridurre al minimo le considerazioni teoriche. Doveva stare attento alle domande ipotetiche e alle trappole, e a evitare dichiarazioni di principio che potessero suscitare le ire di Fini. E, soprattutto, doveva restare calmo.

Si sentiva pronto. Nell'ultima settimana aveva provato con Terri, Carlo e due docenti di diritto costituzionale che gli avevano fatto tutte le domande possibili e immaginabili. Senza lasciargli neppure finire la prima frase, Carlo aveva iniziato con una domanda che quasi certamente Fini gli avrebbe fatto: « Avvocato Paget, riguardo alla presunta innocenza del ricorrente, lei condivide la stessa linea di pensiero dei giudici Montgomery e Sanders? »

In taxi, Chris ripassò mentalmente la risposta che si era preparato.

Alle dieci meno venti i Paget entrarono nel grande atrio da cui si accedeva all'aula dove si riuniva la corte suprema: tra due imponenti colonne si vedeva, oltre la soglia, la cattedra dei giudici sormontata da un orologio sulla parete.

Entrarono nella sala già piena di spettatori e giornalisti. Nel brusio generale, Carlo osservò l'aula che fino ad allora aveva visto solo in fotografia o alla televisione. Il soffitto era alto come quello di una cattedrale e sui muri erano allineati i ritratti dei personaggi principali nella storia della giustizia, da Hammurabi a Carlo Magno, Mosè, Salomone, Giustiniano, Maometto e, con grande stupore di Carlo, persino Napoleone. Dietro il lungo tavolo, c'erano un sipario rosso da cui sarebbero entrati i giudici e un bassorilievo con figure allegoriche che rappresentavano la difesa dei diritti umani, la protezione degli innocenti, la salvaguardia della libertà e, naturalmente, la giustizia. Carlo sperava che almeno cinque dei giudici che stavano per entrare personificassero davvero quegli ideali e fossero disposti a farli diventare realtà per Rennell Price.

Pensò a Rennell, solo nella sua cella a più di quattromila chilometri di distanza, e all'abisso che lo separava da quei giudici che stavano per decidere del suo destino.

Alle dieci, l'assistente della corte suprema, in abito da cerimonia, avanzò nella sala e recitò: « Entrano il presidente e tutti i giudici della corte suprema degli Stati Uniti. Udite! Udite! »

Si alzarono tutti: Chris e Terri al tavolo del convenuto e Laurence Pell e Janice Terrell a quello del ricorrente, mentre i giudici, guidati da Caroline Masters, entravano a gruppi di tre, prendendo posto sulle alte sedie foderate di pelle.

« La seduta è aperta. Dio salvi gli Stati Uniti e questa suprema corte. »

Il tavolo dei giudici era rivestito di cuoio verde e diviso in tre parti, una centrale e due laterali disposte leggermente oblique rispetto alla prima; i posti dei nove giudici erano separati da piccoli divisori in legno. Di fronte alla parte centrale c'era il podio da cui dovevano parlare le controparti, cui i giudici avrebbero posto numerose domande, sporgendosi ora verso gli avvocati ora verso i colleghi, in maniera più o meno teatrale. Fini, in particolare, amava sottoporre enigmi e fare battutine agli oratori. Un ambiente solenne per un dibattito importante e delicato, in cui non erano ammessi passi falsi. La prima volta che Chris aveva assistito a una seduta della corte suprema, era ancora studente universitario e si era sentito come immaginava si sentissero i romani al Colosseo, di fronte a un combattimento certo meno cruento, ma altrettanto agguerrito e avvincente, tra rappresentanti di classi sociali diverse anziché tra gladiatori.

Adesso, Chris era lì per Rennell, per salvargli la vita.

Con i giudici più anziani – Fini e Huddleston – seduti al suo fianco, Caroline Masters chiamò Laurence Pell a perorare la propria causa.

Il procuratore prese posto al podio con aria opportunamente corrucciata. Chris sapeva che il tempo a sua disposizione sarebbe finito in fretta: la luce bianca che si accendeva a segnalare che mancavano cinque minuti allo scadere lo avrebbe sorpreso e quella rossa, davanti a cui bisognava zittirsi, lo avrebbe colmato di rimpianti per le cose non dette. Sia Chris sia Pell, probabilmente, avrebbero ripensato molte volte a quei momenti in futuro, l'uno con soddisfazione, l'altro con dispiacere. Ma, perlomeno, per loro la vita sarebbe continuata.

I rimpianti di Chris, nel caso, sarebbero stati ben più amari di quelli di Pell.

Il procuratore cominciò con una geremiade rivolta ai membri più conservatori della corte.

« L'opinione scritta dai giudici Sanders e Montgomery, con il dissenso del giudice Nhu, distorce il significato dell'AEDPA ed è in contraddizione con l'insidacabilità delle opinioni delle corti statali prevista invece dallo statuto. In questo senso, essa costituisce un atto virtuale di disubbidienza civile... »

« L'argomentazione di Price è che la corte suprema della California non ha fornito motivazioni adeguate della propria sentenza », puntualizzò Glynn impassibile. « Come poteva il Nono Circuito riconoscere l'insidacabilità a una decisione così poco circostanziata? »

« Ai sensi dell'AEDPA, che l'opinione sia di una pagina o di venti, essa costituisce accertamento dell'insufficienza dei nuovi elementi probatori presentati», rispose Pell senza la minima esitazione, con foga. «Non dimentichiamo che la condanna di Price fu emessa per la morte di una bambina di nove anni soffocata durante una fellatio...»

«Cui la vittima fu costretta, non sappiamo da chi», interruppe caustica Caroline Masters. «Sta chiedendo a questa corte di credere al teste Fleet?»

«E alla giuria che trovò credibile la sua versione dei fatti...»

«Prima che Payton Price ne raccontasse un'altra, confessando di essere colpevole. Se questa corte confermerà la sentenza del Nono Circuito, la procura non processerà nuovamente Rennell Price. Tuttavia afferma che Fleet era talmente credibile quindici anni fa che, nonostante gli elementi emersi nel frattempo, questa corte dovrebbe confermare la condanna a morte.»

Fini si era voltato verso Caroline Masters e la osservava con una luce divertita negli occhi. Ma Laurence Pell non si stava divertendo per niente. «È una questione di definitività della sentenza...»

«Sono d'accordissimo sulla definitività», ribatté il primo giudice. «Ma il processo su cui ci stiamo basando fu mal condotto dall'avvocato difensore.»

«La corte suprema della California ha accertato che l'operato dell'avvocato James non violava la Costituzione», insistette Pell.

Caroline Masters si protese. «La corte suprema della California non ha 'accertato' proprio niente», disse sprezzante. «Risponda alla mia domanda, procuratore: ritiene che questa corte dovrebbe approvare l'operato di James?»

Pell cercò di darsi un contegno. «La questione è se il conflitto di interessi ha in qualche modo fatto la differenza...» cominciò.

«Lo ha ammesso lo stesso James», lo interruppe il primo giudice in tono spazientito. «Questo significa che non dobbiamo esprimerci sulla presunta innocenza del condannato, no? Perché il processo non risponde ai requisiti costituzionali ai sensi dell'AEDPA.»

Chris ringraziò in cuor suo il primo giudice che, con grande abilità, aveva spostato il problema sul più facile e meno controverso dei molti piani possibili.

« Nulla di ciò che James fece o non fece influenzò la decisione di Payton Price di confessare », ribatté Pell. « Pertanto, il conflitto non influenzò l'esito del processo e dunque l'AEDPA non consente a Rennell Price di presentare nuovi elementi probatori. »

Caroline Masters fece un sorriso incredulo. « Ammesso e non concesso che lei abbia ragione e che un difensore che dà per scontato che se uno dei suoi due assistiti è colpevole lo sia anche l'altro soddisfi i requisiti richiesti dalla nostra Costituzione, secondo lei, dovremmo confermare l'esecuzione di Price anche se la prova del DNA lo scagionasse, solo perché il processo in cui venne emessa la condanna fu equo? »

Pell ebbe un attimo di esitazione. « In teoria, sì. In pratica, non lo faremmo mai. Il governatore concederebbe la grazia... »

« Per via del DNA? »

« Sì. »

Il primo giudice sorrise a denti stretti. « E così, secondo lei, giustiziare un condannato che ha ottime probabilità di essere innocente va bene, purché il processo in cui venne emessa la condanna sia stato 'equo'. »

Chris pensò che Caroline Masters fosse arrivata al cuore del problema. Glynn guardava Pell con aria dubbiosa.

« Ai sensi dell'AEDPA, la decisione spetta alla corte suprema della California », rispose Pell lentamente. « Questa corte non dovrebbe mettere in dubbio l'operato di quelle che l'hanno preceduta. »

Fini annuì e lanciò un'occhiata a Glynn. « Basta ipotesi », disse a Pell. « La realtà è che gli unici nuovi elementi probatori a favore di una presunta innocenza del condannato sono la confessione del fratello, che è a dir poco tardiva e del tutto priva di conferme di alcun tipo. »

« Infatti. »

« Tale confessione può essere considerata 'prova chiara e convincente' ai sensi dell'AEDPA? »

Pell rispose con fermezza: « No ».

« E per arrivare a dimostrare l'innocenza del condannato lo standard probatorio non può essere inferiore a quello richiesto dallo statuto, dico bene? »

« Certamente. »

Chris pensò che, correndo in suo aiuto, Fini aveva tratto d'impaccio Pell, ma al tempo stesso lo aveva ridotto al rango di un burattino. « Dunque il proscioglimento del condannato è fuori discussione, giusto? »

« Giustissimo », rispose il procuratore.

« Bene », replicò Fini evidentemente soddisfatto. « Dunque l'unica motivazione per cui Rennell Price non dovrebbe essere giustiziato, secondo i giudici Sanders e Montgomery, è il ritardo mentale ai sensi della *Atkins*? »

« Esatto. »

« Ritardo mentale che il giudice Bond, il giudice Nhu e i sette membri della corte suprema della California hanno ritenuto non sufficientemente dimostrato. »

« Giusto. »

Fini lanciò un'occhiata al giudice Raymond, che Chris intuiva essere l'altro indeciso, oltre a Glynn. « Pertanto Sanders e Montgomery sono gli unici a ritenere Rennell Price ritardato e gli unici a ritenere sufficienti gli elementi probatori a sua discolpa. »

« Sì. »

« Naturalmente tutto questo è inutile, se la *Atkins* non si applica a petizioni *habeas corpus* come quella di Rennell Price, dico bene? » proseguì Fini tranquillo.

Di fronte a quell'invito alla controversia, pur allettante, Pell parve esitare e rispose, prudente: « Non credo si applichi. A mio avviso, la legge è chiara: i nuovi principi di diritto costituzionale non si applicano alle petizioni *habeas corpus* se non esplicitamente dichiarato dalla corte suprema degli Stati Uniti. Non è il caso della *Atkins* ».

Chris sentì che Terri stava cominciando ad agitarsi. Era chiaro che Fini intendeva usare Rennell Price per creare un precedente nella giurisprudenza relativa alla pena di morte, per importorla più frequentemente e con maggior rigore. « Pertanto, la *Atkins* non vieta l'esecuzione del signor Price o di altri ricorrenti *habeas corpus*, anche ove si tratti di individui presumibilmente ritardati », concluse Fini.

« Esatto », replicò Pell.

Chris Paget osservò i tre giudici che incarnavano i tre atteggiamenti della corte: Fini sembrava soddisfatto, Caroline Masters contraria e Glynn incerto. Ma la luce rossa si accese: il tempo di Pell era scaduto.

9

Christopher Paget si avviò verso il podio, talmente vicino al tavolo dei giudici che non riusciva a guardarli tutti contemporaneamente. Sapeva per esperienza che le loro domande, amplificate dagli altoparlanti sistemati sopra di lui, gli sarebbero parse distanti, quasi non venissero dalle persone in carne e ossa sedute a quel tavolo. Di fronte, aveva il giudice Fini.

Chris si voltò lievemente, rivolgendosi a Glynn. « Lo Stato della California vuole giustiziare un uomo dopo aver giustiziato il testimone chiave della sua innocenza prima che questi venisse ascoltato da un giudice », esordì. « Il teste sulla cui deposizione si basò la condanna ora si appella al Quinto Emendamento e nulla è stato fatto per costringerlo a riferire le circostanze del reato. Sembra un braccio di ferro, in cui l'unico scopo dello Stato della California sia 'vincere'. »

Gli occhi di Glynn, ingranditi dietro le lenti spesse degli occhiali, esprimevano grande preoccupazione. « Vincere che cosa? » domandò pacato Chris. « Qui non ci può essere vittoria: l'umana fallibilità, una tragica serie di errori – un orribile omicidio, un testimone inaffidabile, un fratello colpevole, un avvocato incompetente, un assurdo braccio di ferro – hanno portato un povero capro espiatorio ritardato a un passo dall'esecuzione. Rennell Price sta per essere giustiziato, mentre Eddie Fleet, che quasi certamente è il vero colpevole, è libero di continuare a delinquere. »

« Questo lo dice lei », lo interruppe tagliente Fini. Chris si voltò dalla sua parte e gli vide un'espressione combattiva sul volto. « Ma l'AEDPA richiede elementi probatori 'chiari e convincenti', non prove dell'imperfezione altrui. Dove sono? »

« Se al processo Payton Price avesse accusato Eddie Fleet, Rennell Price non sarebbe stato condannato a morte », dichiarò

Chris. « La sua confessione ribalta tutti gli elementi probatori su cui si fondava il verdetto di condanna: adesso nessuna giuria dichiarerebbe mai Rennell Price colpevole dell'omicidio di Thuy Sen. Il Nono Circuito aveva ragione: l'avvocato difensore ha ammesso di aver condotto una difesa inadeguata, la procura generale ha ammesso che oggi Price non verrebbe più condannato alla pena di morte e queste ammissioni soddisfano i requisiti previsti dall'AEDPA. La decisione che vi chiediamo di prendere non ha implicazioni per nessuno, a parte Rennell Price... »

« Per il momento », intervenne Fini in tono fermo. « Ma quanti altri ricorrenti dopo di lui chiederanno al Nono Circuito di accogliere le loro proteste d'innocenza, indipendentemente dalla corte suprema di Stato o – nel caso specifico – dal giudice Bond? Il Nono Circuito non tiene conto neppure delle decisioni di un giudice federale? »

Glynn distolse lo sguardo da Fini e si voltò verso Chris, curioso di ascoltare la sua replica. « La sentenza del giudice Bond era fondata su quella della corte suprema della California e dunque sulle sabbie mobili... » cominciò, prudente.

« Il giudice Bond ha accertato, attraverso rigorose perizie, che il quoziente intellettivo di Rennell Price era – come minimo – settantadue », lo interruppe Fini. « Il Nono Circuito era autorizzato a ignorare questo fatto? »

« Questo concerne il ritardo mentale, non l'innocenza », replicò Chris. « Riguardo al ritardo mentale, il Nono Circuito si è limitato a dichiarare che la 'stringata' opinione della corte suprema della California non poteva essere considerata insidacabile, per via di due punti di QI. » Guardò il giudice Glynn. « In realtà il caso era molto simile a quello della *Atkins*, dove un uomo che ora sembra innocente è stato incastrato da un altro che in seguito è sembrato il colpevole, ed è finito vittima di un procedimento giudiziario che non ha mai capito del tutto... »

« Non corriamo il rischio che si moltiplichi esponenzialmente il numero dei condannati che cominceranno a fingersi ritardati e che davanti a questa corte arrivino schiere di deficienti dell'ultim'ora? » chiese Fini sardonico.

Chris sorrise, nonostante la durezza della domanda. «Spero non si riferisca a me, vostro onore.» Interrotto dalle risate del pubblico, aspettò un attimo prima di riprendere. «In ogni caso, è proprio per questo che il ritardo mentale deve essere presente almeno sin dall'adolescenza. E, nel caso Price, è conclamato da ben prima dei diciott'anni. Non riesco a immaginare che esista persona tanto perversamente previdente da cominciare a sbagliare apposta i test e si faccia dare il sostegno didattico già ai tempi della scuola per potersi dimostrare ritardato caso mai, più avanti nella vita, dovesse essere condannato alla pena capitale. Di certo Rennell Price non è abbastanza furbo per fare una cosa del genere.»

Caroline Masters trattenne un sorriso. Fini, invece, era serissimo e continuò implacabile: «Perché, avendo un quoziente di intelligenza superiore alla soglia fissata per il ritardo mentale, Rennell Price dovrebbe non essere in grado di capire la differenza fra bene e male?»

«La capisce, infatti», rispose Chris tranquillo. «Motivo per cui si proclama da sempre innocente. La sua scarsa intelligenza, però, non gli ha consentito di difendersi e impedire che lo Stato della California lo mandasse nel braccio della morte.»

«Come il procuratore ha sottolineato, non vi sono prove che lo Stato della California abbia mai giustiziato un innocente.»

Chris si concesse un breve sorriso. «Provare una cosa simile non è fra le priorità dello Stato. Ma potrebbe venire il giorno in cui una prova del DNA dimostrerà che lo Stato della California aveva torto», rispose ironico. Poi, fattosi serio, continuò: «Abbiamo dei campioni di liquido seminale e la tecnologia migliora di giorno in giorno. Rennell Price potrebbe rivelarsi una bomba a orologeria. Se questa corte ribalterà la sentenza del Nono Circuito, un giorno potremmo scoprire che, con Price, lo Stato della California avrà davvero giustiziato un innocente».

Glynn sbatté le palpebre, quasi quel pensiero lo disturbasse fisicamente. «L'essere umano rischia sempre e comunque di commettere degli errori», obiettò Fini. «Non per questo deve astenersi dall'agire.»

Chris drizzò la schiena. « A me pare che la domanda da porci sia un'altra: è lecito sbagliare, se la conseguenza dei nostri atti è la morte? La mia risposta è no. E, in *questo* caso, le possibilità di sbagliare sono tante... »

« Esistono i presupposti per considerare innocente Rennell Price? »

Fini aveva preso un ritmo più incalzante, adesso, e non lasciava a Chris il tempo di riflettere. « Prima di tutto, ai sensi dell'AEDPA... »

« Va bene. Ma supponiamo che questa corte stabilisse che il comportamento di James non influenzò l'esito del processo. Lei chiederebbe il proscioglimento del condannato perché sulla base dei nuovi elementi probatori egli risulta innocente? »

« Sì », rispose Chris. « Nel caso specifico, prima che allo Stato della California sia consentito giustiziare... »

« Lei ha sostenuto davanti al Nono Circuito che AEDPA e pena di morte sono anticostituzionali. »

Terri trasalì: con quel commento velenoso, Fini stava cercando di dipingere Chris come un fanatico oppositore della pena di morte, un radicale intenzionato a stravolgere la legge. « Soltanto qualora al condannato venga negato il diritto di provare la propria innocenza sulla base del fatto che il verdetto – benché erroneo – è frutto di un processo 'equo' », rispose Chris pacato. « Ma il Nono Circuito non ha accettato questo... »

« Non l'ha neanche rifiutato », obiettò Fini in tono ironico. Lanciò un'occhiata a Glynn e proseguì: « Secondo lei, alla luce delle inventive argomentazioni presentate al Nono Circuito e dell'apparente volontà di quella corte di accettarle, non sarebbe nostro dovere affermare con chiarezza la nostra posizione per dare ai tribunali di tutto il Paese un indirizzo da seguire nei casi futuri? »

Era una domanda a uso e consumo dei due giudici ancora indecisi, e Terri se ne accorse subito: la speranza di Fini era allontanare il discorso da Rennell e dalle questioni giuridiche da chiarire, portandolo sull'insubordinazione del Nono Circuito e di avvocati come Christopher Paget.

« No », rispose Chris sicuro. « I doveri di questa corte sono limitati al mio assistito e all'opinione in oggetto.» Si voltò di nuovo verso Glynn. «Non stiamo discutendo della pena capitale o di ciò che il Nono Circuito potrà dire in ipotetici casi futuri. Stiamo parlando di un uomo, che rischia di venire giustiziato...»

«Grazie», lo liquidò Fini.

Laurence Pell aveva appena preso la parola per replicare a Chris, quando Caroline Masters lo interruppe. «Non possiamo convenire con il Nono Circuito sulla diagnosi di ritardo mentale? O ritenete che un punteggio di settantadue sia troppo alto?»

«Be'...»

«È evidente che quell'uomo non era in grado di difendersi», tagliò corto Caroline. «O secondo voi si era scelto liberamente quel tipo di vita?»

Pell ebbe un attimo di esitazione. «Secondo il nostro perito, il suo comportamento antisociale...»

«Pensa che sulla stufetta accesa ci si sia seduto da solo?»

Pell si sforzò di portare pazienza. «Nelle petizioni *habeas corpus* è abbastanza consueto che il ricorrente racconti di aver avuto un'infanzia degna di un romanzo di Dickens, ma questo non implica che sia ritardato. La corte suprema della California e il giudice Bond hanno ritenuto che i sintomi di un ritardo mentale non fossero abbastanza convincenti da...»

«Già», lo interruppe il primo giudice. «Sanders e Montgomery si sono lasciati trascinare dall'eloquenza dell'avvocato Paget, quando hanno dichiarato Price ritardato ai sensi della *Atkins* e innocente ai sensi dell'AEDPA. Citano altri elementi nella loro opinione, procuratore?»

«Be', accennano alla possibilità del proscioglimento del condannato in quanto, per l'appunto, innocente...» cominciò Pell, visibilmente contrariato.

«In subordine. E, a parte questo, citano altri elementi?»

«No.»

«Dunque lei sarà d'accordo sul fatto che alla corte non è richiesto esprimersi su eventuali altre argomentazioni degli avvocati di Price, giusto? »

Fini spostò lo sguardo da Caroline Masters a Pell, che rimase di nuovo un attimo zitto: evidentemente non voleva lasciarsi portare fuori strada dallo scenario catastrofico dipinto da Fini, ma gli dispiaceva anche offenderlo, visto che era il suo più accanito sostenitore fra i membri della corte suprema.

« Se la corte lo facesse, renderebbe più chiara la materia della pena di morte », azzardò.

Caroline Masters sorrise dubbiosa. « Forse faremmo meglio ad analizzare i casi uno per uno, prima di mandare la gente a morire. Nel caso specifico, ritengo che la corte sia chiamata a decidere se Rennell Price debba essere giustiziato o no. Compito non facile, per nessuno di noi. Mi chiedo perché abbiamo accolto il riesame. »

Fini, punto sul vivo, fece una smorfia. Il primo giudice concluse: « La ringraziamo per i chiarimenti, procuratore. La seduta è tolta ».

Era già tutto finito. « Chi ha vinto? » chiese Chris a Terri, sottovoce.

Lei, guardando i giudici, gli accarezzò la mano.

10

La discussione sul caso Price era prevista per il martedì, la votazione per il venerdì successivo. L'incertezza dell'esito già si ripercuoteva sull'attività della corte a vari livelli.

Il martedì pomeriggio Adam Wendt, non riuscendo a ottenere nulla da Elizabeth Burke, telefonò a un altro degli assistenti del giudice Glynn, Conor Farrell, e gli propose di andare a giocare a pallacanestro nella palestra riservata ai dipendenti della corte suprema degli Stati Uniti. Così, con il sottofondo della musica rap sparata ad alto volume da uno stereo portatile, mentre alcuni colleghi occupavano metà del campo, Adam e Conor si misero a giocare tranquillamente nell'altra metà: il primo che faceva cinque canestri vinceva.

Sempre competitivo, Conor propose con un sorriso: « Perché non alziamo la posta? Chi vince porta l'altro a una partita dei Wizards. O patisci la luce dei riflettori? »

« I discepoli del giudice Fini non patiscono nulla... » rispose tutto serio Adam.

« Né sanno che cosa sia il dubbio. »

A quella battuta sarcastica Adam sorrise a labbra strette. « Senti, facciamo così: due biglietti per i Wizards in cambio del parere del tuo giudice sul caso *Price*. Ti sembra una proposta allettante, Conor? »

Conor lo guardò più serio di prima. « A volte è meglio avere qualche dubbio che essere troppo sicuri. E non mi piace che la vita di un uomo dipenda dal numero di canestri che riesco a fare. »

« E che dipenda dal nostro sistema giuridico? » obiettò Adam. « Quanti casi come questo possiamo gestire? Quanti ne *dovremo* gestire? »

Conor cominciò a palleggiare distrattamente e replicò:

« Due ottime domande. Credo che siano le stesse che si sta facendo il giudice Glynn. Credo anche che quel che non vorrebbe è trovarsi a dover fare dichiarazioni solenni. Se il tuo capo vuole che il mio si schieri dalla sua parte, non credo che questo sia il sistema migliore ».

Furono queste le parole che, dopo aver perso sportivamente la partita con Conor, Adam Wendt riferì al giudice Fini.

« La corte suprema? Com'è? » chiese Rennell.

Terri rifletté, prima di provare a descrivere la corte suprema a un ritardato chiuso in una cella isolata dal mondo. « È grandissima e solenne come una chiesa. Anzi, una cattedrale. » Poi pensò che la chiesa frequentata ai suoi tempi da Eula Price a Bayview era assai modesta e che quel paragone per Rennell non doveva avere un gran senso. « Ha soffitti altissimi, un sacco di colonne, statue di marmo e ritratti di giuristi famosi », continuò quindi. « E c'è un tavolo molto lungo a cui si siedono i nove giudici. »

Rennell si sforzò di immaginare la scena e domandò a voce bassa: « Tutti con il vestito lungo nero? »

Terri si rese conto che quella domanda doveva essere basata sull'esperienza del processo di quindici anni prima, quando il giudice Angelo Rotelli in toga nera aveva condannato a morte lui e suo fratello Payton. Payton ormai non c'era più e la vita di Rennell dipendeva dal voto di altri nove togati.

« Due sono donne », gli disse Terri. « E hanno ascoltato molto attentamente quello che gli ha detto Chris. »

Nel dirlo, fu colta da un'ansia profonda. Quasi le avesse letto nel pensiero, Rennell abbassò gli occhi.

Terri gli prese una mano. « Ho delle buone notizie per te, Rennell. Ti abbiamo trovato una casa. Potrai andare a stare in una chiesa poco lontano da casa nostra. »

Rennell chiuse gli occhi: « Quando decideranno i giudici? »

« In giugno. Daranno la comunicazione in giugno. »

« Quanto manca? »

Un'eternità. « Non molto. Solo due mesi. »

« Tanto », commentò Rennell stancamente. « Di' al prete di aspettarmi, va bene? »

La mattina dopo Terri, come al solito, si svegliò alle sei in punto, si alzò prima degli altri e scese in cucina per bere il caffè e leggere il *New York Times.*

Come sempre il giornale, consegnato prima dell'alba, era sullo zerbino. L'unica differenza, che sulle prime Terri non notò, era che era posato per terra piatto, anziché ripiegato e avvolto nella fascetta di plastica azzurra come al solito.

Prima di chinarsi a raccoglierlo, Terri si guardò intorno: la strada alberata era deserta e silenziosa, a parte il tonfo dei passi di uno che faceva jogging, correndo in salita su per Pacific Avenue. Pensosa, Terri chiuse la porta e andò in cucina a versarsi la prima tazza di caffè e a leggere le notizie.

Nel separare il giornale dagli inserti, restò di sasso.

C'era una foto, sciolta, che qualcuno doveva aver infilato in mezzo ai vari fascicoli. Era un po' sgranata, ma chiara: un'adolescente in ginocchio che praticava una fellatio a un uomo di colore con un membro di dimensioni abnormi, di cui non si vedeva il viso. La ragazza era bianca e aveva i capelli neri, come Elena.

A Terri, assalita dalla nausea, sfuggì un grido.

11

La mattina della seduta del venerdì, Caroline Masters era sola nello studio a rivedere i propri appunti.

Tre dei casi all'ordine del giorno erano prevedibili: sapeva già come sarebbero andate le votazioni ed era convinta che si sarebbe trattato di decisioni corrette. Se non altro, non avrebbero stravolto la legge o suscitato rancore nei confronti della corte che presiedeva.

Purtroppo lo stesso non si poteva dire, invece, del caso Rennell Price.

Scorrendo lentamente gli appunti, rifletté sulla concatenazione di eventi sfortunati e scherzi del destino che avevano trascinato un individuo un tempo insignificante e ai margini della società in un gioco molto più grande di lui. In quel momento, nel suo studio e in quello dei suoi otto colleghi suonò il citofono che convocava i membri della corte suprema degli Stati Uniti alla seduta plenaria.

In quanto presidente, Caroline aveva l'incarico di aprire la discussione su ciascuno dei casi all'ordine del giorno, descrivendo la sentenza da riesaminare, spiegando il proprio punto di vista riguardo le norme da applicare ed esprimendo poi un voto favorevole o contrario. Si trattava di un rituale ormai familiare, che svolgeva con sicurezza e concisione, e Caroline si sforzò di trattare il caso di Rennell Price come tutti gli altri. Ma già dall'estrema attenzione con cui l'ascoltavano i colleghi si capiva che la posta in gioco era molto alta.

«Nella sentenza della corte d'appello del Nono Circuito si notano due componenti distinte», esordì. «Primo, che Rennell

Price ha assolto l'onere della prova riguardo il ritardo mentale e pertanto non può essere giustiziato. »

Vide che Anthony Fini sorrideva leggermente: era il suo modo per obiettare, senza prendere la parola, all'applicabilità della *Atkins* nel caso Price. Caroline continuò con calma: « Secondo, il Nono Circuito ha ammesso che le nuove prove di innocenza autorizzano Price all'esonero. Dal momento che lo Stato della California ha riconosciuto che oggi non verrebbe più emesso un verdetto di condanna, confermare la decisione del Nono Circuito equivale ad autorizzare la scarcerazione. I motivi per farlo sono di due ordini. Ai sensi dell'AEDPA, il Nono Circuito ha ritenuto che Price avesse il diritto di presentare nuove prove di innocenza – nella fattispecie la confessione del fratello – poiché la prestazione dell'avvocato Yancey James di fatto lo privò dell'efficace assistenza legale cui aveva diritto e per il fatto che la mancata presentazione pregressa di tali prove da parte del suo legale non fu dovuta a negligenza... »

Fini inarcò le sopracciglia nel notare quella che, secondo lui, era chiaramente una contraddizione. Caroline lo ignorò e si rivolse a Glynn, che sembrava il ritratto dell'indecisione. « In alternativa, la maggioranza ha ritenuto che, stante la rilevanza degli elementi probatori sopravvenuti, Price avrebbe il diritto di dimostrare la propria innocenza anche nell'eventualità in cui non si ritenessero soddisfatti i requisiti dell'AEDPA, cioè anche qualora la prestazione dell'avvocato James fosse ritenuta adeguata e di conseguenza il processo tecnicamente equo. »

Caroline si fermò e osservò gli altri: Ware, Kelly, Rothbard e Millar alla sua sinistra e Fini, Glynn e Raymond alla sua destra. All'altro capo del tavolo c'era Huddleston. Caroline si sporse in avanti e appoggiò entrambe le braccia sul tavolo. « Sulla questione riguardante la *Atkins*, voto per confermare la sentenza. Dalla sua storia personale e sociale si deduce in maniera evidente che Price è affetto da ritardo mentale. Sulla questione dell'innocenza, voto per confermare la sentenza nel rispetto dell'AEDPA, ovvero senza pronuncia sulla validità della rivendicazione di innocenza o sul grado di prova da richiedere. » Il tono si fece più secco. « Personalmente, ritengo che questo caso non sia in conflitto con le leggi del nostro Paese. L'unica questione urgente che esso solleva riguarda Rennell Price: vogliamo consentire allo Stato della California di giustiziare un uomo dopo aver ammesso che gli elementi probatori non ne giustificherebbero più la condanna? E, ammesso sia questo che vogliamo, quali benefici ne possono derivare per la legge o, più in particolare, per questa corte? Nessuno, a mio avviso. »

Detto ciò, il primo giudice si interruppe di colpo e fece un cenno del capo a Huddleston, che prese la parola lentamente in tono cauto. « Si è molto discusso sull'insindacabilità della sentenza emessa dalla corte suprema della California », esordì il collega più anziano. « Essa, tuttavia, più che un'opinione è una formuletta standard per confermare l'esecuzione, una sorta di modulo prestampato con il nome del condannato lasciato in bianco in modo che la corte possa aggiungerlo di volta in volta Ne ho viste almeno dieci, tutte uguali. E tutte assolutamente prive di valore. Voto come il primo giudice. »

Secondo la prassi, toccava a Fini, che esordì con un sorriso e con una metafora tratta dal baseball: « Siamo al terzo inning e io ho già due punti di svantaggio. Desidero tuttavia puntualizzare un paio di cose ». Facendo finta di niente, si chinò verso Glynn e assunse un tono a metà tra il rimpianto e l'ammonimento. « Qui si tratta di decidere se vittime innocenti come familiari di Thuy Sen – un nome di cui sembriamo quasi esserci dimenticati – debbano diventare vittime anche *nostre.* » Con improvvisa aggressività, riprese: « In breve, dobbiamo decidere se in California viga la pena di morte, o se la corte d'appello del Nono Circuito possa abolirla caso per caso. La confessione *in extremis* di Payton Price costituisce 'prova chiara e convincente di una cosa soltanto, e cioè del disperato tentativo di un condannato a morte di vivere qualche settimana in più ». Fini scrutò uno a uno i colleghi. « È forse la prima confessione che sentiamo da parte di un detenuto nel braccio della morte? No succede continuamente. Cerchiamo di non essere ingenui Quanti danni al sistema giudiziario siamo disposti a lasciar perpetrare in nome delle fantasie di certi condannati? Le nuove prove di innocenza presentate da Rennell Price sono una farsa

Nella motivazione della *Atkins* non abbiamo detto che essa si sarebbe applicata a tutti gli innumerevoli condannati che avrebbero presentato una petizione *habeas corpus*, proprio per evitare che d'ora in avanti tutti sostengano di essere ritardati. E comunque la *Atkins* richiederebbe prove assai più convincenti di quelle presentate da Price. Questo è un caso pericolosissimo», concluse in tono disgustato. «Il nostro sistema giudiziario ha fatto sì che la famiglia Sen passasse quindici anni in un purgatorio costruito da noi. Il mio voto è contrario a quello dei due illustri colleghi che mi hanno preceduto.»

McGeorge Glynn, seduto accanto a Fini, aveva l'aria talmente indecisa che Caroline per un attimo provò pena per lui. Subito dopo, però, ebbe un moto di irritazione: molto probabilmente la vita di Rennell Price dipendeva da lui, ed era l'ora che Glynn si assumesse le sue responsabilità. «McGeorge?» disse.

Con gli occhi bassi, Glynn sfregò tra loro la punta delle dita. «Non posso fare a meno di pensare al detto secondo cui dalle cause difficili non possono nascere buone leggi. Trovo le argomentazioni di entrambe le parti convincenti e discutibili in pari misura.»

E allora? chiese mentalmente Caroline. Dal silenzio che regnava tra i suoi colleghi era chiaro che tutti pensavano la stessa cosa che si leggeva nello sguardo teso del giudice Fini, cioè che Glynn stesse per prendere una posizione decisiva. «So che non è consuetudine, ma mi piacerebbe riservarmi la facoltà di votare dopo aver sentito i pareri degli altri», disse dopo un po'. Si voltò verso Caroline con espressione mortificata e spiegò: «Posso anche esprimere un voto adesso, ma solo provvisorio».

Sorpresa, Caroline pensò di suggerirgli di votare comunque, sia pur in forma provvisoria, ma fu assalita da un'esitazione insolita per lei: non sapeva da che parte potesse buttarsi Glynn, se costretto a pronunciarsi, e non voleva essere lei a spingerlo. Perciò disse amabilmente: «Non è necessario. Se Tony, Walter e io non ti abbiamo convinto, forse ci riusciranno gli altri cinque che devono ancora parlare».

Si rivolse a Raymond sapendo che anche il suo poteva diventare il voto decisivo per la condanna di Rennell Price. « Thomas? »

Raymond, uomo di grande senso pratico e autonomia di pensiero, cordiale e un po' arruffato come al solito, sorrise a Glynn e disse: « Mi avventurerò dove chi è più intelligente e più saggio di me non osa avventurarsi. Come te, McGeorge, vedo i pro e i contro di entrambe le posizioni. Mi aiuta a decidere, tuttavia, il fatto di essere stato anch'io giudice di una corte suprema statale. Non ero particolarmente impressionato allora né lo sono adesso: eravamo eletti a quella carica, come lo sono i giudici californiani sulla cui decisione siamo chiamati a pronunciarci. I casi che prevedevano la pena capitale ci impaurivano, come impauriscono loro. Come ha suggerito Walter, a parte il nome del condannato, Rennell Price, l'opinione della corte suprema della California potrebbe riguardare qualsiasi altro caso e non ci dice nulla di particolare sullo specifico oggi al nostro esame. Finché le corti supreme statali non faranno la loro parte con serietà, dovrà pensarci qualcun altro, per esempio il Nono Circuito ». Guardando i colleghi, Raymond concluse pacatamente: « Voto per confermare ».

Caroline in cuor suo ringraziò il cielo di averle dato quel collega di buonsenso, che sapeva quello che voleva e che sicuramente dormiva sonni tranquilli. Era chiaro però che Tony Fini sperava di averlo convinto, perché gli ci volle un momento per riuscire a mascherare il proprio disappunto e rivolgersi a Ware, ideologicamente a lui più vicino.

Mentre John Ware, di solito piuttosto taciturno, si accingeva a prendere la parola, Caroline rifletté ancora una volta sulla complessità della questione razziale e sui torti che John Ware doveva aver subito nella vita. Nonostante l'affabilità, Ware le dava infatti l'impressione di essere pieno di rabbia, e non tanto per il razzismo degli altri, quanto perché gli sembrava che gli sporadici sforzi che la società americana faceva per risolvere il problema rendessero meno significative le sue conquiste. Probabilmente si sentiva relegato a uno status di cittadino di serie B cui non sarebbe mai riuscito a sfuggire, così come non poteva cambiare il colore della propria pelle. Eppure Ware aveva fatto carriera grazie ad alcuni conservatori desiderosi di portare un nero che la pensava come loro alla corte suprema, nonostante ci fossero molti magistrati e avvocati afroamericani professionalmente più preparati di lui. Caroline aveva il sospetto che Ware ne fosse consapevole e che questo avesse aggravato i suoi problemi psicologici. Di una cosa era certa, però: al giudice Ware interessava molto di più il proprio dilemma personale di quello di Rennell Price.

Scandendo bene le parole, Ware disse: « A mio modo di vedere, si tratta di decidere quanto rispetto dobbiamo alle corti di Stato. Non siamo all'asilo, non è chi scrive l'opinione più lunga o forbita a diventare il primo della classe. Il mio voto è contrario ».

Tre a due. Capelli rossi tagliati a spazzola, Bryson Kelly si sporse in avanti con il piglio di quando, tanti anni prima, giocava a football e, guardando bene in faccia il giudice Glynn, disse: « Io la penso esattamente come Tony e John. Abbiamo annullato ormai tantissime sentenze del Nono Circuito, eppure ci troviamo di fronte sempre allo stesso problema. Incoraggiarli ulteriormente sarebbe un segno di debolezza. Come dicevo quando ero in politica: ritengo si debba mandare un messaggio chiaro ».

McGeorge Glynn rifletteva, con gli occhi fissi sul sottomano di pelle verde che aveva davanti. Caroline intuì che era in preda a emozioni contrastanti: prudente per natura e incline alla moderazione, Glynn cadeva facilmente preda degli impulsi contraddittori di chi è di buon cuore ma ha poca volontà: desiderava essere giusto senza offendere nessuno e a volte, per compensare, eccedeva in rigidità. Dall'espressione impenetrabile che aveva in quel momento era però impossibile capire quale di tali forze avrebbe prevalso alla fine.

« Miriam? » domandò la presidente rivolta alla collega Rothbard.

Pur essendo di animo estremamente gentile, Miriam Rothbard aveva un look severo da intellettuale: occhiali dalla montatura di metallo e capelli raccolti in uno chignon. Aveva un passato di femminista ed era stata una delle prime, nonché delle più brillanti, laureate in giurisprudenza di Harvard. «Come la presidente, anch'io ho cominciato la mia carriera da penalista», disse Miriam Rothbard a Glynn. «E anch'io ho constatato che chi viene condannato a morte è invariabilmente difeso da un incompetente. Eppure ci sono stati solo due precedenti nella storia di questa corte, dalle origini ai giorni nostri, in cui abbiamo ritenuto che l'incompetenza del difensore costituisse una violazione del diritto alla difesa sancito dalla nostra Costituzione.»

Fece una pausa e si rivolse con aria decisa a Fini. «C'è qualcosa che non va. O la mia esperienza è anomala – ma ne dubito – o questa corte sta permettendo ad avvocati incompetenti di riciclarsi nelle vesti di becchini. Se c'è uno di noi che sarebbe disposto a farsi rappresentare da Yancey James rischiando la pena di morte mi spieghi perché: sarei proprio curiosa di saperlo.»

Fini rivolse un sorriso di disapprovazione alla collega, che era anche un'amica e come lui appassionata di opera lirica. «Il problema non è questo...»

Miriam Rothbard rispose con un sorriso ancora più grande. «Non è il problema, Tony, è la realtà. Solo ricorrendo alle astrazioni più aride è possibile trasformare un avvocato da strapazzo, per giunta cocainomane, in una scusa per giustiziare un nero ritardato che probabilmente se la sarebbe cavata meglio se si fosse difeso da solo.»

Caroline, trattenendosi dal sorridere a sua volta, si morse le labbra. Miriam Rothbard intanto concludeva: «Se non è incompetente l'avvocato di Price, non lo è nessuno. Voto per confermare».

Caroline fissò Dennis Millar, sperando che Raymond o la Rothbard gli avessero causato qualche ripensamento, nonostante la volta precedente avesse votato a favore dell'accoglimento del ricorso, e lo interpellò: «Dennis?»

Dennis Millar, soprannominato l'asceta della corte, la guardò con aria malinconica. «Se posso dire quello che penso, trovo questa discussione quanto mai scoraggiante. Siamo divisi in due fazioni: una che si rimette al parere dei tribunali statali e l'altra che ritiene di dover controllare il loro operato. Mi sembra che, adottando questa seconda posizione, finiremo per trovarci invischiati in ulteriori conflitti. Voto per ribaltare.»

E chi se ne frega di Rennell Price, pensò sarcastica Caroline, a noi interessa solo fare bene il nostro lavoro.

Piena di brutti presentimenti, si rivolse a Glynn e disse in tono gentile: «Ora tocca a te, McGeorge».

Fini si voltò verso il collega titubante quasi a imporgli fisicamente di allinearsi alle sue posizioni. Caroline si accorse di avere la gola secca per l'emozione.

Glynn intrecciò le dita delle mani e si rivolse al primo giudice. «Ho due timori contrastanti. Il primo è quello di cui ha parlato Miriam, e cioè che un avvocato lazzarone abbia contribuito a far condannare quest'uomo. Benché, lo ammetto, mi disturbi il pensiero che la negligenza del difensore non c'entri nulla con il fatto che Payton Price non abbia confessato quindici anni fa. Temo però che un'eventuale nostra pronuncia a favore di Price venga interpretata dai giudici del Nono Circuito, alcuni dei quali sono notoriamente contrari alla pena di morte, come un incoraggiamento a mettere sistematicamente in dubbio il parere di giudici e giurie molto più vicini allo svolgimento dei fatti.»

Caroline intervenne prontamente con una proposta. «E se ti incaricassi di stendere l'opinione di maggioranza a conferma della decisione del Nono Circuito? In tal modo potresti esporre i tuoi timori e limitare l'applicazione al caso specifico.»

Spaventato da quell'improvviso tentativo di cooptare il quinto voto, Fini obiettò: «Non mi sembra che in questo modo si darebbe il peso necessario all'ambivalenza della posizione di McGeorge...»

Caroline lo interruppe: «Quello che sto cercando di offrirgli è proprio un rimedio alla sua ambivalenza. Nello scrivere l'opinione forse McGeorge ci può aiutare tutti quanti a trovare una via di uscita da questo pasticcio».

«Ammesso e non concesso che vogliamo trovare una via d'uscita.» Voltandosi di nuovo verso Glynn, Fini aggiunse deciso: «Io, per esempio, non voglio».

Sentendosi in trappola, Glynn cercò sostegno in Caroline. « A questo punto, non so se me la sento di assumermi il compito. »

« Allora facciamo così », rispose tranquilla Caroline. « Preparerò io l'opinione di maggioranza, esponendo i tuoi scrupoli... »

« Ma non c'è nessuna maggioranza! » intervenne Fini. « Siamo quattro contro quattro e McGeorge è ancora indeciso. Avrei un altro suggerimento: tu prepari un'opinione di maggioranza a nome di voi quattro e io, in quanto giudice più anziano degli altri quattro, ne preparo una con la nostra posizione. Poi le facciamo circolare e così McGeorge avrà più elementi per decidere. » Senza lasciare a Caroline il tempo di replicare, Fini chiese a Glynn: « Che ne dici, McGeorge? Questo ti faciliterebbe la decisione? »

Glynn gli rivolse uno sguardo carico di gratitudine. « Sì, molto. »

Fini sorrise. « Ottimo. Che cosa ne dice il primo giudice? »

Caroline maledisse in cuor suo McGeorge Glynn per la sua indecisione e chiese a Fini: « Dieci giorni ti sembrano un tempo sufficiente per scambiarci le bozze? »

« Più che sufficiente. »

« Bene. Allora faremo così. » La presidente della corte suprema controllò i propri appunti e annunciò in tono neutrale: « Il prossimo caso è *Cincinnati contro Roberts* ».

12

Le bozze preparate dalla presidente della corte suprema e dal giudice Fini erano rivolte, di fatto, a una sola persona, il giudice Glynn. Le istruzioni date da Caroline Masters a Callista Hill erano chiare: applicare la *Atkins* e dichiarare Rennell Price innocente nel rispetto dei criteri stabiliti dall'AEDPA. « Basiamoci solo su fatti specifici », le ordinò. « Niente decisioni di ampio respiro che si prestino a più interpretazioni o diano adito a polemiche. »

Le istruzioni di Fini erano esattamente il contrario. « Ribatti punto per punto, sia sui fatti sia sugli aspetti giuridici », disse ad Adam Wendt. « Se Glynn firmerà un'opinione di ampio respiro, azzopperemo il Nono Circuito e cambieremo sostanzialmente la legge. Se non la firmerà, avremo tempo per restringere il campo e convincerlo a firmare lo stesso. Una cosa dev'essere chiara: se per l'esonero di Price basta la confessione dell'ultim'ora del fratello, ci troveremo di fronte a una serie infinita di esoneri. »

Così, nello scambio di bozze tra gli uffici dei due giudici, da un unico caso vennero ricavati due quadri completamente diversi da sottoporre a McGeorge Glynn.

« Straordinario », disse Conor Farrell alla collega Elizabeth Burke. « Fini ha scritto un pamphlet sulla pena di morte. »

Chiusi nella sala riunioni di Glynn, confrontarono le due bozze. « Secondo me la presidente è stata più furba », disse Elizabeth. « Glynn non accetterà mai la non applicabilità della *Atkins* al caso Price. »

Annuendo, Conor lesse ad alta voce un passaggio dell'opinione del presidente della corte: « 'Giustiziare un ritardato per il fatto che è stato condannato prima della *Atkins* costituisce un'anomalia. Una decisione in questo senso equivarrà a dire che la pena capitale sta a tutte le altre leggi come il surrealismo sta al realismo e significherà distruggere la logica del nostro sistema giudiziario.'»

Elizabeth sorrise e commentò: «È facile riconoscere quel che ha scritto Callista e quel che ha scritto la Masters: questo paragrafo è sicuramente farina del sacco della presidente».

Fini porse ad Adam Wendt una pagina della bozza di Caroline Masters. Adam lesse velocemente la parte che il suo mentore aveva sottolineato in rosso:

> Il giudice Fini critica aspramente il Nono Circuito per aver oltrepassato i limiti della propria competenza, ma la genialità perversa del nostro sistema consiste proprio nel fatto di permettere a *chiunque* di noi di sostenere che *soltanto* a noi spetta decidere della vita o della morte di un condannato.
>
> Le corti federali devono rimettersi alle decisioni delle corti supreme statali, le corti supreme statali devono rimettersi al grado precedente di giudizio e, ove nessuno intervenga, per rimediare agli errori è previsto il ricorso alle corti federali. Per quanto riguarda l'istituto della grazia, le corti si rimettono al parere dei governatori e i governatori a quello delle corti. E ovviamente chiunque rivesta una carica elettiva si rimette al giudizio degli elettori, la maggioranza dei quali sono favorevoli alla pena di morte.
>
> Giacché la condanna a morte, una volta pronunciata, viene poi automaticamente e inevitabilmente eseguita, non è semplice criticare il Nono Circuito per essersi interessato a un fatto scomodo ma difficile da ignorare, ovvero che lo Stato della California sta cercando di giustiziare un uomo per un reato del quale esistono prove che oggi sarebbero insufficienti a giustificare un verdetto di condanna.

«Se si accetta questo, il Nono Circuito potrà autonominarsi arbitro esclusivo...» commentò Adam.

«Appunto», disse Fini. «Se non basteranno gli altri argomenti, per convincere Glynn faremo leva su questo.»

Alle nove, di ritorno da una cena solitaria, Glynn interruppe la conversazione fra i suoi assistenti chiedendo: « Come sono le opinioni? »

« Controverse », rispose Conor. « Soprattutto quella di Fini. Sostiene che la *Atkins* non si applica a ricorrenti *habeas corpus* come Price. »

« Santo cielo! » esclamò sgomento Glynn. « Anthony è un uomo intelligente, ma vorrei tanto che si ricordasse che a volte è importante dare almeno l'impressione di voler fare giustizia. » Da quel pensiero ne nacque un altro. « Sull'innocenza che cosa dicono? »

« Il primo giudice poco o niente. » Elizabeth prese una pagina della bozza di Caroline Masters e disse: « C'è solo una frase: 'Poiché Rennell Price ha soddisfatto i requisiti dell'AEDPA relativi alle prove di innocenza, non siamo tenuti a decidere se, in assenza di un vizio di costituzionalità nel processo, la legge gli offra altri modi per dimostrarla' ».

« Bene. »

« Più avanti però dice: 'Per creare un contrasto là dove non esiste, il giudice Fini spazia in maniera eccessiva, rivolgendo moniti gratuiti su questioni di scarsa pertinenza a immaginari nemici decisi ad abolire surrettiziamente la pena capitale. Tali disquisizioni tendenziose, benché non prive di interesse dal punto di vista filosofico, sono superflue ai fini della pronuncia sul caso di Rennel Price'. »

Glynn si sedette pesantemente. « E Anthony? »

« Va subito al sodo », rispose Elizabeth. « Senta qua: 'Dal momento che Price non soddisfa i criteri dell'AEDPA, chiedersi se la sua rivendicazione di innocenza sia fondata o no non è gratuito, ma necessario. Omettere di pronunciarsi al riguardo provocherebbe il caos nelle corti federali e susciterebbe una serie infinita di ingannevoli e sadiche petizioni *habeas corpus* presentate da detenuti pronti a tentare la sorte in quella specie di lotteria che abbiamo noi stessi creato'. »

« Ohi ohi », mormorò Glynn. « A volte preferirei che Fini non fosse così fantasioso. A furia di metafore a effetto, c'è il rischio che chi ascolta perda di vista il nocciolo della questione. »

«Non finisce qui», disse sorridendo Elizabeth. «'In assenza di vizio processuale, il dettato costituzionale non prevede l'esame di elementi probatori sopravvenuti dopo la sentenza. È l'ora di finirla con questa argomentazione: se ci fossero state prove davvero convincenti di innocenza – e nel caso di Price non ce n'erano e non ce ne sono – indubbiamente il governatore avrebbe concesso la grazia.'»

Glynn scosse lentamente la testa. «Il tono è troppo perentorio. Se c'è una cosa che turba gli americani è l'idea di giustiziare un innocente.»

«Fini non si ferma nemmeno davanti a quella», gli disse Elizabeth. «Senta che cosa scrive: 'Ci si potrebbe azzardare ad affermare che un numero non trascurabile di coloro che si trovano in carcere sono in realtà innocenti. Ma, data l'entità delle risorse destinate al contenzioso in materia di pena capitale, è lecito concludere che pochi, o forse addirittura nessuno, di costoro si trovano nel braccio della morte. Ogni decisione umana comporta il rischio di commettere un errore, ma non per questo il sistema giudiziario va abolito. E, rispetto alle condanne di minore gravità, la pena capitale viene inflitta al termine di una procedura che è un modello di precisione e cautela'.»

«Che cosa dice Caroline Masters su questo punto?»

Elizabeth prese l'altra bozza e si esibì in un'efficace imitazione di Caroline Masters nei suoi momenti di maggiore causticità. «'Per affermare che nei processi per reati punibili con la pena di morte la percentuale di errore è esigua, bisogna considerare che uno sia una cifra insignificante, come si fa in statistica. Ma è giusto che questa corte adotti una prospettiva statistica? L'ingente numero di esoneri ci invita a dare prova di maggiore umiltà, nonché di umanità...'»

«Al che Fini ribatte richiamando l'attenzione sui colpevoli», intervenne Conor. «'Lungi dall'essere un atto inumano, il fatto di infliggere la pena capitale a un omicida è il non plus ultra dell'umanità. È un'affermazione dell'ordine morale, una conferma del rispetto che portiamo alla vita degli innocenti. Applicare la pena di morte vuol dire ammettere l'esistenza del male e ribadire l'importanza della responsabilità personale.'» Conor fece una pausa e inarcò le sopracciglia. « 'Neppure il dibattito sul ruolo deterrente della pena capitale può farci dimenticare un dato di fatto innegabile: una volta eseguita la sentenza, il tasso di recidive per il soggetto in questione è pari a zero.' »

McGeorge Glynn si alzò e andò alla finestra, visibilmente preoccupato. « Una simile divergenza di opinioni non va bene », disse. « Un caso come questo rischia di delegittimarci come istituzione. Il primo giudice aveva ragione. Se tocca a me trovare una via d'uscita, non mi tirerò indietro. »

Nei due giorni successivi, come prevedibile, fu chiaro che l'esito della vicenda *Price* dipendeva esclusivamente dal voto di Glynn.

Nello studio del primo giudice giunsero tre messaggi da Huddleston, Raymond e Rothbard, che chiedevano a Caroline Masters di aggiungere il loro nome alla sua opinione. Callista le riferì che anche Fini ne aveva ricevuti tre, da Ware, Kelly e Millar, che sottoscrivevano la sua posizione senza richiedere modifica alcuna. Ancora un voto a Fini e l'opinione della corte suprema degli Stati Uniti avrebbe rappresentato un trionfo per i conservatori: interpretazione rigorosa dell'AEDPA, rigetto dell'istanza di scarcerazione per manifesta innocenza ed esclusione del ritardo mentale dalla lista delle motivazioni ammissibili nelle petizioni *habeas corpus*. Il fatto che ciò significasse l'iniezione letale per Rennell Price sembrava questione marginale, su cui Glynn non si era ancora espresso.

« McGeorge ha il grande vantaggio di conoscere estremamente bene la giurisprudenza in materia di pena capitale », commentò Huddleston in un colloquio privato con Caroline Masters. « Quello che mi preoccupa è come intende usarlo. » Rifletté e quindi aggiunse: « Che McGeorge sia spaventosamente ingenuo, nella sua convinzione che chiunque presti giuramento e indossi la toga sia deciso a fare la cosa giusta, va tutto a vantaggio di Anthony. Sta sicura che non vorrà passare per colui che ha preso a pesci in faccia la corte suprema della California. Qualsiasi cosa tu decida di fare, dovrai tenerne conto ».

Caroline annuì con aria afflitta e confidò all'amico: « McGeorge mi evita. I miei informatori mi dicono che ha intenzione di parlare prima con Fini ».

« Cosa ne dici? » domandò Caroline a McGeorge Glynn.

Erano seduti a tavola uno di fronte all'altro nella sala da pranzo della casa di lei, a Georgetown e mangiavano trance di salmone al vino bianco preparate da Caroline, accompagnate da una bottiglia di Chassagne-Montrachet.

Glynn si pulì le labbra con il tovagliolo. « Squisito. O ti riferivi al caso *Price*? »

Caroline sorrise. « A tutte e due le cose. Ma, ora che su una delle due ti sei espresso, mi resta il dubbio solo sull'altra. »

Glynn posò il tovagliolo. « Come spesso succede, Tony ha esagerato enunciando principi di legge molto coraggiosi ma, secondo me, superflui. Gliel'ho anche detto. Il problema del tuo approccio è che, sia pur presentato in maniera apparentemente molto cauta, di fatto è anch'esso rivoluzionario. »

Sinceramente sorpresa, Caroline chiese: « In che senso, scusa? »

« Be', rivede completamente i rapporti tra il Nono Circuito e la corte suprema statale, concludendo in maniera neppure troppo velata che quest'ultima è composta da sette nullità intellettuali e morali cui non interessa la giustizia, ma soltanto conservare la poltrona su cui siedono ».

Caroline cercò di non lasciar trapelare la preoccupazione. « Bella frase, McGeorge. Te l'eri preparata? »

Con aria vagamente colpevole, Glynn ammise: « Sì. Ma solo per capire sino in fondo una delle tesi ».

Non per la prima volta Caroline Masters rifletté che Rennell Price era diventato una pedina in un complesso gioco di astrazioni legali e di strategie di potere. Sottovoce, replicò: « Spero che tu abbia voglia di approfondirne anche un'altra. Ora te la illustro: non ci pronunciamo sul ritardo mentale e tu e io prepariamo un'opinione molto puntuale sulla rivendicazione di innocenza senza accennare minimamente alla corte suprema della California e al suo operato. Ci limitiamo semplicemente ad affermare che a nostro avviso sussistono le prove 'chiare e convincenti' richieste dall'AEDPA».

« E come? »

« La stessa procura generale ha ammesso che, se venisse processato oggi, Rennell Price non verrebbe più condannato. È una circostanza talmente inconsueta che non può avere grosse implicazioni sulla legge. »

« Nessuna implicazione negativa, forse. Però vuol dire che io mi dissocio da Tony e tu rinunci ad affrontare la questione del Nono Circuito. »

Caroline sorrise. « È come il giuramento di Ippocrate, McGeorge. Primo, non nuocere: né alla legge, né a questa corte, né a Rennell Price. »

Ma Glynn rimase serio e, dopo un po', disse: « È una possibile via di uscita. Ma ci sono tante cose a cui pensare ».

13

Era fine giugno, stava per concludersi la prima sessione di sedute, e la corte suprema degli Stati Uniti non si era ancora pronunciata sul caso di Rennell Price.

« Ho paura che sia un brutto segno », osservò Chris riflettendo ad alta voce con Terri. Voleva dire che la corte non riusciva a trovare un accordo, o forse che qualcuno aveva esitato o cambiato parere all'ultimo momento. Non potendo far altro che supposizioni, Chris seguiva tutte le opinioni che venivano rese pubbliche e osservava l'alternanza dei giudici che le scrivevano. Quando ormai restavano solo due giorni utili capì che l'opinione su Rennell Price sarebbe stata scritta o dalla presidente o dal giudice Fini. Il fine settimana precedente Chris aveva osservato, mentre erano a cena: « Se ho visto giusto, sapremo se abbiamo vinto o perso appena diranno chi dei due ha redatto l'opinione ».

« Mi piacerebbe esserci, quando daranno l'annuncio », disse Carlo.

Chris lanciò un'occhiata a Terri. « Potremmo andarci tutti insieme. »

Terri esitò: non sapeva se avrebbe sofferto di più restando ad aspettare la decisione da cui dipendeva la vita o la morte di Rennell Price nel suo studio o assistendo di persona all'annuncio. Sia in un caso sia nell'altro, però, il compito di comunicare l'esito a Rennell sarebbe toccato a lei.

« Dobbiamo tenere conto anche di Elena », disse. « E di Kit. »

Quelle parole non richiedevano alcun commento. Sulla foto che le era stata recapitata dentro il *New York Times* non erano state trovate impronte digitali; la polizia riteneva provenisse da qualche sito porno su Internet. E di Eddie Fleet continuavano a non esserci notizie.

« Possiamo chiedere a Rossella di stare con loro. »

Terri rifletté sulla proposta. La loro domestica, che nei confronti dei ragazzi era materna quanto Terri, era una donna molto prudente e di buonsenso. E durante il giorno Elena sarebbe stata al campo estivo che frequentava Kit, dove era stata assunta come assistente, per cui sarebbe stata al sicuro, circondata dagli animatori adulti e da altri bambini.

« Ci penserò », disse Terri al marito.

La mattina dell'ultimo martedì di giugno i Paget, tutti e tre insieme, erano a Washington davanti agli imperscrutabili portavoce della corte suprema, i giudici Glynn, Raymond e Ware, che annunciarono le decisioni prese riguardo ad altri tre casi.

Quella sera, mentre apprezzavano l'ottima cucina italiana del ristorante I Ricchi, Terri ripensò all'ultimo colloquio avuto con Rennell. « Non posso venire a trovarti domani », gli aveva detto. « E forse neanche dopodomani e il giorno dopo ancora. »

Rennell aveva fatto una faccia preoccupata. « Dove vai? »

Dopo un breve silenzio, Terri aveva confessato: « Vado alla corte suprema a sentire che cosa hanno deciso i giudici ».

Rennell era rimasto in silenzio, a occhi bassi, e Terri aveva pensato che facesse fatica a immaginare che la decisione di liberarlo, o invece di metterlo a morte, fosse cosa da annunciare in pubblico, in una sede solenne e lontanissima da San Quentin. « Quando lo dicono? » le aveva chiesto.

« Non lo so ancora esattamente. Martedì o mercoledì. Ma appena si saprà qualcosa, prendo l'aereo e vengo qui direttamente dall'aeroporto. »

Rennell aveva sgranato gli occhi. « Chissà se mi liberano », aveva detto. « Chissà come mi sento, se mi liberano. »

Per un attimo Terri non aveva saputo che cosa dire. « Bene, Rennell. Felice. » Aveva ripensato alla prima volta che lo aveva visto, intento ad ammirare lo scorcio di mare che si vedeva dalla finestra del parlatorio. « Potrai andare a vedere il mare, stare al sole quando vuoi... »

« Andare alla partita di baseball. »

« Sì, alla partita », aveva ripetuto lei sottovoce.

Tutto a un tratto gli erano venuti gli occhi lucidi e aveva detto: « Payton no, però. Lui non va più a nessuna partita ». Terri si era resa conto di quanto spaventosa e inconcepibile fosse l'idea della morte per Rennell.

Quella sera aveva poco appetito e si rallegrò che Chris e Carlo fossero lì con lei. L'indomani alla stessa ora si sarebbe trovata seduta di fronte a Rennell.

« Non possono giustiziarlo », disse ad alta voce e si accorse lei stessa di suonare infantile e cocciuta come Elena di fronte a emozioni intollerabilmente dolorose.

« No, non possono giustiziarlo », fece eco Carlo.

Ufficialmente il caso si chiamava *Direzione del carcere di San Quentin contro Rennell Price.* Quando l'assistente della corte pronunciò a gran voce il rituale « Udite, udite! » Caroline Masters annunciò: « Il giudice Huddleston darà lettura dell'opinione della corte sul caso numero 03-1540, *Stato della Virginia contro Burrell* ».

Soffrendo in silenzio, Terri ascoltò, insieme con Chris e Carlo, Walter Huddleston che leggeva con voce monotona gli obblighi imposti allo Stato della Virginia dalla legge sui disabili. Per l'ennesima volta Terri si ritrovò a osservare Caroline Masters e Anthony Fini, cercando di capire che cosa provavano. La presidente pareva assorta, un po' distaccata; era l'ultima seduta pubblica prima della pausa estiva, ma questo non sembrava darle particolare sollievo.

Quando Huddleston ebbe finito, Fini si voltò con ansia verso di lei. Anche il pubblico, spettatori e giornalisti, aspettava con interesse l'ultima opinione che restava, quella sulla pena capitale, con riferimento all'assai pubblicizzata situazione del detenuto Rennell Price.

« Su, forza », mormorò Carlo.

Caroline Masters parve esitare, ma poi con viso impassibile e voce gelida annunciò: « Il giudice Fini darà lettura dell'opinione della corte sul caso numero 03-542, *Direzione del carcere di San Quentin contro Price...* »

Terri, angosciatissima, chiuse gli occhi. Fini esordì: « Oggi, in una vicenda che ebbe inizio con la morte violenta di una bambina, questa corte si colloca nel solco della tradizione aperta da Roger Bannon... »

Terri afferrò la mano di Chris, riaprì gli occhi e vide che McGeorge Glynn non guardava né Fini né il primo giudice, bensì il vuoto davanti a sé.

Fu solo quando Caroline Masters fece il gesto inconsueto di leggere, con voce carica di collera repressa, la propria dichiarazione di dissenso, che Terri si rese conto del colpo che il primo giudice della corte suprema aveva dovuto incassare.

« Per evitare di assumersi le responsabilità che spettano a questa corte, i cinque giudici della maggioranza hanno preferito dare la priorità al 'rispetto delle decisioni giudiziali prese dalle corti statali' a scapito della giurisprudenza in materia di pena capitale e in tal modo, quasi incidentalmente, hanno condannato a morire con un'iniezione letale un uomo di nome Rennell Price. »

Terri rabbrividì.

Nell'aria calda e afosa dell'inizio dell'estate, sulla scalinata davanti alla corte suprema, Terri guardò la cupola del Campidoglio, dall'altra parte di First Street, dove sette anni prima i membri del Congresso si erano accordati sulla legge che adesso aveva preso in trappola Rennell. Carlo era fermo sul marciapiede un po' in disparte, con le braccia conserte. Chris taceva, forse ripensando alle argomentazioni presentate in favore di Rennell e chiedendosi se c'era qualcos'altro che avrebbe potuto fare per lui e non aveva fatto.

« Fini è riuscito a trovare il quinto voto », disse Terri amaramente. « La morte di Rennell è solo un danno collaterale, per lui. »

Quel pomeriggio sarebbe andata a San Quentin a comunicarglielo ed entro ventiquattr'ore sarebbe stata fissata una nuova data per l'esecuzione.

« Andiamo, l'autista ci aspetta », le disse gentilmente Chris.

14

L'esecuzione di Rennell fu fissata per il 22 luglio.

La sua reazione a quella notizia sorprese Terri. Appena gli riferì la decisione della corte suprema, Rennell restò interdetto, ma poi le prese la mano e gliela strinse e, in quell'attimo di comunione, Terri ebbe la certezza che, nonostante la paura di morire, Rennell percepisse anche l'angoscia che provava lei. La commuoveva il pensiero del poco amore che aveva ricevuto, dei tanti abbandoni subiti e della gratitudine che provava per lei che si era battuta per salvarlo. Rimasero a lungo seduti uno di fronte all'altra, tenendosi per mano, accomunati dalla paura.

Quando Terri le descrisse l'incontro, Tammy Mattox fece un sorriso triste e le raccontò di un suo amico avvocato che aveva seguito casi analoghi. «Qualche anno fa, il mio amico si è ammalato di AIDS e l'ultimo cliente che ha seguito è stato un ritardato, che è stato poi giustiziato. Prima di morire, il condannato ha fatto 'testamento' e per sdebitarsi in qualche modo ha scritto che lasciava al mio amico gli anni di vita che lui non avrebbe più potuto usare.»

L'unica cosa che Terri poté fare per Rennell a quel punto fu andarlo a trovare tutti i giorni e, senza fargli false promesse, aiutarlo a non perdere la speranza. Temeva infatti che il fatto di sapere con certezza dove e quando sarebbe morto lo distruggesse. Gli assicurò che avrebbero chiesto la grazia al governatore, che avrebbero continuato a cercare persone che potessero fornire nuove prove per un'altra petizione, magari Betty Sims, o anche Tasha Bramwell. Con un po' di fortuna forse sarebbero riusciti a rintracciare Eddie Fleet o magari qualche altra sua vittima. Rennell si limitava ad ascoltarla con un'espressione che a Terri fece tornare in mente la propria infanzia, quando sua madre recitava il rosario e lei la ascoltava senza capire, ma trovando ugualmente conforto nella fede con cui sua madre ripeteva quelle parole incomprensibili. Da quel pensiero ne nacque un altro, e Terri decise di trovare una guida spirituale che confortasse Rennell nelle sue ultime ore di vita, quando lei non gli sarebbe più potuta stare vicino.

Le uniche consolazioni di Terri in quel periodo venivano dalla famiglia e dal lavoro.

Il funzionario responsabile delle domande di grazia presso l'ufficio del governatore inviò ai Paget una lettera di istruzioni per la presentazione della domanda. « La grazia è una questione di compassione », spiegò Terri a Carlo. « Dobbiamo far presenti tutte le ragioni per cui Rennell dovrebbe essere risparmiato. Una di queste è la sua probabile innocenza. Ma quel che bisogna chiedere al governatore è di considerare Rennell in quanto persona: che cosa lo ha portato a essere quello che è, la vita difficile che ha avuto, perché una società giusta dovrebbe risparmiarlo. »

Gli spiegò inoltre che la commissione per la grazia si sarebbe riunita per esaminare il caso entro il 22 luglio. Terri sperava di ricevere appoggi da fonti inaspettate. Nei mesi successivi all'esecuzione di Payton, si era verificata una crisi finanziaria in seguito alla quale c'era stata una raccolta di firme tra i cittadini della California che chiedevano le dimissioni del governatore Darrow, ed era molto poco probabile che costui, in una situazione così precaria, avesse il coraggio di firmare la grazia per il fratello di Payton Price. Cercare appoggi tra i suoi finanziatori disposti a sostenere la causa di Rennell – prevalentemente attori o scrittori – non sarebbe bastato. E così, ancora una volta, Terri andò a trovare Lou Mauriani a casa.

« Lei non sapeva che era ritardato », gli disse mentre pranzavano sulla terrazza. « E non conosceva la storia di Eddie Fleet che Payton ha riferito in seguito. Adesso che sa tutto questo, come si sentirà, se lo giustizieranno comunque? »

Mauriani la osservò, molto serio, e rispose in tono pacato: « All'epoca del processo contro il suo assistito, ero assolutamente sicuro che fosse colpevole e che meritasse di morire. Nei quindici anni successivi non mi è mai sorto alcun dubbio. Riguardo all'esecuzione continuo a non averne: se fu lui a causare la morte di Thuy Sen, è la punizione che merita. Certo, lei sostiene che non fu lui, ma ben due corti supreme hanno ribadito che il processo fu equo, il verdetto fondato e la sentenza giustificata. Adesso lei viene qui a dirmi che, se non mi rimangio questa convinzione e, cosa per me ancora più importante, non volto le spalle alla famiglia cui all'epoca promisi giustizia, non riuscirò più a dormire la notte. Mi dica: i Sen hanno cambiato idea, alla luce dei nuovi fatti? »

« No. »

Mauriani osservò il bicchiere di vino che aveva in mano. « Allora non credo di poter fare nulla per lei. Che io poi riesca o no a dormire la notte, non importa. » Alzò gli occhi e aggiunse candidamente, sottovoce: « La verità è che non dormirei comunque, né in un caso né nell'altro ».

Mentre tornava a casa in macchina, Terri decise di giocare anche la carta che fino a quel momento aveva preferito tenere in sospeso per compassione nei confronti dei Sen e si preparò il discorso da rivolgere alla sorella di Thuy Sen. *Payton è morto. La prossima esecuzione cui lei assisterà sarà quella di un ritardato che molto probabilmente è innocente. Quando si accorgerà che nemmeno questo riuscirà a placare il suo dolore per la perdita di sua sorella, sarà troppo tardi. La prego, cerchi di non diventare anche lei una vittima di Eddie Fleet.*

Johnny Moore le procurò il numero e l'indirizzo, che non risultavano sull'elenco del telefono, ma Kim Sen non rispose alle sue chiamate e non si fece mai trovare in casa. Alla fine Terri, in preda alla disperazione, le lasciò un biglietto dicendo che voleva incontrarla. L'unica risposta che ebbe fu un messaggio registrato sulla segreteria telefonica dello studio all'una di notte da una voce sommessa: « Sono Kim Sen. Ci siamo quasi. Finalmente, dopo tutti questi anni. Mi lasci trovar pace a modo mio ».

Terri si chiese quanta pace potesse mai trovare una ragazza che, evidentemente, soffriva di insonnia. Kim Sen era andata ad assistere all'esecuzione di Payton per mostrargli la foto della sorella, ma la sua morte non le era servita a nulla e adesso riponeva tutte le sue speranze di ritrovare la tranquillità nell'esecuzione di Rennell. Mentre posava il telefono, a Terri tornò in mente una frase di Lou Mauriani: « Per alcuni, la morte di chi ha fatto del male a un loro caro non basta. Ma se ne accorgono soltanto dopo ».

Il giorno prima che si riunisse la commissione per valutare la domanda di grazia di Rennell Price, la sorella di Thuy Sen ebbe un incontro privato con il governatore Craig Darrow. Il portavoce di Darrow comunicò ai giornalisti che per rispetto della privacy il contenuto del colloquio non sarebbe stato divulgato. Ma una cosa andava chiarita: il governatore era molto vicino alle famiglie delle vittime nel loro dolore.

Quel pomeriggio Terri ricevette una telefonata da Rossella, la domestica. In sottofondo sentiva singhiozzare Elena.

Fu colta dal panico. « Cos'è successo? Che cos'ha? »

« Niente di grave, si è un pochino spaventata », rispose sottovoce Rossella con il suo accento ispanico. « Le è sembrato che un uomo ci seguisse mentre tornavamo a casa dal campo estivo. »

Quando Terri arrivò a casa, Elena aveva gli occhi asciutti, ma era pallida e tirata.

L'abbracciò e la ragazzina si strinse forte a lei. Oltre le sue spalle, Terri vide Rossella che le guardava comprensiva e scuoteva lentamente la testa.

Terri fece sedere la figlia sul divano e Rossella rimase in piedi lì accanto.

Elena deglutì. « Ci ha seguito una macchina, per tutta la strada dal campo a casa. Andava pianissimo. La guidava un tipo strano. » La voce era tesa, il tono enfatico. « Ogni tanto guardavo e lo vedevo sempre lì, poi ha girato in Broadway. Ma prima di girare mi ha guardato dal finestrino e ha sorriso. Con un sorriso da maniaco. »

« Che faccia aveva? »

Elena alzò la voce. « Era nero, mamma. Come quello che ti ha minacciato. »

Terri si sforzò di ragionare in maniera obiettiva, da avvocato. « Anni? »

Elena aggrottò la fronte. « Quanti anni ha quello delle minacce? »

« Trentacinque, quaranta. »

« Sì, anche quello. »

« Di che colore era l'auto? »

Elena pensò un po', quindi distolse lo sguardo. « Non me lo ricordo. »

Terri lanciò un'occhiata a Rossella. « Lei l'ha visto? »

La domestica, in silenzio, scosse di nuovo la testa.

Terri prese per mano la figlia e disse: « Vieni, andiamo alla polizia ».

Insieme a due agenti della Buoncostume in borghese, Monk sparse sei foto segnaletiche sul tavolo della stessa stanza dove tanti anni prima aveva interrogato Rennell Price.

Terri vide subito che la terza a partire da destra era di Eddie Fleet. Ma era una foto vecchia, che risaliva ai tempi in cui Fleet aveva tradito Rennell e Payton Price. Lo sguardo era insolente, arrogante, la bocca appena sorridente.

Elena guardò le foto, spaventata e confusa, e in quell'attimo Terri immaginò Flora Lewis che esaminava le foto segnaletiche che Monk le aveva portato a vedere e puntava il dito su Rennell e Payton Price.

« Era questo, credo », disse Elena indicando la foto accanto a quella di Fleet. Era un uomo che Terri non aveva mai visto.

Risultò poi che era già morto.

Quella sera verso le undici Terri aprì la porta della stanza di Elena senza fare rumore e si affacciò a guardare dentro.

Le parve che la figlia dormisse, ma un attimo dopo sentì che diceva: « Anche lui ha avuto un'infanzia infelice, mamma? »

Terri esitò a rispondere. Non sapeva se quella domanda inquietante si riferisse a Fleet, a Rennell o al padre di Elena.

« Chi, Elena? »

La ragazzina non rispose. « Vorrei capire una cosa », disse poi. « Tutti quelli a cui succede qualcosa di brutto poi la fanno per forza agli altri? »

Terri pensò alla propria infanzia e poi, con ancora maggior commozione, a Rennell. « No, non sempre... »

« Forse odierò gli uomini per sempre. » A Elena tremava la voce, stava per scoppiare in un pianto isterico. « Forse un giorno ammazzerò un uomo, magari perché mi costringe a fargli delle cose. Tu mi difenderai, mamma? »

Si mise a singhiozzare. Terri corse da lei e l'abbracciò: era rigida, chiusa in se stessa.

Ti odio, disse in cuor suo Terri al defunto ex marito.

Per alcuni, la morte di chi ha fatto del male a un loro caro non basta, come aveva detto Mauriani.

15

Solo, Christopher Paget entrò nell'anonimo edificio di Sacramento dove avevano sede gli uffici del governo per parlare a nome di Rennell davanti alla commissione per la grazia.

Sulle scale erano assembrati numerosi giornalisti e gruppi di manifestanti pro e contro la pena di morte, con cartelli che chiedevano vendetta per Thuy Sen o clemenza per Rennell. La presenza di due famosi attori di idee progressiste aveva attirato più giornalisti del solito, ma Chris aveva un brutto presentimento: sempre più cittadini chiedevano le dimissioni del governatore e, più pubblicità si creava intorno alla vicenda Price, maggiore era il rischio che Darrow vi vedesse un'occasione d'oro per ingraziarsi i conservatori, fautori della linea dura contro la criminalità. L'unico modo per aiutare Rennell sarebbe stato presentare nuove prove della sua innocenza, ma purtroppo Chris non ne aveva. Nel tentativo disperato di trovarne avevano continuato a cercare Betty Sims o chiunque altro cui Eddie Fleet potesse aver detto incautamente qualcosa da cui si potesse dedurre che era stato lui a uccidere Thuy Sen.

« In bocca al lupo », gli aveva detto Terri quella mattina quando era uscito, ma in tono stanco e tutt'altro che speranzoso.

La sala in cui si riuniva la commissione per la grazia sembrava l'aula magna di un liceo. La commissione era composta da undici membri silenziosi e impassibili, in maggioranza bianchi e maschi. In prima fila erano seduti il padre, la madre e la sorella di Thuy Sen, altrettanto impassibili, a parte il fatto che Kim aveva in mano un foglio che guardava di tanto in tanto.

Chris andò al podio e prese la parola. « Nonostante le terribili violenze *a lui* inflitte, non risulta che Rennell Price abbia mai esercitato violenza su nessuno, né prima né dopo la carcerazione. E neanche che abbia mai commesso un solo atto di devianza o di crudeltà a sfondo sessuale. Dal materiale probatorio risulta un uomo mite, confuso davanti alla complessità del mondo, che potrebbe benissimo essere innocente. Se lo Stato della California lo metterà a morte, non avremo più modo di dimostrare quanto ho appena affermato e ci troveremo di fronte alla definitiva e spietata vittoria del vero colpevole, Eddie Fleet.»

Nessuno dei membri della commissione dava il minimo segno di interesse. Il presidente, un burocrate piuttosto corpulento, continuò a fissare un punto imprecisato nel vuoto sopra la testa di Chris. Nascondendo la rabbia che provava, Chris continuò: «Ciò che chiedo a questa commissione è soltanto di fermarsi un attimo a riflettere sulla farsa grottesca cui lo Stato della California vi chiama a partecipare. Davanti alla corte suprema, il procuratore Pell ha sostenuto che è questa la sede in cui vanno prese in considerazione eventuali nuove prove di innocenza. Adesso, invece, lo Stato della California sostiene che, essendosi diverse corti già espresse negativamente in merito all'innocenza di Rennell Price, voi non potete che considerarlo colpevole. Lo Stato della California si contraddice. Ha insistito per giustiziare il principale teste a discarico di Rennell Price. Non ha tenuto conto del fatto che l'altro testimone chiave si è appellato al Quinto Emendamento e adesso è apparentemente sparito per evitare di affrontare le sue responsabilità, né lo ha obbligato a testimoniare su un reato per il quale sta per essere giustiziata un'altra persona. Non prende in considerazione che in futuro, grazie ai progressi della tecnologia del DNA, potremmo scoprire che Eddie Fleet è sfuggito non una ma due volte alla giustizia». Rivolgendosi ai Sen, concluse sottovoce: «Lo Stato della California ritiene tutto questo trascurabile. Perché la morte tragica di una bambina di nove anni esige il sacrificio di un'altra vita, e lo Stato ha deciso che debba essere quella di Rennell Price».

Kim Sen, con le braccia conserte, si voltò dall'altra parte. Anche Chris si girò verso gli undici funzionari e disse: «Lo Stato della California ha già voluto la morte di un uomo, Payton Price. Nel suo caso l'esecuzione aveva il beneficio della certezza. Questa esecuzione, invece, ha soltanto il sapore dell'ingiustizia. E gli unici a poterla fermare siete voi. Io credo che le esigenze della giustizia potrebbero essere soddisfatte anche condannando Rennell Price a morire di morte naturale in una cella di due metri per due tra cinquant'anni. Ritengo che giustiziarlo potrebbe significare uccidere l'ennesimo innocente. Solo che, questa volta, l'assassino sarà lo Stato della California».

Paget tacque e guardò i volti senza espressione degli undici funzionari. «Grazie», disse il presidente. Poi chiamò al podio Larry Pell.

Pell non disse quasi nulla di nuovo. D'altronde, pensò Chris, non ne aveva bisogno. «Come spesso avviene in questi casi, la difesa insiste sulle sofferenze del proprio assistito, anziché su quelle della vittima e dei suoi familiari, o sulla gravità del delitto commesso dai due fratelli Price nella loro perversione», disse Pell avviandosi a concludere. «Ritengo che dovremmo dare a Thuy Sen un volto e una voce, nella persona di sua sorella, Kim Sen.»

In un silenzio carico di tensione, Kim Sen si avviò verso il podio, eterea, con passo leggero. Prese fiato e cominciò a leggere il foglio che aveva in mano con voce tremante.

«Sono passati quindici anni, ma a me sembra ieri», cominciò. «E, tuttavia, ogni giorno trascorso da quando questi due uomini assassinarono mia sorella io non ho fatto che rivivere quella giornata. Ogni giorno e ogni notte ripenso a quando lasciai tornare mia sorella da scuola da sola. Solo che adesso so ciò che allora non sapevo, e cioè che non sarebbe mai più tornata.» Le si incrinò la voce, si interruppe e quindi riprese: «Non sapevo che sarebbe morta in casa di quei due bruti, soffocata dal loro sperma...»

Chris la implorò mentalmente di smettere, non solo per Rennell ma anche per se stessa. La madre, che la guardava, a un certo punto chinò la testa e scoppiò in lacrime. Solo Meng Sen continuò a fissare implacabile il presidente della commissione.

«La nostra famiglia è distrutta», concluse Kim Sen con un filo di voce. «La nostra vita si è trasformata in un incubo senza fine. Dateci la pace, l'unica pace che potete darci. Ponete fine a tutto questo.»

Nessuno della commissione prese la parola, ma quando Kim Sen tornò al proprio posto Chris ebbe la certezza che le avrebbero concesso l'esecuzione che aveva chiesto.

Conclusa l'udienza, gli spettatori – giornalisti e fautori dell'una o dell'altra parte – uscirono alla spicciolata. Chris vide che Kim Sen restava in disparte, con le braccia conserte e la testa bassa.

Aspettò un momento, poi le si avvicinò e aspettò che alzasse la testa e lo guardasse.

«Sono Chris Paget», disse semplicemente.

«Lo so.» Il tono era assolutamente piatto. «Sua moglie mi ha lasciato vari messaggi e biglietti.»

Chris esitò. «Mi dispiace. La prego di credere che vi siamo vicini nel vostro dolore, pur non riuscendo neppure a immaginare quanto sia grande.» Lasciò passare un attimo e aggiunse sottovoce: «Semplicemente, però, crediamo che non sia stato Rennell Price a uccidere sua sorella e che vederlo morire non servirà a farvi stare meglio».

Kim incrociò nuovamente le braccia e lo guardò dritto negli occhi. «Vedremo. Se quando sarà morto non mi sentirò meglio, forse passerò dalla sua parte.»

Gli voltò le spalle e si allontanò.

In attesa del volo per San Francisco, Chris fece una cosa che non aveva mai fatto in vita sua: andò a sedersi al bar dell'aeroporto e ordinò un doppio whisky con ghiaccio. Era lì, solo con il suo bicchiere, quando gli si andò a sedere accanto un uomo robusto. Era Larry Pell.

«Disturbo?» chiese.

Chris si strinse nelle spalle, ma non diede segno di aver voglia di parlare.

Pell ordinò una birra e ne bevve alcuni sorsi in silenzio, poi disse: « C'è una cosa che mi sono sempre chiesto: perché sua moglie fa tutto questo, sapendo che perderà? »

Chris si voltò e a sua volta domandò sottovoce: « Lei lo fa più volentieri, sapendo che vince sempre? Già che c'è, mi spieghi una cosa: che cos'ha vinto questa volta? Chi ha vinto veramente? »

Abbassò gli occhi sul suo whisky e non disse altro. Dopo un po', senza aver risposto, Pell posò sul bancone cinque dollari per il barista e lasciò Chris accanto a un bicchiere di birra pieno a metà.

Atterrato a San Francisco, Chris chiamò Terri, ma non la trovò né al cellulare, né allo studio, né a casa.

Alla fine controllò i messaggi sulla segreteria telefonica e ne trovò uno in cui sua moglie gli diceva soltanto: « Parto per Cleveland. Monk ha trovato Betty Sims ».

16

Il degrado di molti dei quartieri orientali di Cleveland era incominciato alla fine degli anni '60 con i disordini razziali. Molte case signorili erano diventate pensioni per poveracci e disperati, in quella che un tempo era una grande strada piena di bei negozi adesso c'erano soltanto lavanderie a gettone, negozi di alcolici, qualche bottega di alimentari e banchi dei pegni. L'edilizia popolare era rappresentata da un casermone di stile stalinista con la facciata imbrattata di graffiti indecifrabili davanti al quale Terri vide un gruppo di ragazzini che si passavano uno spinello. Betty Sims, tuttavia, abitava in una casa piccola e in affitto, ma in una strada più dignitosa, alberata, con prati e giardini ben curati. Terri posteggiò proprio davanti, sperando di trovare Betty e la figlia in casa. Dalla fermata dell'autobus poco lontano arrivavano uomini e donne con l'aria indaffarata, da persone che credono in un'etica basata sul lavoro e sulla volontà di migliorare.

Terri suonò il campanello. Dopo un po' le venne ad aprire una donna piuttosto in carne, che la guardò con circospezione da dietro la porta socchiusa. Doveva essere una a cui la vita aveva riservato ben poche sorprese gradevoli. « Sono Teresa Paget », disse Terri senza preamboli. « Sono l'avvocato di Rennell Price. »

Lo sguardo della donna passò dalla circospezione alla rassegnazione e poi si fece di una diffidenza ancora più evidente. « Un altro avvocato », commentò.

« Sì. Tra due settimane Rennell sarà giustiziato. »

Betty Sims scosse lentamente la testa, ostile. « Forse è giusto così. E comunque io non c'entro niente. »

Terri cercò di controllare l'ansia che provava per Rennell e anche per Elena: a più di tremila chilometri da San Francisco, non avendo altra arma che il proprio istinto, non poteva fare granché per convincere Betty Sims a parlare. Con una calma che era lungi dal provare, domandò: « Posso entrare? »

Betty Sims rimase ferma dov'era e, dopo un po', chiese: « Che cos'è successo a Payton? »

« È stato giustiziato. »

Betty abbassò gli occhi, quindi disse: « Dieci minuti, non di più. Devo mettere su la cena ».

Quasi si fosse già pentita di averla invitata a entrare, Betty Sims aspettò un attimo prima di aprire del tutto la porta e farsi da parte. Il salotto in cui fece accomodare Terri era arredato semplicemente: c'era un divano di stoffa e, lì accanto, una fotografia di Betty con una ragazzina dall'espressione seria.

« È sua figlia? » chiese Terri.

Betty Sims borbottò un sì, ma l'espressione rimase dura: era chiaro che non aveva intenzione di parlare della figlia. Terri, preparandosi a incontrare ulteriori resistenze, provò a dire: « Sono venuta per via di Eddie Fleet. So che un tempo vivevate insieme ».

Lo sguardo restò impassibile, ma per un attimo sul viso di Betty comparve una smorfia di collera subito repressa. « Tanto tempo fa », precisò secca. « E molto lontano da qui. Non sono fatti suoi, credo. »

Terri esitò, immaginando quali emozioni si potessero nascondere dietro quella risposta. « Forse sì, invece », disse. « Credo di sapere di che cosa è capace quell'uomo. »

Betty Sims incrociò le braccia e la guardò in tralice. « E cioè? »

« So che cos'ha fatto alla bambina che è morta, Thuy Sen. E anche a sua figlia. »

Per un attimo Betty Sims parve afflosciarsi, come se Terri le avesse dato un pugno nello stomaco. « Se ne vada », disse poi con un filo di voce. « Non ho altro da dirle. »

Terri capì subito di aver colto nel segno e disse: « Senza il suo aiuto, Rennell Price morirà e Eddie Fleet troverà un'altra bambina di cui abusare. E magari la madre di quella bambina non avrà una zia a Cleveland da cui trasferirsi e non potrà fare altro che lasciarsi picchiare o nascondersi in camera mentre Eddie le violenta la figlia. Ma forse il pensiero che qualcun altro debba subire quello che avete subito voi non la turba».

«Se ne vada», ripeté Betty Sims. «Fuori da questa casa, subito!»

La porta di casa si aprì.

Betty Sims sgranò gli occhi. Sulla soglia c'era una ragazzina che doveva avere più o meno la stessa età di Elena, con la gonnellina scozzese della divisa di una scuola parrocchiale, alta e un po' goffa, che guardava con aria spaurita ora sua madre ora Terri. Betty Sims pareva rimasta senza parole.

Terri si presentò: «Sono Teresa Paget. Sono un avvocato di San Francisco. Sono venuta a parlare con la tua mamma e con te di Eddie Fleet».

Gli occhi della ragazzina si riempirono di rabbia, prima rivolta a Terri e poi alla madre. Quando Terri si voltò a guardare Betty, vide che aveva gli occhi lucidi. «Mi dispiace, tesoro. Mi dispiace tanto.»

«Mai quanto a me. Quando mi hai lasciato sola con lui.»

Il tono era talmente simile a quello di Elena che Terri rabbrividì. Quando parlò, si accorse di avere la voce roca. «Io difendo un certo Rennell Price, un ritardato che è stato condannato a morte per aver fatto morire soffocata una bambina di nove anni costringendola a un rapporto orale. Lo Stato della California sta per eseguire la sentenza, ma noi pensiamo che il vero colpevole sia Eddie Fleet. Senza qualcuno che confermi che Eddie Fleet è un pedofilo, Rennell Price morirà al posto suo.»

«Dov'è?» chiese Betty Sims brusca. «Dov'è Eddie?»

Per un attimo Terri prese in considerazione la possibilità di mentire dicendo che Fleet era morto e tacque, combattuta tra il dovere morale di dire la verità, la responsabilità professionale nei confronti di Rennell e la necessità di proteggere la propria figlia. Alla fine ammise: «Non lo so».

«Se le diamo retta e parliamo, Eddie scoprirà dove siamo.»

Era la stessa cosa di cui aveva paura anche Terri, ma non poteva ammetterlo e, sia pur sentendosi in colpa, assicurò alla ragazzina: «Non avrà il coraggio di venirvi a cercare». Aveva bisogno della testimonianza di Lacy Sims anche per un altro motivo che non poteva rivelarle: denunciare Fleet per abusi sessuali ai danni di minori e metterlo in condizioni di non nuocere a Elena. « Per piacere », implorò. « Aiutami a impedire che lo faccia di nuovo. »

La ragazzina buttò lo zainetto ai piedi della madre. « Che cosa le ha detto esattamente mia madre? »

« Niente. Sta cercando di proteggerti. »

Lo sguardo che la ragazzina rivolse alla madre era amareggiato e carico di accuse. « Lo so », commentò con voce piatta. « È bravissima a proteggermi. »

Terri rabbrividì, rendendosi conto delle emozioni che aveva scatenato in loro, ma non c'era tempo per i rimpianti. « E tu? » domandò. « Tu non vuoi proteggere la prossima bambina che Eddie prenderà di mira? »

La ragazzina guardò prima la madre poi Terri. « Non farlo, tesoro », le disse Betty in tono implorante.

La ragazzina si voltò verso Terri con un sorriso rabbioso e vendicativo sulle labbra. « Che cosa vuole che le racconti? La prima volta o l'ultima? »

Betty Sims faceva la segretaria. Lacy, benché avesse solo dieci anni, aveva le chiavi di casa e rientrava da scuola da sola. L'unica altra persona ad avere le chiavi era Eddie Fleet.

Quel giorno – il giorno che ancora adesso la tormentava nei sogni – Lacy aprì la porta e trovò Eddie steso sul divano. Indossava soltanto un paio di boxer e aveva le pupille piccole come capocchie di spillo.

« Ciao, bellezza », le disse sottovoce.

Imbarazzata, Lacy distolse gli occhi.

Sentì Eddie che si stiracchiava pigramente sul divano e sbadigliava. « Non fare la timida, Lacy. Non hai mai visto un uomo? »

Senza rispondere, Lacy andò dritta in camera sua e chiuse la porta.

Si sedette alla scrivania e cercò di scacciare il senso di fastidio e di vulnerabilità che provava. Aprì il libro di storia al capitolo sull'antico Egitto.

Alle sue spalle la porta si aprì.

La bambina non si voltò. « Che cosa fai? » le chiese Fleet.

Con riluttanza Lacy si girò e rispose: « I compiti ».

« I compiti? » fece eco lui. « Che bisogno ha di fare i compiti una ragazza come te? I compiti sono quelli che faccio fare io a tua mamma. »

Lacy lo sapeva: li aveva sentiti tante volte, attraverso la parete. Sembrava che a Eddie piacesse farla urlare. Certe sere Lacy avrebbe voluto non esserci per non sentirla.

Con un leggero senso di nausea, rispose: « Be', i miei sono sull'Egitto e devo farli per domani ».

Il sorriso di Fleet era così mieloso che Lacy ebbe paura, quando le disse: « Ora però te ne faccio fare degli altri. Giochiamo che io ero il maestro e tu la scolara ».

Fece alcuni passi verso di lei. Lacy scorse un movimento sotto i boxer e capì di non avere scampo. « Non voglio », disse tesa.

A Fleet brillarono gli occhi. « Sì che vuoi, invece. Solo che non lo sai ancora. »

La bambina si alzò e indietreggiò. « Guarda che lo dico alla mamma. »

Fleet rise. « No che non glielo dici. Tua mamma sa quando le conviene aprire la bocca e quando tenerla chiusa. Ora lo insegno anche a te. »

Lacy cominciò a tremare. « Sai come fanno le brave scolarette? » disse Fleet. « Si mettono in ginocchio e chiedono per piacere. Così il maestro capisce che sono pronte. »

Lacy sentì che le posava le mani sulle spalle; barcollando, si mise in ginocchio e vide che Fleet aveva i boxer intorno alle caviglie.

Le si riempirono gli occhi di lacrime. Lui le prese delicatamente il mento tra le mani e la guardò. « Sai una cosa? » disse con un sorriso meditabondo. « Hai gli stessi occhi di tuo padre. »

Ammutolita, Lacy lo guardò in preda al terrore e alla disperazione. Lui le prese la mano e se la posò sulle parti intime. « Non sai chi è tuo padre, vero? »

La bambina scosse la testa, con gli occhi chiusi. L'ultima cosa che ricordava era Fleet che diceva: « Si chiamava Payton. Tua mamma andava da lui quando aveva bisogno di consolazione. La stessa che sto per darti io ».

Scossa, Terri guardò Betty Sims.

Era seduta lontano dalla figlia, all'altra estremità del divano, e pareva il ritratto della vergogna. Terri aspettò che trovasse il coraggio di alzare la testa e guardarla in faccia.

« È contenta adesso? » disse Betty Sims con voce affranta. « È contenta, adesso che sa tutto? »

Terri, ancora incredula, le disse: « Lei stava con Payton ».

Betty chiuse un attimo gli occhi. « Ci sono stata una volta o due soltanto, qualche giorno prima che li arrestassero, lui e il fratello. Perché Eddie mi picchiava e io volevo farlo smettere. »

« Ci riuscì? »

Betty Sims si strinse nelle spalle. « Quando sei dentro, mica puoi fare niente. »

Tutto a un tratto Terri vide il senso di quel che era avvenuto tanti anni prima con una chiarezza che la lasciò senza fiato. A voce bassissima chiese: « Quando raccontò a Eddie che era stata con Payton? »

Betty Sims si voltò dall'altra parte. « Un giorno o due dopo il fattaccio. Eddie mi costrinse a furia di botte. »

Terri ci meditò sopra in silenzio. Quali che fossero i motivi per cui Eddie Fleet aveva fatto quel che aveva fatto, violentare Lacy Sims era stata l'ennesima vendetta. « E lei non disse niente a nessuno. »

« No. »

Terri si rivolse a Lacy. « E tu? Sei disposta ad andare alla polizia? »

Stancamente, Betty Sims guardò la figlia, che disse a Terri: « Sì. Così finalmente sarà lui ad avere paura di me ».

« Dobbiamo presentare una terza petizione », disse Terri a Chris per telefono. « Ho scoperto che, oltre a essere un pedofilo, Eddie Fleet denunciò i due fratelli non solo per salvarsi la vita, ma per vendicarsi con Payton. »

Chris rimase in silenzio per un po', quindi disse: « Naturalmente Pell dirà che Betty Sims ha il dente avvelenato con Fleet e che le denunce per abusi a posteriori sono notoriamente poco credibili. Potrebbe addirittura sostenere che Lacy stia cercando di salvare uno zio che non sapeva neppure di avere ».

Nella foga e nella stanchezza del momento Terri non aveva pensato alla logica, per quanto distorta, che un argomento del genere poteva avere agli occhi di molti. « È vero: Rennell è suo zio », mormorò, assalita da una tristezza indefinibile.

« Senti, Terri, cerca di tornare presto. Dobbiamo preparare la petizione e Johnny Moore ha delle novità per te. Ammesso che parlare con Tasha Bramwell possa servire a qualcosa. »

Prima di telefonare a Johnny, Terri cercò Charles Monk e gli raccontò il colloquio con Lacy Sims. Di Eddie Fleet continuavano a non esserci tracce.

Alla fine, dopo aver fissato per ore, insonne, i numeri rossi della radiosveglia dell'albergo, Terri si addormentò. Il sogno che fece era lo stesso di Elena, solo che al posto della figlia c'era lei.

Era sola in una camera da letto buia e sentiva bussare alla porta.

Stava per arrivare il padre di Elena.

La porta si apriva, Terri si stringeva le braccia al petto e vedeva un'ombra che si avvicinava al letto. Sperava che fosse sua madre, ma alla luce compariva il volto di un uomo.

« Tutte e due », diceva Eddie Fleet con la stessa voce e il tono forbito del suo ex marito. « Prima tua madre, adesso tu. »

Terri si svegliò fra i singhiozzi.

17

L'indomani mattina, dopo aver dormito molto poco, Terri prese un volo per Birmingham, la città dell'Alabama dove Tasha Bramwell Harding, madre di due bambini in età prescolare, era impiegata all'ufficio contabilità di un'azienda sanitaria.

Terri non cercò di coglierla di sorpresa, come aveva fatto con Betty Sims, e si annunciò con una telefonata. Dalla sua reazione, Terri capì che era rimasta turbata. Tasha ritrovò però quasi subito un tono riservato e professionale e, con una sfumatura di rassegnazione nella voce, accettò di incontrarla dopo il lavoro in un bar ristorante poco lontano.

Dall'aereo Birmingham si presentò a Terri diversa da come se l'aspettava. I numerosi stabilimenti siderurgici che sorgevano nella vallata, per quanto enormi, parevano bassissimi rispetto agli svettanti grattacieli di vetro della città, che scintillavano al sole del pomeriggio. Era una giornata calda e afosa, ma il bar dove Tasha l'aspettava leggermente a disagio era circondato da un giardino lussureggiante.

Tasha, ancora magra e graziosa come l'aveva descritta Monk, aveva ormai circa trentacinque anni, i capelli stirati e un viso senza una ruga: solo dagli occhi scuri e attenti e dai modi si intuiva che era una donna matura. Johnny Moore aveva riferito a Terri che Tasha era sposata con il capo dell'ufficio acquisti della principale catena di negozi di sport della regione ed era per questo che i due si erano sistemati in una città che, sebbene circondata da una periferia abitata prevalentemente da bianchi, era dominata da una fiorente borghesia nera. Sia Birmingham, perciò, sia Tasha nella sua nuova veste di donna sposata erano quanto di più lontano si potesse immaginare da Bayview.

Terri le porse la mano. « Teresa Paget. »

« Tasha Harding. » Sia la mano sia la voce erano piuttosto fredde.

A Terri parve che avesse sottolineato il cognome, come a dire che Tasha Bramwell non esisteva più, faceva parte di un'altra vita. Ordinarono due bicchieri di tè freddo e non dissero altro. Tasha studiava la donna che era piombata dal nulla nella sua nuova vita portando con sé il suo passato. Appena la cameriera si allontanò, Terri disse senza preamboli: « Immagino lei sappia che Payton è morto ».

« Sì. » Tasha ebbe un lievissimo tremito nella voce, ma poi precisò con calma assoluta: « So anche che ha confessato ».

Terri ebbe la sensazione che in quel momento fosse crollato il muro che Tasha Harding doveva aver eretto per prendere le distanze dalla donna che aveva amato Payton Price e che per lui aveva mentito. Disse: « Secondo Payton, il secondo uomo era Eddie Fleet ».

Negli occhi di Tasha passò un lampo di inquietudine di cui Terri non riuscì a individuare la causa. « E lei vorrebbe sapere da me se è vero. O se Payton me lo disse. »

« Sì. Ma non solo. Vorrei anche sapere se ricorda qualcosa che possa confermare la colpevolezza di Fleet e il fatto che mentì per non finire in prigione. »

Tasha la osservò. « Non teme che menta anch'io? »

« È passato tanto tempo, Tasha. Tra pochi giorni Rennell sarà giustiziato. »

Tasha tacque e, con gli occhi bassi, bevve un sorso di tè. « Non so che cosa sia successo », disse dopo un po'. « Rennell era tonto e seguiva Payton come un'ombra. Secondo me non era cattivo, ma sotto l'effetto del crack e su suggerimento di Payton, chissà... Potrebbe anche essere stato lui. Il fatto che fosse scemo non significa che non avesse pulsioni. »

Quella valutazione spassionata sulla potenza sessuale di Rennell, fatta in tono di disprezzo, lasciò Terri perplessa. « Lei disse a Monk che, secondo lei, Rennell non aveva mai avuto donne. E secondo Flora Lewis non fu Payton, ma l'uomo che era con lui, a trascinare in casa Thuy Sen. Le sembra possibile che Rennell abbia fatto una cosa del genere? »

Tasha rifletté prima di rispondere e Terri ebbe l'impressione che non fosse indecisa sul senso in cui rispondere, quanto sull'opportunità di farlo. Alla fine disse: « No. Ancora adesso stento a immaginarlo ».

« E Eddie Fleet? »

Tasha la guardò a lungo senza dire nulla. « Che cosa me lo chiede a fare? » disse poi. « Non so come siano andate le cose. Mentii perché me lo chiese Payton. Dopo tutti questi anni lei vuole che le dica perché me lo chiese. Che cosa può venirne di buono, anche per me e per la mia famiglia? »

Quella domanda fu come un campanello d'allarme per Terri, che vi lesse una riluttanza molto più forte di quanto avesse previsto. « Senta », le disse pacatamente. « Rennell sta per essere giustiziato. Io sono profondamente convinta che sia innocente, ma se non riesco a trovare delle argomentazioni convincenti dovrò andarlo a vedere morire senza poter fare niente per lui. Mentendo, lei contribuì a far condannare un colpevole, sì, ma forse anche un innocente. Mi dica qualcosa, qualsiasi impressione, qualsiasi notizia anche frammentaria, che possa aiutarmi a salvare Rennell. Qualsiasi cosa. Sarebbe meglio anche per lei, per sua tranquillità. Immagino che preferisca non pensarci, ma la morte di Rennell riguarda anche lei. »

Tasha la guardò con un'ombra di risentimento. « Non vedo perché. Non mi 'riguarda' quel che Payton fece a quella bambina, mi riguarda invece che quindici anni fa mi abbandonò a me stessa. Da allora, mi sono rifatta una vita. »

Terri, guardandola negli occhi, disse sottovoce: « Suo marito non sa niente, vero? Né di Payton, né della sua falsa testimonianza, né della morte di Thuy Sen. Sa solo che lei è riuscita a tirarsi fuori da Bayview lavorando onestamente e che gli ha dato due figli ».

Tasha guardò Terri negli occhi, ma la sua unica risposta fu il silenzio.

« Ho la sensazione che lei sappia qualcosa. Non so che cosa, ma ho notato che si è messa sulle difensive non appena le ho chiesto di Fleet », continuò Terri.

Tasha si mise un dito davanti alla bocca e osservò Terri in silenzio, con aria ostile. Era tesa e dal modo in cui era seduta sull'orlo della sedia a Terri venne il sospetto che stesse per alzarsi e andarsene.

« No, non faccia così », le disse.

Tasha continuò a fissarla in silenzio, finché disse: « Lei viene qui, senza sapere niente. E pensa solo a ottenere quello che vuole... »

Per l'ennesima volta Terri pensò a Elena e replicò: « Sono l'avvocato di Rennell. Devo fare i suoi interessi... »

« Ah, sì? Scusi, lei ha famiglia? »

« Sì. »

« Allora mi dica: come reagirebbe lei se di punto in bianco si presentasse una a chiederle di dichiarare su carta bollata cose che lei non vuol fare sapere a nessuno? »

Terri rifletté in silenzio prima di rispondere: « Mi offenderei. Mi arrabbierei. Avrei paura. Magari mi vergognerei. Ci sono cose nella mia vita che non vorrei far sapere a nessuno, cose per le quali mi sento in colpa. Ma mio marito le sa ». Fece una pausa. « Cercherei di capire che cosa mi farebbe stare meglio e lo farei. E non credo che riuscirei a tacere, se per far passare sotto silenzio ciò di cui mi vergogno dovessi mettere in gioco la vita di un'altra persona. »

Per la prima volta Tasha abbassò gli occhi e rimase a fissare il tavolo.

« Eddie Fleet », insistette Terri.

Tasha rimase a lungo in silenzio. Alla fine disse: « Non ho idea se le cose che so possano fare la differenza ».

« Ma non è sicura nemmeno del contrario. »

Tasha si sfiorò di nuovo le labbra con un dito e, con espressione addolorata, disse: « Mi promette di non usare le cose che le dirò, se non le servono veramente? E che, se le userà, mi lascerà il tempo di parlarne con mio marito? » Aveva la voce roca per l'emozione. « Sono finita sui giornali una volta per falsa testimonianza. Non voglio finirci di nuovo per questo. »

Anche se erano solo parole, Terri disse: « Glielo prometto ».

Qualche giorno dopo l'arresto dei fratelli Price, una sera Eddie Fleet bussò alla porta di Tasha Bramwell.

Lei lo aveva sempre disprezzato: aveva qualcosa di torbido, di infido, che non avrebbe saputo definire con esattezza, ma che la disturbava anche solo quando lui la guardava con quella sua aria insinuante. Non dormiva da quando Payton era stato arrestato e il sorriso di Fleet, con le capsule d'oro ai denti, la fece rabbrividire.

« Che cosa vuoi? »

Lui sorrise ancora di più. « Fare due chiacchiere, bambola. »

« Le hai già fatte con la polizia », ribatté Tasha. « So che hai raccontato un sacco di balle alla polizia su Payton, e per colpa tua rischio di non rivederlo mai più se non in galera, o al cimitero. »

Eddie alzò le spalle. « Che cosa si può fare, con la polizia addosso notte e giorno? E comunque su Payton non ho raccontato nessuna balla. Devi accettare la realtà, bambola. »

Tasha fremeva di incredulità e di rabbia. « Sparisci. »

Eddie sorrise di nuovo, come se avesse appena avuto un'idea geniale. « In effetti potrei fare proprio questo: sparire. Io sparisco, la polizia non ha più testimoni e il tuo uomo torna tra le tue braccia. E tra le tue gambe. »

Tasha lo ignorò e disse: « Vattene, allora. Chi ti trattiene? »

Fleet fece un mezzo passo avanti e disse sottovoce: « Tu. Finché non mi dici di andarmene tu... »

Tasha, stringendo con forza la porta, disse: « Fai conto che te l'abbia già detto ».

Eddie Fleet l'afferrò per un polso. « Un momento. »

« Smettila, o lo dico a Payton. »

« E che cosa vuoi che faccia il tuo Payton? » ribatté freddo Eddie. « È in galera, e le chiavi della cella le abbiamo solo io e te. »

Tasha si divincolava. « Mollami. »

Eddie allentò la presa, ma non la lasciò andare. « Ti offro un'alternativa, Tasha. Se fai quello che ti dico io, riavrai il tuo Payton. Non lo saprà mai nessuno, solo io e te. »

Tasha era senza parole. Il suo tono di intimità le dava il voltastomaco. Eddie continuò sottovoce: « Non devi dire niente. Solo lasciarmi entrare e starmi a sentire ».

Vedendo che non rispondeva, la spinse in casa e chiuse la porta.

« Tu vuoi che lui torni, si vede », le disse. « Adesso ti spiego come devi fare. »

E glielo disse.

Mentre si spogliava, Tasha si sforzò di staccarsi dal proprio corpo.

Eddie si sbottonò i pantaloni. « In ginocchio », le ordinò. « Fammi quello che facevi sempre a lui. »

Terri ascoltava, disgustata. Tasha chinò la testa e disse: « Eddie mi aveva mentito, ma non potevo dirlo a Payton. L'unica cosa che potei fare fu mentire a mia volta quando Payton me lo chiese. Perché lo amavo ».

A Terri parve di sentire la voce di Tasha da giovane, sola e indifesa, e cercò di controllare la rabbia e la paura che le ispirava Eddie Fleet e di giudicare obiettivamente ciò che aveva appena sentito.

« Sesso orale », disse alla fine. « Non voleva altro. »

Tasha annuì.

Come con Thuy Sen e con Lacy Sims, pensò Terri. Non era ancora in grado di analizzare tutte le implicazioni della storia raccontatale da Tasha, ma era piena di brutti presentimenti.

« Mi dispiace », le disse.

Tasha scosse la testa. « Non le ho raccontato tutto. C'è una sola cosa di cui sono sicura: Eddie Fleet è l'uomo più cattivo che abbia mai incontrato in vita mia. »

La sera del giorno in cui Payton e Rennell furono condannati a morte, Eddie tornò a casa di Tasha.

Questa volta lei guardò dallo spioncino e lo riconobbe, tra lacrime di dolore e di rabbia.

« So che sei in casa », disse lui da dietro la porta chiusa, con voce profonda ma divertita. « Ho pensato che adesso hai bisogno di un uomo. »

Tasha, appoggiandosi alla porta, rispose a denti stretti: « Mi hai mentito, bugiardo ».

Eddie scoppiò a ridere forte. « Lo sapevi già. Ma adesso ti manco, vero? Verrai a cercarmi, ci scommetto. »

Una settimana dopo Tasha Bramwell se ne andò per sempre da Bayview.

« Non voglio tornarci mai più », disse Tasha. Poi, a voce più bassa, aggiunse: « Odio me stessa per quello che ero, ma sono riuscita a fuggire da quel posto maledetto e da quell'uomo maledetto. E non voglio tornare indietro, non voglio trascinare con me la mia famiglia ».

Terri posò una mano sul polso di Tasha e disse: « Neppure per salvare una vita? »

Erano le due del mattino quando finalmente si sedette con Chris al tavolo della cucina, con la dichiarazione firmata da Betty e Lacy Sims, e gli raccontò quel che aveva saputo da Tasha Harding.

« L'ha costretta a un rapporto orale. Era patologicamente geloso di Payton. Il quadro c'è », riassunse Chris. « Ma sai anche tu quali sono i problemi. »

« Sì. Tasha ha già prestato falsa testimonianza una volta, non ha nulla che attesti la pedofilia di Fleet e meno che mai informazioni di prima mano sulla morte di Thuy Sen. A parte che Payton c'entrava, come le aveva detto Fleet. »

Chris annuì. « Però Fleet non le disse niente sul proprio ruolo nella vicenda, né su quello di Rennell. Mi sembra già di sentire Pell: 'Ammesso e non concesso che Tasha Harding sia credibile, ciò che Fleet le confidò conferma la sua versione dei fatti, ovvero che i due uomini erano rivali per motivi di droga e di donne, e che erano due disperati'. »

Esausta, Terri finì il caffè. « Mi dispiace sconvolgerle la vita, ma per Rennell potrebbe essere importante. Che cosa dobbiamo fare, secondo te? »

« Aspettare. Nella speranza di trovare qualcos'altro. »

La mattina dopo, sulla base delle dichiarazioni di Lacy e Betty Sims, i Paget cominciarono a preparare una terza petizione *habeas corpus* da presentare alla corte suprema della California.

18

Dieci giorni prima della data prevista per l'esecuzione, con un'opinione di due righe che, ancora una volta, non dava alcuna spiegazione, la corte suprema della California rigettò la terza petizione *habeas corpus* di Rennell Price e i Paget chiesero alla corte d'appello del Nono Circuito l'autorizzazione a presentare un ricorso al giudice Gardner Bond.

La procura generale rispose tempestivamente: le dichiarazioni di Betty e Lacy Sims riguardo a Eddie Fleet non erano pertinenti all'omicidio di Thuy Sen e pertanto inammissibili. I Paget attendevano con ansia la decisione dei giudici Sanders, Montgomery e Nhu e, con minore speranza, quella del governatore Darrow riguardo alla grazia.

« Le questioni sono due », aveva spiegato Terri a Carlo. « La prima è che l'AEDPA non lascia a Rennell alcuna via percorribile per dimostrare la propria innocenza. La seconda, cruciale, è che dovremmo avere lo stesso diritto di chiamare a testimoniare Fleet che ebbe l'accusa al processo. Insomma, lo Stato della California dovrebbe concedergli l'immunità in modo che non si appelli al Quinto Emendamento. »

« Prima però dobbiamo trovarlo », le aveva fatto notare Carlo.

« Certo. Ma abbiamo un argomento piuttosto convincente, secondo me: non si può condannare uno in base alla testimonianza resa al processo da un maniaco sessuale e poi aiutare quest'ultimo a evitare l'interrogatorio dopo che qualcun altro lo ha indicato come il secondo assassino ed è chiaro che quella resa al processo è stata una falsa testimonianza. »

Anche Johnny Moore e Tammy Mattox continuavano a lavorare per Rennell. Tammy, instancabile, bussò a infinite porte di Bayview in cerca di persone che avessero conosciuto Eddie

Fleet; Moore andò a Los Angeles, dove Fleet aveva vissuto per un certo periodo dopo la morte di Thuy Sen, e si sistemò in un motel nella zona di South Central, da dove cominciò a indagare. I Paget organizzarono una campagna mediatica e via Internet per la raccolta di indizi e informazioni, con un numero verde a cui rispondevano vari investigatori nel loro studio. Nonostante tutti questi impegni, Terri passava almeno un'ora al giorno con Rennell. Era confuso e spaventato e, nonostante lei gli raccontasse tutti gli sforzi che in tanti stavano facendo per lui si sentiva sfuggire di mano la vita giorno per giorno, ora per ora.

« Martedì prossimo, subito dopo mezzanotte », le disse Rennell con voce angosciata. « Me lo ha detto la direttrice. »

Quella sera alle dieci, mentre Terri cercava di dormire, Chris trovò nel vassoio dei fax in arrivo un breve documento. Era l'opinione della corte suprema della California. Incredulo, lesse le conclusioni: con due voti a uno, quello contrario del giudice Montgomery, il collegio negava a Rennell l'autorizzazione a presentare una terza petizione *habeas corpus* al giudice Bond. Il ragionamento del giudice Nhu e del transfuga Sanders era illustrato in modo chiaro e conciso: alla luce della recente sentenza della corte suprema degli Stati Uniti nel caso *Direzione del carcere di San Quentin contro Price*, il collegio si rimetteva al parere espresso dalla corte suprema della California e, pertanto, non poteva affermare che le nuove dichiarazioni giurate su Eddie Fleet costituissero « prove chiare e convincenti » dell'innocenza di Rennell Price. E, anche qualora le nuove prove fossero state sufficienti, esse non sarebbero potute essere accolte comunque non essendo stato ritenuto incostituzionale il processo da cui era scaturita la condanna.

Sconsolato, Chris andò in camera e vide che Terri, grazie a un sonnifero, era finalmente riuscita ad addormentarsi. Per una volta sembrava così serena che gli dispiaceva svegliarla. Sapeva però di doverlo fare, per il bene sia di Rennell sia della stessa Terri.

Le sfiorò delicatamente la spalla nuda.

Terri trasalì e spalancò gli occhi. « Cosa c'è? »

« Il Nono Circuito. Mi dispiace, tesoro, ma Sanders ha voltato gabbana. Hanno respinto la nostra richiesta. »

Nella penombra della camera da letto, Chris stette a guardare la moglie che stentava a capire ciò che, da sveglia, sapeva benissimo, ovvero che ai sensi dell'AEDPA il riesame del caso da parte del Nono Circuito o della corte suprema degli Stati Uniti era inammissibile.

« Mio Dio », mormorò. « Mio Dio. »

A Washington, poco dopo l'una del mattino, Caroline Masters fu svegliata da una telefonata.

« Scusa l'ora, ma ho una notizia da darti », le disse Blair Montgomery. « Il nostro collegio ha appena negato a Rennell Price l'autorizzazione a presentare una nuova petizione. »

Caroline tacque, aspettando di essere del tutto sveglia. « Callista Hill ha detto che c'erano nuovi elementi probatori. Che cos'è successo? »

« I tuoi colleghi sono stati troppo in gamba. Secondo Sanders, un'ulteriore provocazione a Fini e compagnia avrebbe distrutto quel poco di credibilità che ci restava. La vita di quest'uomo non vale così tanto. »

Caroline si mise a sedere sul letto. La camera, nonostante la luna piena, era buia e vuota. « E io adesso che cosa posso fare? La vostra ordinanza è inappellabile. »

« Lo so, ma penso che gli avvocati di Price troveranno lo stesso il sistema per presentare una petizione anche a voi. Sono agguerriti e pieni di risorse: non si arrenderanno. »

« Quale dispendio di energie per salvare un essere umano! » commentò Caroline con macabro sarcasmo. « Perché i detenuti si rifiutano di morire come sarebbe loro dovere? »

L'indomani mattina, appena arrivò nel suo studio, vide entrare Callista Hill con un fax inviato dai legali di Rennell Price.

Poco prima di mezzanotte, ora di San Francisco, Terri passò davanti alla camera di Elena e vide che aveva ancora la luce accesa.

Aprì piano la porta.

Elena era sdraiata sul letto, con un libro aperto posato accanto, e guardava il soffitto. « Tutto bene? » le chiese Terri.

« Sì, ma non riesco a dormire. »

« Nemmeno io. »

La ragazzina si girò sul fianco e guardò la madre. « Gliela faranno veramente l'iniezione letale, allora? »

« Probabilmente sì. » Terri esitò. « Che cosa ne pensi? »

« Mi fa uno strano effetto. »

Cauta, Terri si sedette sull'orlo del letto e disse sottovoce « Rennell Price non è come tuo padre. Sono certa che non ha fatto niente a quella bambina ».

« Allora è stato l'altro? Quello che mi ha seguito? »

Terri non seppe che cosa rispondere.

Dopo un po', Elena si girò di nuovo dall'altra parte. « Mi è venuto sonno », disse.

Terri le diede un bacio in fronte e uscì chiudendosi la porta alle spalle senza fare rumore.

19

«A cosa si aggrappano gli avvocati di Price questa volta?» chiese la presidente della corte suprema a Callista. «Ai sensi dell'AEDPA, Price non ha nessun diritto di rivolgersi a noi.»

Callista rimase in piedi davanti alla scrivania di Caroline. «Sostengono che la Costituzione attribuisce a questa corte giurisdizione sulle istanze *habeas corpus*, comprese quelle in cui vi è rivendicazione di innocenza, e che il Congresso non può limitare tale giurisdizione. In altre parole, l'AEDPA non può costituire ostacolo al riesame.»

«E che cosa dovremmo riesaminare esattamente?»

«Hanno la dichiarazione di un'adolescente che sostiene che il testimone chiave dell'accusa, Eddie Fleet, la costrinse a una fellatio quando aveva dieci anni. Sostengono che, non avendo concesso l'immunità a Fleet, è stato loro impedito di controinterrogarlo per accertare il suo ruolo nella morte di Thuy Sen.» Callista fece una pausa per dare maggior enfasi alla frase successiva. «Morale della favola, secondo gli avvocati di Price l'ultima possibilità di fermare lo Stato della California e impedire che venga ucciso un innocente è nelle nostre mani.»

«E il governatore?»

«Hanno tentato, ma finora non si è fatto sentire.»

Caroline era combattuta tra la propria coscienza e un timore di ordine pratico: se fosse intervenuta di nuovo, c'era il rischio che gli animi all'interno della corte si infiammassero ulteriormente e si creasse un conflitto fra lei e Fini, con grande disagio e risentimento degli altri giudici. Con un sospiro del tutto insolito per lei, domandò a Callista: «Lei che cosa farebbe?»

Pur non essendo stata invitata a farlo, Callista si mise a sedere e rispose senza preamboli: «Io sono nera, come lei avrà notato. Ma i bianchi che non mi vedono neppure sono tantissimi e alcuni non sarebbero assolutamente in grado di riconoscermi in un confronto con altre donne nere della mia stessa età e statura. Troppi bianchi non sono abituati a distinguerci gli uni dagli altri e vedono solo che siamo 'neri'. Fleet ha perso tutta la sua credibilità, soprattutto dopo gli ultimi sviluppi. Quindi Price verrà giustiziato a causa di una vecchietta bianca che lo ha confuso con Fleet guardando dalla finestra della casa di fronte. È possibile? Chiunque si accontenti di una prova così inconsistente è veramente troppo bianco per i miei gusti».

Nonostante la preoccupazione, Caroline sorrise. «Compreso il sostituto procuratore che ha sostenuto l'accusa per conto dello Stato della California?»

«Soprattutto lui», rispose Callista sdegnata. «Lei pensa che Price sia colpevole?»

Quella domanda a bruciapelo, che le precludeva la possibilità di nascondersi dietro le complessità della legge, lasciò Caroline interdetta. «No», rispose poi. «Ma si metta nei panni del giudice Fini: anche lei direbbe che non è questo il punto.»

Caroline vide che Callista esitava, combattuta tra l'indignazione per quell'ingiustizia e il timore di prendersi troppe confidenze con il primo giudice della corte suprema. Con maggiore pacatezza, replicò: «Mia madre è una che parla troppo e crede sempre di essere nel giusto, e io temo di aver preso da lei. Perciò le chiedo, pur sapendo che non dovrei: qual è il punto, secondo lei? Possiamo starcene qui tranquilli a guardare, mentre quell'uomo sta per essere giustiziato? Se siamo qui a discutere di Price non è forse perché il giudice Glynn tende a preoccuparsi eccessivamente degli equilibri politici all'interno della corte? A quale bene superiore dovremmo sacrificare Rennell Price? E, soprattutto, che diritto abbiamo di farlo?» Di nuovo Callista abbassò la voce. «Peccherò di semplicismo, ma tutti i neri in America vedono la giustizia come una specie di tombola. Non per questo, però, possiamo chiudere gli occhi.»

Caroline la osservò attentamente e disse: «Immagino che Price chieda un rinvio immediato dell'esecuzione fino a che questa o un'altra corte non si sia pronunciata sui nuovi elementi probatori».

« Sì. »

« Quanti giorni mancano all'esecuzione? »

« Cinque. »

Caroline diede un'occhiata al calendario. « Prepari il rinvio », ordinò. « E si tenga in contatto con l'ufficio del governatore. Voglio sapere se la domanda di grazia è stata accolta. »

I Paget passarono altri tre giorni alla vana ricerca di nuove prove, tentando di localizzare Fleet, sussultando a ogni squillo di telefono, in ansiosa attesa di un fax. Chris aveva l'aria stanca, Carlo era teso e irritabile. Fleet era introvabile.

« La corte e il governatore stanno facendo a chi molla per ultimo », diceva Chris. « Nessuno dei due vuole pronunciarsi per primo. »

Rennell aveva smesso di mangiare. « Non ho più bisogno di mangiare », disse a Terri con uno sguardo spaventato che la riempì di sgomento.

« Non ti arrendere », lo supplicò lei.

Due notti prima della data fissata per l'esecuzione, Terri sognò Eddie Fleet. L'abbracciava e mormorava: « Non posso far soffrire ancora Rennell. Dimmi che cosa devo fare ».

Quando si svegliò e si rese conto di dove si trovava, accanto a lei c'era solo Chris.

Tre ore dopo dal fax dello studio emerse una lettera del governatore che aveva come oggetto: « Domanda di grazia di Rennell Price ».

Il governatore spiegava che il caso del condannato era passato più volte al vaglio di tutte le corti competenti, compresa la corte suprema degli Stati Uniti e che, alla luce di tale scrupoloso esame giuridico dei fatti, dell'esecrabilità del reato e del desiderio espresso dai familiari della vittima, l'esecuzione della condanna di Rennell Price non poteva essere ragionevolmente considerata un errore giudiziario. La grazia era negata.

Non c'era tempo per lasciarsi andare alle emozioni. Chris e

Terri mandarono immediatamente una petizione supplementare alla corte suprema degli Stati Uniti, allegando la lettera del governatore e chiedendo il riesame alla presidente della corte.

Mancavano trentasette ore all'esecuzione.

Appena ricevette la lettera del governatore Darrow, Caroline Masters andò da Huddleston, il quale aveva letto il memorandum di Callista Hill e adesso, prima di guardare in faccia la presidente, scorse velocemente la lettera. « È una specie di micidiale catena di montaggio », commentò. « Rennell Price avanza inesorabilmente verso la morte e tutti stanno a guardare aspettando che sia qualcun altro a salvarlo. E nessuno fa niente. »

« Così adesso tocca a me, in quanto supervisore del Nono Circuito. Solo che sono anche presidente della corte suprema. »

« E, in quanto tale, devi fare il possibile per ridurre gli attriti all'interno della corte. Conservando la tua credibilità. »

« E la mia coscienza? »

Huddleston si sfregò gli occhi e disse: « Già, è vero. La coscienza ». Prese la lettera e la scorse nuovamente. « Se decidi di concedere un rinvio, gli darai almeno qualche ora di vita in più. La nostra corte attualmente è in vacanza e i nostri colleghi sono sparsi ai quattro venti. Fini è addirittura alle Hawaii. Questo mette il governatore in una posizione un po' più difficile. » Huddleston fece una breve pausa. « Io ti appoggerò, naturalmente, ma tieni presente che potrei essere l'unico. Hai bisogno di cinque voti per confermare il rinvio, quindi devi far cambiare idea a uno dei giudici che solo il mese scorso ha confermato la condanna. Sta a te decidere come giocare la tua autorevolezza di presidente. »

Caroline guardò l'orologio. Erano quasi le tre del pomeriggio, le dieci del mattino alle Hawaii. « Speriamo, per Rennell Price, che Fini si sia già alzato e sia andato a fare surf in qualche posto irraggiungibile », disse.

Poco dopo l'una, ora di San Francisco, Christopher Paget venne informato che la presidente Caroline Masters aveva inoltrato un rinvio dell'esecuzione di Rennell Price.

Non provò particolare entusiasmo. Prima di avvertire Terri e Carlo chiamò l'ufficio del governatore e apprese, con una certa sorpresa, che Caroline Masters aveva già mandato copia dell'ordine di rinvio anche al governatore.

« La presidente gioca pesante », commentò Chris parlando con Terri e Carlo. « Adesso tocca a Fini e Darrow. »

Alle sei di quel pomeriggio, a Washington, sullo schermo del computer di casa di Caroline Masters arrivò una e-mail del giudice Fini. La sua analisi era chiarissima. Evitando gli aspetti legali più spinosi, definiva le nuove prove della pedofilia di Fleet « deplorevolmente insufficienti » e « non pertinenti il reato per cui Price è stato condannato ».

La presidente si mise immediatamente a scrivere la risposta. « La data dell'esecuzione di Rennell Price è fissata per domani », cominciò. « È nostro dovere chiederci se queste ultimissime prove non dovrebbero indurci a riflettere prima di ratificare definitivamente un'esecuzione così discutibile... »

Alle cinque del pomeriggio, ora di San Francisco, squillò il telefono nello studio di Terri.

Era il funzionario addetto alle sentenze capitali presso la corte suprema, che le disse in tono cupo: « C'è un nuovo ordine riguardo al caso Price. Con cinque voti contro quattro, la corte ha annullato il rinvio dell'esecuzione ».

Terri lo ringraziò meccanicamente di averla avvertita e posò il telefono. Mancavano trentun ore alla mezzanotte e un minuto del 22 luglio, quando lo Stato della California avrebbe proceduto all'esecuzione della sentenza.

Chris cominciò a cercare affannosamente il segretario personale del governatore.

Verso mezzanotte Terri era ancora nello studio, intenta a preparare l'ennesima petizione da presentare qualora fossero state trovate nuove prove. Trasalì nel sentir squillare il telefono, si voltò e vide sul display il numero del cellulare di Johnny Moore.

« Ho delle novità », le disse serissimo.

Terri esitò, incerta se sperare o no. « Su Fleet? »

« Sì, Terri, su Fleet. È morto. »

Terri rimase come paralizzata, combattuta tra l'incredulità e il sollievo, subito seguito da un cattivo presagio. « Come? » chiese con voce atona.

« È successo ieri mattina, in un quartiere di Los Angeles. Fleet era nascosto sotto falso nome in casa di una conoscente. Pare l'abbia picchiata e costretta a fargli un pompino. Appena lui si è addormentato, sembra che questa gli abbia ficcato una pistola in bocca e abbia premuto il grilletto. » Moore parlava con voce sommessa. « Una sorta di contrappasso. Spero che si sia svegliato, anche solo per un attimo, prima che lei sparasse. »

Terri si sforzò di pensare lucidamente. « È morto... » ripeté. « E io che continuavo a sperare di poterlo costringere a confessare, di farlo cadere in trappola, in un modo o nell'altro. »

« Non ce l'avremmo fatta comunque », replicò Moore. « Non avevi niente in mano. A parte Fleet, ammesso che fosse presente, l'unico altro testimone della morte di Thuy Sen era Payton. »

« Sono sicura che Fleet fosse presente », ribatté Terri. « E adesso le tre persone che quel giorno erano nel salotto di Eula Price sono tutte morte. »

Si sentì sopraffare dalla tragicità della situazione, ma subito ritrovò la sua logica di avvocato. Non c'erano altre prove, né alcuna speranza di scoprire chi avesse veramente ucciso Thuy Sen. Gli unici elementi nuovi erano quelli deducibili dal modo in cui era morto Fleet. « Anche il suo omicidio fa parte del quadro », disse. « Possiamo usarlo per una nuova petizione. »

Meccanicamente, Terri dettò a grandi linee una dichiarazione giurata che Moore avrebbe dovuto sottoscrivere e spedirle via fax. Quando ebbe finito, si concesse di ricominciare a ragionare da madre e non più da avvocato, e ringraziò Dio, se esisteva, perché Elena era finalmente al sicuro.

Appena poté, Terri si portò il lavoro a casa e raggiunse la figlia. Erano quasi le due del mattino, ma non voleva aspettare a darle la notizia.

Irrequieta, la ragazzina si mosse nel sonno e aprì le labbra come per dire qualcosa. Terri si chiese se stesse sognando di nuovo suo padre. Le toccò una spalla ed Elena si svegliò di soprassalto.

« Sono io », disse sottovoce Terri. « La mamma. »

Elena la guardò. Era troppo assonnata, o forse troppo impaurita, per non sembrare terribilmente vulnerabile, anziché diffidente come al solito. Domandò con ansia: « Cos'è successo? »

« Una cosa che volevo dirti subito. Ma stai tranquilla, va tutto bene », le rispose la madre.

Le prese la mano e aspettò che la figlia connettesse del tutto.

« Che cosa? » domandò Elena.

« Sai l'uomo che forse ti ha seguito, quello che secondo me ha ucciso Thuy Sen tanti anni fa? È morto. »

Elena sbatté gli occhi e guardò la madre con aria speranzosa e incredula. « E come? »

Terri esitò ripensando a quando la figlia le aveva detto, in preda all'angoscia: « Forse un giorno ammazzerò un uomo, magari perché mi costringe a fargli delle cose ». Ma non poteva dirle altro che la verità. « Ha picchiato una donna e l'ha costretta a un rapporto orale. E lei gli ha sparato nel sonno. »

Elena si nascose il viso tra le mani. Dopo un po' mormorò: « Avrà dei guai, quella donna? »

« Non lo so. »

Elena si mise di nuovo a sedere sul letto e disse: « Ci speravo, che morisse. Ma adesso una donna finirà nei guai. Non sarebbe stato meglio se lo avessero condannato a morte? »

Subito Terri non seppe che cosa rispondere, ma poi disse: « Sì, sarebbe stato meglio se lo avessero condannato, magari all'ergastolo. Così adesso tu potresti stare tranquilla e Rennell anche».

Elena non rispose.

«Comunque, tu puoi stare tranquilla», le disse Terri dopo un po'. «Cerca di non pensarci più. E ricordati che ti voglio bene.»

La ragazzina annuì in silenzio, poi Terri tornò in biblioteca a lavorare. Voleva a tutti i costi salvare Rennell Price.

Alle sei della mattina dopo Elena entrò nella biblioteca.

Terri stava rileggendo la sua petizione e rimase sorpresa. Elena le si fermò alle spalle e incominciò a massaggiargliele senza dire niente. Terri non le chiese perché lo faceva ed Elena non le diede spiegazioni. Quando ebbe finito, le diede un bacio leggero sulla testa e tornò a letto.

20

Di fronte a Rennell, Terri pensò con enorme dispiacere che, salvo eventi veramente imprevedibili, l'indomani a quell'ora sarebbe stato morto.

Come Eddie Fleet.

Erano le nove del mattino, ma gli incoraggiamenti che gli rivolgeva le suonavano vuoti come le chiacchiere che si fanno a un cocktail alla fine di una lunga giornata di lavoro. « Stiamo ancora cercando di scoprire qualcosa di più su Eddie Fleet », gli disse. « Chris spera di riuscire a parlare con il governatore. »

Dopo tutte le complicate fasi procedurali che aveva cercato di spiegargli – la domanda di grazia, una nuova petizione al Nono Circuito, la richiesta di rinvio da parte della corte suprema degli Stati Uniti – Rennell l'aveva guardata come se fosse trasparente, o come se avesse parlato una lingua a lui sconosciuta. L'unica cosa che pareva aver capito era che tutti i passi intrapresi erano stati inutili e che la morte era ormai imminente. In fondo, per lui era l'unica cosa importante.

Terri gli prese la mano per consolarlo, ma anche per se stessa, per trovare la forza di affrontare la lunga giornata che l'aspettava. « Rennell...? »

Lui scosse la testa e dopo un po' borbottò: « Stavo per tornare libero... »

È vero, c'eri quasi, pensò Terri. Si sentiva estraniata dalla realtà: tra le sette e le otto, mentre cercava di riposare, si era svegliata di soprassalto tutta sudata, con il batticuore. Adesso ogni parola e ogni gesto le parevano irreali come in un sogno.

« Tornerò », promise. « Alle cinque. Forse avrò delle novità. »

Tammy Mattox era chiusa in uno degli uffici dello studio legale insieme con due investigatori, intenta a rispondere ai messaggi che arrivavano tramite posta elettronica e telefono al numero verde che avevano istituito per cercare di raccogliere nuove prove. Da lì si teneva anche costantemente in contatto con Johnny Moore. «Ancora niente su Fleet?» le chiese Terri.

Tammy alzò la testa: aveva l'aria stanca e due profonde occhiaie. «Niente di nuovo, a parte che è ancora morto.»

Terri, in piedi accanto alla sedia di Tammy, guardava il telefono. «Sai qual è la cosa peggiore?» disse. «Continuiamo a indagare perché sappiamo che Fleet era un pedofilo, ma in realtà nessuno sa chi sia stato a uccidere Thuy Sen. E se non ci sarà una svolta nella tecnologia del DNA, non lo sapremo mai. Rennell sta per morire per mancanza di certezze.»

Tammy scosse la testa e puntualizzò: «No, Rennell sta per morire per 'un eccesso di certezze': il sistema vuole definitività e Darrow ha bisogno di un'esecuzione rituale».

Non c'era nulla da obiettare ed era inutile continuare a ripetere sempre le stesse cose. Terri stava per andarsene, quando il telefono di Tammy squillò.

Si fermò sulla porta e si voltò a guardare con la spia luminosa che lampeggiava. Tammy la invitò con un cenno a rispondere. «Prova tu. Magari porterai fortuna.»

Terri sollevò la cornetta. «Chi parla?» chiese una voce di donna.

«Sono Teresa Paget, uno degli avvocati di Rennell Price. Posso esserle utile?»

«Caso mai sono io che posso essere utile a voi. Ho sentito che cercate informazioni su Eddie Fleet.»

Dalla voce sembrava una donna giovane e dalla cadenza Terri intuì che doveva essere afroamericana. Si affrettò a prendere la matita che Tammy le porgeva e disse: «Se sono vere, certo».

«Altroché se sono vere. Tenevo spesso la figlia della sua amica, che abitava nella mia zona.»

Con questo la donna sembrava ritenere di aver presentato le proprie credenziali. «Dove esattamente?»

« In South Central. Eddie si è trasferito qui ai tempi dei disordini per Rodney King. »

Dal punto di vista cronologico l'affermazione era plausibile: Fleet era scomparso da Bayview circa quattro anni dopo la morte di Thuy Sen. Tesa, Terri chiese: « Che cosa mi voleva dire? »

« Che è un porco. » La voce si trasformò in un sibilo basso, rabbioso. « Un giorno è venuto a casa quando Jasmine non c'era e la bambina dormiva. »

Si interruppe di colpo, come se la conclusione della storia fosse scontata. Cercando di suonare comprensiva e incoraggiante, Terri domandò: « E che cosa fece? »

« Era fumato », raccontò la donna incollerita. « Diceva che era un po' che mi guardava e che io guardavo lui. Io gli ho detto che se l'era sognato. »

Terri cominciò a prendere appunti. « Sì? » la incoraggiò.

La donna prese fiato. « Voleva che gli facessi un pompino. Io gli ho detto che se lo facesse da solo e lui ha tirato fuori una pistola... »

Terri, allarmata, chiese: « Ha minacciato di ucciderla? »

« Me l'ha puntata alla testa », spiegò la donna con la voce roca. « E visto che io non ci stavo lo stesso, mi ha detto che a lui non gliene fregava un cazzo, se vivevo o morivo. Ma che se morivo soffocata dal suo sperma, almeno sarebbe stato un incidente. »

Terri si appoggiò alla scrivania con il cuore in gola. Tammy la guardava attentissima. Terri disse semplicemente: « Quel che lei mi ha appena raccontato potrebbe salvare la vita a un uomo ».

La donna tacque. Poi disse: « Per questo ho telefonato. Così potete raccontare la mia storia a chi di dovere ».

« Il nostro investigatore Johnny Moore si trova a South Central in questo momento. Glielo mando, così... »

« Che cosa devo fare? »

« Mi racconti esattamente come sono andate le cose. Io preparerò una dichiarazione e la manderò a Johnny, che gliela farà firmare. »

« Per il tribunale? »

« Non sarà una cosa lunga. Ma devo poter dimostrare alla corte che non mi sono inventata tutto. »

« Scusi, sa, ma io come sono andate le cose gliel'ho già raccontato. Non voglio andare in tribunale. Di problemi con la giustizia ne ho già abbastanza. Mi dispiaceva solo che facessero l'iniezione letale a quell'uomo. Per il resto, ci deve pensare lei. »

A Terri si strinse il cuore. « L'esecuzione è fissata per stanotte », disse. « Se lei non mi aiuta, Rennell Price morirà... »

Si sentì un clic, e poi silenzio.

Terri premette un pulsante per vedere il numero della donna, ma sul display comparve la scritta NUMERO PRIVATO.

« Cos'è successo? » chiese Tammy.

Terri si sedette sull'orlo della scrivania. « Ha buttato giù. »

Andarono tutti nella sala riunioni – Chris, Terri, Carlo e Tammy – per parlare al vivavoce con Johnny Moore.

Chris, passeggiando nervosamente avanti e indietro, faceva previsioni pessimistiche: « Non ci crederà nessuno. Pell sosterrà che ci siamo inventati tutto sapendo che un morto non può smentire, o che la donna della telefonata era una mitomane che si è ispirata a quello che ha sentito dire in televisione ».

Terri si sporse verso il telefono e disse a Moore: « Devi trovarla. Potrebbe anche essere una delle tante persone con cui hai parlato. Trova qualcuno che la conosce, per esempio la donna di Fleet, Jasmine... »

« Senza numero di telefono, senza indirizzo e in dodici ore? » chiese Johnny.

« Provaci », rispose Terri. « Il nome della sua amica lo hai, no? »

Dopo dieci minuti di discussioni con Chris e Carlo, Terri guardò l'orologio. Erano le dodici e cinquantuno.

« Non abbiamo scelta », disse in tono piatto. « Dobbiamo chiedere l'autorizzazione a presentare un'altra petizione al Nono Circuito e mandare un'altra lettera al governatore, informandolo della morte di Fleet e della telefonata anonima. Che ci diano retta o no, almeno nel frattempo c'è la possibilità che Johnny trovi questa donna.»

Carlo guardò prima Terri e poi suo padre, che dopo un po' disse: «Non c'è altro da fare. Abbiamo la scadenza di mezzanotte e un minuto. Proverò di nuovo a parlare con il governatore».

Tammy tornò al centralino.

21

Alle quattro e mezzo del pomeriggio del 21 luglio, dopo aver preparato una petizione di emergenza da indirizzare alla corte suprema degli Stati Uniti nel caso in cui il Nono Circuito avesse respinto la loro ultima istanza, Terri e Carlo si recarono a San Quentin per quella che molto probabilmente sarebbe stata la loro ultima visita a Rennell.

Era un lunedì pomeriggio di sole. Carlo guidava, attento alla strada, ma Terri si accorse che era distaccato: probabilmente pensava alla morte imminente di Rennell. Si rese conto anche di quanto era cambiato da dieci mesi a quella parte: sembrava più adulto e aveva perso un po' della sua spensieratezza e disinvoltura. La pena capitale gli aveva tolto la sua innocenza.

« Perché proprio di martedì? E perché a mezzanotte e un minuto? » chiese.

« Il mandato di esecuzione capitale è valido ventiquattr'ore. Non vogliono perdere tempo... »

« Quindi se ottenessimo un rinvio dal Nono Circuito o dal primo giudice della corte suprema, alla corte in seduta plenaria resterebbe comunque il tempo di annullarlo. »

« Già. Quanto al giorno della settimana, hanno cambiato: prima le esecuzioni venivano fissate sempre di venerdì. » Terri tirò fuori gli occhiali da sole. « Secondo me, hanno cambiato perché al martedì vengono meno dimostranti da fuori, dato che il giorno dopo è lavorativo. Inoltre il personale della prigione può prendersi il venerdì libero e magari allungare il ponte quando capita un lunedì festivo. »

Carlo non fece commenti, ma dopo un po' disse a bruciapelo: « Se lo giustiziano, vengo anch'io ».

Terri si voltò a guardarlo. « Te lo sconsiglio, Carlo. Di assistere a un'esecuzione in generale, ma a quella di Rennell, poi... »

« Tu però ci vai. »

« Io non posso non esserci. Non vorrei mai che si sentisse abbandonato proprio all'ultimo momento. »

Carlo imboccò l'uscita per San Quentin. « Abbandonato da te? » Poi, sottovoce, aggiunse: « Non devo chiedere il permesso a nessuno per venire, a parte Rennell. E se guardi sull'elenco dei visitatori autorizzati ad assistere, ci sono anch'io ».

Terri capì che, in uno dei colloqui degli ultimi giorni, Rennell e Carlo dovevano averne parlato. « Sei stato tu a proporglielo? » gli chiese.

« No. È stato lui. »

Non parlarono più finché non arrivarono davanti al carcere. Guardando il grande camino sopra la camera della morte, Terri si chiese se Chris fosse riuscito a trovare il governatore e se la corte d'appello del Nono Circuito fosse in procinto di dare una risposta. Magari Johnny Moore sarebbe riuscito a trovare Jasmine in tempo.

Mancavano sette ore.

All'ingresso trovarono Anthony Lane e insieme con lui andarono nella stanza dalle pareti di cemento in cui, fino alle diciotto del giorno che per volontà dello Stato della California doveva essere l'ultimo della sua vita, Rennell era autorizzato a ricevere visite.

Era seduto, solo, davanti a un tavolo pieghevole con alcune sedie di plastica, polsi e caviglie incatenati, una guardia carceraria che lo sorvegliava imperturbabile. La stanza era circa due metri e mezzo per tre, senza finestre. Oltre al tavolo a cui era seduto Rennell ce n'era un altro con dei cucchiai di plastica, una ciotola di gelatina rossa e un piatto di affettati da offrire agli ospiti. Terri non riusciva a immaginare chi potesse voler mangiare qualcosa in quelle circostanze.

Rennell si alzò e Tony Lane lo abbracciò affettuosamente. Terri lo vide chiudere gli occhi, commosso.

Anche Carlo abbracciò Rennell con forza e a lungo. Poi Rennell si chinò verso Terri, che gli diede un bacio in fronte. Odorava di sapone: doveva aver fatto la doccia in preparazione a quella visita.

Rennell la guardò. « Ti aspettavo. Lo sapevo che venivi. »

Quelle parole semplici la commossero profondamente e Terri pensò che, da piccolo, Rennell aveva avuto vicino solo Payton: niente genitori che andassero a prenderlo a scuola o che gli promettessero di portarlo da qualche parte nel fine settimana e poi mantenessero la promessa. Le tre persone venute a trovarlo l'ultimo giorno della sua vita rappresentavano la famiglia che non aveva mai avuto.

« Anche Chris voleva venire, ma ha appuntamento con il governatore e aspetta la risposta delle corti », gli disse. « Non ci arrendiamo. »

Rennell annuì e negli occhi gli comparve un barlume di speranza. « Chris è in gambissima », disse, quasi per rassicurarsi. « Lo so. »

Terri sorrise. « Sì, è il più in gamba di tutti. A parte Carlo e me. » Poi, ricordandosi di Lane, aggiunse scherzosa: « E Tony, naturalmente ».

Rennell piegò leggermente la testa all'indietro e, osservando i suoi ospiti, disse con aria di grande buonsenso: « Siete tutti in gamba. Pensate sempre a tutto ».

Per l'ennesima volta Terri sentì l'enormità del divario tra i loro tentativi disperati di salvarlo *in extremis* e la vaga idea che ne aveva Rennell. Tirò fuori dalla tasca del tailleur una foto che aveva trovato fra gli effetti personali della nonna di Rennell: ritraeva Eula Price in mezzo ai due nipoti con un braccio sulle loro spalle. Rennell aveva la faccia tonda seria seria. Doveva avere una decina di anni. « Ti ho portato questa », gli disse.

Rennell la guardò con gli occhi lucidi e Terri si rese conto che quella foto doveva avergli fatto venire in mente che la nonna e il fratello non c'erano più, e anche come era morto Payton. « È una bella foto », disse in fretta. « Mi piace l'aria da ometto che hai. »

Rennell gliela restituì. « Tienila tu », le disse sottovoce.

Sconsolata, Terri cercò qualcosa da dire. La guardia, alle spalle di Rennell, spostava il peso da un piede all'altro, a disagio.

Poi Carlo, con aria tranquilla, assaggiò un po' della gelatina pronta sul tavolino. « Buona », disse a Rennell. « Alla fragola. È il tuo gusto preferito? »

Rennell si distrasse e rispose: « Sì. La nonna me la faceva sempre ».

« Ne vuoi un po'? »

Vedendo che Rennell annuiva, Carlo gli mise davanti un piattino e un cucchiaio di plastica. Rennell lo prese, con le mani legate, e si mise in bocca un pezzetto di gelatina.

« Buona », disse a Carlo.

Anthony Lane avvicinò una sedia e si accomodò. « Mi ricordo che, quando ero piccolo, una volta cercai di fare una montagna di gelatina di sette colori diversi », si mise a raccontare a Rennell. « Avresti dovuto vedere la faccia di mia mamma. »

E Lane si lanciò in un lungo aneddoto, che a Terri parve inventato lì su due piedi, ma che divertì Rennell, soprattutto quando Lane si addentrò in una pittoresca descrizione del grande ammasso di gelatina.

« Che pasticcio! » commentò. « Scommetto che tua mamma te le ha date. O tuo papà. »

Lane lanciò un'occhiata a Terri e rispose tranquillo: « No, non mi ha nemmeno costretto a mangiarla. Era troppo schifosa ».

Finalmente Rennell sorrise. « Mio fratello mi avrebbe nascosto. »

Terri provò un senso di vuoto allo stomaco.

« Eh, già », disse Carlo. « Dietro quei cespugli che ci hai raccontato. »

Rennell guardò dalla sua parte, apparentemente commosso che Carlo se ne fosse ricordato, e confermò sottovoce: « Sì, dietro i cespugli ».

Come prima, il pensiero di Payton parve ricordargli ciò che lo aspettava. Con gesto incerto, prese la mano di Terri. « Se mi fanno come a Payton, tu vieni? »

« Certo », rispose lei con voce ferma. « Ma speriamo che non succeda. »

Rennell parve non sentire quelle ultime parole e domandò a voce bassissima: « Te la senti? »

Terri non riuscì a rispondere. Fu Carlo a dire: « Verrò anch'io. E anche mio papà, se ce la fa. Continua a sperare, Rennell ».

Di nuovo Rennell si voltò verso di lui e disse lentamente: « Sì. Magari un giorno andiamo allo stadio, a vedere il baseball ».

« Sì », fece Carlo. « Andiamo a una partita dei Giants, e mangiamo le noccioline e gli hot dog. »

Visibilmente riluttante, la guardia si fece avanti e disse a Terri: « Sono quasi le sei. Dovete andare ».

Un attimo dopo Terri si alzò, ma Rennell rimase seduto, quasi non volesse congedarsi. Per rassicurarlo, lei gli disse: « Possiamo ancora parlarci al telefono. Ti chiamo più tardi, quando sarai con la guida spirituale ».

Rennell annuì in silenzio, con lo sguardo spaventato. Terri fece il giro del tavolo e andò ad abbracciarlo. « Ti voglio bene, Rennell. »

Poi lo abbracciò Lane, che gli disse: « Ti vogliamo tutti bene ».

Rennell sbatteva gli occhi. Quando Carlo si avvicinò per abbracciarlo, gli disse con la voce roca: « Sei il mio migliore amico adesso, Carlo. Dopo Terri ».

Un'altra guardia venne ad aprire loro la porta. Uscendo, si voltarono a guardare e videro Rennell che, seduto, allungava il collo per vederli fino all'ultimo dicendo: « Anch'io vi voglio bene! »

La guardia che era nella cella con Rennell chiuse la porta. Carlo scosse la testa in silenzio, con le guance rigate di lacrime.

Carlo tornò a San Francisco a dare una mano a Chris. Tony Lane se ne andò. Non aveva mai visto di persona un'esecuzione e non reggeva al pensiero di assistere proprio a quella di Rennell. « Grazie a Dio non mi ha chiesto di restare », disse e augurò buona fortuna ai Paget.

Terri rimase alla prigione, in una stanzetta spoglia con un telefono e una scrivania, ad aspettare una chiamata da Chris.

Poco prima delle sette, il telefono squillò. Chris fu di poche parole. « Non ci sono novità né dal Nono Circuito né da Johnny Moore, ma ho trovato Darrow. È poco lontano da casa nostra, a cena da Howard Shipler con i suoi principali finanziatori, per una raccolta fondi. Mi ha promesso una breve udienza dopo cena. »

Terri era stata dagli Shipler una volta, a una cena cui era presente anche il governatore. Avevano mangiato in una sala con un Matisse e due Manet alle pareti, ascoltando Darrow che parlava con la finta intimità che riservava a coloro da cui sperava di ottenere contributi per la campagna elettorale. In quel momento le venne in mente che anche Rennell stava cenando, per l'ultima volta della sua vita: pollo con purè di patate, come faceva la nonna. Ma questa volta il pollo era disossato e andava mangiato con un cucchiaio di plastica.

« Tienimi aggiornata », disse. « Io da qui non mi muovo. »

« Come si comporta Rennell? »

Quella domanda ricordò a Terri la storia di un altro condannato a morte, talmente ritardato che aveva messo da parte per *dopo* il pezzo di torta che gli era stato servito con l'ultima cena. « Bene », rispose. « Ma è più preoccupato di quanto ci si aspetterebbe da un ritardato. Evidentemente l'esperienza di Payton gli ha aperto gli occhi... »

« Aspetta un momento », la interruppe Chris.

In sottofondo Terri udì la voce di Carlo, poi Chris le riferì: « Il Nono Circuito ha detto di nuovo di no. Con due voti a uno, Montgomery contrario ».

Terri guardò l'orologio. Meno di cinque ore e una parola del governatore Darrow, o forse Caroline Masters, separavano Rennell Price dal suo destino.

« Carlo sta chiamando la corte suprema », la informò Chris prima di chiudere la telefonata.

22

Alle otto e mezzo Terri aspettava ancora che la corte suprema degli Stati Uniti o il governatore Darrow dicessero l'ultima parola sul destino di Rennell.

A quell'ora il detenuto si trovava già nella cella riservata ai condannati a morte. In quella accanto, separata dalla sua da un'inferriata, c'era il ministro della Chiesa unitaria scelto da Terri per portargli conforto, una donna esperta in situazioni di quel genere, che non avrebbe perso il controllo rendendo ancora più penose le sue ultime ore. Attraverso le sbarre, la religiosa poteva parlargli, leggergli brani della Bibbia o, se Rennell preferiva, semplicemente tenergli la mano.

Piena di paura, aggrappata all'ultimo filo di speranza, Terri aspettava accanto al telefono.

Verso mezzanotte, ora di Washington, Caroline Masters e Callista Hill rileggevano sullo schermo del computer l'ultima istanza presentata da Rennell Price. « Molto inconsistente », commentò Caroline Masters. « L'omicidio di Fleet non rivela nulla su quello di Thuy Sen e l'unica altra informazione nuova è una voce anonima, riportata semplicemente dall'avvocato di Price, senza alcun testimone. Una chiamata da una donna sconosciuta. »

« Se fosse vero, però, Fleet avrebbe praticamente ammesso di essere colpevole », le fece notare Callista. « 'Se muori soffocata dallo sperma, almeno sarà stato un incidente.' Non sarebbe giusto lasciare ai legali di Price il tempo di trovare l'autrice della telefonata? Bisogna proprio giustiziarlo stanotte? »

« Fini direbbe che i pretesti per rimandare non finiscono mai e che non dobbiamo farci tanti scrupoli per 'nuove prove' presentate *in extremis.* » Consapevole del fatto che avrebbe dovuto dirigere altrove il suo malumore, Caroline rispose secca alla sua assistente: « Su che basi si può concedere un rinvio, Callista? Ai sensi dell'AEDPA? Pensa che Fini e i suoi quattro alleati troveranno queste prove 'chiare e convincenti'? Come mai tutto questo non è venuto fuori al processo? Non era nemmeno successo all'epoca del processo, santo cielo! Non è ammissibile... »

« Lo sarebbe, se i legali di Price riuscissero a trovare l'autrice della telefonata », la interruppe Callista.

Caroline cercò di controllare le proprie emozioni e, più calma, disse: « Callista, mi sono già esposta fin troppo qualche giorno fa, con il rinvio che la corte ha annullato. Se continuo così, sembrerà che voglia fare dispetto a Fini. Oltre un certo limite, devo pensare anche alla mia credibilità: non posso infiammare ulteriormente gli animi all'interno della corte. Questo non è l'unico caso di cui dobbiamo occuparci ».

Callista incrociò le braccia. Nella penombra dello studio della presidente, aveva l'aria triste e arrabbiata al tempo stesso. « È vero », rispose. « Ma è anche vero che la vita di Rennell Price è una sola. »

Caroline la osservò e disse: « Mi dispiace, ma la giustizia perfetta non esiste ».

« Lo so. »

Quella risposta pacata turbò Caroline più di quanto non avrebbe fatto un'osservazione polemica. Si allontanò dallo schermo, andò alla finestra e si mise a guardare fuori, nel buio.

« Non ordinerò un altro rinvio, ma convocherò gli altri giudici. Si assicuri che vedano questa petizione e sappiano che occorre votare entro le due del mattino. Se vuole preparare una breve raccomandazione, faccia pure. »

« Grazie », rispose semplicemente Callista. Quando la presidente si voltò, era già fuori della porta.

Alle ventuno e trenta, ora di San Francisco, Terri non aveva ancora ricevuto notizie da Chris. Prese il telefono e chiamò Rennell nella sua cella.

« Non sappiamo ancora niente », gli disse, come se stesse parlando di un'informazione qualsiasi. Poi cercò di assumere un tono un po' più allegro e aggiunse: « Avevo solo voglia di sentirti ».

« Sì. » Rennell parlava pianissimo. « C'è quella signora, qui con me. Ma anch'io avevo voglia di parlarti. »

« Sai a cosa stavo pensando? Alle cose belle della tua vita. »

« Tipo Payton? »

« Sì, Payton, ma anche la maestra Brooks, quella che hai avuto in terza elementare. Ti voleva veramente bene. »

Sentì il respiro un po' affannoso di Rennell, una specie di sospiro. « Davvero? »

« Ha conservato la tua foto, Rennell. Sono passati tanti anni e lei aveva ancora la tua foto. Per ricordarsi di te. »

Rennell tacque. Dopo un po' disse: « Parlare con te mi fa sentire un po' meglio ». Una pausa e poi ancora: « Sono stanco, però. Tu sei stanca? »

« Un po' », rispose Terri. « Ma sto aspettando che Chris mi chiami, poi ti ritelefono. »

Il solarium di Howard Shipler aveva pareti di vetro, mobili di vimini e una vasta collezione di piante esotiche e palme in miniatura. Mentre aspettava con ansia il governatore, seduto su un'enorme poltrona degna di un viceré dell'India britannica, Chris pensò che, se al posto di Darrow fosse comparso un cacatua, non si sarebbe sorpreso.

Invece dopo un po' il governatore fece il suo ingresso nella stanza a passo svelto, con la camicia perfettamente stirata, la testa alta e lo sguardo attento. Anche in compagnia di amici, Craig Darrow beveva solo acqua minerale.

« Chris, so che per lei questo è un triste momento », esordì stringendogli la mano. « Lo è anche per me, per quanto le possa sembrare strano. »

« È molto più triste per Rennell Price che ha solo due ore da vivere, ormai », replicò Chris. « Soltanto lei può salvarlo... »

« E la corte suprema? »

« Non sappiamo ancora niente, ma non credo che ci aiuteranno. »

Darrow infilò le mani nelle tasche dell'abito gessato. « E così vi aspettate che vi aiuti io. »

Con un certo sforzo, Chris rispose in tono pacato, ragionevole: « A parte il modo in cui è morto Fleet – il testimone dell'accusa – abbiamo anche ricevuto una telefonata anonima relativa a un altro episodio in cui costui ha costretto una minorenne a un rapporto orale. Solo che questa volta l'ha minacciata con una pistola e si è lasciato sfuggire una sorta di confessione ».

« Lo so, ho letto la vostra lettera », rispose Darrow freddino. « Avete rintracciato l'autrice della telefonata? »

« Non ancora. Per questo le stiamo chiedendo più tempo. »

Guardando le piastrelle del pavimento, Darrow fece una smorfia, quindi posò una mano sulla spalla a Chris. « Nutro un profondo rispetto per quello che fa, Chris, e la considero un amico. Ma quante corti hanno esaminato questo caso, e quante volte? »

« Per questo si chiama 'grazia': perché non c'entrano né l'AEDPA né il grado di innocenza o colpevolezza, ma è una questione di compassione. E non le stiamo chiedendo neppure questo, ma semplicemente un rinvio, il tempo di lasciarci cercare altre prove. » Scoraggiato dallo sguardo vitreo di Darrow, Chris sbottò: « Per la miseria, Craig, non l'ha ammazzata lui! »

« Lo dice lei, ma gli avvocati proclamano sempre innocenti i loro assistiti », ribatté Darrow in tono di rassegnazione, ma anche di scusa. « Se concedo la grazia a quest'uomo, sembrerà che lo faccia per fare un favore a un amico. E in effetti lo farei solo per quello. »

Il cinismo implicito in quella risposta irritò ulteriormente Chris. « Che cosa le costano un paio di settimane di rinvio? »

« Moltissimo, se la mia clemenza verrà vista come un atto compiuto venendo meno ai miei principi. »

Chris si avvicinò e lo guardò dritto negli occhi. « Quali principi? Non ha mai concesso la grazia a nessuno, né l'hanno concessa i due governatori prima di lei. Da quando Rose Bird non è più alla corte suprema della California, *nessuno* ha mai concesso la grazia. Perché non ci si guadagnano né soldi, né voti. L'istituto della grazia in California non esiste più. È solo una sadica formalità, di cui i governatori approfittano per racimolare qualche voto in più chiudendo gli occhi. Può fare di meglio, Craig, e questo è il caso in cui dimostrarlo. »

Il governatore si incupì. « Questo è solo un caso come tanti altri. Cerchiamo di essere realistici. L'economia locale va a rotoli, la destra trama per farmi dimettere e ha un attore con la fama dell'uomo forte già pronto a sostituirmi. Pensa che lui elargirà grazie come se fossero ostie consacrate? Scordatevelo! Se io me ne vado, tutte le altre cose a cui tenete tanto – le scuole, l'assistenza all'infanzia, la tutela dell'ambiente – se ne vanno insieme con me. Se faccio quello che lei mi chiede, Chris, rovesciando una sfilza di sentenze e controsentenze, finirò come Kathleen Brown, l'ultima democratica che si è candidata a governatore essendo contraria alla pena di morte. »

Chris aveva la faccia vicinissima a quella di Darrow. « Almeno, avrà fatto la cosa giusta... »

« Le risulta che Kathleen Brown sia mai stata eletta governatore? » lo interruppe brusco Darrow. « No? Be', nemmeno a me. Non ha avuto la possibilità di fare nemmeno *una* cosa giusta. Quindi non venga a farmi la predica sulla leadership morale. »

Chris aveva il sangue alla testa. Posò entrambe le mani sulle spalle di Darrow e disse: « È semplicissimo. Tra meno di due ore, Rennell Price vivrà o morirà ».

In maniera quasi impercettibile, il governatore scosse la testa.

Per un attimo Chris temette di non riuscire a trattenersi dal prenderlo per il bavero e sbatterlo contro il muro. Invece, sia pur controvoglia, abbassò le mani e tirò fuori dalla tasca un biglietto da visita, che infilò nel taschino della giacca di Darrow.

« È il numero di telefono della direttrice del carcere », disse. « La strada fino a Sacramento è lunga. A mezzanotte e un minuto sarà ancora sveglio, Craig. Può ancora chiamare. »

Poi si voltò e se ne andò.

Mancavano pochi minuti alle undici quando suonò il telefono davanti a Terri.

Rispose al primo squillo e Chris le disse stancamente: « Mi dispiace. La corte suprema ha appena risposto di no, con sette voti contro due ».

Angosciata, Terri chiese: « E Darrow? »

« Ci ho provato », rispose lui in tono amareggiato. « Non vede alcun tornaconto futuro in Rennell e quindi Rennell non ha futuro. A meno che non cambi idea all'ultimo momento e telefoni alla direttrice del carcere, non c'è più nulla da fare. »

« Quante probabilità ci sono che cambi idea? »

« Nessuna. E Johnny Moore non ha trovato nulla. » In tono più pacato aggiunse: « Carlo e io siamo per strada. Saremo lì fra poco ».

Prima di chiamare Rennell per l'ultima volta, Terri si prese cinque minuti per ricomporsi. Quando sollevò di nuovo il telefono, erano le ventitré e un minuto.

« Terri? » disse Rennell. Sembrava spaventato e speranzoso al tempo stesso.

« Sì, sono io. » Terri tacque un attimo, sforzandosi di controllare la propria voce. « Mi dispiace, Rennell. La corte suprema ha respinto la nostra richiesta e il governatore Darrow anche. Non possiamo fare più niente. »

Non riuscì a continuare. Rennell, con voce atona, chiese: « Vuol dire che devo morire? »

« Sì. » Terri cercò le parole. « Mi dispiace dovertelo dire, Rennell. Volevo dirti anche che ti voglio bene, però. »

« Anch'io. » Rennell aveva la voce roca. « Abbi cura di Chris e di Carlo, okay? »

Quelle parole toccarono il cuore a Terri: quel povero ragazzo limitato si era affezionato ai due uomini che si erano battuti per lui al punto di preoccuparsi per loro. Il paradosso era di una tristezza devastante e rivelava l'enormità dello spreco che stava per compiersi, il sacrificio inutile della vita di un uomo che una giuria, quindici anni prima, aveva ritenuto incapace di provare pietà per una bambina di nove anni.

« Te lo prometto », disse Terri con la voce che si incrinava. « Ora devo salutarti, non abbiamo più tempo. Ma solo per ora, Rennell. Ci rivedremo. »

« In paradiso? »

Era quel che le era stato insegnato da piccola e, anche se Terri non riusciva più a crederci, non c'era altro da dire. « In paradiso », ripeté perciò. « La tua nonna è già là che ti aspetta. »

Sentì che Rennell prendeva fiato. « Anche Payton? »

« Sì, anche Payton », rispose Terri.

23

Alle ventitré e trenta Terri entrò nella zona riservata al pubblico.

I familiari di Thuy Sen – Meng, Chou e Kim – erano già lì, seduti vicini ad aspettare Rennell con pazienza incrollabile. Come la volta precedente, Kim Sen aveva in mano una fotografia della sorellina assassinata. Terri non rivolse loro la parola.

Se ne stette in disparte, in piedi, a pensare a Rennell. A quell'ora dovevano avergli dato i pantaloni e la camicia di jeans nuovi da mettersi prima di entrare nella stanza dell'esecuzione. Lo immaginò a testa bassa ad aspettare la morte che si avvicinava di secondo in secondo. I pensieri di Terri erano cupi e amari, ma il peggiore, quello che in quel momento la faceva soffrire di più, era aver perso ogni speranza.

Guardando la stanza vuota, pronta per l'esecuzione, provò a illudersi che all'ultimo momento il governatore cedesse alla compassione o che emergesse *in extremis* qualche nuova prova, ma ogni brandello di speranza svaniva alla luce spietata della realtà e la lasciava ancora più affranta di prima.

Se solo...

Se solo Flora Lewis non avesse curiosato dalla finestra, quel tragico giorno, o se Payton avesse parlato di Fleet a Monk, o se Yancey James non fosse stato un ubriacone incompetente...

Il pensiero che la morte di Thuy Sen non avesse portato a nulla, se non alla morte di un altro innocente, la straziava. Poi le venne in mente che aveva conosciuto Rennell solo perché era stato condannato a morte: se la corte suprema avesse abolito la pena capitale, lei avrebbe dedicato ad altro le proprie energie. Eppure c'erano migliaia di uomini che, magari senza colpa come Rennell, erano destinati a spegnersi in carcere perché troppo poveri, troppo limitati, troppo svantaggiati fin dalla nascita per difendere la propria innocenza. Per alcuni di loro, reietti e abbandonati, la morte sarebbe forse arrivata addirittura come un sollievo.

Terri rabbrividì. Poi, con grande sorpresa, vide entrare Charles Monk e Lou Mauriani.

Si avvicinarono ai Sen e dissero loro qualcosa sottovoce. Mauriani abbracciò leggermente la madre e la sorella di Thuy Sen. Kim però sembrava dissociata, la guardava come se non capisse né i suoi gesti né le sue parole.

Monk, scuro in volto, vide Terri e la salutò con un cenno. Lei gli lesse nello sguardo il dubbio, la perplessità che lo aveva spinto ad aiutarla a rintracciare Betty Sims. Ma fu Mauriani ad avvicinarsi.

Le si fermò davanti, con le mani in tasca e un'espressione seria negli occhi azzurri, e disse semplicemente: « Ho pensato di dover venire ».

Terri annuì. Le parole di Mauriani si prestavano a diverse interpretazioni e lei non sapeva se aveva voluto dire che si sentiva in dovere nei confronti dei Sen o della loro figlia che era stata assassinata, oppure se riteneva di dover assistere all'esecuzione di un uomo che era finito nel braccio della morte anche per causa sua e che adesso, a distanza di tanti anni, forse pensava di aver condannato ingiustamente. Dopo un po' Terri disse: « Era innocente, sa ».

« No, non lo so », ribatté Mauriani sottovoce.

Non era una battuta polemica, ma semplicemente l'affermazione di un dato di fatto o forse addirittura un'ammissione. Eppure né Monk né Mauriani avevano barato, come talvolta facevano polizia e pubblica accusa. Avevano semplicemente usato il sistema nel modo in cui sempre era stato usato, convinti di agire per il bene della famiglia Sen. Poi Larry Pell e gli ingranaggi del sistema giudiziario avevano portato Rennell fin lì.

Mauriani tornò accanto a Monk, vicino ai Sen, ma un po' in disparte.

Fuori del carcere, i californiani dormivano ignari, senza sapere nulla dell'uomo che le autorità si accingevano a far morire in loro nome. L'indomani mattina la radio o il giornale avrebbe ricordato loro l'atto peggiore della vita di Rennell Price – secondo la versione datane da Eddie Fleet – e loro avrebbero pensato che giustizia era stata fatta. Alcuni, rassicurati, avrebbero deciso di votare per il governatore Darrow.

Terri sapeva che, in ultima analisi, nessuno poteva dimostrare né la colpevolezza né l'innocenza di Rennell. Di una sola cosa era certa: fra coloro che si trovavano lì, ad assistere alla sua esecuzione, l'unica ad aver capito la sua vita era lei.

Quando Chris e Carlo arrivarono davanti al carcere di San Quentin, c'erano un centinaio di persone venute ad assistere o a pregare con una candela accesa in mano. Scendendo dalla macchina, Chris sentì sulla faccia la nebbia umida e fresca che saliva dalla baia verso l'entroterra, dopo l'afa della giornata.

Guardò suo figlio e per un attimo rivide il bambino impaurito che era andato a vivere con lui a sette anni. Ma quell'immagine sorta dalla sua fantasia di padre fu subito sostituita da quella di un giovane avvocato temprato dalle avversità, amareggiato e arrabbiato. Carlo era cambiato.

In silenzio si avviarono verso l'ingresso del carcere.

Terri fu sollevata, nel vedere entrare Chris e Carlo. Erano le ventitré e cinquanta, entro breve nella camera dell'esecuzione sarebbe entrato Rennell Price con gli aghi già pronti nelle vene del braccio e Terri non voleva essere sola in quel momento.

Senza dire nulla, Chris si mise al suo fianco e le prese la mano. Anche Carlo si mise dall'altro lato e la prese per mano.

« Come stanno Elena e Kit? » bisbigliò Terri al marito.

« Bene. Kit dormiva. Elena ha detto che ti aspetta alzata. »

La porta della camera della morte si aprì lentamente.

Rennell entrò barcollando, con gli occhi sgranati, terrorizzato, guidato dall'operatore sanitario che doveva inserire le siringhe negli aghi. Alzò la testa e guardò con occhi spenti le facce che lo osservavano dall'altra parte del vetro. Sperando che la vedesse subito, Terri si sforzò di sorridere.

Finalmente Rennell la vide. Si soffermò un attimo, quasi volesse imprimersi per sempre il suo viso nella memoria, e provò a sorridere, ma gli si riempirono gli occhi di lacrime. Vergognandosi, cercò di asciugarseli nella manica arrotolata della camicia.

« Oddio, Rennell... » esclamò Terri senza rendersene conto.

Rennell alzò di nuovo gli occhi e pronunciò alcune parole, ma senza emettere suono.

Carlo le strinse più forte la mano.

Visibilmente riluttante, Rennell si voltò verso i Sen e, con voce carica di paura e tristezza, disse: « Non sono stato io ad ammazzare la vostra bambina... »

Come la volta precedente, Kim sollevò in alto la foto di Thuy Sen, nascondendocisi dietro. Un giornalista, seduto in fondo, scrisse qualcosa sul suo taccuino.

I tecnici della prigione fecero voltare Rennell e lo aiutarono a sdraiarsi sulla barella.

Terri, ammutolita, vide che lo legavano al lettino, con le braccia e le gambe divaricate, totalmente indifeso, pronto a morire. Provò l'istinto viscerale di mettersi a urlare, di battere con i pugni sul vetro e gridare loro di smetterla. Invece, continuò a guardare.

Il giornalista continuava a scrivere.

Rennell fissava il soffitto, con le lacrime che gli scorrevano sulle guance. Terri distolse un attimo lo sguardo e sentì che Chris le posava una mano sulla spalla. « Gli hai dato speranza, per un po'. E affetto sempre. »

Terri alzò gli occhi e vide che Chris aveva la faccia seria, tirata, le rughe agli angoli degli occhi più evidenti del solito. « Si proceda all'esecuzione », decretò la direttrice del carcere.

« Mai più », mormorò Carlo a denti stretti. « Mai più. »

Terri vide che Chris si voltava a guardare il figlio, come per capire che cosa intendesse dire, poi si girò di nuovo verso la camera.

Oltre la vetrata, vide che Rennell sbatteva le palpebre e fece una cosa che non faceva da molti anni, da quando era piccola: chinò la testa e cominciò a mormorare: « Santa Maria, madre di Dio, prega per noi peccatori, adesso e nell'ora della nostra morte... »

Lentamente, Rennell si sentì invadere da una sonnolenza sconosciuta, più profonda e più intensa che mai. Aspettava suo fratello, come aveva sempre fatto. Sperava che Payton arrivasse presto.

POSTFAZIONE E RINGRAZIAMENTI

La pena di morte è un tema difficile e che suscita forti emozioni. Nello scrivere questo romanzo mi sono trovato (come Christopher Paget) a guardare mio figlio, che ha nove anni, e a pormi domande tipo: se venisse ucciso in maniera efferata, che cosa proverei nei confronti del suo assassino? E che cosa penserei se, alla vigilia dell'esecuzione, gli avvocati mettessero in dubbio la colpevolezza di un uomo secondo me inequivocabilmente colpevole? E che genere di uomo diventerebbe mio figlio, se crescesse in ambienti e circostanze come quelli da cui provengono la maggior parte dei condannati rinchiusi nel braccio della morte?

Queste e molte altre domande accompagnano inevitabilmente il sistema della pena capitale in vigore negli Stati Uniti. Ma tale complessità carica di emozioni è solo l'inizio: la legge sulla pena capitale è molto più complicata di come l'ho descritta (un giudice della corte suprema una volta mi ha detto che l'unico dedalo legale altrettanto intricato è forse quello dei brevetti). Tengo a sottolineare che il corpus legislativo che ho descritto è autentico. L'AEDPA (Antiterrorism and Effective Death Penalty Act, Legge sull'efficacia della pena capitale e sul terrorismo) esiste veramente e anche i casi e i principi legali da me citati sono autentici, per quanto possano sembrare illogici o eccessivamente tecnici; in realtà sono stato costretto a semplificare, e in maniera drastica, sia le leggi sia le procedure legali per renderle comprensibili ai profani. È realmente accaduto anche il caso descritto dal giudice Blair Montgomery alla presidente della corte suprema Caroline Masters, in cui un uomo venne giustiziato per un errore amministrativo commesso dalla corte d'appello del Nono Circuito, benché io ne abbia notevolmente condensato l'intricata vicenda, che altrimenti avrebbe occupato molte più pagine di quante la maggior parte dei miei lettori sia in grado di sopportare.

L'essenza del problema per me è stata quindi rappresentare una realtà confusa con abbastanza chiarezza da illustrarne le lacune, rendendola al tempo stesso comprensibile. È stato un compito non facile. Da ex avvocato, trovo che questo sia il campo del diritto più difficile che io abbia mai incontrato, involuto sia nella sostanza sia nella procedura. Ma la morale è questa: tale complessità riflette in gran parte la divergenza di opinioni, fondamentale e appassionata, tra chi sostiene che appelli e ricorsi debbano essere finalizzati a garantire la definitività della condanna e chi li vede invece come strumenti atti a impedire la potenziale esecuzione degli innocenti. Spero che questo romanzo illustri come merita tale conflitto.

Detto questo, sono particolarmente grato a tutti coloro che mi hanno messo a parte della propria esperienza e competenza in materia.

Gli avvocati che si occupano di difendere i condannati devono avere una straordinaria preparazione, un grande spirito di iniziativa e moltissima energia, sia fisica sia psicologica. Alcuni dei più illustri degli Stati Uniti mi hanno fatto la cortesia di aiutarmi nel mio lavoro: Anthony Amsterdam, Sandra Babcock, Stephen Bright, David Bruck, Tim Ford, Larry Marshall, Gary Sowards, Bryan Stevenson, Keir Weyble e sopratutto Michael Lawrence, che non soltanto mi ha parlato per ore e, ma anche rivisto il manoscritto per aiutarmi con la procedura dell'*habeas corpus*. Desidero ringraziare anche gli altri brillanti giuristi che mi hanno aiutato con la loro esperienza nel settore: Eve Brensike, Vernon Jordan, David Kendall, Leslie Landau, Jay Paultz, Linda Schilling, Dorothy Streutker e Doug Young.

Ricreare la storia personale e sociale di un detenuto e il suo profilo psicologico è molto interessante. In questo sono stato aiutato da Scharlette Holdman, pioniera nel settore, e dalla psicologa Kathy Wayland. Tra gli operatori della salute mentale che mi hanno illustrato il proprio punto di vista sui detenuti nel braccio della morte desidero ricordare i dottori Karen Froming, Ruth Luckasson, Daniel Martel, Richard Yarvis, Myla Young e soprattutto George Woods.

Per scrivere questo libro ho dovuto studiare come si svolgono l'inchiesta e il procedimento penale nei casi di reati punibili con la pena capitale e ho avuto la grande fortuna di incontrare personalmente o comunque di parlare con alcuni degli esperti più qualificati: Drew Edmondson, procuratore generale dell'Oklahoma e presidente delle National Association of Attorneys General (NAAG); il sostituto procuratore distrettuale di San Francisco (e ora di San Mateo) Al Giannini, che non ha mai perso una causa per omicidio; il sostituto procuratore generale della California Dane Gilette, specialista nella difesa di condannati a morte; il leggendario ispettore della Omicidi di San Francisco Napoleon Hendrix e il medico legale di San Francisco, il dottor Boyd Stephens, la cui autorevolezza è riconosciuta in tutto il Paese. Gli agenti Shaughan Ryan, Jimmy Aherne e Tim Fowler mi hanno accompagnato nel quartiere di Bayview e mi hanno dato alcune interessantissime lezioni su come si gestisce l'ordine pubblico nelle zone più difficili. Desidero ringraziare inoltre Lynne Ross della NAAG per tutto l'aiuto che mi ha dato. Preziosi sono stati anche i consigli del dottor Peter Burnett su alcuni dettagli di ordine criminologico e scientifico. E sono particolarmente grato a Jayne Hawkins e Kate Lowenstein per avermi spiegato il punto di vista dei familiari della vittima.

Come ho detto, la giurisprudenza in materia di pena capitale è estremamente complessa. Ringrazio gli avvocati che hanno condiviso con me la loro conoscenza della legge e del sistema: Stuart Branner, Jim Liebman e Stephen Shatz. Sono grato inoltre a coloro che recentemente si sono occupati di questi temi fra gli assistenti della corte suprema della California, la corte distrettuale degli Stati Uniti, la corte d'appello del Nono Circuito o la corte suprema degli Stati Uniti: Julie Bibb Davis, Veronica Gushin, George Kolombatovich, Stacey Leyton, Valerie Mark, Deirdre Von Dornum e Claudia Willner.

La corte suprema degli Stati Uniti è un'istituzione particolare, tanto potente quanto esclusiva e poco conosciuta. Se sono riuscito a renderne l'ambientazione è stato grazie a Kathy Arberg e Ed Turner, dell'ufficio degli assistenti della corte suprema, e a studiosi e professionisti della legge come Dean David Burcham, Walter Dellinger, Jon Hacker, Edward Lazarus, Richard Lazarus, Jeremy Maltby e Mark Tushnet. Un ringraziamento particolare a Linda Greenhouse per aver condiviso con me le sue osservazioni sulla corte.

La mia profonda gratitudine va inoltre ai giudici che mi hanno messo a parte dei loro diversi punti di vista: il giudice Thelton Henderson della corte distrettuale degli Stati Uniti, William Fletcher e Alex Kozinski della corte d'appello del Nono Circuito e, soprattutto, Stephen Reinhardt, anche lui del Nono Circuito. Un altro punto di vista interessante è quello di chi ha fatto dell'opposizione alla pena di morte un impegno centrale nella vita: Richard Dieter del Death Penalty Information Center; Elizabeth Dahl, Joseph Onek, Barbara Reed e Virginia Sloan del Constitution Project e Lance Lindsey di Death Penalty Focus. Il difensore dei diritti dei detenuti Steve Fama mi ha dato un contributo davvero unico sulla vita quotidiana dei detenuti di San Quentin. Ma l'esperienza più commovente è stata l'incontro con Pete Walker, ora Shaka Nantambu, che mi ha parlato della sua esperienza di prigioniero in attesa di essere giustiziato.

Mi sono state utili, infine, le seguenti letture:

Bibliografia

Saggi

Ellis, James W., *Mental Retardation and the Death Penalty: A Guide to State Legislative Issues*, Albuquerque, University of New Mexico School of Law, 2002.

Lazarus, Edward, *Closed Chambers: The First Eyewitness Account of the Epic Struggles Inside the Supreme Court*, New York, Crown, 1998.

Liebman, James *et al.*, *A Broken System: Error Rates in Capital*

Cases, 1973-1995. 2000, The Justice Project, http://justice.policy.net/jreport.

Liebman, James *et al.*, *A Broken System, Part II: Why There Is So Much Error in Capital Cases, and What Can Be Done About It*, 2002, The Justice Project, http://justice.policy.net/jreport.

Rehnquist, William H., *The Supreme Court*, New York, Knopf, 2001.

Turow, Scott, *Punizione suprema: una riflessione sulla pena di morte*, Milano, Mondadori, 2003, trad. Valentina Ricci, tit. orig. *Ultimate Punishment: A Lawyer's Reflections on Dealing with the Death Penalty*, New York, Farrar, Straus & Giroux, 2003.

Articoli

Bandes, Susan, *Simple Murder: A comment on the legality of executing the innocent*, in *Buffalo Law Review* 44 (1996): 501.

Blume, John, David Voisin, *An Introduction to Federal Habeas Corpus Practice and Procedure*, in *South Carolina Law Review* 47 (1996): 271.

Bright, Stephen, *Political Attacks on the Judiciary: Can justice be done amid efforts to intimidate and remove judges from office for unpopular decisions?*, in *Judicature* 80 (1997): 165.

Bright, Stephen, *Counsel for the Poor: The death sentence not for the worst crime but for the worst lawyer*, in *Yale Law Review* 103 (1994): 1835.

Leno, Mark, *The Ultimate Price: Is the death penalty California's best interest?*, in *San Francisco Chronicle*, 28 gennaio 2003, p. A17.

Liebman, James S., *The Overproduction of Death*, in *Columbia Law Review* 100 (2000): 2030.

Reinhardt, Stephen, *The Anatomy of an Execution: Fairness vs. Process*, in *New York Law Review* 74 (1999): 313.

Schatz, Stephen F., Nina Rivkind, *The California Death Penalty Scheme: Requiem for* Furman, in *New York Law Review* 72 (1997): 1283.

Talbot, Margaret, *The Executioner's I.Q. Test*, in *The New York Times Magazine*, 29 giugno 2003, p. 30.
Will, George F., *Innocent on Death Row*, in *The Washington Post*, 6 aprile 2000, p. A23.

Infine desidero ringraziare coloro che hanno letto e commentato il manoscritto: Laurie Patterson, Fred Hill, Alison Porter Thomas, Cheryl Mills e Philip Rotner, i miei editor, Linda Marrow e Dan Menaker, e i due editori a cui è dedicato il libro, che mi hanno sempre appoggiato nella mia convinzione che la narrativa popolare possa affrontare questioni legali, politiche e sociali controverse: Gina Centrello, presidente e editore della Random House Publishing Group, e Nancy Miller, direttore editoriale della Ballantyne Books.

Per concludere, capisco che l'aver scritto sulla pena capitale susciterà nei miei lettori molte emozioni, non soltanto positive. Per questo, come sempre, voglio essere chiaro: coloro che mi hanno aiutato non sono responsabili dei contenuti del romanzo, né delle opinioni spesso contraddittorie che vi sono espresse, per non parlare degli errori e delle imprecisioni. Sono io ad aver concepito e scritto questo libro, la responsabilità è solo mia.

Grazie, come sempre, per la pazienza che avete con me.

Richard North Patterson
Martha's Vineyard
aprile 2004

INDICE

RICHARD NORTH PATTERSON

È fra i maggiori autori del legal thriller, a cui è arrivato dopo anni trascorsi nei tribunali a occuparsi di delicate questioni politiche (ha partecipato anche alla commissione sullo scandalo Watergate). Dopo il suo primo romanzo *Grado di colpevolezza* (1993) ha pubblicato con grande successo *Giudizio finale* (1997), *Il silenzio del testimone* (1999), *Nessun luogo è sicuro* (2000), *Tutta la verità* (2001), *Chiamato a difendere* (2002), *Il peso dell'innocenza* (2003), *Scelta obbligata* (2004) e *I cinquantanove giorni* (2007), tutti editi da Longanesi.